# 北方城郭

柳建伟 著

作家出版社

# 共和国作家文库

总策划 / 李 冰　何建明

终　审 / 侯秀芬　张水舟

统　筹 / 张亚丽

监　印 / 杨　全

一仰，拽下耳塞，不由得发出一声轻叹。

"你放心，今天它不会遇到猎手的。猎枪都缴光了。"

少女埋着的头慢慢向上抬去。先是一双在古装电影里才见过的怪头怪脑的布鞋，两条真皮裤腿像是两根倒栽的电线杆子，一只鼓囊囊的金利来腰包围在黄世仁大年三十逼债时穿的那种绸子白花黑袄上，一条闪着金光的链子从第二、第三颗编成黑蝴蝶花样的布纽扣间探出来，伸向牛腰一样粗的脖子上，最后是一张微红的、多肉的却又显出棱角的大脸，双颊刮得铁青，嘴角微微泛着笑意，一副和这张大脸太不成比例的金丝边眼镜跨在鼻头上显出摇摇欲坠的样子。少女刚看到那双眼睛，禁不住似的忙把自己的目光抢向车窗，她感到那两只眼睛像两只聚光灯泡，能把自己的一切心事照得雪亮。这种带有地狱里阴气的光亮阻止了她正在膨胀的好奇心。车窗上，五根大号火腿肠组装的大手慢慢滑了下来。少女隔着镜片和这位粗壮的红脸汉子对视片刻，忍不住抿嘴笑了。

林苟生坐下来，取下八角帽再搭讪道："小姐，是不是敝人相貌狰狞，吓着了你？我猜你一定在想我是一个公安部正在通缉的江洋大盗。"

"谁怕你了！"少女挑战似的望着林苟生，"你的装束很怪，像是现代人组装的出土文物，脚在清代，腿是现代，上身和帽子是解放前，万恶的旧社会。"

"你这个'组装'用得好！很合我这个珠宝古董商人的身份。小姐是到哪里发财呢还是闷得慌出去转转，我猜一猜。"林苟生眼锋一抢，看见身穿灰色制服、头戴船形帽的女乘务员正在不远处整理行李架下那些长短不齐的毛巾，忙站起来取下挂在行李架上的意见簿，坐下来掏出派克钢笔，嘴里大声说道："我常年在外奔波，还没坐过这么干净整洁的车呢。你看这毛巾叠的，像是木匠用墨线绷过一般。你看这地板，啧啧。一〇一八号同志，歇会儿吧，一上车我就看你一直在忙。"

"船形帽"边整着一条毛巾，边扭头朝林苟生微微一笑，"这是我的工作。"

林苟生着了看两个空着的下铺，"一〇一八号同志，这两个铺不是给石家庄留的吧？"

"不是。"

"能不能帮我换一个，我是十八号中铺，我这个人有恐高症，夜里还常梦游。"林苟生说着话把一条表扬意见写了下来。

# 第一章

列车穿行在白茫茫的华北平原上。血色的夕阳在西面地平线上正由微弱的橙光对抗着从四面八方渐渐逼近的灰蒙蒙闪着寒气的暮色。道路和麦田都被大雪覆盖了，只有零星参差的几棵杨树或是几棵槐树突兀在银白的、单调得有点空寂的旷野里，从一个静谧遥远的村庄走向另一个遥远。

林苟生脱掉像棕熊一样肥大的皮夹克放在十八号中铺上，低头看看空荡荡的下铺，稍稍迟疑便把中铺上的一只手提箱移到下铺上。他用一双黑色方口手工布鞋换下脚上的俄罗斯马靴，抱过卧具，准备占领这张空着的下铺。这时，他看见一条修长的腿从铺位的一端垂了下来。林苟生身子朝后一仰，只见一个留着披肩长发的少女从半空飘落下来，栽进一双红鞋里。林苟生过惯了养尊处优的生活，旅途上，有飞机他不坐火车，有软卧他不睡硬卧，有硬卧他不坐硬座，有下铺他绝不会去睡上铺。如果有一个很能谈得来的旅伴，他又会毫不犹豫地放弃睡眠。如果听众里有妙龄少女，他肯定不会照顾到那些半老徐娘。这种习惯与他年近花甲的年龄不太相称，但他却总能如愿以偿。为了找到一个谈话对手，有时候他的臀部会印遍整个车厢。这些少女事后不会影响到他的生活，因为道别时那一声声甜甜的"再见"，在他看来都是"永别"。

少女听着随身听，迷蒙着双眼望着窗外。玻璃上已蒙上一层小雾，太阳已变成一只自身不会发光的巨大的红气球，正在和地平线亲吻。蓦地，少女的身子向窗口一倾，伸手在玻璃上涂出一片明亮，一只灰色的兔子正在雪野里狂奔，后蹄弹出一条雾一样的白线。这番景象只维持了片刻，便在少女的视野里消失了。少女像是被什么击中似的，身子朝后

# 出 版 说 明

中国巨轮，乘风破浪，高歌猛进，短短六十载，已屹立于世界强国之林，成为人类文明史的一个伟大奇迹。中国文学，风起云涌，蒸蒸日上，流派异彩纷呈，名家力作迭出，同样令世人瞩目。为庆祝中华人民共和国成立六十周年，我社启动"共和国作家文库"大型文学工程，力图囊括当代具有广泛影响力的重要作家的代表作品，以中国风格、中国气派和文学价值观上的人民立场，展示东方文明古国的和平崛起、历史进程、社会变迁与现实图画，表现中华民族的艰辛求索、勇敢实践、创新思想及生存智慧。这套文库，既是欣欣向荣的中国文学事业的一个缩影，也是生机勃勃的转型期中国出版界的一件盛事，其文学价值和社会意义，将随着时间的推移而日益显示出来。我们同时相信，中国的文学事业将伴着蒸蒸日上的伟大祖国更加繁荣、更加绚丽。衷心感谢中宣部有关部门、中国作家协会和全国广大作家、文学评论专家给予本文库的大力支持。

作家出版社

"船形帽"整了毛巾，对林苟生道："如果开车一小时，客人还没有来，请你到乘务室找我。"

林苟生忙把意见簿递到少女手里，"小姐，你不是也有话要写吗？"说着眨着眼睛使眼色。

"车刚开你让我写什么？"

乘务员从过道上消失了，车厢里顿时炸了锅。

"他妈的，这铁路办成什么样了？放着这么多空位子不卖，还是什么人民的铁路！"

"票贩子真可恶，一百二的票，他敢要二百。"

"你还好一点，我出了二百五。"

"毛巾成不成一线关我们屁事，有这工夫给锅炉里添两锹煤。你们看，我泡了二十分钟茶，茶叶还在漂哩。不写批评意见就是好的。"

"对，给她写批评意见。"

"现在就写。"

"我也写，喝这种温吞水不是让我们跑肚吗？"

林苟生冷眼像雷达一样朝说话的人扫出两个扇形，一声沉闷的冷笑从他多肉的腹部发动起来，爬过喉结断断续续滚出紫红多肉的双唇。谁都能听出这声音的挑战意味，一时间小半截车厢鸦雀无声了。珠宝古董商突然收住笑，倏地摘下金丝边眼镜，"你们谁没干过这拍马屁的营生？出门在外，谁都想舒坦，要不掏二百五买高价票干吗？我们应该知足。北京的票贩子信誉还是不错的，至少咱们没有买到假票，这比在上海、广州、武汉让人放心。再说呢，贩票也是个风险营生，这两张下铺现在在他们手里已一文不值了。跑肚总比没水喝强些。是的，我拍乘务员马屁动机不那么高尚，我是想睡下铺，谁都想睡下铺。常年跑车不容易，心里烦着呢。今天咱们给她写三条批评，这个月她就少收入一级奖金，下次出车，八十度的水就会变成六十度。再写两条表扬呢，奖金就可涨一级，心情一好，咱们的茶叶就会沉下去，咱们的地板就能当镜子用，咱们就可以从中铺换到下铺。小妹妹，你真的想爬那个上铺？"

少女摇摇头。

"这就对了。不过你错过一个历史性机遇，这个下铺一直空着，她也不会让你睡了，因为她没从你那里获得那微乎其微的温暖。我们有时候都很吝啬，是的，很吝啬。下一次你就能抓住这种机会了。"林苟生掏出怀表看一眼,"四十五分了,我要去巩固一下,别让人捷足先登了。怎么样,和我一起去找找'船形帽'?我一个人睡不了两张床。"

众人像是被林苟生这番学问镇住了,继续缄默着。少女看看另一张空铺,再看看林苟生,低声问:"大叔,能行吗?"

"能行。"林苟生赶忙鼓励道,"小妹妹,你要记住,人心都是肉长的,多个朋友多条路。"

这条路眼看着没法走了。车长领着两个样子像在中青年结合部摇摆的高高的北方汉子停在林苟生和少女面前,"船形帽"脸上挂着很职业化的微笑,身子倚在包厢间的挡板上。"罗记者、白记者,先将就在这里睡一宿,到郑州后看看能不能调到软卧去。这些天常有部长级的首长出巡。"车长挪过卧具,眼睛盯在林苟生的皮旅行箱上,"这是谁的东西?"那个被称作罗记者的黑脸忙说道:"这就相当麻烦了,我们只到柳城,不用再挪动。要不是任务急,我们也不会惊动常段长。""这就见外了,为你们这些旅客提供方便也是我们的职责嘛。"车长探下身子,伸手朝小茶桌下搁了片刻,"天太冷,小莲,晚上多烧两小时锅炉。""船形帽"连忙答应着。罗记者解开风衣,伸手从怀里摸出一个皮夹子,"殷车长,把票买一下吧。""不急不急,车票在餐车丢着,先去吃饭吧,我已经让人准备了。"罗记者发现周围的目光十分复杂,没再说什么客套话,似乎不愿再玩这种欲盖弥彰的游戏,拉了一把姓白的记者,走出十二号车厢。那个白记者一直没有说话,浓浓的剑眉紧锁着,显得忧心忡忡。

林苟生呆坐一会儿,闭目养着神,感受着那些不用睁眼就能分辨出的善意的或略带恶意的冷嘲。刚才受了林苟生教训的旅伴交头接耳一番,一见林苟生站了起来,都自顾左右而言他了。林苟生正愁没法下台,少女递过一把梯子,"大叔,咱们至少不用怕喝了茶水跑肚,咱们至少不用预服康泰克防止感冒了。"林苟生感激地看了少女一眼,"小妹妹,你的心也是肉做的,这话咱们听了受用,咱们都是苦孩子。"他走过去,把自己的行李挪到中铺,"阿Q一下怎么样?咱睡上面,他睡下面,夜里放屁熏了他。"

少女忍俊不禁,笑弯成一只虾米,喘着指着林苟生,"屁由氨气和二氧化碳什么的组成,比空气轻,只会上浮不会下沉,你可饶了我吧。"众人都笑了起来。林苟生接道:"罪过,罪过,大叔请你吃顿饭,你不反对吧?没听人说不吃白不吃?"

"吃了也白吃。"少女收了随身听,"走,白吃谁不吃。"

走了几步,林苟生又折回来,取了旅行箱挂在肩头。"什么东西这么金贵?"少女问道。林苟生压低了嗓音:"这是咱的稀饭碗呢,小妹妹。"

一宿无话。林苟生喝得微醉,早早歇了。罗一卿和白剑喝了酒回来,白剑仍无谈兴,只好都歇了。

白剑久久不能入眠。作为国家中华通讯社就要迈进四十岁门槛的记者,年余来竟很少换上一张笑脸。七月里,换房无望,小"一一"的帽子没能摘掉。年底,想把记者前面加个高级的愿望再次受挫,在中级职称上踏步七年,这在全社不属绝无仅有也算凤毛麟角。分房受挫有些软件因素,譬如他在京城除了有记在自己名下的一室一厅,尚有一幢部长楼里留给他的房间,若安排一些中职进两室一厅,就需要他发扬风格。职称没解决,关键是他硬件没过关。几批名牌大学的研究生甚至博士生进社,白剑头上那顶工农兵牌的帽子越发醒目了,这是一;当年他由一民主党派中央某机关调进通讯社,并不是因为他在新闻界已崭露过人的才华,而多少因为他表示不再想写那种千篇一律的讲话稿后,岳父大人冉部长过问了此事,这在凭实力吃饭的时候,常让人多少有点不快,这是二;不屑去写那些"某某说""某某又说""某某强调说""某某总结说"这类新闻,又没写出轰动一时的大块文章,工作的质和量都缺乏竞争力,这是三。婚姻爱情呢?冉欣当年一心一意嫁他,让他享用了少男少女的爱情的同时,还满足了他极大的虚荣心,他从中原一个小县里不起眼的家庭一跃进入了京城上流家庭。这种沧海变良田的巨变,为他的未来提供了一种坚实的基础。可是,八年过去了,这块地基上并没出现摩天大楼。冉欣看着白剑这株连黄花都开不盛的植物,自然要表露恨铁不成钢的情绪。开始的几年,冉欣提出事业有成后再养孩子。后来变成这样的语言:"分不到两室一厅,你就别做当爸爸的春秋大梦了。你有父母也好,偏偏遇一场洪水双双死去了,这怪不得我。我妈养我都没什么兴趣,你可别打她的算盘。"再后来,孩子换成了这样的话题:"我恨透了手术台,不用进口套子就别想沾我。"职称竞争大败后,冉欣很少回那个小家,夫妻生活成了打牙祭,这牙祭也不是什么山珍海味,倒更像两个橡皮人在一起玩过家家。白剑很清楚,在批量生产各路精英的京城，冉欣已是一株正待出墙的红杏。

白剑深感内外交困，处境每况愈下，一旦抓住机会则必做困兽之斗。这次回龙泉，他押上了全部资本，一旦输掉后果不堪设想，一旦赢了不但能跻身名记者的行列，而且能重新得到冉欣的爱情。通货膨胀率超过百分之二十，贪污、腐败日渐成为社会公害、过街老鼠，在此情况下，反弹琵琶的效果显而易见，向半大的老虎宣战，一方面可以得到最高当局的嘉许，另一方面又能在底层树起自己孤胆英雄的形象。恰在这时，白剑收到了姑父的来信，询问职业高中毕业的女儿到北京求职的可能。姑父认为现今的经是好经，但叫下面的歪嘴和尚念歪了，譬如当年龙泉遭大水灾，中央和省里发放过几批救灾款用于生产自救，可每个人头最后得到的钱不足六十元，女儿在这样的小县，永远也不会有出头之日。回信安抚住姑父后，白剑去打听了当年中央下拨到H省的救灾款的情况，得到的结果是：不少于十个亿！这个天文数字顷刻间把他的生活照得明晃晃的。作为重灾区的龙泉县，至少能得到一亿元救灾款，全县受灾人口三十万，每人得到六十元，不过用掉一千八百万，扣除约五千万元重建县城的启动资金，剩下的三千二百万哪里去了？白剑决定翻一翻这笔旧账。

上车后，白剑一直在思考这次行动的计划，翻来覆去掂量，只有走私访这条小胡同儿。这多少让他心存疑惑。大学毕业前，他每年回龙泉两趟度寒暑假，所接触的不过是老家八里庙的父老乡亲，对龙泉当年救灾的整个情况无力关注。婚后这八年只回去过三次，第一次冉欣对八里庙的跳蚤、蚊子深恶痛绝，只住五天就返回北京了，后来的两次只是顺路回去探望年迈的祖父和妹妹，私访的难度可想而知。可是作为当年大洪水殉难者的儿子，知道了当年救灾时的问题而仍缄默不语，还有脸面对生他养他的那片土地吗？白剑在黎明时分，伴着列车有节奏的铿锵睡了。

罗一卿洗漱罢，那个叫小莲的乘务员又来请他们吃早餐。他好说歹说，总算谢绝了车长的美意。这种美意消受太多就成了负担，有朝一日常段长提出点什么要求，办起来就很棘手。他看看从地平线上刚刚升起的红日，伸手拍醒了白剑，"太阳都照到屁股上了。你这个人怪得很，谈兴来了可以通宵清谈，转眼就变成一块石头。"白剑伸个懒腰，"心里烦。"罗一卿挪到白剑的铺上，"你老兄此行有点鬼鬼祟祟，不像是回去休假。冉欣最近总给你出情况，按常理你该在北京哄她才是，要不然也该偕夫人衣锦还乡。我看你是回去淘金的吧。在社里，我常对人说，白剑是大器晚成的人，不鸣则已，一鸣惊人。没有八分把握，你老兄不会轻易出手的。能不能给兄弟点拨点拨？"白剑躲开罗一卿探究的目光，轻轻捣了罗一卿一拳，"别神经过敏，别给我戴什么高帽子。我是块废物，早盖棺论定了的。我还羡慕你呢，柳城出现全国第一所私立大学，又是医学院，你是用哪只鼻孔嗅到的？"罗一卿挠头笑着，"白剑，你别搞这种反讽，我知道我只是有点小聪明，只能嗅一些热点，吹吹喇叭、抬抬轿子，过眼烟云而已。你这次回龙泉，肯定是去挖狗头金的，你不用瞒我了，我已经感受到你身上散发出的贪婪的杀气。"

林苟生听了这番话，腾地坐起来。龙泉，这个姓白的是去龙泉，身上有杀气，一个京城的大记者带着杀气回乡，乖乖隆的咚，他奔什么来的？这念头一出现，林苟生就把昨晚这两位大记者带给他的那杯难咽的苦酒泼洒到爪哇国去了。

"杀气？"白剑倏地瞄了罗一卿一眼，笑道，"早叫生活磨个精光了。龙泉小县能是个生产新闻的地方吗？一卿兄，我确实是回来赎罪的。当年大洪水后，我没有找到父母的尸骨，此一不孝；十余年里，我只到祖坟里的父母衣冠冢前凭吊三次，此二不孝；祖父八十五岁大寿希望我能回去，我却只看小妻脸色，没有回去，此三不孝。身背三不孝，还能有杀气吗？事业不温不火，愧对皇粮，可谓不忠。一个不忠不孝之人，百身难赎，还敢动什么杀机？开什么玩笑！"罗一卿得意地咧开大嘴笑了，"你是冲大洪水来的，我明白了。你想翻翻陈年旧账……哦，对啦，上面就要对贪污、腐败动手术，你要打个提前量。不过，我不明白你为什么不到沿海省和特区去。"白剑见罗一卿猜中了自己的心事，避开这个话头道："我的感觉向来迟钝，要是我有预测上面大动作的特异功能，早赶到点子上了。实不相瞒，我是回乡找自信的，一方水土养一方人。不过，我觉得真正能表现当代中国主要特征的地方，不在大都市，不在沿海，不在特区，只能在龙泉这种中原小县。"

"这姓白的良心大大的好。"林苟生心里一嘀咕，立马坐不住了，像一只肉球一般从中铺上滚了下来。少女看见林苟生笨熊似的模样，掩口笑道："大叔，你是属熊瞎子的吧，动作像极了，在大兴安岭我见过的。"

罗一卿仍在和白剑缠斗，"龙泉这种县嘛，我实在不敢苟同，要是赶寻根的潮流，你这话还有几分道理，柳城地理位置特殊，小盆地自成体系，封闭、僵化、观念陈旧，我正是看中这一点，才来过问这个私立医学院的。"白剑淡淡冷笑道："你只注意了地理、地貌，忽视了文化和历史。龙泉在柳城地区，更有独特性，文化上属中原文化、楚文化和商洛文化的杂交；便是地理，你只看到了四周的山。这里的河流，一半属于长江水系，一半属于黄河水系，绝对是全国独一份；历史嘛，一言难尽。"罗一卿反击道："这么个宝贝，你怎么多年没送它些秋波？"

"小妹妹，你不知道，我上辈子就是一只大黑熊，这里面故事长着呢，等会儿再说。"林苟生边绑着腰包边大刺刺地端坐在白剑和罗一卿对面的铺位上，"白兄弟懂那个久别胜新婚，品的是那个又爱又恨的斩不断理还乱。八辈子修行遇上你们两只报春的鸭子，福分福分呢！认识一下吧，林苟生，珠宝古董商，浪迹天涯人，非龙泉土著，大半辈子爱爱恨恨都走不出龙泉，老乡见老乡两眼泪汪汪呀。"说着，把多肉的大手伸了过去。罗一卿迟疑片刻和林苟生握了手。白剑打量了林苟生，却没有伸手的动作，似乎在判断林苟生这番表白的真诚与否。林苟生固执地把手伸在白剑面前，"不肯赏脸吗小兄弟？人说五百年缘分才能同船一渡，我们一起乘车过永定河过黄河、过洛河，下面还要过白河，你就忍心割断咱们前世两千年的缘分？"白剑禁不住露出了笑容，伸出手放在林苟生如棉的掌上，嘴里却说："我只是怕不是一路人。老林，你是龙泉城里的、乡里的？"林苟生翕了翕鼻子，满足地缩了右手抹了一把鼻子脸，"到底是京城衙门混事的，不见鬼子不挂弦；到底是喝赵河水长大的，《增广贤文》背得熟，逢人且说三分话，切莫轻抛一片心。白兄弟要考我，我老林自然不能辜负，若考中了呢，就能交一个在京城当差的朋友，这机会咱们可要抓紧了，它们可没鸡毛那么多。这是罗兄弟的茶水吧，咱们喝一口润润嗓子，没感冒小病，没肝病，没花柳病也没有狐臭。"牛饮一气接着说："罗兄弟正和白兄弟谈龙泉，我接过这个场子，若是白兄弟发现穿了帮，打开窗扔了我下去就是。"

罗一卿见林苟生是这般一个趣人，精神更是一振，顿露一脸孩子气，"你可说话算话？"白剑也觉这游戏正可排遣旅途的寂寞和劳苦，接道："穿了帮就请顿饭吧，你没看老林的腰包都快憋炸了，也该减减肥。"少女早被三个人的谈话吸引住了，不失时机挪过来道："我来做个中人吧，你要是赢了也好有个帮场的。"林苟生狡黠地眨眨眼，"你个小鬼头精，再修炼几年还得了！"白剑讥讽道："要是觉得编不圆就免谈，一个中人的饭就请不起么?"卖早饭的一路吆喝着推着小车走了过来。林苟生从腰包里摸出二十元买了四盒饭道:"咱们先来个亮相,叫你们知道咱壳里藏的什么仁(人)!中午呢,谁输了到餐车做东,童叟无欺。过了五十,咱还没做过亏本生意,喝凉水都长膘。只是这妹子通吃输家赢家,叫人想不过。"少女故意一噘嘴,说声:"小气鬼!"

四个人吃了早饭,开始一起游戏。罗一卿发问了:"龙泉有几个乡镇,有几大特产?"

林苟生答道:"四镇一十八个乡,有玉雕、丝绸、石墨和麦饭石四大特产。全县现有八十四万零一人。"

"太准确了吧。"白剑插话道。

"千真万确!"林苟生道,"官方上月公布现有人口达八十四万,那个零头就是我,户籍簿上查不到,却是货真价实的老龙泉人。"

"四大特产产于何地?县城有何特色?"

"玉雕产石佛寺,丝绸产杏花山,石墨和麦饭石产五朵山。县城居县之中央,一条赵河从西北泻东南,用九曲十八弯把全县割成两块。至于这县城,说来话可长。"林苟生摆出长谈的架势,倒了一杯茶水,又开了一整包香烟,"太古老的遗址就不细说了,县城西北八华里处的安国都城遗址,其年龄差不多和我们的文明一样久长。西汉元帝初元元年下旨设龙泉县,冬月破土建县城。王莽新朝地皇二年,后来做了东汉光武帝的刘秀与王莽大战龙泉,刘秀兵败,只身逃脱,现城东四十里有口扳倒井就是刘秀王莽战龙泉的见证,这场大战,龙泉县城被王莽焚毁。光武帝建武十五年,再降旨重建龙泉用以拱卫东面百里处的战略要冲柳城。汉献帝建安十八年,刘备入川前,因觉龙泉城可能资大敌曹操,密令手下焚之。魏明帝曹叡青龙元年,下旨重建龙泉。南北朝一百六十九年间,龙泉城六建六毁。隋文帝杨坚开皇十六年再建龙泉,城未完全建成,隋就灭了。唐贞观年间,太宗李世民三次下旨扩建龙泉城池。五代的五十三年里,龙泉五燃战火,终又成一片废墟。北宋太祖赵匡胤乾德二年,降旨重建龙泉。元世祖孛儿只斤忽必烈至元十六年,蒙古骑兵攻破龙泉城,焚城五日,以泄龙泉人追随赵宋之恨。元英宗至治二年,重设龙泉县,大诗人元好问在龙泉做了三年县令。元顺帝二十七年农历八月十五,县城被十万乡民攻破焚毁,城中万余蒙古人多被菜刀砍杀。明太祖朱元璋洪武三年,即下旨重建龙泉城,同时下敕令表彰龙泉人在抗元暴政中所立下的功勋。明思宗朱由检崇祯十年,李自成兵过龙泉,因在赵河葫芦湾处梁寨被寨主用箭射伤眼睛,下令血洗龙泉,直杀得龙泉再无一人。"

这段由林苟生唱独角戏的时间,白剑不由得被吸引住了。他不像一个纯粹的珠宝、古董商人,古董商人用不着对一个城镇的变迁史这般关注,他们只用知道这一地方盛产什么,哪个手工业极度繁荣的朝代会在民间遗留下什么成色的古董就足够了。他为什么要花这么多精力研读一个县城的兴衰史呢?难道他是龙泉的一个官员?不会的,官员谈起这些血腥一般都轻描淡写,绝对不会这样饱含激情。李自成哪里就把龙泉人杀完了,白剑心念一动,脱口说道:"据我所知,当时全龙泉至少还在八里庙留有姓高和姓白的一男一女。"罗一卿已听得入迷,摆手道:"白剑你别打岔,这是细节,谁都不能保证一点不错。乖乖的,这龙泉还真有点闹头。"林苟生大度地说:"算我穿帮一回,中午饭我请了。这件事龙泉家喻户晓,我怎么就忘了呢?白兄弟,你是否与八里庙的白家有亲?"白剑心中一凛,暗骂这胖子歹毒,竟在这种地方猜到他的出身,故作镇静道:"不是那个白家,我老家离八里庙有二十来里。"

林苟生不再追问,继续说:"大顺元年,登了基的李自成下令朝龙泉移民。清世祖福临顺治五年,下旨重建龙泉城,康熙十年建成。以后两百多年,龙泉多燃兵火,县城竟无彻底毁坏。十三年前,一场大洪水冲走了半座城。两千年来,龙泉县城毁了十二次半,说这座城是尸骨当砖用鲜血浇铸一点都不夸张。自李自成焚城后,龙泉就不配称作忠义之县了,人心变了,县城被毁的悲壮剧目也就失传了。"罗一卿换个坐姿伸着懒腰道:"老林,你如今经商是自愿下海呢,还是逼上梁山?你不像一个彻里彻外的商人。听你说话的口气,好像有那么点今不如昔。"少女吐着舌头说:"林大叔像一位西班牙斗牛士,眼里着火哩。"林苟生叹道:"如今的年轻人呀,狡猾狡猾的多多,我给你们讲史,你们却在琢磨我的来历。早年我是历史系的高材生,如不是去了龙泉,笃定与商人不搭界的。龙泉十分磨砺人呢,为什么?只要有个由头,斗起来就没完没了。刚才提到八里庙的高白两家,为争谁是爷谁是奶,一斗就是三百多年。白兄弟也知道这事吧?"眼锋倏地射向白剑。

白剑回击的目光很不理直气壮,言语也嗫嚅着:"你,你总提八里庙干什么。你对龙泉的认识差远了,说不定你说的一切都是从资料堆里找出来的。你本行是经商的,却不提龙泉商业史。听口气你真是老龙泉,可嘴上挂的都是些死人,现代都没出过人物?这些才是中午谁请吃饭的关键。"少女面露恍然大悟的神色,"林大叔是学历史的,龙泉的历史又是这样惨烈独特,谁能保证你讲这些不是靠记忆?"林苟生大声说:"问得好!我就喜欢遇到高手。民国以前,龙泉无商业。这话又绝对化了,应该说清同治以前龙泉无商人。曾国藩平定太平军,清朝出现短暂中兴期,龙泉的玉雕、丝绸业出现空前繁荣,经营玉雕、丝绸的商号二十年里出现上百家,据县志记载:每年蚕茧收获季节,赵河龙泉境内六大码头,各泊大小货船百余艘,航道几为之塞。到了民国,龙泉出了一巨商欧阳恭良,他用二十来年兼并了大小丝绸玉雕商行六十余家,成立托拉斯四福居,在县城买两条街建了龙泉最早的工业区。他的事业鼎盛期,四福居在北平、郑州、上海、西安、广州、武昌、襄樊设了十几家分号,龙泉水路、陆路出入境货物,欧阳家十有其九。最让我钦佩的,是他的事业在赵河缺水、抗日战争期间仍在继续。四十年代初,他组成有三千辆自行车的庞大运输队,仍把生意做到陕西、湖北、安徽、四川、山西五省。"他中断谈话,呷了一口茶水,也斜了白剑一眼。白剑气馁了,林苟生讲的这些龙泉往事,他竟一无所知。这个显然有着很深城府的狡猾的胖子难道仅仅是为了满足一下表现欲吗?如果不是这样,他肯定有点居心叵测。要命的是珠宝古董商的谈话越来越像个陷阱,白剑感觉到自己正身不由己朝里面跳。林苟生话锋转进了龙泉的政界,"要说人物,你们这些当记者的可能不感兴趣,若是作家嘛,我就不说了,我提供这么好的素材,又不能署名,这种赔本的买卖咱不做。第一个要算一个政治家。"罗一卿禁不住笑了,"老林,你有没有搞错呀,一个七品官能冠政治家的头衔吗?""你可别小瞧这七品官。"林苟生眼睛里倏地闪过不易察觉的一丝恐惧,接着又一股火光就把恐惧驱走了,"无论如何,我不能吝啬给他封这顶政治家的帽子。他不到三十就当了县委副书记,一坐就是三十二年。你们在京城当差,自然明白政治这个行当,维持多半比升迁难。他叫李金堂,大洪水前后,他复出做县革委副主任。"说罢,眯着眼看着白剑。

白剑打了个激灵,却没有发作,白了林苟生一眼。罗一卿打趣道:"白剑,不就是一顿饭嘛。能在一县当三十二年县委副书记,算是个人物,你该从老林这里获得点感性认识,我可不愿你出师未捷身先死。"林苟生说道:"三十二年间,龙泉换过十四任县委第一书记,在任时间最长的七年,最短的只有两个月零十天,比洪宪皇帝袁世凯还短命。任期超过五年的四个,不是比李金堂大十岁,就是比他小十岁以上。不是政界绝顶高手,能悟到这一点吗?不过,这回李金堂恐怕遇到克星了,这个比他小十几岁的刘清松不是个糊涂虫。"白剑冷笑道:"一个穷县的副职能成多大的神?"林苟生摇头笑道:"咱走府过县浪荡几十年,自信眼力不差。在政界,龙泉小县能修出李金堂这样的人物真是个奇迹。若真是只保了个副书记的职位,那也不算道行深。搞政治,有职有权,有职无权,无职无权,都平常,能搞不在其位能谋其政,才叫高手。李金堂在位三十二年,一言九鼎三十年,可真不要小瞧了他。上一任县委第一书记任怀秋走后,李金堂还兼了半年多的县长,按规定,他这个县长可以一直兼下去,他却在刘清松来龙泉前夕让了县长的位置。名义上,李金堂放弃了政府那边的权力,实际上换上了自己的亲信更好操纵了。总而言之,简而言之,刘清松来龙泉前,李金堂一手遮天,上上下下都是他的人,连人大、政协、纪委这些衬托,也都是清一色的李帮中的人。刘清松不糊涂,是他一开始就学会了掺沙子,从柳城带去一个女副县长。龙泉人都等着看刘、李两家夫妻店唱大戏哩。你们当记者的到龙泉,不明白这些龙泉特色,肯定白去了。"罗一卿不解地问:"老林你又穿帮了吧?刘清松带了一位副县长,你怎么说成两家夫妻店唱大戏?"林苟生狡黠地眨眨眼睛,"四个大人物,两对露水夫妻开店。刘清松和庞副县长这店刚开张,卖什么咱还得看;李金堂和欧阳洪梅这家店,可算老字号了,十几年来掌握着龙泉八十几万人的生计哩。"罗一卿又道:"据我所知,咱们现今实行的是回避制,龙泉这两家夫妻店到底是怎么开张的?"林苟生笑道:"制度管不了这种店,这两家夫妻店缺的都是一张结婚证!大城市管这种关系叫情人。"罗一卿咧嘴笑了起来,"想不到龙泉的官员蛮新潮嘛。"林苟生道:"表面上他们都是同志关系,也没人抓住现行。"突然他转头道:"哦,白兄弟,你是去抬轿还是去拆庙?""我是休假!"白剑愤然道,"我没吃过猪肉也没见过猪走?天下乌鸦一般黑,这龙泉就不是乌鸦吗?你的心思用处太多了,所以五十岁还在做跑单帮的商人。"林苟生并不气恼,竟涎着脸皮笑道:"金玉良言,金玉良言。不过这乌鸦如今也有了白乌鸦。休假好哇,当年乾隆六下江南为的是盐运案,名义上也叫休假。小兄弟,你要休假,可别漏了欧阳洪梅主演的戏。不看她的戏,这龙泉差不多算白来了。这个欧阳洪梅,就是欧阳恭良的嫡孙女。罗兄弟和小鬼头像是对这个奇女子感兴趣。如今有了电视,京城那些大牌演员,咱也常能见一见,和欧阳一比,不过伯仲而已!欧阳的哭戏,在H省花旦戏中绝对第一。我林苟生阅人多矣,尽管她……尽管她不是个纯粹的艺术家,就像我不是个纯粹商人一样,和龙泉政界关系千丝万缕,和李金堂在大洪水时就……我还是承认她是人中之凤,凤中之神品。你们要是能看一场她的《杜十娘》,你们就忘不掉龙泉了。大洪水……"

"你不用谈这只人中凤了,中午饭我请就是了。"白剑越听心中越慌。这阔佬显然偷听了早上的谈话,而且与龙泉政界有很深的关系。他一口一个大洪水,用意不明,这只漏勺一样的嘴,一旦知道自己的动机,未等完成底层的摸底工作,就会惊动李金堂他们。白剑转身看看那未知姓名的少女道:"老林,这位小姐不是到柳城的吧?"少女答说:"我到宜昌,然后到重庆,看一看三峡,要是高峡出平湖了,那会有多少遗憾。"白剑长出一口气道:"再有一个半小时就到柳城了,再不吃饭,小姐这中人不就白当了?老林,实际上你谈的东西很有趣的,可惜我和一卿都是记者,听不出有什么新闻价值。等哪天我改行当了作家,我一定请你给我讲三天三夜。"林苟生知道白剑是那种不见兔子不撒鹰的谨慎人,心里很高兴,当即表示:"咱说话都要算话不是?中间我漏了八里庙高白二家的旧事,算穿半只帮,这午饭嘛,我和你白兄弟来个'AA制',谁也不欠谁的。你回龙泉休你的假,我到龙泉收我的货,好问酒吧遇上了,你说认识咱就认识,今天的话,都锁进肚里消化掉好了。"白剑暗自吃惊,自己心里想什么他都知道,真不知是福是祸。他表白自己口紧,大概不会过早暴露这件事,又笑道:"林老板言重了,我哪里会忘咱们两千年的前世缘分?我回龙泉,当然要四下看一看风景,有你这个龙泉通做朋友兼导游,不是一件美事吗?当然,这要看咱们今世的缘分啰。"

林苟生朗声大笑,"好一个且听下回分解!小妹妹,人说女人的感觉比男人敏锐十倍,你看咱和白兄弟将来是朋友还是敌人?"

少女假模假式看着两个人,"你们都是龙泉人,你又不姓高,我想你们会成为很好的朋友。"

林苟生拍了巴掌道:"走,吃饭去。"

白剑送走罗一卿，已有些归心似箭了，正朝汽车站走，看见林苟生从一个水果摊边闪了出来，停下脚忍不住问一句："你不是坐了三轮走了吗？"林苟生坏模坏样，高深莫测地笑着，"原以为你会先到地委宣传部打个尖儿，我就上了三轮。转念一想，你是回来休假的，自然不会去惊动上上下下的。小兄弟，你是个会用脑子的人，当然不会因小失大，所以我就下来了。汽车站分了两个，一个是大交通，一个是面包车，怕你走错了，去了又脏又乱的大站，留下来为你引个路，你不反对吧？"白剑鼻子哼一声，拉了长腔道："不——反——对，只是我不明白你作为商人对我这么周到，是不是一种投资。若是呢，你就不怕将来种了龙种收的是跳蚤？"

林苟生紧走两步，像只螃蟹横走着，为的是又不耽误走路又能看清白剑的脸，"小兄弟，家里还有什么人？这些年和县里的头脸照没照过面？"

"你不是偷听到了吗？"白剑冷笑着，"父母死在大洪水里，还有祖父和妹妹在龙泉。为了你的诚意，我再说这一遍。你说的什么李金堂、什么刘清松、什么欧阳洪梅，我都不认识，大约十五年前，我见过一眼李金堂，不过他在台上我在台下。小心别让车撞了你。"

"这就好这就好，"林苟生扭正了身子说，"咱们就能好好合计合计了，你不认识李金堂，咱就在暗处，事情就好办得多。李金堂在龙泉经营了几十年，耳目遍及全城。这头要是开不好，以后就被动了……哎，到了到了。"

面包车出了柳城，林苟生站起来，手扶着靠背，看见车里没有坐科长级以上的官员，重新落了座，用肘子捅捅白剑道："小兄弟，咱们商量个事中不中，你休假咱先从城里休，你要看什么咱就端什么。"白剑警觉地看看车里的乘客，压低了嗓音道："你烦不烦，昨晚你打半夜呼噜，我要睡觉了。"林苟生得意而自信地笑得浑身颤抖，脸凑过去对白剑耳语着，"这一车绝对安全。火车上我漏了咱龙泉一个人物，如今的首富申玉豹，资产绝对超过五百万，是李金堂树立的个体经济的旗子。这申玉豹发财发得有点怪。"白剑忍无可忍，黑着脸吼道："我一不抬轿，二不拆庙，我要睡觉！"

眼见着车过了杏花山，林苟生决定再冒次险了，摇醒了假睡的白剑说:"杏花山的杏花快开了。去年申玉豹的老婆莫名其妙地死了,一审是他杀,李金堂一过问,就成了自杀。人命关天的大事,说是黑就是黑,说是白就是白,没有铁腕,也不敢这样狂。除了县长王宝林,人大、政协的正副职,李金堂这些年还培养了四大金刚、四小金刚,势力遍布全县各个角落。你要翻陈年旧账,眼可要把细些,要多找些朋友和帮手。"白剑仍假睡着,仔细地听。林苟生停了片刻,牛眼转转白剑,咬了一下厚嘴唇道:"我住在古堡,也就是县直招待所二〇三号房。小兄弟若是信得过我,中午到我那里再详细合计合计。你也不用瞒我了,我一眼就能看出咱是一条道上的人。你不知道我等你这样一个人等了多久,我都等得不耐烦了。咱俩联起手,能成一番大事。"

白剑听得心惊肉跳,一见车到了县城东关,忙喊停了车跳下去。林苟生在车上喊道:"小兄弟,还没到呢!"白剑一心想尽快摆脱这个不知敌友的林苟生,答道:"我真的是休假,已经到家了。"

面包车呼啸而去,车窗外留下一颗硕大的脑袋在干涩的寒冷里随车颠上颠下,颠出断断续续的喊声:"小兄弟——有事到古堡找我——"

白剑呆立在三岔路口上,心里道:或许他真的是个朋友?如果林苟生所说属实,这个李金堂可算得上一个土皇帝了。这种人物,一般都不好对付。

# 第二章

　　关于东汉光武帝刘秀发迹前后的传说，在龙泉四处流传，那些外人看来多少有些古怪的地名便是这些迷人传说歇脚的驿站。从八里庙向南，沿赵河东岸行十二里，便是一个叫马齿树的村子。当年刘秀兵败，弃龙泉城单骑东逃，在城东扳倒一口井解了口渴后，王莽驻柳城兵杀至，刘秀向西南落荒而去。行至一片野地，刘秀的白龙马望着前面一个村子嘶鸣一声，把主人掀下来再不肯向前。刘秀口干舌燥，四肢无力，抬头望天，只有一面像烧得赤白的铜锣样的太阳压在头顶，四周两三里内竟无一树，只有地上被烤得无精打采的马齿菜点缀出一片片的紫绿。刘秀看看正在啃食零星马齿菜的白龙马，仰天叹道："马齿菜呀马齿菜，你为什么不是马齿树？"话音刚落，只见地上的马齿菜棵棵都疯长起来，顷刻间成了一片遮天蔽日的马齿树林。刘秀躺在马齿树下酣睡起来，白龙马抬头饱餐一顿马齿叶后，王莽追兵又至，刘秀骑马折向正西。穿过一个村子，刘秀已经听见了身后追兵的叫喊声，恰在这时，赵河像一条青龙横亘于前，白龙马嘶叫一声，伫立在河岸上。刘秀听着身后箭羽的破空声，大叫道："赵河呀赵河，我喝你二十年的水，你就不能干上一会儿？"赵河果真马上断流，让刘秀放马过去，又用几米高的洪峰挡住了追兵。于是，这一带便留下了马齿树和救王滩。

　　龙泉县委第一书记刘清松决定从这片充满神奇传说的土地上开始自己征服龙泉的第二个大的战役。第一个战役，刘清松选在县城进行，他力主以卖城镇居民户口的方式，筹集了三百万资金，改造了龙泉县城的一条大街。这一战役已经大功告成，地委和行署的年终总结上都肯定了这种做法。同时，这条大街又为刘清松赢得了第一块口碑。

改造新村现场会是刘清松庞大计划的关键一环。当初他选择马齿树村作为新村试点,是看中这块地方既厚且醇的文化背景。一个现代化的新村出现在这样一片古老的土地上,其醒目程度可想而知。马齿树村是一个三千多人聚居的大村庄,近几年靠苇编工艺品致富,据信用社提供的数据,该村每户平均存款已达三万元。该村村支书马呼伦在村支书的位置上已稳坐三十年了。在龙泉几百村支书中,马呼伦算是一个风云人物。刘清松决定抓马齿树这个点,一是因为马呼伦在马齿树是铁腕人物,可以使这个新村在预定时间内出现在龙泉的地平线上,迅速引起上级政府注意;二是因为马呼伦几十年来一直我行我素,和李金堂庞大的官员系统不搭界,可以减少很多不必要的摩擦。止月初八清晨刘清松的桑塔纳专车驶到城南门外,已有城建局、环保局、教委等单位的四五辆小轿车、吉普车和县电视台的一辆采访车沿路边候在那里。

"庞副县长还没到吗?"刘清松下了车,抬腕看看表道,"朱部长,办公室陈主任怎么没来?人大和政协不知他通知到没有?"朱新泉从车中钻出来,伸个懒腰,"刘书记,庞副县长在政府院里。"刘清松踢开路面上半截砖头,说道:"我知道。龙泉这种办事效率……"朱新泉默默地隔着镜片看看刘清松,小心答道:"以往,龙泉大型活动,都安排在正月十六以后进行。初八就开大会,可能不习惯。"刘清松声音高了许多,"过了腊月二十三,各个办公室已经找不到人了,正月十六以后才恢复正常,一个年要过近一个月!"朱新泉低头答道:"其实,毛病都是惯出来的。"

主管外贸、城建、教育的女副县长从一辆已有破败感的吉普车里下来,脸上挂着十二分的不快走向刘清松和朱新泉。"你姗姗来迟呀!"刘清松用半开玩笑的口吻,指了指手表。庞秋雁眯着一双依旧有些水汪汪的好看的杏眼,一弯半月的经过淡妆修饰过的细眉轻挑着,冷笑出一串并无恶意的亮响,盯着刘清松,抬脚踢踢那辆崭新的桑塔纳,"你问问我那辆破吉普呀,我是什么时候离家的,它最清楚!我最年轻,资历最浅,又是如夫人的命,想在你县太爷面前挣个赏钱也不行啊。这破吉普发动就用了二十分钟,小王用手摇,还差点发生流血事件。管外贸、城建这种衙门的副县长,恐怕全国只我一个坐吉普,还是早该报废的吉普。我就不是朝廷命官?在柳城就听说龙泉欺生,看来真不假!"朱新泉对县委书记和女副县长的密切关系并不陌生,只是想不到这种关系也可以这样无遮无拦地不知回避,李金堂和欧阳洪梅在公共场合一起出现，要知分寸得多。明知目睹这种事并无益处，可又无法借故走开，朱新泉只好背过身，仰脸盯着老柳树垂下的枝条。刘清松恨恨地白了庞秋雁一眼，却又不便发作。庞秋雁下意识地掩住了嘴。刘清松在柳城地委组织部副部长任上死了妻子，庞秋雁自称在无爱的婚姻里泡了十年，离婚也基本成了定局，"清松已接了秋雁案"，走到一起只是个时间问题了。刘清松策划庞秋雁来龙泉任职，一是想要一个帮手，撑出龙泉党政两方面有人照应的局面，一是想尽快促成庞秋雁走出家庭，成为他后半生的伴侣。可是，眼下两人的关系着实不宜公开。庞秋雁对着朱新泉宽宽的后背睐了睐大眼，向前走两步，大咧咧地拍了朱新泉一掌，"朱部长，你们这两个常委可要听清楚了，待遇上是不是也能来个女士优先？刘书记是一把手，自然没人敢亏他的，常委会上我只能指望你这个大部长替我说话了。"朱新泉接了几缕这女人的眼风，心里暗想：这女人也不是盏省油的灯，这两三个媚眼可不是一日之功就能练成的，自己对今天听到看到的，看来只能缄默了。朱新泉也很暧昧地笑了，"换辆车也能难倒你庞县长？只要你能把外贸的涉外遗案摆平了，我第一个主张给你换辆皇冠。主管外贸的县长，坐骑也要讲个形象。"刘清松如释重负地出口长气，"龙泉人讲个仁义，讲个无功不受禄，能不能坐上皇冠，就看你在广州的法庭上能不能追回那四百三十万了。"朱新泉紧接道："刘书记不是太难为庞县长了吗？我要能追回一半，让麦饭石矿能重新启动，就该给庞县长配辆皇冠。"庞秋雁真真假假道："配了皇冠，我敢坐吗？清松书记坐的是桑塔纳，县委一辆皇冠是李副书记的，我哪里敢和李副书记比，坐了皇冠刘书记你能心里平衡？"刘清松赶紧接道："李副书记是老领导，他坐皇冠是几年前常委会定下的，我来后他还几次提出和我换车呢。哎，老朱，李副书记怎么还没来？"朱新泉环顾左右迟疑道："这个，这个我不清楚。这两天我一直在电视台安排采访的事。"看见矮胖的县委办公室主任从一辆北京213里滚下来，扬着手喊道："陈主任，刘书记问你李副书记今天去不去马齿树。"

陈远冰挪着罗圈腿，急走几步，腆肚梗脖子看看刘清松说："李副书记昨晚凉着了，他让我给他请个假，今天去不成了。"刘清松咬了几次嘴唇，忍不住想骂几句，咂咂嘴又问："人大和政协那边呢？"陈远冰纹丝不动站着，目光盯在刘清松的胸部以下，"石主任和张主席说，马齿树新村刚刚规划好，尚有一半没修，这次现场会由县委和政府出面就行了，他们完全听县委的。"刘清松终于动气了，"你就不知道人大还有七个副主任，政协还有八个副主席！"陈远冰仍像石雕一样恭敬地站着，却不再答话。庞秋雁冷冷地说道："又不是县委第一书记不出面，这规格就低了？这个会是去栽树，不是摘桃子。我看该出发了，去迟了，下面又会怎样看我们这些父母官？"刘清松黑着脸低头钻进桑塔纳。朱新泉灵机一动，拦住庞秋雁道："庞县长，我跟你换换坐，感受一下你这辆老爷车，会上说话更有分量。"庞秋雁当然不愿放弃和刘清松独处的机会，回报朱新泉一个感激的眼风，上了刘清松的车。车队出发了。

"这个朱部长倒是个知趣的人。"庞秋雁捋着冷风吹乱的头发，"那个陈主任死猪不怕开水烫。"刘清松等了良久道："如今想办成一件大事，真难。""改造大街他们不是承认你了吗？"庞秋雁身子朝刘清松那边挪了挪，"雪松巷改成青松路，马齿村试点基本上大功告成，该到放开手脚的时候了。"刘清松侧身看看庞秋雁，叹道："我还是低估了他，青松并不轻松，一旦换个说法，我就被架在火炉上边，抽象的青松就具体成我这个人了。"庞秋雁不以为然地说："他不过读了几年私塾，能看多远？只要有看得见的政绩，谁也挡不住你。谁还准备在龙泉老死呀？"四只眼睛对视了片刻，刘清松露出了难得一见的笑容，"这需要你我好好配合。龙泉人有后劲，只用看看遍布全城那五千多幢私人住房，你就明白该怎么干了。这个县自古手工业发达，如果把散在全县人手里的私人资金引到县城来，你说会是一种什么局面？"庞秋雁眼睛里荡漾着一层似雾非雾的东西，人到中年后能沐浴一场这种质量的情雨，还用再奢望其他吗？柳城地区一十三县，刘清松比其他十二个县委书记最小的还要小五岁，又是建筑系毕业的高材生，仕途已进入黄金铺路的地段了，一个龙泉县的土包子李金堂能挡了他的道？庞秋雁嘴里说："我会好好配合的，有时你简直不用说，一个眼神我就明白的。"说着，伸出右手突然抓住了刘清松的左手，脸颊上顿时溢出一抹醉人的红晕。司机虽是亲信，刘清松还是一哆嗦，下意识地看看司机和车内的观察镜，没发现什么破绽，就轻轻用力捏了捏那多肉似无骨的小手，一种小虫爬过的酥痒感从掌心漫开了去，以电流的速度通过小臂到大臂，再由胸腔洒向腹股深处。他感到浑身燥热，偷眼看去，只见一根修长的手指在自己的掌心如蛇一般地滑动着。庞秋雁痴呆呆地望着车顶，口中喃喃出变了调的声音："听说他和欧阳团长好了十几年了，他要不给面子，我们也可以做做这方面的文章嘛。没必要太忍让了。"刘清松倏地抽出了手："不要动这方面的念头！他们的关系，一年半载摸不清楚。他们对龙泉都有过大贡献，这些小事，无伤大雅。日子太久，大家都习以为常了。再说，如果能在这方面轻而易举抓住他的把柄，陈东明、吴春林、任怀秋会在龙泉输那么惨吗？我在地委组织部工作多年，知道这三任龙泉县委书记都不是善茬儿。要能动这方面的心思，他们也早动过了。我的意思是，咱们在龙泉尽可能绕过他，不损伤他们的根本利益。你说得对，咱们不打算在龙泉老死，没必要染指人家的自留地。"庞秋雁嘟囔着："我听你的。我不过有点好奇，他们年龄相差二十几岁，如今仍能这样默契配合，是不是有点怪？"刘清松用钦佩的口吻答道："李副书记这个人很值得研究，欧阳也不是一般人呀！我只是弄不明白李为什么不走出家庭和欧阳重新结合。龙泉没人能挡他走这一步，为这样一个女人，走这一步也值。"庞秋雁不屑地哼了一声："是不是动心了？动心了，你抢去就是了，现成的，明天就可以办结婚证。"刘清松故意道："这倒是个好主意。""你敢！"庞秋雁又捉了刘清松的手，用力拧了一把。刘清松连声道："投降投降！只有李这样的人才敢重温三宫六院的风流。我有多大的胆，你还不知道？李有的这种气，一般人难聚。这一点，我远不能及。"庞秋雁冷笑道："你何必长他人志气灭自己威风！一个土财主，勾子里留点三妻四妾遗臭罢了，能称得上风流？他敢这样胆大包天，都是龙泉这帮土著给惯的，捧得他跟皇上一般。弹丸大的龙泉，只能养出夜郎之气，怕他做甚？龙泉不是独立王国，我就是看不惯。"刘清松道："我哪里是怕，我只是在寻找捷径。和这样一个层面上的人斗，能有多大的劲头！在龙泉搞出一片新村，我们就快该离开龙泉了。"庞秋雁抿嘴一笑，"这才是你刘清松！"

司机把车开得很平稳。

八里庙村支书高四喜正走到后半生一个重要的选择点上。这次选择，押上的不仅仅是他作为一位农村底层政治家的前途和命运，而且押上了八里庙高家两千零四十口男女在高白两家绵亘三百多年流血的和不流血的斗争中的沉与浮。

崇祯十年初秋的一个月黑风高的夜里，饿了三天四夜的一男一女，从寨子北边女墙外的刺儿梅丛中爬了出来，他们成了李自成血洗龙泉后八里庙一带仅有的幸存者。作为已经成年的男女,他们都对高、白两家为争夺耕地和寨西赵河码头泊位进行的一次次流血的械斗十分谙熟。家族间的仇恨使他们两人大难不死,劫后余生后,在八里庙孤独地生活了六天。第七天,男的走出寨子,到附近的村子寻找同族的幸存者;女的则踩过同族人的尸体,伫立大路口或码头上,等待自己族人的归来。第十五天的傍晚,少女在寨门旁的瞭望台上向着北方眺望,隐约看见一个男人正披头散发朝寨子狂奔,身后跟着一群野狗。少女在这千钧一发之际,打响了火铳,出寨门一看,竟是那个仇家的男子。两人看看坐卧在北面野地的野狗,明白它们已经完全恢复了野性。当晚,两人搬到一起住了下来,那男子需要治伤,这女子需要有人壮胆。经过一个月的生活,爱情从一片仇恨的土地上突然间瓜熟蒂落了,两人睡在了一张床上。第二年夏天,长子出生了。少妇望着新生的粉嘟嘟的婴儿,为难起来。因为如果子女跟父姓,自己的一脉就要绝种。夫妻俩经过协商,决定大儿子先随父姓,以后再生子女,交替姓白和高。为了使后代永生永世不再结仇,这对夫妻决定向儿女隐瞒自己的姓氏,希望后世子孙永是兄弟,以当年高白两家仇杀为诫永享太平。这对夫妻共生五男三女,与世长辞后合葬在赵河东岸的黄土岗上。五个儿子娶妻生子后,高白两家的格局重现了。这五个儿子暮年时,八里庙已是远近闻名的富裕寨子,因是当地土著,在移民到来前,他们跑马圈下了大片良田,移民到来后,高白两家的子孙都广为纳妾,人丁十分兴旺。重修村寨时,五个儿子为遵父母遗愿,以示五兄弟平等,修了五个寨门,姓高的占三,姓白的占二。这样和平共处了几十年。康熙五十四年,为修祖谱,高白两家发生了第一次大规模械斗,为的是都要当爷。这一争就争了近三百年。在冷战时期,高白两家都很重视子孙学文习武,清康、雍、乾百余年里,高白两家共出进士三名,文武举人十三名。民国初年,白朗在豫、陕、鄂三省起事,白家在上风头坐了三十来年。

土改时,高四喜登上八里庙政治舞台,成立高级社时任社长,后任二十余年八里庙大队支书,三年前改任村支书。高四喜面临的政治危机,引发于一场计划生育风波。进入六十年代,八里庙高家的总人口再次超过白家,经过二十余年的消涨,高家在八里庙已在人数上占绝对优势,白家族里辈分高的人深感事态严重,一个鼓励增长白家男丁的计划旋即出台:凡白姓人,平均承担那些超生家庭应付的罚款,不惜任何代价实现每户生两个男孩的目标。三年来，不足一千七百人的白家出生人口竟超过高家三倍。八里庙的超生问题，使凤凰乡在县里丢尽了面子。常富申书记、周有才乡长只好给高四喜发出最后通牒："半个月内，你想不出办法把那些三胎、四胎从女人肚里弄出来，你就准备让贤吧。"高四喜哭丧着脸道："罚款他们不怕，一年超生一二十个，一两千人均摊，伤不了筋骨。"周有才黑着脸说："上个月你让乡里派四十人去扒了七家的房子，也没有弄下一个孩子，你这支书到底是怎么当的？"高四喜蹲出一个黑乌鸦，伸着脖子道："常书记，周乡长，那七个女人连面都没照一个，七家三十五口，派饭派了三天，白家腾了四个宅院都住进去了。如今挣钱的路多，只过半年这七家已有三家在动手盖房了。"常富申叹一句："这些年你太吃尖吃尖①了，白家人口占八里庙百分之四十，支书、村长、会计、保管，都由你们高家干。十个村民组，你们高家就占了八个组长。给白姓一个团支书，干了六年你还不同意他入党。白云飞从部队下来八年，我三次提出让他当民兵连长，你又说民兵连长是抓枪杆子的。这样下去，会出大事的！"周有才瞪了高四喜一眼，"你拿个办法吧，我们已在刘书记那里立下军令状，半个月解决不了这件事，我和常书记一起辞职。不过，在我们辞职前，只好先把你免了。"高四喜咬咬牙站起来，"办法我倒是想了一个，不过得要你们撑腰。八里庙有八个怀着三胎、四胎的女人，有六个娘家都是凤凰乡的，都有娘家妈。"常富申说："孩子在女儿肚里，你提娘家妈干什么？"高四喜三角眼刺的一亮："由乡里出面，把这六个娘家妈请到乡政府大院来，弄间房子摆个手术台，保管这几个女人都会来，来一个，绑到手术台上割一个，不出三天，这事就结了。"周有才一拍大腿道："有门！高四哥到底是块老姜，想得绝。这事要是成了，说不定能在全县推广哩。高四哥，把老太太们请来，剩下的事就是你的了，乡里没那么多人手。"高四喜得意地说："中。治人这事，咱在行。"常富申担忧地说道："一定要组织严密，千万不能惹乱子。"周有才满不在乎地摆摆手，"刘书记有话，要不惜任何代价解决超生问题，请几个老太太来乡里住两天，这算啥。结个扎，流个产，小手术嘛。"

六个娘家妈在乡政府住了三天，那些孕妇一个都没出现。人倒是来

---

① 吃尖：方言，含霸道、露脸等多种含义。

了不少,都是送饭的、送水的、送水果的,大肉大鱼烧鸡吃得两个年长的老太太直叫着糟踏东西。第四天,书记乡长去县里开棉花会议,高四喜出了新招,他让人拉来一车碎石头,分成六堆铺在乡政府院子里,派六个基干民兵荷枪守住大门,把六个老女人背捆双手推到六个碎石堆前,他走到门口朗声说道:"从现在起,不准送饭送水,老太太们跪在石头上,哪个女儿心疼,来乡里一个换一个。"四个小时过去了,一个年长的花白头发女人终于支持不住,身子一歪倒在碎石上。接着,一个少妇哭喊着冲进院子,去扶起老太太。老太太摇摇晃晃走到乡政府门口,临时手术室就响起了女人尖利的叫声。老太太流着泪喃喃道:"都四五个月了,多可惜呀!"高四喜哼着小曲说道:"嫂了,这计划生育是基本国策,她们犯了国法,不吃点苦头成何体统!"到下午四点钟,院子里只剩下那个年纪最长的老太太了。她一次次摔倒,一次次起来,嘴里不住地喊:"让他们整死我,红红啊,你可别进来,再……再有两个月……让他们整死我……"话没说完,她再一次栽倒了。大门外黑压压的人群一片骚动,"弄不好真要出人命。""这大娘也太倔了,那胳膊能拧过大腿?""恐怕是个后娘,要不天下能有这样狠心肠的女儿。""这女儿恐怕不在龙泉,要不然,谁有这种铁石心肠。""这是谁想的歹毒法子,肚里怎多的曲曲弯弯!""能行一点,政府也不会这么做,听说这次抓的都是三胎。"红红哭叫着,从街上一家铺面里跑出来,撕开人群,冲到院子中央,蹲下已经显得笨重的身子,喊一声"娘——"把老太太抱在怀里。老人醒转来,看见是女儿,甩手打了女儿一个耳光,气得背过气去。红红哭叫道:"我娘不行了,快送医院。"几个男人冲进院子,抬起老太太出了院子。八里庙的几个民兵把红红推搡到了手术室,高四喜一看大功告成,从地上站起来,两手交替拍打着屁股上的尘土,冲着背枪的一干人叫着:"完事了。啥场面我高四喜没见过?想翻天,没门!走,喝酒去。这两天大家辛苦了,每人补贴三十元,从超生罚款提留中报销。"

当天晚上,红红因大出血差点丢了性命。第二天上午,六辆崭新的六轮拖拉机载着二百多人出现在县委大门口。白云飞把写好的状子交到县委传达室说:"我们要见刘书记,要求严惩草菅人命的凶手。"他手朝窗外一挥,两百来人都跳下车,盘腿坐在县委大门外小广场上。刘清松听说是为了计划生育静坐,孕妇现已脱离危险,没再细问,吩咐道:"八里庙是个计划生育老大难村,不能在这个原则问题上让步。七个月引产是晚了点，可事出有因。劝他们回去，我还要开会，不见。"十几分钟后，来了二十几名公安干警，武力驱散了静坐的人群。白云飞去传达室拿回状子，对领头的干警说："请你转告刘书记，我们要到柳城讨回个公道。"转过来喊道："上车，把横幅打出来去柳城地委，再告不通，咱到省里，再到北京。"一条写着"龙泉八里庙为民申冤上访团"的横幅出现在第一辆拖拉机上。

李金堂的卧车出现在拖拉机前。他走出来，伸直伟岸的身躯，凝着双眸看看横幅，走了两步说道："李金堂。不知有没有资格接你们的状子。事情真到了龙泉管不了的地步吗？"白云飞到底在外面见过世面，走过来把状子递给李金堂："李副书记，刘书记不接状子，还派了公安打人。"李金堂粗粗把状子浏览一遍，慢步走到第二辆拖拉机前，伸手摸摸老太太打了绷带的双膝，回头看看街两旁围观的群众，自言自语道："官逼民反，民不得不反呀。"一个转身盯着白云飞死看一会儿："你叫白云飞，在部队入的党，带着车队上访，好威风哟！这件事我昨晚就听说了，你看看这两个人是谁？"白云飞不由得立正站好，看见了常富申和周有才，咬着牙没说话。李金堂威严地低声道："不认识？"白云飞说："是乡里常书记、周乡长。"李金堂把状子扔给白云飞："周有才纵容高四喜非法拘禁群众，建议停止他的乡长职务；常富申劝阻不力，建议给他党内警告处分。高四喜和绑人的人，交由公安局处理。常富申，高四喜已经老糊涂了，你总不能再让他搞什么家天下吧？"常富申低头垂手答应着："是是是。下一步我一定考虑解决八里庙基层组织家天下的问题。"李金堂解着风衣扣子，微微低着头看看白云飞："白云飞，还用不用到地委上访了？"白云飞一下子就被李金堂折服了，顿时有了要下跪的感觉，噙着眼泪，转身喊一声："还不跪下谢谢李副书记。"几百人齐刷刷跪在马路上，不知是谁在人堆里喊一声："谢谢李青天！""谢谢李青天！"众人跟着齐喊一声。李金堂急跑几步，双手扶起一个胡子花白的老人，连声说道："老人家，请起请起，这青天的封号李某可担待不起。正在寒露、霜降节气间，你们竟要扔下地里的活集体上访，可见是伤透了心。我代表县委和刘书记，向你们道歉。你们赶快回去抢种麦子吧。"人群里传出嘤嘤呜呜的哭声。白云飞把状子当场撕碎，对着人群喊："上车上车，该种麦的种麦，该织绸的织绸，该上玉器车的上车。"顷刻间，八里庙来的二百来人都上了车。"这不是个很好的村支书吗？

只是嫩了点。"李金堂想着,慢慢把手举了起来,厉声说道:"白云飞,你就这么走了吗?"白云飞看见李金堂的大眼里喷出令人不敢逼视的光芒,连句理直气壮的回话都讲不出。李金堂冷冷地看了看这个膀大腰圆的汉子,用洪钟般的声音大声说道:"你身为党员,无组织无纪律,组织群众上访,此第一错;你身为党员,见违反国家计划生育政策一再超生的现象不闻不问,反倒出头为这些超生几胎的人上访,争取什么人权,此第二错;老人家跪了一天石子,身体十分虚弱,你却让她走出医院,躺在拖拉机上颠簸,实为大不孝,此第三错;没有经过申请批准,带领数百人到政府门前静坐示威,妨碍政府机关正常公务,导致交通堵塞,这已经违反了国家有关法规。这最后一条,拘留你十五天不冤枉吧?"白云飞再无一点傲气,心悦诚服地道:"不冤枉,李书记,您给我戴手铐吧。"李金堂裹了裹风衣转身走向自己的皇冠,走了两步,扭头丢下几句:"扣你是公安机关的权力。年轻人,利用这十五天,好好想想如何带领八里庙人共同致富的事情,眼光放高远些,争斗几百年,为了当个爷,是不是真有意思?我只剩两个女儿,就可怜吗?"

　　高四喜从公安局拘留所回到八里庙,村支书换届已成定局。这一天,白云飞也从拘留所出来了,上千百姓人出迎三里远。常富申已经看出李金堂对白云飞的好感,到八里庙善后时,已在党员中间表示出要白云飞出任支书的意向。白家出支书,高家出村长,家天下也就瓦解了。谁知刘清松又亲自过问了这件事。

　　听了李金堂大街办案的详情,刘清松深感自愧弗如。行家一出手,便知有没有。四五天后,又有消息传来:八里庙白家出外躲藏的超生游击队员,都回来做了手术,做人流的做人流,结扎的结扎,上环的上环。一段时间里,只要空闲,他就打电话给常富申,问一些八里庙的近况。常富申以谨慎在全县乡局级干部中闻名,就把改组八里庙基层组织的打算汇报了。刘清松道:"村一级领导,有无水平在于他能否得民心,得民心就有权威,就可以产生凝聚力。支书、村长,都让他们选吧。"

　　经过两次选举,高四喜再次以压倒多数当选村支书,村长仍选成了原来的村长高老十。十多年来,高家控制着党员的发展,党支部没有上报一个白家的人。早在二十年前,白家的有识之人似乎就看到了这一点,想方设法送孩子去部队参军,搞曲线入党。不过,白家子弟当兵,第一关就是村支部,数量有限,质量也不高,如见白家有那种出人头地的苗子报名，高四喜旱烟锅一敲，就把他敲掉了。二十几年过去，白家的党员人数竟出现了负增长。高家十八岁以上有选举权的人数又远远超过白家，根本不用搞什么选举作弊，甚至选举时出几个叛徒，也翻不了船，这些情况刘清松根本无法知道。

高四喜把这次高家在八里庙的全胜的功劳，自然而然记在刘清松头上。重新上任后，高四喜多次公开表示："俺高家有贵人相助，朝里有人好做官，连这都弄不清，还想当爷！刘书记今年刚刚四十挂零，已经是一把手了。"白家也有人放出硬话："李副书记熬走了十三四个一把手，出水才见两腿泥哩。差点出人命的大事都不管不问，这种官，兔子尾巴，长不了。"按照非此即彼这一素朴的逻辑，高白两家自然把刘清松和李金堂当成了各自的政治靠山，尽管刘清松和李金堂对此都一无所知。大年初一，高四喜到表妹夫、刚刚复职的周有才家拜年，刚刚表露一点翘尾巴的模样，周有才一盆冷水泼下来："你懂鸡巴啥！眼珠子总抢不过你那八里庙的寨墙！你我在乡村一级混，买车可要精灵点儿，弄不好，人家一甩袖子，你就爬不起来了。要骑车，一定要骑永久牌，骑飞鸽牌，肯定要摔跟斗！刘书记是啥人？来龙泉前，是地委组织部副部长，到龙泉是为了挣出身，沾点牛屎气，多点升迁资本。你在八里庙说大话也不怕闪断了老舌头！你这种明目张胆的跟法，刘书记拍拍屁股走了，你有啥果子吃？李书记是啥脾气，你该有耳闻吧？都六十来岁的人了，张狂个屎！"高四喜出身冷汗瘫坐在吱吱乱响的沙发上，愁眉苦脸道："你说李副书记都听说了？这可咋办，你是我妹夫，给我指条明路吧。这白家要是一得势，高家两千来口人可就……呜呜呜。"周有才厌恶地看着高四喜："妹夫个屎，你一个烂点子，害得我坐了两个月的冷板凳，我埋怨过你吗？看你的脸，皱得蛋包子一样，谁会可怜你！反正李副书记已经注意你了，没那件事，全县二百个村支书，你在里面，就好比屁毛掉进草堆里，一点不起眼，如今蹲过一回局子，出了名，这就不好办，成了凤凰群里的落水鸡，丢了人也现了眼。年节下，去李书记家走动走动。你们年纪差不多，都是土改时发的家，李书记念旧情。"

高四喜扛了一箱杏花山牌黄酒，战战兢兢去了李金堂家拜年。李金堂隔着帘子说道："春英，把高支书的礼物退回，再送一箱黄酒给他。土改时，高老四也曾威震一方，是个人物，这箱酒算我送他的退休礼物吧。"高四喜明白眼前这张白门帘永远也不会为他掀起来了。然而，高四喜毕竟经历过几十年风雨，回家后决定彻底赌一把，押刘清松离开龙泉前李金堂退休。

高四喜在马齿树参加现场会回到八里庙当天夜里，一个改造八里庙旧寨子的规划就在他家里形成了。这个新村改造规划包括扩出东西三条、南北四条街道，拆除属于白家的两个寨门和属于高家的一个寨门。七条街道，东西街宽六米，南北街宽四米五，需拆除高家住房十七座、白家住房二十六座。经过两天动员，高家十七户需要拆迁的，都表示为了高家整个家族的利益愿意做出牺牲。白家需要拆迁的二十六户，其中就有白云飞的两个哥哥家的房子。

这个方案显然是精心策划的。

正月十一上午，经过短暂的动员会，八里庙改造新村工程在一位尚不知水深水浅的小白副乡长的主持下动工了。上午，高家主动先拆了四个院子。中午吃饭时，白家的智囊团终于明白了这个计划中暗藏的杀机。下午，几百高姓汉子拿着家伙扑向两个寨门时，那里已有几百个白姓汉子护卫着。

"白云飞，你想干什么？"白脸副乡长卡腰腆肚走出人群，打了一个酒嗝，"你是不是小号没蹲够？改造新村是全县战略性大改革，你再聚众闹事，吃不了你兜着走。"

白云飞毫不示弱，"我们不反对改革，我们只要求个公平。为什么要拆掉这两个寨门？这是借改革之名搞的一个阴谋！"

高四喜沉不住气了，"白云飞，上午开过动员会的，你们并不反对这个方案，高家已经拆掉四个院子了。这个东门通向大公路，不拆行吗？你反对改革，就是现行反革命，谁敢拦这事，谁倒霉。县委刘书记支持这么搞。"

"我看谁敢动一块砖头！"白云飞拿过一把铁锹，"谁动我劈了谁。"

一场空前的械斗眼看无法避免。白脸副乡长咽不下这口气，叫过带来壮胆的乡武装部干事说："把手枪给我。反了，反了！今天拆不掉这座寨门，我土字倒着写。"说罢，对着空中开了两枪。对峙的双方出现一片死一样的寂静，接着，白家一方的阵形紊乱了，几乎所有目光都朝着那还在冒着青烟的枪管注视着。白脸副乡长把手枪在空中挥舞着，用变了调的声音尖叫着："给我拆——"

"慢！"白云飞知道保不住这座寨门了，向副乡长走了两步，"这是我们白家的寨门，要拆也轮不到姓高的动手。"说罢，朝站立一旁的白姓长者跪下了，哭着说："云飞无能，保不住东门了。"几个老者掩面抽泣着，神经质地朝白姓的青壮汉子摆着手，那意思再明白不过：留得青山在，不怕没柴烧，你们先拆了再说。白云飞爬起来，抹了一把鼻涕眼泪，歇斯底里大叫一声："上墙——"

白剑听到那声枪响，右眼兀自狂跳几下。五年没回家，没想到高白两家又到了势同水火的地步。"文革"期间，借全国武斗之风，高白两家白方要挖祖坟彻底揭开谁是爷谁是奶之谜，已占上风的高家认为高家是爷早已板上钉钉子，要不为什么高家占三个寨门，就拼死护墓，双方发生四次大规模械斗，死伤三十余人。回来这五天，白剑除了外出暗查当年救灾的情况，剩下的时间就是听堂兄弟白云飞讲这几年白家如何受高家的欺压，央求他想法促成白云飞当村支书。白剑居京都多年，对这种无意义的争斗更无兴趣，只是做个听众，弄得白家族上对他都颇为失望，背后叹息白明德这一脉一代不如一代。白明德年轻时做甲长，一九四五年春还有手刃日本兵的壮举；儿子白祖贤虽是一介书生，研究黑米种植二十年，也还知道良种只供应白家。这个孙子在京城待了十几年，一点能没学，学成一个圣人蛋，满口什么团结呀什么的大道理，连谁是爷谁是奶这样的根本问题理不清楚，和谁团结？因此，这次白剑在家，收获的尽是咀嚼不尽的落寞和隔阂。

骑车走进西北门，便看到一堆瓦砾，一个老妇人正在挑拣那些还能成形的砖头。"高八奶，好好的房子为什么要拆掉？"老太太在潮湿的充满着霉味的寒冷里龇出上下两三颗黄牙，"我知道肯定会拆到我们家，荒春时节，我们家二妹跟你们白家老九家的贤德娃私奔了。""我问你为什么要拆房子，你这房怕有一百多年吧？刚才是不是有人打枪？"高八奶嘟哝着："三百年的东门正在拆哩，刚安生了十来年，又要胡折腾了。都没良心呢，那年不是这五个寨门和寨墙，大洪水早把你们冲去喂了王八。全寨人只少了你爹祖贤娃和你妈董姐川，他们为的是养那失传的黑米呀。好人不长寿，恶物活千年呢。"

白剑走到东门，不禁被眼前的景象惊呆了。两条人链缀在寨门两旁的寨墙上，在门楼顶上交在一起，一片片清代的琉璃瓦经过骑在房顶上白云飞的手，通过人链向下缓缓流着，像是在进行一个神秘的仪式。白剑看见那裸露的黑黑的椽子,大叫一声:"住手!这是文物你们知不知道!云飞,你快下来!"白云飞住了手,阴阳怪气道:"十三哥,又运动了,破四旧立四新,村委会决定拆了这些老古董,盖上洋房,向城里人看齐呢!"白剑打雷一样吼道:"快把房子修好,都给我下来!你们谁家里有钱没处用,拆了好好的房子再盖新房。"高四喜一看生出枝节,朝寨门上喊:"你们再不拆,他们可要动手了。""谁敢!"白剑不假思索地呵斥一声,取出相机咔咔咔拍了几张照片,走到高四喜面前,"高四爷,据我所知,八里庙还没有富到建什么新村的程度。再说,就是寨了内无法建房,也用不着拆这些寨门,可以在外面滩地另建新村。"高四喜白了白剑一眼,退到一旁。白脸王副乡长背着手走过来,拎着手枪围着白剑转着,"你是哪把夜壶,敢接这种闲尿!我咋没见过你,是不是刚被抓回来的超生游击队员?"白剑以寨门和拆房的两条长龙为背景,拍下了小白脸专横的舞枪模样,"刚才是你打的枪?!我明白了,你开了枪他们才拆的。""你给我站好!我打枪怎么啦!"小白脸气急败坏,"你是县电视台的?不是的,肯定是在外流窜多年的盲流,在龙泉只有盲流才撇这种洋腔。你竟敢拍我的照片!把他给我抓起来!"白云飞披着羊皮夹克,吊儿郎当踱过来,故作神秘地说:"王副乡长,你可不要抓他,他给你拍照你应该感到荣幸!一般情况,他的镜头只对准副总理以上的大干部、大首长,也就是国家领导人级别的。"王副乡长大笑起来,"你唬那些五朵山里面的人去吧!他是总书记的专职摄影师哩!啊——呸!识相的,把照相机给我。"白云飞只好一本正经地说:"王副乡长,我不是开玩笑,他叫白剑,是中华通讯社的大记者!"小白脸下意识地后退两步,上上下下,仔仔细细打量了白剑,咳了一声,又故意十咳两声,手下意识地想去摸衣领,看见手里仍拿着枪,像是摸烙铁一般抛给武装部干事,再咳了一串毫无底气的响,伸出手说:"证件——我要看你的记者证!"白剑掏出一个蓝本本扔过去,"粗中有细,怪不得年纪不大就当了副乡长。"小白脸仔仔细细,翻来覆去把记者证看了好几遍,自言自语说:"不对,要是真的,怎么一点风声都没听到?这证件还给你,你就是真记者,也不能妨碍我们工作。刘书记提倡建新村,你知道吗?"白剑答道:"我不知道。"小白脸伸手捻着下颚上惟一的一根长胡子,突然向白剑递去一脸和解的笑,"那咱们就是误会了。你没有采访建新村的任务,请朝边上靠靠。我好歹是公鸡头上的柳叶肉,大小是个官(冠),

县委派我们督促新村建设,我就不能另搞一套。高支书,咱们继续扒。"白剑以为已经把小白脸镇住,没想这是一块又臭又硬的茅厕石,只好以硬碰硬,"你要扒,我绝对不再阻拦。不过,你再动一片瓦,我只好带着这些照片回北京,让中央首长看看下面是如何对待改革开放果实的。怪罪下来,可不是个子高的顶着,因为有你拎着枪当监工的照片,后果可想而知,说不定就把你的前途给断送了。要不这样办,你给县委刘书记打个电话,如果他要你继续扒,我就去找他。"王副乡长掏出手帕擦擦额头上在夕阳里闪着金光的汗珠子,顺台阶下来了,"也有道理,你毕竟是中央大通讯社下来的大记者,中央新精神可能早知道,春江水暖鸭先知嘛。我回县上问问,如果县上叫停,咱就停,县上叫扒,咱还得扒,你就是把我的照片登在《人民日报》头版头条,我也要当好这个监工。中国这么大,国有国情,县有县情。白记者,要是县上下令不叫扒,咱就把这古董保存着,你我顶这几句嘴,就算是个玩笑,都是公仆,彼此彼此。高支书,今天就暂停了吧。"

王副乡长和高姓的几百人一走,白云飞就和几个青年把白剑扔到半空中。在空中像片无根的浮萍飘摇时,白剑才品味出冷汗要干未干时,那种身子骨出奇的松软和浸入骨缝的奇寒。嘴上只长一根独毛的小小副乡长,就这样难缠,白剑脑子里顿时闪过李白的诗句:蜀道难,难于上青天。此行真是前途未卜呀!

白剑在八里庙这一番亮相,一下子触动了龙泉县敏感的政治神经,眼看着无法进行他的私访了。

李金堂在家里接了周有才打来的电话,吩咐说:"对这件事你不要表态,王副乡长的猜疑也有道理,由他打电话给刘书记更好,他很快会打这个电话的,千里马没跑得飞起来之前,都不会忘了伯乐。还是那句话,凡事先看看。你们乡还有没有别的村扒房的?好吧,八里庙的事你不要插手,就是扒个精光也不要管!"他站起身,妻子春英已经拎着外套准备递给他。旋即,他打消了去办公室召开紧急会议的念头,朝妻子轻轻一挥手,女人悄然退到里屋,这种默契的配合很不像夫妻,倒更像五星级宾馆训练有素的一位女招待和一位下榻的尊贵无比的客人。刘清松去县石墨矿和麦饭石矿区视察了,接下来就会有惊人的举措。庞秋雁带着从省城请的大律师已经去了广州,如果能追回欠款,这两个矿改组后的班子,李金堂就不好发言。不管刘清松是不是来龙泉镀金,他都必须认真对付。

李金堂仰靠在沙发上陷入了深思。女人悄悄走过来，把红外线电暖器加大一挡。拨乱反正的时代过去了，摸索经济复苏和发展办法的时期也过去了，社会进入了有序的运转期，各个行业再不会出现那种一夜成名的神话般的英雄。龙泉从"文革"的极度混乱中发展到今天，能让地委发出"外学温州内学龙泉"的号召，刘清松没立寸功。按一般逻辑，刘清松这种坐享皇帝是不会伤及李金堂这种马上皇帝的。然而事实上，龙泉只是像一个王国，距帝国的所有风光相距不止二合之地，李金堂一不留神很快就会被扫进县志那些发黄的书页里，仅仅作为引导历史车轮前进的路标。明永乐皇帝朱棣，深得万世留名之道，借机发兵登基后，不多年就把首都由金陵迁北京，大兴土木建造皇宫，天下稍平，即下旨编一部《永乐大典》，成为仅次于秦皇汉武唐宗宋祖的知名帝王。朱棣的成功显然在于他注重形式。刘清松的居心，深得朱棣的真传。他先改建一条街，又造一个新村，下一步呢？这样，他就会在一个不出产英雄的时代，以有形的街、村、城引人注目，并可企望触摸一下永垂千古的衣裙。如果这一计划完全实施，他李金堂几十年来的所有劳作，仅仅只配做刘清松辉煌事业的基石。李金堂想透了这一层，心中暗叹后生可畏。去年他提议更改街名，一是为了抛出和为贵的绣球；二是为了一旦刘清松过于难驯，能多一个可供攻讦的靶子。前几天托病不去参加现场会，则完全出于本能，感觉这样下去会在刘清松设下的圈套中就范。廉颇老矣，尚能饭否？李金堂伸手仔细抚摸了自己的脸颊，一股浩然之气又在胸中激荡起来。我还没老，我还没老，和清松这种有头脑的年轻人斗一斗，才有意思。这个记者来得好哇！如果设法让刘清松赏识的王副乡长带人连夜扒掉八里店的寨门，这个白记者会作何反应？他能不能阻止刘清松建新村的庞大计划呢？照常理，只要上面听到了反对意见，这个计划就会流产。李金堂精神一振，再次拨通了周有才的电话。听了一会儿，他懒恹恹地说声"知道了"，便撂了电话。刘清松已经通知停建新村了。"来得好快呀！"李金堂喃喃一声，心里道：应该尽快把这个白记者抓住，把他的火煽旺一些。他接连拨了两个电话后，仰在沙发上闭目养神。

十分钟后陈远冰、朱新泉一前一后进了李金堂的青砖四合院，朱新泉还带了一个人来。李金堂睁开眼睛用目光嘉许这两个得力部下的效率。朱新泉微弯庞大的躯体，"我把新闻科夏仁干事带来了，他和您说的白记者同过学。"李金堂像是被注入一支兴奋剂，很快坐直了，"坐下说，坐下说，还是你想得仔细。"春英不声不响给三位客人倒了茶，又不声不响退下了。"夏干事，你谈谈这个白剑。"朱新泉直入主题。夏仁慌忙欠欠身子，像猪腰子一样的瘦长红脸沐浴在一片柔和的光亮中，细长的脖子绷出两条像正在蜕皮的蛇一样的动脉血管，"事情是这样的，白剑说是乡里人却是城里人，说是城里人却是乡里人，他父母先是国家干部，后是八里庙农民，当了几年农民，又是国家干部，研究几十年黑米，大洪水时淹死了。"朱新泉忍不住打断道："啰嗦什么，又不是练绕口令！"李金堂淡然道："还是说清楚了。这么说，他父亲叫白祖贤，我认识的，是县里的种子专家，六二年自动回乡，后来我就不知道了。"夏仁掏出手帕捂嘴咳一声，"我和白剑小学同学三年，他当知青后上大学，毕业后留在北京中华通讯社，不常回来，五年前我在县城碰到他一回。"李金堂嗯了一声，从沙发上站起来，"县里出了个国家通讯社的大记者，这么多年我们竟不知道，这是多大的失误！"朱新泉马上把夏仁推到前台，"你早知道县里出个大记者，为什么不汇报？"李金堂和善地笑笑，"不怪小夏，不在其位，不谋其政。他家里还有什么人？"夏仁答道："他们这一门，四代单传，八里庙还有个爷爷，五年前八十岁，如今不知还在不在。他还有个妹妹叫白虹，我见过的，长得小小巧巧很可爱，脸庞很像中央台新闻播音员杜宪，那年十六七，刚招到县种植厂当工人，前两年还上了自修大学中文系，能说一口漂亮的普通话。"

李金堂心里盘算着：白剑的根在龙泉，交上这样一个能吹响大喇叭的人，总是个好事。若是个机灵人，他会很快明白的。这事要赶在刘清松下山之前做了，迟则生变。他伸出一个手指在空中画了几个圈，"我看应该先把他请到县城，联络联络感情，日后县里工作上有了成绩，北京新闻界也好有个照应。新泉，明天你亲自去把他接过来，用我那辆车。陈主任，你到古堡给白记者安排个房间。"说到这里，他止住这个话头，对陈远冰道："我还有件事要单独和你说说。"朱新泉和夏仁走后，李金堂站了起来，踱了几步，转过身道："今晚你就去找组织部温部长、人劳局魏局长，明天把白剑的妹妹由工人转成干部，这姑娘已经有文凭，也算落实政策。"陈远冰问："安排到哪里？"李金堂笑了，"夏干事不是讲了吗？这个小白虹长得像杜宪，会说普通话，就安排她当记者兼播音员，后天早上县电视台要有这么个白记者。"

# 第三章

　　古堡是一幢石头砌成的方方正正的二层楼，清光绪八年由一个叫奥威尔的英国传教士设计建造，很有些巴德农神庙时期的建筑风格。古堡先是一位商人的府邸，光绪二十二年春天，古堡遭土匪洗劫，商人全家十一口和六个用人遇害。作为一处凶宅，它闲置二十几年后，成了县党部，解放后又做了近三十年政府办公楼，县委、县政府搬入新建大院后，它经内部装修改建变成了招待所。

　　白剑傍黑的时候作为贵客，被接进古堡二〇一房。女服务员打开房间后，朱新泉让夏仁陪白剑，自己说去接李副书记。他走到楼下值班室，却先给县石墨矿拨了电话，请人转告刘清松，中华通讯社的白记者已住进古堡二〇一房。一个杰出的赌徒，不到节骨眼上，哪一方都必须押上几个铜板，将来刘清松胜了，他自然不会忘记朱新泉通风报信之功。夏仁频繁地看表，终于引起了白剑的注意，"老夏，你要有事，就去办你的事。咱们老同学，能给你摆什么谱，何况我这次回来确实只是休假。"夏仁嗫嚅着："也不是什么大事，冬冬就要放学了，没安排人去接他。"白剑道："嫂子呢？"夏仁苦笑道："我们两地分居，你嫂子在丹水县农林局，孩子我带。"白剑忙道："那你还不快点儿去！你又当爹又当妈，真难。"夏仁如遇大赦般奔下楼去。旋即，夏仁又踅了回来，大口喘着气道："我尽量抓紧，要是朱部长先回来，你就说我去邮局给你取电报纸了。你知道，我想把你嫂子调回来，如今朱部长已答应帮忙。"

　　白剑在走廊里来回走动着，思索着如何隐藏自己此行的动机，走到楼梯口，他看见一个女人正跪在楼梯上，埋头擦着红地毯没有盖着的石梯。女人擦得很仔细，样子像是在擦拭一件价值连城的宝物。白剑误以为这种擦拭也是县里为了博得他的好感而采取的措施，心中有些不忍。夏仁紧张得连接儿子的事都不敢说，这个合同工或是临时工如果不把楼梯擦得一尘不染，会不会被炒鱿鱼呢？白剑有点后悔不该在朱新泉面前故弄玄虚，把建新村拆旧房的严重性过分夸大了，弄得好像自己手里真有一柄尚方宝剑似的，害得这么多小人物跟着遭罪。白剑看了好一会儿，见女人向下退了一个台阶，忍不住说道："没必要这样擦，楼梯毕竟是用脚踩的，哪能不沾一点灰！"女人抬起头，用手背理理垂在额前的刘海儿，在昏暗的光线里，恬静而深长地朝白剑淡淡一笑，轻轻答道："每天都擦，擦的不是灰，已经习惯了。"白剑向下走了几个台阶，不由追问："不擦灰尘，那你擦的什么？"女人答道："血！"

白剑吃了一惊，禁不住仔细打量了这个显然已到中年的女人。"你每天都擦？""是的，每天擦两遍，还是擦不干净，恐怕永远也擦不净了。""你在这儿干几年了？""差不多二十年了。""这楼梯你也擦了二十年？""不，开始的几年我没擦，我想着那血不会白流，后来我知道那血白流了，就想把它擦掉，擦了十年，还是擦不掉。""你叫什么名字？""我叫妙清。""你是当年一中'井冈山'宣传部长陈妙清吗？"女人端着白瓷盆站了起来，"是的。你也是一中毕业的？""我那时在初中部，没参加'红太阳'，也没参加你们'井冈山'，都必须在派时，我成立了'一棵葱战斗队'，就我一个人。"陈妙清笑道："你比我们看得清，所以你就成了大记者。我只想把这些血擦掉，可我总是擦不掉。"白剑打了个寒噤，又问："这二十年，你一直待在这里？"陈妙清没正面回答，低头说："你需要什么，只管说。招待所就我一个服务员。"说罢，去了一楼卫生间。

白剑被陈妙清身上的某种东西镇住了。二十年前，"红太阳"和"井冈山"两派为争夺古堡，发生大规模武斗，双方死伤七十余人，仍没停止的意思。第二天黄昏，一个浑身衣服烧得不能遮体的少女抱着一个血人走出古堡，站在武斗双方对峙的大街上，枪声终于停止了。陈妙清这一制止武斗的壮举，在当时的龙泉几乎家喻户晓。当人们知道陈妙清和那个死去的"井冈山"司令谭文龙是一对恋人后，这一壮举就多了一抹殉情的玫瑰红，让龙泉狂热的少男少女唏嘘不已。白剑不明白是什么力量把陈妙清关进这样一幢石楼里，是爱情吗？如果不是爱情，那又会是什么？十年如一日，擦拭同一个楼梯上的血迹，当事人却又不知为什么，这实在让人费解。

难道这就是龙泉人的个性？白剑想着。

李金堂一见白剑，就送去一缕恰到好处的温情。他把半旧的军大衣脱下来，交给朱新泉，不等介绍，把手伸向正在大厅冥想的白剑，"你和祖贤年轻时长得很像。你回来了，该早打个招呼。"白剑握着那只有力的大手，"李副书记，我这次回龙泉，纯属私事，不敢惊动你们。你认识家父？"李金堂拉着白剑走到一排黑沙发前，"坐下说，坐下说。我和祖贤五六年就认识了，他和你母亲立志要把失传多年的黑米培育出来，为这事我们讨论过多次。六十年代初，我去过他的试验田。后来，我靠边站了。七十年代我第一次复出，知道你父母仍在搞黑米种子，很想再去看看，一场大洪水，竟……不说这些了。如今黑米在龙泉已种植成功，你父母可是大功臣呀。你这次回龙泉，避免我们犯一次大错误，给我们敲了一次警钟。"白剑觉得该给龙泉方面吃颗定心丸，说道："这也不是什么大事，经济发展了，也要通过一定的形式体现，只是一刀切不好。昨天八里庙那种阵势，要不了三天就把一座好端端的寨子给毁了。我是万不得已，才以这种方式阻止的。龙泉这几年的变化很大，会有大发展的。只是搞新村，是不是慎重些，成熟一批，改造一批。"李金堂听出白剑不愿再纠缠新村的意思，有些怅然，可又不好直接让白剑把这件事朝上捅，沉吟了片刻道，"白剑老弟，你也别护龙泉的短。这件事的严重性，我知道你不愿说破，我看这是当年的共产风死灰复燃，够典型的。这件事不狠狠敲打敲打，还会以别的形式借尸还魂。这种急功近利式的掠夺性的经营，不只龙泉存在，要是经过你的大笔在北京的大报上呼吁一下，就是不便公开，写一篇内参，对于全国，也是功德无量的事。听说那个王副乡长还开了枪，这成何体统！"

白剑听得莫名其妙，李金堂把事情提到这样的高度来认识，又指出了登报和写内参这两种方式披露这件事，到底想干什么？这个李金堂该不是正话反说吧？作为一个县级领导，他不会不知道一篇内参或是一篇公开的批评文章的分量。他是害怕这种结局，所以才把自己请到县里。白剑想起相机里的胶卷，恍然大悟，笑道："李副书记，那个王乡长也是执行公务，当时我拍了照，是怕无法收场。这事既然县里已经及时制止，照片也没用了。这个胶卷没照几张，等会儿我取了交给你处理。我这次回来是休假，没想遇到了这件事。"李金堂知道白剑多想了一层，把他意思听忖了，可又无法再捅破这层窗户纸，看来利用这个白剑的事只能从长计议了，遂支吾着，"不急不急。你既然回来了，我们就不能轻易放你走，等过了元宵节，让朱部长陪你到处看看，给县里的工作留点建设性意见。"

这时，陈远冰从餐厅那边走了出来，"李书记，饭已经好了，还用不用等？"李金堂发现没有来电视台的人，眉头皱了一下，"昨天说的事，不知广电局办妥没有？"陈远冰心领神会道："刚才我又打了电话，人已经报到了，等会儿，她和连锦一起来。"李金堂微微点了点头，站起来披上大衣说："小白，一起吃顿便饭吧。"白剑只好跟着，来个客随主便。

李金堂围着圆桌转了半圈，脸色铁青着，盯着伫立一旁的陈远冰和财务科长骂起来："你们搞什么名堂！白记者刚到，弄这些花里胡哨干什么？中央三令五申，要四菜一汤接待，你们都当耳旁风呀！亏得白记者是咱本乡本土自己人。"白剑看见桌上有对虾、团鱼这种高档菜，听李金堂这么一说，不好插话了，心里直犯嘀咕：他到底在卖什么药？朱新泉更是迷惑不解，招待规格是昨晚李金堂亲自定的，他为什么要出尔反尔？陈远冰和财务科长只能摆出大义凛然的模样，伸直了脑袋挨骂，不敢轻易表态。一时间，餐厅里静得要爆炸了。朱新泉迅速作出判断，"胖大叔，撤了撤了！"

"撤了干吗？"白剑循声望去，看见列车上遇见的珠宝商林苟生满面油光从操作间里闪了出来，心里顿时一紧：这阔佬会不会坏事？林苟生堆着一脸媚笑，低头看看桌上的菜，"除了这大对虾，都是龙泉的土产，白大记者几年没回咱龙泉，用土产给他接风最好。要是县里不好入账，这桌菜记到我的账上如何？"抬头朝白剑眨眨眼睛。

李金堂怔了一下，心里思忖道：林苟生怎么会认识他？乜斜了一眼林苟生，"浪费掉了，白记者心里更不好受。按规定留下四菜一汤，剩下的送我家里，晚上我家里有客。"掏出一沓钱递给财务科长，"以后不管接待谁，都按文件办。胖大叔，白记者住这里，你要保证他吃好，又不能超过标准。"

林苟生讨了个没趣，摇摇头道："没福吃这对虾团鱼汤呀，只好喝咱们的芝麻叶面条。白兄弟，从今咱们是邻居了，打麻将三缺一了叫一声，我一定捧场。可惜呀，已晚了半拍。"白剑不敢接林苟生的眼风，嘴里说:"能和你这大商人做邻居,三生有幸。"林苟生哼了两句酸曲:"房顶上跑马我还嫌低呀,面对面睡下我还想你呀!能和你这种大人物做邻居,咱们是三生有幸、十八生有幸。"李金堂心里疑窦顿生:作为记者,如果没有大图谋,绝不会在年节下刚过初五就离开繁华的京城回来休假,他放弃新村事件,证明他确实为着什么才来的。林苟生居然认识这个白剑,如今又住成了邻居,需要给这个祸事精打打预防针了。李金堂把大衣披好,拍拍转过身要走出雅间的林苟生的肩,"老林呢,你就是长了一张臭嘴,总是好了伤疤忘了疼!古堡是政府招待所,你要好自为之!"林苟生站住了,一张嬉皮笑脸倏然间换成玩世不恭,眼珠子跳了几跳,闪出几束火光。他做了两个深呼吸,眼里的火熄灭了,背朝着几个人,冷冷说道:"李书记,你贵人多忘事!七九年,五十几万右派都平反了。我的档案,托大洪水的福,毁个一干二净。我现在是合法商人,共和国公民,是个自由人。"李金堂音调依然平淡地说:"远的、近的,我们都知道。如今你也混得不错,我只是怕你犯老毛病,毁了后半辈子,完全是好意才提醒你!如今你不是认下个干闺女吗?好好卖你的珠宝吧。"林苟生听完这一番话,眼睛渐渐变得黯淡无光。走了两步,他又觉得实在难咽这口鸟气,停下步子扭过头咧嘴笑笑,"有你李副书记挂念,我的日子能不好吗?哈哈哈——"

白剑一下子就捕捉到了这两个男人间浓得无法化解的仇恨,回想起火车上林苟生说的话,心里咯噔一下:这阔佬说得不错,已经错过了和他联合暗访的良机。"吃饭,吃饭。"李金堂拉了白剑一把,"这个老林,大半辈子不顺,二十出头当右派,后来又住了几年监狱,脑子有点不正常。"

当天晚上,白虹和一个叫连锦的小白脸闯进白剑的房间。

白剑对妹妹出落得这般水灵、美丽感到惊讶。这个妹妹就是前几天和他一起回去,穿着一身蓝色工作服的白虹吗?那个连锦肩上扛着的摄像机更让白剑感到莫名其妙,忍不住问道:"你们这是干什么?养殖场开会了?"白虹调皮地一歪头,笑出两个酒窝,一下子仰在那张大床上,"再也没有什么养殖场了!哥,从今天起,咱俩成了同行,你是大白记者,我是小白记者,同时我还是新闻节目的播音员呢!"又一个鲤鱼打挺翻站起来,"忘了给你们介绍了,这是我的师傅,龙泉电视台记者兼摄像师连锦。这是我哥哥白剑。"连锦忙搓搓手,伸出去道:"久闻白大哥大名。和白大哥一比，我不值一提。"白虹放下手中的茶杯，不解地问："师傅，中午你还说电视台的人都不知道我有个哥哥在北京，现在就久闻大名了？"连锦微红着脸，"我这是学着说客套话。"白剑拉住白虹说："你说什么，你什么时候从养殖场调到电视台了？"

白虹说："今天呀，上午通知我去报到，中午去买了这身衣服，下午就和连师傅回八里庙采访。哥，你不高兴？你真不知道这事？"白剑摇摇头道："真不知道。"白虹眼睛里闪着泪光，"哥，你事先真的不知道？你没有找人打招呼？"白剑摇摇头。白虹翕着鼻子，"你事先不知道真好，这是我自己努力的，我自己……哥，你不知道我这几年有多难呢！"

白剑感到这事有点蹊跷，一时又想不明白。他走过去，擦擦妹妹的眼泪说："哥对不起你，这几年你一边工作一边照顾爷爷，还学完了自修大学，哥不如你。你要好好熟悉业务，将来大电视台招聘，你要去考一考，哥帮你联系。"连锦不失时机插道："白虹的形象、气质都没得说的，中午放了样片，大家都说她很像中央台的杜宪呢。有白大哥在北京关照，你白虹不鸣则已，一鸣准惊人。"这几句话说得白虹破涕为笑，抹一把泪说："你们都尽挑好听的说！我怎么敢比人家大明星呢？"

白剑送走妹妹和连锦回房，林苟生把他堵在门口。"小兄弟，我真眼馋你有这么好的一个妹妹。你别用这种眼神看我，看得我皮麻骨酥的，好像我不是克格勃就是一个观淫癖。刚才是你们没关门，我也没关门。你别以为把你妹妹调到广电局是酝酿已久的事。你也不请我到屋里坐坐。"白剑闪在一边，林苟生大刺刺地蹲在沙发里。林苟生把玩着茶杯盖子，"小兄弟，我知道你谨慎，办大事也该谨慎，我不怪你。再说我有理由怪你吗？是啊，你凭什么就能相信我林苟生，凭什么和我掏心肠吐肺腑？我和你不一样，我一看见你，就决定把赌注押上。中午，我在贾宋一带找古玩儿，听说八里庙因扒房子开了枪，出了一个不怕死的记者镇住几千人，我就想你快来古堡了。本来我想在古堡迎接你，没想他们比我更快。龙阜的效率你有感觉了吧，二十四个小时内，查清你家的历史，还能把你妹妹由工人变成炙手可热的电视台记者。"白剑忍不住反问道："你有什么根据？"林苟生诡秘地一笑，"其实你也想到了这一层，只是你不愿承认。我知道这事是李金堂的主意。我就是不明白李金堂解决了你妹妹的出路问题，为什么执意要让你吃四菜一汤。"白剑冷笑着："你是智者千虑必有一失！他们把白虹调到电视台，是怕我写内参。吃四菜一汤，无非是做出一种姿态，这有什么值得大惊小怪的。"林苟生轻轻摇摇篮球一样大的圆脑袋，"恐怕没这么简单，因为你还不了解这个李金堂！咱们先不管这些中不中？看你的眼睛我就知道，你已经迈过了一发糖衣炮弹就能打趴下的坎儿，你并没考虑终止你的计划。你这个想法很对我的胃口。这几天你在乡下也摸得差不多了，外出八次，还在外面睡了一晚。"白剑恼了："你竟敢跟踪我！"林苟生笑眯眯地说："这话可就难听了，你连家是八里庙都不跟我说，而我又准备押你这一门通吃，不想点办法行吗？这城里我有一帮兄弟，干哪一行的都有，我回来根据印象，画了你的一张肖像，有人带着肖像去八里庙找他的一个朋友，于是我就知道了你这些天的行踪。你放心，我这个人的信誉是不错的！我可以告诉你，我这个人虽然沉沦了，但还没有堕落。我需要你，你也需要我，这就是咱们合作的前提。"

　　白剑没想到林苟生竟敢这样厚颜无耻和他做交易，气得鼻孔哼一声，别过脸去。林苟生并不在乎白剑的态度，继续说："我知道你不喜欢这种赤裸裸，可是社会并不像初恋，读'啊'字开头的抒情诗毫无用处！我需要的，你都有，你需要的，我也可以供给，我的东西装进你的脑袋，乖乖的可不得了！在龙泉，谁家的猫叫春了，我都知道。我先不问你想干什么，咱只说说人该干些什么。世界上只有两种人，价值连城的和不值一个铜板的。婴儿的时候，谁都可以像踩死蚂蚁一样踩死他，因为他太弱小，干掉他只用一罐发馊的人尿！大部分人一辈子只是婴儿。那少数人，就是君王、上帝，主宰着一切。拿破仑、希特勒、孛儿只斤忽必烈，就是少数人中的状元、榜眼、探花之类的东西。"他贪婪地吞一口温茶水，伸出肥厚的大舌头舔一下嘴唇，目光由复杂变得歹毒起来，"我不想做臭虫，做跳蚤！你呢？你也不想！中国有几亿青年人，心里都在琢磨怎样才能避免做臭虫、跳蚤，叫人伸出小拇指就碾死了。我猜猜你的心思。在京城想成功，还得靠女人。远些考虑，找个部长以上的千金，就有了靠山，有没有爱情并不重要，戴不戴绿帽了伤不了筋骨。这个是基础，下一步就是寻找机会，当然，这需要才华。实际上，才华根本不算个条件，能找到部长什么的女儿，已经说明问题。寻到机会风光一下，岳父大人就可以来个举贤不避亲。像小兄弟你，这次你抱个金元宝回夫，过不了多久你就是记者部主任，再过五六年，问题是五六年能干许多事，我只用四五年，就从不名一文的流浪汉变成了腰缠万贯的富翁，那时你四十出头，社长的位置就是你的。这个时候，你根深叶茂了，又正值盛年，要是觉得仕途兴致未尽，还可以搞个什么委员当他一当，要是觉得这一面船到码头车到站了，就可以在爱情的坛子里泡上一泡了。"白剑早把脸转向了林苟生。这个魔鬼般的阔佬不可能知道他的婚姻状况，可是这一番话却像是他潜意识的一种阐释。白剑有些害怕，有些恼怒，有些不知所措，被人勘破潜意识可不是件轻松的事，他感到浑身燥热，右手神经质地解着扣子，忽然间他笑出声了，"林老板，你在这方面可算个大学问家了，你为什么自己不去做孛儿只斤忽必烈？你作为一个商人，和我合作，总要收点利息吧？我很难相信你这些肺腑之言是对我的无私奉献，你能不能也亮亮底牌？"

林苟生咳了一口痰吐到厕所里，踅回来说："晚了。我已经五十出头了，除了自由的身体和大把的金钱，我一无所有。青春死了，经验就派不上用场，这就是社会和人生的残忍之处。饭厅里你都看到了，我根本无法还手。三十年前不是这样，是李金堂亲手杀死了我的孛儿只斤忽必烈。我再也没多少机会了，这回铁了心押你这一门。我把什么都掏给你，认不认我当朋友在你。"

林苟生和李金堂的交往史，可以上溯到三十二年前的初秋。那时，李金堂还在县委组织部长的任上，一身灰色的中山服，左胸的口袋里别着两支钢笔，梳着偏分头。显然，他想以这些形式和挤得古堡楼道变窄的工、农、兵干部划清界限。秦江县长一手栽培了李金堂，夏天里已经暗示他准备提升他当抓农业的副书记。有了这层关系和这种暗示，李金堂自然对秦江言听计从。

忽一日，秦江来到李金堂的办公室，把一个小纸条交给李金堂，说话也有点神秘兮兮的，"我这次去省城开会，段书记介绍给咱县一个历史系高材生，学生会主席，又是党员。路过地委，迟专员专门对这个高材生的安排作了指示，要把他安排在一个重要的乡镇锻炼锻炼。他要来报到，就安排他到石佛寺镇做抓农业的副镇长。王书记问起来，你就说是地区迟专员的意思。"李金堂心领神会，满口答应了。林苟生的档案到了机要室，旋即被机要员小花送到李金堂的办公桌上。小花新婚不久，面带桃红，俯在桌子对面，右肘支着桌面，手指散成一朵兰花印在右脸上，白底蓝格衬衣的领扣似是被饱满的胸脯挤开了，枣红色土漆桌面一压迫，就把白皙的乳沟压个呼之欲出，长长的睫毛扑闪着，忘我地看着正在仔细阅读卷宗的李金堂。过了好一会，李金堂没改变姿势，眼皮都没翻一翻，小花娇滴滴地唤了一声："李部长，这份档案我又不拿走，你想咋看就咋看，我还有困难向你反映呢。"李金堂轻哦一声，眼睛仍没抬起。林苟生小他四岁，一进龙泉就是副镇长，这个现实让他微微感到有些不适。或许，仇恨的种子正是在这里下了地，李金堂自己并无察觉。如果升任县委副书记能很快实现，林苟生在四年时间里需连升三级，才能和他平起平坐，这就好接受些。小花娇嗔道："青石板巷的房子太小，屋里又阴又潮，前些日子下雨还漏雨。我问了大夫，这房住上三两年，就要得风湿性关节炎。城隍庙街老欧阳家的染厂归了县委，人家宣传部已经有人搬进去住了。"李金堂抬起了头，一眼就明白了这女人的心，既然已经知道女人的要求，也就不客气地把眼风顺了那开放的领口朝里吹了吹。吹冷了似的，小花左手一把捂住那里，却没想捂个严实，轻动着小嘴咬着翘着颤抖的大拇指。不就是换两间房子吗？这对身为组织部长的李金堂来说太容易了，容易得他不想立即答应，他把身子朝后一仰，说："你青石板巷的房子是不是真住不成呀？"小花嘟着嘴，"我能骗你吗？你抽空去看看，明天铁柱他们要到省上接三辆'解放'牌，三五天回不来，我带你去看看。"李金堂感到了一种难以名状的愉快，答应说："那就明天晚上去看看。"顺理成章地伸出大手拍拍小花依旧支在桌面上的瓜子小脸，"你可不要骗人呀！"小花大胆地伸手打了李金堂一小巴掌，转身向门外走，开了门又站住了，回眸望了李金堂一眼，这才离去。

  第二天晚上，李金堂爽约了。傍晚的时候，他对坐在对面刚来报到的林苟生说："苟生同志，晚上我请你去吃鸡丝馄饨。"这一决定并没影响他第一次品尝权力和性爱的种种滋味，而且等出了别样的味道。小花因头一晚没见到李金堂，知道这个男人不好对付，一见面就使出浑身解数，十分投入；李金堂则因头一大在馄饨馆听了一番林苟生不知天高地厚的演说，一肚子仇恨无处发泄，狠巴巴的不像是在偷人。

  尽管李金堂一开始就把林苟生当成了一个强有力的竞争对手，但在以后的一年里两人却没有发生任何冲突。李金堂很平稳地升任县委副书记，林苟生轻描淡写地当了正镇长，离县级领导只有一步之遥了。

春天里,全国大鸣大放的声音响成一片。在这个关口上,李金堂自觉地选择了观望态度,林苟生则成为石佛寺镇鸣放的同情者。到这年的隆冬,所谓右派分子已经水落石出,林苟生因坚决反对分配名额的做法,保护了近十个人,自己却落了个右倾的名声。不幸的是,林苟生对自己的处境毫无察觉。三个月后,全国的高音喇叭都在重复四个字:赶美超英。林苟生在县三级干部会上,毫无遮掩地宣称:"十年超英,十五年赶美,是不可能的,至少在龙泉是不可能的,它不符合马克思历史唯物主义观点。"李金堂毫不客气地说:"没有能力的人,就不要再占茅坑了。"林苟生冷笑着梗起脖子道:"我倒看看你们这些能人怎么超过英美,我只知道罗马不是一天建成的。"李、林两人间的冲突开始了。

报上开始试探着放卫星了。李金堂读着省报上登载的小麦亩产三千八百六十三斤的消息,迷惑不解。当晚,他带着报纸去了县第一高级中学校长孔先生的家。孔先生早年习文,后来当了几年小军阀的幕僚,中年回龙泉做欧阳恭良的账房先生,国共争天下时,到城北古刹菩提寺当了居士。李金堂少年时放浪,经孔先生点化潜心读书,后来逐渐发达。饮水思源,李金堂到县城任职后,力荐孔先生出任一中校长。他一直认为孔先生是龙泉第一个明白人,每有重大疑难,都去请孔先生化解。李金堂把报纸摊在孔先生面前,担忧地说:"龙泉风调雨顺之年,小麦亩产不到四百斤,这样下去,怕要出乱子。龙泉怎么办,请先生指点一二。我是你看着长大的,今生已决定尽全力报答龙泉百姓。可是我确实不知该怎么办。"孔先生如炬双眼忽然黯淡,不搭李金堂话茬儿,言说其他:"金堂,滋润桑梓,造福后代,惟在教育。我答应你出山办学,也正为后代。如今你是一县父母官,你要答应我一件事,要是全县缺粮,我向你要,你不能回绝。我所要不多,能维持学校教书学习而已。"李金堂不解地问:"去年大丰收,先生为何提出这种要求?"孔先生捻着胡须慢吞吞地说:"这个你不用管,你只要答应给我粮食。"李金堂答应道:"粮仓若有一石,先生要用,我自会送来。"一年后,闹全国性饥荒,李金堂才知孔先生又高凡人一着。孔先生颔首称是,却不说古。李金堂忍不住,再问:"还没听先生高论。"孔先生朗声笑道:"我有什么高论。所谓天要下雨,娘要嫁人,顺其自然。以史为镜,可以知兴替。明洪武十二年,龙泉知县奏疏谎报织机数目,朱元璋下旨要龙泉每年供入丝绸二十万匹,并升知县为知州。后三年,绸工累死织机者不下千人。

洪武十五年，朱元璋得知龙泉织业惨状，下旨免龙泉三年税。利就是弊，弊就是利，看你选什么了。我知道你不会放过良机，这也是顺应大势，无可厚非，只是一定要未雨绸缪才好。"李金堂心中一凛，来求教前，他已经准备放一颗大卫星了。朝廷有人好做官，必须要做出大事引起朝廷的注意，这种常识李金堂不会忘记。见孔先生不反对放卫星，李金堂也有了底气，马上就想了个一石三鸟之计。

一定要在石佛寺辖地放颗大卫星，这样可在全省乃至全国打出名气，二可巩固自己在县里既得地位，三可让林苟生永远臣服。麦梢已发黄，事不宜迟。农历四月底，李金堂驱车去了凉水井。凉水井是他政治上开始发粗发旺的第一个基地，也是第一块福地，他一直很看重。到了凉水井高级社贺兴壮社长家门口，李金堂对司机说："三天后你来接我，对谁也不要讲我在这里。"

喝了两杯小酒，李金堂把报纸甩给贺兴壮，"老贺，五沟的地不如咱这里，粮食早熟十来天，人家亩产快四千斤了，你凉水井报个数吧。"贺兴壮惊叫一声："天爷！这是什么宝地呀！李书记，这是咋弄的？"李金堂咬咬牙说："人有多大胆，地有多高产，你报个数，办法我帮你想。早几年你不听我的，舍不得杀人，弄得现在还在戳牛屁股，如今是机会，看你有没有胆量去抓了。"贺兴壮迅速睒了李金堂一眼，小声说："四千五。"李金堂摆摆手道："右倾！八千斤怎么样？"贺兴壮诺诺应着："八、八千。可是，这咋个弄法呢？"李金堂胸有成竹地说："地点就选在申家营东边靠河的那块地，北面有个土岗，土岗北面有百十亩好地。申家营群众基础好，一夜移个十几亩地的麦子没问题。是不是申宝栓当头儿？"贺兴壮显得又激动、又恐慌，连声答道："是是是。咱们这就去见他。"李金堂道："不，你去给他说，他会听我的。我在你家里等着，你连夜去移。移完了，我去讲个话。"申宝栓是李金堂当年扶起来的穷棒子，很听招呼。申宝栓的媳妇，也是李金堂介绍的。这个男人一挨身就像鸽子一样咕咕叫的女人，土改时曾经给过李金堂许多个美妙的夜晚。

第二天早上，贺兴壮骑着破自行车回来了。李金堂问："妥了？"贺兴壮答："妥了。没想那一亩多地恁能装，岗北面拔了十八亩，五六千斤怕没问题。宝栓提了个问题，这八成熟的麦子挤一块，不通风，两三天就沤烂了。"李金堂扳着指头算了算，踱了一会儿步说："我写个条子，你派人去十二里河砖瓦场，把他们那六台鼓风机拉过来。中午我去申家营讲讲这事。"

中午，李金堂风尘仆仆赶到申家营，看见几十个人正围着那一亩二分地，分成六组在捣鼓风机。他走到田边，伸手拔出几棵麦子，看见有根，满意地拍拍申宝栓的后背说："你办事我从来都放心。你去把参加的人叫来，我讲个话。"申宝栓龇出一口黄牙，"都打过支子①的，谁也不敢放闲屁。再说，这露脸露的是咱申家营的脸，感谢李书记把任务交给申家营。"李金堂威严地嗯一声，眼风到处，申宝栓只觉得骨头疼。"是贺社长打了电话，我才知道你们种了这么好一块地。你不要忘了！快去叫人——"申宝栓屁颠屁颠奔到村头敲响了大钟。不一时，申家营的青壮男女三五成群，朝着这一亩多地奔来。

一个个既熟悉又陌生的面孔勾起了李金堂断断续续的记忆。宝栓的媳妇叫什么来着？李金堂竟想不起来了。他只记得这个女人脸黑身子白，叫像绵羊叫。光棍申宝山还是老样子没变，少了一颗门牙为他增加了几分滑稽模样。李金堂想起批斗申宝天大会上申宝山咬申宝天磕掉了门牙这件事，不由得轻轻笑了。这一群人真是太好驱使了，太好记仇了。当年申宝山去远房堂兄申宝天家考长工，因为没有吃完一扁担白蒸馍和三海碗猪肉炖粉条最终没被录用，六年后他竟张口咬掉了申宝天的一个小指头！李金堂不停地朝着一张张深藏着敬畏的媚笑的脸频频点头。忽然间，人群里一道白光刺痛了他的双眼，一个眉眼清纯却不安分的少妇解开怀当众奶孩子，女人捏着乳房的右手在颤抖着，眼睛热烈而无所畏惧地直勾勾地看着李金堂。李金堂躲闪过这让人心旌摇荡的一瞥，回报给少妇一个只有同谋才能在一瞬间心领神会其中全部内涵的微笑。四五年了，她竟没见出老，李金堂想着。往事历历，那个既遥远又亲切的秋夜势不可挡地占据了李金堂这个时刻的心灵空间。作为土改工作组的成员，李金堂被安排在这个女人家里住宿。那时还是新媳妇的女人的丈夫几年前出外浪荡过，显而易见，那几年他不在国民党军中就在匪窝里。第二天夜里，这女人穿着单衣闯进了李金堂住的东厢房。李金堂至今还记得那一夜秋月正圆，浑白的月光把女人映得楚楚可人。李金堂心里绷着一根弦，却又不愿放弃这可遇不可求的良机，压低了嗓子

---

① 支子：方言，招呼之意。

问："是你自己愿意来的吗？说！"女人就势跪在地上，"我是童养媳，他欺负我多年了，你要崩了他们爷儿仨有多好！他，他前几年给中央军一个团长当马弁，拐走团长一个三姨太和一个女儿。"李金堂本以为是糖衣炮弹，没想会是这种事，叹口气说："他没血债我怎么好崩？再说他拐走团长女儿和姨太太，也算对革命有功。你回去吧，只要没血债，你们别怕。"女人抽泣着："那我这辈子就完了。今晚你睡了我吧，睡了一个干部这辈子我也算有个念想。你答应了吧……"李金堂已经回想不起来当时自己都想了些什么，只记得那次的匆匆忙忙。事毕，他对女人说："你男人不在，可你公公在，快回房歇着，没有血债，只雇过短工，不用怕的。"女人却说："是我公公叫我来的。他是这一带有名的铁算盘，这些年兵荒马乱从没吃过亏。当年过白朗，申家营十有九家损人失财，只有他还得了两匹马，他把老婆送给住在家里的土匪头子睡了。那一年跑老日，我还小，就我家没伤一碗一盆，我们都没跑。公公劝说嫂子跟日本军官睡，嫂子不肯，公公打她几耳光，骂她：你以为就你那尻主贵！非要等人家拿刀子逼住才肯脱……"李金堂感到索然无味，从第二天开始，他就闩上了门睡觉。

谁知今日重游故地，感受全变了。他甚至有点后悔，那种一挨女人肚皮就轰然泄掉的经历，不但难以启齿，简直不能去碰，一碰就疼得钻心。后来，李金堂在申宝栓的女人身上才又找回了男人的自信。这时，李金堂想起了申宝栓的女人叫曹改焕。女人已奶饱了孩子，顺手把裹在单子里的孩子放在麦穗上，那孩子竟像睡在一张硕大无朋的青黄色摇床上，在热风里轻轻地摇啊摇。有人一看小孩能躺在上面睡觉，随手抓了几个四五岁的顽童抛进麦田，几个孩子竟在上面走动起来。李金堂清了清嗓子，大声说道："乡亲们！你们又一次创造了人间奇迹！你们这块实验田，经过七个多月的生长，已经丰收在望了。在这两百多个日日夜夜里，你们在试验田里倾注了无尽心血，施肥、灌溉、锄草，为了通风，冬天和春天你们用竹竿捅，麦子抽了穗，你们又搬来了鼓风机吹。就要成立人民公社了，你们这一成绩，算是为人民公社献上的一份厚礼！我代表县委感谢你们。只要我们有决心，有信心，什么人间奇迹都可以创造出来。我要立即把你们这一成绩，上报地委、省委、中央、上报毛主席。我估计，你们这一亩二分责任田，至少能打一万斤小麦。如果你们的经验能在全国推广，我国不仅能够超过美帝国主义，而且能够很快进入共产主义。现在,大家呼口号:共产党万岁!毛主席万岁!万岁!万万岁!"众人眼含泪花,声嘶力竭地跟着喊:"共产党万岁!毛主席万岁!万岁!万万岁!"

第二天上午,林苟生被请去列席县委常委会。李金堂开门见山问道:"林镇长,就要开镰了,借大跃进的东风,石佛寺今年小麦单产最高能达到多少?党报已经公布了,人家的小麦单产已达三千八百多斤。"林苟生对这几天在自己一亩二分地里发生的事情一无所知,心里正在琢磨如何过这个夏收关,产量报低了,上头可能不高兴,朝高里报,公粮一交,全镇几万人只好喝西北风。可他也读了最近的各大报纸,再不敢对越放越高的卫星评头论足,咬咬牙说道:"我们的工作没做好,平均亩产可能有八百斤,最高单产估计有一千二百斤。"李金堂站了起来,"没当几天镇长,就官僚成这样,这还得了!凉水井是你管的吧?你听听申家营试验田亩产能达到多少吧。贺社长,你讲讲吧,不要夸张,也不要隐瞒,地区迟专员正等这边电话呢,今明两天他会来核实,并监督收割。"贺兴壮掏出一张皱巴巴、脏兮兮的手帕,慌忙擦擦额头上的冷汗珠子,颤着声道:"各位领导,我昨夜黑刚去了试验田,估计能打亩产八千斤。"会场顿时炸了锅。

如果林苟生就腿凑石头下台,熬过那个特殊时期,仗着地县主要领导的错爱,他在政治上肯定会东山再起。如果一次性把这一亩二分责任田收打完,林苟生就没有机会铸成大错。他随地区迟专员和县委主要领导来到责任田边上,不由得被眼前的景象惊呆了。像是不相信自己的眼睛,他拔出几棵麦子,看见那些枯死的根须,难以置信地摇摇头。迟专员喜得背着手直打转转,嘴里不住地说:"肯定不止八千斤,不止八千斤。给省里段书记打电话,请他来开镰。哎呀小李子,你这个点抓得好哇,为全地区争了光。看了他们三千八,急得我几宿没睡好,你可帮我们解决了大问题呀!"李金堂不卑不亢,谨慎小心地答道:"是毛主席英明,是党的路线政策好,是省、地领导的直接指导及时到位,是群众集体智慧的结晶。"

众人等到后半夜,省委段书记来了电话指示:为了保证粒粒归仓,不用等我去开镰,省委已派观摩团和记者连夜去龙泉,算出亩产数目直接报告中央。迟专员发话了:"明早趁露水开镰,一亩二分地留两分地供上级领导和兄弟地区参观。我看亩产肯定不止一万斤。"李金堂听出了话音儿，担心这亩地打不了一万斤，让各级领导空喜欢，急忙插话说："迟专员，这块地已熟了三四天了，为了等各位领导看一眼，才没割。今晚月光好，不如连夜割了上场，明天上午打出来，眼下中原几省都先后开割，别让兄弟地区抢了先。"迟专员连连称是，当即吩咐准备镰刀。李金堂趁着混乱把申宝栓拦过背场叮嘱说："找二十个棒劳力马上上西岗割麦，等我通知运到场上。记着，要找口严的。"

第二天上午，省里的记者先赶到了，从县宣传部干事手里接过照好的胶卷，坐在迟专员身边，看着四品大员的五根指头在算盘珠子上跳舞。小响午的时候，迟专员的手指颤抖起来，嘴里不停地报着数目："一万两千四，一万两千四百六。还有几麻袋没过秤？"有人答道，"二十三麻袋。"迟专员孩子气地拍拍手叫着："差不多有一万五千斤！"李金堂接道："这只是第一遍，二遍还能打三千斤。"

"一万八！"

几十人都被这天文数字惊傻了，省里的记者已经在埋头写新闻稿。这时，林苟生迎来了决定一生命运的瞬间。他拿着一撮无根的小麦走进麦场。半个小时前，一个念头攫住了他：肯定有鬼，再去看看那两分地。他一个人跑到地里，伸手摸一把，拔出一撮无根的小麦，再抓一把，仍是没有根。"这是欺骗党中央、欺骗毛主席！"他没假思索，拿着一把"罪状"直奔迟专员来了。

"迟专员，你看看，这些小麦都没有根。"林苟生振振有词，"大跃进也要实事求是，不能弄虚作假搞欺骗。"

李金堂身子一晃，用眼睛的余光看着呆若木鸡的迟专员，当他发现迟专员的眼睛里充满厌恶时，在心里先笑了。第一个感觉是：从此你林苟生完了。秦江县长一张红脸竟变得炭黑，牙缝里蹦出三个字："你疯了！"迟专员慢慢站起身，拿过那把麦子看一看，"确实没有根，小林呢，你这麦子真是实验田里取来的？"林苟生再一次错过了改口的良机，开口说道："还有两分地没割，大家可以去查看。"迟专员仔仔细细看着那些参差不齐的断茬，像是在自言自语："亩产一万八千四百一十二斤，如果不是虫害，估计有两万斤吧。此数字先不公开，等我回地区找农业专家算出个准确数目再说。这种虫子真是无孔不入。"李金堂听得好生钦佩，这真是四两拨千斤的神功呵！秦江接着就来个锦上添花，"贺社长，种出这么好的地不易，就不要留这两分地搞形式主义、教条主义了，把它割了，别来个丰产不丰收。"

林苟生搅了玩魔术的场子，本该下地狱了。可是，迟专员和秦江县长玩得高明，艺高胆大，炉火纯青，还能照顾到自己的好恶，还能把搅乱的场子打理个整齐，过个两三天，弄一份专家鉴定，说是什么虫子专在麦子成熟时咬断麦根，一万八千四百一十二斤照样是奇迹，还是经过科学验证的奇迹，林苟生搅场子又成了魔术一个必不可少的组成部分，把一个过程变得有了跌宕，多姿多彩。他们是爱惜林苟生的，这是他们发现并举荐的一个人才，潜意识想护着他，给他留下了切口，也就留下了让他改过自新的机会。

第六天，湖北麻城在《人民日报》头版头条放了一颗巨大卫星，早稻亩产三万六千多斤。原来这世界上还有更大的玩家。这颗巨星一升起，所有的星星都黯然无光了。这时候再放出一颗科学的一万八，再也得不到头彩。于是，当李金堂提出追究责任，把林苟生开除出党，以漏网右派对待时，县、地、省三级一路开着绿灯。

林苟生久久地默坐着，像一座地狱门口的雕像。白剑感到自己在动摇着，赶紧说道："老林，咱们是不是今天打住？其实你讲得很深刻，也很精彩，给我打开了认识政治本质的闸门，改天我再听故事好不好？"林苟生一梗脖子，狠巴巴道："我是在下注，不是在收钱。你的忍耐力让我失望，这一页咱还没看完呢！你不要为我难过，更不要为我惋惜。伯乐相千里马、捧千里驹，只是因为伯乐知道骑上千里马，抢起钱来快捷，逃起命来方便。要是千里马抬起蹄子踢伯乐，伯乐就会毫不迟疑地挥剑斩了马腿，这就是我理解的政治的本质。后来就饿死了很多人，那时候你穿着开裆裤吧。我认为我根本没有错，就开始向上写材料反映龙泉那几年存在的问题。写了三年，没人理睬，一气之下，我就给毛主席写了万言书，反映反右派扩大化问题，反映右派所受非人待遇问题，反映饿死人的问题……这份万言书三个月后落到李金堂手里。那年春天，我又多了一种身份：现行反革命。几年后，李金堂扎关系把我送进了省第四监狱，要消灭我的生命。小兄弟，我们有一个共同的革命目标，你说对吗？你要的东西，我已经备了一些，不知合不合你的口味。"白剑连声说："睡觉吧，睡觉吧。我很喜欢听你讲故事。"

第二天早上刚起床，白剑接待了不速之客刘清松。

刘清松在四龙乡接到王副乡长的电话，顿时被惊得四肢发软。第二个战役因为开枪事件，已经无法再打了。如果白剑把这件事捅上去，龙泉很可能会变成他仕途中的一片死亡沼泽。他用电话严令停止轰轰烈烈的改建新村计划后，天已经黑透。四龙在伏牛山腹地，距县城八十三公里，道路崎岖。延宕一夜回到县城，刘清松听说李金堂已把白剑请到了古堡。他本能地意识到李金堂会利用白剑对自己不利，一时又找不到对策。庞秋雁已去了广州讨债，刘清松伴着一根根香烟度过了一个不眠之夜。刘清松大清早赶到古堡，只是想做死马当活马医的最后挣扎。常识告诉他，作为记者，谁都不会放弃这种新闻。

白剑望着刘清松布满血丝的双眼，明白无误地表示："刘书记，新村的事，我无意与县里为难。我这次回来本没什么任务，没想到撞上了这件事。"刘清松心里一块石头落了地，又一想：该不会是一种策略吧？又引导说："不管怎么说，开了枪就是大事故。我们的基层干部，素质很成问题。"白剑实在不愿再纠缠这件事，取出相机退了胶卷递给刘清松道："开枪时，我并不在场，或许是事出有因吧。这个胶卷你留下吧。"

# 第四章

　　正月十五，龙泉县城组织了一个规模空前的灯会，刘清松盛情挽留白剑留在城里过节。白剑正愁无法查证当年龙泉救灾中的文件材料，也不想放弃和刘清松接近的机会。灯会开幕式搞得隆重却不热闹，县委正副书记四人，只有刘清松一人出席，人大、政府、政协三大家只有几个副职出席。观灯的时候，刘清松一直伴在白剑左右，通过那些奇形怪状的灯，侧重介绍了龙泉几家龙头企业。白剑对此兴趣不大，为了照顾面子，不停地掏出笔记本，在上面画上几句。刘清松感动了，目送着一个游行的女子高跷队说道："宣传部有现成的材料。朱部长，白记者需要石墨矿、麦饭石矿和县里丝绸玉雕业的材料，明天你找一份送给他。"朱新泉当即指示夏仁去办公室取来，又说："刘书记来龙泉后，县里才有了真正的矿业。其实，龙泉自然资源十分丰富，除了石墨和麦饭石，还有金矿、碱矿，贮量都不小哩。以前我们都是老观念，眼睛盯的只是农业和手工业，限制了龙泉经济的腾飞。刘书记倡导办实业，于龙泉可算是功德无量，值得大书特书。"刘清松笑答道："这算什么能力，龙泉境内遍地是宝，要不然，巧媳妇也难为无米之炊。"白剑有一眼无一眼地看那些半土不洋的灯，寻找单独和刘清松说话的机会。接触朱新泉两次，白剑对这个十分称职的宣传部长没什么好感，自然不愿意在朱新泉面前露自己的底。这个刘清松，白剑很容易接受。在他看来这个年轻的县委书记是个相当不错的官员，过年后这半个月，搞新村试点，去新建的石墨矿蹲点，还搞出这么一个灯展让群众狂欢，心里没有龙泉几十万人，日程不可能排这么满。朱新泉刚才那番话，证实了刘清松和李金堂之间的矛盾。白剑看看形影不离左右的朱新泉，转过脸对刘清松道:"刘书记,差点忘了,明早约好和社里通电话,我看龙泉从农业、手工业县向工业县过渡的路子很有代表性,我想今晚就看看那些材料。"刘清松不再谦虚,说道:"中国的出路在于建设有中国特色的工业文明。几年来,内陆省一不注重基本建设,二对中央力保农业的方针认识片面,三对小平同志的特区理论认识不够,经济上才没有大的飞跃。到底是记者,一下子就总结出来个结论,我只是感觉这些事情该做了,等不得,也就摸着石头过河了。有时候难免有些顾头不顾脚。如今这路是越走越难了。"朱新泉一听刘清松和白剑切磋出了一个宣传点子,自然一下子就想到了白剑这篇文章会给刘清松带来什么,紧接道:"我去催催这个夏仁,办事总是拖拖拉拉。"朱新泉走后,白剑有点急不可耐了,如果不利用一下刘清松和李金堂的矛盾,从正面突破,肯定困难重重。他左右看看,意味深长地说道:"刘书记,今晚县里领导来的不多呀!开幕式一结束,怎么都走了?"刘清松苦笑一声,"老弟,龙泉的事可不是那么好拾掇的。新村的事怪我考虑不周。说点不该说的事,若不是我在常委会上拿出你的胶卷,告我刮新共产风的材料早送地委了。这种活动,能来这么几个人已经不错了。白老弟,这回你可是帮了我的大忙呀,日后有用得着清松的地方,你尽管说。"白剑松一口气,接住这个话头说道:"千万可别这么说。如果不是我插这一脚,你的新村工作正红火呢。刘书记是不是觉得这是人的问题?"刘清松听白剑话里有话,精神为之一振,说道:"白老弟回龙泉不是休假吧?听说你多年没回龙泉了,伯父、伯母都在大洪水中遇难,看了故土不好受。白虹的问题已经有人替你解决了,还有什么困难也可以跟我提。"

白剑知道眼前这个人不是等闲之辈,便准备押一宝,叹口气道:"只怕他们日后要后悔的。这次回龙泉,我想查查当年大洪水后的经济问题,不知刘书记是否能给提供一些方便。当年拨给龙泉的救灾款差不多有一个亿,可分到灾民手中的只有几千万。可见贪污腐败不是近年才滋生出来的。这个问题不解决,将来肯定会出大乱子。仅龙泉一县,当年至少有一千多万救济款不知去向,这可是些救命的钱呀!"

刘清松万万没有料到白剑是为着这个目的回龙泉的,一时间没反应过来。原来他是要反弹琵琶呀。是不是他的父辈和李金堂有隙?他翻这笔旧账会不会有什么副作用?不管怎么说,他没把我当成外人,听话音又是……刘清松来不及细想,边走边说:"眼下,治理贪污、腐败是工作重心之一，翻这本旧账肯定会引人注目。白老弟会抓点子。当年救灾工作的混乱，我在地委工作时已有耳闻。时下有种观点十分片面，似乎贪污、腐败是改革开放带来的，是商品经济的产物。要真是这样，还会出现当年的刘青山、张子善吗？是该翻翻这些发黄的历史，也好向今天几十万龙泉人民有个交代。我会尽我最大努力支持你。"白剑见刘清松答应得爽快，又补充道："咱们的目的一致。当年修的七座水库加重了龙泉人民的灾难，多少年了，这笔账也没人过问，越放越糊涂了。时隔十几年，应该让龙泉人知道当时他们的全部生存状况。如果方便的话，我也想看看当年修这些水库的各种资料。"刘清松答道："我会尽快找到这些东西。"

过了三天，刘清松仍按兵不动，他要好好权衡一下利害。查这样一本陈年旧账，恐怕不会风平浪静，真要卷了进去，弄不好会两败俱伤。眼下，李金堂并没做什么不利自己的事情，犯不着自己先把水搅浑了。白剑却等不及了，发了两篇对刘清松以示友好的文章，不见刘清松反馈，又不便多催问，他又开始了采访工作。

这天中午，白剑垂头丧气从民政局回到古堡二〇一，林苟生悄无声息地跟了进来，把白剑吓了一跳。白剑生气地说道："你这个人真太随便了，怎么连门也不敲。"林苟生装出一副很委屈的样子，挠着头说道："鄙人拜访住宾馆的朋友，不但从未忘记先敲门，而且在敲门前总要查看门把手上是否挂有'请勿打扰'的牌子，问题是你进来时根本没有关门。"白剑坐在沙发上白了林苟生一眼，"你还是发你的财去吧，你的章回小说我现在还没工夫听。"林苟生机警地回头望望走廊，掩上门小声说："小兄弟，听不听没关系。咱们财要发，朋友也要交。我这是来给你提个醒儿，这仗不该这么打，你一出马，就把你弄到明处了。你不要又说我跟踪你如何如何不道德，你想，我把多大的赌注押在你身上，怎好眼看着你有闪失而坐视不管呢？"白剑哭笑不得，怪怪地看着林苟生说："那你这个高人给点拨点拨吧！"

林苟生变戏法似的从怀里掏出一只人牛皮纸信封，"这是当年大洪水中犯罪方面的情况通报，无偿送给你。其他方面的东西，只要不是绝密文件，你陆续都可以从我这里得到。这些犯罪五花八门，有抢劫、有强奸、有见死不救，大部分有真名真姓，你可以去采访。"白剑禁不住诱惑，接了信封，却不打开看，嘴里说："我真服你了，你真的要不惜血本扳回一局?"林苟生两手缠一起扳着响指:"彼此彼此。从现象上看,你何尝不是在为父母复仇?当然,我从不怀疑你十分高尚的动机。我是要扳回一局,不,我还想赢!凭什么让我在最底层受几十年的磨难?欠我的,难道不该还吗?我不放高利贷,但我也不能贴息送出。你不要依靠姓刘的。姓刘的不坏,可你别忘了他也是政客,政客们都靠不住。"白剑知道这个信封就好比国书,接了下来,一个林、白二人合作的时代就开始了。他沉默着,仍不愿抽出那些材料看。林苟生紧接着就巩固刚拿下的阵地,"你慢慢看。一个人的能力有限,我不敢说大话能弄到你所有需要的东西。最有力量的鱼儿都在深水处,只有把水搅浑了,它们才会漂出来,咱才能看清它们是公是母。"

两人正说着,白云飞带着两个白家的男青年敲门进来了。白剑发现白云飞穿着笔挺的灰色西服,两个青年一人戴着白手套,一人腋下夹个公文包,像是白云飞的两个小跟班,忍不住先说道:"十八,是不是在城里开公司了?"白云飞用感激的目光看着白剑道:"十三哥,托你的福,经理没当,我当支书了。"白剑脑袋里又嗡地响一声,"这是怎么回事儿?"白云飞道:"十七那天,乡里常富申书记、周有才乡长带着王副乡长去了寨里,王副乡长在村民大会上读了检讨书。然后,常书记宣布撤了高四喜,让我干。二十一弟由团支书改成副支书,村长和会计由高家当,剩下治保主任、民兵连长、妇联主任和团支书四个位置要高白两家分别担任。十个村民组,乡里要求重新选,每组高白两家提一名候选人,票多的当组长,票少的当副组长,高白两家都没意见。昨天乡里把我叫去谈了发展组织、多种经营和两家族的团结问题。"白剑猜不透究竟是刘清松还是李金堂给八里庙带来这么大的政治风波,想想只能接受这个事实,又一想也觉得这种调和是平息高白两家矛盾的最佳办法,问道:"你准备怎么个当法?"白云飞说:"公平、团结、共同致富。"林苟生笑道:"小兄弟,八里庙白家族史里至少要为你写个列传了,凭三寸不烂之舌,为白家保住了两个寨门,大功一件;凭看不见摸不着的影响力扳倒对手一个支书,大功两件。你爷爷这两天不知高兴成啥样子。"

白云飞脸色陡变,垂着头道:"十三哥,八爷昨夜里起夜摔了一跤,中风了。"白剑从沙发上跳起来:"你说什么?爷爷中风了,中风了,那么瘦会中风了?现在在哪里?要不要紧?你为什么不早说!"白云飞把头垂得更低,"昨天九爷家二十八妹回门,八爷多喝了几杯,都怪我照顾不周。九爷招呼过,暂时不叫给你说,怕影响你和县里的大事。灯会的电视六爷、八爷、九爷他们都看了,还让我叫虹妹弄个录像带。八爷已经住进县医院内一科三一一房,大夫说暂时不要紧。"白二十一接道:"十三哥,你别急成这样,有咱白家一两千口人哩。九爷已经发了话,就是到月亮上住医院,也要救下八爷。"

白剑噙着眼泪,穿着皮夹克,咬着牙说道:"糊涂!糊涂!白家人当了支书,就像是中了状元!糊涂!你们回去告诉九爷,就说他和乡亲们的心意我领了,我不能让全族人凑份子为我爷治病,我白十三将来还不起这份情。云飞,你要多劝劝九爷和老人们,别记那些仇了。"

白剑急匆匆走出门,没走两步,胳膊被一只大手钳住了。林苟生拿出一沓百元大钞,以毋庸置疑的口吻说:"拿着!"白剑推着那沓钱,"不行!我自己想办法。"林苟生大眼瞪得狰狞,"怎么着?这是从银行抢来的?你害怕这是驴打滚儿?你回龙泉,勾子里还夹个银行啊?拿着!你只有一个爷爷,咱为了喊一声有个答应,也该不惜血本呀。我知道你心气高,你想想是欠一人沉还是欠千人沉。我林苟生是个什么东西,日久可见,拿着!"白剑接过钱,强忍着呜咽,喉结上下蹿动着,几个字迸了出来,砸个满楼道响:"我会还你的!"话音儿还在回荡,人影一闪就不见了,接上了一片噔噔噔的下楼响。

林苟生回房闷坐一会儿,仔细想了和白剑这次合作的利害关系。眼见就要奔六十了,除了手里有些钱,简直可算一穷二白。青年时的鸿鹄之志,叫社会的动荡撞个稀烂。几十年一直生活在李金堂们的下风,实在让人不甘心。他明明知道自己的不幸不能全部怪罪某个人,可面对社会,眼里就只有李金堂这个仇敌了。如果真就李金堂这个仇人就好了,掏钱雇个杀手,或者干脆自己动手把他做了,也能出出心中郁闷了几十年的鸟气。偏偏又不是这样,弄得他娘的整天像是生活在万恶的旧社会一样。白剑的出现,犹如一轮红日,把他后半生的道路照亮了。用这种方式和李金堂他们斗一斗,那才叫没枉活一生呢!这样做的结果可能败得更惨。这个白剑总是不肯就范,这可如何是好?还得再逼他一逼,让他尽快把龙泉这潭水搅成一片黄汤。那时候,小兄弟就会依靠我的经验了。苦难,苦难难道是白忍受的吗?林苟生抽了几支烟,掏出纸笔写道:"天六哥,玉芳冤死翻案有望。有京官在县医院,设法让他知道玉芳被害真相。"

晚饭后，白剑把戳在病房走廊里的七八个同族叔伯、兄弟、侄子和五六个同族婶子、嫂子、弟媳劝回八里庙，他想安静地守爷爷一夜。上高中前，他一直和爷爷同睡一张床。那些漫长的黑夜，冷呀热呀梦呀，随着岁月的流逝，都在白剑的记忆里悄然走向了虚无，衬得那一闪一闪的红光越发显得耀眼。那些红光从爷爷那只被手指磨得锃亮的青铜烟锅里发出，伴着白剑从一个梦境走进另一个梦境。

坐在爷爷的病床边，白剑听着爷爷那再也无法雄壮的呼噜声，心情的复杂简直一言难尽。呼噜声作为生命力的度量衡，已经不可扼制地衰微了，爷爷正在走向生命的尽头吗？这个联想吓了白剑一跳。他下意识地捉住爷爷裸在白被单外面像一把枯藤的老手，冲动地把温热的脸贴了上去。白虹解着白围巾走进来了，"哥，就剩下你一个了？"白剑直起身子，嗔怪道："大冷的天，路又这么远，你又跑来干什么！"白虹从挂包里拿出一个蓝色热水袋，"爷爷几年前就用了这个暖脚，我怕你想不到夜里冷了他。你别替我担心，路上有保镖。"白剑只见了连锦一面，很不喜欢，具体引起他反感的东西，又说不上来，看了看走廊，见没有人，对白虹说："小虹，如今人很复杂，交朋友要当心，特别是交异性朋友。"想到自己碗里的稀饭还没吹凉，家庭内危机四伏，再没底气对妹妹长篇大论谈爱情了。白虹扑闪着寸把长像梳头篦子一样密整的睫毛，头微微一歪，一个酒窝旋在昏暗而神秘的橘黄色灯光里，掰断水红萝卜一样脆生生地说："哥，你看我像一个容易上当受骗的傻大妞吗？"白剑哼着鼻音笑着，"我不跟你贫嘴，淹死的人都会水。你把开水都倒进热水袋，晚上爷爷就没喝的了。"白虹拎起水壶出去了。白剑喊道："你把围巾围上。"白虹探进来半张鬼脸，"高尔基的《海燕》说：让暴风雨来得更猛烈些吧。冻一冻也是人生体验，省得你总想给我请保姆兼导师。"

医院茶炉承包后昼夜营业，同时也兼做医院各类新闻发布会的会场，晚上九点多钟了，会场生意也不清淡。白虹远远看见门板一样宽大的一团黑堵在营业柜台的窗口前，走近一看见是个女人，禁不住吐着舌头兀自笑了。到了女人右侧面，看清女人一手卡腰或者只是腰的位置，一手比画，像是在独自面壁演讲。再近些，眼风顺着胖女人那张大脸和墙壁构成的弧形缝隙溜进去，女老板嘴惊成一个黑鸡蛋，在里面聚精会神地听。里面说:"真有这种日怪事?"外面说:"嗨!这事出在医院才日怪。后半晌,全医院手头高的大夫全露面了,使了庆大霉素、红霉素、青霉素、螺旋霉素还有啥子麦里美什么的,硬是止不住那姑娘的烧,一张脸艳得像红绸子。"里头说:"院长谟子①多高,他一出马准行。"外头说:"别提了!眼黑儿②,院长已劝人家转院了。"里头说:"多可惜了的,真是个光生生、标致致的大围女?如今真是啥古怪病都有。"外头说:"这姑娘怕是命不该绝,正巧外面有个阴阳师路过,一口咬定医院里有鬼……"白虹打断说:"水满了。"胖女人关了龙头,拎了壶一步三回头说:"我那个挨刀的,正要看人捉鬼,喊着我要喝水,魂儿掉了似的。二楼走廊人都塞满了。"老板娘从窗口探出半截身子,"嫂子,眼把细点看,生意走不开,明早儿给我说说。"

白虹禁不住好奇心,拎着水壶挤进那间灭了灯点根红蜡的病房。一个装束古怪的汉子取出一根桃木棒,翻出一撮银亮的大针在火上一烤,丢进一个白瓷碗里,又取出一双短筷子横放在碗沿上。汉子口里念着像是咒语的声音,两根筷子动起来,晃晃悠悠直立在碗底。这个反常的现象引出看客一片压抑着的惊叫。汉子拍了一下巴掌,厉声喝道:"识相的出来搭话!"白虹看见阴阳师断了一根小指,惊得朝后退一步。姑娘仍在昏睡。一个老太太哭喊着:"苦命的雪梅呀,你两天都没说话了。"九指阴阳师从布褡中摸出一张黄表纸,在火上烤着,嘴里说:"我只用烧了这张纸,纸灰落进碗,七根银针飞起来,就永辈子把你钉在桃木棒子上。你说话吧。"姑娘嘴角神经质地抽搐着,突然间尖厉地叫一声:"冤枉啊——我死得冤枉!"不知哪里刮来的风,把蜡烛火苗吹得东倒西歪。这时,每个人都不能不承认鬼的存在。老太太扑通跪在地上,抱住汉子的腿,"快抓了这鬼,可别伤了我外孙呀——"

阴阳师平静地说:"我知道你是谁。你要真有冤,我帮你申。你是五里岗的李雪娥,一连生三个女儿,乡里拉你结了扎,你男人三天两头揍你,你气不过,就上吊了。对不对?"姑娘霎地睁了睁眼睛,阴森森地笑几声,不说话。阴阳师又说:"你是陈小云,家住大榆树,你男人出外卖玉货赔了本,想到赌场碰运气,偷着卖了你养的猪。大半夜工

---

① 谟子:方言,泛指技术、水平、学问、手段等,流行于豫西一带。

② 眼黑儿:方言,指傍晚时分。

夫，你男人连房带你都输了。三更天，你男人带着赢家来和你同房，你不干，你男人就用绳子绑了你让两个男人糟蹋了。天没亮，你喝了大半瓶1605①。"

这两件事后来都引出了人命案，在龙泉轰动一时，看客都在期待着结果。突然，病床上的姑娘尖叫起来，脸都痛苦得变了形。只听汉子口念咒语，把黄表纸点燃了，"大胆！吴玉芳，你竟敢小瞧我，饶你不得！"姑娘完全用另外一个声音说话了："我错了，我错了！天师别杀我，我有冤呀。好冷的冬天呀！我走的时候是夏天，只穿一件单衣，我爹为了在阳间为我申冤，不让我入殓。我在阴间没衣服穿，只好住进太阳村一个麦秸垛里挡风寒。腊月二十，我带着化缘得的钱到县衙去告状，谁想阴间也放假。我一路要饭往回赶。路上碰到这个妹子，病恹恹的，踩我一脚，我就跟她回了她的家，我想使一些年节里她家送给祖宗的钱。谁知他们今年学了四川人，送纸钱用邮寄，我一个子儿也没捡到，我就把气撒到她身上了。"

阴阳师叹口气对一直蹲在床边的中年农民说："大叔，她说的是实情。吴玉芳死时我见过，确实只穿一件黄底碎白花的的确良上衣，她父亲吴天六还派人上访哩。"农民结结巴巴说："我家在孔明乡，离，离石佛寺太阳村三四十里，我，我们雪梅招她惹她了？"阴阳师说道："大叔，这吴玉芳命也苦，你老积点阴德，送她一笔钱到阴间告状吧。收了钱她就会走的。"老太太抹一把鼻涕眼泪，"大侄子，火纸俺倒有，不知咋个送法？"阴阳师盼咐说："你出医院大门向西，遇到第一个十字路口，用草木灰画个有缺口的圆圈，站到正中烧纸钱，边烧边喊吴玉芳使钱。吴玉芳，你去那里等着吧。"

白虹失魂落魄地回到三楼。白剑说道："这点时间，一口井的水都烧开了。"白虹木呆呆地说："二楼闹鬼，请个阴阳师捉鬼，却捉住个冤鬼。"白剑站起来，"你看你，自己烧得要说胡话了。世上哪里有鬼。"刚刚回房的二床陪床的女人说："大兄弟，一点都不假，医院啥药都退不了烧，这女鬼一离身，那姑娘就好了。"白剑只是摇头，"这里自古巫风盛行，多半是自欺欺人。小虹，你回去吧。"白虹拉着白剑的胳膊，"哥，不信你去看看。反正爷爷已经睡了，你去看看嘛。"

---

① 1605：一种剧毒农药。

兄妹俩一出现在二一〇门口,那姑娘扔了饭碗,又捂住肚子在床上大叫大喊。阴阳师又把黄表纸点燃,"原来是冒名骗钱的,看我不钉死你!"一个狰狞的女人声音响着:"你们只给这点钱,叫我告倒谁?"中年农民惊讶地说:"一斤火纸,至少有一千块哩。"那女人说:"阴阳本是一理,阴间也是什么都涨价了。租头毛驴要六百多,一碗面条七八块。衙役递个状子收一百。县衙判不下来,我还得到阎王殿喊冤,恶鬼们阳气还盛,小鬼判官都怕他们,你们只给一千块,不是逼我跳火坑吗?"九指阴阳师拿起桃木棒子,"问你几件事,全答出来,再送你一万块。答不出,今天你可走不了。你是怎么死的?你男人姓甚名谁?你婆家家里还有什么人?"女鬼长叹一声:"我是叫人打死的,邻居有好几个听到我喊救命,当时作了证,后来又改口了。我嘴里的毒药是后来灌进去的,还撬掉我一颗牙。我男人叫申玉豹,这几年昧着良心发了财,当了什么荣昌贸易公司总经理,吃喝嫖赌贪五毒俱全,家里还有婆婆和小姑子……"

林苟生几次提起这个案子,白剑都没表示太大兴趣,没想到又在这里听说了。白剑站在门口,看见床上躺着的姑娘似曾相识,不禁勾起一段往事,忍不住问了一句:"那冤鬼是不是石佛寺的吴玉芳?她父亲叫吴天六?"白虹说:"我问问他们。"白剑看见病床上的姑娘似笑非笑地望着自己,认出是吴天六的干女儿张雪梅,心中不禁大骇:玉芳分明是她姐,她为什么要扮厉鬼呢?难道玉芳姐真是冤死的?如果真是这样,我绝对不能袖手旁观。强忍住要去认他们的冲动,白剑扯了白虹就走。白虹问道:"哥,你不是要问那冤鬼是不是吴大叔家的吴玉芳吗?我看那几个人都像是认识你。你为啥不见?"白剑叹道:"如果没有大难处,他们也不会演这出戏。既然是戏,我就不能点破。这件事我一定要管!"

龙泉的官人们多年来总结出为官的三级跳,一跳要跳到李副书记的嘴巴上,只要他眼里有你、嘴上说你,学相公就算毕了业;二跳要跳到李家掩在翠松绿柏的四合院里,只要能常被召到他家训话,你算入了围;三跳要跳到李家的饭桌上,能吃到春英做的家常便饭,才算修成了正果。

朱新泉应召踏着冰冷的月色来到李家,饭局早撤了,李金堂、陈远冰、财政局副局长严金栋、外贸局长连城锁正在打麻将,外贸局采购员钱全中坐在李金堂右侧观战，春英在一旁侍茶。朱新泉挪一把凳子坐在李金堂左边，看见李金堂摸上来一张五万。李金堂握着小紫砂壶对着壶嘴饮一口，慢慢用大拇指抚摸着五万，慢吞吞地说："水无常形，兵无常法，新泉，你说我是打幺鸡还是打这张五万？同样赢单吊，但五万是将，多一番，我看留着五万好。有些人喜大赢，总想做成清一色、二龙戏珠、九莲宝灯、孔雀东南飞；有些人只想赢，玩推倒和。曹操爱才，为何要杀杨修？太宗几次说要杀魏征，魏征照谏不误，最终却是善终。这道理不大容易明白。有时我脚板痒，越挠越不舒坦，用针一扎，才知道疼有时不苦。这就像女人生娃儿，疼不疼呢？疼，却不苦。古时有谏议大夫和御史，专吃时政之弊，留下一段段文死谏的风光。电台播的新闻你们听了没有？咱们县正在告别农业文明，朝工业文明奔呢。这真是好名词。这告别也真容易，开个石墨矿就告别了。不过，这也算为咱龙泉长了脸。可是，还是居安思危的好。新泉，白剑是大记者，水平高，来了没几天，就在中央级电台为龙泉写出一篇妙文，难得呀难得。你应该派个得力人跟他学学，顺便照顾他的生活。这白记者前几天又去了民政局采访，天知道又会做出什么样的奇文！是呵，文人手中的笔有时也可杀人哩，杀人于无形。这一把算黄了，散了回家睡觉。"

朱新泉出了院子，摸出手帕擦擦额头。看来必须派夏仁进古堡做奸细了，李金堂的口风里已经藏针，这事马虎不得。

李金堂并没睡，白剑最近的行动已经让他感到一丝不安。放着开枪扒古建筑的大彩头不捡，去吹刘清松、去民政局问十几年前的旧账，他到底想干什么？这个白剑又在医院里听到了吴玉芳的事，这能是巧合吗？直觉告诉他，有一股不利于他的势力正在形成。李金堂警觉起来了，准备给有关人物打打预防针。过了半个多小时，钱全中带来一个人。他头发蓬乱，一脸睡意，一进门就打个哈欠。李金堂眉梢兀自跳一下，"玉豹，你有大难了！"申玉豹打个冷噤，眼睛里生出了亮光，吃惊地望着李金堂。李金堂叹口气道："我真不愿你变成扶不起来的刘阿斗！这几日你听到些什么不利你的事情没有？"申玉豹茫然摇摇头。钱全中嘿嘿笑着："玉豹正和三妞打得火热，刚才我喊他，他正在弄那事，等了一支烟工夫才给我开门，他会知道什么。"申玉豹彻底醒了，忙问："出了啥事？"

李金堂背朝着申玉豹："你老婆变成个恶鬼，附了一个姑娘的身，在医院把你们做的事全讲了,如今这件事已闹得满城风雨。"申玉豹眼神迷乱,喃喃说:"真、真有这事?"钱全中啐了一口:"真个屁!是你老丈人捣的鬼。"申玉豹满不在乎地说:"他们连北京都去闹了,怕个屁。"李金堂严厉地瞪了申玉豹一眼,"胡说!这么闹下去,我也保不了你。县里回来个大记者,他爷爷有病住院,闹鬼时他在场。我已经查过了,当年他在太阳村插过队。你掂量掂量吧。你这样做不得人心,你知道吗?没有吴天六,你申玉豹能有今天?这件事要想点办法,你懂吗?这个记者恐怕是冲你来的。"申玉豹急忙央求说:"李书记,你划个道道,我去做。"

李金堂坐下来喝了一会茶,语重心长地说:"眼下你需要破点财收买人心。你想想,你老婆变成了一个冤鬼,在阴间走投无路,你要是个好丈夫能无动于衷吗?你肯定会心疼得不得了,这样人们才会另眼看你。这件事要将错就错。另外,你丈人吴天六当年把你当亲儿子看,你也要借机尽尽孝心,表示你申玉豹不是个忘恩负义的人。那个白记者的爷爷也是个老人,也在医院住,这样事情就好办了。你这样做:你去县医院说你听说了闹鬼的事,心里不忍,完全信了,愿意捐一笔钱,付春节过后到现在住院的六十五岁以上的老人和十八岁到三十五岁女人的医药费,尽尽你的心。另外,你再给医院捐上几千块,再买个名声。"申玉豹面有难色,没有立马答应下来。

钱全中面露鄙夷之色,嘲讽道:"玉豹,这种关键时候,可不能当铁公鸡!这半年多,你鬼混花的钱,最少也有五万吧,也没见你皱眉叹气的。李书记这一箭好几雕的好计谋,别人花钱都买不到!如果不是李书记,你能有今天?早叫赵春山抓了起来。你不出点血,那个姓白的把这事捅出来,大家都没个好。"申玉豹白了钱全中一眼,"谁说不出钱了?李书记对我恩重如山,我能不知道?这种掏钱买名声的买卖,不亏本,这个道理俺懂。我在想不知拿出多少钱合适。前几天是玉芳的生日,由头好找。"

李金堂不由得抬头看看申玉豹。显然,申玉豹能记住妻子的生日出乎李金堂意料。李金堂用嘉许的口吻说:"玉豹长进了。钱这东西,生带不来,死带不去,用着合适就用。古人讲人有三不朽:立功、立言、立德。立言要靠天分,不去说了。这功德二字谁都有机会做的。经商,看似挣的钱,可又不是钱,里头学问是怎样用钱买不朽。会做的,好钢都用刀刃上。年节之下,小病小灾谁去住院?老人呢,活个精神,活个讲究,过了年,松了一口气,不常有病,你们见多少老人死在正月里?我想,有一两万也就够用了。"申玉豹喜道:"只用一两万呀!我还以为没个十万八万下不来呢。若是用了十来万,就不合算了,不如再捐个十万,建一座小学。"

李金堂脸上露出了满意的笑容。若是手下的人都像申玉豹这样容易调教、容易使唤,那要省去多少心呀。他见申玉豹已应下了这件事,又换了个话题:"玉豹,这几天没听广播吧?!你这个龙泉县个体企业的龙头快要被人取代了。既然你什么都明白了,也用不着我多说。我把我的态度亮给你,你看着办。我是看着你发达的,把你作为典型向县外推荐,我不能轻易让人把你这面旗帜扯下来换掉。你那个驼毛厂,树大招风,走的又不是正经路子,虽然亏的是些外国人,可东窗事发了,也不好收拾,不如趁早关了,把资金抽出来干别的。眼下供你选的路有两条,一是搞丝绸、玉雕,一是开矿搞实业。你考虑一下这个意见。最要紧的是在最近一段要来点动作,证明你在龙泉经济界的实力和地位。你的贸易公司开张整三年了,应该大张旗鼓地庆祝一下。地区和省里我设法请人来出席,还要把这个白剑请到主席台上。他若是坐过了、吃过了、写过了,再改口也不易。"申玉豹感激涕零,眨着眼睛说:"李书记,你待我这么好,叫我怎么报答。"李金堂淡淡说道:"我和你爹算是老朋友,他在土改、大跃进中,给我很多帮助,我忘不了。你应该明白,我差不多把你当儿子看哩。"申玉豹一个劲儿地捏鼻子,不说话。

白剑把爷爷接出医院送回八里庙老家让姑姑照顾。本想下午就返回县城,找刘清松或是林苟生问问吴玉芳案的一审情况,吃过午饭却叫姑父缠住了。姑父几年前随工程队外出盖房,从脚手架上摔下来弄坏一条腿,走起路来一拐一绊,像是一个小儿麻痹患者。姑父死死抓住白剑的胳膊,央告说:"小剑,你把青儿在县里安排了吧。你知道姑父轻易不求人的。前一晌你去家里查查大洪水的事,你糊弄我,我不在意。你把她安排了吧。我知道你如今干着大事,轻易我也不会开口烦你。前两天,我弟弟的手驴丢了,托我央求你给县里说一声,给立个案找一找,我没答应。青儿闪过年已经吃二十的饭了,又是五棵树这几年惟一一个高中生,还要当农民,我这老脸往哪儿搁?"白剑说:"姑父,我回来几天,过些天又要走，县里不熟悉，你让我找谁安排她？"姑父仍不松手，狡黠地笑着："小剑，姑侄亲，姑侄亲，砸碎骨头连着筋，这事你一定得办！你说办不成，你就把姑父当外人了。小虹当了几年工人，你说一句话，就成电视台播音员了。一人得道，鸡犬升天，这是天理！手掌手背都是肉，小虹是你妹妹，小青也是你妹妹呀。只要你能让青儿在县城人模狗样行走，我和你姑姑也算没白供她上了高中。"一直在院子里埋头洗衣服的姑姑说道："你胡呲个啥！小剑看灯，县委刘书记像个跟班跟着哩。这是多大个事，用你交代恁清！咱多孝敬孝敬爹，剑儿多为县上出点力，他刘书记为咱青儿找个事做还有啥说的。"说罢，棒槌一下比一下抡得高。白剑不由得说："我和刘书记说说看，说说看。"

随运砖的拖拉机返回县城，天已经黑尽了。沿街那些零星闪烁的红绿灯还有那三五成群叼着烟卷打台球的青年，似乎标志着小城夜生活的开始。白剑沿着府前大街朝古堡走着，看见马路对面有个黑影一摇三晃，哼着小曲，沿着一堵墙慢慢走着。那声音苍凉激昂，唱的是《西厢记》的一段："……若不是俺真心挨，怎能等到这，露滴牡丹开。"白剑正在想此人唱的酸曲不俗，忽听身后一声响："呔！媳妇还没领进房，就要把我这媒人扔过墙？小兄弟，忙着去过夜生活，见了面连睬都不睬我一眼，不仗义吧？"

白剑一扭头，看见林苟生幽魂一样立在一根电线杆的阴影里，正龇牙咧嘴朝他笑着，往回走几步说："听那曲子，我以为是个高级流氓，没想到会是你。我正要找你呢。"林苟生却较了真儿，"你竟把这曲子和流氓搅和一起，罪过罪过，流氓唱荤曲儿，不是直奔性器官，就是个俗。描写童男少女第一回，这世上难道还有比这露滴牡丹开更美丽更艺术的文字吗？你也忒小瞧咱五十年代的高材生了！唉，听说医院里闹了鬼？"白剑说："我正为这事找你，你是出去办事呀？"林苟生竖起一根食指压在嘴唇上，"几天不见，你把我想得心疼。这会儿实在不能回去陪你，前天我花十元钱从一个老地主婆，当然现在摘了帽就像我叫摘帽补充右派一样，我从她手里买到一支摔断的翡翠玉簪，找人切成六个戒面，约好今晚去取。广州批发价，一枚八百。你找我干什么，叫我想想。哦，你是找我还钱，医药费申玉豹代你出了，你就想还我的钱。"林苟生把脸凑过去，恶狠狠地盯了白剑一眼，"你这个人太骄傲了，太骄傲就办不成大事！韩信寄食漂母，受辱胯下，终成大器。你钱包里还有几个钱,我心里明镜一样,你心里很想让爷爷在医院治好的。可是,昨天我一看龙泉新闻,我就知道你今天肯定接老爷子出院了。你还信什么吃人家的嘴软呀!你别以为人家总请你吃敬酒,你就不做喝罚酒的准备?不定哪天,妙清红着眼圈要你结账,价格忽然翻了几番,你一时拿不出,不是又多一罪状!你可千万别提还钱!"白剑被林苟生剥得无处藏身,又是佩服,又是恼怒,接道:"不就是拿你两个半截翡翠簪子吗?又不要利息,不用白不用。我找你是问别的事。我在太阳村插过队,天六支书和乡亲们待我不薄,如果玉芳姐真是他杀,我不能袖手旁观。"

"我的妈呀!"林苟生惊叫起来,心里道:有这层关系,不由得你不上竿子搅。闹鬼的事要不要给他透个底?不能透,不能透!生意归生意,朋友归朋友。好不容易逮住个好帮手,这生意只能朝大的做,算总账时不亏他就行了。他扯住白剑的胳膊,"咱回去说回去说,风忒大,把话刮进墙那边的耳朵里,人家还不扔黑砖。"白剑叫着:"你放手!你不去取货了?"林苟生答道:"事有急缓,钱挣不完。"

两人回到古堡,林苟生急不可耐地问:"你真要过问这件事,就算抓住了根本。你真在太阳村插过队?"白剑说:"用得着编吗?知青点没建好,我还在天六支书家住过两个月呢!"林苟生又问:"你准备怎么办?"白剑道:"我怎么琢磨,那天闹鬼闹得怪,事后申玉豹又做出这种姿态充好人,有点此地无银三百两,玉芳的死一定有问题。我想了解一下一审情况,你知道是谁管的这个案子?"林苟生一闭眼睛,心中暗喜:人走顺了真是喝凉水都上膘,抓住申玉豹的小辫,就好办了,忙说:"案子是公安局赵春山科长先经办的,详情我也不清楚。"白剑道:"我找他问问就清楚了。"林苟生摇头晃脑道:"你对赵春山别抱太大希望。我倒霉的时候,他就是公安局侦缉科长,三十年过去,他还是侦缉科长,我们的教育管这叫不进步。能让这么个正头清①对一个命案缄默不语,肯定有天大的交易,可惜我不知道中间的过节。此事不能急,我托人查一查,你再去找他。今晚你出去放松放松,人家哲学家每个月还要狂欢一次呢。你是去看录像,还是去跳舞?"白剑说:"你去取货吧,我要补补觉。"

第二天下午,白剑自作主张去县公安局采访赵春山。赵春山长着一

---

① 正头清:方言,比喻十分正派、眼里揉不得沙子的人。

张毫无生气甚至于可以称作萎靡不振的瘦脸,上面褶皱很多很深,有一些很容易分辨出是利器刻出,右太阳穴左下方留有一块五分钱硬币大小的疤。这副尊容让白剑大吃一惊,他拿出记者证,直截了当说明了来由:"石佛寺吴玉芳死亡一案,龙泉有多种传闻,多半人认为是他杀。据了解,这案子最初由你经办,能不能告诉我一些一审的情况?"

"我早知道有一天会有人来找我,可没想到会是中华通讯社的大记者。"赵春山眼神散乱,显得无精打采,"你找我能有什么用!案子早结了,死者亲属不让掩埋尸骨,状已经告到北京了。结果呢,结论眼下只能是自杀。再过两年,这案子就成了铁案了。"

"当时的情况你总还记得吧?法医解剖报告是怎么写的?听说死者的头皮最先腐烂,按常理是不是该先烂肚子?"

"三十几年了!我办的命案太多,记不太清楚。那些天下连阴雨,尸体腐烂很快。后来的现场报告是这么写的。"

"听说死者断了一颗门牙,你当时注意到没有?"

"有人证明那牙是摔断的。法律只相信证据,人证、物证。因为有人证,那颗牙只能认为是摔断的。"

"在发现尸体前几天的一个晚上,有人听到申玉豹家曾发出女人的惨叫。"

"后来证人又推翻了证词。他承认自己有夜游症,神经衰弱,双耳时而失聪时而耳鸣。县医院出具有诊断书。法律不承认一个耳朵有病的人关于声音的证词。"

白剑不甘心失败,追问道:"赵科长,你真的以为一个怀了孕的女人会自杀吗?"

赵春山眼神闪出一丝异样,神经质地扭了扭身子,"自杀的人各式各样,我没见过所谓怀孕的人不会选择自杀的提法。如果一个人对世界彻底绝望,已经选择了自杀,她不会顾忌什么肚里的孩子。"

白剑愤怒了,站起来说:"真没想到一个大半辈子的行为可以作为良知注释的人会有这样让人不可理喻的晚节!"

赵春山猛地一抬头,两眼放出贼亮的光芒,脸上的皱褶叫痛苦扭个七荤八素,阴森森地说:"小伙子,我枉活了五十几,还不知道什么叫生活,怎样做人,感谢你能来教导我。"

白剑带着难以名状的坏心情,沿着大街徜徉,不时用皮鞋踢着路边上

的碎石块。像是有一种神秘的力量在引导着他,当他不再低头踢石子儿,想抬头看看街景时,眼前出现了一块巨大的广告牌子:

**17日、18日　　　经典名剧:《杜十娘》**
**领衔主演:著名曲剧表演艺术家欧阳洪梅**

白剑有点百无聊赖,看见几个老者正在排队购票,他走了过去。玻璃窗后面的小黑板上赫然写着:预售五天,甲票六元,乙票四元。白剑忍不住问一个老者:"老伯,唱曲剧还有这么多观众?还要预售,票价也不低。"老者笑道:"你不是本县人吧?"白剑有点惊诧,问:"你怎么知道的?"老者自豪地说:"只要是欧阳唱主角,场场爆满,龙泉土著都习以为常了,所以我猜你是外地人。"白剑纳闷一个几万人的小县城,演的又是旧戏,会场场爆满吗?忍不住问:"老伯,你是戏迷吧?"老者说:"我是欧阳的老追星族,她的《杜十娘》我已经看过二十四场了,百看不厌。当年我在北京,看过梅兰芳的戏,就不看别人演的,像《贵妃醉酒》,梅先生过世后,谁演我都不看,梅先生已是绝唱。欧阳的戏,神品呢,一看就丢不下。"

白剑将信将疑,移动身子去看玻璃橱窗的剧照。剧照前面竟贴了一张欧阳洪梅差不多有二十寸大小的头像,那张头像一下子攫住了他。乍看一眼,她还像个孩子,浓黑的头发恰到好处地勾勒出了脸的轮廓,几缕刘海齐齐地勾在两道淡而有韵的弯眉上方。面容显得苍白而忧郁,仿佛可以感受到细腻的皮肤下时隐时现的细细青脉。嘴角微微地向上翘着,分不清是高贵、傲慢还是放肆、心比天高。面颊有一种弧形凹陷,在另外的面部可能算是缺陷,长在这里却使整个面部生动起来。最让人迷惑的是那双眼睛,是岩浆还是冰山?不敢断言。这分明又不是眼睛的全部,仔细一看,后面静静流淌的,肯定是天真和纯洁。"这是一种让人炫目、深邃复杂的美丽!"白剑心想,"没有非凡的经历,不可能汇聚这么多不可思议的内容。"

想起林苟生多次暗示过的欧阳洪梅和李金堂的关系,白剑心里滚过一阵悲凉。这样一个女人不属于自己,不是朋友,而是敌对阵营里的生力军!白剑心里乱了好一阵儿。望见古堡时,一个念头兀自跳了出来:

"但愿不要认识她,美能引出灾难。"

## 第五章

刘清松得知省个体企业协会副会长杨光干、地区乡镇企业局陈全生局长已来龙泉出席申玉豹荣昌贸易公司成立三周年庆典，权衡再三，还是决定给申玉豹抬回轿子。第一把手出席，不做主持人，也要作总结性发言，李金堂再霸道，形式上的正副他总要考虑。刘清松想起在中央党校进修时，同宿舍"四眼"先生的总结性发言："政治家的争斗，有明暗两线，明线是给人看的，暗线才是本质。我曾研究过五百八十条重要新闻，同时出席的领导，相互间都有深刻的矛盾，一起参加重要活动，是权力之争取得均衡的结果。如今，能自自然然和对手同进一个画面，同吃一桌酒菜，成了政治家成熟的标志之一。"可是，这个突然冒出来的庆典，分明是针对中通社白剑那篇文章来的，理智上虽然已做出了正确选择，感情却仍在嘀咕，这轿总不能白抬。李金堂筹划这个庆典，也会请白剑到场。白剑欠李金堂一份人情，说不定也会为申玉豹抬抬轿。工转干不是个小工程，白剑明白这个道理。看来应该给白剑一点诱惑了，要不然，他恐怕要认为我言而无信了。为了让李金堂安稳，犯不着放弃这个白剑。李金堂走这步棋，本来也没多少善意。是呵，用不着退让。想了好一会儿，刘清松拨通了庞秋雁宿舍的电话，"有件事想请你帮忙办一下。"庞秋雁那边嘟囔着："人家正在休假，你不来慰问慰问，又派什么劳什子工作。"刘清松把嘴贴紧话筒，低声说，"怠慢了我的有功之臣，找机会我一定补过。眼下这件事，必须由你来做。你给招待所二〇一白记者去个电话，就说他要的东西我已经联系好了，明天去财政局查批件是个机会。你要守住他，最好拖到晚上。"庞秋雁那边吃吃笑起来，"什么重大机密事，连我都敢押上呀？孤男寡女待一起，你就不怕我给你出个情况?"刘清松骂一句:"当心水门事件!你办事,咱放心!事后给你详细汇报。"庞秋雁不依不饶,纠缠道:"事办成了有什么奖励?现在能不能在电话里预支一点点救救急,我这边都火烧眉毛了。"刘清松笑骂一声,把电话压了。

　　查批件的事刘清松已做了周密安排,白剑用了两个小时就抄完了当年各级批件上的有用部分。中午,庞秋雁提出请白剑到城北门新开张的狗不理灌汤包子店尝鲜,白剑欣然同意。谁知这一顿包子竟吃了整整半天,白剑从未遇见过庞秋雁这样豪爽、这样健谈、这样能喝酒的女人。庞秋雁从社会、政治,一路谈到婚姻爱情,连对婚姻的极度不满也不隐瞒,说到动情处还眼圈发红,"不瞒你说,我们已经分居几年,这次从广州回来,路过柳城,我只是去学校看看女儿。其实,每一个进入政界的女人,都比普通女人苦,那一本本经难念呢!表面上看,我是一个工作狂,广州之行,天天像打仗,累个贼死,回来又马不停蹄进入工作。有时候我还真羡慕那些背着米袋子、拎着菜篮子和那些小贩子一分几厘讨价还价的女人,她们多自在呀!爱情死了,她们可以再栽一棵爱情树。政治女人,哪有这种便当!我当这个七品芝麻粒大的副县长,在电视这么普及的时代,简直没一点人身自由。我请你来这样一个不起眼的小馆子吃包子,无非是想避免一些麻烦。老百姓思维单纯,绝对不会想到一个大记者、一个女县长会在一个灌汤包子店里饮酒谈心,选择政治女人这条路,难呢!"白剑深受感动,几乎抑制不住倾吐一肚子苦水的欲望,生怕在婚姻问题上和女县长产生共振,赶紧换个话题:"庞县长真直率!你们女政治家,负重是大。有人说:做女人难,做名女人更难,看来不假。你这次到广州要债,肯定很风光吧。"庞秋雁得意地笑了笑,却又轻描淡写道:"风光个啥,耍泼呗!不过,要是去个男书记男县长这么做就不灵了。这笔账拖了两三年,县里通过各种渠道要了十几次,差旅费花几万,一个子儿都没要到。如今三角债现象很普遍,要债真像过鬼门关。我这次去,准备了几步棋,几个方案。想不动干戈要到这笔钱,没门儿!我请了省里一个大律师,写好了讼状带着,摆出对簿公堂的架势,一到广州,就把状子递到中级人民法院,连给那个公司招呼也没打。第二步,我托朋友从北京请来了电视台和一家大报的记者,摆出要把这件事捅到中央的架势。实际上,真这么做,一点用都没有。法院是人家的法院,接了状子把你挂起来,隔上一个月,发个传票过来，要你去陈述情况，传票发十个八个，还是判不下来，搞皮了，你就得让步。所以，我知道他们并不怕打官司。做好准备后，我通过记者去见了他们的省委副书记。我就把事情的前因后果讲啊讲啊，讲得要吃午饭了，副书记说：小庞，咱们下午再谈。这种法子村支书都会用，我才不上当呢！我就说：我请你吃碗炒河粉吧。当然是副书记请我吃了饭。吃完饭我接着又讲，讲到三四点钟，我说：要不回这笔钱，我们只好告状，告不赢我就跳进珠江喂鱼。我们还准备长期和你们这个公司合作，这次我把矿上、厂里的合同都带着呢。我们一个穷县，有这几百万，活了一大片，这是救命钱呀！副书记硬是不开口。我就说：晚饭我请你，吃了饭我到你家里继续谈，你不知道，为这笔钱已经出了两起人命，人命关天呢。这个时候，我竟不由自主地哭了起来。副书记终于没了耐心，打了电话。我说：你还是写个条子吧。他就写了。事情到这一步，算是大功告成了。他们拿着三百万的汇票，又逼我和他们签价值五百万元的矿石合同。我说：还差一百多万，这笔清了，咱们从头开始。总经理提出剩下的一百多万用四辆进口车还，我答应了。这四辆车中，有一辆白色的车，样子很怪，他们说叫什么林肯，价值八十万。过两天，这几辆车就开回来了。唉，你在北京，这林肯牌到底值多少钱？"白剑摇摇头说："我是个车盲。那合同你签了没有？"庞秋雁狡黠地一笑："你猜呢？"白剑说："肯定签了，要是不签，他们会扣下这几辆车的。不过，这个公司信誉这么差，过两年恐怕你又得去要这五百万。"庞秋雁放肆地大笑起来，"合同我签了，县政府的公章也盖了，可一块龙泉的石头他们也别想得到！合同上是说拖期要罚款，可谁来罚？这一回，货在咱手里，咱主动，法院也是咱的，怕他？是他不仁，咱才不义，扯平了。过几年，我下了台，当然也可能是高升，他们告状，连被告都找不到了。话说回来，这种痛快，这种享受，普通女人又享受不到，你说对吧？"两人一起笑了起来。

白剑带着一脑子的新鲜感和庞秋雁分手的时候，古堡里的一桌酒菜已经等他有一会了。夏仁搬进古堡第二天，儿子夜里蹬开被子受了凉。儿子又加这一头忙，夏仁应付起来就捉襟见肘。奉命住进古堡监视白剑，按说应该寸步不离。可朱新泉的指示又不十分明确，只是让他跟白剑学习学习，及时汇报白剑的行踪和想法，以便早作安排，夏仁还没把白剑当做敌人。白剑知道夏仁的儿子有病，却要留在古堡侍候他，就骂道："你连轻重都弄不清！你没来我这里报到，我能告发你呀？要是孩子有个闪失，我可是跳到黄河洗不清了。"夏仁晚上又搬回家住了。早上一起床，他发现申玉豹的请柬还在口袋里，顿时惊出一身冷汗，急忙骑着破车赶到古堡。推门一看，不见白剑，夏仁腿都吓软了。

白剑没能到会，自然也没吃那顿午饭。李金堂导演的这台戏，白剑要演一个重要的角色，夏仁哪里会明白！午饭后，朱新泉以从来没有过的口吻对夏仁说："看你办的事，是你说白记者要到会的，下午又安排了参观，晚饭还回招待所吃。挖地三尺，你下午要把白剑找到！过了今晚，要是白剑没露面，可别怪我不替你说话。你这种工作态度，也只能两地分居。"

整个下午，夏仁去了两趟八里庙，找了两次白虹，敲了五次林苟生的门，打了十八个电话，在县城主要街道转了两遍，还是没把白剑挖出来。参观的队伍回到招待所，夏仁撒了一个谎："部长，白剑回去看他爷爷，五点钟已经离开，算时间马上就到。"朱新泉将信将疑，忙进去交代胖师傅放慢速度。

两个上级和龙泉的几位党政要员留在客厅等饭局。刘清松掏出香烟，分发一圈，自燃一支，仰在一个沙发上细品。他平时很少吸烟，一旦感觉到一件事情大功告成，抽一支烟又是保留节目。这个时候，欧阳洪梅推门进来了。

刘清松掐了烟，迟疑片刻站起来迎了过去。在地区组织部那几年，他就知道龙泉有个举足轻重的欧阳洪梅，客串交际花演得有声有色，当年中央和省里来柳城确定老区县和贫困县，欧阳洪梅和李金堂在柳城演双簧，硬是把只沾个边的龙泉定成老区、贫困双料县。贫困不贫困，标准是软的，会哭穷的人不难寻找；老区的标准很硬，不知道欧阳洪梅和李金堂当时用什么办法竟让国务院派来的精英们一致认定龙泉是老区。县志记载明确，红军时期，龙泉在搞地方自治，鄂豫皖根据地没划进龙泉一寸土地；抗战时期，新四军五师只是在龙泉招了几次兵；解放战争初期，红五师作战略转移，曾借道龙泉入陕。刘清松来到龙泉一年里，欧阳洪梅从未过问政界事，只出席过元旦和春节的一次各界茶话会和团拜会，据说是在全力教授徒弟。欧阳这次露面证明李金堂对这件事的重视程度，也就是对白剑的重视程度。刘清松有点后悔，如果让庞秋雁设法请白剑吃顿晚饭，欧阳出面也就无济于事了。他隔老远就把双手伸出去,"欧阳团长,什么风终于把你请出山了?"欧阳洪梅笑道:"省、地领导这么关心龙泉的个体经济,我也想来凑个热闹,要不人家不是要笑龙泉人眼拙鼻塞,弄得墙内开花墙外香。"李金堂把欧阳洪梅介绍给省里的杨副会长和地区的陈局长,谈话的中心就移到欧阳这里了。

政治家中突然挤进一个艺术家,每个人都不由自主咬文嚼字起来。杨会长说了"久闻大名",陈局长接了"不让须眉",都是套词。申玉豹见欧阳洪梅来给自己捧场,高兴得忘乎所以,脱口说道:"欧阳小妹,能不能为公司成立三周年演一场,我出五万。"

欧阳洪梅马上皱了一下眉,身体一扭,游鱼一样靠近了李金堂,说道:"我可是大年初一生的,申小老弟,你该尊称我一声欧阳大姐才对。你出五万想买一台戏,是不是太低了点儿?旧社会请个有名角的班子唱堂会,捧你们这些人的臭脚,唱一晚能养一个班子一年。现在我们已经被尊称艺术家,唱一场至少要能养剧团两年。刘书记、李副书记在场,申小老弟,你问问财政每年给剧团拨多少钱?五万元,还不够发半年工资!对你这种以富贵论尊卑的阔人,钝刀割你你不知道疼,五字后面加个零,我可以考虑考虑。"陈局长啧啧连声:"玉豹,玉豹,你敢不敢应战?人家广州,点支歌都敢花十万八万。"杨副会长道:"古人千金去买一笑,申经理,签个约,签个约!"申玉豹憋红了脸,低着头不敢应答,欧阳洪梅笑道:"玉豹家的灯泡都是十瓦的,《儒林外史》严贡生的后代,装什么西门庆呀!"刘清松不说话,仔细听了,不由得打心底里佩服这个女人的口锋之利。

朱新泉心里痒痒的,说道:"杨会长,陈局长,龙泉第一才女,不简单吧?不动声色就把玉豹收拾了。记得《金瓶梅》中写这样一件事,西门庆和几个把兄弟吃酒,应伯爵讲个故事,说有次一个富人带着一个来富人家混饭的落魄秀才乘小船去江心岛,离岛不远,富人看见岛上立的一块碑,大叫着,'江心有贼,江心有贼,快撤快撤!'秀才不明,问道:'哪里有贼,我咋看不见。'富人说:"你没见碑上写着江心贼吗?'秀才扑哧笑了,'老兄,那不是贼,是江心赋。'富人说:'富(赋)字总有些贼形。'欧阳骂人也是艺术家的水平。"欧阳洪梅掩鼻笑道:"朱部长好记性!你不提说,我还忘了这件趣事。故事好像还没有完,我记得西门庆见应伯爵、谢希大之流竟敢变着法儿刺他,骂了一顿,要谢希大编个戏笑自己这种角色的。谢希大说:现成的,现成的。一次,财主放个屁,帮闲忙说:不臭不臭。财主大惊失色,叫道:屁不臭定是有了病,快请医生!帮闲探着鼻子嗅一嗅,说:回味略有些臭,还无妨!戏这才唱完。"

刘清松吃了一惊,想不到欧阳洪梅竟能连她自己也一起骂了,再一想今天大家扮的角色确实像些帮闲,忍不住调侃道:"我们这些政客偶尔当当帮闲也罢了,艺术家客串就很少见。中国还是穷,龙泉要是出百八十个百万富翁就好了。"地区陈局长有些尴尬地笑笑:"也是,也是。龙泉历史文化悠久,闲谈都是典故,都是见识,一个屁也能闻出点文化味儿。"一直用欣赏的目光隔岸观火的李金堂轻轻咳了一声,慢悠悠说道:"《金瓶梅》号称三绝,骂人算一绝。人嘛,三百六十行,还没见过不可骂之人。玉豹富得有贼形也罢,大家今天当当吹鼓手也罢,是该嘲嘲骂骂的。不过,定数在那里起着作用,身不由己。要不然,曹雪芹作了《好了歌》,人都不可活了。所以,古人才感叹要难得糊涂嘛。玉豹不知分寸,该骂;新泉聪明反被聪明误,挨骂也不屈;欧阳不想糊涂却糊里糊涂把自己也骂了,明白人还是刘书记呀!"刘清松不想再打嘴仗,对朱新泉说:"老朱,你去看看饭好了没有?"陈局长摆摆手道:"不急不急。龙泉申经理这个公司,以往我们宣传不够。我看还是等等白记者吧,由他写一笔,我这个当局长的也觉得长脸。"

等了一会儿,刘清松又催道:"白记者是本县人,虽说在北京当记者,今天也算半个主人,哪有贵客将就主人的道理。咱们进去先喝着。"李金堂见刘清松把话说满了,不好再表态,只好招呼大家吃饭。说着,颇有些不快地看了朱新泉一眼。几个人鱼贯进了餐厅。欧阳洪梅想好好洗洗自己的手,故意退到最后,转身去了卫生间。

夏仁看见远处一个人影像白剑,百米冲刺过去抓住白剑,扯着胳膊走:"你总算救我一命呵!饭桌上他们要问你,你一定要说回了八里庙啊!你怎么这身打扮,像是一个搬运工。"白剑扯出胳膊,"我不会逃跑!什么饭桌?"夏仁终于出顺了一口气,"昨天你答应到会的,早上我给你送申总经理的请柬,你跑到哪里了?害得我跑了多少冤枉路!"白剑将错就错道:"回去帮爷爷锄地了,他还有一亩多责任田呢!"夏仁一看客厅没了人,又见白剑朝卫生间走,忙喊道:"我的祖宗,你先去点个卯再说。噢,你是去方便,我这就去里面通报了。"

白剑进了一道门，欧阳洪梅刚刚转过身，用一个雪白的手帕仔细揩手。白剑没想到会在这样一个地方碰见欧阳洪梅，一瞥之下，怔在那儿。欧阳洪梅眯着眼睛盯着白剑，高高在上地微微翘着下巴，说着念白样的话："你一个月拿一百多块钱工资，热水管坏了却不关你的事，不知是哪家老爷介绍你进来的。"白剑更没想到欧阳洪梅会说出这样一番话，一向伶俐的口齿冻僵了似的，解释说："这热水管最迟正月十二就坏了。"欧阳洪梅扬扬手，"这么说，你早知道了。"手却一时放不下来，门上方一个钉子挂住了那方白手帕。白剑本能地想帮欧阳洪梅一个忙，向门口跨了一步。欧阳洪梅想走出去也不能了，索性放了手帕，冷冷地剜了白剑一眼，"还说不得！告诉你，不管谁是你的介绍人，不想干了，和我说一声！你让不让开?!"白剑往旁边一闪，欧阳洪梅带着一缕香风飘了出去。

白剑叹一声：原来是这样霸道的人。他从画着男人头像的里屋门里闪出来，洗了洗手，转过身，看了看在门框上微微飘动的白手帕，下意识地过去取下来。闻到那股清淡的香气，看看白手帕，就要扔掉的一刹那，他看见了镜子里自己的尊容，确实像宾馆里的一个管道工。庞秋雁电话里告诉他那些陈年档案尘封多年，为了方便，他专门换了回八里庙干农活的那身工作服，没想到会引出这样一段插曲。欧阳洪梅肯定也为这个饭局而来。想起刚才欧阳洪梅盛气凌人的模样，白剑打消了上楼换衣服的念头，拍打两下工作服，朝餐厅门口走去。

夏仁通报得非常及时，土漆枣红八仙桌上刚刚摆好七个凉菜。李金堂脸上露出了笑容，吩咐说："那就再等一会儿。"

白剑推门进来，夏仁情不自禁地叫道："你可来了——"刘清松看见白剑这身打扮，略略有些惊讶。他故意穿这身衣服赴宴，是不是也在表明某种态度？正在思忖，李金堂已经握住了白剑的手。朱新泉拉着白剑介绍了杨副会长、陈局长和申玉豹。白剑简短地寒暄了，径直走到欧阳洪梅面前，侧身看着朱新泉道："朱部长要先喝三杯罚酒，男权思想严重，应该先介绍女士才对。"朱新泉连声认错："该罚、该罚、该罚！这位是……"

白剑做个手势，"慢！如果我没认错了人，小姐应该是著名表演艺术家、社会活动家、龙泉曲剧团团长欧阳洪梅。"李金堂微微表现出一些诧异。欧阳洪梅看着白剑，好一会儿没有反应。李金堂疑惑地瞥了欧阳洪梅一眼。这时,白剑把手伸向欧阳洪梅,"欧阳团长,我告诉你一个绝密情报:有个你的崇拜者,已经看了二十四场你主演的《杜十娘》。"欧阳洪梅多少有点失态,下意识地用两只手握住白剑,"谢谢,谢谢你的情报。刚才光线不好,请你原谅!"白剑轻轻摇着头,"这样认识不是很别致吗?插队的时候,我曾经有过当城市清洁工的梦想。"

李金堂瞄了一眼欧阳洪梅握着白剑的那双手。在李金堂的经验里,欧阳洪梅社交时还从来没有这样失过分寸。欧阳洪梅眼睛里迸出孩子气的喜悦:"你在哪里插队?孔明吗?参加过赛诗会吗?批孔老二的赛诗会?"

"我在太阳村知青点。记得参加过,那次的金银铜牌全让你们女知青拿走了。"

"吃过饭?在公社一间阴暗肮脏的饭厅里?"

"吃了。一个烧饼一碗糊辣汤,花了一毛五分钱。"

李金堂不再看欧阳洪梅,似乎有点烦躁。

"在那个饭堂,记不记得有人朗诵普希金的诗?"

白剑认真想了想,"好像有这么回事。"

"没错!"欧阳洪梅的脸色突然变得苍白。

李金堂心里的变化最剧烈,却又不表现出来,混同到看客中间。朱新泉的心情很复杂,今天他充当招客的角色①要求他很干脆地把所有的客人收拢在饭桌上,应该给这种自由主义行为提个醒,可他又深知李金堂和欧阳洪梅的关系,贸然插话很可能哪一方都不会落好,就用眼睛的余光揣度李金堂的意图。刘清松倒是希望这种回忆能结出是老朋友的果实,白剑能和欧阳攀上朋友,直觉上并不觉是什么坏事。申玉豹有点忍耐不住了。这个女人是来给我捧场的,你搞错了没有!是我用两千多块钱换成这一桌王八、海味、山珍和五粮液,而不是你这个只长一张巧嘴的穷记者!你他妈的仗着在京城混事,也太不把我申玉豹当成一回事了!北京怎么了?北京也有讨口要饭的,来这里摆什么派头、要什么威风!若不是李副书记压着,派人修理修理你,你又能怎么着?申玉豹一时间叫仇恨攥住了,狠狠拍了白剑一掌,"白记者,入席吧,那些陈谷子烂芝麻的事喝了酒再说!"

---

① 招客:方言,张罗事情的人。

这种既露骨又霸道的请法显得很没教养，众人都在心里有些不齿，嘴里却都为申玉豹帮腔："是啊是啊，饭菜要凉了，吃了饭再说，吃了饭再说。"

欧阳洪梅讪讪地缩回自己的手，自嘲道："我这个人呀，古戏唱多了，有点恋旧。一听白记者也插过队，就觉得特别的亲。"李金堂笑道："这一桌都是恋旧的人。白记者，玉豹听说你家也住在赵河边，下午还专门派人给你打了几条赵河鲤鱼呢。咱们今天来个一醉方休。"欧阳洪梅扯过一把椅子道："白记者，你从京城来，请入上席吧。"白剑连声推辞："不行不行。上有省、地领导，下有刘书记、李副书记这些父母官，上席我不能坐。"

刘清松说话了："白记者，你别客气，你是京官，是钦差大臣，杨会长和陈局长是我们上级领导，上席你们不坐谁坐？欧阳是艺术家，自然是首席陪座，我们几个随便。玉豹今天是主人，只好坐末席当酒司令。"

八仙桌只有八个位置，这么一安排，陈远冰、夏仁和申玉豹的副总经理钱全中就只好到灶上去吃。李金堂取了火车头帽朝衣帽钩上一挂，朗声说道："联合国开会不设主席台，开圆桌会议，不分国家大小、国力强弱，一律平等。老祖宗制这种八仙桌，等级太分明，不好。换圆桌，再加几把椅子，小夏、小钱和陈主任累了一整天，也来好好喝几杯。"

刘清松愣了半天，还没缓过神。

白剑睁开眼睛，看见林苟生硕大的脑袋向四周射着金灿灿的光芒。他感到有一种奇怪的东西在脑子里冲来撞去，踢得两个太阳穴一阵接一阵地胀疼。

林苟生端来一碗温热的姜汤，"喝了吧。妙清姑娘和胖师傅已经给你热了三道了。没想到你这样不中用！酒肯定不是假酒，李金堂在席上，就不会喝假酒，这就是你不中用了。"白剑支撑着坐在床上，看着窗外的天，"现在是什么时间？"林苟生拿来一张新出的报纸，"下午四点多钟，你是不是一醉就醉个百年不醒？这篇文章像是那个罗兄写的，本报特约记者罗一卿，乖乖的，一人就占了两个大茅坑，记得他和你是一个通讯社的嘛，噢，这个记者是特约，兄弟伙儿相互帮衬。二版头条，位置不错，内陆省改革新事物，柳城第一家私立医科大学诞生侧记，唰叭吹得好。柳城肯定没人灌罗兄弟。你听了怎么没反应？"

白剑打了一个哈欠，"技不如人，怎么反应？罗一卿小脑十分发达，我怎么和他比？他的特约记者证就有十几个，只要他想出来走走，机会多如牛毛。"林苟生激将道："听你的口气像是不大服气，那就该多操练一些本领。这种摸不清意图的酒场，要多长三五个心眼儿。真正喝不醉的人，我还没见过。那些在酒场过关斩将的，哪一个没几手硬的软的功夫！硬功夫靠练，没几百斤老白干，练不出出酒的本事，喝上三四圈，到卫生间抠抠嗓子眼儿，他没事了，抠个两三次，全桌就剩他清醒了。上了酒场，要先看头五杯大家的反应，脸白的怕脸红的，脸红的怕出汗的，出汗的怕撒尿的，看过了，心里有底，就专找对手中脸白的碰。对付李金堂这种会撒尿的，要用程咬金的战法，上来就提出和他分一瓶，逼得没办法，他就尿不出来了。你还得看大家的茶杯，有的人总换茶叶，刚沏上，假模假式喝上半杯茶。再喝，那茶水就只会多不会少，吐满了酒，他又要换茶了，朱新泉就是这号人。也怪我大意，事先没告诉你龙泉酒场这种治人的法子。"白剑瞪了林苟生一眼，"你现在支这着马后炮，顶屁用！你怎么知道得这么清楚？"

林苟生得意地咧开大嘴笑了，"小兄弟，我在这里经营一年多了，想弄点情报还不简单！昨晚我一直在房间里遥控监视着酒场，已经准备冲进去替你解围呢！"白剑以为林苟生真替自己解了围，大为感动，说道："若不是你，这回可栽定了。白酒我也有半斤量，开始也没在意。"林苟生认真地纠正道："你认错恩人了。我昨晚要救你，也是用劫法场这种火暴形式，昨晚救你的是欧阳洪梅。胖师傅说，他活了六十八，还没见过这样能喝酒的女人。是欧阳代你喝了十二杯，又逼着李金堂结束了酒宴。这样，昨天起码算打个平手。"白剑沉默良久，喃喃道："过两天她还要唱《杜十娘》呢！我真无能！"林苟生惊奇地盯着白剑，"小兄弟，起了怜香惜玉之心了？这样好，这样好。只是我不明白李金堂为啥给你摆鸿门宴。照理，你不愿为申玉豹抬轿子，李金堂也不会黑着屁眼让你在酒桌上出丑。这里面肯定有别的原因，要是因为欧阳代你喝酒呢？说不通，理应灌你在前，代酒在后。哦，恐怕是欧阳对你太亲近了吧？打烂了李金堂的醋坛子。"白剑心里也在这样想，嘴上却说："一面之交，他犯不着，估计是想叫我来个酒后吐真言。"

两人说了一会儿闲话，白虹和连锦一起来了。

白虹一出现在县电视台，就把连锦的人生道路照个明光闪闪。一个县电视台的小记者，若无非凡机遇，一不能出名，二不能发大财，混得好一点，三十多岁可能混个股长级别的台长干干，稍一平庸，大半辈子只能跑龙套。白虹是个机遇，连锦一下子就认识到了问题的本质。白虹有个亲哥哥在北京当大记者，这个大记者在龙泉有呼风唤雨的能量。如果能和白虹成为朋友，进而成为恋人，最后结为夫妻，人生的前景从此一定不会暗淡。这些天，连锦帮白虹布置房间，手把手教她熟悉各种业务，外出时充当保护人，忙个欢天喜地。白虹这些年接触的多是动物，情窦早开，却无人观赏，也有些出自天性的苦闷，遇到连锦这样一个下手就能碰到痒处，长相和谈吐颇为不俗的有心人，那些友谊和爱情之间的栅栏，顷刻间土崩瓦解。十来天下来，两人都有那么点意思了。连锦还懂得不能急于求成，把拥抱接吻的机会主动放弃，反倒为白虹策划一个《点歌台》的栏目。《点歌台》每日由白虹主持，观众出个几十元，就可以在电视台为亲朋好友的喜庆事点播一支歌，一能为电视台增加些收入提高一点收视率，二可以为白虹开辟一个展示自己诗歌才情的舞台。白虹深感遇到了一个好男人，对连锦的求爱甚至有点期待了。连锦仍不搞这种儿女情长，又建议道："这个节目还要靠名人帮衬一下，搞个开播仪式，请几个县里的名人谈谈这个节目的意义。你哥总不会常住龙泉，他又在北京见过大世面，何不请他先来谈一次？"

白剑听明白妹妹和小白脸的来意，不好拒绝，又不好贸然答应。拒绝了太扫妹妹的兴，答应下来又觉得好笑，跑到一个县里出风头，北京的朋友知道了，还不笑出眼泪笑掉牙？给妹妹一个模棱两可的回答，好说歹说先劝他们回去等着，理由只是这两天没有空，又刚醉过酒，脑子里一塌糊涂，即兴发言讲不出什么精彩的话。

刚送走妹妹和连锦，一个陌生的姑娘又把门敲开了，一看那双过分灵活的眼睛和靠在门框上一波三折的身段，就知道是下过功夫练过的。少女很不怯生地把白剑上下打量了一番，直看得白剑满腹狐疑，才抬起一个兰花指，半掩着涂着口红的小嘴说道："团长让我来送信。"白剑努力表现出平静，伸出手本来要接信的，中途又改变了主意，做个可以理解为绅士派头的动作道："小姐请坐，是不是欧阳团长？"少女笑着，伸出两个指头在紧身衣领口里夹着，"不了，还要回去练功哩。到底是北京来的，怪不得……唉，怎么找不到了？是在这里面塞着的……"白剑很想笑,分明又觉得不能笑,海娃用羊尾巴藏鸡毛信,这个女孩子……他转过身子放开了那个笑意。少女掏出了信,看着白剑的后背,带着赞许的表情点点头,"是一个不爱占便宜的君子,如果你一直没转身,这封信我就贪污了,欧阳团长给一个男人写信,这还是头一回。拿去吧,你考试及格了。"白剑转过身子看见少女指缝里夹着的白纸,故作惊诧地叫着:"小姐,信封怎么没见?"少女甜甜一笑,"根本没有信封,这信登到报纸上都没关系。她本来让我来看看你酒醒没有,我说不拿个东西你信不过我,她就在练功房写了几句。团长的住处只有我们几个得意弟子能去,她写个便条,竟约一个男人去她家,我就起了点好奇心。"白剑接过纸条,没有看,对少女说:"谢谢欧阳团长的关心,适当时候,我会去看她的。请问小姐芳名,另外,请告诉我为什么要对我进行这种别致的考试。"少女坦坦荡荡答道:"我叫李玲,唱青衣的,团长唱花旦,写个条子叫我传,不考考你,一旦小姐上了当,这戏就不好唱了。"做个鬼脸转身走了。

  白剑背对空门,打开纸条,看见上面写着:"空闲了请来城隍庙街八十八号坐坐。"有其师必有其徒,这两人都有点小题大做,白剑想着,把纸条塞到衣兜里。林苟生腆着肚子立在门外,两个大拇指扣着背带裤的带子,眼锋带钩在白剑裤兜口里瞄来瞄去,"剧团唱红娘的妮子送帖子来了?待月西厢下,迎风户半开。隔墙花影动,疑是玉人来。这戏唱到台下了。"白剑知道瞒不过林苟生,索性把纸条掏出来,扔过去,"你好好看看,省得东猜西猜怪门板滤掉了一些别人的隐私!这人很有点神秘,也有不少神经质。昨晚把我当管道工,训我的口气,俨然龙泉第一夫人;接着又替我喝酒,今天又差人问候。前倨后恭,搞得我不知所措。"

  林苟生赞叹连声:"佩服佩服!有这种定力,何愁成不了大事!告诉你个不太好的消息,你听了可别灰心。赵春山有赵春山的难言之隐,他回避吴玉芳一案,恐怕是迫不得已。人常说,家家都有难念的经,看来不假。"白剑用讥笑的口吻说道:"老林,你听没听说这样一个笑话?三国时,许都南门有一家开包子店的,以皮厚馅少闻名。皮厚到什么程度呢?曹操赤壁大败前,率八十万大军南下,号令各商号店铺捐钱捐物,包子店老板献上一只大包子。八十万魏军将士吃了三天,吃出一块碑,上面刻着:离馅还有八十里。你说要紧事,能不能把皮弄薄一点。"林苟生笑道:"本性难移,本性难移呀!蹲十年监狱,攒了一肚子话;

当了七八年大西北盲流,又背了几包袱话。贮存太多,一等觉得自由了,见着买主就想搞批发。你看你看,又擀了一张厚皮!赵春山有个独生儿子,去年二十一,名叫赵永亮,待了四年业。去年秋天,赵春山正办吴玉芳的案子,后院起火了,赵永亮把城郊一个十六岁的大闺女拖到玉米田里来个一厢情愿,女方告到法院。后来,不知什么人起了作用,那女孩子改口说赵永亮和她谈恋爱,这个案子又撤了。没过几天,吴玉芳一案出现反复,赵春山不管这个案子了。这两个案子中间有联系,说不定有一宗见不得人的交易。"

白剑努力回想着那天赵春山说过的每一句话,自言自语说:"他的良心还在嘀咕,还不愿扔给狗吃了。那一天他说的话有点怪,似乎在暗示这个案要翻必须尽早,等所有的证据都销毁了,那才叫天天不应,叫地地不灵。"林苟生把头摇成拨浪鼓,"一厢情愿,一厢情愿。你知道,去年他儿子犯事,正是严打期,强奸至少要判十年!良心嘀咕,是在嘀咕,恐怕在嘀咕千万不要东窗事发吧!"

这天夜里,月过中天,李金堂在城隍庙街八十八号院门前的石榴树下站了很久。多少年了,他第一次不请自到。这棵石榴树三年不开花了,欧阳洪梅觉着不吉利,几次提出把它砍了,李金堂说:"铁树一千年才开一次花,年年开花,心里也烦,这样好,年年都有个盼。"街景依旧,石榴树依旧,回想自己说过的话,却品出了另外的音儿。难道欧阳真的还要再为别人怒放一次吗?这个白剑她已经认识多年,可从来没有听她提说过,看来她心里还是有扇门对我关着!她喜欢月亮,喜欢在有月亮的夜里约他过来,这个月的月亮没两天了,她怎么连个电话也不打一个呢?李金堂斗争着,猜疑和嫉妒在潜意识的层面上烧烤着他。徘徊了一会儿,他感觉到放在大衣口袋里的右手碰到一串硬东西。这三把钥匙自从欧阳洪梅交给他,他从来没有带在身上。他十分看重门由谁开这个形式,欧阳为他开了十几年的门,就给他带来十几年的自信,这个形式表示着他在这个小院至高无上的地位。自己打开这二道门,这行为就有点偷儿和强盗的行状,令他不屑。可是,这钥匙怎么会跑到这里来了?他的手如同受了炮烙一般抽了出来。不能坏了规矩!

欧阳洪梅无所事事地在家里待了一个晚上,后来,她终于意识到今晚自己在等待一个什么。白剑是那个十五年前在公社大食堂幽暗的角落里低声吟诵普希金诗篇的那个人。成人后,有无数个男人像秋日里的黄叶,从她身边纷纷飘落了。她免不了出于各种心理捡上一片两片,白剑就被存放在最早的一个匣子里。李金堂闯入后,她再无多少心境和兴致去发现那些别致的叶子了,这就使盛白剑的匣子成了一种珍藏,成了李金堂无法涉足的一方秘地,静静躺在那段无法重塑的时间里。时间的秩序,使她翻检这段记忆时恢复了一个纯情少女的身份,她很想纯粹地饱览一番那一片少女春心萌动的风景。基于这种深层心理,欧阳洪梅慢慢意识到自从让李玲拿走了那张便条,一种全新的等待就开始了。她仔细追忆了下午草草写下的文字,从沙发上爬起来,准备结束这种等待。我只是请他有空了来坐坐,今晚他可能有空,也可能他永远都空不下来。金堂对他深怀敌意,他能感觉不到?金堂这是怎么啦?为什么对一个北京来的记者这样不友好?这些天没出门,龙泉肯定出了大事。一下子,她感到百无聊赖了。于是,她决定洗个澡,然后睡觉,明后两天还有两场大戏呢。

洗澡的时候,欧阳洪梅总是喜欢对着大镜子,在如云如雾的蒸汽里审视并感觉自己的裸体。热水从头到脚淋过一遍,抹去面颊上的水珠儿,一个舞台上程式一样严谨的过程开始了。从太阳穴开始,她用表演艺术家特有的敏感而富有表现力的手指,沿着脸颊、修长的脖颈、肩胛和脖子交汇成的两个美人谷、两只乳房和它们形成的谷地,依然显得平坦和肥沃的腹地、勾股、双腿和深藏无数小精灵的三角地完全放松地旅行。骨骼的凸凹、肌肉和脂肪的丰腴和贫瘠,每个部分隐藏的欲望,她都十分熟悉。有时候,会有一种夹带着腥甜味的体香随着蒸汽弥漫在她的周围,把她熏得不能自已。这种情况每月有一两天会出现,这就是医学上说的排卵期了。在这几天里,如果没有男人陪伴,她总要躲进浴室洗呀洗呀,把自己洗个精疲力竭。洗了好一会儿,她用浴巾沾干身上的水珠,穿上粉红的睡衣,走出了浴室。她这次并没有感到疲乏,立在绿色的地毯上,仍感到一股生命的津液沿着特有的通道奔腾着。她伸手探下去摸了一把,不由得伸了鼻子,贪婪嗅了一口,双颊顷刻间红得灿烂。这个时候,她听到了敲门声。

# 第六章

欧阳洪梅在屋里答应一声,匆忙束了睡衣的腰带,趿着红色真丝绣花棉拖鞋,拉开日本式隐形房门,冲进院子里初春的寒冷里。紧跑两步,她扶着院子里的一棵香椿树站住了,怀着少女初会恋人时的忐忑,在清淡的月光里急匆匆看了两眼自己的装束,登时羞得浑身燥热,颤着声音喊一声"请稍等",折身返回房间。

穿着睡衣接待白剑太不成话。这时候,欧阳洪梅认定院子外面的人就是那个在记忆的匣子里沉睡了十几年的白剑。她打开衣柜,先拿了衬衣衬裤穿上,套了毛衣毛裤,面对七八件各种颜色的外套犹豫起来。是穿淡雅的雪青,是穿成熟的纯黑,是穿纯净的洁白,还是穿青春的火红?她拿不定主意。受一种神秘力量的驱使,她先套上了火狐一样艳丽的红外套。对着穿衣镜一看,她又毫不犹豫地脱了下来。难道真的能回到十八岁吗?他能理解十几年前那次见面对我的重要吗?我已经在他面前表现够了神经质,再穿这件红外套,不成了神经病了吗?欧阳洪梅拿起雪白的晚礼服西装套裙,目光黯然起来。在他面前把自己打扮得这样纯净,无非是自欺欺人。

这一番折腾,欧阳洪梅平静了许多。最后,她选择了那套雪青色的羽绒衣套在身上。再次走进院子,欧阳洪梅走得沉稳安静。拉开门闩的一瞬间,欧阳洪梅脑子里闪过这样一个念头:今晚要不要谈点个人隐私?

门外是欧阳洪梅熟悉的那个伟岸的身躯。这个熟悉完全离开了欧阳洪梅的期待,她不由得僵住了,禁不住颤出一个疑问:"是你?"

李金堂没有回答,完成迈门槛、关门、闩门一系列熟练的动作后,伸出一只大手搭在欧阳洪梅的肩上,关切地说:"院里太冷,你穿得太少了。"欧阳洪梅身子一颤,立在原地没动。李金堂看着有点异样的女人,轻轻说道:"你不高兴我来?你看,这个月已经没月亮了。"欧阳洪梅感到一股模模糊糊的温热开始在全身弥漫了,身子朝前一靠,伏在李金堂的胸前吃吃一笑,"能不高兴?高兴你这样个人也能坏了规矩。"心里却在想:这就是我的命吗?我真的要这么反常地度过一生吗?我为什么就想不明白?

欧阳洪梅回想起来,自己从少年时的几多往事,都无法从正史的凿凿墨痕里找出依稀相似的参照。她的经历游离在正史所描绘的大河之外,每当那滚滚洪流奔腾而来,总是在离她很近的地方为她留下一片可以独处的清静。她就在这片清静里按照上帝的意志静悄悄地长着。母亲自杀了。直到现在,欧阳洪梅一直认为母亲死于对即将来临的红色风暴的畏惧。至于母亲畏惧些什么,欧阳洪梅从来也没有追问过,似乎是觉着没有追问的必要。第一次被游离就产生在母亲死后不久,学校停课闹革命,没有人追究她是大资本家欧阳恭良的孙女这件事。她照样参加了一中的红卫兵组织,照样能赢得同学或叫派友的喜爱和拥戴,甚至可以同时参加两三个派别,也没人把她当做多重间谍而另眼相待。古堡一场武斗,欧阳洪梅目睹了整个过程,脑海里深深印下了几个鲜血迸飞的瞬间。这之后,欧阳洪梅谁也没打招呼,自动退出了红卫兵组织,独自在家看点闲书,也无人前来追查,就这么动荡了一年。第二次游离发生在高三那一年。一次,原来是母亲的丫鬟的胡眉来城里看望欧阳洪梅,当天住下没走,说是要和小姐作伴,一伴就伴了三年。其间,也没有人追究胡眉曾在大资本家欧阳恭良家当丫鬟这件事。胡眉并没有夹着尾巴做人,常常为给欧阳洪梅争得利益而和人吵个面红耳赤,最后常常得胜还朝。欧阳洪梅常遇到这种场面,有一次,胡眉因为邻居在欧阳家门前杀鸡,没把鸡毛打扫干净,立逼人家用扫把扫过再用清水冲一遍。那家矮胖的女主人顶撞一句:"这街道又不是你家的。"胡眉大叫:"你家年把才吃一只鸡,显摆个啥?弄得一街腥臭还说不得了。去年下三场雪,你不就扫你家门前那屁崩的一块地吗?扫帚伸一胳膊你都懒。这一块臭鸡毛不是我看你个人赃俱在,问你你还不说是天上扑棱下个仙鸟在街上洗澡洗的。"一圈人都指责矮胖女人的不是,归结到一起,不外乎一个意思:"当年欧阳先生待咱不薄呀,这一条街的饭碗哪一只不是人家赏的。

欧阳先生是在省政协副主席位置上死的,那是多大的官?欧阳老师又是为学生累死的。单说人家绿翠玉,抗美援朝捐了两门大炮一车皮大米,戏唱得红紫一个省,回龙泉见了谁不是笑脸一张一张笑脸的。如今老欧阳家败得剩个孤女子,大家能抬抬手还是抬抬手帮一把。"矮胖女人连连赔不是,赶紧扫了鸡毛泼了水。欧阳洪梅就在这脉脉的温情里挨着青春的日月。

有一日,街道办事处李大妈来到家里,一脸惭愧对胡眉说:"洪梅姑娘下学二年了,正式工厂一次工没招,剩下的小街办厂,活粗钱细,我也没上劲儿安排她。看着洪梅娇嫩得一碰出水的,吭哧吭哧二三十天,工资也就一百二百毛的,说了你们也不愿干,我也舍不得叫她干。谁知这次政策紧,凡知识青年,一律赶下乡,接受贫下中农再教育。我寻思打听了几个人,说是孔明的四洼和石佛寺的太阳村两个点好,四洼地肥,我就帮洪梅姑娘留了个四洼名额。"于是,欧阳洪梅就离开了家,去了四洼当知青。

欧阳洪梅回想起来,自己对异性的认识和体验,根本无法从汗牛充栋的爱情故事中看出与自己相似的轮廓。打个比方说,爱情故事像这龙泉地上的河,每一条最终都斜向东南,欧阳洪梅的河藏在地下,而且不知从哪里来也不知流到何处去。

很小很小的时候,她就知道自己的美丽,而且能够从这美丽与外部世界的交流中,感受别人的喜爱、溺爱甚至迁就带给她的不愿拿给别人分享也无法拿给别人分享的快慰。这日积月累起来的丝丝快慰,如同多雨而多风的春,为她心灵的茁壮提供了丰美的营养。风的摇曳和雨的滋润,使她在沐浴初夏的第一缕阳光时,失去了急匆匆前去拥抱的热情,也就使她失去了早熟的可能性。早恋的少女,多半都在人生的春天患过营养不良。初夏来临,雨水充足、阳光温热,她们都贪婪地生长起来,不惜付出只能结出可怜巴巴小青果的代价。欧阳洪梅终日在成熟起来的男性目光的包围中,仍不紧不慢地长着,企盼着有一天那个被无数个少女梦到过的白马王子单腿跪地,亲吻着她的指尖,来一通令人晕眩、颠三倒四的倾诉,而她呢,嘴上绝不会轻易答应,要用层出不穷的恶作剧把这个小男子汉折磨个够,然后再给他一个惊喜——绝望之后的惊喜。

男人们面对欧阳洪梅则是别一样的心情。他们看这样一个过于茁壮、过于丰美、过于让人心旌摇荡、没有缺陷、清清纯纯的女人,多半会得出这样的感受:"花非花,雾非雾,夜半来,天明去,来如春梦不多时,去似朝云无觅处。"是花,便是有刺,胆子壮了,手上老茧厚了,也敢去摘,可欧阳洪梅又似乎不是花。是雾,便是浓雾,眼力惊人,也敢闯入这迷宫迷雾的景致中徜徉,可欧阳洪梅又似乎不是雾。要是浓云,里面就藏有可劈死人的雷电,要是毒气,一嗅便可致命。于是乎,欧阳洪梅便在六十多个男知青和四洼千余青壮男人堆里获得了绝对的自由。高兴时,她可以笑个半坡滚着铃儿响,眉头一皱,便可引来一声接一声的问候。"谁惹你了?""谁欺负你了?""你有什么难处,只管说出来。""你笑一笑吧,要不我给你学声狗叫,汪汪!""你想干了就摸摸镰刀锄头,不想干就到田头地边歇歇,采点野花。"连最爱忌妒的同性也悄声捎来了关切的问候,"是不是哪个野小子占你便宜了?你说说,姐们儿给你出气!""是不是倒霉了肚子疼?我这有药。"欧阳洪梅根本不知政治风云的风霜刀剑功能,一时忘了形,唱一段崔莺莺酬简,唱一段王宝钏思夫,唱一段陈妙常怀春,每唱必来个满场喝彩。最多会有那么个好心的大叔大婶趁人不注意的空当儿,小声劝一句:"闺女,这四旧咱甭在大队干部眼皮底下唱,小心给你小鞋穿。"大队?大队是董天柱一手遮天。董天柱不给欧阳洪梅小鞋,谁也不敢做这双鞋。董天柱三十出头,"文革"第二年批斗死了老支书,是个狠角儿。上任第四年,他妻子死于难产,还夹死一个儿子。董天柱不管欧阳洪梅唱旧戏,多少有点私心。憋了三年,董天柱和欧阳洪梅说过这样一番话。董天柱说:"你觉得四洼村待你咋样?""挺好,地好、水好、人更好。""我早在县里挂上号了,你说我有没有可能弄个中央委员当当?""有可能,如今什么可能都有。""插队落户是潮流。我有头脑,有干劲,也读过一些书。《艳阳天》你读过吧?我看你就是那个焦淑红。""我不能比人家焦淑红,人家根正苗红,我爷爷是个开明资本家。""这么说你读过了,改天你告诉我,你认为焦淑红是嫁给萧长春好呢?还是不嫁好。"欧阳洪梅回去把这个难题交给了六十几个知青,懵里懵懂竟不知董天柱是在求婚。第二天一上工,男知青都争着和董天柱谈《艳阳天》,异口同声说:"焦淑红咋能嫁给萧长春呢?嫁过去,焦淑红就不是焦淑红了。焦淑红是大家的焦淑红。"董天柱弄个大红脸。偏偏欧阳洪梅较真儿,当天去找董天柱道歉,"董支书,我确实认为作家写得对,你又让我说,没办法,回去就说了。"董天柱再不提这事,说:"算了算了,又不是啥大是大非,他们不过是笑我比作家高明，不嫁就不嫁吧。"这个插曲就像大乐队演奏交响乐时第一小提琴手逞能加进去的一串音符，没叫出个响，就被气势磅礴的主旋律淹没得无迹可循。最后，第一小提琴手还落了一圈乐手的嘲弄：乐谱都看错了，还配当第一小提琴手！男人们似乎都愿意欧阳洪梅"来如春梦不多时，去似朝云无觅处"。他们都很知足，懂得"此曲只应天上有，人间难得几回闻"，也就倍加珍惜。久而久之，就是有谁想当那个卖油郎，还没挣回足够本钱，卖油挑子就叫大伙一起用力给砸了。欧阳洪梅在男人堆里的绝对安全，正应了那句古话："狼多不吃娃！"

然而，日子一久，欧阳洪梅的心理出现了严重倾斜。大多数少女走进恋爱，是因为芳心孤寂疼痛寻找抚摸的结果。同样成熟的欧阳洪梅还没拉响恋爱的预备铃儿，过多的抚摸已使她的芳心变得异样的孤寂和疼痛起来。这时，她需要确确实实的抚摸了。单调乏味的劳作，变成了恋爱的催化剂，使黄昏后的田野里、树林里、河坡的芦苇丛都变得骚动起来，一双双一对对男女如雨后春笋般疯长出来，带着青春的无怨无悔的豪气、带着还挂着孩童时代残留的最后一滴露珠的好奇、带着无法排解的清淡的苦闷、带着对前途的几多迷惘，将那生命挥霍，将那正果禁果遍尝。欧阳洪梅孤身一人坐在槐香四溢的槐林里，透过被苦槐的细瘦叶子剪碎了的冷白的月光，望着赵河河谷里滚滚东流的大波，先前的良好感觉和自信迅速崩裂成了碎片。她成了一个多余的人，只配享用对影成三人的冷清。她成了一个永远长不大的白雪公主，记忆里只能存放让成人会心一笑的游戏。她成了这个无情的爱情角斗场上的失败者，灰姑娘们抢走了白马王子，场上只剩下插着稻草自叫自卖的歪瓜裂枣。她甚至悲哀地想：我哪里有什么女人的魅力，我只是一只摆放在房屋角落用来增添某种气氛的花瓶，房屋着火时，主人们优先考虑的是旧碗橱那布满缺口的粗瓷大碗是否能经得起烈火的烧烤。

在这种煎熬之中，她在那间幽暗的公社食堂的角落里发现了用普希金抒情诗自勉的白剑。这一瞬间因来得恰如其时，便立马占据了欧阳洪梅的全部心灵。当晚，她初尝了失眠的滋味。在那个雨夜末梢吊着的第一个春梦里，白剑不请自到，撞进了欧阳洪梅的梦境。在这个梦里，他们饱享了恋人们所有的欢愉，走完了恋人们应走的全部路程。那段同床共枕的华彩乐章给梦中的欧阳洪梅带来了难以名状的震惊和欢乐。一觉醒来，无边无际的痛苦依然如故，焦渴的心中又平添了挥之不去的一份相思，只剩下这个梦境镌刻在她十八岁日历的扉页上。日子流逝着，这流逝的日子给她的心灵深处留下了越来越大的空虚、空缺，这块巨大的空间日后再没有相似的情愫将它充满。欧阳洪梅的人生轨道和寻常少女相比，出现了重大偏离。

李金堂就要在欧阳洪梅生命的舞台上登台亮相了。主角亮相前，要有一束光的引导、一段过门的引唱。董天柱为李金堂打亮了这束光，拉响了这节过门。

刚刚复职的李金堂到孔明公社蹲点了。各大队支书轮番被召到公社汇报工作。董天柱汇报完知青点的工作，似乎意犹未尽。萧长春和焦淑红的故事以这种方式结束，他心里实在不甘，下意识地要做点什么填补一下这件事在心底留下的巨大空白。他说："四洼的知青也有不服改造的。有个叫欧阳洪梅的，简直无法无天。长得嘛，长得就是一个狐仙，妖冶极了，只用多看几眼，心里就犯迷糊……我说的是那些男知青。他们都愿意帮她干活，把工分记到她的头上。她呢，整天摆阔小姐的谱，把一顶用线绕成的丑八怪样的、稀奇古怪的帽子遮住半张脸，东边立立，西边站站，几乎天天都要哼唱一些'四旧'，有时候竟敢和一些男知青对唱什么《西厢记》。那声音简直不像是用肉嗓子哼唱出来的，听几句心里就发毛，不是狐仙又是啥？她不干活反而工分最多，不是剥削又是什么？资本家的臭小姐，真难改造呀。"

董天柱说这番话的时候，没看李金堂的脸。不是他看不见，而是不敢看。关于李金堂从土改到"文化大革命"初期的作为，董天柱知道得太多了。刚刚成人、开始能思想了，林苟生来到四洼落了户，就住在董天柱家东边大队的一间仓库里。林苟生被李金堂一整再整，最后被判了十五年徒刑。这件事董天柱也十分谙熟。林苟生英英武武，还当过石佛寺镇的镇长，竟叫李金堂整得无法还手，这就是董天柱惧怕李金堂的心理根源。李金堂这几年是倒台了，可是，如今他不是官复原职回来了吗？老支书是董天柱派人吊打致死的，李金堂复出是不是意味着造反派们要完蛋了？所以，董天柱必须小心。这样，董天柱就没有看见李金堂听这番话时面部表情的急剧变化。李金堂在想另一个女人，想得满脸惆怅。"哦，时间真快，转眼间慧娟的女儿已经长大成人了。女儿像她妈吗？"李金堂决定见见欧阳洪梅，忽然问了一句，"四洼的样板戏唱起来没有?"董天柱抬了抬头,"唱了。就是因为这个欧阳洪梅,唱得不多,叫他们唱《红灯记》,前脚一走,他们就改唱《白蛇传》。"李金堂生气地道:"资本家我们都改造过来了,这些子女们,生在新社会,长在红旗下,有这么好的基础,改造不好是谁的错?你说说!"董天柱怯怯地道:"我,我们也有责任。"李金堂挥挥大手,"是你不会用兵打仗,把好钢用在刀背上了。这个欧阳洪梅在田边地头唱唱戏,这天的活儿是不是出得多一些?这个道理你不懂吗?现在为什么要普及样板戏?因为这是精神食粮。她会唱些旧戏,这不奇怪,她妈妈绿翠玉,是全省四大名旦,耳濡目染久了,情不自禁唱两句,有啥大不了的?小题大做。三天后我要去四洼看《沙家浜》,要这个欧阳洪梅演阿庆嫂,你回去准备吧。"

李金堂想见欧阳洪梅,动机似乎没有什么见不得天日的地方。慕慧娟好歹算是李金堂的一个故交,作为长辈,去看看她的遗孤,不是人之常情吗?可是,李金堂的心理却在悄悄地起着变化。李金堂在青年时代有着取之不竭的热情和力量。他最初的人生理想并不是要在龙泉这样的小县做一名酋长式的统治者,他的希冀要高远、明亮得多。尽管在他的事业之初,他也采用过阴谋家和暴力专家的看家手段为自己的上升广采基石,但这些行为并没影响到他生命的底色,因为他认为这些方式是一个革命时代的必需,把一个旧世界彻底改造成一个大同的新世界,需要炸药和生发在黑夜里和人心深层皱褶中的谋略。当他认为可以再朝更广阔的地域迈进的时候,一场新的、内部的革命席卷而来,一卷便把他卷进一个叫干校的地方待了五年。在这五年间,先前他信奉的许多崇高都相继崩溃了。坍塌的速度让他感到不可思议。在这次无法抵抗的跌落中,他看出了诸多人的本相。时代已经变了,变得不可捉摸、难以驾驭,他第一次对自己的力量产生了怀疑。一个结论让他感到周身冰冷:要打碎一种秩序,目的只在于建立和捍卫一种自己建立的新秩序,向上的台阶并非永无尽头。这次戏剧性的复出,他第一次根除了走出龙泉的念想。那么,仅仅站在龙泉这个台阶上,又应做些什么、享用些什么呢?对于女人,从前所自定的规矩还要保留吗?知道慕慧娟的女儿已经长大成人后,李金堂感到心中那头蛰伏了好几年的狮子渐渐醒来,慢慢张开了大嘴,这就使这次会见显出了一种神秘,一种不确定的摆荡。李金堂心中慢慢生出了期待,期待着一种什么,这种什么又不太能辨出形状,它在生长、在膨胀,渐渐挂上了几个焦渴和激动的音符。这几个不经意抖落出的音符，完全可以看作李金堂前些年奔腾不息的心河溅得飞扬出去的几朵浪花，它们穿越了时空，在原来心河的故道上砸出一个响动。这样，李金堂在接见演员时，就显得格外的年轻，这种年轻从丰厚肥沃的成熟露出尖尖之角，给他平添了一股令人倾倒的魅力，在上千的同类中显出了鹤立鸡群，这种东西恰恰合了欧阳洪梅的口味。李金堂在接见的时候，用一种怅然若失的口气谈了慕慧娟的早逝，谈了慕慧娟唱过的所有的戏，谈得如数家珍。他确实太熟悉那个女人了，这个早逝的女人曾作为他心灵中一片风景存在了近二十年。这片风景的突然消逝也曾给他带来过挥之不去的残缺感，他甚至把慕慧娟的早逝看作自己前半生的一次惨败。在干校的五年间，他把这次失败的原因归为狂热的自信。那时他想：一个事业蒸蒸日上的年轻的县委副书记一定会把名旦绿翠玉吸引过来。最终的结局却是他败在一个落魄的资本家少爷手下了。

这次接见使李金堂的内心再一次发生了裂变。他没想到慕慧娟的女儿竟能在各个方面青出于蓝。在他的心目中，慕慧娟已是脂粉队伍里的极品。欧阳洪梅又列哪一品呢？李金堂来不及多想，因为他的身份不允许他久久握住一个主要演员的手不放而把其他角色晾在一边。他说："我和你的父母很熟，我还要在孔明待上一段。"

本来，李金堂用不着在孔明待下去了，他改变了主意。回到公社，他有点后悔没把再想见见欧阳洪梅的愿望表达得明白些，过了两天，没见欧阳洪梅来。李金堂心想：随遇而安吧。这一天，他踱到赵河岸上饱览了暮秋的景色，回公社吃了饭，突然说要练练字。几个公社干部忙了一阵，笔墨纸砚都找齐了。院子里一听说李金堂要练字，纷纷来求。这一忙碌，夜已经深了。李金堂推开窗子，轻吐一口长气。外面，月挂林梢头，柔光如水。他毫无睡意，踱了一会儿步，重新握住笔，"欧阳洪梅"四个柳体正楷已宣泄在纸上。李金堂先是一怔，旋即释然地笑了。"字不如人。"李金堂轻吐一句，换过一张再写。又是正楷，左看右看，没欧阳洪梅的清俊空灵。试了行书，又觉轻飘浮浅。隶书稍像，有曲有折有意有韵有把玩，但仍觉呆板，曲折意韵全在度中。换了草书，又觉草书太过放浪，这种肆无忌惮与这女子貌合神离。大篆太古，金文瘦细。李金堂掷笔兀自笑了，自语着："想她不过十八九岁，竟都不在法度之中，奇怪。"过了一会儿，他随手又写一个"欧阳洪梅"，看了就觉有八分像了，望着字叹道："真草隶篆四不像，却像这女子，怪！"再拽了笔，喷出一个哈欠，俯在桌子上睡着了。

欧阳洪梅没想到李金堂是个戏剧行家，又是母亲的朋友。李金堂接见演员时的讲话风趣幽默，给欧阳洪梅留下了难忘而美好的印象。等了几日，她忍不住去了公社，想看看李金堂是否还在孔明。推开虚掩的门，李金堂还在酣睡，看了桌上地下十几个自己的名字，心里乱了一阵，又弄不清为何而乱。欧阳洪梅把纸字收拢，李金堂终于醒了。这几天，李金堂已经作出一个决定：让她唱戏。他笑笑说："我等你来，是想和你说个事。听了你的戏，我就想把县剧团恢复起来。你有信心比你妈唱得更好吗？"欧阳洪梅端坐着，"妈不喜欢我唱的，我一唱她就骂我。不过，我确实喜欢唱。"李金堂道："样板戏在舞台上唱，别的戏也要加紧练练。不是现在练，回城之后在家里偷着练。有什么困难以后再说，我有多大能力，一定会尽心。这种情况不会持续太久。你要超过你妈绿翠玉，你一定能够超过她。"一个月后，剧团恢复了，欧阳洪梅回县城当了演员，一个人住在家里。

一切都在静悄悄地变化着。李金堂秋天里很忙，总是在欧阳洪梅意想不到的时候突然光临，带给她一串又一串的惊喜。这种惊喜的心情是在李金堂第一次造访后突然间出现的。欧阳洪梅没想到李金堂对她家那样熟悉，惊奇地问："你说你和我爸妈是朋友，为啥小时候我一直没有见过你？"李金堂四下看着这些熟悉的旧物旧景，心里感慨万千，惆怅道："我有二十多年没进这个院子了。"欧阳洪梅又说："你没进过，为啥对我家这样熟悉？"李金堂微微笑道："早先我跟孔先生在你家当了几年小伙计，就住在东厢房。上房一直空着，你爷爷回龙泉时才住。你爷爷爱清洁，隔上半个月，我就要到上房来次大清扫。所以呢，照旧礼，我该喊你一声小姐。你爷爷待下人宽厚，差不多把我当儿子看哩。"欧阳洪梅感到和这个县革委副主任之间的距离一下子消失了，先前心里存的一点对这个男人的感激之情也一扫而光，油然生出的是一种亲切感，嘻嘻笑着说："那我就有权力吆喝你做这做那了。"李金堂垂手而立，低眉顺眼，一脸恭敬的浅笑，说道："是，小姐。"又直了腰身，"这种亲属关系也有不尽如人意之处。小姐早不叫了，我看就叫你小梅梅吧。"欧阳洪梅早咯咯笑成一枝风中垂柳了，强止住笑，掩了口道："那我可就要叫你金堂了，罢了你的官。"李金堂声音里带着一丝惊喜，龇出一口白牙道："很好很好，你就叫我金堂吧。"

欧阳洪梅似乎从来也没有把李金堂当成一个长辈来看,她只是感觉到这是一个男人,是一个可以全面信赖并依靠的男人。在一般的感觉里,李金堂是爷爷的助手、爸爸妈妈的朋友,同时也是自己的朋友,她很愿意按照李金堂的安排做事情。让她感到奇怪的是,李金堂提出的每一个建议,都很合她的愿望。没过多久,她发现周围的男人都变得寡淡无味起来,特别是嘴上的茸毛刚刚变硬的小男人。于是,她和别的男人的疏远就成了必然。剧团本来就没很多事,几个样板戏大家早就谙熟,用不着翻来覆去排练,随时登台也不至于穿帮。在这个阳光灿烂的冬天里,更多的时间,她安于在家独处。独处其实是一种等候,等候着李金堂突然出现时的那份惊喜。惊喜本来是经不起重复的,可它竟然这样重复地出现了,欧阳洪梅对此毫无察觉。

隆冬的一天,李金堂一个雪人样滚进院子,欧阳洪梅赶忙迎着。没进堂屋,李金堂就从怀里掏着东西。两人一起迈过门槛,李金堂就把一沓发黄的油印页子递了过去,两手轮换放在嘴边哈热气取暖。欧阳洪梅第一次发现这个男人的憨态,扑哧笑一声,嗔怪道:"也不戴个手套",伸手夺过页子,朝八仙桌上一撂,摘掉李金堂头上的火车头帽,身子探进院子,拍打着帽子上积存的雪花,"什么宝贝,迟一天也不晚的。你把大衣也脱了拍打拍打。"李金堂脱着军大衣,用安详而平和的目光注视着欧阳洪梅的背影,说道:"要不送来,你又要偷一天的懒。我找了三四个地方,只找到《陈三两》《玉簪记》,《穆桂英挂帅》还是半本。"慕慧娟铁了心不让女儿唱戏,自杀前毁掉了家里所有的戏本和资料。李金堂要欧阳洪梅趁着这几年的空闲,把慕慧娟唱过的戏都熟悉了,再把小牛的唱段学会,这才发现家里的脚本和乐谱都不见了。李金堂重新披上大衣,欧阳洪梅一手托着帽子,面对面站下了。李金堂看见欧阳洪梅披着的一条红围巾的皱褶里藏着一些雪花,伸出手,食指一弹,一团白雾飞溅到欧阳洪梅的脸上了。欧阳洪梅很自然地伸出小拳头捣了李金堂一下,然后捧起帽子要给李金堂戴。李金堂太高大了,欧阳洪梅踮了脚,帽子还无法从上面扣下,喊道:"你就不能低低头,我总算发现有时候你也有点笨。"李金堂顺从地弯下腰。

欧阳洪梅坐在一张圈椅里跷着二郎腿胡乱翻了那些发黄的页子,微微一咧嘴,"这点戏,我一个月就学会了。找不到戏本,你可别说我偷懒。"李金堂说:"我到时候就有办法了。这戏哪里要用你一个月时间,我看半个月就够了。我还有一个会要开,你在家里看吧。"欧阳洪梅要送李金堂出去,李金堂望着满天纷纷扬扬的白雪,也很自然地拉了一下欧阳洪梅的手臂,"你待着吧,没看雪正紧吗?"欧阳洪梅感到一种异样的温暖,吃吃一笑道:"我又发现你一处笨,我总该去闩了院门吧。"李金堂再望一眼大雪,脱口说道:"也没人敢来。"说罢了,像是觉着有什么不妥,低头一瞅,补充道:"都在抓革命促生产哩,不过你一个女孩子,谨慎一点也好。"认识几个月来,他们之间最亲密的接触就是这一次,欧阳洪梅捣了李金堂一拳,李金堂拉了欧阳洪梅一把。可能是因为下大雪的缘故,欧阳洪梅望着李金堂像熊一样在小巷滚动的背影,心里生出一种明晰的牵挂:"该不会摔一跤吧?"

接着李金堂展露出的惊人的记忆力和模仿能力,让欧阳洪梅大开眼界。果真没到半个月时间,欧阳洪梅就把两个半戏中女主角的唱段学唱得惟妙惟肖。欧阳洪梅带着孩子气的得意,对主考官李金堂道:"学不来新的,就是你偷懒而不是我偷懒了。"李金堂先叹息了一声:"把你这样一个艺术天才埋没了,我李金堂就是千古罪人。遇到好时候,你妈就是在世,也该让你坐这第一把交椅。你应再多读一些书,这种东西好找,书读多了,就能唱到骨子里去。凡是你妈唱过的,所幸我都记得,你就凑合用用我这个老师吧。"欧阳洪梅不信,皱着鼻子噘着嘴道:"吹牛!记个三五段词还差不多。"李金堂也不争辩,小声用假嗓子唱着《西厢记》里崔莺莺的唱词。一连唱了六段,有三段欧阳洪梅早会的,已信了李金堂所言不虚,惊喜又惊奇道:"你真有过目过耳不忘的本领?"李金堂坦然说道:"听多了才记住的。你妈在龙泉唱了九年零八个月戏,每一出戏最少唱二十场,只要你妈登台,我没出龙泉,又没重要的会,是每场必看。你妈唱的那些戏,哪一出我也听过十来遍,再记不住那才叫笨呢!"欧阳洪梅眨眨眼睫毛,转几转眼珠子,突然说道:"那你可算是我妈的超级崇拜者了,你是不是爱上她了?"李金堂一愣,旋即笑道:"要说爱也是爱,我爱的是她塑造的舞台形象。回到现实嘛,你已经知道,我连你家的门槛都没登过。你妈和你爸恩爱一生,这么说就亵渎了他们。"不知为什么,欧阳洪梅听了这种解释,感到一种莫名其妙的高兴,也就不再追问这事,撒着娇说道:"我的记性不敢和你比,这些戏你隔了恁多年还能记清,每一段你至少要教我二十遍。"李金堂说道:"拿笔来,你就是需要记个词,我背你写,事半功倍。"欧阳洪梅懒洋洋地站起来去拿纸和笔。写了一段，李金堂拿过一看，眉头皱了皱，用询问商量的目光看着欧阳洪梅道："小梅梅，咱们来个一举两得好不好？你换成毛笔写，到时字练成了，戏也学成了。"欧阳洪梅无可奈何地答道："是，金堂。你还不如直接说我写的字像狗爬。"李金堂自自然然伸出大巴掌轻轻拍了一下欧阳洪梅的脸，"我的老师孔先生说，人都有点驴性，打一打，压一压，活儿就出来了。琴棋书画，不管做哪一行，想有大作为，都必须通其大理。孔先生这四艺俱精，受他熏染，我才粗通了书法一艺，自感受益匪浅。改天我把我临的帖带给你，先从柳体练。颜筋柳骨虽然齐名，都堪称楷书神品，但颜鲁公为人过于刚正，字也就又重又硬，不合你练。柳公权的字外柔内刚，清俊飘逸，圆润有骨，练久了还能给你养出一副好性情。你看好不好？"欧阳洪梅抿嘴一笑，肩头兀自一抖，"逼上梁山了，想下来也下不来了。练吧。"

两个人越来越熟悉、越来越无拘束、越来越亲热起来。有时候，李金堂发现欧阳洪梅偷懒腕悬得不高，会伸手去把它朝上托托，或者发现她坐姿不正，会不声不响地过去用大手攀住欧阳洪梅的肩头拉一下或者推一下，一切都在悄然而健康地生长着。过了春节，欧阳洪梅的楷书已练得像模像样，忽一次，因为手腕久练生疲，一连写坏几个字，李金堂急了，过去，左手撑案，右手捉了欧阳洪梅的右手腕重写一个字。欧阳洪梅当时红着脸辩说自己如何用功，事后才品出脸红是因为前所没遇的东西从身体里流过。后来，不知是什么原因欧阳洪梅总是写错字了，不能说每次都是因为疲惫了，但意识里又从未出现过指挥右手写错字的信号，完全是身体在捣鬼，它在期待着某种情景的重复。这种温度、这种力度、这种深度的情景确实变得频繁起来了，仿佛它们也能感觉到春的气息而变得骚动不安起来。

一天下午，李金堂只穿着一件长袖白衬衫走进屋子。欧阳洪梅还穿着一件薄毛衣，就说："还在春的尾巴上呢，没听老人说，春天风头高嘛。"李金堂笑道："不碍事，我身体强壮。总算能歇上半天了，咱们今天开始练隶书吧。"教了欧阳洪梅基本笔法，李金堂就坐在旁边有一眼无一眼地看。不知过了多久，欧阳洪梅听到一声响亮的喷嚏声，停了笔关切地责怪说："看看，看看，感冒了吧。"李金堂摆摆手，"没事，嗅了新鲜空气也会打喷嚏的，哪能这么容易就感冒的。"过了一会儿，又是几声喷嚏，李金堂自己先说了："你家这是老屋，太过阴凉。"欧阳洪梅要去找药,李金堂挡住了,说道:"我更信中医。你找点姜,熬碗汤喝了就会好的。"

喝了姜汤,李金堂说他有点犯困。欧阳洪梅脱口说道:"我扶你到里屋睡一会儿。"李金堂也没反对,躺在欧阳洪梅的床上,摆摆手说:"你去练你的字。"

欧阳洪梅又写了几张纸,心里活动起来。不知这姜汤管不管用?走到角屋门口,又想:"睡着了,就让他多睡一会儿吧。"再写几张,又在想:"要是姜汤不管用,耽误了可不好。"扔了笔,轻手轻脚走进了里屋。李金堂正睡得香甜。欧阳洪梅在床头站着看了一会,手不由自主地探过去摸摸李金堂的额头。感觉有点热,再摸摸自己的额头,又分辨不出到底哪个更热,一捋刘海,俯下身子,在两个额头就要接触的一刹那,欧阳洪梅想起小时候自己发了烧,母亲总是这样对额头的情景。把自己想象成了母亲,顿时感到脸颊微微烫。想抬起头,已经不能,后背像是被一根铁箍紧紧地箍住了。她自己很想挣扎出来,身子却不听招呼,僵在那里了。李金堂睁开明亮的眼睛,双唇抖动出一个颤巍巍的声音:"小梅梅——"欧阳洪梅情不自禁地回应一声:"金堂——"接下来是一连串无声的动作。李金堂猛地坐了起来,没穿鞋子站在地上,双手捧起了欧阳洪梅桃花灿烂的一张脸。欧阳洪梅很想推开他,两手明明是去推的,却在中途张开了,就像跑了靶的两颗飞弹一样贴着靶子飞走了,飞了一段似又想到了主人的命令,画两个弧线双双击在李金堂的后心上。桃子熟了,它走完漫长的必不可少的生长期悄无声息地成熟了。都是前所未遇的全新的感觉,纷沓而至,争抢着要她品尝。她被这一浪高过一浪的尖锐的感觉刺成一片网眼,意识已经幽幽地从躯壳里飘了出去,只能在遥远的天际望着这具失控了的躯体扼腕叹息。李金堂抓住她毛衣的下摆,她的双手马上举了起来,样子很像一个战败投降的士兵。欧阳洪梅感觉到李金堂像掀动一页页宣纸一样熟练地把她的衣服一层层地剥去,似乎在寻找那最可心的一页字。李金堂把她横放在铺平的被子上,然后不管她了。她感到自己轻得像一片羽毛,摇摇荡荡直冲天宇,前去寻找那先一步飞走了的意识。睁眼一看,李金堂并没有扔下她,而是像一尊石雕一样跪在她腰窝留下的一片床的空隙里,伸出两个食指,朝她如五月红樱桃一样鲜艳的两颗乳头点来。一种像过电一样的麻酥感迅速漫过她的身躯,她禁不住地呻唤了一声。听到这声呻唤,那两指倏地变成了掌,把她早发育成熟的坚挺的乳房紧紧地握住了。那种抚摸一样的揉搓像一串串乐句,急急缓缓轻轻重重地演奏着。她感觉自己变成了一架钢琴,胸腔里对这乐声回荡出了第一声共鸣。李金堂把她揉搓了一遍又一遍,揉得她感到自己早变成一堆可以随风飘去的粉末了。这时候,李金堂换了一个姿势,俯下身子,用嘴仔细吻着欧阳洪梅高矮胖瘦错落有致的十个脚指头。欧阳洪梅明白那一波接一波的麻酥竟来自一张嘴的抚摸时,心里惊叫一声:"天呢!我难受,难受……"再一睁眼,她看见了那个充满着男人力量的肥硕的臀部在朝后移动着。李金堂扭转身子,像一个守财奴丈量自己土地一样,用嘴一寸一寸地亲着她的腿。好像是干得焦渴了,又仿佛是因为太阳太毒了,李金堂选准了那块丰腴肥美溪水涟涟的三角形森林,一头扎了进去。她感到那种一开始就萌生出的恐惧刹那间长成一只青面獠牙的怪兽,吓得她灵魂也飞出了躯壳,本能地想到了搏杀。她像一只受伤的小母兽一样放开声嗷嗷嗷地怪叫起来,两手捉住李金堂撕扯起来。李金堂终于乱了方寸,压过来叼住了欧阳洪梅的舌头吸吮起来。差不多同时,欧阳洪梅被一种刺心的、撕裂一样的痛击倒了。她惊愕地睁大了眼睛,一动不动,像条窒息了的白鱼一样漂在床上。开始的几分钟里,李金堂忘情于这迟来的幸福,遗忘了欧阳洪梅还是一朵刚刚开放的花朵,下了一阵急风暴雨。当他得到极大的心理满足,能分出心观赏欧阳洪梅的时候,两行泪珠儿正沿着欧阳洪梅白皙的、隐现着青脉的太阳穴缓缓流入鬓发中。李金堂戛然停住,侧身望去,只见一片玫瑰正在白床单上开得灿烂。他颤抖着双手,揩着欧阳洪梅两鬓的泪水,一脸羞愧地喃喃道:"小梅梅,小梅梅,这实在有点过,有点过。你很疼吧?"欧阳洪梅微睁着泪眼,甜甜地笑着点点头,嘴里却说:"我愿意,我愿意。"她慢慢地抬起手,从枕头下掏出一张雪白的手帕,抖动着擦了一把下身,举在从窗棂挤进的一方夕阳里,对着一团鲜红,又笑出了几滴眼泪。李金堂双手捧过那方手帕,把一张泪脸埋了进去,哽咽一声:"太过了,太过了。欧阳先生待金堂不薄呀。"

欧阳洪梅坐了起来,扯了 件衣服遮住前胸,"金堂,是我错了吗?我是真的愿意,真的。你知道,这个世界我只有你这一个亲人了。你后悔了吗?你后悔教洪梅练字,后悔教洪梅学戏了吗?你不是真心爱我?你说话呀,你说呀,说呀!我会好好唱戏的,好好唱戏……"李金堂睁开泪眼,看着一派天真的欧阳洪梅,动情地把欧阳洪梅揽在怀里,发誓一样说道:"欧阳先生,春少爷,慧娟,金堂会倾尽全力把洪梅培养成才。今生今世若有辜负洪梅之处,金堂必遭天谴。"欧阳洪梅像个孩子一样靠在李金堂宽厚的胸前,伸手捂住了李金堂的嘴。

时间改变了一切。李金堂迈进房门时,只感到内心莫名地狂跳一阵,忍不住朝屏风里面扫了一眼,看见床上扔着的几件外套,兀自一怔。叹息一样地说:"你不是在等我!"

欧阳洪梅抿抿嘴,低低头,耸耸肩道:"不等你,还能等谁?你什么时候学会了不自信?我没离开龙泉,这扇门只对你开。我也早说过,多早晚我都是自由的,别把我看得太下贱了。"李金堂走过去坐到沙发上说:"这些天我心里烦,眼看要到下弦月了,你昨晚又喝了那么多酒……"欧阳洪梅打断道:"算了吧!你只说叫我去坐坐,我怎么知道出了什么事?毕竟当年我们都在农村吃过苦,也算有点瓜葛的。你没看他当时已经醉了?告诉你,那时候我还不认识你,就是和他有点什么,你也抹不去。这些年,我就差没帮你给人酒里下毒了,闹半天给北京来的记者设鸿门宴这样的大事还要瞒着我嘛。"李金堂欠欠身子,"也不是什么大事,这个白剑想翻翻救灾款的老账,刘清松像是闻到点什么,也有动作。玉豹去年秋天的事,这个白剑也感兴趣。我就想和白剑亲近亲近,别无他意,没想到他竟是你的故交。"欧阳洪梅并不满意,拢拢头发,"金堂,该不是因为这个故交你才改变主意的吧?我就不能有点历史?魏世宗差点叫你下了大狱,我埋怨过吗?我知道,龙泉是你李金堂的龙泉,我是你的私有财产。我不能再有婚姻,也不想再有婚姻,这点你早清楚了,用不着每天像读'老三篇'一样重复。这个白剑当年和我连句话都没说,你用不着神经过敏!"李金堂端起他专用的紫砂壶,发现是空的,迟疑地放下去,"我们不谈这些,不谈这些。十几年了,你应该明白我的心。我是有点狠,有点霸道。我只是不想失去你,你也明白的。龙泉是我经营几十年的龙泉,我不能眼睁睁看着别人朝它身上拉屎拉屎下刀子。我说过的,我绝不勉强你,不勉强……"

欧阳洪梅心里一颤,重新打量了眼前这个给了她无限风光、无限快乐和满足的男人。十几年了,这个男人从来没对自己食言。作为威震一方的铁腕人物,十几年里恪守着不再碰别的女人的诺言,心里没有爱能做到吗?欧阳洪梅觉得这么埋怨李金堂有点强词夺理,心就温软下来。

也知道自己换衣服瞒不过绝顶聪明的李金堂，想想这样的年纪还想重温少女之梦有点可笑，也懒得作什么解释，走到屏风那边换上睡衣，走出来给李金堂泡了一壶茶，坐在沙发扶手上说："请你原谅！我并不是不明白，我知道你疼我爱我。我的脾气你又不是不知道，大部分事也就是说说而已。其实，这两天我一直想让你来……"

李金堂抬眼看看欧阳洪梅，喝了一口茶水，"我老了，老了，总怕有一天会失去你。人不能怕，一怕就乱了方寸。我今天只想来看看你，怕你喝了酒弄坏了嗓子。自从你登台，十几年了，你的嗓子从来都没出过毛病。"欧阳洪梅听得心中一热，伸手捋着李金堂的头发，轻轻说道："你没有老，没有！你还是这么疼我，你还是关心我的每一场演出，洪梅知足了。我知道你很忙，很忙，我应该给你打个电话。"李金堂不能自持，站起来捧着欧阳洪梅的脸，动情地说："所有的一切都加上也顶不了一个你。所以我就怕，怕呀，怕我老了，就想多要要你，什么都干不动了，也好多个念想。"

欧阳洪梅感到身体深层鼓动着一股麻酥酥的战栗，猛地扑进李金堂怀里，口里呢喃着："给我一丁丁点儿，一丁丁点儿，你一丁丁点儿就顶一个男人了。你没老，你不会老的，不会老……"李金堂像抱根灯草一样，把欧阳洪梅横在臂上，粉红色的睡衣开裂了，剥出一条修长的腿，一只真丝绣花棉拖鞋在柔和的灯光里轻轻扇打着裸着的脚跟。看了一眼，李金堂就感到全身的血都朝着腹根那一片涌去，这个感觉顷刻间找回了他全部的自信。规矩一点没坏，没有动用钥匙，紫砂壶装满了温热的茶水，女人除了这件睡衣依旧一丝不挂。他把欧阳洪梅横放在床上，单腿跪在地毯上，亲了亲右面外侧那个像玛瑙一样透明的脚踝，食指一弹，拖鞋画出一条红色的弧线，滚落在一片米黄上。

欧阳洪梅眯缝着美丽的凤眼，看着眼前这个一出手就让她无处逃遁的伟丈夫，心里涌动着前所未遇的激情，仿佛白剑的出现引出的插曲又掘开了另一座大堤，洪水冲击得她不能自持。李金堂像在把玩一件珍藏，又像在重新重复十几年前第一次保留至今完好无损的程序，从脚踝有条不紊地一寸一寸向上吻去。正在这时，一阵隐约响着的丝竹之乐挤进了房间，接着，两个人都听到了一个幽怨如诉的女声划破了夜的静谧：

恨一声无郎伴我眠

辜负了良辰美景的天——

欧阳洪梅发现李金堂有意在重复两个人十几年前第一次的细节，再也无法平静。她伸出手，轻轻地抬起李金堂的脸，叫了一声："金堂，我懂你的意思了，"慢慢支起身子，面对面和李金堂跪在床上，"我忘不了那无比美好的开始，你让我来一次吧。"李金堂再一次被眼前这个女人身上的神奇的悟性折服了，这些年来，他正是从这些细节里，寻找到了理解古代那些只爱美人不爱江山类的伟丈夫的甬道。随着欧阳洪梅缓缓伸出的手指，他朝后躺去……欧阳洪梅看见李金堂那依然雄厚无比的资本，不由得叹了一声："金堂，有你这样的身体，你就是到了八十岁，我也舍不得呀。"说着，俯下头去。李金堂眼望天花板，思想着大半辈子在女人身上的成就。左想右想，他都认为在欧阳洪梅这里，他已经饱享了作为男人登峰造极的风光。一种从来没有经验过的感觉，把他的走岔的思维全部唤了回来，忍不住喊道："小梅梅，你练了一张什么样的嘴呀，我要坚持不住了。"用手想把欧阳洪梅扳过来。欧阳洪梅却像条蛇一样紧缠在李金堂身上，嘴里间或吟唤出母鸽叫一样的咕咕声。李金堂感到整个腹部就要炸裂了，又不愿就此完结，这么就完了不正说明自己的衰老吗？不能，在这个节骨眼上绝对不能要这个结果。情急之下，双手伸出四个手指掐向欧阳洪梅的腋窝。欧阳洪梅执意要给李金堂留下一个永远无法重复的第一次，仿佛不这么做就无法面对十几年里李金堂给予她的似海的柔情。在她意识的深层，甚至已经认为今晚的思绪游弋到十八岁，是对李金堂，是对这十几年自己的理智的一种背叛。这样，她正在努力做的事情就缀上了忏悔的音符。她不甘心地挣扎着，两腿渐渐伸到李金堂的两个肩头，嘴里不由得发出了咯咯的笑声。李金堂缓过一口气，看见欧阳洪梅胯间那美如一幅水墨山水的风景正压在自己胸口上，用手架了起来，埋头朝上品赏起来。欧阳洪梅停止了攻击，意识完全失去了指挥功能，另一个我张狂起来。身子变得软绵，接着下身又扭动起来，哀求一样的声音随即响了："投，投降，你，你别再折磨我了。"李金堂并没丝毫的放松，做支架的双手纹丝不动，一下又一下地动着。欧阳洪梅期期艾艾呻吟着，"你、你杀了我吧，我不要这隔靴搔痒，我要死了，我要死了。我痛快死了。你再不进来我真的要舒服死了。"李金堂慢慢把欧阳洪梅仰面放平，只见欧阳洪梅满面桃红，半睁着似睡非睡含情目，娇喘吁吁，一动不动。李金堂轻轻拍拍欧阳洪梅的脸颊，带着胜利者的自得感嘻嘻笑问道："到底谁厉害？"欧阳洪梅吃力地抬起一只手臂，呢喃道："我，我一点气力也没，没有了。我难受，我难受，你用你的刀杀了我，快杀了我。你，你不能把我扔到半道上不管，我过不去，还没过去呀。你个没良心的……好狠心。"李金堂低头亲了亲欧阳洪梅依然坚挺的乳房，喘着气说："小梅梅，小梅梅，我这就来救你，我这就来杀你。"抬了两条玉柱一样的腿，喊了一声，"我来了。"欧阳洪梅嗯呀地叫唤了一声，立即换了 副面貌，一副声口，双手像藤一样交义着紧缠在李金堂的腰后，拼了死力迎送起来，嘴里道："看谁厉害，进来了看你往哪里逃！"李金堂被这个神奇女人神出鬼没的战法刺激得浑身泛红，一面大动，一面断断续续说："我要、教、教训、你你个、狐狸精，骗、骗骗骗人的狐狸精精精！"欧阳洪梅的头颅悬在床沿外，披肩长发像一条黑狐狸尾巴一样在墨绿的地毯上扫来扫去，嘴里也没闲着，"我，我愿意，我愿意。"僵持了几分钟，李金堂渐渐感到有点要喷薄欲出，一心想让心爱的女人一百分地满意，好以此扫清罩在头顶上的阴霾，怕这样结束半途而废，急忙道："休战休战。"欧阳洪梅却在叫着："快快，抱紧我，抱紧我，我要死了，要死了，陪我一起爬高峰，爬高峰，爬顶峰，哎哟啊……"

　　这次空前成功的做爱使得白剑丧失了一次绝好的机会。在以后的许多日子里，欧阳洪梅很少再把如今的白剑和当年那个男知青联系在一起加以思想。

# 第七章

　　白剑无法知道十几年前一个十八岁姑娘的心事，并没十分在意欧阳洪梅派人专程送来的条子。这种才高八斗、故弄玄虚、略带一些神经质的女人，京城里并不少见。遇到这种女性，他总是退避三舍。这天晚上，他接受了珠宝商的邀请，在龙泉最现代派的好问酒吧听林苟生讲他的浪漫史。李金堂充满敌意的劝酒，引起了林苟生极大的恐慌。以他的阅历，再用不了两三个回合，白剑这个小白脸就要败走龙泉了。而这个时候，白剑对他的诚意却仍持有怀疑，这不能不让他感到焦虑。再遇上有白剑这种背景、动机、能力的合作者的可能几乎等于零。眼下需要做的，当然是想方设法让白剑无条件地信任他，然后他的经验教训才能派上用场。

　　欧阳洪梅当着李金堂的面竟替白剑喝了十二杯白酒，第二天又专程派高足前来探视，这些细节让林苟生嗅到了一丝成功的气息。如果能促成白剑和欧阳洪梅闹一场恋爱，那不是等同于送给李金堂一条浅绿色的头巾吗？这个思路让林苟生兴奋了很久。可就这样贸然讲了出来，白剑断然不会接受，甚至马上会看低他林苟生几个层次。权衡再三，林苟生放弃了这条可能十分有效的捷径。作为李金堂的同时代人，别说和李金堂之间尚有不可化解的过节，便是看见一个陌生人，能旱涝保收吃着自己的家常贤妻，又能隔三差五打打欧阳洪梅这种女人的牙祭，林苟生也不能平静。白剑能理解一个蹲过近十年大狱男人的这种怪念头吗？眼下显然不行。林苟生想了半个下午，终于想到了一个法子。傍晚的时候，林苟生突然间向白剑提出："小兄弟，你在京城厮混多年，你说，像我这把年纪，身子骨已经泡成陈年黄连的男人，娶一个二十出头的姑娘合不合适？"

白剑对林苟生本无恶感，近几天又观察出林苟生与李金堂确有不共戴天之仇，想到假期已过一半，调查工作尚且受阻，也想和这个似乎有很大能量的龙泉土著亲近亲近，当即答道："这有什么不可以的。"林苟生赶忙追问："你有没有时间帮我参谋参谋？"白剑自然满口答应了。

进了好问酒吧八号包间坐下，林苟生很真诚地向白剑倾诉起来，"兄弟，我是一个荒唐了多年的人，"林苟生这样开始了讲述，"这些年，我总觉得社会欠我的太多，有了钱，我也常去寻开心。北京、上海、广州，都留下过我的劣迹。我曾经在三星、四星级宾馆一掷千金，也用十元八元钱在外滩这些地方和野鸡鬼混。我承认，我堕落过。可是，我的堕落很诚实，诚实让我在堕落中认清了社会的本相。我认为社会逼得我二十来年无法和女人正常交往，就让一个个女人代社会给我补偿。这是对她们不公平！自从认识了三妞，我才改变了这种看法。她像一个苦难里泡出的天使，把我带出了万丈深渊。我那时像浮士德博士，迷乱在罂粟花丛中，灵魂已经要交给魔鬼了。"白剑没想到林苟生会这样赤裸裸地解剖自己，这种坦诚，这种勇气，很让他感动，便认真看着林苟生说道："三妞一定有不寻常的地方。"林苟生嘿嘿一笑，"一般人儿。如今也只是好问酒吧的歌女兼舞女。要说不寻常，是有那么点不寻常，十五岁那年，她就做了暗娼。"

白剑不敢相信自己的耳朵，半张着嘴望着林苟生。珠宝商做个鬼脸，吐吐舌头道："吓着你了吗？我知道不给你解释清楚，你不会跟我走的。我告诉你，我准备娶她为妻，也就是说，只要三妞答应我求婚，你就有个比你小十多岁的老嫂子。你别用这种眼神看我，我一旦下了决心，神鬼都无法更改。有句歌词写得好：只要人人都献出一点爱，这世界就会变成美好的人间。我想把心肝肺都掏出来让你看看……咱们没有多少时间了。咱们就说说三妞吧，这是一个很长也很悲惨的故事——"

县城东关科甲巷东头有条叫一里沟的小河。小河东面原是一片坡地，大洪水过后，一些原来住在城里低洼处的人家无家可归，领了政府发的救济款和一些建筑材料，就在坡地上搭起了一些棚子房。后来，这里成了县城人员最复杂的贫困居民区。三妞的童年，就在这些摇摇欲坠的窝棚和破旧砖块垒起的矮房构成的世界里开始了。

母亲是个小学教师，做了多年的班主任。父亲是县运输队的卡车司机,经常跑长途不在家。三妞六岁那年,母亲就把看管三岁弟弟的任务交给了她。哥哥和姐姐跟着母亲上学。父亲常常在某一个白天突然回家,然后拿出一包包糖果、瓜子、花生米摊在三合板和木棍钉成的方桌上笑眯眯地说:"三妞,分成四份,把你哥你姐的留着。"说完了,也不管三妞如何分,泡一杯劣等大叶茶,拎个板凳到院子门口喝茶。母亲带着哥姐回来,父亲就朝屋里喊:"三妞,把你哥、你姐的糖拿出来,带着弟弟出去玩吧。"放过女人进院子,再放过三妞和弟弟出去,就把院门闩上了。三妞记得,每次爸爸回来,午饭或者晚饭都要比平时吃得晚。有时候,父亲回来得早,或是母亲带着哥姐刚走就到了家,或是母亲正好要出门去上课。三妞还记得父亲和母亲只要在这个时候碰上,准要撕扯和吵架,最后总是母亲红着脸夺门而去,留下父亲像一只癞皮狗瘫在床上,呆子一样望着叫烟子熏得黑油油的屋顶。

院子前面什么时候出现了一个个探头向院子里张望的陌生的或熟悉的女人,三妞记不清了。终于有一天,有女人在父亲在家时进了院子,和父亲说些她听不明白的话,然后父亲总是说:"方向盘只有一个,我屋里有四五张嘴呢!"一个春天的上午,父亲带着一个穿蓝花格子外套的女人回了家,进门就说:"三妞,你带弟弟出去玩去。"三妞不愿意,父亲瞪了她,又笑着说:"三妞,这回你分成五份,你要两份,带着弟弟出去吧。"后来,三妞一见父亲回来,就盼着这时能来个姑姑或者阿姨,这样她就可以多得一份糖果。

一个阴天的早晨,父亲在吃饭时回了家,照例又和母亲拉扯争吵一番,母亲照例红着脸出了院门。这一次父亲并没像一袋烂土豆倒在床上发呆,而是怒气冲冲出了院子。不一会儿,父亲带着一个阿姨进了屋。摸出一块钱说:"三妞,带弟弟出去买糖吃。"三妞记得刚买了糖就下雨了,她就领着弟弟到一家房檐下避雨。这时候,妈妈急匆匆跑了过来,叫着:"你个死妮子,跑出来做啥,还不快回家。"三妞记起了父亲说过的话:你要给你妈说屋里有姑姑阿姨,以后就不给你买糖吃,她说:"屋里没有人。"母亲没有推开院门,呆立在雨地里,脸上挂着一片不知是雨珠儿还是泪珠儿。三妞弄不明白母亲为什么不喊门,为什么不去上课,心里有些怕。过了好一会儿,三妞听到门栓响,只见父亲的脑袋从门缝里长了出来。母亲没有说话,扬起手照那张脸就是一巴掌,一脚踢开那扇薄门,看也不看那个来过好几次的姑姑,说:"不关你的事,你滚吧!"

三妞不明白父亲为什么突然怕了母亲，竟在母亲面前跪了一整天。三妞更不明白为什么母亲没有哭叫，眼里却流了一整天的泪。中午，他们兄弟姐妹四个拿了十元钱去吃了浆水面，哥哥姐姐上学后，三妞背着弟弟躲在窗外继续看跪着的父亲和哭泣的母亲。三妞记得傍晚时，父亲从地上爬起来，细声细气地说："我要出车了，你别气坏了身子，还有四个孩子呢！"

第二天夜里，三妞半夜醒来，发现母亲怀里抱着父亲的脑袋在呜咽。后来，父亲就离开了这个家，一走就是五年。三妞问母亲，母亲总是不说为什么，后来，邻居这么对三妞说："你爸酒后开车轧死一个回门的新娘子，撞死一个当新客折酒缸的男人①，轧断了新郎一条腿，案发后又畏罪潜逃，已经去吃不用掏钱的八大两了。"

光头父亲从劳改农场回来的第二个月，一家人分成了两家，母亲带着姐姐和弟弟搬走了。这一年三妞十二岁，已经知道这种分家的方式叫离婚。

父亲改行当了搬运工，挣钱供哥哥和三妞上学。自从父亲红着脸骂走了一个女人，这个院子彻底安静了下来。十五岁那年春天，父亲被人打断了一条腿。上高中的哥哥追问凶手是谁，父亲说："这叫现世现报，我轧死了他的老婆，轧断了他一条腿，毁了他一辈子。"半个月后，哥哥因为行凶杀人，被判了十年徒刑，那个当牛的新郎自伤愈后永远不能自己下床了。父亲从此染上了酒瘾，常常挂着拐杖拎着酒瓶子往返于家里和小卖部之间，对三妞的辍学不闻不问。

三妞加入了拾破烂的行列。

这段往事在三妞的记忆里只留下了一个粗粗的轮廓。她无法填补这个家破碎过程外人难以明了的空白。譬如，人们问："你妈等你爸五六年，每月都去探监，为啥一等你爸回来就把他蹬了？"三妞只能说："你去问我妈。"十五岁的三妞无力去追寻这些家庭裂变史上盲点的意义，她面临的是这样一种严酷：父亲的病退工资只能养活父亲一人，如果不挣钱，她就要挨饿。三妞偷吃父亲半袋花生米，挨了半醉的父亲七拐杖。那个初夏的傍晚和寻常没有什么两样，三妞背着捡来的纸箱、铝皮

---

① 当新客折酒缸的男人：豫西南民俗指新郎新娘第一次回门，所带的专门替新郎在岳丈家所设酒宴上喝酒的男人。

罐头盒，走在碎砖头砌成的甬道上。她走得很踏实，心里盘算着背上的这些纸箱和破麻袋里的碎铜烂铁能换几块钱，这几块钱能买多少个白白胖胖的热馍和多少咸菜。当她算出这些热馍够自己和父亲吃三天后，她自豪地笑了，这样下去，十天后她就可以买到那条已经看过无数遍的红纱巾。天渐渐转热了，纱巾已经用不着，这样正好和小摊主讲价钱，降下来五毛钱，就可以再买一只白蝴蝶发卡。正这么想着，三妞听到有人在叫她，扭头一看，是那个开简易旅馆阔了的二嫂子。二嫂子吐着瓜子皮儿，一扬手说着："三妞哇，歇歇吧，嫂子想和你商量一件事。"

三妞放下破烂，走过去，用袖子擦了一把汗。二嫂子拉着三妞的手走进一间房里，指着脸盆说："洗把脸。"三妞洗着脸，迟疑地拿起一块白色的香皂嗅了嗅。二嫂子笑道："你喜欢就拿去用吧，这是英国进口的哩。你捡一天破烂还买不到一块呢。你快洗，洗了喝罐饮料。"三妞用了香皂，依依不舍地把它放回原处。二嫂子从冰箱里拿出一罐饮料"砰"的一声当着三妞的面打开了，"看你热的，快喝吧！"三妞迟迟没有接，干咽了几次说："两块八呢二嫂子，三罐能买一条红纱巾。"二嫂子把饮料硬塞到三妞手里，"傻妹子，这破饮料值个啥，叫你喝你就喝呗！哎呀，我真是个睁眼瞎呀，你竟出落得这般撩人了！喝呀，喝呀。你看看，你这么好的条件竟会想到去捡破烂，啧啧，没了妈真可怜，爸又是个酒鬼，谁去教你怎么挣钱哩。你看看这手，本来细皮嫩肉的，如今弄得像锉子，看着怪叫人心疼的。"三妞犹犹豫豫喝了一小口，细细咂摸着咽，抬头不好意思地笑着，"二嫂子，你喝吧。"二嫂子挑挑柳叶眉，"叫你喝你就喝，再客气可就见外了。"三妞两手抱住易拉罐，不换气地喝着，喝得脖子拉得像个鹿脖子。二嫂子亲昵地用手揩揩三妞的嘴，顺着脖子往下摸着，嘴里说："多好的皮肤，听人说你妈长得又白又嫩。"三妞红着脸不说话。二嫂子突然把手向下一插，捏住了三妞发育到七成熟的乳房，噢地叫了一声，"你才十五岁，就长得这么好！"三妞一缩身子，朝一边躲了一步。二嫂子满不在乎地说："我是女人，你羞个啥！三妞哇，这可是咱们女人的本钱哩！你可别用布勒它，勒得成个搓板，哪个男人也不喜欢。睡下了，用手这样揉揉搓搓。"说着，两手捏住自己的乳房左左右右揉了起来，样子怪怪的。三妞忍不住笑了，"二嫂子，你不是找我说事吗？"二嫂子拽拽吊上去的衣襟，"急什么！晚饭就在这儿吃吧。不过，这奶子长得好坏，靠自己不行，要靠男人，你没听人说,女人的奶男人揣吗?你看你看,脸又红了。要是在旧社会,你早当妈了。你看看我这奶,好不好看?"三妞咬着指头,笑着点点头。二嫂子贴着三妞的耳朵低声说:"十四岁那年,我表哥从汉口来了,长了一个蜜罐嘴,三天下来,就诳得我不知李二嫂贵姓,任他摸来任他揣,也日怪得紧,表哥摸了十来天,这东西像是掺了发面酵子一样一天一个样。后来都把我长怕了,生怕自己长成一只大母牛!"三妞被逗得吃吃笑出了声。二嫂子笑个满屋摇铃儿,眼睛闪个四壁生辉,"三妞啊,嫂子能有今天的光景,可全靠我表哥了。不是他当年和我淘气,我哪里知道女人还有这样多的风光。咱姐俩也算有缘分,我给你说吧,我这店里正缺个像你这样水汪汪的帮手,一个月给你开二百块,还管你吃饱喝足!"

三妞听傻了,怔了半天才说:"这是真的?你不是在哄我?我,我,我真的什么活都能干,脏的累的都不怕。你知道,我爸早不管我了,居委会说只考虑给十八岁以上的安排工作,我家没有后台也没钱送礼,二十八也轮不到我工作。"二嫂子道:"我哄你弄啥!干这一行的,哪有啥子重活儿!你要是答应,咱们今晚就可以实习。"三妞急忙答道:"我答应,我答应。嫂子,都有些啥活儿要干。"二嫂子打开衣柜,翻找着衣服说:"咱是开店的,顾客就是咱的衣食父母。这件红上衣你拿着。活儿嘛,就是侍候客人,只要他们满意了,咱这钱匣子也满意了。给,接住这件牛仔裤!其实,要你做的,就是给客人倒倒酒、添添茶、陪他们吃吃饭什么的。客人出去谈生意,你就打扫打扫房间。你穿上衣服,把你那身换掉,本该让你洗个澡的,正巧湖北做蚕茧生意的顾老板要开饭了,你正好去实习实习。"三妞换了衣服。二嫂子咬咬嘴唇,掏出十元钱塞到三妞那条蓝士林布裤兜里,"这算是你今天的实习费。咱们走。"走到门口,二嫂子拉下脸说道:"三妞,咱虽是好姐妹,丑话也要说在前头。客人五湖四海的,一人一个脾气,有的还趁你不注意占点儿便宜。你可别沉不住气,忍一忍也就过了。再说呢,他也就是动动手而已。你要是后悔了,不干也行,咱桥归桥路归路,不要伤和气。其实顾老板很斯文,做什么都很有礼貌,弄啥事都一派文明。你要看不行了,你喊我就是。"三妞听得似懂非懂,看一眼装了十元钱大钞的裤子,口吃地说:"顾,顾老板要干什么?"二嫂子说:"他要你陪他吃顿饭,他这个人喝了酒爱开点玩笑,你别当真就是。"三妞挪着麻木的身子跟着二嫂子去了三房。

那顾先生果真长得斯斯文文，举止果真一派文明，满嘴迸着请字，三姐心里踏实多了。二嫂子身子扭个麻花儿扒在门框上，娇滴滴道："顾老板，你要吃嫩豆腐，这就送来了。嫩豆腐要用文火煨，性急可就吃不得。"顾老板打量着三姐，嘴里说："晓得晓得，你快去上酒菜。"二嫂子嘴里飞出一个瓜子皮，"你用三五天磨出来，味道更好，我可是好意提了醒的。三小姐，小心陪顾先生呀。"

顾先生先问了长短，再问了寒暖，然后就喝了一杯酒。三姐忙给酒杯添满，眼睛不离酒杯。顾先生说："三小姐，你也没吃饭吧，一起吃一起吃。"把一条小鱼夹到三姐面前的碟子里。看见三姐不动，又把鱼夹到三姐嘴边，柔柔地说："吃吧。"三姐用手去拿住了油炸小黄鱼。顾老板站起来捉住三姐的手说："用筷子这样夹住，这样夹住，对了。你不常吃鱼吧。"这么几个动作下来，顾老板就自然然坐到三姐身旁了。三姐咬了一口鱼，点点头。刚咽下去，顾老板又把一块黄焖肉送来了。吃着吃着，顾老板用手给三姐擦了嘴。三姐觉得这顾老板很和蔼，后来陪他喝了一杯酒。顾先生果真就犯了老毛病，开始动手摸三姐的脸和脖子。三姐扭着身子躲闪，一下子顾老板把她揽到怀里去了。初一瞬的惊恐刚过，三姐发现两只乳房已被钳子一样的手捏住，一种前所没有的麻酥感传遍了全身，接着身子就有了昏睡不醒的疲软感。她没来得及反抗，嘴又叫什么东西堵上了，一条像蛇一样柔软的东西从牙缝里挤进口腔。她被一种恐惧攫住了，任凭这个顾老板动作。"裤子——"她终于意识到顾老板要干什么了，惊叫了一声："二嫂子——"

二嫂子就在门外。三姐红着脸、喘着气冲出来，二嫂子相跟着走过去。三姐噙着泪换着衣服。二嫂子看三姐没有掏那十元钱，脸上露出了满意的笑容，"三姐，我说过不会让他占大便宜的，你今天表现不错，我不勉强你，想通了，你来找我，不想干，你去捡你的破烂，我开我的店。"三姐低着头走了。出门看见那堆纸箱，愣了。二嫂子追出来，把一袋花生米和一袋饼干塞到三姐怀里，"你拿着明早吃吧。"三姐踢了一脚烂纸板，一路碎步走了。

二嫂子转身过去推开三房，掩上门朝顾老板伸出修长却不贫瘠的手。顾老板摸出两张十元钱放进去。二嫂子把一个瓜子皮吐到顾先生脸上："连我的本钱都不够！二十元归了她，两听易拉罐，两袋花生米，两袋朱古力饼干。你算算。"顾老板又加了两张,"你说一听易拉罐我就全信了。四十元,四菜一瓶酒,只是摸了一把亲一口,你那小姐长的是金奶玉口呀,好金贵!"二嫂子手指弹着手上面的钞票,"再加两张也没亏你!十五岁的黄花闺女,奶不是金奶能是狗奶?只是摸一把,上衣扣子都崩掉一颗,那花骨朵上没几个紫印才怪呢!腰以上是四十,这不假。不过,三妞的裤子怎么会开了?早说好的,我只能保证裤腰带以上不会出问题,你不按规矩想吃热豆腐,出了事砸了我的饭碗谁负责?这二十算是额外保险费。噢,她喝易拉罐,老娘陪着喝一罐就剜了你心肝啦?"顾老板又拿了两张拍在二嫂子手上,"我说不过你。老板娘,我给你十天,你看能不能让我尝了这只仙桃?日他妈哟,浪荡这些年,吃的尽是烂杏。"二嫂子嘻嘻笑着:"你给个价儿。"顾老板比出一个指头,"老子为圆这个梦,出一吊!"二嫂子眼睛刺了一下,"一言为定。第三次再动真的,听我的错不了,我是女人,又是过来人。我打三妞的主意不是一天了,半年前我就看她捡破烂,没提说,一是她还不到十五,可怜见的,咱不能为了挣钱勾子太黑,去打刚过法律线的妮子的歪主意;二是想让她吃点苦,好有个对比。十天,我敢打这个赌,她爹已经不是个人了,让花骨朵样的女儿自生自灭,说不定将来也是个道上人。咱只做了十几分钟政治思想工作,能有这种效果,可见眼力不差。"乜斜着眼似笑非笑看着这个一派文明人,"要我说,自古到今男人都是贱骨头!门弄处女有啥子乐子,怕得像个小兔子,又不会动,浑身打颤颤,遇到个邪乎的,好不容易过去了,又回不来,你们这些死男人却世世代代追这个。要我再说呢,男人都该杀该剐,你们是想见血!圆了这个梦呢,又他娘的都明里暗里夫辇撑风流娘们,呸!"顾先生听得火烧火燎,拉着二嫂子央求说:"下午我见老板走了,姐姐给我灭灭火吧,求求你。"二嫂子傲气地眨眨眼睛,"你呢,活儿不错,细,要不老娘才不理你的茬儿。递个价,是过个路哇还是扎回寨?"

三妞回到家,父亲正在十五瓦的小灯下喝着小酒,放花生米的盘子里还剩三五颗,由大到小排着队吃。人半醉了,眼却很细,一把夺了三妞手里的花生米和饼干,撕开大嚼起来,看见女儿站在那儿流泪,瞪着眼说道:"老子把你养到十五岁,就不该亨享你的福?爸就剩你这个孝顺女儿了。"三妞哭了大半夜,睡着的时候,一只手死死地捏着那十块钱。

第三天早上,三姐拖着饿了一天两夜的身子出了屋,看见父亲正在贪婪地舔塑料袋里的饼干渣子,把手里的十元钱放到父亲面前,也不洗脸,红着两个眼泡去见二嫂子。二嫂子看见走路飘飘忽忽的三姐,忙吩咐炒了四个小菜端进自己的房间,盛了一碗白米饭递给三姐。三姐恨巴巴地洗了脸,坐在小饭桌前,低声说:"俺跟你干!"二嫂子用了一天时间给三姐换了包装。过了两天,三姐再一次走进顾老板的包间。

"后来呢?"白剑呷了一口放了太多白糖的劣质咖啡,"你在那个下等旅馆遇上了她,一时间动了恻隐之心?"

林苟生没有立即回答,用贼亮的目光盯了一眼咖啡杯子,喊了一声:"四小姐——"一个上了浓妆的女孩子应了一声,扭着腰走过来,甜甜地说道:"林老板,还要点啥?"林苟生一脸严肃,看着女孩,"我带来的客人,你连方糖也舍不得放吗?我早说过,糖精要到后半夜才能用。那时生客熟客都迷糊了。"四小姐一脸歉意,端了白剑面前的那杯咖啡出去了。白剑不解地问:"你为什么不换一杯?"林苟生道:"我这杯是正宗美国货,用不着换!都是我把她们教坏了。她看你不像一个回头客。"四小姐放下杯子,嗔怪道:"你老人家连个眼色也不给,以为你只是应酬哩。"

林苟生不再纠缠这件事,说道:"等会儿,你让三姐来一趟,就说要她见个贵客。"四小姐张张嘴,显然想说点别的,一看有别人在场,只是说:"信儿我一定传到,三姐她来不来就不关我的事了。多早晚林大叔也能把我认下个干闺女,我绝对只好好孝顺你一个人。"林苟生摆摆手,四小姐退了出去。

林苟生鼻子哼了哼,"你是不是笑我俗,笑我自欺欺人,笑我掩耳盗铃,笑我第一百万次重复干闺女这种发霉的故事?这是龙泉小县,不是大北京!我比她死去的爸爸还长几岁,登了记还要头上翻戴个帽子接县城人吐的口水,我现在不是干爹又能是什么东西!"白剑暗叫这阔佬尖刻,顺着毛儿捋着:"古今中外,这种关系都叫干爹干闺女,大俗了也就大雅了。北京城里,文学艺术界也常听见'某某是我干爹''这是我的干闺女'这种声音,我哪里会笑你!我是猜不出你是为何起意要娶这个三姐的。"林苟生叹道:"罢罢罢,不知哪辈子欠了你一兜子隐私,叫我这辈子还你,留个小裤衩你都不同意!三姐可怜见的,童贞卖了一千元,二嫂子拿走九百五。自古风尘女子,概莫能外。第三年春天,出事了。遇上一次严打,三妞进去了。世面经得少,一五一十都招了,最后,案子处理意见出来了:枪毙!"

林苟生两手抱住头,久久地沉默着。等待把白剑磨得顾不得细察林苟生难看的脸色,禁不住问道:"后来呢?"珠宝商身子兀自抖了一阵,没抬头。白剑忍不住讥笑道:"你留的裤衩可以当裙子穿了,不但遮羞,还能御寒。"林苟生抬起头,嘴角的肉抽搐着,"我是讲信用的!你想把我变成一个透明人,然后支配我,肯定是这样!不过,我是自愿的。三妞没死,半个月后,又成了大大的良民,还被欧阳团长介绍到柳城跟一位歌唱家学了半年通俗唱法。你听听,'每次路过这间咖啡屋,忍不住慢下了脚步'是不是有点专业味道?之后,她就在这间好问酒吧从良了,成了一名艺人。如果她天分再高一些,说不定现在是一名到处走穴的红歌星呢!只要你站在高处,社会这个泥潭就奈何不了你,有朝一日有人露了你的底,还会有人喷嘴,说你出污泥而不染。不是吗?如今知道我底细的人大都这么说:老林,当年你挨那些折腾,原来是天降大任于你的必由之路哇!啊——呸!这真是他妈妈的阿Q精神。我正是在这个时候遇到了三妞。"

白剑漫不经心地说道:"苦难让你们两颗破碎的心撞在一起了,于是溅出一朵爱情的火花。"林苟生扑哧笑了,喷出一口咖啡,"你别酸我了!那时魔鬼和我同在,发了财我想的只是狂欢,只是报复。我林苟生没那么高尚。在好问酒吧泡了七天,我又把三妞拖回了泥潭。生活是有惯性的,从良谈何容易。"白剑惊诧地看着林苟生,再也无法轻松了。

林苟生像是把一块压在心底的铅吐了出来,两百来斤舒展在椅子上,"小兄弟,我以为我缺乏勇气坦白这些呢!看来,我还真有资格摸摸纯洁女神的裙裾。知道三妞的历史后,才有那么点惺惺相惜之感,不过还没有想到要娶了她。我只是想包占了她,让她变得高个档次。后来,我知道了三妞能活下来的真正原因,我才从婚姻角度调整了我和三妞的关系。三妞被拘留的第二天,她爸爸在女儿为他盖的独居小院里睡了自在床①,告别了这个世界。"白剑望着林苟生,等着那个谜底。

林苟生和白剑对视片刻,说道:"我不对你隐瞒这一点,别人就另

---

① 一种自缢的方式,自杀者躺在床上,用一根细绳和几块砖完成自杀过程。

说了。三妞这条命是李金堂救下的。当时，李金堂主管政法，他在上报的三妞的材料上批道：'严打是必需的，因为不打不行，但要区别对待。县里出了一个十五岁就卖淫的小姑娘，不是光荣，应该给她提供重新做人的机会。既然抓住了那个二嫂子，就可以做到杀一儆百。'于是，二嫂子就死定了。这个李金堂也是李金堂啊！这件事他做得漂亮，很有点大政治家的风度。他李金堂能救三妞一条性命，用的是权力，所以我一定要娶了三妞，我要让她彻底告别那个过去。"林苟生把剩下的咖啡一饮而尽，突然又问道："小兄弟，你猜猜在这个县城里我最佩服谁？"白剑嘿嘿笑道："林苟生自己吹，没听人说，战胜自己最难。"珠宝商摇摇头道："我最佩服李金堂！心狠手辣，最懂人心。打败他很不容易，这我知道。不过，打败他很诱惑人。咱们要好好合计合计，吃饱了再细说。"

两人又要了一些点心吃着。林苟生吃相豪壮，间或还要喷薄一个饱嗝或是一个响屁。白剑就很诧异林苟生的生存能力和心理平衡能力了。什么福都能享，什么苦都能挨，敢爱敢恨，敢作敢当。想起自己的平淡，白剑顿觉气短。林苟生像从白剑的形体语言中嗅到点什么，脸上浮出几丝内容丰富的笑，"咱们不要气馁。你心情不大好，这我是知道的。那天，我忽略了一个重要细节：欧阳在酒场上从不替别人喝酒。在我看来，她是至情的女人，自尊自爱自傲自视奇高，同时又有那么一点随波逐流破罐子破摔。她唱《杜十娘》最后一折，怎么看也不像唱戏。手里的百宝箱盛着一生一世的欢乐和苦难呀！沉江，谈何容易。一般人瞧不透这一层。你说说那百宝箱拿出去一拍卖，世上马上就多个亿万富婆，用这些钱可以在天堂的正殿里征出一大片地，塑个自己的大金像叫人参拜。可是，她还是沉了这个百宝箱。我们的教育上说：人活着要有种精神。问题是欧阳卸了妆，会照样欢笑。这样一个女子，竟在李金堂面前替你喝了酒，这个细节太重要了。或许这正是咱们的希望所在。欧阳结过一次婚，李金堂从干校一解放，她就离婚了。他俩是这种关系，她竟替你喝了酒！"白剑心中滑出一股说不上来的怪味道，淡淡说道："她不过还有一点同情心，或许又对酒精没反应，你别瞎联想了。"

林苟生的目光倏然间变得阴毒犀利，玩世不恭又在眉间紧急集合了，"我把宝押在你身上，玩的是轮盘赌，你一输，咱们一赔三十六，乖乖的可不得了。所以，咱们才要天马行空地联想。如果欧阳爱上了你呢，早晚她会把李金堂的秘密好心地出卖给你。我说,你最好和她亲近亲近,上了床都不要紧的。"白剑怒不可遏,拍了一下小桌子,"这歹毒无耻的办法也只有你想得出来!我什么时候要求你在我身上下注了?你这些天一桩生意也没耽误,我输了伤不到你一根毫毛。你不要用那一万块钱逼迫我,这种商人的伎俩叫我恶心!我用不着你教我怎么做!大不了我不干了,回去继续做一个平庸的记者。"

林苟生神色大变,暗骂自己得意忘形,失了分寸,忘了白剑的身份和地位,不该把他看成一个毛头小生,大急之下,怪模怪样用手像是抚摸一样拍着自己的脸颊,"你该死,你该死!你本性难移!你玷污了小兄弟的纯洁,你是个没脱离低级趣味的人!咱们止大光明,真枪实刀跟他干!我这个狗头军师再也不出这种发馊的主意了,行不?"白剑被这一番表演搞得哭笑不得,"你怎么不去当演员,这种天才埋没了多可惜!算了,我也不说你了。舞场早散了,你的三姐怎么还不来见干爹呀?"

林苟生掀开包间的帘子,果真不见了乐队和三姐。他怔了一会儿,大声喝着:"四小姐,四小姐——"

四小姐撩了帘子进来,笑着问道:"林老板,是不是要来点夜宵呀?"林苟生厉声问道:"你是不是没告诉三姐?"四小姐冷言冷语着,"我吃了豹子胆哩!俺们经理常说,你林老板只要回龙泉,在俺好问酒吧的消费,纯利都能养三个女招待,我怎敢负污你老人家的话呀。我虽拙嘴笨腮眼色差,也不敢得罪了您老砸了饭碗吧?再说呢,像我这样一个笨人,也不配和你老人家耍心眼。"林苟生遭了四小姐这番抢白,更觉没了面了,抹下脸道:"你说那么多干吗?我又没怪罪你。"四小姐也认真地说,"信儿找立马就带到了,吹小号的工军可以作证,那时三姐刚唱完'咖啡屋',她说知道了。我以为她早该来了呢。"白剑打圆场道:"或许三小姐有急事,老林,咱改天再来吧。"林苟生听不进去,"不会的,以往,我捎个信儿,她准来。"四小姐柳眉一挑,"听林大叔的口气,好像我还是有罪过。这下我可是跳到黄河也洗不清了。有句话本不该说的,可不说呢,我自己又要背黑锅,背别人的黑锅也就算了,你这尊大财神给我一口,还不压得我永世不得翻身。林大叔,你是个好人,你要让我说呢,我肯定说,不过呢,说了我又怕伤了你的心。这位大哥,俺可作难了,你说我该说不该说。"白剑已从这段绕口令中闻到了不祥的味道,不忍太让林苟生扫兴,说道:"四小姐还是不要说的好。我和你林大叔会常来的,总归会碰上三小姐,一问就明白了。"林苟生较了真,"你别这么吞吞吐吐,有话尽管说,我像是一碰就碎的人吗?"四小姐望了林苟生一眼,笑道:"其实也真的没有什么,三姐命好,关心喜欢她的人自然多些。林大叔这么好的人,好人总有好报。再说呢,三姐只是你的干女儿,别说干女儿,就是亲生,管不住还是管不住。心大了也就没东西盛得下,我是个没出息的,心小得放在哪儿人家也看不见。林大叔是雨露阳光,种养一朵花,谢了就怪伤心的。我只是这么想着,或许大叔早就知道了。"林苟生急了,"你直说了吧,三姐是不是又跟了别个男人?"四小姐努努小嘴,"看你这话说的!你年前早去了北京,三姐念叨了好一阵哩,没见你的电话,也没见打回来的信,我们还疑心你在北京又认了个干女儿哩。其实,三姐心里有你这个干爹,别人哪有你这份好心呢!我想着三姐怕是想气气你的,气过了,还不是问你叫干爹?至于更细的,我就不清楚了。"

林苟生一把抓住四小姐的手腕:"告诉我,那个男人是谁!"四小姐急红了脸,"林大叔,我跟三姐不一样,你这么拉着我,三姐要是回来看到了,该不是又要恨你又要冤枉我,亏得还有这位大哥在哩。好了好了,你把我手都捏疼了。我说的都是听人说的,是不是这回事我不敢说。年前来了个申老板,听了三姐的歌又和三姐跳了舞,后来就常常来。我们也都盼他来,花钱像摇秋叶一样,也学着大叔你一样,给小费。有些日子不见他来了,说是在城里买下一个院子。后来,听人说申老板要娶了三姐。就这些。"林苟生咬牙切齿道:"是不是那个申玉豹?"四小姐点点头,"下午申老板打来个电话,所以三姐歌一唱完就走了。申老板是县里的名人,又死了老婆,自然不会骗三姐的。大叔,我想着你会高兴,好了我不说了,你可别给三姐说是我告诉你的。"林苟生拿出一张百元大钞道:"不用找了,你是好心,我不会卖了你。小兄弟,咱们走。"

林苟生黑着的脸一直没有放晴,把合计反击李金堂的大事也放过了,回到古堡才又说了一句:"三姐糊涂,怎会相信申玉豹的鬼话,得想个法子点醒她,苦海无边哩。"

# 第八章

申玉豹和三妞的恋爱开始于一个大雪纷飞的黄昏。

刘清松到龙泉烧起的第一把火，促使以农民企业家身份名噪龙泉的申玉豹第一次走进了龙泉县城最豪华的娱乐场所好问酒吧。曾经是建筑系高材生的刘清松，在地委组织部这样的要害部门行走近十年，从一般职员熬到副部长，自然知道扬长避短的为官常识，来龙泉后，他自然要选择城乡建筑作为自己的主攻目标。李金堂难斗，这在整个柳城地区的政界，已不是什么秘密。刘清松选择龙泉作为自己政治生涯中的一个跳板，是经过深思熟虑的。作为地委组织部副部长，他对龙泉的干部情况并不陌生，也深知改变龙泉政界李金堂家天下的格局非一日之功。行署秦江专员和李金堂在龙泉共事多年，曾是识李金堂的伯乐，又曾受过李金堂让贤之情，其间牢不可破的友谊，也为柳城官场人物所熟知。"四清"前一年，省委段书记有意栽培李金堂，提出要从龙泉选一人升任柳城地委副书记。当时的迟专员倾向选拔更年轻的李金堂，风声传出后，龙泉一片议论，都在观望李金堂这回会不会把恩人的肩膀当台阶踩上去，爬上更高的楼层。大家都知道，秦江已在龙泉县县长的职位上待了十三年，如这次被后进李金堂超出，也就标志着秦江的政治生命将在龙泉画上句号了。正在这个节骨眼上，李金堂走出了谁也想不到的一步棋，去找了省委段书记和行署迟专员，竭力举荐秦江到柳城任职。在李金堂看来，吃政治这碗饭，需要亲兄弟一样的人帮衬，这饭碗才能由瓷换银，由银换金，如果只看一时，踩了恩人的肩膀爬上去，前面就会变成一片荆棘了。这时，李金堂内心里还真没把地区这个台阶放在眼里，他认为生在一个朝气蓬勃的新朝代的幼年，只要有好的政绩，加上好的口碑，再完成朝中有人的准备工作，平步青云只是早晚的事。如果不是两年后的一场铺天盖地的政治风暴，事后的结局会印证李金堂的让贤是退一步进三步的明智之举。"文革"前一年，H省的政界要员都知道段书记已准备把省委组织部长的位置留给一个叫李金堂的年轻人，原因很简单：把自己这代人提脑袋打下的江山交给像李金堂这样的人，九泉之下也可睡得安稳。这一切可能，都因为"文革"开始三个月后段书记的自杀不再存在了。经过时间的过滤，这段秘史就在柳城政界演化成了一则李金堂让贤的传说，继而又成了地委变动龙泉县级领导的参照物和晴雨表。

刘清松来龙泉前，也曾认真温习了这段历史。不过，因为时间的介入，让他得出了这样一个结论：李金堂和自己不是一路人，他几十年不离开龙泉，很可能是他潜意识里狭隘的农民意识在作怪。因此，他就获得了几多自信。他认为，对付李金堂这样的人，只要不动人事这根敏感的弦，就弹不出仇恨的音符。这样，在刘清松上任的最初几个月里，龙泉县、乡、村三级官员竟没有一人因为新到书记升迁或降职，以至于刘清松获得了"肉头"的绰号。刘清松的忍耐很有效果，当他提出由庞秋雁出任龙泉主管城建、外贸、教育的副县长时，竟没一人反对。在刘清松扬长避短的计划里，只用一个庞秋雁就足够了，因为他自信只要在城建这一方面有所建树，这次镀金就功德圆满了。有一个抓城建的副县长，这个计划就能不动声色地运转起来。

这年初秋，刘清松做好充分准备后，决定烧第一把火——改造横贯县城东西的主大街，把原先长两里宽二十几米的新华大街和长两里宽十几米的雪松巷，改造成宽五十米长二点五公里的大街。这个方案当然是由庞秋雁作好后提交县委常委讨论。李金堂看到这份报告，心里多多少少生出一点踏实感。一个总是沉默着不出手的对手，要比一上场就哇哇乱叫打出让人眼花缭乱花拳绣腿的对手难对付得多。这个刘清松憋了半年，踢的第一脚，竟是改建一条路，这让李金堂感到意外。修路是大好事，如果财政有这笔钱，谁都会想得到，关键是财政没这笔钱。李金堂对着报告看着，心里甚至对刘清松生出了些许同情。作为一名职业县级政治家，他一眼就看出刘清松是选了一道难题，当即在报告上批道："这是全城人民盼望已久的好事，各方面应大力支持，财政支出问题应优先考虑。"转念一想：刘清松来龙泉毫无建树，何不借此对他以示亲近呢？又接着写道："经费问题是否可用其他办法筹措解决，请刘书记定。建议改建后的大街称青松路，因全国各地用中山、新华太多。妥否，也请刘书记斟酌。"

刘清松等的就是这个话，当即在报告上批道："同意李副书记意见。因县里财政困难，无力支付这笔钱，修路所需资金，建议用这种办法筹集：向全县乡村公开出售部分城镇市民户口，每个户口卖一万元，能卖五百个户口，便可望修成此路。这样做有三个好处，第一，探索出建造公共福利设施的新路子，符合改革开放的大政方针；第二，吸引全县商贾云集县城，可望由此探索出一条商品化的道路；第三，可以以此探索一条缩小城乡差别的新途径。"

刘清松早用这几个月时间得出龙泉个人富集体穷的结论，对卖户口成竹在胸。县委其他常委一看李金堂主张这么办，都表示可以一试。于是，一个公开卖城市户口的方案便开始草拟了。

这个消息很快传遍了龙泉城乡，至少有上万人度过了一个不眠之夜。自秦商鞅发明了户口制，两千年来时废时用，到了中华人民共和国，这个制度已十分完善了。多少年来，迈上这个阶梯，只能走招工、提干、上大学这三条狭窄的小道，熄灭了多少人的梦想。如今又多了一条用钱开通的甬道，又有一群人为之狂热起来。

申玉豹就是其中的一个。

作为一名小县的百万富翁，近些年来，申玉豹已获得了许多荣誉，同时，他也收获了由于这些光荣派生出来的让他难堪的隐衷。开始的几年，人们称他是农民企业家，他会打心眼里得意，如今听到这个称谓，他就会觉着十分刺耳，十分不受用。他渐渐明白便是企业家也是有等级的这个道理，因此就尝试着摘掉头上"农民"这顶帽了。李金堂帮他平息了吴玉芳引出的风波后，申玉豹开始了行动。

他像英雄一样从拘留所凯旋的第三天，就把一份入党申请书递到了申家营所在的凉水井村支部。凉水井的村支书贺天胜一看申玉豹要入党，当天就骑车去了石佛寺镇，把申玉豹的入党申请书交给了他父亲、石佛寺镇党委书记贺兴壮。贺兴壮当年助李金堂打垮了林苟生，稳住了李金堂在县里的地位，第三年就变成了国家干部。李金堂第一次下野时，贺兴壮没落井下石，让郑党十免了职。李金堂第一次复出，就把贺兴壮提成了石佛寺公社革委会副主任。李金堂第二次去干校，贺兴壮也跟着倒了霉。李金堂第二次复出，又把贺兴壮提成了石佛寺镇党委书记。饮水思源，贺兴壮作为龙泉的一方诸侯，自然是李金堂的心腹。贺兴壮像是要考考儿子在政治上是否已经彻底成熟了，看了申请书后说："玉豹要入党，你的意见该怎么办？"

贺天胜答道："这恐怕得问问李副书记。李叔不叫他入，好办，搪塞他两句就中。要是叫他入，还有点作难。玉豹人缘差，这回他老婆又死个不明不白，节骨眼上硬把他弄进来，怕不合适。"贺兴壮满意地点点头，又问道："你看李副书记会不会叫他入？"贺天胜苦笑道："就是认定李叔让他入，我不知该咋办，才来问爹讨个主意。这入党，要当场举手表决，不像无记名投票，没法做手脚。弄不好，李叔怪罪下来可不美气。"贺兴壮冷笑着不说话。贺天胜看得心里直发毛，问道："爹，你笑啥？"贺兴壮道："笑你没长进！这件事你李叔只会敲破锣，不过他会敲到点子上。"贺天胜惊诧道："咋会哩！凉水井谁不知道申玉豹能有今天，全仰仗着李副书记。这次人命关天的大事，要不是李副书记帮他顶下来，他有点烂钱还不等于是纸。虽说如今也可以拿钱买这买那，可买人命不中。李叔在这难事上敢救玉豹，还能不让他入党？"

贺兴壮有心让儿子长见识，拿起电话说："你把电话打过去，看李副书记啥态度？"贺天胜对着话筒说了这事，又听了好半天，放下电话直摇头，"怪事，怪事。爹，你咋就知道李叔不同意哩？"贺兴壮得意地笑笑，"你先说说你李叔咋说的。"贺天胜说："他听了，大半天不开腔，我当他要说多少话哩，他说个知道了，又不说了，最后又加一句，说玉豹是一个方面的标兵，留在党外作用更大些。我弄不懂，咋进了党内作用就小了哩？"贺兴壮道："这话回得有水平！玉豹要是问你，你也这样说。你们村的其他几个富户不都是党员了吗？留个玉豹在党外，证明你这个支书全面。"贺天胜挠挠头，"我这还是猜不透。"贺兴壮脸黑了，"今天你要把这个能学了！这为官，就好比当前窝后窝一群娃的娘，一碗水要端平了，亲子养子一样看，才是个好官。都是党员成了万元户，不扶持其他人，人家就骂你是个偏心的后娘。"贺天胜恍然大悟道："妙，妙！都成清　色，这年终总结就不好写」。李叔到底是高人，原来是留个申玉豹在党外挣个好后娘的名声哇！"

贺兴壮面露些许鄙夷之色，"你只看到这一层，差得还远。其实哪个后娘都偏心，身上掉下肉才疼哩。李副书记若是真把玉豹当亲儿子看，早叫他入党了。这些年他连个招呼也没打过嘛。玉豹越有钱，你李叔越要防他。玉豹是个啥人？要是我，我也防。只是我不明白金堂为啥要下死力扶持他，这回又算救他一命。"

申玉豹入党受挫后，沉寂了没多久，就从宣传部朱新泉那里得到了县里要卖户口的消息。当即，申玉豹甩出两千元给了朱新泉道："朱部长，无论如何，你这回要帮咱变个身份。"朱新泉推脱着，说："用不着，用不着，凭你和李副书记的关系，县里这回卖一个户口，也是你的。你要怕出岔子，去和李副书记说说也中。"申玉豹硬塞了两千元过去，"是不是嫌少呀？这事我只依靠你了。这点小事，怕用不着惊动李副书记的。"

李金堂确实没把申玉豹当亲儿子看。申玉豹在他的棋盘上只能是中国象棋的一枚兵卒，拱到底线也只能是个兵。申玉豹主动提出入党要求，已让李金堂感到意外。如果不阻止申玉豹，他要像一枚国际象棋的兵，拱到底线摇身一变成了皇后，恐怕要铸成大错。吴玉芳的死牵连到申玉豹，更加重了李金堂的疑心，一个可以对自己妻子下毒手的男人，他的所有承诺都不再可靠了。尽管这个时候申玉豹尚未做出任何对不起李金堂的事情，李金堂为了那一百万也不得不在多方面对申玉豹加以限制了。公开卖户口的报告送到李金堂的办公桌上，他立刻就想到了申玉豹，他感觉到申玉豹会搭上刘清松开的这班车杀进城来。为了限制申玉豹进城再否定刘清松的卖户口集资方案，显然是不明智的蠢动。思索良久，他在送审报告中加了"仅限农村未婚女性"八个字。常委会正式讨论时，李金堂这样解释说："卖城镇户口，是一次重大改革，一定要考虑周全，上能向上级组织解释其必要性，下也要对百姓负责。按现行政策，子女的户口随母亲，这样，这一万元就不是一次性投资了。眼下龙泉农村人家，能拿出一万元买户口的不多，要让他们感到这钱花得值。"刘清松听得佩服，当即表示同意李金堂的补充条件。县长王宝林一见李金堂这样说，也不敢再发表不同意见，拿眼睛直看朱新泉。朱新泉想起申玉豹给的两千元，有点坐不住了。可是，刘清松已经表态，自己在这时唱反调就不合时宜，也沉默着，等待时机。眼看就要形成决议了，朱新泉看见李金堂出了会议室，等了片刻，忙跟了出去。

李金堂正全神贯注朝便池角上一个瓷砖洞洞小便。只要在班上，他总是在这个位置朝那个只有两厘米左右口径的黑洞小便，如果便液尽数注入洞中，又无沥淋到脚下的瓷砖上，他就会感到年轻、感到自己的生命力仍生机勃勃。近来会议少，他很少来此品味这种不能传于他人的快意，正要来个完美的收束，忽听背后有人喊了一声，剩下的就沥淋在白瓷砖上了。李金堂很不痛快地转过身，不满地看着朱新泉道："什么事？"朱新泉说："你看你加的条件前面是不是可以加个'原则上'，这样或许更好些。"李金堂扣着裤扣微微笑道："你是不是有任务？"朱新泉说："玉豹前一段给我说，他想通过买户口改变一下形象，不想老是农民企业家这一张面孔，他本来要跟你说的，我拦了。再有呢，丁副书记的内侄，王县长的小舅子，组织部温部长的外甥都在城里有工作，这回也想彻底解决一下。另外，各局、乡也有不少正职副职有任务，和我也打过招呼。这次虽说限卖五百个户口，名额也不算少，只卖给农村女青年，恐筹不足修路所需的五百万。"李金堂看着窗外金黄的秋景，漫不经心地说："记不得是洛阳白马寺还是金陵的安乐寺，画师张繇画过四条龙，引来香客无数，寺庙收入颇丰。后来，有人发现这四条龙没有眼睛，在寺里说了。方丈想求个完美，去求画师将眼睛补画上。画师说：不点有不点的道理，点之则飞去。方丈不信，觉得有了眼睛的龙更能吸引香客，执意要画师补画。画师画笔点到，四条龙破壁而去，从此，寺庙也破败了。玉豹牵扯的案子刚刚平息，走得急要摔跟斗的。加个'原则上'，可能会把一件好事变成了坏事。会上我再解释一下。"朱新泉听个冷汗直冒，却又感到如服一粒仙丹，连忙说："是的是的，是我考虑不周全。这样好，这样最好。"

申玉豹得到这个消息，登时发了狠。当天，他又给朱新泉带去三千元，"朱部长，我买四个，托你给办一办，全是姑娘，长得不比哪个城里女人差。"朱新泉问道："是你的亲戚吗？哎，你给你妹妹玉玲买一个吧。"申玉豹脸色变得非常难堪，"就买四个，玉玲就算了，留在家里和我妈还能做个伴儿。"申玉豹留下四个姑娘的名字，怀着对城市刻骨铭心的仇恨回到石佛寺街边上自己的驼毛加工厂。

他要完成一辈子回想起来都会引以为自豪的壮举。

回石佛寺的路上，申玉豹仔细回顾了自己和女性的交往史。他决定借此机会告别这种混乱，然后踏上曲线进城的道路。妻子吴玉芳死了，法律并没限制他申玉豹再婚。以他的条件，不用登征婚广告，他也自信能娶到一位漂亮的城里姑娘。这样，他的儿子就会变成货真价实的城里人。以前为什么没有这样想呢？确实，在吴玉芳死之前，申玉豹从未考虑过和别的女人重新组建家庭。甚至在婚后的几年间，他都算得上一个忠诚的好丈夫。

那年夏天，李金堂提出要申玉豹到柳城宏远冷藏厂学习人家先进的管理经验。宏远冷藏厂也是一家个体企业，是地区个体企业一面鲜艳的旗帜。厂长春天东渡日本学习归来，决定下一步把冷藏厂改名为宏远冷藏实业有限公司，自己出任董事长兼总经理。申玉豹到柳城时，有限公司正准备挂牌。冷胖子董事长珍惜申玉豹是第一个来取外国经的同行，设家宴款待申玉豹。席间，女主人忙上忙下忙里忙外，像用人一样殷勤。对比之下，申玉豹就觉得妻子玉芳没给自己长这种脸。酒过三巡，冷胖子讲了自己的创业史，讲到当年岳父大人如何资助、如何教导他经营，显得一往情深，感动得女主人眼圈发红。又一比，申玉豹更觉得玉芳太盛气凌人，仗着她爹当年用赶毛驴车挣的血汗钱供他缴过经商的学费，根本没把他申玉豹放在眼里。下午，冷胖子带着申玉豹到各个库参观。冷胖子一面口若悬河地介绍着刚从日本学来的松下管理法，一面洋洋得意地说着自己的发明创造："女工是公司的脸，歪瓜裂枣的一概不能要。所以，柳城有人说我不是在招工，是在选美。人家松下公司，还想了个为工人出气的地方，弄了一间房，里头放了一些和总经理、分经理、监工真人一模一样的橡皮人，公司职员受了委屈，来这屋里想踢就踢，想打就打。这法子想得绝，真绝！我正托人在省城给我也做上十来个备着，慢慢用。我还找了个女秀才拟了个出气室守则，规定不准用刀，不准用针扎心窝子。我的心脏本来不好。这气一出，省得老惦记着挨你骂的人砸黑砖。这松下管理法的精华就是严厉和权威，总经理和董事长主宰着所有职员的命运。当然，另一方面要让他们感到暖和。"申玉豹听得入迷，正在想自己办厂四年照顾乡亲乡情，竟没开除一个工人，是个重大失误，突然间发现冷胖子在一个长着丹凤眼的女检验员大腿上摸了一把。申玉豹吃惊那个姑娘没有叫喊，只是巧妙地闪身一躲，继续工作，仿佛什么也没发生过。这一瞬间动摇了申玉豹做人的根本准则。

申玉豹回到厂里，立即制定了一个十分严厉的规章制度，其中以"除名"作结束词的条款就有十一条，最有创造性的一条写道："违背申总经理意志，另行其事者，除名。"新规定实行三天，开除六个工人，厂风为之一振，当天的产量提高两成。夏仁闻讯后立即写了一篇报道。

接下来，申玉豹为女工们发了真丝双绉连衣裙作为厂服。再到车间，申玉豹感到如入桃花丛中，只恨眼睛少生了两只。那一天，申玉豹看见坐在窗子旁工作的女工侧影很像县剧团唱苏三的欧阳洪梅，便走过去问了家短里长、问了个人寒暖。这女工一直笑着答话。申玉豹一咬牙，学着冷胖子的样子，在女工大腿上揪一把。女工没有躲闪，反倒笑得更甜。姑娘是个高考落榜生，肚里有些学问，嘴里说："总经理，以往你严肃得像个爹，我一看心里就发慌，出去学习学习就是不一样，知道心疼我们工人了。其实，你老早就是我的偶像，你长得像日本一个人。"申玉豹没想到这姑娘竟说了这样一番话，不知下面该怎么进行，问道："你说的日本人是不是叫松下？"姑娘笑道："我说的是日本大指挥家小泽征尔，你的头发要再留长一点，就更像了。总经理，你要想找人说话，我下班了去你办公室。"

"小泽征尔"下了班，果真敲开了申玉豹的办公室。申玉豹想摸摸姑娘的裙子试试效果，刚伸出手，一个热乎乎的身子立刻扑进怀里，顷刻间嘴被什么东西封住了。他感到一条小蛇一样的东西想挤进牙缝，手就把姑娘推开了一点。"小泽征尔"面露惊异，"咦！总经理竟没学会接吻，真稀奇！你这儿有床，晚上我再来。"扔下有些不知所措的申玉豹，拉开门出去了。申玉豹在这间简易办公室里仔细品味着人生的这种第一次等待。天刚一黑定，姑娘像一只机灵的猫儿，闪进工厂大门，几个跳跃绕过空荡荡的车间，推开虚掩的门又一次扑进申玉豹怀里。只听姑娘颤着声说："我教你——舌头！"他感到那条像蛇一样滑溜的舌头再一次游进了口腔，试着用嘴唇去捉，没捉得住，下嘴唇却叫姑娘吸得像根橡皮筋，等那舌尖再次漫过齿缝，他毫不犹豫唑吮住了，直吸得怀里的女人浑身抖着，唱着呻唤，这才放松了。"会了，会了。"姑娘闪在一旁，"我们说会话吧。"申玉豹只是感到这种从未有过的美妙感觉像夏日里的过街雨一样短暂，顿时对自己的婚姻感到一丝悲哀。结婚好几年了，玉芳基本上不和他亲嘴，又从来没有这样主动抱过他一回。影影绰绰中响了一片窸窣之声，只听得姑娘自言自语道："咱们改日再说话吧。"申玉豹没留意，姑娘的两只手又吊在他的脖子上，手一揽发现姑娘已经是亦条条的了，顿时觉得浑身热得要炸掉，急忙把怀里的人压倒在小床上。姑娘推开他，嗔怪道："你还是总经理呢，一点都不文明，还像个农民，都把我摔疼了。你是这里的皇上，你怕个啥，咱们慢慢来……"

申玉豹滚到一旁后，越想越觉得这姑娘有点奇，忍不住问道："你这样浪，难道是天生的不成？你这些讲究都是从哪里学的？""小泽征尔"也不隐瞒，一五一十说着："上高二的时候，我和语文老师好上了，这接吻呀什么的都是跟他学的。他长得像日本影星高仓健，可会玩了。要是时间允许，他总是把我摸得要化了才要，弄一回就像死一回生一回。高三的春天，终于叫师娘给抓住了。师娘是我们体育老师，人能劈成我仨。她也没喊没叫，一巴掌把语文老师打翻了，对我说：你是第四个受害者，他不会娶你的，你要明白，早点收心考大学去。我收个屁心，还剩两三个月，黄花菜早凉了。毕业后我就回来当了农民。"申玉豹在月光下龇出一口白牙，"怪不得，你拜过师的嘛。你还想不想这个老师？""小泽征尔"说："想顶个屁！我就是再好，他也不会跟母夜叉离婚，娶我一个农民。所以，我就想法到了你的工厂。你放心，我只想和你好，不想和你结婚。"申玉豹听个兴趣索然，拿着姑娘的红裤头，对着月光把玩，心里道："日鬼的，这管理法名字起得也好，松下松下，一松就下。"

"小泽征尔"说话算话，在以后的一年多里，从未说过一句挑拨申玉豹夫妻关系的话，只是要求申玉豹适当的时候把她推荐到城里当合同工。赵春山在吴玉芳死后，曾传讯过这个女工。"小泽征尔"说起话来无遮无拦，"你们怀疑是情杀？申玉豹迷上了我，嫌他老婆浑身的玉米面子气，我呢又不愿意和他过露水夫妻，就帮他谋杀了亲妇。多美妙的推理！快赶上大侦探波罗了。明告诉你，我是申玉豹的情妇，不过只是因为他长得像日本一位音乐家。我和申玉豹睡觉，从不收他的钱，算不上卖淫，大不了算通奸。我又不愿吊死在他这一棵树上。至于他的钱嘛，我不稀罕。我这辈子，只是想嫁个城里的好男人，哪怕他穷得像教师，我也不在乎。"

申玉豹给朱新泉列名单的时候，不由自主地把"小泽征尔"列在第一位。带着四万块现金回到加工厂，申玉豹又有点后悔写上了"小泽征尔"的名字。这个毫无廉耻的女人虽然带给他过无限的欢愉，但也深深地伤过他的自尊心。他实在不愿意承认自己做了两年某一个城里男人或是那个远在日本的音乐家的替身。

回到石佛寺的第二天，申玉豹开始实施自己无与伦比的报复计划。

第一个被申玉豹召见的，是名单上他惟一没有染指的女工。姑娘只有十九岁,长着一双兔子一样惊慌的豆豆眼,仿佛随时都怕周围出现什么凶险,点漆般的黑眼珠儿总是一刻不停地旋转着。姑娘名叫吴兰,十二岁上死了娘,和打了半辈子铁的父亲相依为命。秋天里,铁匠患了胆病,B超照出里面有大拇指大小的石头,开刀有可能留下后遗症,怕再也抡不动打铁锤了,到柳城大医院进行体外震动,需要五千元住院费,家里只有三千元存款。吴兰那双豆豆眼怯生生地在申玉豹的办公室里闪烁了。申玉豹知道了姑娘的来意,顿时起了趁火打劫之心。他曾经目睹过吴兰在院子里洗头的整个过程,饱览一个十八岁少女的领口弥漫出的仙境一般的瑰丽。一年多来,申玉豹数十次被欲望攥住,最终都被那双惊慌的豆豆眼融化到了平静。申玉豹自然知道这机会千载难逢,直截了当说:"钱我可以借给你,利息一厘不收。我想你也知道我很喜欢你,要是你今晚来取钱,这三千块就不用还了。"吴兰闷声不吭地走了,走到门口,扭转头来,倔犟地看着申玉豹,泪眼婆娑地说:"总经理,你可以现在就宣布开除我,我错看了你!我是要保我爹一条命啊!"申玉豹心中战栗着,嘴上却说:"要不你会后悔一辈子的,我说过的话,再无更改。"吴兰一咬嘴唇,扭头走了。申玉豹在办公室等到天亮,第一次食言,骑着摩托车带了四千元送到吴铁匠家里。

　　申玉豹把一万元推到吴兰面前,不敢看那双黑黑的豆豆眼,望着窗户说道:"县里要卖城里户口,只卖给姑娘,我决定给你买一个,名已经报上了。这钱我白送给你,不为别的,为你的一片孝心。不过,你要答应我一个条件,成了城里人后,你一定要嫁一个警察。当年我去西安做生意,遇到一个不讲理的警察,他把我在派出所院里的小杨树上,铐了整整一夜,蚊子咬得我快要急死了。你嫁给一个警察,一定要告诉他不要平白无故欺负外地去的生意人。"吴兰怯怯地问:"总经理,就为这个吗?"申玉豹咧嘴一笑,"你爹会打铁,你成了城里人,他把铁匠铺子搬到县城去,你们的日子就会越过越好,你一点也不比城里姑娘差。要是你愿意,明天你回村里开个证明交给我。"吴兰追问道:"你不要求我做什么?"申玉豹摇摇头,说出一番莫名其妙的话:"日他妈,要钱有个屁用。我想了你,让你惊吓了一年多,也该这样提拔提拔你。"

　　第二个走进申玉豹办公室的女工叫杨翠玲。人长得丰满而不肥胖,在女工中享有很高的威信,几年来曾三次带头要求增加工资。三次交锋,申玉豹都作了让步。第三次作出增加工资的决定后,申玉豹约杨翠玲去了赵河西岸的槐树林。其时,槐花怒放,浓香四溢。杨翠玲刚一走近,就被申玉豹一拳打倒在青草茂密的河坡上。然后,申玉豹扑过去强奸了她。整个过程,杨翠玲都没停止反抗,被申玉豹踢打撕咬成一个血人。申玉豹像完成一件宏伟工程一样,四脚朝天躺在芦苇丛里,恶狠狠地说:"你这个臭婊子坏我多少事!不给你点教训你不知道人分三六九等。我躺在这里等你去报案。一听说你准备罢工,老子就想到要强奸你。你是要脸呀还是要法律为你报仇,供你选。"杨翠玲挣扎着去洗净满脸血污,呜呜哭了半晌,没有报案,也没有离开加工厂,从此沉默了一年多。

申玉豹还是拿出一万元,"你坐下。我想把你变成一个城里人。县里要卖户口,我托人给你报了一个名。我知道你恨我,恨就恨吧。我没有什么要求,希望你找个税务局的干部,将来能当局长那种的。君子报仇,三十年也不晚,谁都知道,我是龙泉偷税漏税的大户,到时候新账老账一起算,说不定真把我送进去住十年。我送给你一个报仇的机会。嫁个公安局长也不管用,我老婆的事你是知道的,法律现在管不了我。那年我确实控制不住,想来想去没有别的法子治你。给你买个户口,算是我的一点心意。你回村里开个证明交给我,事办成后我通知你。"杨翠玲一直站着,直到最后也没有表态。

凉洼村的香香十八岁结婚、二十岁离婚、二十一岁进厂,是公认的厂花。申玉豹选香香当厂办秘书,连"小泽征尔"也没提出什么异议。申玉豹喜欢香香的稳重,招之即来,挥之即去,又不仗着厂办秘书的身份欺上压下。香香在女工中人缘极好,同时又对申玉豹绝对忠诚,进厂两年来,为申玉豹的事业操碎了心。申玉豹还真有点舍不得她。

香香听明白申玉豹的意思,当即表示:"我不去城里,我愿意继续在这里干。"申玉豹感到有点意外,"这两年有点委屈你,你我的事厂里没人知道,我也不想让你走。不过,我还是准备送你进城。跟我干没什么保障,说垮就垮的,到时你就不上不下了。凭你这个人,进城会有大出息的。"香香流了泪,"玉芳嫂子不在了,我不能走。"申玉豹火了,"你别这么婆婆妈妈的。听我的没错!我只求你答应我一件事,到城里后,你一定要嫁个党政干部,你要像帮助我一样帮他,让他当官,越大越好。要是我申玉豹能活到你成了县委副书记太太那一天,你要常来看看我。"

"小泽征尔"走进申玉豹的办公室，已经是黄昏了。申玉豹没有拿钱出来，笑着问道："你说实话，老子要是把你变成城里人，那个王八蛋语文老师会不会离了那个母夜叉？""小泽征尔"嘻嘻笑着，"你别开玩笑了，你会玩把戏？母夜叉没吵没闹，就是因为我是农村的。我要能和她平起平坐，她早叫离了八次了。"申玉豹这才摊了牌，"我给你买了一个户口。你心里压根没有我，本不该给你办的，可想想你也没大错。你也知道，我从来不做赔本买卖。我帮你把你的老师夺过来，我能得到点什么？语文老师，语文老师都不是东西，小时候就他们常常罚我站，不就是背不了书吗？你这个浪货最他妈的精能，我要你立个字据，你和这个老师结了婚，第一年每个月有一晚是我的。"

申玉豹从朱新泉手里拿到四个户口簿，心里涌动着一股奇异的激情。看到这几个红本本，他才逐渐明白出四万块钱为这四个女工买户口，为的是报复他无法走进去的城市。回到加工厂厂长办公室，申玉豹把四个户口簿像打扑克一样甩在办公桌上，喃喃自语说："你们如今都成了城里人了。要不了多久，你们都会一个个飞进县城去，建一个个窝。县城不是不要我吗？我就给你们城里人送绿帽子。有钱能做绿帽子，真好，真好。"这天夜里，申玉豹对着四个户口簿，仔细回忆了和这四个女人的交往。想过了，他带着满意的笑容进入了梦乡。他梦见自己赤身裸体骑在这几个女人身上狂欢的情形，感觉上像是在强奸一座座城市。

一觉醒来，申玉豹擦掉嘴角上的口水，仔细搜寻着如缕如丝随着朝霞升腾的梦的碎片，心里又生出了确确实实的期待。他认为只有这几个女人拿到户口簿后再来和他睡一夜，这个梦才算圆了。一日夫妻百日恩，我亲手把她们送进了城，她们能不懂我的心吗？申玉豹把户口簿交给四个女工后，破天荒在厂里正式住了下来。第一天夜幕降临的时候，申玉豹凝视着没闩的房门，心里还在想：应该定个时间表，要不，两个人在这里碰上了怪不美气。

第一夜，没人敲门。

第五夜，仍没人敲门。四个女工没有一个辞职，都像平常一样在工作。申玉豹有点按捺不住了，心里嘀咕着：难道她们眼都瞎了？第六天，申玉豹在厂里闲转，已经没见到"小泽征尔"。第七天早上，秘书香香来请假，说是要进城看个亲戚，一本正经的公事公办模样，申玉豹想起一个多月前两人在一起时的情景，心里暗想：莫不是撞上鬼了？

第十天，厂里只剩下吴兰。这天夜里，有人敲开了申玉豹的房门，见是妹妹申玉玲，申玉豹没好气地喝道："你来做什么？"申玉玲哭丧着脸道："家里没法住了，他们把嫂子装进棺材抬进了堂屋。玉龙他们也跟着起哄，排着班看尸体。太阳村的人已经上北京告状了。听说那个吴玉林还切下一个手指，发誓要把你送到监狱去。妈让我问你该咋办哩。"申玉豹沉默了半响，忽然冷笑一声："我又没杀你嫂子，怕个屁。告让他们告去，看他们能日塌天。走，回去盖房，活人能叫尿憋死？"

申玉豹把建新宅的事办完，心里还惦记着那个没圆的梦，匆匆回到加工厂。一看，四个女工都不在了，连铺盖都卷走了。一问，看门的老头才说："总经理，都飞高枝了，说是都花了一万元买了城里户口，嫌你的门槛太低了。"申玉豹怔了一会儿，问道："一个都没留下话？"老头摇摇头。申玉豹咬了一会儿牙，骂了一句："日他妈都是白眼狼！"

一天一夜没合眼，申玉豹还是没想通这些女人为什么这样绝情。忽然间，他想起了欧阳洪梅唱的《杜十娘》，忍不住骂了一句："狗日的，一万元在北京包一夜歌星也够了，算我瞎了眼。"听到后面有动静，扭头一看，娇小的吴兰正好推门进来。申玉豹立马把一肚子火发了出去，"你来干什么？还不快进城去做你的阔太太去？一万块钱，扔进水里也有个响听哩。说走就走，连招呼也不打个，算他妈的什么事！你来干什么？来看笑话吗？"吴兰掩上门，咬着嘴唇说："总经理，明天俺就要到袜厂上班了，俺想，俺想……"申玉豹嘿嘿笑着："怪有能耐，钻到县袜厂去了。看不出，看不出。"吴兰低头咬着辫子道："我有啥能耐，要不是托李副书记的福……"申玉豹打断道："咦——你啥时攀扯上了李副书记？我想挤到他家的门里，可费了不少时间。该不是他看上你了吧？"吴兰抬起一张羞红的脸，"别瞎说，李副书记多大的官，我哪能想见就见？你帮俺买了户口，俺也不知道这户口有啥好处，听说城里还有不少待业青年没工作，也就没想离开这个厂。前天香香从城里回来，才知道李副书记把这次买了户口的几百人都安排进了厂，张了红榜公布了。"申玉豹听愣住了，瘦长的脸抽动着，嘴里蹦出几个字："怪不得，"冷笑一串，"都他娘的跟跳出苦海一样……我，我要进城，看谁挡得住。你比她们有良心，还知道回来在我面前显摆显摆。"吴兰突然间仰起了头，大着胆子看了申玉豹一眼，颤着头发丝一样尖细的声音喊一声:"总经理——"又勾下了头。申玉豹嬉皮笑脸道:"啥事?"吴兰猛地一抬手,一只手解着衣扣,急慌慌地说:"俺知道你喜欢俺,这回你帮俺买了户口,上次你借了钱给俺爹治病,俺都记着呢。俺已经打听了,在城里织袜子,一月只能挣一百多块钱,这笔情俺、俺用钱还不上。明天俺就要上班了,你,你想咋着俺就咋着……俺不能欠,欠你太多……"

申玉豹后退了一步,伸出一个手指指着吴兰,大着舌头说着,"你,你想弄啥?"吴兰凄然一笑,"厂里人都知道,香香她们都是和和和你……好,你才……俺,俺不能……你是个生意人,俺……"申玉豹这才明白这些年自己做的事都是掩耳盗铃,伸手一拍桌子,喊了一声:"闭嘴!你是不是怕我日后去找你的麻烦?你快把衣服穿上!我申玉豹对你咋样,你心里有数。你也太低看我了,老子是生意人,可也用不着用这种法子睡女人。一万块能睡几个,你算算。算我申玉豹瞎了眼……你,你给我滚吧。"吴兰掩上衣襟,胆怯地说着:"俺不是那个意思,真的不是那个意思,这些天的事俺都看在眼里,为你感到亏得慌。厂里谁不知道你对她们几个好?可是,拿了你的钱买的户口,脸一翻就进城了……俺,俺看不过去。这四个人,就俺和你没瓜葛,厂里的姐妹还以为是俺爹替俺买的户口,俺不能……"申玉豹听得叹了一口气,摆摆手说道:"万把块钱,咱也不在乎。她们不知好歹,是她们的事,我申玉豹知道没亏欠她们就够了。我早先没碰你,没欺负你,今儿个也不会碰你。给你买户口,是我看你是个孝子。你明知俺对你有意,为了你爹的病,竟吃了豹胆开口问我借钱,俺就服了你了。算了算了,花几万块看明白几个女人心,值!你也别再觉着我亏。她们这些忘恩负义的烂货,我还懒得再碰。我倒要进城看看,她们能跳到金窝银窝里。我今生今世要不找个祖宗八代都在城里的黄花闺女,也太对不起我花这几万块钱。你去城里上班吧,去吧去吧。"吴兰扑通跪在申玉豹面前,哭着说:"你是个好人——"

申玉豹经此挫折,下定决心过城里人的生活了。回想这些年过的土财主一样的生活,他感到浪费了不少时间。农民企业家,不就是个有点钱的农民吗?几个女工有了城里人的身份,自己在她们眼里不是马上变成了一个连一般工人都不如的土财主了吗?申玉豹认为这是她们知道他的底细才敢这样小瞧他的。他把加工厂的工作交给一个亲信,花了十万元租了临街的一幢楼中的一层,把荣昌贸易公司的总部由石佛寺镇迁到了龙泉县城,又用五万元在细柳巷买了一幢带小院的小楼,开始了自己的新生活。

那个大雪天的黄昏,他第一次走进了龙泉的豪华娱乐场所——好问酒吧。七八年来,为了生意上的事,他也曾出入过北京、上海、广州的高档娱乐场所,瞻仰过那些大城市的大富豪是如何挥金如土的。然而,他在那些比好问酒吧豪华不知多少倍的歌舞厅和大饭店里,脑子里飞动的只是满世界的钞票,从来没有感受到坐在这间龙泉的酒吧里从心底深层弥漫出来的主人翁感觉。

三姐就在这个时候登台献歌了,学着广州那边歌手的做派,先用地道的龙泉方言向顾客问候了,又用普通话问候了,这才轻轻哼唱句:"每次路过这间咖啡屋,忍不住慢下了脚步。"申玉豹仔细品评着三姐在小歌台上的风采,心中不由得这样想:龙泉竟也有这样出色的妹子,她不是和我都住在这个小城吗?他学着大城市大老板们的样子,在两首歌的间隙里打了一个响指。四小姐踩着碎步快步跑到申玉豹身边,弯腰撇着京腔问道:"先生,你要点什么?"申玉豹夹出几张百元大钞,摇着头说:"别弄这些半生不熟的普通话给我听!这位小姐歌唱得不坏,再让她给我唱三支拿手的,剩下的明天听。"四小姐长长的睫毛眨眨手中的五张百元钞票,眨眨衣着华贵、不修边幅、其貌不扬的申玉豹,绽出两个旋着的小酒窝道:"先生第一次来小店吧?三支歌要不了恁多的钱,三小姐一支歌只收三十。先生是做大买卖的吧?"申玉豹瞟了四小姐一眼,立马又把眼光盯在正扭着腰身重新登台的三姐身上,嘴里说:"不错不错。我用一百元点她一支歌你们不反对吧?"四小姐眼珠儿打几个忽闪,笑道:"随您老的便,可是你还是多给了两百元。"捡了两张准备还给申玉豹。申玉豹低头看看钱,抬头看看笑容可掬的四小姐,说道:"你也不错,到底还是县城的人,不贪小便宜。这两张算作小费,可以吗?"四小姐怔了片刻,旋即说:"当然可以。自小店开业,您是第二个给小费的客人。不过,两百太多,这一张你还是留着吧。"申玉豹又把目光移向歌台上的三姐,"那一位给小费的客人不是本地人吧?"四小姐抿抿嘴唇,"是本地人,做珠宝生意的林老板,你不认识?先生贵姓?"申玉豹说:"姓申。这林老板倒不是只土鳖,还知道给小费。"四小姐走了一步,又回头说道:"申先生,这林老板还是三姐的干爹哩,也常来听三姐唱歌。"申玉豹朝四小姐摆摆手,不说话,看着三姐的眼睛熠熠闪着光芒。

这一晚，好问酒吧的男女招待、歌手乐手，都知道龙泉有个出手阔绰的申老板。以后的五个晚上，申玉豹总是准时出现在酒吧。这时候，酒吧的上上下下都知道这个申老板叫申玉豹，是冲着三姐来的。

第七天晚上，申玉豹带着两枚金耳坠早早地来到了酒吧早为他留着的六号包间。小四早闪到前头跟进去侍候。申玉豹朝椅子上一仰，问道："四小姐，你们三小姐陪不陪客人说话呀？"四小姐眉头一蹙，嫣然笑道："申先生要听什么话呀？是不是觉得小四侍候得不周全？三姐一般不陪客人说话的，只是她干爹来了才会破例。"申玉豹冷笑一声，掏出金丝绒镶面耳坠盒子朝茶几上一放，"请把这份礼物交给三小姐，就说我申玉豹请她来商量点私事。她能陪林老板说话，也没坏她的规矩。要是这两个金耳坠请她不动，还可以让她再开个价。"四小姐拿起红盒子，打开看一眼，抿嘴笑道："到底是咱龙泉的首富，可让俺开眼了。能不能请来三姐，俺可不能保证。自从三姐认了林老板做了干爹，越发变得金贵起来，这三陪的事，恐怕她不愿干了。我看呢，除非申先生是求婚，怕是请她不动的。申先生近几日常来小店解闷子，嗯，三姐可不是一般的人，要是嫂夫人知道你和三姐这样的歌手有来往……"申玉豹听得不耐烦了，扬扬手道："我申玉豹光棍一条，听三小姐的歌上瘾了，找她说说话也不过火。你把礼物送去，她要不来，那就不关你的事了。"

三姐从四小姐手里接过小红盒，拿出一只耳坠在牙间咬了咬，低着眉头说道："小四，看他的样子像是没生什么坏心眼子，你说我该不该去见他？"四小姐一扬眉头，笑着，"三姐什么时候能少了主意？用得着我当狗头军师？我只是觉得林大叔待你不错，亲生女儿一样看你，这回他去北京做生意前，不是只让你唱歌吗？这申玉豹倒是不像有些人，仗着腰里有几个钱，嘴贱手狂的。不过呢，听说他秋里刚死了老婆，这女人又死得不明不白，小心些好。这些天，他花了两千多，为的啥，三姐比我明白。这些人，一分钱都不会白花呀，还是林大叔这人靠得住些。"

三姐猛地捏紧了小红盒，粲然一笑，"男人姑奶奶我见多了！林大叔可靠？小四呀，看男人你还嫩了点！你去对他说，今晚我没空，明天嘛，可能能抽出点时间。你替我谢谢他送的礼物。能一连七天来听歌，又没猴急，是个人物，凭这种耐心，咱也该见识见识。"

小四回到六号包间，耸了肩倚在屏风上道："申老板，我没猜错吧？

三姐收了礼物，却说今天没空，让你明天再来。三姐这号人，比俺可难对付了。如今她心里想的啥，鬼才知道。"申玉豹大笑起来，"嘿嘿，没想到龙泉还有这样难请的歌星。咱就爱吃这烫嘴的菜。"

第二天晚上，申玉豹带着一枚金戒指和一条金项链，再一次走进好问酒吧。近十天里，三姐充满了他的生活。三姐能歌善舞，三姐有着那四个女工无法比拟的脸蛋和身段，三姐身上洋溢着城里女人身上才有的风情，完完全全征服了正在脱胎换骨的申玉豹的心。只有尽快赢得这个出色的女人，才能弥合四个女工事件带给他的心灵的巨大裂痕，为此，他愿意下大注赌它一赌。

三姐走进申玉豹的包间，矜持地坐在申玉豹对面，淡淡地说："申老板，三姐谢谢你的捧场，今晚来陪你说话来了。再有十分钟就轮我唱歌了，你就捞稠的说吧。"

申玉豹把两个小红盒摆在茶几上，手指敲打着黑黑的桌面说道："用不了十分钟。我叫申玉豹，是咱县荣昌贸易公司的总经理，资产大约有几百万。今年秋天，我老婆死了，没有留下孩子。我听三小姐唱了几天歌，觉得咱俩有缘分，想和你一起过一家人。你要是同意呢，三天内给个回话，这几件不像样的首饰就算是见面礼。三天内没接到你的电话，就算这事黄了。中不中，你自己想想看。俺还有笔生意要谈，你拿着公司的电话号码。告辞了。"

三姐望着申玉豹闪出去的背影，惊得张大了嘴，两行眼泪莫名地滚落下来。

# 第九章

林苟生一听说三妞和申玉豹搞在一起，晚上竟住进了细柳巷申玉豹的新家，顿时感到像是一根人生的主要支柱坍塌了。三妞这不是在朝火坑里跳吗？申玉豹是个什么人三妞能不知道？有朝一日，申玉豹把她玩够了，一脚踢了她，她就毁了。林苟生不得不把联合白剑复仇的大事放在一边，专心思考劝三妞回头的事情。

这一天下午，林苟生终于在好问酒吧等到了来上班的三妞。三妞笑吟吟地先问候了一句："干爹，你回来了。"林苟生堆出一脸干笑，说道："早回来了。"四小姐在一旁说道："三妞，这几天大叔天天在这里等你，你不知道？那天晚上大叔还让我传话，叫你来见他一位北京来的朋友，我把话传到了，不知你为啥没来看。"三妞甜甜地叫了一声，"干爹，小四确实给我说了，本来要去的，谁想唱完歌出了件急事，也没给你打招呼就走了。这几天又感冒了，嗓子疼，没法唱歌，在家歇着。你找我有啥事？"四小姐嬉笑一声，"你干爹一个多月没见你了，想你呗。"林苟生打了四小姐一巴掌，"去忙你的去！我找你三妞有正经事说。"三妞看见林苟生一脸肃穆，不知出了啥事，跟着林苟生进了八号包间。

林苟生把屏风扯直了两扇，坐下来劈头问一句："三妞，你拍拍胸口说，干爹待你咋样？"

三妞答道："那还用说，比我亲爹还亲哩。我妈自从嫁到别处就再无音讯，哥又在住监狱，这世上你是亲人哩。"

"那你有啥事还要瞒着我？"

"我瞒你啥事了？"

林苟生嘴角的肥肉抽动着，"你和申玉豹的事为啥不跟我说？这样大的事我都不知道，还是你亲人哩！"

三妞扑哧一声笑了，"干爹，你去北京的时候，我哪里知道这世界上还有个申玉豹。过了年你从北京回龙泉，咱们这不是第一次见面吗？我咋就瞒你了呢？"

林苟生一时语塞了。

三妞露出一副娇憨相，说道："干爹，你想知道这事，我就给你说说。这个申玉豹，是咱县的一个大老板，都说他是全县的首富，具体是不是，我也不知道，我也不想知道。去年秋天，这申玉豹死了老婆，就把在石佛寺镇上的公司搬到县里来了，又在细柳巷买了房子。年前，他来了酒吧，一连听了七八晚上的歌。有一天，他忽然间向俺求婚，俺想了一天就应了他，就是这件事。这玉豹是个能上台面的正经人，和县里的头头脑脑都有关系。干爹，你咋了？脸色咋怎不好？"

林苟生盯着三妞手上的戒指看了一会儿，禁不住伸手捉住三妞的手细看了，又撩了三妞右耳边的头发，身子朝后一仰，连连摇头。三妞讪讪地缩回了手，迟迟疑疑地说："干爹，你送的宝石戒指，我，我收得好好的，镶翠金耳坠也在哩。玉豹送的这些，我，我戴个新鲜。"

林苟生怪笑几声，没说话。

三妞咬咬指头道："干爹，你别生气，三妞没糊涂，谁对我好，我都记着哩。"

林苟生冷冰冰说道："申玉豹啥角色，坑蒙拐骗弄了几百万，求婚竟用这种三流货色，可见他安的什么心。"

三妞说："其实玉豹不是个小气鬼，他还没对俺说婚姻事，就送了这耳坠的，还说我不答应，这套首饰就算留个纪念的。昨个他又说了，结婚的时候，再到广州给俺定做　副。"

林苟生终于按捺不住了，直起腰身说道："三妞，这申玉豹是个啥人你弄明白了没有？他是个骗子！你要趁早跟他断了。你知道他做的是啥生意？"

"不知道。"

"他做的是假冒商品生意！"

"那为啥还要让他上电视？"

"我给你说不清楚。他这种整法，早晚要蹲大狱的。"

三妞挑挑眉梢，捏着手上的戒指说："蹲大狱有什么了不起的，干爹你不是也蹲过十年吗？假冒生意谁不做，干爹你不是也在卖假古董吗？我不管他做啥，只要对我好就中。"

林苟生急了，拍了一下茶几说："他是在玩你你知道不知道？他对你好？他能对你好吗？你知道他老婆是咋死的吗？说不定就是他杀的！三妞，听干爹一次，赶紧跟他断了吧，这样做危险可大哩。你要什么干爹都给你，这个申玉豹你千万不要沾。"

三妞也变了脸，眼睛慢慢眯着，上下映映林苟生，"申玉豹咋就沾不得？你说说，我听听。"

林苟生也没留意三妞脸色的变化，低头扳着指头算着说："他做的生意不地道，一不能沾；他有杀害自己妻子的嫌疑，二不能沾；他在石佛寺加工厂欺男霸女，最近听说还给三个姘头买了户口进城，日后保不准会出啥事，三不能沾；他根本没起娶你的心思，四不能沾。三妞哇，你听干爹一回吧，干爹错看不了。"

三妞咯咯咯地笑得身子颤作一团，"这些我都知道，我要和他好，谁能管？你能管吗？我是个啥东西？金枝玉叶吗？我要什么你都能给吗？说得真轻巧！干爹，我不想把这层纸捅破了，你不要逼我。我二十多了，我知道该咋办。你劝我和申玉豹断了，就没一点私心？好像跟了他跟跳火坑一样。不是李副书记救我，我早死几回了。我总得嫁个人吧？是不是你也想娶我？申玉豹也想娶我的呀！你怎么会想娶我哩，认我当个干女儿，不过避避人眼。弄得跟我的真爹一样，管我这管我那，不过是可怜我，我都知道。玉豹说要娶我，你知道吗？没人对我说过这话。为了这，啥罪我都愿意受。申玉豹以前找没找女人，关我啥事？能有我睡的男人多吗？干爹，你要是觉得这一年多在我身上花钱太多，你开个价我还……"

林苟生气急败坏骂一句："混账！"腾地站起来，扬起了巴掌，"你咋这样不长进！我要是你爹——"

三妞高高挺起胸，仰脸看着林苟生的巴掌，"你打呀？！可惜你不是我爹！这种打那些年我没少挨，打我的都是想包占我的人。觉得给的太多，我又跟了别人，就打我出气。"

林苟生慢慢地放下手，像一袋烂红薯一样瘫坐在椅子上。三妞用迷醉一样的眼神看着林苟生，取下戒指和项链放在手掌里，举在林苟生面前道："你看看，你看看，干爹，你看看，玉豹说娶我才送给我这些的。

我知道它们不值几个钱,可我看它们价值连城!你不懂这些,干爹。玉豹和我是在恋爱,你明白吗?干爹,你是个好人,这我知道。要不,这一年多,你也不会只要了我一回。干爹,一年前我在你眼里,不还是个过一夜值一千元的妓女吗?我在进步,我如今正在热恋。你咋啦?你不高兴?"

林苟生像个木偶一样呆望着忽然间泪流满面的三妞。三妞擦了擦眼泪,掏出小圆镜看一眼,吃吃笑一声,低头在林苟生的大脑门上吻了一口,整整衣服说道:"干爹,三妞啥都懂得,不会上当的。客人已经来些了,我得去化化妆。"

望着袅袅婷婷而去的三妞,林苟生在心甲道:傻妞啊,中玉豹能是一盏省油的灯吗?嘴里却说不出任何话了。为了那一夜,他失去了教导三妞的资格。

两年前那个秋天在林苟生脑海里重现了。

三妞从柳城学唱歌回到龙泉,整个身心还笼罩在一片死亡带来的阴影里。去柳城学歌之前,李金堂和欧阳洪梅接见了她。欧阳洪梅给了她多少零花钱,她已经记不得了,还清楚地记得李金堂送给她的八个字:"忘掉历史,重新做人。"可这个人怎样重新去做,三妞心里并没有底。

到酒吧唱了一个月,她得到了平生第一次的工资——一千元。第二个月,客人骤然增多起来。知情者是想来目睹一眼被李金堂救下的小妓女的芳容,受流言盅惑者是想来有一眼李金堂嫖过的女人到底风骚到什么程度,在他们看来,能独占欧阳洪梅的李金堂能在刀口下救下一个女人,这女人一定有李金堂割舍不下的奇处。不管是哪类客人,哪怕和三妞有旧,也都不敢再抱什么和三妞鸳梦重温的奢望了。因此,三妞在好问酒吧成了红歌星,并没引出任何事端。

林苟生知道龙泉好问酒吧有个三妞,是在丰源茶馆的一间雅座单间里,他那天正在验老七交给他带到广州去卖的几件古玩。林苟生放下放大镜,伸了个懒腰,说道:"价钱就依你。咱老林做事不会亏朋友的,明说了,你出这个价,掉进去了。可做这一行的,又没就地要价,漫天给钱的规矩,老弟你就抱个屈吧,日后得到啥好货,到古堡二〇三找我。"老七道:"俺是无本生意,难为林爷说出这番暖心话,你这朋友我交定了。"林苟生收起古玩,怅然叹了一口气道:"可惜龙泉没啥好玩的地方,要不,你我兄弟也好找个去处乐一乐。"老七转转眼珠道:"林爷,有你开的这条金光道,日后兄弟们日子也都好过了。龙泉也是啥乐子都有了,你老想不想解解乏,出出火?"林苟生怪怪地一笑,"哟,这龙泉也真的开放了。只怕这龙泉也没啥像样的人物,还是等我到广州再逍遥吧。"说着,伸了个懒腰。

老七挪一条板凳骑上去,压低了嗓子道:"若不是最近出了个人物,我也不敢提说这事。林爷什么人物没见过?可如今这个人物,林爷保准没见识过。"林苟生眼睛刺的一亮,"你说说看。"老七眉飞色舞起来,"这是一个十五岁就下水的妮子。本来是入不了林爷眼的,如今有了奇遇,怕就有点意思了。听说赶上一次严打,本来要毙了的,不知为啥,突然间啥事也没有了。"林苟生冷笑着:"这好解释,不是权就是钱起了作用。能让人用权或者钱把她从枪口下救出来,肯定有一身叫人舍不得的神奇。"老七嘿嘿笑着,"林爷解得有理。这女子如今竟做了歌星,前几天我去好问酒吧踩点,嗨,那几嗓子,那几个媚眼,差点叫我误了正经事。一打听,才知道剧团的欧阳团长送她到省城学唱了一年的歌。"

林苟生一听欧阳洪梅的名字,脸色就不好看了,自言自语着,"这么说是从良了。欧阳为啥要送她去学歌呢?该不是为李金堂留的吧?民族唱法听腻了,这回又培养个通俗唱法,下一步怕是要培养个美声唱法!李金堂真是李金堂,能让欧阳给他培养三千后宫,不简单。你说这女子叫什么名字?"老七说:"林爷高人,你刚才说的,这城里也有这种耳闻的,只是大家都不信。你想想,这男人女人的,吃着顺口,谁不想吃独食?我猜呢,怕是三妞和欧阳有什么瓜葛,这才吹了床头风叫李金堂救了三妞,又送她学歌的。"

林苟生半天不说话,一个狮子甩头问道:"人你熟不熟?"老七说:"我自己不熟,可兄弟们总有人熟的。"林苟生捏着腮帮又想了一会儿,"咱们还是先去听听歌。那边呢,见了人问我叫贾先生。"老七笑道:"这个明白,这个明白,强龙还不压地头蛇哩。若这三妞真和李皇上攀上了,说不定真有麻烦。"林苟生瞪眼咬牙骂一句:"屁皇上!井底之蛙而已。"

有了这种心理,林苟生在床上对三妞一点都没客气。折腾了一个多小时才收场,还在三妞高耸的乳房上留下一片牙痕。林苟生打开上床前忙里偷闲塞进皮鞋里的腰包,冷冷说道:"条子给你说的啥价?"三妞怪笑着看着天花板,懒洋洋地说:"随便!"林苟生不由得咦了一声,翻了身子支起腮帮子问:"真的假的?"三妞似笑非笑,"不就这么回事,哼,又找的第二职业,还能咋?"林苟生数了十张百元大钞甩在三妞的乳沟里,长吁一口气道:"你穿了走吧。"三妞麻木地数着钱,嘴里咕哝一句:"贾先生蛮阔嘛,出手就是一吊,够意思!"也吁了一口气,"顶我唱一个月的歌。"林苟生又催促道:"你快走吧。"三妞坐了起来,伸了个懒腰,笑了笑:"你怕啥?这种单元房,看样子像是一个家,一个门洞都没住旁人,着啥急。"林苟生只好改口说:"我不习惯和一个女人睡通宵。"三妞把钱塞进自己的衣服里,伸出手拂着林苟生的胸毛,"我不会睡通宵的。你的活儿很不错,像你这把年纪的人,能让我还想的,也就两三个。你还想不想浮浮二水?"林苟生连连摇头。三妞一噘嘴,"小气鬼,我这回不收费,纯粹是想乐一乐。这一年跟住监一样,把这些乐子都忘了,你今天算是帮我回忆起了一部分。我呢,也是好久没做了,生,也想复习复习。日他妈,生就是这种命,躲都躲不过。一连两天,不是从前的姐妹来,就是从前的朋友来,都要我见见你。我就知道一准是这种事,可还是不由自主来了。人咋都抗不过命。你干吗这样看着我?该硬的不硬,眼神却硬得像刀一样。"林苟生不由得坐了起来,感叹一句,"少见,少见,你咋能这样无所谓?"

三妞自己挤了挤双乳,咧咧嘴,"不是李副书记救下我,我的尸首早沤烂了。"林苟生淫荡地笑笑,伸出食指弹弹三妞右边的乳头,"三妞哇,你说实话,我和李金堂年纪差不多,你说说,到底是我的功夫好些,还是他的好些?"三妞朝后面闪了几寸远,眼睛瞪得溜圆,正色道:"你可别瞎说!你我是啥人?别脏了人家。"林苟生脸色顷刻就挂不住了,颤着声问一句:"你和李副书记没、没啥关系?"

三妞笑道:"人家是几十万人的父母官,我是啥?捡破烂的,千人骑的婊子,扯得上吗?"林苟生追问一句:"他,他为什么要救你?"三妞摇摇头道:"具体为啥我不知道。李副书记救我,还是公安局关局长对我说的。说是李副书记说龙泉出个十五岁就卖淫的妞子丢县里的人,这才不杀我,我只见过他一次,他送给我八个字:忘掉历史,重新做人。你看,这人真不能重做,该是啥就是啥,李副书记和欧阳老师为我重新做人,费多大劲,你们轻轻一拉,我又下水了,想想真太对不住他们了。可是……贾先生,你咋啦?是不是心脏病?快拿救心丸,你要是死了,这事就包不住,这回怕没人能救我了。"林苟生伸手打了自己一耳光，喃喃道："我不如也，我不如也。"

林苟生想起这一夜，心里就如刀绞一般的疼。任三姐跟了申玉豹吧，自己这两年的心血也就白费了，三姐肯定会走上绝路。劝她吧，自己确实又没这个资格。林苟生在八号包间呆坐到乐声响了，还不知该怎么办。

小四走了进来，关切地问："林大叔，你吃点啥？"林苟生僵尸一般坐着，没反应。四小姐朝里面走两步，又道："天要下雨，女儿要嫁人，人家要走，你当爹的有啥法？可别气坏了身子骨，还是吃点什么吧。"林苟生道："眼不见，心不烦，小四，你给我整四个凉菜，给我两瓶五粮液，我回去找人喝酒去。"

四小姐把东西备好，把林苟生送到酒吧门口，又叮嘱一句，"可别喝多了。"林苟生走了一截，忍不住开一瓶，仰脖灌了一气，仰天喊一嗓子，"救救她吧——"

白剑早上刚刚洗漱完，服务员妙清就慌慌张张敲门进来了，嘴里叫着："不好了，林大叔不知为啥喝成了一摊泥。"白剑随妙清走出古堡大厅，只见林苟生正伏在大理石阶前酣睡，地上吐着一片秽物，两只空酒瓶尚在手里紧紧抓着。

白剑把林苟生侍候睡下，妙清已经端来一碗热姜汤，顺手从口袋里掏出一封信，递了过去。

白剑拆开信封，见上面写着：

> 白大哥，你要真是当年的知青大哥，这两天你抽空回太阳村看看。玉芳姐的尸骨还放在申家营申玉豹家的老宅里。老天咋就不开眼呢！雪梅。

白剑细想了一会儿，终于弄明白写信人就是吴天六的干女儿。在太阳村的时候，白剑常去赵河边的槐树林里看些禁书，十一二岁的张雪梅总是像个尾巴一样跟着他。白剑到北京读书时，还送给她两本《十万个为什么》。白剑临时决定去一趟申家营，看看吴玉芳的尸骨。再不去见吴天六，实在有点说不过去，日后就更难解释了。白剑对妙清说道："我有急事要出去一下，林老板不碍事，麻烦你照顾一下。"说罢，也不等妙清答话，转身出了门，走两步，又折回来道："县上要是有人问，就说我回八里庙了。"妙清丢给他一个善解人意的眼神，点点头，算是回答。

　　远远地望见赵河堤岸上的槐林，白剑兀自激动起来。太阳刚刚跃出东面的杏花山顶，光线穿过清晨的空气，染着一股浓烈的麦叶上晨露散发出的植物的清香。微风抚着刚刚盖严黄土地的绿油油的麦子，一峰一谷地向西铺排，衍出一道道叫人心醉的绿灰色的光晕。间或听到一声涩涩的蛙鸣，便看见一两只活物从路边刚刚露了头的青草地上跃入麦地里。那条蜿蜒着的白沙河堤渐渐显出了轮廓，忽高忽矮忽胖忽瘦甩出几个粗犷的弯儿，向着东南方延伸，一个又一个浅灰色的村庄，像一只只羔羊，安卧在赵河的臂弯里。白剑激动得涨红了脸。爬上河埠口的漫坡，清冷的河水如一条长带飘在白剑眼前。石板桥的另一端，大路分了岔，一个斜向西北，一个通向西南。白剑支好车子，走向那个倚着一棵老槐树抽烟的老汉。白剑微弯着身子，大声问道："大爷，到申家营怎么走？"老汉紧着黑棉袄外面的草绳，手朝右边一指，"朝西北，走两里，东面村子就是。咦——哟哟哟哟——嗨！"声音在寥廓的天际响到尾音处，十几头大大小小的绵羊朝着老汉撒开蹄子奔来，蹬出十几道白色的沙线。

　　申玉豹家的老宅，也就是当年申宝天的藏宝院，在申家营的旧房中，还能依稀透出一些虎威，坐北朝南，青砖青瓦，似乎还能讲述出当年申宝栓风光岁月的轮廓。放了一颗马后炮式的大卫星后，申家营额外上缴了六万斤公粮，大食堂刚散，申家营饿死了石佛寺镇的第一个人。以后的半年多，申家营又饿死了老少六十二口，再列全镇之冠。从此，申宝栓在申家营的地位每况愈下，最后忧愤成疾，在又一次运动的风口浪尖上，死于肝癌。这座老宅在十几年前的大洪水中，遭过没顶之苦，却又是全营仅存的五座房之一。

　　开门的人装束很像旧时的武师，五十来岁，大眼浓眉，声音洪亮："你找谁？"说话间已将白剑上下打量过了。白剑掏出记者证，汉子换上一脸笑，"雪姑娘说你一定会来，玉林他们都不信，说来可就来了。走，到玉龙家，他已经给你备好房间哩。"白剑道："大叔，雪梅捎信儿让我来，看看玉芳的尸骨。"红脸汉子摆摆手说："不用看，只剩下骨头了，看着让人心寒。"白剑只好来个客随主便，等着汉子锁了大门，问道："大叔，听口音你不像本地人。"汉子迈着外八字步说道："我是河北沧州人，玉龙叫我来教他两个孩子练武，夜里呢，就帮太阳村吴六哥看他女儿的尸首。申玉豹在这里臭了半边营，都盼着早一天翻了这个案子，晚间排着班儿陪我看尸呢。听说你能通天，这下就有指望了。"白剑支吾道："大家一起努力，正气总能压倒邪气的。"

申家营玉字辈近些年出了三绝，申玉豹对钱痴绝，申玉龙治玉艺绝，申玉全对赌迷绝。申玉豹名头在外，自不必说。玉龙治玉功夫早已名满龙泉，每年玉雕节，都能展出一两件绝品征服海内外客商。如今，他已有《千年龟》《松鹤流水》和《双鹰扑兔》三件作品被当成国宝收藏在国内三家博物院，行家评他治玉水平已接近明代大家陆子冈的鼎盛期，早两年已被吸收为中国美术家协会会员。申玉全又被戏称"赌博专业户"，不靠地吃饭，不靠玉雕车吃饭，只吃一双能把各种赌技玩到出神入化的手。全国专业赌徒成千上万，申玉全能称一绝，是他从不滥赌，坚持每月只赌一次，坚持不以赌艺聚财。

白剑对申玉龙已有耳闻，夏仁早向他介绍过，见了面自然就谈玉雕。谁知申玉龙根本不感兴趣，淡淡地说："我已经金盆洗手两年了。"中午吃饭，白剑才弄清了事情原委。

申玉龙的父亲，就是当年把李金堂送进龙泉政治舞台的申宝天。申宝天的祖父申德元出外学治玉八年，申家开始发达了。申宝天到了中年，申家的治玉业已遍布石佛寺乡，有作坊十余个。自申德元开始，申家三代人都染上了置地的瘾，广置良田的过程似乎已经满足了他们的全部欲望。至于租子怎么交，交多少，随佃户喜欢。旱了涝了，只用说一声，租子就能减一两成。积下的钱财，一半用于搜集古玩，一半用于兴办教育，周济贫苦人家。所以，申家三代人在石佛寺方圆几十里，都有极好口碑。

土改的时候，怎样对待申宝天，县委会就有两种意见。一种是：申宝天有良田百顷，全县解放那年却有三万五千人房无一间、地无一垅，只能靠扛长工、打短工维持生活。这样的大地主不杀掉，拿什么证明广大劳苦人民当了家做了主人？另一种是：申宝天和他的祖上置这么多地，纯粹是一种消遣，讲的是一种排场，他家主要经营手工艺品。再说，申宝天家土地的数量虽多，经调查，剥削率却很低，没有什么民愤。龙泉工业不发达，出个欧阳恭良，大量资产还不在龙泉，申宝天虽不能算个资本家，可也能算个开明绅士吧？最后，秦江县长说："上报地区。"

于是，一个地县两级组成的工作组就到了申家营。李金堂是这个工作组的书记员，货真价实的小角色。工作组不开会，书记员就无事可做。调查阶段，失了业的李金堂整日里在温湿的春天里闲逛，听了很多关于申宝天的趣事。譬如，他招考长工只有一道吃饭关，只要吃下一扁担白蒸馍和三海碗猪肉炖粉条，就能录用。譬如，他选丫鬟、女佣只要远近闻名的丑姑娘。后来，李金堂盯上了申宝栓和曹改焕，一个连考三次长工都名落孙山，一个曾是申宝天太太的贴身丫鬟。曹改焕因把太太的补药换成巴豆汤，被申宝天逐出家门，申家营的舆论界认为丑丫头曹改焕是想泄伤了太太钻个空门头当夫人。李金堂不这么看。他去了茅草屋和申宝栓交了朋友，又去见了丑姑娘曹改焕，答应替曹改焕报仇。曹改焕不信李金堂会帮她，李金堂说他喜欢曹改焕这种苦孩子，说他若不是娶了妻子，就会娶了曹改焕。曹改焕还是不信，想看见李干部是咋喜欢她的。李金堂啥也不说，动手脱光了曹改焕的衣服。没想到曹改焕只是脸长得难看，身子却细白滑嫩、凹凸有致。李金堂认认真真要了曹改焕。曹改焕这回信了，答应一切都听李金堂的。

开会了，李金堂兢兢业业搞记录。又是两种声音相持不下，于是就有了静默的空间和时间，于是就有了李金堂的舞台和节目。李金堂多少有点激动，"这几天我找了四十七个人了解情况，提出点不成熟的意见供各位领导参考。每年三月，申宝天都要招考长工，宰杀四五头猪，蒸十几笼人头大小的馍。炖好了猪肉粉条，取来一条新扁担，摆出三只大海碗，考试就开始了。开始我没有想到这样一层，就是那些老长工到哪里去了，因为申宝天家业再大，也不能年年只进不出。这四十七个人中，有五个当过长工的，如今有腰疼、腿疼这样那样的毛病。病根在哪里呢？"李金堂停了下来，低着眼皮盘算着下边该怎么说，只用听听满屋的呼吸声，他就知道这番话已引起了所有人的注意。他轻咳一声接着说："申宝天招丫鬟女佣，总是轰动十里八村，看大戏一样。各位领导可能也听说了，他夫人当主考官，总选最丑的姑娘。一九四四年春天，他家招六个丫鬟和女佣，来了十八个丑姑娘。他家招丫鬟女佣，五年一次，据说是宣统年间留下的家规。一个丫鬟给太太煎药，误放了一些巴豆，申宝天动用扁担把她赶出门外。剥削率看怎么算，剥削率高和低和有没有剥削不是一回事。对这个问题的认识，反映着对党和人民的感情。老百姓都知道，共产党是要彻底铲除压迫和剥削的。申宝天可以买几十顷地作为一种消遣，申宝天可以借考长工的机会欣赏贫雇农的饥饿程度，申宝天可以看尽龙泉丑色，像看猴一样看这些姑娘！这比打骂欺压更可怕——穿着善人的外衣嘛。这是给人鸦片烟抽，把百姓的力气耗干！那个丫鬟想到了死，她没有去死是听说解放军就要打来了，陈谢大军已经过了黄河。她说她活着就是等共产党为她申冤的。我这种看法对不对，请各位领导批评。"

于是，两派的意见迅速统一了。于是，有了申家营控诉申宝天的大会。于是，申宝天就不可活。于是，李金堂就在龙泉政界开始扮演主要角色。在李金堂的撮合下，申宝栓和曹改焕这两个苦人儿结了婚。

申玉龙少年时就成了孤儿。"文化大革命"后期，玉雕业开始复苏，申玉龙开始当学徒。三年后，申玉龙治玉的眼光和技术石佛寺乡已无人可比，终于有个姑娘嫁给了他。又过十年，他成了石佛寺富甲一方的人物。忽一日，妻子早上起床开了门，门上插了一把匕首，匕首穿透一张黄纸，黄纸上写道：三天内送两万元塞进河埠口南边歪脖槐树的树洞里。申玉龙送了钱，当即宣布金盆洗手。第二年，他请来了河北沧州的韩教师，教授两个儿子练武。

白剑连声叹息一番，说道："你当时该报警的。"申玉龙淡淡笑道："没有用，这种事太多了。再说，我也看明白了，要么我学申玉豹，要么我就洗手不干。你听没听说过一首护商符？"白剑不解地问："什么符？"申玉龙解释说："和《红楼梦》里面的'护官符'相似。'金不金，认个县长做干亲；龙泉县，七二行，你不拜官行遭大殃；家中空着保险柜，请个局长免你税；想换老婆睡，拜罢乡里拜大队。'你都看见了，玉芳妹子死半年多了，申玉豹照样在城里人五人六当人物，又上电视又登报，还买了私房养了个妓女。我们自愿护尸首，不过是良心还在嘀咕，气总也出不顺。掏心窝子给你说呢，这么做不过是尽尽心而已。天八叔他们到北京告状，去了三次，状子还没递进去，再过个夏天，尸首烂成水了，人也告疲了，事情也就不了了之。俗话说，久病无孝子。这告状，理也是一样的。"

白剑突然就有了要写文章的冲动，说道："申大哥，家里有没有写字的桌子？"申玉龙道："给你安排的房里有一张写字台，早几年给老大买的，书读不进去，把一张好端端的桌子也给废了。我呢，最近总做噩梦，常常梦见爹死的场面，那时我不到四岁，照理不该记这么清。想来想去，恐怕是我在怕个啥东西。不瞒你说，我还有点钱，存也不是，放也不是，换成黄货更不是，左右为难，咋个放法都有一个怕字。朗朗乾坤，清平世界的，我怎么会变得这样胆小起来了？白兄弟，你说这是为什么？"白剑一时不知该怎么回答。申玉龙叹口气道："我知道你不想说，说也没用，或许是玉芳死这类事经见得多了，就害怕起来了。"白剑听着这种话，像听进一个个铅坨子，坠得心都要跳不动了，一股热血又在胸中左冲右突激荡着，憋不住地吐出几句豪壮的话："申大哥，我知道你在激将我。谋事在人，成事在天，我会尽我最大努力。'聚金银，认个县长做干亲；在小县，搞经商，你不拜官员遭大殃；要填家里保险柜，攀个局长免你税；若想花常开，地县乡村一齐拜'，申大哥，我这么改你说的'护商符'，不知变没变味道？"申玉龙喜得两眼放光，连声说："改得好，改得好！《龙江颂》里那句台词咋说来着？噢——巴掌山挡住了我的双眼。还是你站得高哇。那'龙泉县''换老婆'什么的，不过是一只乌鸦，你一改，就成了天下乌鸦一般黑了。"白剑说："我想写篇文章，来个投石问路。题目刚才想了一个，叫《从"护商符"看商品经济》。文章选政论文的气势，杂文的笔法，再把你的那些怕、玉芳姐的冤、申玉豹的飞扬跋扈改头换面穿插进去，弄成一个四不像，投到《柳城日报》试试。捅破了云，才能见着天。要是泥牛入海了，你可别怪我。当记者的，也就这点能耐。官商成一家，恐怕弊大于利，已经有点怨声载道了。这可能要捅了马蜂窝。"

申玉龙大声喊道："老大，老二，你快到镇上买点稿纸和墨水回来。对啦，再买俩两百瓦的灯泡。"白剑拉开公文包的拉链，"你看看，什么都齐备，我用的是圆珠笔。你换上两百瓦的灯泡，明早肯定把我烤成人排了。"

初春的北方，后半夜仍十分寒冷。在没有暖气的房间里写文章，真是件苦差事。申玉龙吃过晚饭，就给白剑的房间生了一盆炭火。白剑写了几百字，感到四肢乏力，昏昏欲睡，站起来又感到两腿发软。大惊之下，忙冲出里屋，到院里吸了一阵凉气，头脑才逐渐清醒起来。申玉龙找了半边营，也没找到一只电炉，只好说："白兄弟，干脆睡了吧。一时大意，差点搭上你的性命。"白剑执意要坐一夜把文章写出来，歇了一会儿又回屋里坐下。最后，申玉龙妻子桂香出去找了三个热水袋，用褥子裹在白剑怀里和腿上，这才安心回楼上睡下。

　　白剑写完这篇两三千字的文章，一看表，已经三点半钟了，脚手麻木，又无睡意，轻手轻脚出了屋在院子里踱步。太白星已落到树杈中了，把东方半个天穹映出一层灰黄，一片片疏疏密密的大小星星悬在辽远的天际，眨出一缕缕绵长的冷光。整个世界都睡死了，静得枯燥，静得让无眠人显得孤寂。白剑转过身子，看见楼门上悬一块银色的钩子，走近两步，那钩子也在后移，这才明白是一弯耗尽了气力的下弦月。蓦地，一声响亮的鸡鸣刺破了静寂，把白剑惊得一抖，第二声却又久久不出。正在感受这春夜的滋味儿，突然间听见了惊慌失措的人声："抓贼呀——抓贼呀——"随即，村子开了锅一般，鸡鸣狗吠人喊，蟋蟀和青蛙也跟着叫喊。白剑拉开院门门栓，申玉龙已从楼梯口闪了过来，一只袄袖还是空的，"哪里喊有贼？哎哟，你还没睡呀。"白剑朝西南方一指，"是不是经常有贼？"申玉龙开了院门，"申家营有两年没遭贼了，玉石车每家都有，也就没人养鸡了。"

　　一个黑影蹿过来，声音走了调儿，"玉龙哥，玉、玉龙哥，韩教师叫人打了，有人来盗尸。"

　　几个人赶到申玉豹家的老宅，韩教师正提着马灯在停放棺材的堂屋查看。白剑关切地问："韩大叔，伤得重吗？"韩教师一提马灯，露出一个大青眼窝，"不碍事的，他挨的更惨些，我那一掏心拳，够他睡半个月的。可惜昨天多喝了二两酒，睡得死，听见动静出来，他已经到了院子，要不然，他能跑得了！"申玉龙叫道："还不快开灯。"韩教师拎马灯进了东里屋，"这人是个行家，早把电线掐了。咦——这柜子门咋会开了？这是个空柜子，他来这里找什么？棺材盖没有打开，有点奇怪。"

　　白剑脑子飞快地旋转着。这屋里一定留有什么罪证，他们是来寻找这些东西。是不是他们知道我来了申家营？不管怎么说，这里的东西不能再丢了，说不定哪件东西将来就是罪证。他说："韩教师一个人，顾不过来，你们应该派人一起守，人手不够，太阳村还有人嘛。"申玉龙蹲在门外，"我可是跟吴六叔拍过胸脯的，竟出了这种事！说好了，太阳村负责上访，申家营负责保护现场……这……今晚轮谁值班？"一个黑影答道："玉全！"韩教师说："昨晚我和玉全喝的酒，他说头疼，我想着没啥事,就让他回去睡了。"申玉龙猛地站起来,"韩大叔,你们喝酒,中间有没有人来过?"韩教师想了想道:"像是有个,有个女的喊过他,玉全应了一声说知道了,我俩又喝了一会儿。"申玉龙一把夺过马灯,气急败坏地道:"你上当了大叔!你中了人家的美人计。走,找玉全去。"

申玉龙一脚踢开申玉全的房门,大叫一声:"玉全,你给我滚出来。"一片窸窣声响过,一个瘦小的男子从门帘里拱了出来。白剑看见申玉龙抬腿一踢,瘦男人飞倒在堂屋的墙角里。"那个臭不要脸的,你给我滚出来!"

申玉全跪在地上挪两步,抱住申玉龙的腿央求着,"玉龙哥,玉龙哥,是我的错,你饶了她吧。"申玉龙一抬脚,又把申玉全踢倒了,"你爹死时,把你托给我,没想到你这么不成器!你想女人,这两年给你提亲你为啥躲着不见?你号称神赌,号称从没失过手,赢了钱你弄这事!什么好东西,国宝一样舍不得丢!"

门帘一闪,一个长着凹兜脸的女子披散着头发,打了一个哈欠,歪头靠在墙上,慢吞吞地从下襟往上系着扣子,两只肥硕的乳房都露了一大半,眯眯眼眨巴眨巴说道:"玉龙哥,你又有学问又有本事,话咋说得这样难听!我不明白,我咋就臭不要脸了?虽说玉全也算我的本家弟弟,可早出了五服,我柵他谈恋爱,《婚姻法》都同意,你比《婚姻法》还大呀?你意思是说玉全赢的钱都给了我是不是?你问问玉全,我和他好这么久,是吃过他一只冰糖疙瘩呀还是穿过他的一针一线?丢不丢下我,玉全说了算,你又不是他爹,管恁宽干啥。"申玉龙和一干男人都被说愣了。等了片刻,后面先传出了女人的声音:"能说这种话,脸跟茅厕上的石板一样又臭又厚。""玉全真是的,瞎了眼竟迷上了这样一个烂货。""一笔写不出两个申,这事传出去,还不顶风臭五十里?申家营出了个姐弟乱伦的事,风光呀!""还不是仗着她有个有钱的哥!有个哥到城里卖去呀。""玉龙,你爹在世时,还定有族规呢!伤风败俗就要跪瓦片,乱伦要填井的。"只见那女子伸手朝鼻子上猛击一拳,就势朝地上一滚,杀猪一般叫将起来:"救命啊——打死人啦——救命啊——打死人啦——"

白剑生怕这女子犯了众怒,真出了大事,向前挤了挤说:"申大哥,可不能冲动。她说在谈恋爱,又和玉全出了五服,可不能动什么族规。

你是不是申玉豹的妹妹？你起来吧，没人动你一指头。"申玉玲从地上爬起来，很夸张地拍打着屁股上的尘土，小眯眯眼在白剑身上瞄来瞄去，厚嘴唇一翕一翕，露出两颗大板牙和两颗虎牙，直勾勾看着白剑说道："哟，这是谁家来的富亲戚呀，洋腔撇得赶上电视台了。人又长得斯斯文文漂漂亮亮，又会这样心疼人。我是申玉豹的妹妹申玉玲。唉，这位大哥，叫你评评这个理，我二十八九的大闺女，早过结婚线了，玉全二十四五的小伙子，要是早婚，娃儿也该上学了，男欢女爱，干柴烈火，滚了一堆儿犯了哪家王法？又是跪瓦片，又是填井的，吓唬谁呀？大哥，这人呢都是笑贫嫉富的，闲言碎语能把人淹死不成？你知道我哥，肯定是哥的朋友。你要不是有的人的姑父舅舅的，空了到我们新家坐坐，就在村头靠公路那边，红砖两层楼。"白剑想起那阴森恐怖的棺材，不禁接口道："你家又盖了新房？"申玉玲扑哧一声笑了出来，"对呀！有的人呢，扒一辈子坷垃头儿，起不了一间房；有的人呢，房子当浮财分给了穷人，心里有恨。这不，气儿都朝俺家撒了。老宅如今我嫂子当了阴宅，不盖不行啊。不过，我倒愿意住新房，堂屋放个棺材多霉呀，好在那房原本就不是我家的，霉也霉不住咱不是。我娘看得开，尿罐子屎盆子尽管倒，倒得越多俺越发粗越发壮。还有事吗？没事我回家歇了。"说着，一个哈欠喷将出来，两手扯着衣领伸懒腰，拽出一抹白花花的酥胸。

"申玉玲！"一直黑着脸站着的申玉龙喊了一声，"你爹还在戳牛屁股，该知道出水才见两腿泥！赵河水你也喝了几十年，总该明白三十年河东三十年河西。你夹枪弄棒刺刮人也好，你仗势欺人不怕犯众怒也罢，今天算是白记者救你一回。我呢，把话拿到天窗外面说，从今以后，你和玉全的事我申玉龙肯定不过问一个字儿。你嫂子的冤昭不了，苍天总会下六月雪，人常说不是不报是时候未到，你一个姑娘家，也别把路都堵死了，说不定你也有求申家营老少爷们儿的时候。我只问你一件事，希望你摸着心口说。"申玉玲鼻子哼哼，"这话中听。我嫂子有弥天大冤，六月雪也冻不到我头上。姑嫂骂架厮打，惊动不了天条，冤有头债有主，栽不到……你，你，你问吧。"

白剑敏感地捕捉到了申玉玲的失言，这一点确凿无疑：申玉玲是吴玉芳一案的知情者。白剑禁不住诱惑，问道："你嫂子死前是不是和你打过架？"申玉玲神色大变，支吾着："没有，没有。架，架打过的，我俩不和，常斗嘴，她脾气不好，我这手也狂贱，我总是打不过她。玉龙哥，你问啥事快问吧。"申玉龙说："你哥和他手下的人最近几天回来过没有？"申玉玲果真手按在胸口上，答道："没有回来。我哥其实心里有我嫂子，嫂子死了，他很伤心，还说过这是我和娘气的。房子盖起后，他送过一回钱就再也没回过申家营，年下他也没蹦回个脚尖儿，说是在城里买了个院子，姘了个歌女过哩。我哥是个死心眼，他恨我和娘。去年秋里县里卖户口，他花几万块把几个姘头送去当了城里人，我连知都不知道。我知道他恨死了我，恨死了我……我说这些干吗？俺要回去了。"说着，抹着眼泪挤出人群。

申玉龙拍拍申玉全的头，"你起来吧。看来这不是个调虎离山美人计。真是这样，你娃子一辈子能安宁？白兄弟，申玉豹怕太阳村的人砸他的黑砖，一回来总是前呼后拥一大群，怕是另有原因。"白剑问道："申玉豹的驼毛加工厂是不是在镇子上？"申玉龙道："是的。你想看看？"白剑点点头。人群里，突然传出一声男人的号啕——申玉全知道有人盗尸，禁不住哭将起来。

第二天上午，吴天六、吴玉林、张雪梅来到了太阳村。故人相见，免不了一场欢喜一场悲，一叙就是大半天。

旧事一翻过去，就是棘手的现实。张雪梅刚说一句："大哥，玉芳姐的事就全靠你了，"就捂着脸呜咽起来。白剑不敢把包子皮撑得太大，怕将来包不住漏了无法收拾，只是说："你放心，我一定尽力帮助你们。我一个记者，力量也有限，咱们还是齐心协力让法律部门重新立案。听说你们的状了递不进去，是不是没找对地方？我可以帮你们。"话音还在绕梁，吴玉林恶声恶气地说道："用不着劳你大驾，中南海的门也朝百姓开着，只怕是进去了你也摸不清那些曲曲弯弯吧。"白剑哪里辨不出这话里的火药味儿，可又弄不清为什么事竟把这一方炸药给点着了。细想呢，前些日子他们在医院弄神弄鬼，用心良苦，自己认出了他们，却又没去相认，此举实在有忘本之嫌。太阳村人忠厚而又多礼，该不会是为这事怪罪的吧？想到这里，白剑解释说："那日在医院，见你们做得天衣无缝，就没认你们。我这次还有更重要的事情，暴露了我们的关系，只怕有害无益。现在好了，事情有了眉目，就可以一步一步办。"接着，屋里就响个冷笑，"你是大忙人，今天认我们，前生已经多烧了三炷香。好些人，人一阔，脸就变，变了谁也没法。当年你们知青点的四眼，为了一个招工指标，在六叔面前把头都磕烂了，如今当了审判员，递个烟给他，眼睁睁看着滚在楼板上，手伸也不伸一下，再后来，门也不让进了。你还能答应帮我们找北京的大衙门，也算当年我们没瞎眼吧。"白剑终于挂不住那张平静的脸了。张雪梅气冲冲站起来说："玉林哥，你说的什么鬼话！白大哥不是答应了吗？你还要什么？他是总书记还是公安部长？你这种整法，你再断九个指头，玉芳姐仍是个孤鬼冤魂，人都叫你得罪完了。"吴玉林依然冷笑着，"你的白大哥的信用很好。你说了多少年的信，也没见收到一封呀！那一日在医院，你看见他成了大记者，喜得忘了形，好像他动个小拇指，这冤案就翻定了。结果呢？咱要一步一步走，咱们要依靠政府、依靠法律部门，这种官腔谁不会打！雪梅，谁也靠不住！"张雪梅憋得满脸绯红，起身出了屋，扔了几句话在门口上，"吴玉林，你那心胸放不下一根针！玉芳不是我姐，你又会怎么办？你要是真以为你帮我们家打赢了这场官司，我就会嫁给你，劝你尽早死了这条心。"屋里的气氛更加尴尬了。

　　白剑隐约觉出吴玉林的气有些根据，主动换了一个话题，"吴六叔，有人夜里来盗东西，证明他们心虚了。申家营这边，你们也要常来看看，就是墙上一个斑点，也不要让人毁了，说不定就是血迹。雪梅刚才说的一件事可能是玉芳死的关键。玉芳为什么要说：'要是肚里没这个孽种，我就把他的老底揭出来，让他发个鬼财'？是不是玉芳知道了申玉豹的什么秘密，他才下决心杀人灭口呢？当然，这只能是一种推测。我准备到申玉豹的驼毛加工厂看看，或许能找到一些证据。"

　　下午，白剑去了石佛寺街。申玉豹的工厂空空荡荡，只剩下几个守房子的人。看大门的老者说："放长假了，工人们都回家候通知。说是原料买不来，驼毛和羽毛缺了。可不是嘛，那骆驼毛和鸭毛鹅毛都不像羊毛，可以一茬一茬剪。"

　　白剑的心又灰了一层，查这两个案子，前景都不会太妙。

# 第十章

庞秋雁万万想不到在处理他俩关系上一向谨小慎微的刘清松会大摇大摆、旁若无人地走进她的办公室。"我找庞副县长单独谈点工作。"声音很大,显然是说给全楼层的县长副县长、几个委的主任副主任和几十个办事员听的。那意思很明白:在我这个县委第一书记没走出这间办公室之前,你们谁都别走进这间办公室找不自在。其实,这个意思这层楼上每个人心里都明白,也不会有一个人故意在这个时候闯进去,哪怕手上正有一封插着三根鸡毛十万火急的信等着庞副县长签发。刘清松只是把门虚掩上,而不是把它锁死。这个细节又给庞秋雁留下无限的悬念,一颗心莫名其妙地激动起来,隐隐地生出一种心理期待,具体期待点什么,又不怎么清晰,反正这个男人的反常总会带来意想不到的惊喜。庞秋雁细心地发现这个男人脸上泛着难得一见的潮红,那潮红差一点掩盖了刚刚刮过脸才会有的铁青色。这张脸是为自己刮的。这个判断一生出来,心理期待很快转化为一种生理的企盼,变成一种指向明白无误的生理冲动。这种触电般的冲动,引得体温迅速升高,庞秋雁立刻感到双颊热辣辣的。来龙泉后,男女欢合的牙祭也不常打了。庞秋雁想起春节那个蜜周和刘清松待在一起的那些美妙瞬间、销魂时分,心里深处又滋生出一片幽幽的怨、淡淡的惆怅、轻轻的恨、浓浓的甜蜜和丝丝缕缕的期待。这轻轻的恨呢,就长在刘清松的一个决定中,他俩本可以在柳城刘清松一位出国的朋友家里待到初六,刘清松却执意初五回龙泉筹备那个现场会,这恨的轻是因为决定的残酷程度的低,它不过剥夺了一个夜晚的欢愉。庞秋雁还想起了那句"小别胜新婚"的流行语。再要回味刘清松讲的那个高低压测试法,已经来不及了。其实,庞秋雁这些心理和生理的活动和变化，都发生在刘清松说完那句话，从门口走到她跟前的那一刹那之间。

刘清松的下一个举动更是让庞秋雁面壁十年、呕血十石也想象不出。刘清松扳起庞秋雁的脸，毫不犹豫地吻了起来，庞秋雁惊得从坐椅上站立起来。不敢回吻，盯在那扇虚掩的门上的独眼，恐惧得像是看见一只扑面而来的凶猛的动物。她把刘清松推开，压低嗓子说："天呢！你真是疯了，还是昏了？"刘清松笑道："我说过要慰劳慰劳你这位有功之臣嘛，大小是个七品县太爷，不能说一言九鼎，也应该掷地有声。"庞秋雁朝桌子对面的椅子努努嘴。刘清松拉住庞秋雁的胳膊，耳语一句："你是不是怕我强奸了你！"庞秋雁顺势拉住刘清松，绕过宽大的办公桌，把这头发了情的公牛按在椅子上，自己再走过去坐下，用手按了按胸部，吐出一口长气。

刘清松顺口念了一句戏文，"你呀你，苗而不秀，原是支银样镴枪头。我的省委党校哲学班的高材生，辩证法念了几年，却没吃透它的精髓，这叫作越危险的地方越安全。"

庞秋雁情潮未退，思绪飞扬，一不留神就捉回了刚才溜走的高低压检验法。春节回柳城，庞秋雁骗过丈夫、孩子去找刘清松打牙祭，急火烧、文火煨，火候到了，却不让刘清松上桌动筷子，脸一变成了审判官："年底你为什么对一个破县级的春节晚会那么感兴趣？据我所知，你光排练场就去了六回。那个跳《达坂城的姑娘》的幼儿园女教师还专门向你请教把落地长裙踢多高合适，演出那天，你和她握手握了三十一秒八。先坦白再说咱这台戏。"刘清松心里很受用，一个女人若是心里没被这男人盛满，眼不会这般细记忆也不会有这般惊人，一个起码也要日理几十上百机的女副县长，能这般半痴半疯半含酸地闹，那更是铁打的爱情了，可嘴还是要斗，"应该是六回半，那半回只看了幼儿园孩子跳的《黑猫警长捉老鼠王》，还和女教练员说了三句半话，内容保密。"背上挨了一拳，又夸张地小叫着："谋杀——未来亲夫了。你这么机灵的女人，就想不出办法验验？"庞秋雁说道："心里的账，除非动刀割开，谁能看那么清楚，我想不出用什么法子去验你的忠诚。"刘清松说："低压高压检验法，试久别的男人女人，一试一个准。"庞秋雁来了兴趣，"咋个试法？"刘清松说："水箱满了，压力大，一碰就喷出来，像个闪电，若是没有这高压，水定是被别人用了。日子隔好久，打个闪电怎行？接着，你又要下连阴雨，地太渴了，一场雷阵雨可解不了渴。刚放过水，不打个半个时辰气，压不出来剩下的半箱子。女人若是要了高压不要低压，准是喝了别人的水。"

庞秋雁脑子里闪过那天的对话和对话后的绝顶风光，忍不住吃吃笑出来，"你猜猜我刚才在想啥？还是我说吧，要是今天条件好，你的高压能电死我，我的低压能累死你。不过，我对你今天的表现已经十二万分满意，这才像个男人。"

刘清松摇摇头道："难怪孔老夫子感叹惟女子与小人难养！你看你的心，五分钟就来个十八变。好啦好啦，咱闹也闹够了，也该说点正经事。"庞秋雁拉下脸道："这话可不中听。谈这些就不是正经事？不是为了你，我才不稀罕提一职来龙泉这个鬼地方。都是党的人，在哪里都是为人民服务。"刘清松忙换着方向顺着毛儿捋，"你作出的牺牲我明白，一笔一画在心窝里刻着呢，到时候连本带利一起还。这次你广州打赢一个大战役，战略形势大为改观。你听没听见上上下下给你立的口碑，棒极了，说你有穆桂英的帅才，说你有诸葛亮的智慧，总而言之，你这一脚一踢出去，就在龙泉站住了。站住了，什么都好办了。你一站住，我就有伯乐荐马之功，一切闲言碎语扫之一空。下一步呢，就是扩大阵地。"庞秋雁得意地冷笑着，"就龙泉这些土包子，我还真没把他们放在眼里！硬邦邦的成绩摆在那儿，哪个猫儿狗儿敢吱声！咱一不贪污，二不腐败。我这关系可是既严肃又认真的，是往婚姻的城堡奔的，和那些喝蓝带（代）酒听古代戏抱隔代人的三代领导风马牛不相及。谁要说咱们这也叫腐败，我和他拼命。再干几件漂亮事，咱们龙泉之行就算功德圆满。"

刘清松像是怕扫了庞秋雁的兴，把极其严肃的提醒用油腔滑调包装了讲出来，"我说同志姐儿，万里长征刚刚走完了第一步，以后的路更漫长、更伟大、更艰巨。主要岗位的人事任免，没有决定权，一切都等于零。要改变这一点，难乎其难。去年十二月，我就提出把人事局的小李提到组织部副部长的岗位上，开了六次会讨论，就是形不成决议，在常委会里，我基本上还是个孤家寡人。"庞秋雁接道："朱新泉不是多次向你我以示友好吗？再说，不深介人事，不是你的既定方针吗？"刘清松脑袋微微动动，像是点头又像摇头，"秘书出身的人，城府都深。在政治风云的中心待久了，哪里会轻抛一片心？我想，只能走农村包围城市的老路。你要回的两百多万,眼红的太多,上午开会我拍了板:只能用在石墨矿和麦饭石矿上。这两天我准备上山,待上半个月,回来后成立龙泉矿业开发有限公司,不仅仅限于卖原料,慢慢向加工过渡,再带上几个附带的厂。譬如说,办一个麦饭石矿泉水厂利润就不会小。石墨矿的金贝子,是个有头脑的人,下一步我准备让他出任公司的总经理。干这件事,估计阻力不会太大。前几天,白剑的文章也发出来了,地委对龙泉搞实业很支持,抓紧了,估计能抱个金娃娃。嗨,要是在别的县,这事办起来事半功倍,龙泉怕要事倍功半了。"

庞秋雁深情地说道:"你的战略眼光,我从不怀疑,我反正吊在你这棵歪脖子树上了。我搞政治,是枣核核解板子,不是大材料,只希望将来能夫贵妻荣。你不要把龙泉看得水太深了。唉,那个姓白的记者不是想摸摸老虎屁股吗?咱给他指个穴位,让他用银针扎去,扎住死穴呢,皆大欢喜,扎醒了老虎,隔咱还远着呢。你别用这种眼光看我,不是我说你,你是阳谋有余而阴谋不足。你那么推崇《资治通鉴》,不要专挑精粮吃。"刘清松投过去感激的一瞥,"道理我都懂,政治该有政治的评判标准,袁世凯能窃国,也是大英雄。可是,操作起来难呢!在龙泉,不能和李金堂正面冲突,两败俱伤就算败。李金堂是把龙泉当自己的王国治理享受的,将来就是退了,基础还在。我们耗不起,一耗耗个三五年,年龄没优势,回到柳城,一个正县级算个什么?那个白记者,能折腾个啥响动?他是想走立言不朽的路,这谈何容易!鲁迅有篇短文《立论》你还记得吧?那个说孩子将来要死的,挨了一顿饱打。白剑想翻旧账,无非也是用的借古讽今的法子,赶个时候扬扬名。御史这种人,国体缺不得,可上下心里都不喜欢。白剑弄臭一个县,就是弄臭一个地区,又能弄出多少新鲜思想?李金堂这些年经营龙泉,很有功劳。所以,白剑要翻旧账,我也不拦也不主动贴上去,最好还是看一看,等一等再作决定。好在白剑是北京的记者,要不然我就会敲他的破锣了。唉——搞咱们这一行,能有个地方吐吐真心话,真是件幸福的事。"庞秋雁道,"原来你对什么都胸有成竹了。我也不主张你跟李金堂发生大冲突,咱跟他一个卖萝卜一个卖白菜。不过,我感觉到我们和他总有一天要势同水火。我倒是一点都不怵他,甚至还希望跟他较量较量。我也说句心里话,要是白剑或者什么人把他朝井里推,我会捡好一块大石头等着投。不为别的,他太霸道了,一辆皇冠,当然应该给你坐,这是身份和名分的大是大非问题。李金堂一个副职，在县里不过是个如夫人，黑了天多享用几天老爷就可以了，吃酒席也要坐正位，这就乱了章法了。"说得两人都笑了起来。

刘清松说："我不在乎这种形式。"

庞秋雁愤愤地说："你不在乎我在乎！他这是朝你脸上撒尿，找机会我一定把他尿回来。"

李金堂很快送给庞秋雁一个尿回来的机会。

多年来，龙泉官场上的老人积累了一种经验：李金堂犯了老毛病一住院，接着就会有一场政治风暴。李金堂的老毛病有点古怪，犯病时胸部和两个小腿肚的肌肉兀自跳个不停，严重时两条腿走路直打飘，上衣里像是揣了几只小兔子。又因脉象正常、饭量如旧、头脑仍然清晰，中西医借助各种手段诊治，最终都无法确诊为何种病，提出的治疗意见都是观察静养。关于这个病，民间形成两种传说。一说，李金堂此病首发于大洪水中，是因那次洪水死人太多，忧心操劳过度所致，以后犯病，皆是龙泉历史发展的关口，此病可视作龙泉朝野大动荡的晴雨表；一说，李金堂每次发完病，接着就有龙泉党政要员丢乌纱帽，李金堂是天煞星转世，命的硬度无人可比，胸部肌肉狂跳，是已经动心杀人的先兆，从土改到"文化大革命"，都有人直接间接死于他手，复出后遇上大洪水，杀心收敛，杀气无处排泄，自己难免也要承受一些痛苦。

刘清松带工作组上山整顿石墨矿和麦饭石矿的当天，李金堂住进了县医院高干病房。两天里，前往医院探视病情的官员、百姓上千人次。李金堂在家里从不受礼，却不拒绝别人到医院带一些礼物探视。李金堂认为，但凡人住进了医院，就是到鬼门关挂了一个号，此时才见人的真情。第三天下午，李金堂认为病已好了，决定出院回家休养。

照例，决定出院后，谢绝探视，行前，李金堂躺在病床上听妻子春英、公务员小常、司机小金念一遍所收钱物清单。傍黑时，小常拿起整理了三个多小时的单子念道："雀巢奶粉一百八十三袋，咖啡九十八听，太阳神口服液、田七口服液、复方阿胶浆等十四种滋补液八百七十六盒，冰糖燕窝二十八盒，健力宝等八种饮料六十二箱，东北参和西洋参十六盒零二十一枝，雪莲一枝，505神功元气袋二十七个，狗皮褥子一张。"李金堂挥了一下手，"慢着！狗皮褥子是不是山脚下胡杨村的老猎户张拐子送的？他现在全家承包了几十亩山地，好像种的是广洋大枣。"公务员小常惊奇道："李书记真神了，你又没看见人，就猜出了！那张拐子做好这张狗皮褥子已有三年了，他说一直等李书记有病，这话可说得不中听。"李金堂笑道："张拐子算是一个有心人，竟知道我家的规矩。只是下胡杨离县城四十多里，他怎会知道我病了呢？"春英说："人家要送这一张狗皮褥子，可费事了。为这事，他让小妞儿在县城当了三年保姆，给钱多少不论，只要在咱住的那条街上就中。"李金堂怅然叹道："我李金堂有何德行，难为他如此牵挂。那一年他们村里见他大枣丰收，红了眼，要撕毁合同，还唆使人砍了十来棵枣树，我算给他做了一回主。农民胆子最大，活不下去就反；农民胆子又最小，能吃饱啥气都能忍。中央连续七八年的一号文件都讲农民问题，道理就在这里。好啦，继续念。"

公务员小常翻了一页念道："老母鸡十八只，鸽子十六只，白糖一千四百袋，葡萄糖七十四袋，鸡蛋最少有一千斤吧。"李金堂坐了起来，连声说："好，好。三年前我住院，鸡蛋只收了六七百斤，白糖八百多袋，老母鸡只有四只，证明三年来农民的生活水平提高了一倍多。这几年我下去的机会少，没认下几个农民新朋友。送我的礼物翻了番，证明他们的收入也翻了番。好了，我把这些东西安置一下。"小金急忙说："还有钱呢！"李金堂瞪了妻子一眼，"谁让你收钱的？"春英委屈道："不收行吗？人家都风风火火跑来，说要急着上班，又不知买什么合你的胃口，放了百儿八十在这里，调头就走。"李金堂低下眼皮说："你们记账没有？"春英说道："除了有几十个乡里来的，贵贱不说姓名，别的问急了都说了，小常记着细账呢。"李金堂拿着礼单看了一会儿，忍不住嘲笑起来，"这个金灿兰是谁，家里是不是开着印钞厂？我小病一场，就送来三千，真大方呀。"眼风一抢，盯住司机小金说："你应该知道这个金灿兰为什么要送这三千元吧？要不然你春英姨吃了豹子胆也不敢收。"小金像一个做了错事的小学生，低头说道："我错了。金灿兰是我堂姐，师范毕业后分到五垛山乡教小学，孩子三岁了，无法上幼儿园，跟着她听二年级的课。姐夫在城里计生委工作，人老实得三脚踢不出一个屁。没有办法，求到我了，平日里又不敢对你说。"李金堂暂时没有表态，"这个武克文又有什么事要办呢？小常。"公务员小常说道："李书记，这个武克文是我初中的同学，在太山庙下街开一家饭店，生意挺红火的。他早想找个机会孝敬孝敬你,可全龙泉人哪个不知李书记你的规矩,机会就找不来。他听我说你只有在住院时才收点人情,就送来了这点钱。""没有别的了?""没有别的了。"李金堂伸出指头点了一下小常的脑门,"那我就把这五千元交到常委会上,就说有个饭店老板没有任何目的,只是表示一点心情,一出手就是五千,请税务局去查查他的账目,你看怎么样?"小常急了,"李书记,我可是吹过牛的,保证不惊动你李书记就能把他的事摆平了。其实,说不惊动你也是假的。我说只要李书记连续三个星期天到他那个饭店吃顿饭,小金把你的皇冠朝饭店旁那家酱油厂门口一停,武克义就能把饭店右边属于酱油厂的四十多平米闲地低价买过来。"

李金堂心情大好,"这几顿饭我吃,咱可说好了,我一点也不过问这件事,只去吃这几顿饭。这五千块钱嘛,不退了,交到县委办公室,算你给办公室拉的赞助。要是我吃饭吃出一个奇迹,你们办公室陈主任一高兴,说不定提你当个接待科科长。"小常差一点高兴得跳起来。李金堂脸一拉,"要是过了夏天,武克文还没扩建饭店,我就派你到五垛山小学当公务员。小金,你堂姐的三千元肯定是借来的,你还给她,就说她的事我知道了,她已经在山区作了几年贡献,应该照顾到她的具体困难。狗皮褥子我收了,老母鸡留两只,咖啡留四听,雀巢奶粉留两袋,雪莲留下,把鸽子全放了。小金,饮料带四箱给小车班,再给你爷带人参十枝、西洋参四盒、奶粉、营养液各带四包四盒。小常,你妈有血亏症,你带人参十枝,阿胶浆十盒,剩下的鸡也送给她吃了吧。剩下的东西,人参和各种营养液送到老干办,鸡蛋、奶粉什么的,一半留给医院处理,一半送给县直幼儿园。这些东西,大都是孩子的父母送的,转送给孩子们吃,也算物归原主。"

当天晚上,县里实力派人物紧接着在李金堂的小院里陆续登台了。李金堂出院,必有大动作,谁都不敢忘记这一点。这一回,县里看上去风平浪静,无法判断出李金堂拿谁开刀,因此,来请示汇报工作的就特别的多,目的是探口风。李金堂多半只做个听众,不露口风,更加重了一种神秘威严。

这一次,李金堂只是在等一个人。他一到家就给政府那边举足轻重的县长王宝林去了电话,要求王宝林下一段配合做件事,让王宝林通知连城锁在定好的时间去见他。

外贸局长连城锁进了屋，李金堂对春英说："你把院门插上吧，再来人你就说我已经睡了。"

连城锁一看这种独对的场面，多少有点受宠若惊了。十几年来，他好不容易挤到这个龙泉的政治核心的小圈子里，可是并没做出什么骄人的成绩，心里总是不踏实。连城锁对独对的奥妙尚领悟不深，加了个开场白，"李书记，这几天我在忙一件事，没去医院看你。"李金堂轻轻摆了一下手，"你干的是正经事，我都知道了，你和我也用不着客套。庞副县长要回的四辆车，你准备怎么处理？"连城锁直截了当说："你那辆车该换了，这两天我已经给这四辆车上了户口。县委配的皇冠让给他刘清松，你坐外贸局给你的白林肯，谁也说不出什么。"

李金堂不置可否，换了一个话题，"最近你对刘书记的行动有什么高见？说出来我听听。"连城锁说道："刘书记和庞副县长最近接触频繁，前两天，刘书记去了庞副县长的办公室，锁着门谈了好久。刘书记死了老婆，听说庞副县长也要闹离婚。将来这龙泉，不成了他俩的夫妻店了？"李金堂用十分不满的口气说道："什么锁了门！胡扯淡，门是掩着的，掩着和锁着能一样吗？天又冷，办公室里又没暖气，开着门说话喝过堂风呀！你们呢，都什么年代了，脑子里尽转这些下三滥的办法。这个庞秋雁，我倒是小看了她！我和王县长商量让她去要账，本想给她出个难题，杀杀她在柳城攒下的傲气，没想她去一个星期，竟把钱和车都要来了。你不要小看了这件事！它只能说明龙泉的干部，也包括你的无能！"李金堂像一头狮子一样站起来，在屋里来回走着，走了好几个来回，停下来自言自语说："清松后生可畏呀！头脑清楚，目标明确，还知道避敌锋芒，不简单，不简单，招招都是要害。有了庞秋雁要来的这笔钱，他就能进入一个良性循环。如今这县城，弄得不知他王宝林，只知个庞秋雁。你是不是有责任呢？前前后后去广州要了五次账，每次你都去了，虽然不全是你的责任，可你总是没把事情办成！明年县长该换届了，这样下去，庞秋雁必将取而代之，这事宝林看得也清楚。庞秋雁当了县长，就是当然县常委，党政一体了，这个家当然要出人家来当啰。亏你还能想出个夫妻店，证明你还没睡着。你有什么高招，请亮亮吧。"

连城锁听得一身冷汗，吞吐着，"我，我听你的。"

李金堂笑道："我能有什么高招！谁厉害谁说了算，谁打的天下谁坐。庞副县长不是只有一辆破吉普吗？她要来的林肯，当然归她坐。"连城锁吃惊地看着李金堂，"这怎么行！这车可不能乱坐，群众经常根据车来看人哩。你坐着皇冠，我们心里就踏实些。她庞秋雁坐了林肯，不是把你给比下去了吗？"李金堂拍拍连城锁的肩膀，坐下说道："我等你来，就是想先做通你的工作。这车嘛，按规矩省委书记也不能坐林肯。可是中国有中国的国情，处长坐奔驰、部长坐皇冠的多得是，这辆林肯一定要庞副县长坐。当然，要是把这辆价值八十万的白林肯配给庞秋雁，谁也不敢做这个主。可是，在刘清松回县以前，一定要庞秋雁坐上这辆林肯，道理你慢慢会明白的。这件事只有你办才合适，因为这几辆车现在归你外贸局所有，等刘清松把矿业有限公司成立起来，你就管不了啦。不是还有两辆桑塔纳和一辆伏尔加吗？这样处理，两辆桑塔纳，一辆给人大石主任，一辆给政协张主席，伏尔加归你自己。这件事只能由你一个人办，我只能让王县长做点工作。"连城锁恍然大悟，"我明白了，我明白了。庞秋雁要回二百多万，四辆车，要是还坐她的破吉普，我们就没招了。她一坐上白林肯，这四百万块钱和车好像就变成她自己的东西了。妙！妙！"李金堂说："三天，你能不能把车送到她手里？"连城锁道："没问题，牌照已经安好了。记得在广州看车时，庞副县长就十分喜欢这辆林肯，还打开车门坐了坐。噢，对啦，前两天的一个下午，她还打电话问过这辆车呢，我想着她肚里没有这么多曲里拐弯。"

李金堂又站起来说："城锁，这件事对你有风险。我把丑话先说了，一旦出了什么麻烦，还得委屈一下你。譬如刘清松回来追查这件事，你要背这口黑锅。当然，你肯定会说这车是庞秋雁自己要的，最坏也是个两败俱伤。石主任、张主席，还有我，都是龙泉老人，将来会给你补偿，这一点我就不多说了。"连城锁知道必须这么做，也就横下一条心说："我怕他个尿，四辆车送了三大家的领导，又不是我连城锁当果子吃了！我留一辆伏尔加，又是工作需要，大不了把我免职。"李金堂拍拍巴掌，"好，我要的就是你这句话！就是真把你免了职，我还会把你扶上来。喝几杯怎么样？春英，炒几个菜！"

庞秋雁早就在打这辆林肯的主意了。这四辆车开回龙泉后，庞秋雁曾想过煽动刘清松要这辆白林肯。又一想，刘清松去年没接皇冠，要了林肯，不是显得前恭后倨吗？可是，龙泉这样没规矩，不定哪天李金堂坐上林肯，谁又能奈何了他！真要出现这种情况，而李金堂又把皇冠让给刘清松，庞秋雁真的觉得无脸见人了。叫人家接连强奸了两回嘛！自己开口要这辆车，似乎也有点不妥。所以，她对连城锁的到来，隐隐地生出一些对林肯的企盼。

连城锁很像一个下级，规规矩矩坐在庞秋雁的对面，有些结巴、有些憨态地说："庞县长，我来请示一件事。就是怎么处理那几辆车。"一听到那个车字，庞秋雁像吃了一支兴奋剂，腰板下意识地挺直了，装作漫不经心地问道："什么车？你想怎么处理？"连城锁已作了充分准备，滔滔不绝起来，"就是你要回来的那几辆车。这回跟你到广州，算是开了眼界了，对你也特别服，口服心也服。如果没有你，这几百万一分也要不回来，你对外贸可算是有救命之恩。如今还有要债公司，要回一块，自己留两毛，要是这样算，这四百万该提给你八十万。当然，这是说笑了。我只是想，要是你把县太爷当腻了，成立一家要债公司，肯定能成百万富翁。"庞秋雁很受用，嘴里却说："这是大家的功劳，我要是真办了讨债公司，办公室主任肯定留给你。你别说那么多了，你想怎么处理这几辆车？"

连城锁说："你坐那辆破吉普，太失身份了。这几辆车闲着也是闲着，我想用白林肯换了你这辆吉普。"庞秋雁抑制住内心的激动，说道："这不合适吧？刘书记坐桑塔纳，李副书记坐皇冠，王县长坐伏尔加，我坐个林肯，真不合适。"连城锁说："有啥不合适！车是你要回来的，你不坐谁坐？咱龙泉就兴这个，贡献和待遇挂钩。再说呢，这白林肯又恁秀气，县领导就你一个女的，你不坐，谁坐了也觉得别扭。剩下的三辆车，两辆桑塔纳已经送给人大和政协了，伏尔加归我。你要是不接，我也坐不成伏尔加。"庞秋雁打趣说："原来你存的是私心呀！要了你这辆车，我可不敢，要是……"连城锁紧接道："要是庞县长确实为难，对外就说借外贸局的。"庞秋雁笑了，"这样的话，倒是可以考虑。你知道，我那辆车总是抛锚，很耽误事的。"连城锁连连点头，"就是就是。司机我都给你安排了，就用我的司机小牛，这家伙机灵，技术又好。他给你开车，更像是你借我们的车了。等个半年，没什么事，你把他调过来就是。"

庞秋雁十分舒心地笑了，没想到这么快就能替刘清松出这口恶气，很亲切地说:"老连,谢谢你了。我的司机给我开了几个月老爷车,技术也不错,人也老实,又熟了,让他开也是一样。我不能把你的所爱都夺过来吧?老连,要是有人嚼舌头,我可说是借的哟。"

半个小时后,县长王宝林突然有兴致到了庞秋雁办公室聊天。没聊几句,竟聊到车上了。庞秋雁多个心眼,问道:"老王,要是我坐的车突然变得比你的好了,你会怎么想?"王宝林笑着说:"我绝对不忌妒。龙泉坐车,是八仙过海各显其能。前几天我见申玉豹,他也准备买皇冠哩。你要换什么车?"庞秋雁说:"眼下还不知道,有个单位说是送辆车给政府,指名要换我的吉普,怕你们这儿的规矩多,还没答应。"王宝林给庞秋雁又吃了一颗定心丸,"龙泉一个财政穷县,搞论资排辈,要挫伤积极性。所以,就实行多劳多得。李书记那辆皇冠,是柳城他的一个老部下给他的,前任任书记和现在的刘书记都没说什么。"庞秋雁追问道:"不是说为这事还开过常委会吗?"王宝林答道:"那是李书记的好意,把车算成县委的车,又怕引起误解,就开了会。"

庞秋雁心安理得了。

李金堂看见庞秋雁坐着林肯车出现在县委大院,心里深层还是生出一股辨不出方位的钝疼。他站在一簇枣红色金丝绒窗帘旁,目光穿过玻璃,从几根轻动着的刚刚绽出串串芽儿的柳条上滑过去,落在那辆白得耀眼的车上。庞秋雁很缓慢地钻出白色林肯,又在车旁伫立良久。李金堂马上就想起了欧阳洪梅,立即作出了比较:欧阳和这样一辆车更般配。

配备女副县长的摸底工作铺开后,李金堂曾想到过推荐欧阳洪梅。毫无疑问,欧阳肯定会是一个称职的副县长。如果欧阳也来到最前台,那会是一片怎样的风景呵!他半开玩笑地对欧阳洪梅说:"如果给你个副县长干,你会不会放弃你的舞台?"欧阳洪梅也没当真,"太小了太小了,给我一个副省长,我倒真有可能带艺从政。""官要一级一级做。""我是一个等不得的人。"李金堂最终没有亮出底牌。没过多久,庞秋雁经地委书记举荐,来到龙泉。此时,李金堂品味着浓浓的悔恨。这种悔恨产生于他对这个女人深深的歉疚,自己的苍老终究不可避免,可她还很年轻呵!戏唱到这一步,也算登峰造极了,她把后半生用在重复的带徒弟的劳作中,难道不是一种浪费?很快地,这种对欧阳洪梅的歉疚,转化成了对庞秋雁的仇视。如果把这个女人挤出龙泉,不是还可以动员欧阳出来做事吗？李金堂眼下做事的目的更明确了。

这辆名车已经在庞秋雁胯下了。刘清松回来会不会睁只眼闭只眼呢？不是没这种可能。要是这样，这辆白林肯无非只能抵消一些庞秋雁蒸蒸日上的声誉。大不了舆论会说庞秋雁不像出生婴儿一样纯洁，为龙泉出力还照顾了自己的私欲，不廉洁，有那么一点贪。这种舆论顶多只能搔搔庞秋雁的痒，或许她要的正是这种效果，人们会从她这种无遮无拦的占有中感受到她当仁不让的魄力，生出对权威的那种敬畏。李金堂感到了这辆车的烫手。

文章还得靠人去做！文章能显得精彩、显得跌宕，需要写得一波三折，这一波三折的效果需要必然和偶然的力量。这种力量需要谋略、需要通俗说法里的阳谋阴谋、需要机会！这种机会需要千锤百炼而获得的火眼金睛才能看得见。李金堂开始睁开了他的第三只眼。

他拿起电话要通了地委纪律检查委员会，询问中央对超标准用进口高级轿车有没有什么新规定。那边当年当过他的秘书如今已升任科长的忘年交回答道："这个问题中央重申多次，进口风仍愈演愈烈，不能控制。你们要买车，最好迟几个月，每年第一季度照例都紧一阵，没必要赶在风头上。碰到枪口上，吃不了兜着走。上面正强调四菜一汤了，老领导让胃歇上个把月吧。我正起草一个包括举报查处的文件，过两天下发。"李金堂感谢几句，没作详细解释，把电话压了。把庞秋雁送到枪口上，谈何容易！李金堂又不愿采用连城锁把事办妥后献上的苦肉计。连城锁为了表达自己赴汤蹈火的赤胆忠心，自告奋勇献了一计：组织一批匿名信揭发庞秋雁和连城锁借要债之便大搞以权谋私。李金堂评价三个字："没出息！"如果这种暗箭冷枪能一击中的，李金堂那高贵而博大的心胸完全可以盛得下这种古色古香、有着鲜明民族特色的战法。问题是女皇武则天早死了，这种由她充当始作俑者的政治格斗术留下了一座座冤狱、一排排墓碑、一堆堆白骨，早把人们吓怕了，这批匿名信要不了多久就会批转到龙泉，最令人振奋的结局，可能是把庞秋雁的林肯换成一辆桑塔纳或者伏尔加。李金堂既然已经起了心，没八成把握把对手置于死地，绝不会贸然出手。可以说，三十几年来，他在龙泉的政治地位固若金汤，得力于他不出手则已一出手必获全胜的风格。机会要靠人去创造，一个成熟的政治家绝对不会只去撞大运。

十一点多钟，李金堂给自己的老领导、行署专员秦江挂了一个电话。秦江属于年龄过线却仍在岗的人，仕途早到了穷途末路，心境恰似黄叶纷飞的暮秋，很有那么一点怀旧情绪。几十年来，他在几沉几浮中目历了李金堂的几沉几浮，心中感慨良多。当年同在一个干校，作为地区副书记的秦江，得到过同为下野改造对象李金堂的照顾。正是在那一段岁月里，秦江承认了李金堂认识中国比自己高明。秦江知道，如果李金堂只知进不知退，如今地位很可能超过副省级，现在他才明白李金堂的退蕴藏着奥妙无穷的玄机。李金堂经营一县，境况就完全不同了，便是退到四线五线去，太上皇的权威也不会丧失。眼见作为一路诸侯呼风唤雨的日子朝不保夕，秦江不得不考虑晚年了。妻子没有生育，后面就没有天伦之乐的憩园可供下榻。离休后若留柳城，孤苦无靠的前景堪虑。颐养天年的最好去处，恐怕就是龙泉了。因此，不管在意识和潜意识之中，秦江都十分乐意为李金堂苦心经营的龙泉王国贡献点余热。加上当年李金堂让贤的盛情，秦江为了李金堂的事，完全可以适度地出卖原则。

问了必要的寒暖和身体后，李金堂叹道："如今人老不中用了，长江后浪推前浪呀，照此下去，你来龙泉，杏花山别墅无望了。"秦江一听李金堂发此悲音，有点意外，问道："清松志向不小，是个明白人呀。"李金堂笑说："龙凤飞舞，其乐无穷，一场龙卷风刮起来哪里是歇处？庞副县长更足咄咄逼人，出手就结了陈年悬案，如今连林肯牌都坐上了。我听说这车和什么劳斯莱斯在国外只有贵族才有资格乘坐。"秦江立刻想了办法，"把她调回柳城怎么样？"李金堂答道："那倒不必，秋雁县长做得有滋有味，提升呢，政绩不够，你为难；平调呢，像是人家有什么讨厌，当书记会不高兴。我李金堂再难，也不敢给老领导增加麻烦。如果条件成熟，老领导要照顾龙泉大局，莫要手软就是了。"秦江那边说："金堂啊，好久不见了，有些事电话里谈着不便。正好有个会，你来柳城一叙。"李金堂警觉道："什么会议？"秦江说："中央决定增加贫困地区教育经费，分到地区每年也只有四百万，僧多粥少呀。地委已形成决议，把这四百万集中使用。后天开个主管教育的副书记、副县长会议，确定出两个贫困县。"李金堂下意识地站了起来，急忙问道："通知没有？"秦江说："这种好事，消息走漏得早，打烂头不说，我和地委主要领导这几天还能睡觉吗？当书记说明天上午通知，明天下午报到，也省得个别人弄虚作假。你可以多一天准备，多带点危房的照片。每年两百万,连续五年就是一千万,可以修几所不小的学校。我这个老龙泉,今天又违反组织纪律了。"李金堂被这个突如其来的机会攫住了,连感谢的话都没说,按照自己的思路讲着:"老领导,咱们过些时候去杏花山选个地方,别墅还是可以修的嘛。有一件事请你关照一下,会议通知明天设法只通知到县委办公室。"秦江误以为李金堂不想让庞秋雁参加,将来分去一半争来每年两百万之功劳,笑着道:"我还没老糊涂嘛,有你来也就够了。只通知县委,来几个人由你们自己定。"李金堂也不解释,闲扯几句放了电话。

这个机会一定得用。可怎样用才能达到一石三鸟的奇效呢?李金堂思考了一个多小时,觉得应该先做要一千万的大文章。

几分钟后,李金堂召来了陈远冰,吩咐说:"十五分钟,只给你十五分钟,把教委江主任、广电局汪局长通知到我这里来。"陈远冰疑惑地说:"就要吃午饭了。"李金堂威严地看了陈远冰一眼,"吃饭有多重要?让汪局长带个摄像师、带个解说员一起来,用最好的摄像师。对啦,你再叫朱部长找文化局的一个笔杆子一起来。另外,想尽一切办法,拿下庞秋雁的司机,越快越好。"

十五分钟后,宣传部长朱新泉、教委主任江晓天、广播电视局局长汪成荣、文化局创作员尹常青、电视台的连锦和白虹陆续赶到李金堂的办公室。李金堂看看表,集合这样一群人只用了二十分钟,又看看喘着气、擦着汗的江主任、汪局长,满意地笑了,"有你们这种速度,龙泉什么事办不成?陈主任,把小会议室打开,再去馆子里弄几斤小笼包子,咱们边吃边开会。"

朱新泉从未遇见过李金堂搞这种急就章,心里绷紧一根弦,仔细观察李金堂葫芦里卖的什么药。李金堂一口气吃下几个包子,喝了一口紫菜鸡蛋汤,关切地看着白虹说:"小白,听说你的工作蛮不错嘛,弄出个点歌台,一下子抓住了青年人。你吃呀,吃呀。有什么困难,可以直接跟我说,李叔一定会给你提供最好的工作学习条件。"白虹矜持地笑着,"什么都好,领导和同事们都很关心支持我的工作。"连锦听到那个"李叔",心里顿时荡过一丝暖意,在他的记忆里,李金堂从未对属下晚辈主动表示出这种亲情的关怀,怀着赌场胜利者的心情,小心地插一句:"不是李书记这个大伯乐,白虹这个小千里马哪有出头之日。"李金堂爽朗地笑了,"是金子总会放光的。今天有一件重要任务需要大家齐心协力完成。现在是中午十二点半,我给你们十六个小时,也就是到明天早上六点钟,制作出一部二十分钟的电视片,希望你们谁也不要和我讲价钱,明早六点钟,我准时到电视台审这部片子。题目我想了一个,叫《我要读书》,副标题叫《龙泉县中小学危旧房掠影》,有好题目咱们再换。要钱我给钱,要车我给车,这部片子是今天龙泉十万火急的主要矛盾。大家谈一谈吧。"

没有一个人接话,都把眼睛默默地注视着李金堂。

朱新泉试着猜李金堂这篇急就章的主题,这种时候最能显示与别人的不同,如果领导已经决定了,剩下的只是操作,天才和蠢材就如金线混牛毛,分不出贵贱了。他发现李金堂说的主标题和副标题所指的不一致,小心说道:"这部片子要是哭穷,是不是把片名改成《救救孩子》?我还不知李副书记拍这部片子做什么,说个感觉。"李金堂说:"改得好!这部片子能拍多惨就拍多惨,一幢楼一辆汽车都不要出现!场景主要放在五垛、四龙、土丘三个乡的小学,搞几个一个教室四五个班级轮番上课的长镜头,把前年四龙乡砸死一个教师、砸伤十五个学生的事加进去。总之,你们想办法。我只要一个效果:明早我审片,能把我的眼泪弄得长淌,恨不得自己扒房卖地办教育。总的概况由江主任提供材料,选点也由你定。画面由江局长负责,朱部长和尹秀才负责解说词。小白责任重大,能不能叫我这个老头子哭出来,就看你的表演和嘴上功夫了。"

大家又匆匆议了一会儿,摄像组一行五人出发了。直到最后,朱新泉仍不知道李金堂拍这部片子的目的。李金堂见朱新泉要走,叫住他说:"老朱,刘书记在山上的情况怎么样?"朱新泉吃了一惊,旋即以平静的口气答道:"那次常委会后就没见着他,估计会顺利吧。"李金堂若有所思地说:"他应该打回个电话呀,那里条件太差。"朱新泉脱口接道:"前天刮大风,把到四龙的电话线刮断了。噢噢,昨天我有事打电话给郑秋风乡长,才知道电话不通了。"李金堂看着墙上的一个黑斑点,脸色变得凝重起来,小声小气地说道:"一开春,工作上的头绪千宗万桩,让人感到力不从心呢!这次住院,不免生出退隐之心,咳,老啰。新泉,我带你带了多年,你要做好随时接班的准备呀。"朱新泉惊得浑身一抖,赶忙说:"新泉能有今天,全靠你了。你身体这么好,干十年仍是游刃有余,可别这么说。有你在,我才觉着有主心骨。我再修行二十年,也不是一个合格的宣传部长。"李金堂转过身子,一只大手搭在朱新泉肩上,"我说的是实话,放眼龙泉,也只有你有能力接我的班。龙泉几十万人,这个家不好当。下午再开个会,我想这几天带上你和政府那边有关的人,到乡里几个学校搞一次现场办公,解决一下几个学校的实际问题。你先去歇一会儿。"

朱新泉走后,李金堂又对陈远冰说:"等会儿上班,你请庞副县长来开个会,商量一下明后天现场办公的事。教委江主任拍片去了,通知他们来个副主任;把财政局严副局长也叫来。"安排完工作,他躺在会议室的沙发上睡了。三十来分钟睡眠,竟做了七八个梦,后一梦洗去前一梦,最后一梦有些血腥气,他和欧阳洪梅正开着那辆白林肯兜风,庞秋雁突然间披头散发张开双臂拦车,一脚下去把油门踩住了,把庞秋雁撞个血肉模糊挂在一棵老槐树上。李金堂大叫一声:"完了!"

"什么完了?"

李金堂睁开眼,看见庞秋雁穿着一身西装套裙立在猩红的地毯上,支吾着,"要开会就梦见开会,梦里的会完了,这个会还没开场。这个会不是那个会,那个会不是这个会,这个会又是那个会,那个会又是这个会。人会做梦,不知其他动物可会做。坐,坐。这龙泉从今天起才叫改革开放了。"庞秋雁笑着坐下,"李书记这话该怎么听?"李金堂也笑,"副县长带头春天穿裙子,还不把龙泉刮出一阵龙卷风?据说美国总统夫人穿了什么,一时间全美国女人十个就有九个买什么,这就叫榜样的力量是无穷的。"女人总是喜欢别人恭维,庞秋雁很高兴,回个奉承说:"开过会的,都说喜欢和李副书记一起开,长学问。等会儿的会什么内容?"

李金堂说:"现在讲百年大计教育为本,你我分管教育,我想咱们今年务点实,搞几天现场办公,真正替下面解决点实际问题,落实经费、补充师资、倾听一下乡里中小学师生的呼声。"庞秋雁接道:"早该这么办了,全县四十余所中学,师资缺乏百分之三十,百分之八十的校舍需要增盖维修。一百多所小学,情况更糟,百分之八十的小学有危房。我有个想法,小学暂时维持现状,把各乡的初中学校进行一下合并,这样才能集中运用师资。"李金堂知道这个女人的计划远不止这些,敷衍着,"是啊是啊。四处起火,又没多少水,再干两年,把你我都烤焦了。严副局长来了,咱们看看水缸里还剩多少水。"

会议开得很简短，可以用来救火的资金还剩八十万，又不能一次用光了，商量的结果，这次用去三十万，到八所乡村中学现场办公，第一天去杏花山乡的杏花山初级中学和伏牛乡的菩提寺初级中学。财政局的严副局长一面收放着茶几上摆得满当当的文件，一面和右边坐着的教委副主任景自来打趣："不好意思啦，这回只能点点眼药啦。"景自来顺手捣严副局长一拳，"不是李副书记和庞副县长坐镇压你，我们连踢带打，能不能挤出你一泡知了尿还难说。明天你可别忘了带大印，最好给我们现金支票。"严副局长拉上文件袋的拉链，"这还用得着老兄你提醒？有李副书记、庞副县长监督，我敢耍花腔？我这个副字还想不想取呀！"景自来哼一声，"难说！去年教师节，刘书记批了字，你给个转账支票，又是过期的，找你你还赖账，折腾几天，节过了，发纪念品的三万元一分不少还在你账上。我不提醒你行吗？我怕你拿个空眼药瓶子。"严副局长脸憋得通红，刚要分辩，李金堂说话了："此一时，彼一时，严副局长爱喝二两小酒，拿错了支票本也有可能。这回我当这个保人，现场办公答应的钱一律用现金支票。每个学校平均三四万呢，比毛毛雨还大，怎能说是点眼药！三四万，盖六间房没问题，自来，你就别不知足了。"

庞秋雁竭力抑制住早已汹涌澎湃的心情，很想加入这种有趣的插科打诨，显示一下自己的机敏、聪慧、泼辣、坦荡、平易近人，又怕这种微醺的状态传染了嘴上的把门人，漏了心事，忘了形状，逼迫自己站了起来说："李副书记，没别的事我先走了。对了，明天从哪里出发呢？"李金堂假装思想一会儿，才说道："咱们不是先去杏花山吗？是向东走。那就在电视台东面广场集合，八点钟准时出发。我明早到电视台看个片子，到时间你们进去催我一下。"

庞秋雁走出县委办公楼，坐进白林肯里，对司机说："到十二里河柳林里去。"她要在那一片刚刚吐了新绿的秀丽的柳林里排解一下自己的好心情。她第一次感受到好心情也需要排解。能和李金堂一起出外进行三天现场办公，真是天赐的良机呀！她想着林肯和皇冠出行后可能出现的种种情况，包括当事人和旁观者的繁杂心态，不由得在心里默默念道："清松，我为你扳回了一局。你的女人就要尿到李金堂脸上了。这一泡急尿憋得太久太久，·尿就要尿他三天！"

散会后，李金堂给欧阳洪梅挂个电话，晚上要去城隍庙街88号吃火锅。欧阳洪梅那边笑一阵，"让你的狗腿子把东西买齐，送到剧团门房齐大爷那里。天一黑我就开吃，来晚了你自认倒霉。"李金堂安排好采购事，又把陈远冰叫到办公室，"今晚你住到值班室值班，等地委电话通知。通知可能明天上午来，我怕来早了。不管地委还是行署通知里有没有主管教育副县长参加，你在电话记录里一定要写上。要是通知来得早呢，你先压一会儿，你自己骑摩托车把电话记录给我送到杏花山初中，中午我们在那里吃饭，掐好时间，吃饭时送到。路过电视台，把那盒录像带带上，就说是电视台和教委刚刚送来的片子。庞县长的司机……"陈远冰立马说："摆平了，让他往东，他不会往西。"李金堂笑笑说："做大事一定要注意细节。这个司机要用好。怎么用，写在这里了。"摸出个纸片递给陈远冰。陈远冰展开一看："这么简单啊？我以为……"李金堂冷笑一声，"把所有简单都做好了，也就不简单了。"又把纸片拿了回去。

# 第十一章

伏牛乡副乡长田雨得推着浑身吱呀乱响的破车沿着盘山的四级土石公路爬上那个二里多长的漫坡，气喘吁吁、大汗淋漓，把车子一撒手，自己歪斜在路旁的一块大青石上，对着夹在山巅松柏枝杈中如血的夕阳发着一阵呆。再朝西行走两三百米，向北拐过便可看见菩提寺初级中学破败的校园了。每次爬这个漫坡，骑也不是，推也不是，总是苦不堪言。痔疮使他对盘山路视若上刀山下火海，骑车上来总是弄得鲜血长淌。今天，他必须赶到初级中学做些布置，设法多弄到一两万块钱，然后和范光明校长做个交易，把要来的多出平均数的钱交给他，拿到伏牛五凹小学救急。抓教育的副乡长真不是人当的呀！

正倚着大青石叹息，看见后面正有一辆架子车在四个人的推拉下缓慢向上爬来。估摸着车子不至于因突然停车下滑了，田雨得忍不住挪动双腿，站在路中间骂了一声："范光明你个狗日的，到乡里拉货咋不朝我那里蹦个脚尖，害得我走了三四里冤枉路，把痔疮也弄犯了。"范光明停住车子，连连赔着不是，"乡头，实在对不住，弄得你又发生了流血事件。磨了六七天嘴皮子，昨天你才抠了八百块，想着今天没啥事，去你那里点卯又怕你反悔了要走这八百块钱。"三个老师也都给田雨得赔着笑脸。田副乡长有痔疮，就给学校交代：凡有老师到乡政府所在的土街上办事，一定要去问问有没有新动向。田雨得紧皱着眉头，很痛苦的样子说："算尿了，我把媳妇给你送进房，你还要我这个媒人干尿！你买这些石灰、雨毡干啥？房子还真漏了？"范光明笑道："我哪里敢诈你的钱哟！前两天下雨，学生宿舍漏了十几处，没法睡了。夏天还好点，如今刚开春，已经冻病七八个了。"田雨得狡黠地看了范光明一眼,"真的?我得去看看。不过,你得拉上我。这可不算以权谋私,仗势欺人,我这是为你们学校流的血。"范光明说道:"应该,应该。还不快扶乡头上车。"田雨得坐在雨毡上,"人家周文王拉姜子牙八百步,姜子牙保周朝八百年。你今天拉我一米,我付你十块钱,合算不合算?你说。"范光明素知田雨得为人,喜抖包袱,心里算了一下,说道:"两里多,我只求你给一万元,可别反悔。头儿,你又从哪儿弄的钱?"田雨得说:"暂时保密,开车。"

　　五个人在一溜八间草房前停了下来。已经下了课,几十个学生和老师慢慢朝这里围过来。田雨得下了车,夹着勾子在外面看了几间房,摸摸一块烂了几条缝的窗玻璃,朝后面退了退,站在那里眯着眼睛看这一排学生宿舍。范光明和众师生都屏着呼吸,静等田副乡长训话。只见田雨得从石灰堆旁抄起一把铁锨,走到房子前,抡起来砸碎了两三块窗玻璃。没等师生反应过来,他又沿着墙根,挑拣着砸了起来。范光明冲过去,从后面把田雨得死死抱住,央求道:"有错误你批评嘛,你只管批评嘛!"田雨得扔下铁锨,"你放开!"转身说道:"你咋错了?伏牛乡有你范光明当中学校长,是全乡几万人的福分!我爷爷解放前当中学教师,一月薪水能买五千斤大米,除了教书,他啥事都不管不问。你这个当校长的,撅着屁股为孩子们拉石灰修房,有啥错。你愣着干啥?快叫学生把玻璃碴子捡干净,找点旧报纸把窗户糊上。没旧报纸,把新报纸上洒点脏水,用火烤干了再糊,省得看出来是才糊上的。"

　　几百师生不知大乡长搞的什么名堂,大部分呆若木鸡地站着看。范光明吩咐学生们去捡玻璃、找报纸糊窗户。田雨得看了看房坡,突然喊了一声:"给我找根长竹竿来。"几个平素调皮捣蛋的学生很快找来了四五根长竹竿。田雨得接过一根,笑着说:"好吧,学着我的办法干。"说罢,拿起竹竿就去捅房坡上的草,几个学生跟着捅了起来。捅了一会儿,田雨得停下来说:"去,进屋看看,有几个地方漏了天。"几个捣蛋鬼忙不迭地冲进屋子,不一会儿,脑袋从没了玻璃的空窗户格里探出来了。"五个。""六个。""不是六个是七个。"

　　田雨得满意地笑笑,看着范光明说:"还用我再动手吗?另外两个宿舍,也给我照着这样干。后坡就算了,前两天刮的西南风嘛。走,到屋里看看。"进去一看,这是一个女生宿舍,田雨得摸摸几床潮湿的被褥,三角眼一转,又说道:"给我端盆水进来。"

田雨得接过脸盆,照着露天处对着的床被洒了起来。范光明生气地说道:"你让学生今晚怎么睡!"田雨得扔下脸盆说道:"先让她们同榻睡几晚,过了明晚,把被褥拆洗一下不就行了。走,出去给大家漏个底。"

田雨得走出宿舍,走到一块石板上,卡腰腆肚讲道:"明天,县委李副书记、县政府庞副县长,还有教委、宣传部、财政局的领导,带着三十万元要到八个初中进行现场办公,解决这几个学校的困难,你们学校是第二站。咱们乡是个山边边上的穷乡,这个学办得艰难,让你们在这种恶劣的环境里教书学习,乡里领导看在眼里急在心上,感到很对不起你们。你们看看,这半个篮球场,篮板还在墙上挂着,看着揪心呢!"直说得鼻尖有点酸,像是又不愿在一张张稚嫩的脸面前真掉下眼泪,擤了一把鼻涕,换了一副腔调说:"要改变你们的学习条件,只能依靠县里不是?我这个管教育的副乡长,没啥能耐,和明天要来的县领导不是什么好朋友,替你们说不上话。想来想去,想了这个馊主意,砸了你们的玻璃,捣了你们的房子,淋湿了你们的被褥,目的呢,不过是想多为你们要几个钱。这个账好算,你们学校是第二站,这笔钱最少还有二十多万,县领导看看你们宿舍,说不定就能多给你们学校三两万。能不能感动县上的领导,我不敢保证,说不定我今天白砸了。这里求你们帮忙隐瞒一下今天这件事的真相,要是明天你们得的钱没有超过平均数,你们可以到县里告我弄虚作假。让你们这些娃娃学着说谎,我这心里难受呀……"最终还是流下了眼泪。范光明也听得鼻尖发酸,大声说道:"都别站着了,赶紧拿碗排队吃饭去。各班班主任今天晚自习给同学布置一下,明天该怎么说话。"

范光明要留田雨得吃饭,田雨得摆摆手说:"谁稀罕吃鸡巴你家的晚饭,和我家一尿样,一根大葱两蒸馍一碗玉米糊糊,最多添个咸鸭蛋。我得赶紧回去吃几颗痔疮宁栓,明天免不了要喝顿酒,别喝得下面大出血了。"范光明开玩笑道:"上次我老婆刮孩子,医生开了益母草炖蛋的方子,你吃着试试,止血。今天你可让我长了不少见识,你在伏牛乡,我绝对不想着跳槽。"

田雨得在校门口停住脚步,古怪地笑了两声,"你先别谢我,也别表这种忠心。你以为我只是为你考虑呀?你呀,做事太实,我怕你弄不好连两万块也留不下来,这才冒着生命危险上来找你。"范光明感激道:"是这话,不是你这一点拨,我还真不敢保证能要来个平均数。"田雨得当即说:"这可是你自己承认的。我保你三万七千五的底,多出的部分归我。你再想点别的招儿,我估摸着能给五万。我拿一万二千五。你知道五凹小学的危房吧,不重盖今年雨季准出事。那女校长前两天将我一军,写了个报告交到乡里,说如果春上不盖房,夏天下雨砸了学生由乡里负责。有这一万二千五,五凹那边就有个交代了。"范光明心里多少有点不舒服,感到被田雨得装进去了,却又能理解田雨得的苦衷,叹口气说道:"和你斗心眼,我哪里是个儿!只要你保证给三万七千五,多的归你我没话说。反正钱要过你的手,你只给两万,我还能告你不成?"田雨得嘿嘿笑着,"钱要过我的手,我还用得着费鸡巴这个劲!再给你漏个底:明天财政局带着现金支票来,专款专用,我想雁过拔毛也不中啊,你说过的话可不能不作数!"范光明气得骂道:"你狗日的耍我!还是老同学呢!我的话当然算话,我可不敢得罪你这个大乡长。"田雨得抬腿上了车,扭头说一句:"都是钱这个王八蛋逼的。"一个黑点渐渐融进了暮霭里。

范光明端着半碗稀饭,手指旮旯里夹着个白蒸馍,右手拎一把小儿手腕粗的大葱,沿着教师宿舍一路咔嚓、一路吸溜、一路咀嚼、一路吞咽、一路吆喝着:"到我屋开个会,到我屋里开个会。"折回自己家门,把饭碗朝饭桌上一摆,抹抹嘴巴,打出一个响亮的饱嗝,十几个教师鱼贯进了屋,坐的坐、站的站、静的静、闹的闹,把两间房撑个满满的。范光明看看七个年轻男老师,三个年轻女老师,一个半老徐娘女老师和一个退休后回来发挥余热的男老师,咳一口痰吐了说:"职称和升学率挂钩,调进县城重点初中与知名度挂钩,房子、设施与钱挂钩,这我就不说了。谁有门子调走,我把红灯砸了放人。还在这口大锅搅勺子,有关口咱还要齐了心过。明天县领导带着现金支票现场办公,剜到手里就能下锅煮。不知谁主贵,让咱们摊上第二站,钱还留着大头在。三个臭皮匠,顶个诸葛亮,叫大家来,一起想个办法,把这笔钱留多一些。"一片唏嘘声过后,有人在黑影里说:"校头,太阳没从西边出来吧?带着支票办公,没听说过,别叫人蒙了啊。"有人附和,"是啊,截留的不是要喝西北风了。"有人换个说法,"校长,这出个好主意多要了钱,能奖励多少?千分之十行不?"

范光明咬咬牙说:"奖千分之二十。咱五万为底价,多拿回来一万奖二百。五万块,咱只能落三万七千五,原因以后再说。拿回六万,咱们老师开始沾光。拿八万，每家盖个厨房，省得冬天老担心煤炉子把你们熏过去。拿十万，每个级段组、每个教研室能布置布置，沙发太奢侈，至少换成冬天暖夏天凉的双面折叠椅。"有人笑道："十五万呢?"范光明说："修个运动场。"又有人接道："要是二十万呢?"范光明说："奖你三千，剩下的我不会花了。能拿到八万，就谢天谢地了。"

议了半天，没一个方案可行。退休的孙老师说话了："小范，这事得请高人出主意。咱们粉笔灰吃多了，想啥啥不灵。有个人，只要能请他点拨一下，估计能拿到八万。"范光明问："谁?""你表舅爷孔先生。"

"能行吗？他基本上算是遁入空门的人了，会过问这件事？再说，表舅爷一个散淡之人，和官场什么瓜葛都没有，能主持这件事？"

"你是知其一不知其二。明天来的领导，谁说了算?"

"当然是李副书记。"

"这就对了。"孙老师胸有成竹地说，"只要孔先生答应办这件事，八万块就跑不了。我给你讲件事，三年困难时期，孔先生在县一中当校长，没有一个学生因饥饿退学。什么原因？李副书记保障了粮食。据说孔先生在大跃进前就算到后面的饥荒，给李副书记订了口头协定。他们的关系，远些说还算师生。听知情人讲，如果没有孔先生，李金堂只能是个游手好闲的二流子。孔先生见他是个可造之才，教他读书，教他做人，还引他参加革命。可以说，孔先生对李副书记有再造之恩。你们说，孔先生帮我们说句话，李副书记还不多给三五万？"范光明将信将疑。粉碎"四人帮"后，孔先生就在菩提寺做了居士，"文革"的十年，寺庙荒废，孔先生也在破败的菩提寺盖了间茅草屋开荒种地，给人医病。孔先生这一段历史，范光明十分熟悉。高中毕业后，范光明只管种田，进取之心早死了。混了两年，孔先生突然来到他家，求他父亲放范光明陪他到山上帮他开一年荒。住进草木屋，范光明不得不把书本捡起来。两年后，恢复高考了，范光明没费气力就考上了省里一所师范大学。范光明不相信孔先生和李金堂曾经那样亲密无间，若真是这样，孔先生当年应该谈到的，摇摇头说："不可能！你说的都是些传说，不可信。要不然，李副书记复出，怎么不请孔先生下山？"孙老师无法解释，沉默一会，退一步说："既然咱们想不出法子，你去问孔先生讨个主意总行吧？反正这儿离菩提寺只有里把地，不远。"

范光明进了孔先生后来重新修建的小院，孔先生正和寺庙的住持晦明法师下围棋。范光明喊了两声，孔先生连头都没抬，嘴里说一句："紫砂壶里泡着茶，你自己饮吧。"眼睛一直盯着棋局。晦明法师执黑，围歼一条从边开始差不多横贯整个棋盘白龙的战役已要接近尾声了，据他的计算，不出二十步，这条五十余子的白龙定是仅存一眼而亡，手中的念珠飞快地从两指间流过，不经意地流露出一种欢愉，脸上却宁静如水，一副宠辱不惊的大度。范光明粗知围棋，看了一会儿，没看出名堂，就趁着孔先生对盘凝思的空当儿，简明扼要说明了来意。孔先生口里不时发出低吟，范光明误以为这声音是对他的回响，鼓足勇气说："舅爷，李副书记一言九鼎，明天劳驾你下来帮学校说句话，大锅小锅都等米下哩。"

　　孔先生伸出枯瘦的两指，夹起一枚白子，敲进与大龙尚有距离的黑角的空里。晦明住持对那枚白子凝视片刻，嘴角浮出了明显的笑意，毫不犹豫摸一枚黑子儿，继续追杀那条长龙，嘴里不由说道："先生是不是看花了眼？"孔先生捋捋胸前的白胡须，睁开如炬之目，再朝黑空里打下一子，回敬道："未必！"晦明法师口里说："承让！"又拍一子罩在白龙头上。顿时，白龙向上的出路阻塞，眼看着只能朝那条狭窄的空隙里寻找活路了。孔先生也不犹豫，夹起一子儿跨过去，切断了中腹黑子儿和角上的联络。晦明法师咦了一声，捏念珠的手僵住了。范光明赶忙插道："舅爷，求你答应了吧？"

　　孔先生侧脸看了范光明一眼，"我已是方外之人，二十余年没问过俗事，早不知外面棋局变化，你让我怎么答应你？"晦明法师采取了两败俱伤的法子，不做丝毫退让，紧紧扭住白龙不放。两人再落十余子，局势变得更加险恶。黑子如退让，白大龙和黑中腹二十余子双活，黑棋将贴不出目；再拼下去，极可能出现百局难遇的三劫连环。白子如退让，大龙顿死，只好继续攻角，最后可能出现更为罕见的长生之势。一直占优的晦明自然不甘心，低头沉思起来。

　　范光明急了，"你是李金堂的老师，你说句话会起作用的。这事关系全乡几万人的根本呢，舅爷！"孔先生慨然叹道："你知道什么？此一时，彼一时。你去吧，有三万多，聊胜于无。心不要起大了。"范光明冷笑道："几百个孩子读书的事，自然没你清修重要，打搅了。"他看见孔先生的身子兀自动了动，心中又盘算着另一个主意，退出屋子。

　　两人各下各的，局势渐渐明朗：照此下去，黑棋要劫杀白棋，白棋自要在角上制出长生势；白棋若想以气长吃中腹黑棋，黑肯定要做三劫连环。两人僵持了很长一段，晦明喃喃说道："我想胜你选和，你想胜我选和，势成骑虎，只有和。你说呢？"孔先生点点头，"罕见，罕见！输赢本是平常事，我却认了真，和了最好，清静。"晦明意味深长地说："先生不剃发，可谓表里如一。只是老衲有一事不明，还望赐教。先生身居佛门，眼里还有尘世，为何不就范校长之请？"孔先生道："我一生如棋局，多次如履薄冰，还算有惊无险。如今已过古稀，实不想再理俗务。"晦明身子向前微微一探，"恕老衲直言，先生可是怕输？"孔先生微微点点头，"帮朱元璋打下天下的刘伯温、徐达、常遇春，谁的结局最好？刘伯温！他及时退隐了。常遇春命薄，死于天下即得之时。徐达想享荣华，竟被朱元璋笑杀。龙泉小县，五脏俱全，金堂深谙其中玄机，不可多得，'文革'前他羽毛未丰，辅之有益于龙泉，无害于我，就做了几年真先生。这十余年，他没想到我，是因我老朽无用了。当然，此说有些菲薄自己。事实可能是这样：治理龙泉，他已得心应手，炉火纯青，用不着哪个多嘴多舌了。光明请我当说客，是他不明其中道理，我出来说话，有害无益，极有可能把事情办糟掉的。于学校无利，又扰我清修，何必！太平盛世，二三十年才能出威。威者，畏养也，我不显畏，必伤其威。二十余年未见，凶吉未卜。自然，龙泉小县，比不得泱泱大明，性命之虑也无，只是以后使儿这方清静和法师对齐了。这也算是怕。"晦明数珠的手突然一顿，说道："先生高论。不过，先生近日似有一小劫，却无妨，自己必能化解。"孔先生说道："请法师明言。"

　　晦明道："阿花难逃劫数。刚才范校长来访，它不叫不吠，勾头夹尾，似有所惧。范校长已走，它竟足不出户，一直卧于桌下，岂不怪哉！"孔先生低头一看，平日里势壮如虎的阿花果真在桌下卧着，眼睛里恐惧乞怜之色呼之欲出。孔先生脸上掠过一丝惊慌，忙站起来道："阿花伴我八年，如同家人，请法师赐破解之法。"晦明站起来一撩袈裟，合掌说道："没了阿花，不是更清静吗？老衲告辞。"

　　孔先生拉开院门，不由得被眼前的景象惊呆了，院门前的松柏树林里跪着黑压压几百人。定睛一看，范光明在前面一块石板上跪着，后面整整齐齐跪了十几排孩子。孔先生忙弯下腰道："你们这是干什么，你们这是干什么！请起请起。"范光明双膝向前挪挪，带着哭腔说道："舅爷，孩子们读书难哩。最远的，家里离这里二十二里。为的啥，为个成才。光明无能，不能给他们提供好的学习条件。没有运动场地，孩子们早晚无法锻炼；教室的桌椅板凳，长短宽窄不齐；宿舍是草房，八年了，草也没换一回，一遇连阴雨，外头大下，屋里小下，外头不下，屋里还滴答，有几个十三四岁就得了关节炎。这都需要钱呀，舅爷。这天上掉烧饼的事，十年八年只能遇一次。三年里，申请经费的报告我都写了十八份，只要来了五千块，连维修房子都不够。舅爷，看在这些孩子的分上，你就张张嘴吧。"孩子们齐声喊道："孔爷爷！"显然，这是经过导演过的。

孔先生喊着："孩子们，你们都起来吧。刚刚下过雨，湿气大，别跪坏了身子。"孩子们只是一遍又一遍喊"孔爷爷"，就是不起来，直把孔先生喊个热泪盈眶，颤着声说："孩子们，我孔令明何德何能，敢受你们长拜！都起来回去睡觉吧，明日还要上早自习哩。我答应你们，就是拼上我这把老骨头，也要为你们多要来两万块钱。"范光明站起来转身喊道："各班班长带队，起立！按一二三年级顺序，依次返校，穿过前面村子，不要高声喧哗。"

孔先生转身回院，发现晦明住持不知何时已经走了。范光明急忙跟了进去。孔先生一拍桌子，喝道："胡闹！"又站起来踱了一会儿步，冷笑道："你出息了，大出息了，连孩子也会利用了嘛！"范光明嗫嚅着："逼的，我不想放过这个机会。田副乡长把玻璃都砸了十几块，为的啥？还不是为了孩子们。"孔先生冷讽道："噢！你高尚得很哩！我想听听你如何来打我这张牌。"范光明说："以你和李副书记的关系，出面说句话就行。"孔先生道："我们二十多年没见，要是他不认我这张老脸，你我怎么向孩子们交代？明天我不能露面，绝对不能露面。"

范光明急了，"舅爷，你不露面，这事还能办得成？"孔先生又坐下来，"试试吧。这件事真不该办，你这里多拿一万，后面的学校就少拿一万，手心手背都是肉。唉，你怎么会利用孩子，叫我真作了难。这样吧，他们明天下午来，请他们吃顿饭吧。"范光明犯了难，小心提醒着："舅爷，人家在县城，啥东西吃不到。冉说，中午人家在杏花山吃过了，饱肚子来，没新鲜感。"

孔先生不理范光明，若有所思地坐了一会儿，像是自言自语着："金堂要算个性情中人，吃的上不厌旧，其他人呢，料想也没吃过这种东西。光明，这样吧，明天你腾出个教室，就用你那些课桌拼个大方饭桌,将就用学生们的凳子使。你就说是孩子们动手找下的东西,请他们尝尝鲜,表示一下孩子们的心意。饭前只领他们看看,一件困难都不要提。杏花山中学到这里四十里,他们四点来钟能到,五点钟开饭,来得及。准备十个搪瓷盆,大号的,碗倒要用细瓷小碗,你愣什么,拿笔记呀。"范光明赶紧摸出钢笔和笔记本写了,又不踏实地问:"到底做什么吃的?又从哪里请厨师呀?学校那个厨子,连学生都不满意,领导的嘴都刁着呢!"孔先生高深莫测地笑了,"我当厨师不够格吗?山鸡四只,仔鸽子六只,山鸡最好是母的。明早你派人到三眼潭,看看有没有运气抓到几只六脚龟,六脚龟抓不到,就挖几斤泥鳅,可惜都在冬眠,挖回来后放在温水里泡,水冷了再换热水,直泡到泥鳅沾过米。明早派一个班上山挖三灵菌,这灵物立春后就出来透气了,前两天又下了雨,估计能碰上一些。你再派一个老师到五凹村一个姓金的家里,问他要一条金环蛇一条眼镜蛇,就说我要的,他会给你。"范光明兴奋起来了,"学校有个五凹的女学生姓金,不知是不是你说的这家的孩子。"孔先生说:"这就省事了,五凹就一家姓金的,养蛇。两年前我去看金老五,他让十来岁的女儿杀蛇取胆给我泡酒,惊得我的心半天归不了位。明天你就让这女孩当场把蛇杀了,用蛇毒、蛇胆、蛇血各泡一杯酒让他们喝,这个节目一上,后面就好办了。"范光明想象着这个场面,担心道:"不会吓着他们吧?"孔先生说:"金堂喝,都会喝的。酒嘛,就用元八一斤的散装酒。这种红薯干酿出的酒,羼了蛇毒、蛇胆,比茅台还好喝。再买五斤羊肉、五斤瘦猪肉、两只猪肚、两只猪蹄髈。差不多就这些主菜吧。黑醋、白醋各买一瓶,酱油两斤,也要散装的,花椒半斤,胡椒三两,味精半斤,白糖三斤。"

说罢,孔先生拉出抽屉,拿出一本处方,用毛笔写了一会,递给范光明道:"葱姜蒜各买几斤。"范光明接过方子一看,上面写着:"枸杞子一百克,天门冬十五克,地黄二十四克,甘草五十克,党参三十克,黄芪十五克,肉桂三十克,白术十克,川芎十二克,当归二十五克,白芍十八克,茯苓二十克。分开包。"范光明问道:"这些药做什么用?"孔先生脸色黯然了,瞥了一眼蜷缩在黑影里的阿花,吃力地说:"做一菜一汤。对啦,你去抓药,再买半钱虫草,做虫草鸽子用。你走吧,今晚太累了。"心里道:阿花你要跟他走了,我就信你真有劫,要是你不走,我就让他再买条狗。嘴里喊:"阿花,你跟他上学校吧。"阿花果真顺从地跟了范光明出了院子，惊得孔先生目瞪口呆，追出院子喊道："光明——"范光明转过身问道："舅爷，你还有什么要交代的？"

孔先生久居佛门之侧，不免沾染上一些轮回报应的思想，一看这狗今天果真反常，更信了定数，心里道：天命难违，你就死个轰轰烈烈吧，横了横心说道："阿花已经八岁了。你明天把它勒死吧，不要剥皮，破了膛把毛烤掉。你把阿花的肾留着，明早去街上，问卖牛肉的韩老七要个牛鞭。阿花可以做一菜一汤，一个乾坤蒸狗，一个双鞭十全大补汤。你还站着干什么，快带它走——"

关上院门，孔先生禁不住流下两行热泪，心里道：我就真的无法留下它？晦明啊晦明，你不说破，我把它留下了，到底会出什么事？难道阿花竟知道金堂喜欢喝双鞭十全大补汤？我就真的那么怕见他？我是他的老师呀！这可恶的史书！是你害死了阿花呀还是我害死了它？

白色的林肯，像一条漂亮的美人鱼，在宽畅的313国道上画出几个姿势优美的弧步，超过东行的各种车辆，头游进像乌贼一样丑陋的"北京212"车群里。

李金堂像是早已恭候多时了，做了一个制止庞秋雁下车的手势，抬腕用另一只手指指表，坐进一辆北京213越野吉普里。庞秋雁看见越野吉普另一侧的朱新泉似乎不愿上李金堂的车。这个白胖斯文的宣传部长的形体语言明白无误地诉说着他想乘白林肯过过瘾的愿望。这个发现让庞秋雁异常兴奋。她脑海里马上浮现出上次去马齿树开现场会集合时的情景，随即心里就涌出一股明晰的对朱新泉让车举动的感激之情。这是一个多么有眼色、多么善解人意的好管家呵！得出这样一个评价后，庞秋雁旋即生出这样一个冲动：喊他过来乘这辆林肯。成功的喜悦不正是因为伴了观众狂热而盲目的喝彩才更显得越品越香吗？李金堂挨尿，若是缺了一个懂行的观众，不是多少有那么一点煞了风景？朱新泉正是一个高层次的、能品出初放的玫瑰和将要凋零的同一朵玫瑰花香细微差别的观众。由他伴这　程，风光就翻了番，就成了风光的平方。呼喊从胸腔鼓荡到喉门的一刹那，她看见李金堂歪斜一下身子，朱新泉紧跟着就拉开车门钻了进去，接着，越野吉普开动了。期待落空了，她并没及时发出开车的指示，一群车竟没有一个敢先启动。庞秋雁意识到这方空间只能由自己填补，当仁不让地说道："追上去。"教委江主任、广播电视局汪局长、财政局严副局长的吉普跟着启动了，后面跟着电视台的采访车。白虹和连锦都是一夜没合眼。五点钟，他俩才把电视片剪接完毕，接着陪汪局长审了一遍，稍做修改后又陪李金堂和朱新泉审一遍，再次修改完毕，已经七点。白虹直想倒头睡一觉，连锦鼓励她说："我看见李副书记擦了三次眼泪。今天又是一次好机会，能让李副书记赏识，就快有出头之日了，不能贪睡，弄不好会前功尽弃的。"于是，两人又请缨随队跟踪报道这次现场办公。车一开动，白虹就睡着了。连锦进入梦乡前，熟练地香香白虹因疲劳过度而显得苍白的脸颊。

庞秋雁用手指轻点一下左门上一个雪青色的按钮，窗玻璃无声地闪出一个缝隙，她把目光移向春风骀荡的沃野。车速太快，麦田里荷锄的农民是否注意到了白林肯无从判断。阳光尚未驱尽初春早晨的寒意，庞秋雁下意识地理上衣衣领，如同一只绻懒的波斯猫，缩在后排舒适松软的坐垫里。超车的时候，她看见了右前方的越野吉普，又从倒车镜中看见了在后面紧追不放的三只丑小鸭。蓦地，她把身子坐直了。李金堂的皇冠呢？他为什么不坐他的皇冠？庞秋雁警觉起来，不由得把头扭向后边了。教委有一辆八成新的黑色上海，广电局有一辆灰白色的旧三菱，财政局去年秋天买了一辆崭新的乳白色丰田。龙泉各部、委局的车辆，庞秋雁了如指掌，正因为知道这种情况，她才认定让她坐破吉普是昭然若揭的排外，她才格外愤怒。他们为什么要换乘吉普呢？庞秋雁终于感到了某种潜在的危机。

车队下了313国道，沿着一条三级公路驶向远在东南方向的杏花山。杏花山又称独山，如今呈出如烟雾笼罩的黛青，突兀在小平原的腹地。传说八仙中的韩湘子抖动拎着的花篮造了八百里伏牛山后，一头枕着伏牛山的尾巴，抿了一口酒睡了一觉，醒来后赶着去东南造大别山，把一块玉佩丢在脚下，就形成了自古产玉的杏花山。庞秋雁在车中微微感到了颠簸，想当然想出了这些官员换车的理由：都是一些土财主，怕把好车给颠坏了。

车队再转向一条根本上不了等级的官道，庞秋雁意识到此行可能要在途中因这辆高贵的林肯出点小麻烦了。司机为了绕过路上的坑坑洼洼，放慢了速度。眼看着李金堂的越野吉普要从视野里消失，庞秋雁说道："快一点。"司机全神贯注盯着道路，回答说："这车底盘低，弄不好就要熄火，离学校已经不远了。不怕慢，就怕站。"

白色林肯终于在离杏花山初中还有一里多地的杏花溪里抛锚了,陷进浸在水里的鹅卵石中,司机换了一挡,还是爬不过去。车轮空转几次,竟越陷越深,不能自拔。几个洗衣服的村姑、小媳妇试探着凑过来瞧热闹。庞秋雁探出头看看清凌凌的溪水,心里暗骂:"你们这些老奸巨猾的王八蛋,竟没一个人给老娘提个醒儿!原来你们早知道这里的路况,这才换了车。"愉快的心情早扔到爪哇国去了。"咦,世上的人真精能哩!多美气的小车呀!""你看,你看,车里坐的还是个女官哩。怕是上面来的大官吧。""那自然是了,要不然,李副书记能在前面带路。""命跟命就是不一样,都是个女人,人家前世也不知怎么修行的。唉!""这种车,坐一回,死我都愿意。"姑娘、媳妇有一句无一句地议论着,声音越来越大了。在附近田里干活的青壮汉子正好干够歇儿了,四面八方围过来,掏出旱烟或劣等纸烟嘬着,吐出一团团白烟,站着、蹲着,仔仔细细地看。连锦和白虹睡了一路,这会儿有了精神,都下车看。连锦灵机一动,拉了白虹说:"我们先过去。你看,多好的镜头,县领导深入这样的地区抓教育。我们过去从正面拍。"

采访车从白林肯身旁呼啸而过,溅了林肯一头一脸溪水。围观的群众轰然笑了起来。男人们过完了烟瘾,开始品头论足了,开口就加了佐料,"真漂亮的母鸽子,原来这样不中用。""又瘦又嫩的,一捐一包水,干活却不中,是个瓜蛋。""干活?干啥活?像你老婆一样,布袋奶子,麻袋勾子,生个双胞胎像屙了两泡稀屎。这是金凤凰,落水了才不如鸡。""你别说,这车摸一把,肯定比摸你老婆美气,你看看,水洒上去沾都不沾一滴。"

庞秋雁心情坏到了极点,厉声说:"你往回倒呀,你往回倒呀。"司机早急出了汗,委屈道:"我早倒过了。"庞秋雁看这么长时间,后面车里坐的十来个人竟没有一个人来问一声,心里又多了一层恨,"这肯定是蓄谋已久的阴谋,让老娘出这种丑。过了今天,咱们走着瞧。"她哪里知道,后面的人是怕无端挨她的骂才不敢上前的。庞秋雁看见李金堂徒步从对面走了过来,顿时感到无地自容。

李金堂阴沉着脸,看看围观的人群,蹲下来脱鞋了。朱新泉拉了连锦一把,压着嗓音骂道:"你找死!录什么录,给我洗掉!"李金堂赤脚踩进溪水里,朝围观的男人喊着,"看够了没有!看够了下水帮我把庞副县长的车抬过来。"对面,江主任、汪局长、严副局长和七八个随行人员早纷纷跳进水里了。庞秋雁正想拉开车门跳下车,忽然看见李金堂温和的脸堵住了车门,"水太凉,不用下了,这么多人,抬得动的。"关切之情溢于言表。庞秋雁报以微笑,按住那个雪青钮子,车窗全开了。李金堂喊着:"都抓紧了,一二三,起!"林肯车像一片轻轻的白羽毛,躺在几十只男人有力的臂腕里,向着小溪的对岸飘去。连锦终于在最后的一刻意识到了今天的过失,把摄像机交给白虹,连鞋都没脱,扑入溪水,挤进一只手。

庞秋雁哪里是等闲之辈!车一放稳,她忙拉了车门跳下车,理理头发,朝小溪走几步,看着正在洗脚穿鞋的李金堂说:"李副书记,你真不够意思,我来龙泉半年了,你也不带我到老远边乡走走。"李金堂觉着这个插曲演奏得非常及时,心境和这初春的天空同样晴朗,说道:"该打杏花山乡长、书记的屁股,去年我就让他们在这里修个便桥,他们竟没办。你是不知道,我是督促不力,所以为你抬回轿,补补过。"几个主任、局长跟着笑了。庞秋雁笑骂道:"你们这些大参谋,大师爷,都该挨板子!事先没一个人提醒,车陷进去十几分钟,竟没一个人想出办法,看我怎么收拾你们。"这一顿嬉笑怒骂,竟把这场本来于她十分不利的小事故,变成了一个小小的笑剧。李金堂神色肃穆起来,仰望一会晴朗的蓝空,说道:"快上车走,孩子们怕都等急了。严副局长,多给他们一万吧。"

整个视察过程,听取汇报过程,庞秋雁恰到好处地扮着第一配角的角色,处处把李金堂推到前台。毕竟,今天是李金堂为她解了围。毕竟,李金堂今天亲自为她抬了车。朱新泉一直没有判断出李金堂的意图,第三只眼一直睁着。若是李金堂为了给庞秋雁一个下马威,他就不会返回小溪帮庞秋雁解围。若是诚心诚意解围,李金堂为什么喊完了号子就闪开了呢?李金堂并没亲自动手。这个细节表明李金堂并不想用这件事和庞秋雁搞什么同盟。那么,这两方的斗争仍在继续。

陈远冰的出现,引起了朱新泉的注意。那份电话记录和连夜制作出来的录像带摆在清扫完的饭桌上,朱新泉心中又生出对李金堂的敬畏和叹服。接下来,事情的发展又一次出乎他的预料了。李金堂对庞秋雁说:"太不凑巧了,这个会你我只能去一个人参加,咱们不能对那些望眼欲穿的孩子们失信。你我分个工,你去地区开会,为咱县要回个百八十万,我继续带队现场办公,尽快把这三十万拨下去。"庞秋雁心中窃喜,都说你多难对付,我看未必!这种机会都不知道抓,可见你的迟钝!如果能争取到这笔资金,龙泉教育界今后还不把我奉为救苦救难的活观音?嘴上却说:"李副书记,分兵两路我同意。不过,还是你去地区的好。我来龙泉,下面没怎么跑过,正好趁这次现场办公熟悉熟悉情况。"李金堂笑道:"到地区要钱可不是个美差,西三县、南三县,书记也好,县长也好,都是难相与的刁蛮货,多年来我可领教过了。抓教育的,全区连上你,有五个女副县长,我去了也白搭。伏牛乡、四龙乡,对付上面都有一套,你去了,他们敢抢了这笔钱。现场办公不能停,在会上还能作为一颗重磅炸弹,你就说这笔钱是县里从办公费中挤出的。地委、行署领导看咱们务实,不挖空心思去争这两个名额,心就会偏向龙泉了。再说呢,你在柳城多年,和地委、行署主要领导和各个部门领导人熟,这是个事实,不用回避,你去了把握更大。还有呢,你刚刚为龙泉要回四百万,实力在那儿摆着。不是我谦虚,我去广州,恐难要回这笔钱。我看就这么定了吧。今天报到,从这里去柳城也很近,你还能回家看看孩子。"

这番话说得入情入理,庞秋雁心中暗暗佩服,想到和清松在龙泉的大局,不再推让,说道:"你是常委,我听你的。中午你也别休息了,帮我理个思路。"陈远冰插话道:"李书记,庞县长,电视台上午送来这盒磁带,说是拍全县中小学危旧房的。我想着可能有用,就带来了。"李金堂摸着磁带说:"难为你粗中有细。噢,这个片子几天前我看过的,正是看过了,才生出现场办公的念头。对了,秋雁,有这个片子,你去柳城就又多个杀手锏。电视台这回打个提前量,好哇。秋雁,中午咱们再看看片子,边看边说好不好?"庞秋雁自然是求之不得。

过了一会儿,放像机找到了,李金堂和庞秋雁去了电视房看片子。朱新泉越来越糊涂起来。几个小时前刚刚编完的片子,为什么要说几天前都看过了?片子还无影无踪,已经决定了现场办公,为什么要说成看了片子才作出的决定?李金堂作了这么精细的准备,为什么要把摘桃子的美差拱手送给对于?朱新泉想不出李金堂究竟想干什么,只是感到一股逼人的杀气。片子早上刚刚看过,朱新泉看了两眼,出来和几个工作人员闲聊。这个录像机怎么找得这样顺手呢?越想越觉得该给刘清松提个醒,喊了一个司机,朱新泉去了两里外的杏花镇。到石墨矿的电话线还没接通,朱新泉只好请四龙乡郑秋风乡长转达。郑秋风说:"总该说个什么事吧?"朱新泉对着话筒叫着,"你亲自上山到矿上去,就说我说的,县上出了大事,叫刘书记火速回城。"

朱新泉回到杏花山中学,打开一包顺路买来的红塔山香烟,给在房子外面聊天晒太阳的十几个男人一人发了一支,望着天上的云朵说:"冬天过了,一晃就是春天,春天一来,夏天就不远了。"严副局长接道:"搞宣传的就是不一样,尽尿说些真理,春天过了能是冬天?宣传工作好搞呀!"朱新泉摇摇头,"别看四季轮回简单,有的人就是弄不清,五黄六月穿皮袄。"

几个人正在说笑,庞秋雁带个红眼圈从屋里跟着李金堂出来了,看见正在对着院子里一棵梅花树发呆的白虹,走过去,亲切地拍拍她说:"谢谢你!没想到龙泉还有普通话说得这么好的姑娘。汪局长,你有这么好个人才,为什么不让她播新闻呢?天天能看见她,啥也不烦。"汪成荣连声说道:"这就调她到新闻组。"庞秋雁拉着白虹的手说:"你跟你哥长得蛮像。你哥呢,太秀气些,显得柔弱了点。"白虹红着脸,一句话也没说。

李金堂眼里闪过一丝狐疑,旋即又温和地说道:"秋雁,还是我们先送你吧。我们是大兵团,把你先送走,你心里不觉孤单。"庞秋雁听了很受用,想起那个欧阳洪梅和这个男人十几年固若金汤的关系,嘴里说:"李副书记晚生二十年,恐怕能成一代人的青春偶像,我就想不了这么细。有这部片子,我自信能为龙泉争来个名额。"李金堂伸出大手,握住庞秋雁的小手,摇着说:"秋雁,任务艰巨,全县八十四万龙泉人祝你再次凯旋。"

二二十人目送庞秋雁和她的白色林肯驶向东北、驶向柳城。李金堂站在一个高坡上,神色肃穆,像一尊雕像纹丝不动。过了很久,他发出一个中气和底气十足的声音:"去菩提寺。"

李金堂决定留下吃晚饭,不仅仅因为这顿饭据称完全是孩子们找的粗粮野味才动的心。把菩提寺初中选成现场办公的第二站,已经透出了他的藏得很深的期待:很想寻一个合适的方式见见孔先生。很久以来,他已经把活生生的孔先生作为一名世外高人送入神祇的行列中了。"文化大革命"开始的前一年,孔先生提出辞去县第一高中校长的职务,两人为此发生一场争执。孔先生执意要走,说出这样一番话:"经过'四清'运动，你在龙泉已无对手了，尽管我不赞成你有的做法，但你总是达到了目的，恐怕也伤过人的性命。"李金堂听了很不受用，说道："先生是不是担心有朝一日我会向你捅刀子？"孔先生摇头道："我这个当过师爷、当过军阀幕僚、当过大资本家半个管家和账房的人，能作为一个历史清白的人过几个关口，还能堂而皇之教书育人，已经证明你的心了。我生性散淡，不喜拘束，留在城里无益。再说，对你的事业，我已经成个废物了。"李金堂说："先生这么明白，为什么要走？"孔先生笑道："如果你也倒了呢？"李金堂说："既然这样，先生请自便，金堂不能连累你。"后来的事情，果真让孔先生言中。"文革"十年中，李金堂两落两起，从中又悟出许多道理。这十多年，李金堂偶尔也想到孔先生，想起来就觉气短，也知孔先生在菩提寺做居士，最终弄成个老死不相往来的局面。这几年年龄大了，更是常常想起孔先生。可是，有了中间的过节，再见面就得有个讲究了。李金堂决定在菩提寺中学滞留，显然期待着这段时间能发生点让他愉快的事情。二十年过去了，两起两落的现实彻底灭了他无休止搏杀的念头，对人这个东西，也有了更多的领悟，他实在想找个对手谈一谈，让孔先生这样的高人评点一下他这种半退隐式操作的得与失。

  第一道菜竟是满满一盆汤。众官员、随从有的知道广东人吃酒前要喝汤，拿了勺子就给李金堂舀。"慢！"李金堂说道："不是南边吃法，东西还没上齐呢。"话音刚落，果然就有一青年男教师托着条盘走进来，取下一只只细瓷小碗放在每个人面前。碗内有瘦猪肉、猪肚片、羊肉，还有两种东西，一种是三分宽窄厚薄一寸长的肉条，一种是像火腿肠样的白肉片，极细。白虹遇到一个在这里当教师的女同学，推说中午吃得太饱，去找女同学叙旧，没在桌上。汪局长用筷子夹起一片看看，脸上就有猥亵的怪笑，嘀咕着："像是什么东西的那个东西。"严副局长接道："你斯文个屁！这是狗鸡巴。"李金堂嗯了一声，"小严，这是学校，文明些。这道菜叫做双鞭十全大补汤，能治不少病，暖肾壮阳，益精补髓，温补气血。土料是牛鞭和狗肾。"连锦大着胆子插问一句："十全是哪十全？"李金堂随口说道："是十味中药。党参、黄芪、肉桂、地黄、白术、川芎、当归、茯苓、白芍和甘草。把十味药用纱布包好，将牛鞭、狗肾等放入，猛火烧半小时，再用文火煨两小时。"十几人尝了，个个赞不绝口。李金堂叹道："没想到能在这里吃上这种汤。"

两个女教师进来，一人摆三分大的小酒盅，一人在旁边一张黑漆剥落的条桌上放了六只玻璃茶杯。范光明堆着一脸笑领着一个十二三岁的女孩子走了进来，"各位领导，这是我校二年级学生金兰，来给大家表演个节目助兴，胆子小的可以闭上眼睛不看。"所有的人都把眼睛瞪得溜圆。只见小金兰把一只鸟笼放在一把椅子上，掀掉上面的蓝布。有人就啊呀叫出声来，笼子里面盘卧着两条蛇，一条白底黑花，一条白底黄线，头都昂着，吐着红色的信子，刚刚冬眠醒来，显得格外猛悍。小金兰揭开笼顶，挽了衣袖，小手一伸，没容众人惊叫出声，已把金环蛇的七寸处抓在手里。她左手拿起一只玻璃杯子，朝蛇头送去，金环蛇一口咬住杯口，便有一股透明的东西沿着杯壁流下，如许重复二次，那杯底竟有一两毫升样的液体。

"蛇毒是这样取的呀。"有人感叹一声，没有另外的人附和。小金兰把蛇换到左手，右手从口袋里摸出一把柳叶小刀，一刀割在金环蛇颔下，刀一抽出，有一股殷红流在第二只杯子里，蛇尾巴甩了几甩，不动了。接着，小金兰用柳叶刀划开蛇肚，取了一只小葡萄大小的蛇胆在第三只杯子上用刀一划，黑绿的胆汁滴进杯子。小金兰扔下金环蛇，三两分钟，又把眼镜王蛇如法炮制了，然后一手一条，拎着走出教室。一个扎着马尾的女教师抱来一个酒坛子，把六只杯子装满了酒，而后，又和另一个梳着两条黑亮长辫的女教师端着两大杯紫红的蛇血酒给每个人都倒满一杯。

李金堂看见一桌人都面面相觑，端起来一饮而尽，咂咂嘴道："好酒！都快喝了吧，越放越腥。"都端起来饮了。把酒杯换过，两个女教师又把蛇毒酒倒上，几个年轻的随从脸上顿时浮出愕然和恐惧。李金堂又端起来饮了，看见连锦额头竟现一层汗珠，笑道："蛇毒酒比茅台更有味道，小连，喝了它，今年夏天可省一顶蚊帐。"连锦捏着鼻子把酒吞了，吐着舌头直喘气。

范光明谦恭地点几下头，"各位领导，请吃吧，菜不多，天又冷，吃完一个，上一个。"吃完了双鞭十全大补汤，女教师又把蛇胆酒倒上。这回连锦第一个端起来饮了。第二道菜是一盆黄澄澄的鸽子，范光明报道："这是虫草鸽子，请尝尝。"

接着是一道名叫乾坤蒸狗的菜，每人面前又放了一小碟豆瓣。范光明夹了一块，在豆瓣上一蘸，却不吃，说道："季节不对，若是秋天，佐柠檬丝吃更好。"李金堂已起了疑心,三道菜两道都合自己几十年的口味,其中定有原因。莫非这事真是孔先生主持的?他这么做是何用意?难为先生几十年后还能记起我喜欢吃的东西。菩提寺离此不远,肯定是孔先生了。转过脸问道:"范校长要算美食家了,不知今晚的大师傅是何方高人?"范光明不敢和李金堂对视,吞咽一块狗肉,说道:"不是什么高人,是我的老舅爷,退了休,在学校给学生们胡乱炒几个菜吃。"李金堂笑了一下,没再逼问。孔先生为啥要隐瞒身份?难道他真的不愿见我?是啊,二十几年了,见面后又能说什么?先生还没老,想得比我周全呀!

吃完泥鳅炖豆腐,又端上一盆汤菜,女教师报了菜名说:"八龟闹海。这是孩子们从三眼潭捉的,很新鲜。这乌龟都是六只脚,所以这菜还有个俗名叫四十八条腿。"李金堂又看了范光明一眼。

范光明心里七上八下,知道再问起厨师无法对答,扯个谎出来,准备问孔先生讨个主意。刚拐过山墙,范光明被一个黑影张牙舞爪按住了肩头。范光明扭头一看,埋怨起来:"乡头,我说去催主食,你又跟出来做啥,剩的全是贵客,弄砸了你负责。"田雨得笑露出一口白牙,"砸不了!下午我看你连工作都不汇报,就知道你受了高人点拨。怎么样,咱俩再做个交易,也不算交易。若留十万,我一分不多问你要,十万以上对半分。"范光明推了田雨得一把,"你春秋梦做得太大了,快去陪客人。"田雨得阴险地笑笑,"三七开,最少二八开,你不答应,我就在饭桌上露你的底,你什么时候把舅爷弄到学校做饭了。"范光明只好答应。

赶到厨房,孔先生已经收拾好东西准备走。范光明大惊,忙拦住道:"舅爷,你怎么就走呀!"孔先生两手一摊,"三灵蘑菇炖山鸡已经好了,只等他们把两条蛇吃完,饭菜都齐了,这里已没我的事。"范光明央求着,"舅爷,你一走我就没了主意,李书记像是已经知道是你了,要是他要见你,我怎么搪塞。"孔先生低垂着眼皮,捋着山羊胡子道:"他怎么说的?"范光明道:"说倒没说什么,说我不像个美食家,说这饭菜一定是个高人整的。""没多问什么?""没多问。""没多问就好,我可以走了。"

范光明闪出道路,喃喃道:"饭是吃得挺高兴的,只是不知有个啥结果。舅爷,他要是硬要见你,我咋说?"孔先生丢下几句:"堂堂中学校长,龙头豹肚已做好了,你还续不出个凤尾?好好想想,怎样才能打动他。"说罢，竟自去了。

范光明再次走进教室，李金堂正在讲三灵菌的采法，"这东西有灵性，分明看见有三只长成一个等边三角形，每只相距一尺多远，等你挖完一只，另两只都不见了，这东西仁义。"连锦问道："这么好吃的东西，山里又有，怎么没见街上有人卖？"李金堂冷笑道："你起了拿它卖钱的心，见都见不着！难为他们采来这么多。"范光明忘形道："上午为采这菌子，派了五十多个学生。"李金堂乜斜范光明一眼，"知道用它炖山母鸡的人不多！龙泉小县，我独服一个孔先生。可惜他如今成了方外之人，不能常见了。范校长，能否把你们学校的大师傅请来一见？"范光明已经听出李金堂不是非要见孔先生不可，说道："上午派两个学生上山捉蛇，一个学生叫毒蛇咬了。我舅爷精通医术，上山采什么夜光草给学生治伤，今天恐怕见不成了。"

李金堂默思良久，说道："各个乡初中都缺大笔钱，一回拿三五万，办不成事又把钱糟了。庞副县长马上就能要来两百万，这个矛盾就能解决了。把剩下的二十五万都给你范光明，要是有一分钱你没用在学校，就算你贪污二十五万。其他六所学校，等争来贫困县教育基金后，按菩提寺中学数目拨发，回去吧。"范光明听傻了。

# 第十二章

从申家营返回县城，白剑直接骑车去邮局把那篇《从"护商符"看商品经济》快件寄往《柳城日报》。吃了两个火烧，喝了一碗鸡丝馄饨，对着阳光想了半天，他发现自己已经陷入一种种了瓜要收豆子的尴尬里。本来是冲着大洪水回来的，眼看长假过了一大半，大洪水后的账目只查出一个大纲，自己却身不由己陷进吴玉芳的案子里。救灾款的事，是牵扯全县二十几个乡镇的大动作，刘清松不插手，谁也查不全。百无聊赖回到古堡，也没见着林苟生。白剑躺在床上轮番给刘清松和庞秋雁打电话，打了十几次，都没人接。这时，夏仁把一张瘦脸探进来，惊诧道："你回来了？你走了连个招呼也不打一个。"又改变一副口吻，"我是奉命照顾你的工作、生活，朱部长一天要问两三次，你老兄可别怪我烦人。你嫂子调回来的事刚刚有了点眉目，节骨眼上，一点错也不敢出呀。"

"进来坐呀。"白剑翻身坐起来，"我能不体谅你的难处？我回八里庙老家了。"夏仁坐下来小声道："老兄，你此行很神秘，连我这个呆子都感觉到了。你想想看，你在龙泉还有亲人，可别冲动。再说，龙泉就这么大，能行多大的船？"白剑知道再掩盖也没用，说道："老夏，你放心，我一定做到不连累你就是。吴玉芳家，我当年当知青时，住过三个月，你说这件事我能不管不问吗？"夏仁凑过去说："申玉豹和李副书记一荣俱荣，一损俱损。地区、省里都没有过问的事，你能管得了？"白剑站起来道："尽尽心而已。再过几天，我就到假了。一回北京，想管也管不了。唉，刘书记这两天在不在？"夏仁忙问："你找他有啥事？"白剑笑道："你别神经过敏！我是想求他帮我表妹找份工作。"

"就是就是。"夏仁连声道,"一人得道,鸡犬升天,你不这么干,人家笑你是个圣人蛋。刘书记上山蹲点了,李副书记刚刚出院,王县长在上班,庞副县长也在上班。我防你干啥。"白剑心里又凉半截。刘清松到山上蹲点,连个招呼也没打,证明他对翻救灾款旧账毫无兴趣。闲着也是闲着,不如再去找找赵春山。主意一定,白剑起身拿起了外套,"你要到哪里去?"白剑不客气地说:"我是你的囚犯吗?"

白剑走进侦缉科的办公室,只见到一个二十多岁的女刑警。女刑警一脸愁容,冷冰冰问道:"找人还是报案?"白剑把记者证掏出来,"找赵科长。我是中华通讯社记者。"女刑警不冷不热道:"我知道你,不用验明正身了!赵科长如今不叫科长了,又当了刑警队队长了。真希望以后不要再见到你!"白剑听得莫名其妙,小心问道:"同志,这话是什么意思?"女刑警把脸一扬:"一点都没屈你!自从上次你找过赵队长,他就再也没了笑脸。果真前天就出事了。你再找他两回,还不把他命搭上了?索命鬼!"白剑心里一紧,顾不得计较女警官的态度,问道:"赵科长出了什么事?"女警官翻个白眼说:"前两天科里保密柜被盗,吴玉芳一案一审二审的全部资料都被人盗走了。赵科长那天值班,被人使了乙醚,昏睡十几个小时。你说这盗贼可恶不可恶,用了乙醚就行了,用过了还用钝器伤了赵队长胸部,弄得他卧床不起两天了。也怪得很,作案人除了留下几个不清晰的指纹和脚印,别的什么也没留,可见是个老手。不是你重新来提吴玉芳,哪里会发生这种事!"白剑感到情况严重,又问道:"能不能告诉我赵队长住哪里?"女警官没好气地答道:"你想想我会告诉你吗?你是记者,鼻子比警犬还灵,你要想见赵队长,还用得着别人指路吗?"

赵春山接过永亮端来的大半碗中药放在床头柜上,张张嘴本想和永亮说点什么,身子动了动,又改变了主意,慢慢挥挥手说:"我想一个人待一会儿。"永亮退出里屋。

光线很暗,空气里弥漫着一股浓浓的中药味。赵春山想翻个身,右胳膊一撑床铺,胸腔里顿时滚过一片钻心的扎痛,感觉像是肋骨的断茬戳在了心尖尖上,只好又以原来的姿势躺着。这两天,只要伤处一痛,他马上就生出一股大意失荆州的悔恨。作为侦缉科长和刑警队长,吃这种亏,犹如哑巴吃黄连,有苦难诉,自尊心使他无力说出胸口中的是一拳这个真相,任凭队里的人把它记成:赵队长被迷昏后胸口又受钝器所伤。几十年来,多少凶残的歹徒都被他的铁拳降服了,没想到这次竟会栽在申家营一个老农手里!睡了两天,胸口的疼痛不但没减,反倒更加剧烈和敏感了,这让赵春山大感疑惑。难道他是一个练家?这个念头吓他一跳。这么说吴天六是下决心打赢这场官司了。作为一名老刑警,他对吴天六身上表现出的这种精神十分钦佩。他巴不得每个中国人面对恶势力时,都能表现出这种百折不回、九死不悔的勇敢。现实却不是这样,多数受害者面对恶,多半采取忍气吞声、一再退让的态度。这么一想,他反倒觉得这一拳挨得值!

盗出,不,应该说拿出保密柜里吴玉芳一案一审二审的卷宗后,他只是想再去申家营他判断出的第一现场——申玉豹家里,寻找一些别的证据,没想到竟在一口空大立柜的角落找到了吴玉芳的左脚小趾骨,这一证据足以使整个案子翻转过来。可以肯定,吴玉芳在家里被害后,尸体就放在这个大立柜里,左脚小趾在吴玉芳死前已骨折,天太热,腐烂的小趾就和尸体分开了,移尸玉米田时,这截小趾就留在柜子里了。一时兴奋,赵春山把手电掉在地上,去捡手电时,碰翻了一把破椅子,响声引来了韩教师。负痛回到县城,他灵机一动制造了保密柜被盗的假现场。如果这件事在龙泉传开,肯定会引起受害一方的怀疑,进而会在上诉时提出可以引起上级法律部门重视的证据。

现在,吴玉芳的小趾骨和一审二审卷宗就安卧在赵春山的枕头下面。然而,两天来,他却失去了碰它们的勇气。如果由他提出复审吴玉芳一案,自己的伤、那位老农的脸伤和这截小小的脚趾,足以使刑警队重新立案侦查,大立柜木板里渗入的吴玉芳的血肉足以证明那里就是放尸体的第一现场,一个冤案马上就可以昭雪了。可是,不管是抓了申玉豹、申玉玲、曹改焕或是那个没有审问出来却确确实实存在着的男人,李金堂绝对不会缄默。要不了多久,赵永亮也将被重判入狱。

那一晚,赵春山正准备第三次提审曹改焕,女刑警闻香兰拉住了他,小声说道:"科长,昨天夜里,二里沟张胜琴被强奸一案,嫌疑人去医院让张胜琴指证了。"刑警队昨夜凌晨两点接到报案:二里沟有一女青年晚上十一点前后在锁厂和二里沟村之间的玉米田里被人强奸,过程中伴有长时间的搏斗,女青年脖颈处有大片青紫,被上夜班工人发现时尚处昏迷状态，现经医院抢救脱离危险。赵春山当即令闻香兰前往医院："你到那里给我守着，等受害人神志清醒后，立即问出作案人特征。这差不多等于强奸杀人，这种恶性案件一定要尽快侦破。"十八小时后，闻香兰回来复命了。赵春山说："案犯招认没有？"闻香兰低下头说："科长，这事有些麻烦。嫌疑人带去后，我没让他们进病房。"赵春山诧异道："那为什么？"闻香兰苦笑道："医院已做精斑化验，受害者一口咬定是锁厂的人干的，早晚都能查出来。我是怕……""你怕什么？"赵春山面露愕然神色，"什么厂？锁厂？是不是永亮也在里面？"

闻香兰点点头，"科长，这事肯定是永亮干的。不过，这件事情有些复杂，或许另有别的原因。永亮你比我更了解，他不是那种人。或许我不该拒绝他，我总觉得这件事我有责任。我一直把他当做弟弟，没想到他对我产生了那种感情。我没告诉你，前天他突然间亲了我，我打了他一耳光，昨晚就出了事，是我害了他呀。"赵春山呆若木鸡地听着。闻香兰带着哭腔说："赵叔，其实我并不讨厌永亮，只是我一直把他当弟弟，一时拐不过弯儿……没想到会出这样的事。我们想点办法救救他吧，救救他吧！"赵春山缄默着，面部肌肉一跳一跳的。闻香兰拉着赵春山的衣襟说："是我害了他呀！现在有办法救他！永亮同车间有个叫锁柱的，正和这个张胜琴谈恋爱。如果，如果他们是三角恋爱……我问过那个锁柱，昨天中午他还和这个张胜琴待在一起，还发生了关系。所以，医院化验的结果，精斑是两个人的。"赵春山咆哮着，两只拳头在空中挥舞着，"胡闹！胡闹！手段凶残，违背他人意志，抓了他，抓了他，抓了他！"

第二天上午，永亮被带进了公安局。不过，来的不是他一个人，闻香兰顺便把锁柱也带来了，她对锁厂保卫部门说：这个案子复杂，不能轻易说成是强奸案，等调查清楚后再公布结果。赵永亮一见父亲，就吓得浑身发抖，赵春山抬起一脚，就把永亮踢翻在墙角里，把锁柱也吓了个屁股蹲。闻香兰上去死死抱住赵春山，恼怒地喊道："你怎么能打人，你是刑警队长，你怎么能打人。"赵春山喊着："我是他父亲，我要打死这个孽种！打死他。"公安局长关五德厉声说道："老赵，你在违犯纪律！这个案子涉嫌你的儿子，按规定你该回避。香兰，把他俩锁起来，你到我办公室来一趟。"赵永亮躺在地上，看见闻香兰那双好看的、带着幽怨愤恨的眼睛从门上的采光口里一闪就不见了。他爬起来，朝着黑暗中蜷着的锁柱打了一拳，嘴里骂道："我日你八辈祖宗，你害苦了我！"锁柱不敢还手，不明白自己为什么害苦了永亮。

　　永亮挨了闻香兰一耳光，顿时感到世界末日就要来临了。两年来，一只雄狮带着他郁积了二十一年的情欲在胸中慢慢长成了，闻香兰那种温和的、恬然而宁静的气息滋养着这头狮子。一个月前，这头狮子和闻香兰说话了，说得毫无底气，"闻姐姐，你说，怎样向喜欢的姑娘求爱她才会答应？"闻香兰说："我还没有遇到过求爱的人，没有办法教你。小亮，你是不是喜欢上了哪个姑娘？""狮子"说："什么时候遇到像姐姐待我这样好的姑娘，我才能动心。"闻香兰嗔怪地瞪他一眼，"你跟谁学得这样没大没小，小心我撕你的嘴！"前天下午，闻香兰有事去家里找赵春山，赵春山去了申家营取证词，赵永亮调休在家里。闻香兰常来常往，说笑一会，拿个小镜子梳头。赵永亮被一种腥甜清香的气味熏得不能自持，那头狮子蹿了出来，从后面抱住闻香兰，疯了一样亲着那截裸着的如玉一样的项颈，两只狮爪无师自通地揉捏着那双早已熟透了的乳房。闻香兰把永亮扇在地板上，噙着泪水离开了赵家。赵永亮羞得无地自容，一个姿势在地上躺到天黑。他一直等着闻香兰带着父亲回来揭发他的丑行，等到半夜，家里还只是他一个人。第二天，他照常上班了。中午，他看见一个丰满高挑的姑娘的背影闪进锁柱们的宿舍。锁柱和三个城里没房的工人同住，午饭后，永亮还听到另外三个人请锁柱一起去看一点钟的录像。永亮在水池边上莫名其妙地感到浑身在颤抖，不由得朝那个房门移动了脚步。那几十米路走得好艰难好艰难，永亮有好几次生出了扼杀这种好奇心的想法。然而，他又嗅到了那种腥甜清香的味道，战战兢兢地朝前移着。一种从未听见过的女人的呻唤撑破了纱窗，引得永亮简直要炸裂了。他感到口干，伸了脖子隔着纱窗看，里面黑咕隆咚的，什么也看不见，听得他只想像恶狼一样嘶叫了。这时候他发现了门是虚掩着的，禁不住诱惑，他把头凑了过去，没想竟撞到门上，吓得赶紧缩了身子贴在墙上。平生仅见的声音并没有终止，永亮再探过头去，门缝里送出这样新奇的景致，一堆埋了锁柱烂拖鞋的灰裤子缠住细瘦的脚腕上，一条搭在锁柱黑黢发亮臂腕里的修长雪白的大腿在初秋干燥而苦涩的空气里摇来荡去。永亮做了贼一样逃跑了，到了一个僻静处，两行热泪滚落下来。整个下午，他脑子里空落得只剩下两句话："锁柱是什么东西，竟可以睡女人！闻姐从此再也不会理我了。"黑夜来临了，永亮像一只游魂在一片充满了虫鸣的原野里飘啊飘啊，一直飘到眼前的黑暗里出现了那个白色的女人身影。他无所畏惧地冲过去，从后面抱住那个影子拖进玉米地里……

关五德局长听了闻香兰的案情分析，说道："我们一起去向李副书记汇报汇报，他主管政法。"这是一个送上门的机会，他正愁无法说服赵春山离开吴玉芳的案子。刚要瞌睡，就有人送来个软软和和的枕头。任何一件别人看起来十分棘手的事情，一到李金堂手里就变得异常单纯，这是关五德最佩服李金堂的地方。李金堂听完汇报，风趣地说："多年前看过一部叫《尼罗河上的惨案》的电影，那个叫波罗的人干的职业叫人眼馋。我帮你们分析分析。这个张胜琴，住在县城眼皮下，人长得好，又是个高考落榜生，自然想和城里姑娘一样生活，骑车上下班，按月领领工资，先和永亮谈了恋爱。这姑娘聪明，早摸清永亮的爸爸是陈谢大军留下的人，县城里有不少老战友，想着将来在城里找个工作没什么问题。谁知赵科长不愿意张嘴，一口回绝了，怕影响他大半辈子清白的名声。这样，姑娘就觉得永亮靠不住。那个锁柱呢，家里开个小饭馆，需要找可靠的人收账，他自己的条件差一些，也不嫌弃姑娘是个农村人。这样，锁柱和胜琴就好上了。永亮那边就受不了，要找胜琴姑娘讨个说法。姑娘不想丢锁柱家的钱，又想着永亮是个独子可能说动赵科长把她办进城，也没完全和永亮断了。这一下，麻诀事来了。永亮采取的方式是不对，不过动机也情有可原，早先总也有关系了，如今的年轻人，都等不及。开始总是拉扯争吵，后来就刹不住车。这事开始恐怕也是半推半就，后来为什么打了起来，这就说不清楚了。姑娘报案说是强奸，恐怕是气话。关局长，你们回去再详细问一问，看看我猜准了几成。要是我猜得对，你们，特别是老赵就小题大做了。人家姑娘不过是想进城嘛，又喜欢永亮，条件并不高。老赵有这么个儿子，还是代老局长养的，先认下胜琴姑娘当女儿。革命了几十年，也该有一双儿女养老送终。关局长，解放干部的子女不是可以转户口吗？你把老赵的女儿户口转了，我让劳动局给她拨个招工指标。这件事还是老赵的错，你不张嘴，谁知道你家里有困难，弄得棒打鸳鸯，出了这样一个插曲。老赵该吸取教训，这些天和儿子多亲近亲近。诸葛亮事必躬亲，最后累死在五丈原。老赵和我同岁，应该让年轻人放手去锻炼锻炼，别什么事都不放心。"

闻香兰赶到医院，本想做张胜琴的工作，谁知一见面，姑娘就流着眼泪翻了口供，和李金堂分析的一模一样，再回局里审锁柱，果真他家里缺帮手，只不过他家开的是一家服装店，再问看守人员，说这两个人在号子里还打了两架，锁柱当第三者亏理，没还手，鼻子都叫打出血了，只好把他俩分开关押，问永亮呢，只是一个劲儿地掉眼泪，并不答话。闻香兰甚至怀疑自己的眼睛和耳朵出了毛病，仔仔细细写了笔录结了案。

赵春山只能接受李金堂和关五德的好意。永亮一回家，他一巴掌搨过去，打得永亮顺鼻子顺嘴直流鲜血。作为交换的条件，赵春山主动退出了吴玉芳一案。张胜琴进了毛巾厂，没和永亮谈恋爱，和锁柱也断了，开始了自己全新的生活。

听到白剑的声音，赵春山下意识地用右手护了护枕头。白剑面对一个病人，还是没有改变自己开门见山的风格。

"赵队长，听说你们保密柜被盗，你也让人打伤了。"

"确有此事。"

"这种事是不是经常发生？"

"建国近四十年，绝无仅有。"

"赵队长对此有什么感想？是不是觉得有点怪？"

"无可奉告。"

"有人企图去申家营毁尸灭迹，作为侦破的大行家，你不觉得这是吴玉芳冤死的一个证明？"

"我相信推理，但更相信证据。"

白剑忍受不下去了。坐也不让，茶也不请，角屋门口还立一个充满敌意的小伙子，仍是冷冰冰拒人千里的不合作态度。他换了一种口吻，"吴天六为女儿申冤告状已经要倾家荡产了，你知不知道？"

"如果法律能做到绝对公正，也就没昭雪一说。谁都不敢保证每办一案都和真理站在一起。"

"赵科长到底怕点什么呢？听说你回避吴玉芳一案还有点难言之隐……"

"你不要以为只有你才有悲天悯人的同情心！你为吴玉芳做了什么？你既然对你的判断那么自信，你施加你的影响让地区中院作出复审此案的决定呀！你做不到这一点，就没有资格板着面孔教训别人。我知道你只不过是做点姿态罢了，能勉强对得起当年太阳村对你的养育而已，你不过是龙泉的匆匆过客。没有把握的事，我从来不做。"

"恐怕不是这样。面对你几十年的光荣，你如何评价你这半年多的行为？"

"勉强对得起良心。"

赵永亮进来了，"同志，你没看见我爸病着吗？我想你没啥急事，是不是等我爸伤好了再来。"白剑笑道："你是永亮吧，我这就走，很羡慕你有这样一位慈爱的父亲。如果是一命抵一命，我能理解。可是……好了，告辞了。"

赵春山感到一种被滚烫的油煎熬的滋味。为什么没有勇气把证据交给这位年轻人呢？他或许能够帮助吴天六惊动上边。不！你要是个纯粹意义上的人，你就会毫不犹豫演一出大义灭亲的大戏。可是，永亮呢？还有那个立志要帮助永亮遗忘那场噩梦的闻香兰呢？最少也要判五年！还不对！是你怕晚年的孤寂。是你怕虎毒不食子的比喻。是你怕！怕！怕！永亮要是我的亲生儿子，我会不会这样犹豫呢？他叫了一声："永亮——"

赵永亮又把热好的药端进来，"爸爸，你趁热喝了吧。我刚才出去找了个同学，他爷爷会配治跌打损伤的膏药，他晚上就送来了。"赵春山哽咽一声，又唤一句："永亮——"赵永亮挪到床沿上坐下，把手伸给赵春山握住，另一只手端起碗说道："我喂你喝吧。"赵春山一口气喝了药，再喊一声："永亮——我不是你的亲爸爸。"赵永亮说："爸，这事我早知道了。"赵春山说道："这是我亲口对你说的。你爸是我的老首长，我刚入伍，他当连长，我当通信员。打下龙泉后，他当军管会副主任，我负责处理各类案件。成立了县公安局，他当局长，我当侦缉科长。我俩被老赵、小赵喊了多年。你爸'文革'第二年夏天被郑党干派人游斗了十八场，含恨而死，死前把你和你受了刺激精神已经失常的母亲托给了我，那年你两岁多一点，郑党干原来是县针织厂的干部，欺男霸女无恶不作，后来因贪污事败露被抓起来了。你爸爸主张老账新账一齐算，严惩这个败类，可县里有的领导不同意，一拖就拖到'文革'。你四岁那年，你母亲落水淹死了。我因为身体原因，没有结婚，一直把你当亲儿子看待。这就是我和你的关系。"赵永亮不解地问道："爸爸，你说这些干啥?"赵春山沉默良久,慢慢说道:"爸爸的心你不完全明白。算了,还有些时间,以后再和你说。你出去吧,我想睡一会儿。"

《柳城日报》头版主编陈世阁又是第一个走进办公室,他的秃顶和一副啤酒瓶底一样厚的珐琅架近视镜完全可以当成他用功的记录簿看待。地区小报的头版,严格跟着中央和省里的大报学步,这种雷池遍布多少有点不合陈世阁的胃口。在小报工作二十余年,虽也为无大的作为感伤过,可左右瞅瞅,哥们儿姐们儿都半斤八两,年轻时都踌躇满志、棱角分明,磕碰了多年,光不溜秋一堆挤在河滩上,倒也不觉得十分落寞。比上不足,比下有余,虽是小报主编,大小也是宣传口一路诸侯,在中等城市也是上得了台面的,胃口对不对也不好过多计较了。按说,熬到这把椅子上,本来已用不着这么严格踩着点儿上班了,可多年积习,一时也无法改去,留着倒也无大妨,起码可以在年终总结上堂而皇之、坦坦然然写上"以身作则"四个字。有的习惯就仅仅只是个习惯了。譬如看那些寄到编辑部而不是寄给某某编辑大人的自然来稿。这个习惯能得以保留的潜心理基础,可以说成是一种怀旧。当年二十郎当岁儿,陈世阁正是因一篇寄到编辑部的自然来稿一炮打响的。翻了几个信封,都扔一边去了,原来陈世阁对自然来稿也非每稿必看,每天只挑一两份钢笔字写得漂亮的拆阅。

陈世阁拆开白剑寄来的稿件,兀自吓了一跳,先盯着标题下面那行"中华通讯社记者 白剑"发了一阵愣。看看稿笺纸,下面也印着"中华通讯社"字样,鼻孔里不由得发出了怪怪的响声。"老陈,看出什么稀奇了?"新闻组长郝天来拎着一只米黄色真皮文件袋探头过来瞄两眼,"哟嗨,大神朝咱这小庙里屈尊了,新鲜!咦,标题蛮刺激的:《从'护商符'看商品经济》。"陈世阁窃笑一声,"有意思。聚金银,认个县长做干亲;在小县,搞经商,你不拜官员遭大殃;要填家里保险柜,攀个局长免你税;若想花常开,地县乡村一齐拜。天来,你常下乡,听没听到过这个护商符?"郝天来说:"民谣倒听了不少,这护商符倒没听说过,挺尖锐,也代表普遍性儿,唉,听着有点耳熟,像是从《红楼梦》里的'护官符'化来的。"陈世阁颔首称是,"是用心之作,看来,官商穿连裆裤已弄得怨声载道了。你今天竟准时上班了,太阳从西边出来了嘛。"

一个穿着摩登的少妇把小坤包朝办公桌上一扔，阴阳怪气道："陈主编，这话从何说起？哪一天我常小云没有准时上班？就说这个星期吧，周一上午幼儿园要家长带孩子到妇幼保健站种抗乙脑疫苗，迟到半小时，已经和你补了假的；周二上午，煤气站通知换煤气本本，不换就按议价供应，给你打了电话请示了你也批准的；周三上午，是你派我去采访当书记，问今春主要工作，是当书记不愿谈，怪不得我，中午当书记有饭局，拉我陪吃，不信，你可以打电话问他；周四上午，大明星周娜娜来柳城，机会难得，我在北京和她有一面之交，去采访了她，文章今天副刊就见到了，前些日子有人传她得了性病，柳城的读者很关心，我写文章帮她辟谣，又能增加今天报纸的发行量，怎么说也是为公不为私。今天是周五，唉，主编大人，你一言十八鼎，这样评价我，可太委屈人了。"陈世阁连忙解释说："小云，我不是说的你，你一个女同志，我能这么说吗？我是说的天来。"郝天来也不计较，"我有开夜车的坏习惯，可也从没耽误正经事，你让我今天去参加十三县竞选教育贫困县的会，我五点钟醒了，一直都没敢合眼。活儿，我是没少出的。"常小云还有点不依不饶，"你别动不动就女同志长女同志短，好像给我多少照顾似的。这几年，我不比任何一个男同志少干一点。"陈世阁只好放了手中的稿子，赔着笑脸说："姑奶奶，我喊你一声姑奶奶总行了吧。我陈世阁吃了豹子胆，喝了迷魂汤，把全社上下得罪完了，也不敢招惹你常小云。这柳城，你常小云能通天，谁不知道，没有你，每年的经费就要少几十万。"常小云像是铁了心要和陈世阁大吵一架，站起来道："这话更难听了，我通天，我通哪层天了？我和柳城哪一层领导不是工作关系？听你的话音倒像是我做了什么见不得人的丑事。"郝天来走过去轻轻拍拍常小云的肩，"消消气，消消气。我向毛主席保证，老陈绝对没有别的意思，他和我对你一向忠心耿耿，你这么说就是你多心了。要是领导都换成女的，我郝天来自信也能办通天的大事，异性相吸，很自然的物理现象嘛。看你的样子，怕是遇到什么不顺心的事了，说说看，说出来也许就好受了。"常小云脸上终于现出了笑容，"这官倒真他妈的不是东西。我弟弟他们公司早和上海一家公司签了合同，买二十辆进口摩托车，订金都交了，去提货了，那家进出口公司突然说没了货。一打听，北京市场近来摩托车价格猛涨，北京有人带着条子到上海，货船没进上海港，直接运到天津了。这他妈的是什么事！"郝天来笑道："这点事也能气了你！春节前，柳城地区川酒走俏，你不是找当书记写个条子，一下为你弟弟提走了五吨半嘛，弄得三个县的副食品公司大年三十还没一瓶川酒上架。上边都说，如今是拿起筷子吃肉，放下筷子骂娘。以后手伸短点，什么东西都剜篮子里去了。"常小云吃惊地望着郝天来，一脸怒气，话却柔软，"你的消息蛮灵通，佩服！"郝天来大度地说："不瞒你说，我老家县里的副食品公司，年前早找到了我，没了货，把我的面子也栽尽了。我不是没有找你理论吗？不打不成交，说不定以后你我还能合作干点大事。"常小云转怒为喜，小声说："据可靠消息，家电产品可能要大幅度调价，囤它一批就发了，低息贷款我不愁，你要是能从四川、北京、广东弄来冰箱和彩电，利润嘛，咱们五五开。"郝天来伸出手指压压嘴唇，"一言为定。这事我也在注意，早晨我上班，看见副食品店有人排队买东西，你猜猜买的啥？盐！不知哪里传出来食盐要涨价，急得老头老太太一袋一袋往家拉。"

"真是一篇放胆妙文！"陈世阁朝桌上拍了一掌，"立意高远，思路清晰，尖锐犀利，切中时弊，没有忧国忧民阔大胸怀，写不出这种痛彻透辟的文字。到底是京城高手，不同凡响，不同凡响。审柳城司空见惯事，发柳城人发不出之音。"都是握笔杆子混饭的，一听这番感慨，郝天来、常小云马上中断了金钱梦，围了过来。常小云拿着信封看着，"龙泉，龙泉有什么写家！夏仁之流的小角色，也能把你蒙得一惊一乍的。"陈世阁说："开始我还觉着是冒名，一读才知真是北京来的人。这篇针砭官商之弊的文章，全柳城没人作得出来。"常小云一把抢过稿子，"什么鸟叫竟把一向不肯夸人的陈大主编弄得五迷三道的，我来瞧瞧。"郝天来也有点舍不得，看了看表，惊叫一声："差点误了大事！再有十分钟会就开始了。稿子先别送走，看老陈的表情，恨不得今天就发出来，中午我回来看看。"

常小云一口气把稿子读完，随手朝桌上一扔，"也没什么大不了的，素材新鲜，采访又下了些功夫，文字流畅通顺，又加些议论，不是什么大家手笔，算不上什么千古绝唱。胆量嘛，是有点大，最终不过是针对一个县。我们不是写不出这样的文字，柳城一十三个县，写一篇得罪一个县，一十三篇写过，再下去，还能瞧到什么，瞧人家的脸色！我要生在北京，也敢一次得罪它一个县。反正全国两千多个县，不至于把人都得罪绝了，东方不亮西方亮，黑了南方有北方。老陈，你该不会说我文人相轻吧?"陈世阁小心答道:"你说的有道理。去年咱们报上开展过关于盆地意识对经济、文化发展的优劣问题的讨论,公说公有理,婆说婆有理,最后不了了之。我看这盆地意识人人心中都有。作出这种文字,靠个胆量还不够,主要还是个眼光,不走出盆地,看不见这些。这文章虽说从龙泉一县入手,讲的却是全国性的问题。刚才恰好听了你们的几句谈话,不是谈到了'官倒'吗?官倒是官商连襟的必然结果,官商合作,商不是要拿走大头吗?久而久之,官就不想只吃回扣小头,干脆自己兼了商人,于是才出现个'官倒'新词。白剑这篇文章,又可以看做挖掘官倒现象深层根源的东西。就我的阅读,还没看到过这样深层的剖析文字。这样的文章能在我们报上首发,是咱们的荣幸。你也是铁笔,以后肯定能写出振聋发聩的重头文章。"常小云淡淡一笑,"老陈,你别给我戴恁高的帽子。我的性格不好,常顶撞你,你要再哄着护着的,我怕是更上头上脸的。我知道,这种文章我一辈子也写不出。其实,这种文章谁读了都会觉着痛快。文章里面引用的几个事例确实让人看了憋气。有钱人犯了罪,肯出钱什么都能抹平,久了人心也就失了。这些大道理我都懂。世上有那种我不下地狱谁下地狱的大英雄,我做不来。我调到报社,也没想在这个行当弄出大名堂。你想发你喜欢的稿子,尽管签发。我知道你也觉得发这样的稿子有风险,信得过我呢,初审意见我来签,咱们一起来摸摸官倒的老虎屁股。"陈世阁听得大为感动,连声说:"我知道,你生一副热肠子,你签了意见,王总那里好通过。不瞒你说,我上任这一年多,没发几篇我喜欢的文章。王总处事谨慎,我还真怕他通不过,由你签,就好办了。"当下,两个人签上了一审二审意见。陈世阁像是怕常小云变卦似的,忙把稿子和意见送到王总编那里。

过了两个小时,王总编拿着稿子和意见走进一版编辑室,直接在常小云对面坐下了,直截了当问:"小云呀,这个白记者你认识?文章确实写得不错。"常小云答道:"要是不认识,人家能给咱这小报写文章。"王总编看看搬着椅子过来的陈世阁,"老陈,文章是好文章,只是我还没见到大报上涉及这个问题,不知道上边对谈这个问题要求定在什么分寸上。小云,你和上边熟,是不是有新精神,要对这个问题动动手术?"常小云道:"人家是中华通讯社的大记者,消息自然很灵通。这篇文章本来不是给咱们的,那天碰巧在当书记家碰上了,他谈起这篇文章,我硬是把它给抢来了。省里好新闻评奖,政论类咱们报纸可是连剃两年光头了，不想点办法也不行。既然人家大记者敢写，肯定是得到什么风声了。发迟了，成了马后炮。"王总编点了点头，"我不是不同意发，也同意明天见报，只是觉得发在头条不合适，这不成了社论吗？明天还要发梁部长在宣传工作会议上的讲话摘要，发下半个版也很醒目了。再一点，有个别词句，过于尖锐，你们再琢磨着抹一抹。筋骨不伤，还是中庸为上。"陈世阁忙接道："这事由我来处理。"王总编在终审意见栏签个"同意"，写了自己的名字，起身朝门口走，到了走廊，又折回两步，叮嘱道："作者姓名前面一定要排上中华通讯社记者，这样周全，至少柳城上下不会认为我们是始作俑者，再说，咱们也不能掠白剑和中华通讯社之美嘛。"

陈世阁听得个五体投地，忙翻开稿子找那些藏在文字堆里的出头的橡子、出头的鸟和带了硬刺可以一刺见血的玫瑰。只听常小云叹了一口长气，"唉——你我的职业道德真没说的，为了这样一个自由来稿两肋插刀，欺上蒙上，我们能得个什么好果子吃。对了，老陈，这个白记者要是个冒牌货，一旦文章有什么后遗症，我可是吃不了兜着走，你还有个羊肠小道可以退，我红口白牙说在当书记家见过他，就百口难辩了。"陈世阁赶紧扔下稿子，拿起电话就拨，嘴里说："我以前还真门缝瞧你了，没想到你比我更勇敢，要是龙泉没这个白记者，这就是一篇能使柳城纸贵的文章，我马上把它扔到废纸篓里。你放心，喂，是龙泉县宣传部值班室吗？我是《柳城日报》，小云，你过来问。"

夏仁刚放下另一个电话，很不情愿又拿起了话筒。刚才那个电话是儿子学校的校长打来的，要他赶快到学校去领人。这个儿子不像乃父，聪明过人，眼睛里无权威，也不知个师道尊严，却又不列在调皮捣蛋鬼之列，闹出的故事总是让人忍俊不禁。去年秋天，语文老师临产前还在坚持授课，要学生用"越来……越……"造句子，轮到小夏冬，黑眼珠儿盯着老师的大肚子看着，小嘴说道："刘老师的肚子越来越大了。"闹得满堂大笑。刘老师气得直流眼泪，放了学不让夏冬走，硬要家长去领人。夏仁事后只是提醒儿子不要用老师的什么东西造句。今天又是刘老师上课，让学生用"五彩缤纷"造句，轮到夏冬，正巧有学生放个屁，夏冬脱口说道："刚才，赵小梅同学放了个五彩缤纷的响屁。"弄得赵小梅又哭又闹，刘老师觉得夏冬是故意捣乱，停了半堂课，把夏冬干脆交给校长处理。夏仁忙不迭要去学校领人，一听只是问有没有个中华通讯社的记者白剑在龙泉,赶紧答说:"有。住在县直招待所二〇一房。"对方又问了关于白剑的简单情况,夏仁也简单答了,放下电话就走。

陈世阁有些疑惑,问道:"小云,你问这白剑高矮胖瘦黑白籍贯婚否这种事干吗?"常小云做个鬼脸答道:"我不是跟总编大人吹我认识白剑吗?连这些基本特征我都不知,能说是朋友?"陈世阁叹道:"真是鬼精鬼精的人精啊!"

郝天来一脸兴奋冲进办公室,抱一杯冷茶咕咕直灌。常小云惊奇道:"咦,这才叫太阳从西边出来了。这么一个大型会议,咋会连顿午饭都没混来?再不济,也不至于少了你几听饮料喝呀。"陈世阁也打趣说:"这是开贫困县教育经费的会,内容形式统一,怕是把午饭和饮料全免了,省下这笔开支,救济几个山区失学学生复读哩。"

郝天来擦擦嘴,"爆炸性新闻,爆炸性新闻!哭穷会先变成现场会,现场会变成了批判会,这顿饭还咋个吃法。"陈世阁急忙问道:"到底出了什么事?"常小云抿嘴笑道:"你不知他这号货,不把你的胃口吊到树梢上,他连个烂果子都不会给你吃!你放开了,撑住他,让他尽管吊!"郝天来做出十分委屈的样子,"你这么说不是把我高攀到作家堆里了?我什么时候也没敢忘了新闻的规矩:快捷、直接、简洁。告诉你们吧,五年来,我第一次碰上当书记和秦专员同时朝一个下属身上撒气。"停下来,隔半天又补一句,"还是个女副县长!"常小云骂道:"你别在这儿羊拉屎了,小心得直肠癌!痛痛快快说出来不就完了?"郝天来道:"这个会的内容你们还不知道吧?十三个娃,两个奶头,一吃要吃五年!五年是个啥概念,五年多吃进一千万!你说各县来的副书记、副县长还不急红了眼。我到会场一看,早坐齐了,没有往日开会前的交头接耳,没有县与县之间的打情骂俏、叙旧,相互间不相往来,个个都是乌眼鸡,恨不得一口叼走那个奶头。当书记讲了几句,要各县轮番诉教育方面的苦。都争着要先说,后来,秦专员出了一招,要按县名第一个字笔画为序,龙泉县排在第三位。为啥先把龙泉点出来,等会儿你们就明白了,龙泉就是这一特大新闻的主角。第一个县光凭一片嘴,口才欠佳,两个男的口齿都有点不清楚,讲了十多分钟,我还没听出个名堂,秦专员已经打瞌睡了。第二个县发言的是个女副县长,还知道搞个图文并茂,准备一沓黑白的、彩色的照片,边讲边让大家传阅,当书记看得直点头。十点多一点,该龙泉县发言了,龙泉这回只来了副县长庞秋雁,女官员中，她的气质、风度、长相绝对上乘。"常小云撇撇嘴，"又不是没见过，一般人儿罢了，不过是书记书记叫得甜些，眼风还不会用，还有那么点送上门的感觉，早到半老徐娘和人老珠黄之间的小开阔地里左右摇摆了，还什么绝对上乘！瞧你郝天来的水准！"郝天来眼珠儿左转右转右转左转，终于转出点因果了，春节前一个会，他和常小云一起去采访，当书记狠狠夸奖过这个庞秋雁。郝天来忙赔着笑脸说："当然，和你常小姐比，根本不是一个档次啦，你还是早晨八九点钟的太阳，她嘛说日薄西山惨了点，用'夕阳无限好，只是近黄昏'形容正合适。"常小云伸手打了郝天来一巴掌，"贫什么贫，快说呀！"郝天来言归正传，"这庞秋雁真不是等闲之辈，小云你别介意，等会儿她就惨了，站起来说：'我是在到全县八个初中进行现场办公的途中接到会议通知的，直接从杏花山来了柳城报到。我们从全县事业单位办公费中抠了三十万，带着现金支票去解决基层实际困难。我县李副书记没来开会，他说不能为了要这笔钱而失信于孩子们和那些常年在老边远地区工作的教职员工，他带队继续现场办公。'这个开场白一下子就把人抓住了。当书记听得频频点头，秦专员脸上有了笑意。这庞秋雁话锋一转，拿出了杀手锏，'我走得匆忙，没作任何准备，带了一盒现场办公用的录像带，我们正是看了县电视台和县教委合拍的这部片子，才下决心勒裤带挤这三十万，解下面燃眉之急的。片子不长，这里放一放，权当我的汇报吧。'我当时就感到这招用得绝，觉得这两个乳头有一个非龙泉莫属了。一看片子，果然不同寻常，龙泉教育现状那个惨呢，甭提了！你们猜片名起的啥？《救救孩子！》镜头尽朝惨处拍，解说词弄得很煽情，关键是那个女解说员，在画面上时隐时现，出现的时候，虽不流泪，却让你心里那个酸呢，又漂亮又有风度，表演也恰到好处，硬是把这个片子给点缀得你不掏钱不行。观看的人差不多都流了眼泪。休息了一会儿，当书记说他想讲几句。若是别的会，谁敢在这时候插话，这不是找死吗？可谁都明白，当书记一发话，龙泉就把一个名额占去了。"常小云说："她庞秋雁竟把一个名额争去了？"

郝天来呷口茶水说："形势急转直下。忽然间，一个女子站了起来，定睛一看，原来是第二个发言的女副县长杀将出来。这女人道：'龙泉这是在演戏，这种片子哪个县都能拍出来，不能作为这次选点的依据。'当书记自然要问个所以然。这女副县长道：'龙泉是在哭穷，要不然，秋雁副县长就坐不起白色林肯车,这一辆林肯车,价值八十余万,能买十五六辆我坐的吉普车。副县长就能坐林肯,龙泉的富裕可想而知。龙泉不能参评。'这一下会场炸了窝,七嘴八舌讲起来。有人提出要下去到停车场,看一眼世界上高贵程度仅次于劳斯莱斯的白林肯。秦专员说:'我也想去见识见识。'于是,会场搬到了停车场。"

常小云击掌大笑道:"该!活该!得意忘形,一个从七品芝麻官,也敢买林肯车坐。搜刮民脂民膏的人,绝对没有好下场!劳斯莱斯只卖给有爵位的贵族,这林肯想来也差不多。当书记正四品,坐的只是奥迪,四十万一台。这女人真是疯了。"

郝天来说:"下去一看,可不是吗?白林肯埋进车堆里,鹤立鸡群不说,就连奥迪也无法跟它比,一个凤凰一个鸡。秦江专员牛眼一瞪,只说了一句'庞秋雁,你好大的胆子',拂袖而去了。当书记说:'看你干的什么事!这辆车先扣在地委,你通知你们县委,明天向地委对这辆车做个解释。'同样拂袖而去了。你们说中午还会有饭局吗?这件事会有什么结果,现在还说不清楚。只怕龙泉别想再要来这一千万了。老陈,写会议消息时,要不要把这场白林肯车带来的风波带一笔?"

常小云紧接着道:"当然要写一笔,应该写十笔八笔!最好来个追踪报道,一直写到罢了这个庞秋雁的官。哎,庞秋雁不是笨人,她怎么会坐着林肯车到地委大院?这不是找死吗?"

郝天来道:"听说是司机坏的事。司机自己把林肯开进了地委大院,说要接庞秋雁,正好让书记和专员都抓个现行。庞秋雁当然不是傻子,可谁让她有个没脑子的司机呢?当书记当面骂庞秋雁说谎,错上加错。"

常小云恨恨地说:"活该!"

陈世阁感叹道:"明天报纸一出来,一明一暗两件事,够龙泉小县喝一壶了。"

# 第十三章

李金堂把摘桃子的美差送给庞秋雁，是希望庞秋雁能因为车子出点不大不小的事情。判断出这辆漂亮的小车会引起一些麻烦，完全基于职业政治家非常人可比的嗅觉。这种先天和后天合力锻造出的嗅觉，给历史留下了取之不尽的政治智慧。结果出现之前，谋略的人常常被种种可能性折磨得焦头烂额。让庞秋雁去摘桃子，无异于一场豪赌，庞秋雁毫毛无损地带回一千万，李金堂就连本带息输个精光。如果庞秋雁的司机不听招呼，这种可能性随时会出现。譬如，庞秋雁在去柳城的途中意识到了对手李金堂可能在设一个陷阱等她去跳，她的天生的政治触须就会无限伸延，不知疲倦地工作，一直找到那个危险的所在，然后化险为夷，只要她意识到自己所坐的车和将要召开的会议之间的巨大反差，只要她想到身边的这盒录像带来得有些蹊跷，她完全有时间再换一辆吉普去柳城。譬如，到了柳城，只要会议室外面的停车场里没那辆林肯，只要那些兄弟县的对手不能指证个人赃俱在，便是有人提出她乘了一辆超标准的豪华车，她完全可以装个一问三不知的傻样，搪塞过去。譬如，在这个过程中，出了意外情况，把这辆车从庞秋雁身边弄走了，亲戚朋友结婚借去了，某个朋友为某笔大生意需这辆车长脸，都有可能。李金堂押的只是庞秋雁的司机能到时候把林肯车开到地委大院停车场。这个女人在得到白林肯前每次见到皇冠时眼睛里如闪电一般的仇恨，这个女人在得到白林肯后数次坐车到县委开会的挑衅，这个女人在杏花山中学门外上车时脸上闪过的志在必得的表情，都表明她不会想到这车会出什么大问题。她心里想的只是胜利。同时，她又是刚刚打完一个漂亮战役的胜者。

庞秋雁六神无主乘坐公共汽车由柳城返回龙泉的途中，李金堂结束了他很不愿意过多经历的煎熬。秦江从柳城打电话向他通报了会议的情况，婉转地指责道："秋雁年轻气盛，想不到，你该提醒她呀，弄成现在这种局面，会上我已经不好再说话了。其实，你们的准备最充分。"李金堂没作多的解释，只是说："我明天继续参加这个会，对这辆车我会给你和会议作出一个解释。"放下电话，他又拨通了陈远冰家的电话，要陈远冰通知在家各常委，马上到小会议室开个紧急会议。

出乎李金堂的预料，刘清松从山上下来了，正在办公楼门前的广场上背着手散步。上午，刘清松已从朱新泉那里知道了那辆车和这个会，刚刚和当书记通完电话。李金堂伸出手迎了过去，"你回来了。正好出了点事，刚才已让陈主任通知开个常委会，研究一下对策。你回来了，会就由你主持。"刘清松道："事情我已经知道了。秋雁出了这种事，已无法在龙泉工作。我的意见，建议地委、行署另行安排她的工作，至于龙泉给她什么处分，等调查清楚这件事的前因后果后再讨论。眼下需要商量如何弥补秋雁的过失，尽最大努力争取到一个名额。开个会讨论一下，尽快向地委、行署表明县委的态度。"李金堂对刘清松这么快就挥泪斩马谡感到惊讶，这种力量，这种凶狠，这种干脆，实在出乎预料。李金堂马上也表明了自己的态度，"这件事我有直接责任，作为一个老同志，作为你不在时县委的临时负责人，我没有及时发现并纠正这件事，这件事情完全是外贸局长连城锁一手策划的。连城锁好大胆子，竟把四辆要回的车做人情处理了，政府送给秋雁一辆林肯，人大和政协各送一辆桑塔纳，他自己留了一辆伏尔加。这种以权谋私的恶性事件，在龙泉历史上绝无仅有。我的意见是撤销连城锁党内外一切职务，保留党籍，保留公职，以观后效。秋雁的去留，我同意你的意见，但要参考她个人的意见。我个人认为，秋雁有魄力，有能力，是一个合格的副县长，希望她留下继续工作。人非圣贤，谁能无过？龙泉可以选出十个县委书记、副书记，但选不出一个像秋雁这样的副县长。秋雁如留下，最重给她一个通报批评，如果走，要敲锣打鼓欢送她，她是龙泉的有功之臣，不管背个什么处分，都会让她寒透了心。"刘清松苦笑一下，"秋雁性情刚烈，这回给龙泉丢了一千万，她不会再在龙泉待下去的。咱们在会上再议一议，一定要设法争到这一千万。"

一二把手交换过意见，常委会很快作出决定：向地委、行署作如下汇报：一、庞秋雁副县长、人大、政协及外贸局现所用四辆车不是龙泉县违反上级规定计划外超标准购置车辆。这四辆车是广州一家公司用来抵押拖欠龙泉矿石钱款的，运回龙泉后闲置着。县政府、县人大、县政协上级配发车辆远远不能满足工作之需，暂从县外贸局借三辆车以备急需。县委拟近期开会研究如何合理使用这些车辆。二、县外贸局局长连城锁，工作能力极差，致使在三年里，所辖石墨矿、麦饭石矿陷于瘫痪，经庞秋雁副县长努力，才于上月追还外省拖欠矿石款四百余万，后又擅自做主使用车辆，给全县工作造成极大被动。鉴于连城锁同志接连失职的行为，县委决定免除其外贸局党组书记职务，并建议县政府提出罢免其外贸局长职务并报请县人大全会批准。三、龙泉县教育资金短缺严重，因全县经济底子薄，财政收入低，办教育捉襟见肘，致使三十余所中小学无法正常上课，县委想尽办法支援教育，无奈杯水车薪，无法彻底改变龙泉教育现状。车的问题上面已作说明，请地委和行署考虑龙泉的具体困难。四、庞秋雁副县长超标准坐车虽情有可原，但毕竟违反中央有关规定，造成一定的影响；龙泉县委在外贸局运回抵押车辆后，没及时向上级报告，又没及时做妥善处理，属严重失职。此两项请地委、行署严肃处理。

常委会决定：由副书记李金堂带常委会决议下午即去柳城向地委、行署汇报，竭尽全力争取教育贫困县名额；由县长王宝林向外贸局长连城锁宣布县委决定；由县委刘清松书记向庞秋雁宣布县委决定。

庞秋雁走进刘清松在龙泉的单身宿舍，忍不住流下两行无声的眼泪。这是她半年多来第一次走进县委大院的后院，第一次走进刘清松一明一暗外带一个厨房的简易小院。这是第一次，也是最后一次。庞秋雁仰着热泪纵横的脸，咬着牙根说："我实在不服气。"停顿了半天，没见刘清松插话，又接着说道，"他们做得一点都不高明，为什么我就意识不到这是一个圈套呢！你对我太重要了，太重要了，我就成了恋爱中的傻女人。"刘清松走过来，伸出微微颤抖的手掌，揩拭着庞秋雁脸上的泪水，一根食指抖动着，把一绺散乱的黑发一丝不苟地捋在女人的耳根处。庞秋雁一扭上身，扑抱住刘清松，把又被眼泪打湿的脸埋在男人的胸口，喃喃道："为什么会输得这样惨！为什么？他们为什么会想到收买我的司机？司机为什么会出卖我？我真的不服气，不服气。每一步都有变成好事的可能,我怎么都没抓住呢?我就不能想替你尿他一脸吗?我是不是特别笨?你说话呀!"

刘清松捧起女人的脸,轻轻吐出几个字:"不重细节,缺乏经验!"庞秋雁自己揩干了眼泪,试着笑笑,"回想起来,确实如此。清松,我们一起走吧,要不然,我回柳城会多么孤单呵!"刘清松毫不犹豫地说:"不!还是你一个人先回去。我只来了一年多,还有机会。就是我将来灰溜溜离开龙泉,也不是第一个,只能证明我不比前几任高明,却也不能说明我笨。当初选择来龙泉,什么情况我都考虑了。龙泉难搞,在全省都有名气,这样更能锻炼人。在哪个县,你能体会这种不明不白大败的心境呢?"庞秋雁这回真的笑了,"什么时候你还说这种风凉话,下一步他们就要挤走你了。"刘清松道:"秃子头上的虱子。不过这有什么不好?李金堂很有人情味,坚决反对给你处分,还说要敲锣打鼓欢送你呢!和李金堂共事,能学很多东西。'文革'期间,龙泉的红卫兵发明一种折磨老干部的办法,用一根绳子一头拴一个人,一个胖,一个瘦,把绳子挂在房脊的定滑轮上,瘦子就被吊起来了。有的胖子看着空中的瘦子无动于衷,有的胖子双脚用力一跳,和瘦子抱在空中一起受罪。李金堂复出后,用的人都是后面一对胖子和瘦子。由此可以看出,李金堂并不希望龙泉乱成一锅粥,我的希望正在这里。"庞秋雁面露不悦之色,"这么说,你是认栽了?我叫是为了你才栽这个跟斗的。"刘清松赶紧解释说:"我在研究他,兵法上不是说:知己知彼,百战百胜吗?你待在龙泉,也不是不可以,常委对那几辆车的事,已经作出结论,你的过失仅仅是借了一辆好车去参加一个哭穷会,照样能当你的副县长。可是,你这个过失在龙泉人看来,就是白白丢失了一千万,你要债的功劳再也没人看见了。昨天晚上,李金堂把剩下的二十五万全部给了菩提寺中学,并说等你从地区要回了一千万,其他中学照此数办理。你说,你这个副县长还怎么当?抓城乡建设,出了八里庙械斗;抓外贸,出了林肯车风波;抓教育,丢了一千万,你有法干吗?李金堂十有八九能要来这个名额,秦专员也好,当书记也好,都不会纠缠这件事,如果李金堂做主把林肯送给地委搞外事接待,这一千万不久就成了龙泉的囊中之物,李金堂会这么漂亮地把事情办成的。他既然能在十六个小时里做成一部催人泪下的电视片,就会让这部片子派上用场。"庞秋雁惊叫一声,"天哪!这帮狗日的竟没一个人提醒我一句!"刘清松冷笑道:"没提醒你,那是觉得你必败！没有哪个赌徒专押输家。李金堂帮你抬车了吗？"庞秋雁道："抬了。是他招呼了人才把车子抬过杏花溪的。"刘清松用指头点点庞秋雁的脑门："你呀！人家只是摸摸你的车！"庞秋雁惊诧道："你怎么知道得这么清楚？"刘清松放肆地笑了几声，"龙泉并不是铁板一块。李金堂也欺人太甚了！他是成心让我在龙泉一事无成呀。所以，你一定要回柳城去，你走了，他们才会放心。我毕竟是县委第一书记，想干什么，他们拦起来也不容易。"庞秋雁忘情地扑到刘清松怀里，激动地说："我没看错你，没看错你——我听你的。"

刘清松一脚把门踢锁死了，突然把庞秋雁抱起来就往里屋走。庞秋雁呻唤着惊喜交加的声音，"唔，唔，窗帘，窗帘……"

第二天上午要下班的时候，刘清松看到了白剑发在《柳城日报》头版的文章。刘清松心里说：怎么把他给忘了呢！他想马上找白剑谈谈。

白剑没在古堡。刘清松在大厅里抽了两支烟，把那张《柳城日报》交给服务员妙清说："白记者回来，请他给我家里打个电话。另外，这张报纸也请你转交他。还有呢，你对他说，我刘清松很感谢他对龙泉工作的支持。"

白剑打开房门，林苟生从后面把他紧紧抱住，胡子拉碴的嘴亲了白剑的脖子，又把白剑转了一百八十度，把脸在白剑的脸上贴了又贴，然后大声说道："你可想死我了。这些天，我回来了，你不在，你回来了，我又出了门，就是碰不上。"白剑被这种过分的亲热弄得很不自在。两个男人之间以这种方式表达小别后的思念之情，在西方也很少见。这种不自在很快转化成一种羞愧，羞愧很快又转化成了恼怒。这像什么话！这能是个失恋中男人的表现吗？白剑用力把林苟生推倒在沙发里，红着脸说："你是发财发昏了头，还是失恋让你失了本性？你有没有搞错呀！"看见林苟生脸上闪现着错愕、失态等一言难尽的表情，笑了一下，侧过脸整理着枕巾道："是不是你把三妞又从申玉豹手里抢回来了？看你得意得要忘了形了。"

林苟生痛苦地闭了一下眼睛。那一段不堪回首的往事势不可当地重现在脑海里了。

进入鸡公山腹地那座监狱是一个秋天。判决书终于在羁押五年零十天后送到林苟生手里：因反革命罪被判处有期徒刑十五年。林苟生挥舞着判决书咆哮道："我要上诉！我要上诉！我没有错，我没有错，我写的都是实情。毛主席会为我平反昭雪的！你们等着，你们等着！"年轻的看守关五德怪怪地笑着，"只怕你等不到那一天了，林镇长！你走了，我还真有点舍不得，我很喜欢听你说话，听你说话比读报纸听广播都受用啊。"林苟生声音小了不少，"我要上诉！我要上诉——"看守同情地叹了一口气，"林镇长，我看你的书是读得太多了，连胳膊扭不过大腿这么简单的道理也给读忘了。你上诉，你上树吧，上得越高，摔得越惨。七年前，你要是安安生生当你的右派，儿子怕早能给你买烟打酱油了。你给地区写信反映情况，弄得把你从镇政府院子里清理出去了，这算是摘了你的顶戴花翎，这个词是跟你学来的，不知用得对不对。你安了心呢，每月还能吃二十八斤半皇粮，还算是个普通国家干部，镇上的那个小寡妇还敢给你做点吃的，你一肚子委屈还有个地方诉一诉，你要屈屈尊呢，冬天也有个热被窝让你钻，还有个热身子等着你抱。你不安心，又把万言书写到省里。这回呢，掐了你的皇粮，镇子也不让你住了，小寡妇的门也不给你开了，把你送到四洼村落户。这回你安了心呢，每月还有工分可挣，夏秋两季还有口粮可分，住上一两年，老奶奶、老大娘、大姑娘小媳妇，看出你林镇长不是个坏人，张家说说你的好，李家说说你的长，凭你的学问，凭你的这三十郎当岁儿，一百多斤肉儿，梳了大辫的姑娘说不定还任你选呢，也能过出一家人，安安生生过一辈子。你偏偏不信邪，你用学生作业本又给毛主席写了万言书。这回好了，弄成敌我矛盾了，现行反革命。刚抓你讲来时，我估摸着你真低个头，认个错，人家抬抬手，判个三两年也有可能。三两年一晃就过，出来了，也还是三十郎当岁，回到四洼村，大姑娘不敢想了，凭你的身板才学，过水面总有一碗给你吃，还是一家人，还是一辈子。你又不安分，三天两头写申诉，我可给你实打实寄出去过五份呢！结果呢，弄成了十五年！扣了那五年，还有十年要你熬。林镇长，这不是个充英雄豪杰的时候！要我说，认了吧。按说我比你小七岁，不该由我开导你，可这些道理都是从你身上学来的，你要走了，不说说我心里不痛快。"林苟生呻吟一样道："毛主席肯定没看到我的信，他不会允许这种搞法，要出大乱呀——我要上诉！"看守毛了，"你上诉吧！死到临头了，还只咬这一根筋！"林苟生心也听毛了，怯怯地问："你说什么死到临头？他们敢把我秘密处死？他们敢！"看守悲悯地睞了林苟生一眼，"你真成了茅厕的烂石头了！本来这事不该给你说的。可不说呢，眼看着你要吃大亏。我也不知道，为啥把你一个送到鸡公山监狱。你只判了十五年，在看守所待了五年了，只剩下十来年，照常规，只送柳城劳改农场。鸡公山监狱，只收死缓、无期和二十年的，怎么就把你接收了。忍了吧，老林，不过这鸡公山也真够你忍的。"林苟生再问详细，看守不说了，只是劝他："别上诉，这事有点怪，一上怕真弄成二十年，再上就是无期了。咬牙挺过去，出来也就四十多岁，还能活。"

第二天是个阴雨天，雨时有时无，就像大雾了。林苟生到死也不会忘记这次沉闷压抑、漫长似无尽头的旅程。一路上，身旁的赵春山不说一句话，脸比这天色还要阴，还要难看。记得中午进了桐柏山区，在一个小镇上停了车，赵春山把林苟生和自己铐在一起，跟着司机进了路旁一家肮脏破败的饭馆。司机端来几盘油条，三碗糊辣汤。赵春山说了第一句话："炒俩菜，弄斤白干，算我的。"三个菜，一盘土豆片炒肥肉，一盘素炒萝卜丝，一盘醋熘白菜。司机说："赵科长，就这些菜。"赵春山看看林苟生拿筷子的左手，掏出钥匙，打开手铐，挪过凳子坐到林苟生左边，又把手铐铐上，说了第二句话："把肉都吃了，我是左撇子。"赵春山的筷子使得很生疏。

吉普车进入鸡公山，到底拐了多少个弯，林苟生没有去数。傍晚的时候，望见了那高高的围墙，还有围墙上面的铁丝网。办完移交手续，赵春山把手铐取了对林苟生说了一段话："从现在起，你就是这座监狱里的七八六号，你记清楚了，不管谁喊到这个号，你都要马上答应，你别总想着你的委屈。再这样下去，待在里面和待在外面差不了多少。活下去，希望十年后我来接你时，我喊七百八十六还有人答应。"林苟生咬牙切齿说了几句话："我要活下去！我要熬到那一天！我要上诉！"

那是一间阴暗、低矮、潮湿的大屋子。林苟生被推得踉跄几步，还没站稳，就听到咣当一声，后面响着一个干涩的声音："七百八十六号住你们一〇六号。"抬头一看，只十瓦的小灯泡像一只萤火虫，飘摇在阴冷的空旷里，一股刺鼻的尿臊气如同一根茅草在鼻腔深处挠来挠去，旋即就把一个响亮的喷嚏引了出来，诱发出一片像来自另一个世界的怪笑。林苟生低头一看，五六个光脑袋在地板上的麦秸和稻草堆里以各种姿势搁着，十几道目光放肆地在他身上扫来扫去。"没把人杀死，是不是?"

林苟生摇摇头。

"没伤人命来这儿干啥?抢劫?"

林苟生又摇摇头。

"人没杀,钱没抢,贪污公款!你这个白脸奸臣,一看就是个小会计!搞了个姘头,鬼混没有钱,就开始打公家的主意。小打小闹不过瘾,几千上万干起来了。"

林苟生沉默着,连头也不屑再摇。突然,一个长脸光头蹿起来,一拳把林苟生打翻在尿桶边。林苟生一摸鼻子,手上沾满了鲜血和尿液。一个盘脚坐在地铺上的胖子低着脑袋说道:"老二,说你多少回,连人也不会打。"林苟生站起来,盯着长脸没有说话。长脸又问道:"你没杀人没抢劫没抢钱,难道是因偷看女人洗澡进来的?"林苟生倔强地昂着头,冷冷地说:"你有什么资格问我!"转身把铺盖朝一个空地方扔去。"操你妈,你懂不懂规矩。"一个圆脸矮子站起来,卡着腰骂道:"大哥晚上起夜,踩着你肚皮下地呀。"林苟生没理那个茬儿,自己弯腰收拢那些散乱的稻草。长脸看一眼胖子,叫一声,"大哥,咋办。"胖子没抬头,吐出三个字:"老规矩。"话音刚落,一个瘦子抱着林苟生的铺盖扔在大马桶旁边,解开裤带,掏出家伙,照着林苟生的被子尿将起来。林苟生急红了眼,猛一扑就把瘦子扑倒了。长脸挥挥手,矮子蹿过去扯住林苟生的被角,一个撒网动作,把被子盖到林苟生头上,跳过去,把林苟生一下子骑倒了。长脸把瘦子拉起来,推到门口,"你守着,耳朵放机灵点。"又挥了一下手,铺上又跃起一个秃顶。秃顶身子凌空飞起,一脚踹在林苟生的屁股上。长脸和秃顶手脚并用,不一会儿,就把林苟生打得一动不动。两人歇了一会儿,秃顶说:"二哥,这家伙细皮嫩肉的,杀不了人,也抢不了钱,我看他是个采花贼,不知坏了几个女人才栽了。他不是不想说,是怕说出来丢人!这种强奸犯,也该尝尝那种味。这几天火重,小瘦子那勾子太尖,碰都不想碰。"长脸又踢了林苟生一脚,骂一声,"怪不得他娘的口严!老子平生最恨这种鸟人。大哥,这么办行不?"胖子一直一个姿势坐着,嘴里说:"让他知道知道规矩也好。"林苟生这才明白看守和他说那番话的分量,想喊吧,脖子还被人紧紧箍着,大惊之下,手和腿又挣扎起来。长脸喊道:"老四,抱紧了。"把手伸进被子,解掉林苟生的裤带,又对秃子说:"把他弄趴下。"

秃子踩住林苟生的鞋，挥动手臂朝林苟生腿窝处砍去，嘴里喊着："趴下！"林苟生又跪在地上了。矮子一侧身，骑在林苟生的肩上，把林苟生压趴在地上，秃子就势压住了林苟生的小腿。这一连串动作，显得轻车熟路。长脸把林苟生的裤子再脱一截，朝白花花的一瓣拍了一掌，低下头亲了一口，"奶奶的，还是用胰子洗的澡。"解了自己的裤子，扭头说一句："大哥，你先尝尝鲜。"胖子还是一动不动坐着，略带厌恶地说："没有出恭，我嫌脏。"矮子叫一句，"二哥你快点，这家伙劲儿真大。"长脸朝手指上吐了一口唾沫，朝林苟生勾子里一抹，俯着身子顶了进去。林苟生直觉得两股眼泪从眼珠里炸了出去，心里叫着："天呢！我完了——"

林苟生感到万念俱灰，再不愿正视这种奇耻大辱，像一条鱼儿从地上跃起，朝着一面墙撞去，把踩着他裤带的矮子带倒在尿桶边上，额头上撞出个大血包。胖子惊得站了起来，先是自言自语，"不像，不像，强奸犯、采花贼没这种刚烈。"穿了鞋子叫道："快把他抬过来！"

林苟生被四个人抬到已经属于他的铺位上。胖子伸了鼻子嗅嗅，把林苟生被尿湿的被子拽到瘦子脸上，"把你的被子换给他，妈那个屄，满肚子都是下三滥坏水。"掏出手帕揩揩林苟生头上的血，俯下身子问道："兄弟，你到底犯了啥事？现在可以说说了。"

"补充右派。"

"你说啥？"

"补充右派。五八年秋天补上的。"

"右派咋弄到这儿来了？"

"我不服，后来上书要求纠正反右扩大化，我就变成了现行反革命。"

胖子就势跪在稻草上，捉住林苟生的手道："为什么，为什么，为什么？"

林苟生摇摇头，艰难地说一句："不，知，道。"

胖子不解地自顾自说着："这种事倒不新鲜，只是你一个政治犯，咋会送到这个鬼地方，听说这里从来不收政治犯。我没犯事时，就知道这么个地方，知道省里有个专关十恶不赦又不够挨枪子儿的人的监狱。这不是黑着勾子把你朝死里整吗？天爷，你该早点说呀，早点说。你是这个时候的政治犯，大英雄啊，这个时候还敢说真话，不是大英雄是什么！你看看，你看看我都办了些啥事！"胖子脸色越来越难看了，一脸横肉兀自跳着，大号元宵样的眼珠里喷出了怒火，整个人迸出一股逼人的杀气，身子慢慢朝长里长去，眼风一抡，捉住了秃子，"你过来！妈那个屄就你阴，就你肚里的花花肠子最多！这位兄弟一进来，你就存了这个心。你这个王八蛋嫉妒心最重，又是世上最贪的那号人，谋财害命的事你不止做了这一件。是唱唱歌呀，还是挨我两拳。你无期，老子也无期，无所谓加刑不加刑，断你两根肋骨不屈你吧?!"秃子吓得脸色煞白，牙齿打着颤，"我，我，我唱歌，我唱歌。"说着，哆嗦着双腿往尿桶那边走。"回来！"胖子伸出大手把秃子扭转来，"去把你的碗拿过来！"秃子顺从地拿来自己的碗，战战栗栗看着胖子。胖子说："解开他裤子，让他朝你碗里尿一泡。"林苟生不愿意尿，用手推秃子的手。胖子冷笑道："你一定要尿，尿了你就知道在鸡公山咋活人了。这里住的每个人，手上都有血，你要让他们怕你，要从一点一滴做起。你别忘了刚才他们是咋整治你的。"林苟生忽然间就有了撒尿的冲动，对着那只粗瓷碗尿了一大泡热尿。胖子怪笑着拍拍秃子的肩膀，"让你喝吧，也太委屈你了，再说，你已经答应唱歌了。不过呢，你要登台了，先让热尿熏熏脸，美美容，省得你唱不好。"秃子无奈，只好把脸放到碗上边，让尿热气熏。胖子说，"你们都愣啥愣，都去尿。"三个人都走过去对着尿桶撒了起尿。胖子又坐下来，看着林苟生说，"你见识见识，这是我创造的立体交响乐，再刺儿多的人，唱两回，摸着就光了。你把尿倒进去，开始吧。你们别忘了伴奏。"

只见秃子在墙下打个倒立，长脸和矮子捉住秃子的双腿，把秃子移到尿桶旁，喊了一声"一二"，就把秃子的头倒装在尿桶里。秃子两手撑在桶沿上，两条腿被长脸和矮子压在墙上。瘦子蹲下来，拿起一根筷子在尿桶外面哪哪敲两声，秃子的歌声就从尿桶里传了出来……

林苟生听完这几段唱，那个一直在心里游荡的死的念头倏然间变得无影无踪了。他开始考虑一个问题：如何在这样恶劣的环境里活下去。胖子突然喊道："老二！"长脸马上把笑脸凑过去，"大哥，有啥事？"胖子说："这屋里又多了一位兄弟，这排行你说该咋变呢？"长脸一脸媚笑，"咱这里头的规矩，不序年龄不序财，这位兄弟是大英雄，又是大哥你看中的人，我从今天改做三哥吧。"胖子嘉许地看了长脸一眼，"还是老二有眼色，知道进退，怪不得你该吃花生米的担待，最后竟变成二十年！以后日子还长，咱一〇六房还要保在鸡公山的地位，你人熟心活，这位兄弟当老三吧。"话音刚落地，秃子、矮子、瘦子忙不迭地"三哥三哥"叫了起来。

林苟生入监狱第一晚，荣升了三哥。折腾这么久，大家早乏透了，打哈欠伸懒腰准备睡觉。胖子躺下了，又对林苟生说："今天的委屈，你也别往心里去。成年累月看不见一个女人，滋味不好受。睡了吧，明天还要刨红薯。"

第二天，林苟生跟着队伍，在荷枪实弹战士的押送下去刨红薯。肛门火辣辣地疼着，走着山路，两腿不由得绞绊在一起了。一个战士一枪托把林苟生砸在坡地上，嘴里骂着："偷什么懒，装熊！"胖子忙扶起林苟生，赔着笑解释说："排长，他是新来的，力气弱，我来帮他，误不了事。"战士冷笑一声："杀人、放火、抢劫、强奸妇女的时候，你咋恁有气力！"不再纠缠，给了胖子一个面子，背着枪又吆喝起来。林苟生在胖子的搀扶下，慢慢走向红薯地，这一瞬间，他的整个精神世界彻底崩溃了，从此彻底死了上诉的念想。

以后的九年，林苟生在胖子的庇护下，在鸡公山监狱过着重复乏味、色彩单一、终年见不到一个异性甚至一条母狗的生活。没过多久，他接受了男人与男人间错乱和倒错的关系，和胖子建立了一种日后想起来总是感到肝肠寸断的友谊。直到胖子决定帮他越狱的那一天，林苟生才知道胖子的历史。前几天，林苟生负责喂养的五头猪突然死了两头，他被指控毒杀了监狱的牲口，破坏无产阶级"文化大革命"，不服劳动改造，狱方当即宣布给他加刑五年。这天晚上，胖子跪在两天滴水未进的林苟生的床铺边上，握住林苟生的手，流着眼泪说道："我知道你一直想知道我是谁，我犯了啥事才进来的，我这就告诉你。我是省武术队的教练，十年前我带队外出比赛回家，床上睡着另一个男人。我打了他五拳，他断了五根肋骨，留下严重的脑震荡后遗症。本来，为这事顶多判我七到十年，因为那男的是省领导，我就成了无期。这辈子我是不指望减刑活着离开鸡公山了。这两天，我已经把你的事打听清楚了。你们龙泉不希望你再回去了，送你来时，他们就是让你在这里老死的。前些日子，你们龙泉来了人，说是受什么刚刚复出的县革委副主任之托，来问问你的服刑情况。苟生啊，你究竟为了什么事把人得罪得这么苦，时隔近十年还是忘不了你，你不想说，我也不想问了。你应该有出头之日,就是拼着一死,我也要设法把你送出去。你是政治犯,风头一转,或许就有出头之日。你要吃饭,为了我,你也要活下去!"

十天后,在伐木的时候,出现了大规模的骚乱逃亡事件。林苟生谨记着大哥的吩咐,先藏在灌木丛中,然后从事先选好的地方滚下了山坡,碎石把他割得遍体鳞伤。两年后,他再次潜回鸡公山,打听到那次逃亡,只走脱了四人,胖子大哥被就地枪决了。

在以后多年的流亡生涯里,他忘不掉胖子,忘不了和他相濡以沫近十年的伙伴和同谋,他从那令人心酸的漫长岁月里获得了活下去的最原始的动力。渐渐地,胖子的实体与这广阔的天宇相融了,变成一缕绵亘无尽的相思,变成一股充盈在胸间的激情,犹如那遥远的山坳里专门为他演奏过的一阕缀满了天籁音符的绝响,激励他前行,直到后来,一个个女性相继走来,胖子才逐渐演化成一则古老的传说。

一定要把真相掩盖过去,哪怕出卖上帝也在所不惜!林苟生歇斯底里地狂笑起来,直笑得白剑捂着耳朵大叫,这才收住了笑,神秘兮兮地说:"这个你都不懂?我在新疆流浪过五年,那里有一种风俗,当一个人发了意外的大财后,一定要和最要好的同性朋友行贴脸礼,然后与之分享,要不然,一座金山瞬间就会变成石头。我捡到一个大宝贝,过两天就准备下广州了。"白剑面露将信将疑的神情,忍不住追问一声:"什么宝贝?"林苟生道:"我用一千五百元,从乡下一家破落的清初举人后代那里买下一幅八大山人的指画《竹石图》!你想不想看看?"白剑道:"画我倒略知一二。这朱耷的画,真迹很少见,多半都是赝品。你可别买到假画了。"林苟生急了,"不可能是假的!你别忘了,我是历史系的高才生,干这一行也不是一天半天,能走眼?不信你来我屋里看看,保证是货真价实的朱耷。"

两人正要出门,妙清拿着报纸过来了,微笑着说道:"白记者,中午刘书记来找你,等了好久。他让我把这张报纸送给你,并且说龙泉要好好谢谢你。"林苟生抢过报纸道:"我看看你挖了什么狗头金了。"瞄了几眼,先看到报角上那则会议消息,惊诧道:"庞秋雁不该出这种丑呀,一辆林肯被扣事小,刘清松这回可就成孤家寡人了。噢,这是你的大作,哎呀呀,作的是官和商的文章,位置不错,只是屈尊地委宣传部长之下。我明白了,刘清松摸清了你的赌技,就要下注了。"白剑丢过去一个白眼,"胡说八道!前几天我请刘书记帮忙,让他给我表妹找份工作,在城里混碗饭。"妙清哪里不明白这是回避她,走了两步,又说道:"差点忘了,刘书记让你回来一定要给他去个电话,他在家里等。"林苟生眼珠儿转几转,退到自己门前,叮咛道:"说不定你还真是个行家,打完电话别忘了帮我看看画。"

刘清松没过多奉承白剑的文章,很快就说起上次查账的事,告诉白剑,各乡的账他已安排人分头查了,等汇总后去他那里取,并询问白剑家里有没有别的事需要他办。白剑对刘清松的态度急剧变化还有些不适应,就把表妹的事抛出去投石问路。刘清松满口答应道:"这算什么事,我保证她一周后能来城里上班。"

白剑在屋里呆坐一会儿,想起前两天在赵春山家里碰的一鼻子灰,不敢轻易认定已经柳暗花明了。

林苟生转动着画轴,屋里立即弥漫着陈旧的霉气。白剑远距离、中距离、近距离看着,又不停地变换着角度。林苟生叫道:"走遍全国,没见一个人像你这样赏画,能不能快一点,胳膊要酸断了。"白剑说:"你放床上吧。真不知谁是外行哩。远看是观一种气和神,中看是把握一种全局结构,近看是摸其具体的谋篇。还得细看,细看是观其具体笔法,墨泽的鲜暗。"说着,俯下身子看了起首印、落款和那些密密麻麻的收藏印,又凑近一点,看那个"八大山人",手在画上跟着笔锋走着,最后用手指在浓墨泼成的巨石上一蘸,放在鼻尖深深地一嗅,感叹道:"好一幅《竹石图》!"林苟生洋洋得意道:"怎么样?没吃亏吧?没想到你真在行,词儿也是一套一套的。你看这石头,这竹子,精精神神,又带点傲气,非朱耷这样的皇家嫡传后人画不出来。"白剑冷冷一笑,"你只说对了一半。朱耷作画,心境爽朗时,八大山人写作'笑之',心境郁闷时作'哭之',这一典故并非今人挖掘出来的。朱耷这一作画习惯,明末已在画界广为人知。一个名家的习惯成了显学,不是什么好事,必为后世造车载斗量的赝品。这幅画的狐狸尾巴不在这地方。"林苟生憋不住,瞪着眼睛插话道:"你意思说这幅画不是真迹?"白剑说:"确实如此。"林苟生跳上床去,把卷了的画再次伸开,急忙说:"你讲讲你的道理嘛。"

白剑退了两步,再次朝画凝视了一会儿,很有把握地说:"画的落款日期在甲申之后,清福临皇上已经登基了,这时朱耷很少作画了。在北京我见过朱耷这时的真迹,感受与这一幅不大一样。你的感觉也对,这竹这石都精神,笔法也酷似全盛时期的朱耷,可它不是朱耷的真迹。这幅画的遗世独立神气生在一股苍凉之雾中,一般人都认为这是明灭后若干年中国画的主体精神,但朱耷应该是个例外。他是朱明王朝的嫡系子孙,同时又是一位杰出的画家,对亡国破家的感受和一般画家肯定不完全一样。朱耷要以竹石言志,其苍凉之气入骨后还有一层老子先前阔的居高临下的风范,这种居高临下是流出来的,而不是做出来的。你得到的这幅画,只是有遗世独立的孤独,最终表达的是一种无奈,要是朱耷的画,这无奈后面还有一点点希冀,正因为有了希冀,才更显得无望。我今日心情好,看这画就能明显感受到这一点,因为有反差嘛。"林苟生听愣住了,呆了一会儿,也换着角度看这画,看着看着,伸出拇指道:"高见,高见!这一层确实我没有想到。奶奶的。老江湖遇上新问题,看走眼了,一千五买了一张废纸嘛。"白剑道:"我还没有说完呢。这幅画虽然是件赝品,显然也是一流画家的墨迹。从这笔法和表现的内容来看,这幅伪作最晚晚不过清康雍乾相交之际。"林苟生央告说:"你快说说为什么。快说说。"白剑沉吟一声道:"从画家的个人感受和民族文化心理上判断,清朝初期的文人,心里才会有这种复杂的心理感受,才会在苦闷的间隙里,作一幅丹青明志,表明自己不愿与社会同流合污。假托朱耷之名,可以看成是画家对大明王朝和大汉文化的一种颇具匠心的追忆。早一点呢,受天朝心态左右,不可能出现这种悲;再晚一些呢,大清江山早固若金汤不说,文人的从众心理早起了作用,亡国之悲愤,复国之希冀,早不存在了,想的只是怎样在社会里谋个合适的位置。"林苟生忙把画卷起来,"这么说还是一个宝贝。康雍乾,取中间,这画到现在最少也有两百四五十年,蒙个老外或是半瓶醋的港商台商不成问题。画看完了,咱们的晚饭也有了着落,算是我付你的鉴定费,今晚到好问酒吧喝几盅。"

这顿晚饭白剑本来想请的,又被林苟生抢先请了,说道:"不好意思,不好意思。是不是三妞回心转意了?要是这样,该你请。否则,这顿饭我请更合适。"林苟生放过三妞的问题不谈,挠挠头说道:"叫我想想你的理由。噢,我明白了,你用什么护商符作了一篇妙文,要收入润笔了。这笔收入值不了几个,刚才我帮你算了字数,不足两千五百字,润笔不满八十,买了菜没酒,买了酒没菜,你不是为这请我。你不痛不痒写这篇文章，叫我看，说轻一点叫打草惊蛇，重了呢，叫引火烧身，为这篇文章可不该请。那你还有什么喜事？刘清松帮你表妹在龙泉城里找个临时工？"白剑掩饰不住自己的喜悦，"大洪水的事有重大进展，刘清松答应帮我查各乡的账目。你说该不该请？大账一对，文章就可以作了。"林苟生神色凝重起来，背着手在屋里踱了两趟，挥挥手说："按理说，该请。不过，刘清松答应了什么并不重要，关键要看他怎么做。咱们要的是老鼠，他要只放出去个纸猫，老鼠把它捉到洞里做玩具，你又干瞪着眼了，所以说，你这顿饭该存着。"白剑摇摇头道："老林呢老林，你那一张嘴，天下无双，我辩不过你。一个县委书记，红口白牙答应的事，不拿点干货，行吗？"林苟生紧接道："不是件容易的事！翻二十几个乡的旧账，多大的动静，一动人家就有防备。刘清松树大招风，弄不好会把事情办砸掉。"白剑夸张地耸耸肩，"照你这么说，这账根本没法查了嘛！"林苟生气鼓鼓地撇撇嘴说："小兄弟，你是在京城待久了，太相信官的作用了。你到底还是信不过我林苟生呀！查各乡账目的事，山人早有妙计，也做了安排，保证能给你做得神不知鬼不觉。把他们都打趴下了，他们还不知你从哪得到的子弹。如不是三姐搞了个后院起火，我早把这事办妥了。好在我已经在十个乡安排了线人，干了好几天了，不是太笨，复印件早搞到了。明天我给你汇个总，交给你。刘清松插手，恐怕要把事情弄砸的，县太爷出马，动静太大了。如果运气好的话，我走之前，还能给你弄来五六个乡的账目。"白剑呆呆地看着珠宝商，对林苟生在龙泉无孔不入的渗透能力害怕起来，喃喃说道："这要花你多少钱呀！"林苟生拎起黑腰包，"你别给我提钱！在龙泉我还没赢过，这可能是我惟一的机会，我能吝惜本钱吗！我就是想看一个人栽个跟斗！你怎么啦？这是咱俩的事，我能不用心？走，吃饭去。"

四小姐隔着玻璃看见林苟生和白剑，忙从口袋里掏出一面小圆镜，把一支口红旋了旋涂涂嘴唇，把眉笔掏出来又放了进去，眨眨长长的假睫毛，咬咬嘴唇，勾了一下头，小跑几步迎在门外，笑吟吟一张脸迎上前去，甜甜的声音柔柔地响着："哟——林人叔还有这位大哥，今儿个又有空光临我们小店了。"林苟生打趣道："四小姐，我来了你不高兴？收钱的时候，小嘴从蜜罐里捞了出来似的。"四小姐抢前几步，掀着帘子浅笑道："看你说的，小四能是这号人？早些时候，想多叫你一声大叔，你还不给这个空哩。那一晚——走好——大叔，那一晚你黑丧着脸拎两瓶酒走了，我这鼻子尖还酸了那么一股。你走就走了，按说关我小四什么事，又不是我照顾不周，我酸的哪瓶醋，可就是酸了，大哥你可别笑我不长进。"白剑道："你到北京五星级酒店当招待，哪里也不差多少。"四小姐笑一脸满月儿，挑挑眉梢，"大哥提拔我了，生就一盘清白小葱拌豆腐，哪敢想登京城大盘面！大叔，你们还坐八号吧，图个吉利。你咋不说话呢？今早店里喜鹊叫了，我估摸着可能大叔发了财回来了，果真就回来了。这气色，定是又遇到喜事了。"林苟生大大咧咧地坐下了，眯了眼，歪了头，脱着外套说："你甭给我灌恁多的迷魂汤，小费自然少不了你的，虽然你们这个店说酒吧不酒吧说舞厅不舞厅说饭店不饭店，但我还是把你们当成上了星的招待对侍。你妮子嘴是甜，有时就放糖精了，我记得你们店里养的是只巧嘴八哥，哪里有喜鹊！林大叔的钱可不是好蒙的。"四小姐拿了林苟生的外套挂在衣帽钩上，侧着笑脸道："八哥是八哥，我刚教它学了喜鹊叫，还不和花喜鹊一样了。今晚两位吃点啥？"林苟生也不翻菜谱，说道："有特点的川菜，来四热四凉，一瓶五粮液。"

凉菜上齐，热菜上了两个，林苟生还是忍不住，喊住四小姐说道："你看三妞在不在，不管咋说，她还认俺这个干爹不是？喊她来陪白大哥喝几杯。"四小姐褪了笑脸，郑重其事地答着，"如今好问酒吧没有三妞了。"林苟生惊得坐直了身子，"申玉豹把她弄哪里夫了？"四小姐抿抿嘴，强笑了笑，"没到哪儿，还在酒吧。不过，我们都不敢叫三妞了，我们都叫她副经理。"林苟生脸上掠过几缕痛苦的表情，"四小姐，你坐下，陪大叔喝两杯。"四小姐扭扭怩怩坐下了，"大叔，我喝不了酒，一喝就胡说八道了，抿点湿湿嘴可以，说话还能照板。"自己倒了个杯底儿，咂了一口，抬头劝道："大叔，你喝了吧。我知道你心里的事，若不是生意，你也会这样疼三妞的。申经理常拉一些朋友来吃饭，吃了十几次，三妞就成副经理了，这歌还唱不唱我就不知道了。"说话的工夫，林苟生已连喝了四五杯。白剑一看势头不好，就对四小姐说："我和林老板还想说点别的事，你先回避一下。"四小姐依依不舍地走到门口，扭过头红着眼圈说："大叔，小四不好，没有劝住三妞，过去也就过去了，生意要紧，身体要紧。"林苟生叹道："难为你这张小嘴了，真真假假能把我搞糊涂，也算本事。凭你这张嘴，大叔也亏不了你。"

白剑夹了几口菜，忍不住劝道："老林，申玉豹若真能娶了三妞，未必不是件好事。若是你要找个所受苦难能和你般配的姑娘，世上有的是。"林苟生凄然一笑，"问题是申玉豹不可能娶了她！你呀，你怎么能这样想问题。我了解他申玉豹，就像了解我儿子一样，只用一眼，把他骨头缝都能看透了。我知道你其实也不是这么想的，你这么说是想让我轻松一些。劝人的时候，总是把自己变得浅薄一些，让那些被动的傻瓜找到一点高明，对吧？"白剑笑了一下，没有回答。林苟生继续说道："申玉豹属于这类人，我知道。为了能全方位出人头地，能割舍从前的一切。这类人，名和利齐了，甚至还没有齐，又开始巴望一个情字。这不像中国人的辫子，是土特产，外国人也一样。挣巨款大钱，需要心狠手辣，卖了良心，甚至用刀不用刀地杀人都不要紧，良心和罪都能用钱去赎。想尽一切办法挣来了大钱，问题又来了，要钱干什么？在国外，拿钱来竞选议员、竞选州长甚至竞选总统，什么民主啦、自由啦、博爱啦，开始的时候，结束的时候，都是瞎扯！这些美丽可爱的东西，是钱的助手，帮助收选票的。人生就那么几十年，什么风光都见识过了，就巴望身后事，巴望个不朽！都这样！做婊子挣钱，挣了钱买材料铸贞节牌坊，时间的筛子一过滤，只剩下那些贞节牌坊了。申玉豹好像明白了这个理，不在申家营或者什么石佛寺做土财主，跑到城里当上了大经理，休了老婆怕留后遗症，干脆连性命也把她扫出去了。要知道，这小龙泉只是申玉豹歇歇脚的小客栈呀！三妞咋会迷上他呢！想个啥法能把申玉豹变成个穷光蛋？"

林苟生站在一个下风口，怎么说也算情场失意者，话语当然更加尖利。白剑善意地讥讽道："我可爱的林老板！你把社会都咂出骨头油了，觉得它生了蛆，早该烂掉了，你还管什么三妞四妞的痛苦干吗？反正是出了虎穴又进狼窝，一方平静都没有，干脆让老虎吃了的好。你呀，老林，别说了，我陪你多喝两杯吧。你自己也还为希望活着，这就有希望了。"林苟生睁开眼睛，笑出一副天真烂漫的怪模样，"拉倒吧你！我早过了为女人发热病的年纪了。不过，我确实喜欢这个三妞，她越是糊涂，受的罪越多，我就越牵挂她。我这个弱点算是你把它抓住了。我就像一只漂在水面上的葫芦，抓起来还真不容易哩。这社会就像一口大号油锅，我们都是里面的油条、油饼、黄河大鲤鱼，让它炸成焦炭，也逃不掉。外国人造天堂和地狱后，又比咱中国人多造一座炼狱，这就齐了，够分配了。天堂和地狱是为咱下辈子准备的单元房，这炼狱就是咱今生今世的屋啊！申玉豹，申玉豹，三妞啊三妞，你不醒，申玉豹会杀了你呀！三妞，你过来。"

四小姐躲闪了一下，"我是小四，来给你们送酒的。"林苟生大着舌头说："我说你是三妞你就是三妞。你过来，我问问你，我哪点对不起你，你说呀？"四小姐看见白剑也有点醉眼蒙眬的，嘴角一挑，坐下来，绷着脸说："人家申大经理出手阔，陪一杯酒给二十元。"林苟生把腰包一拉，抓出一把钱拍桌上："二十元算个屁！你陪一杯我给五十……申玉豹算根屌毛！我要心一邪，马上就是林亿万……"

…………

# 第十四章

昨晚白剑也有些贪杯,一觉醒来时候已经不早。拉开窗帘放进了阳光,刺得白剑眼睛眯成一条线,院子里的几棵树树冠缀着一片雪白,凑近窗玻璃一看,地上什么东西也没留,这下才知道是梨花开了。白剑伸个懒腰,在屋里压压胳膊压压腿,脑子里盘算着今天该干点什么。门里面地毯上躺着的两封信就被看到了。撕开一封,是罗一卿写来的,询问旧账翻得怎样了,透露一些北京近日的新闻,最后写道:"据悉,今年'两会'要通过几项重要法律,其中很可能包括《破产法》和《惩治贪污腐败暂行条例》。老兄这个提前量打得好,抱个金娃娃已是板上钉钉。'两会'将至,你不回来领点新精神?"白剑多多少少有点得意,心想:如果刘清松和林苟生很快查来当年各公社的大账,文章就可以作了,上半年能发出来,正逢其时。冉欣的短信犹如一盆凉水当头泼下,信中说:"本不想回这封信,因为我很忙。倒不是因为工作,工作有什么好干的。原先大院里的朋友,有的心很野,准备一年内搞一幢私房一辆车。你发回的花边新闻有幸听了,原来你对你以前谈起来深恶痛绝的故乡还蛮热爱的嘛。你要想回小县当个宣传部长什么的,我可以帮这个忙,人不常说一日夫妻百日恩嘛,我会成全你的这个理想。或者你回京来,跟着那些朋友学学步。凭你在社里等到房子,我早闭经了。在法国,要看巴黎;在意大利,要看罗马,在美国要看纽约、华盛顿;在中国,只能看北京。这点道理你好像从来都没弄明白。怎么选择,由你定。不过要快,你知道我向来缺乏耐心。"

面对这份哀的美敦书,白剑不得不认真对付。跟着冉欣儿时的朋友学经商,等于把自己变成一个小官倒的小跟班,绝对不能选择。抽了两支烟，白剑决定马上给冉欣回封信，详细谈谈自己的长远打算，甚至准备讲一些让冉欣去挣钱自己挣名这种构想。称呼选了几次，最后在稿纸上写下了"亲爱的欣"。后院不能起火，这似乎是男人们的一种本能的共识，再说，冉欣虽然咄咄逼人、颐指气使，生活琐事中，字里行间里，总可嗅出丝丝爱意。接下来，脑子倏然间空了，一句话也写不出来。

林苟生敲门进来了。着一身浅灰色进口西服，新刮的脸显出一层铁青，蝴蝶结系得有些歪斜，便便大腹缺了臃肿外套的笼罩显得分外凸出，十只手指交叉腹上，三个金戒指闪着不同颜色的亮，像是在腰间捆了两梭子高射机枪的子弹，头戴一顶驼绒礼帽，也有点歪，目光平淡而老辣，昨晚喝酒揩鼻涕把鼻尖捏得酱红，像一头红洋葱镶在面盘的中央，周身上下炸出一股邪气。白剑仔细一打量，不由得暗暗赞叹：这阔佬睡了一夜，竟把昨晚的颓废萎靡全扔在梦里了，没有大气魄，哪能这样从容。林苟生摸摸衣襟询问道："这身行头怎么样？"白剑哼了一声："一派富贵相，满身市井气。像是一个历经磨难、志得意满的暴发户，很合你的身份，看样子是要去赴什么约会。"林苟生撇着长腔答道："然也——我这就去丰源茶楼小坐。这戒指戴上仨，茶博士一见，眼珠子要喜得掉出来。我要去收账，别让刘清松把咱们的生意全砸了。如果他们用心，你今晚就能得到这十个乡的账目。咦，还有闲情逸致搞情书！刚才好像剧团里唱青衣的小妮子来过。"白剑听糊涂了："什么小妮子，我没有看见。你别瞎诈唬，想歪了，我这是写家信！"林苟生捂嘴窃笑一声，"我的眼睛错不了！肯定是那个和欧阳唱《白蛇传》的青衣。她来得比较早，可能没把你敲醒。亲爱的欣，太一般化了。大三的时候，我们的活儿都比你现在干得漂亮。她风一吹就倒，我就叫她'没足月的猫咪'，她呢，称我'蠢笨的大蝗虫'，也不知哪个王八蛋娶了她。不过，这种称呼她一辈子怕是忘不了的。咦！没见你谈过弟妹。没谈过好，常常把妻子、丈夫挂在嘴边的丈夫妻子，多半是已经出问题或者是就要出问题了，使的是障眼法。弟妹是北京土著的小家碧玉？"白剑想起林苟生曾大段大段兜售的利用爱情经，觉得好笑，说了一句："你总是自以为是。冉欣是货真价实的部长千金！你要留意报纸，常能看见她爸爸的名字。"林苟生后退一步看看白剑，像在研究一头珍奇动物，咂着嘴，"乖乖的，早出师了。又懂玩深沉，又知道玩点城府，不可限量，不可限量！可就是不知道咋用！早就有这份资本，费这些气力干尿！你回京请口尚方宝剑下来，什么事办不了？"白剑只好顺着茬子编着，"尚方宝剑没个由头能请下来？这账查个大概，再请就方便了。"林苟生连声道："你在这儿等着，下午我准给你个大概，看来这事差不离儿了。"走到门口，又诡秘地探头回来道："节骨眼上，是要谨慎些。我说你咋不敢接欧阳的请柬，谨慎得好！你腰还不粗，岳父大人一怒，还不铡你一个陈世美！"白剑骂道："你积点口德吧！"

林苟生一路哼着小曲儿朝丰源茶馆晃着。路过县委大门口，他看见申玉豹跟着外贸局的钱全中折进了县委大门。申玉豹神色慌张，头发凌乱，睡眼惺忪。林苟生心里说："该不是小兄弟那篇文章弄到他们痛处了？要不要回去给小兄弟说一声？"又一想，"这不是秃子头上的虱子，明摆着的事！申玉豹不读书、不看报，李金堂看了报纸，又要敲他一竹杠！狗咬狗，几天睡不好热被窝了。"一想到被窝，林苟生呆住了。申玉豹这样子不是刚从被窝里爬出来又是从哪里来？他叫了一辆三轮车，说了一个巷子的名字，紧跑几步蹿到车上。

在那个小院门前犹豫很久，林苟生就是鼓不起勇气敲那两扇红漆大门，他不知道见了三妞该说点什么。蹲在门口抽了一支烟，正准备去茶馆，后面吱呀一声，两扇门开了。三妞惊了一下，笑着说道："干爹，你咋在这儿蹲着。"林苟生看着容光焕发越发显得水灵朝气的三妞，翕了翕鼻子，不禁觉得气短，赔了一个笑说："干爹办点事路过。"

三妞亲热地说道："这些日子忙得很。干爹，前天我去探监了，我哥他减刑两年，再有一年也该出来了。干爹，进屋来坐坐。"

"不了，不了。他对你可好？"

"嗯。玉豹对我好着呢。对了，我已经当副经理了。"

"好着呢就好。好着呢干爹出门也放心了。好着呢长了才好着呢。他知不知道你从前的事？"

"知不知道我不知道，总是知道吧，知道不知道我也不想知道。我好歹也是城里的大闺女，他能挑拣我什么。干爹，你眼睛怎么啦？"

林苟生遮掩道："没事的，医生说我当年在大西北落个风泪眼的根儿，春风一刮就犯，不好医的。干爹要下广州了，要不要给你买个东西？"

"不用了，我什么都有。干爹，你要自己照顾自己。"

林苟生揉着眼睛说："三妞，有些话干爹现在也不想对你说。我有急事要去茶馆。你记着,不管出了啥事,万万不能走从前的路。干爹啥时候都是你干爹。"

"嗯。我记下了。"

下午,林苟生拿到了六个乡的救灾账目的复印件和抄写件,付了三千元,拿着就回古堡。

白剑翻着这些实实在在的账目,忍不住又赞叹道:"老林,想不到你在龙泉还能干这种事。"珠宝商得意地说:"这算什么事!我要想杀人,也能找人帮这忙,只是不能这么干。要不,近十年监狱不是白住了?六年流浪汉不是白当了?说到底呢, 一是有钱能使鬼推磨,二是要交下三教九流的朋友。一个不起眼的小人物,找到乡里会计,拿上两条好烟,说是想看看十年前的救灾账,鬼会晓得是为啥的。有四个乡路远些,他们答应晚一些送来。"白剑心服口也服,安心在古堡等人。

傍晚时分,他们等来了一批不速之客。

走廊里响着一片脚步声和钥匙及金属的撞击声。几个房客先走出了屋,一看六个人有四个穿制服,还有公安,都没敢喧闹。一个男公安对这些外地来的采购员和推销员说:"你们不要出门,等会儿要办点公事。"妙清脸色苍白,颤着手把林苟生的房门打开了。一男一女两个公安,一手按着腰间的枪套,先进了屋,两个穿工商制服的男人跟着进去了,后面的两个穿便衣,一个老年,一个中年。几个人一进屋,就开始四处翻东西。妙清背靠着墙,看见林苟生和白剑从白剑的房里走出来,脸上顿时有些愧色,难过地低下了头。掌勺的大师傅替妙清开脱道:"林老板,不怪清姑娘,逼的。"林苟生也不答话,使出蛮力,把站在门口朝里张望的几个房客扒在一边,挺着胸闯了进去,鹰一样的目光钩钩几个人,最后落在男公安腰间裸露出的乌蓝发亮的枪柄上,突然间冷笑一声,"你们,现在总还得尊称我一句公民同志吧!"说着话,人横着切到两个公安面前。女公安下意识地紧握着枪柄,警觉地注视着健壮无比像头发怒野牛一样的林苟生。

"警察同志,在没签逮捕证之前,请允许我再叫你们一声同志。"林苟生夸张地扭着头看看自己的身体,一脸认真严肃地说,"你干吗老这样看着我!是不是我哪个地方长得叫你看了不舒服?可惜没办法改变了。我活了五十多,当过右派分子,蹲过监狱,在大西北流浪过,可能是有些不一样。你不知道，祖国戈壁滩上的太阳和风沙多厉害，一点都不会让你生出高唱'啊我的太阳'这种赞美诗的心情，再嫩再鲜的花，有三天也就蔫了。我还是比较注意保养的那种人，可惜那时候买不到防晒霜。怎么着，给个说法吧，我连一分钱的房钱都没拖欠，按法律这二〇三好歹算我马马虎虎可用的公寓吧。"男公安绷着脸，从衣兜里抽出一张纸，用居高临下、不太耐烦的口吻说道："这是搜查证，请你过目。"林苟生也不接，慢吞吞取了眼镜戴上，仔细把搜查证看看，捂住嘴笑了，"关五德局长签了大名，咱可不敢怠慢了。关五德嘛，从前也算咱的一个朋友，在看守所看了我五年，'文革'后期高升了，咱就不敢再去高攀。哎呀，难为他们这么多年还惦记着我。你们都打开了，我干脆倒在床上，看得更清楚。"说着，把两个旅行包底朝天倒在床上，双手抖了抖，抬头看着门口拥着的一波人脑袋，朗声说道："列位看官，今天你们可以作证，我林苟生对政府没有私毫的隐瞒。"文物馆的老先生仔细把满床散着珠光宝气的翡翠、玛瑙、玉石等工艺品一一用放大镜看了，直了腰身摇摇头。

中年税务所长不好意思讪笑着，"林老板，惊动了你也没办法，县里丢了一批古画和古玩，本来没我的事，拖了我一并查查税方面的问题。"白剑一听，立马想起了那幅《竹石图》，说不定就是赃物，不禁为林苟生捏一把汗。

"怀疑我偷了古画古玩走私？"林苟生冷笑一声，"我用得着冒这种风险挣钱吗？你们把床下边、沙发下边也看看。我再把我剥开了看看。"从怀里掏出一沓东西，像玩扑克一般一张张打在床上，"这是营业执照，这是工商管理费收据，这是工艺品出境龙泉提留款收据，这是上税收据。都齐了吧？齐了就好，我一个合法公民，经营珠宝玉雕手工艺品，经营手续齐备，从没偷税漏税。李所长，你说说，我林苟生是个不安分守己的人吗？"伸出手搭在李所长的肩头，"我们一向合作都很愉快是不是？"李所长含糊一句，先走出了房间，仿佛生怕林苟生再抖出什么秘密似的。其他几个人也相继出了屋，相跟着，到另外几个房间匆忙看一遍，就要下楼。林苟生后面喊道："别走啊！还有这位中华通讯社白记者的房间没搜哩。保不准他窝了赃。不是在法律面前人人平等吗？"一行六人不便发作，咬牙切齿下了楼。

林苟生这一番亮相，看得白剑心旷神怡。整个过程够写一首叙事长诗。每句话，每个表情，都是他几十年复杂经历的注脚：悲壮与滑稽、自尊与自卑、文明与野蛮、彬彬有礼与玩世不恭、高尚坦荡与下流无耻，都表现得一览无余。白剑情不自禁地帮助林苟生重新装好了东西，笑骂道："你最后有点画蛇添足，差点引狼入室。"林苟生哈哈大笑道："他们奉命而来，杀鸡给你这只猴子看哩。正是我拿捏准了这一点，才弄了个凤尾。这些小角色，眼把细着呢。"

白剑终于意识到问题有点严重，说道："老林，恐怕不仅仅是杀鸡给猴看，再下去，我恐怕真要连累你了。他们既然明白我的来意，自然怕你这个老龙泉又是老对头和我坐在一条板凳上。"

妙清拎了一壶开水进来了，浅笑一声："你们喝点热茶吧。"嘴还半张着，似乎还有话说。林苟生立即送给妙清善解人意的一笑，做了个手势，"你不要对我说对不起。清姑娘，我应该谢谢你才对。他们本来以为我不在，让你开门，你不开，后来他们拿出了搜查证。清姑娘，你离不开这座古堡，你犯不着为我得罪他们，把你从古堡撵出去。"妙清淡然道："没拿搜查证，我是不能随便开门。两位晚上吃什么，我去告诉胖师傅，他俩在下面一直念叨你是个好人。"林苟生感叹道："他们才是好人哩。白兄弟，晚上吃点饺子怎么样？算你为我送行。送行的饺子接风的面，咱龙泉讲究这个。我晚上就走，去弄咱们的活动经费。你的担心有道理，别让人杀个回马枪。再说呢，我手里确实有点真真假假的古董，全凭这赚钱呢。"

妙清刚一出去，白剑忍不住问道："老林，那幅《竹石图》呢？我想半天，这幅画应该还在你房间里。"林苟生狡黠地看着白剑，"你猜我放在哪儿？"白剑说："我猜不出。"

林苟生拉了白剑出了门，扭开白剑的房间，弯腰从白剑的床底下摸出那幅《竹石图》和一个黑羊皮袋子。白剑看呆了，急忙问道："你什么时候放的？你好像早知道会有这么个搜查。"林苟生道："上午出门，我看见了申玉豹，当时就有个不好的感觉。下午回来，不知为什么，我总觉得这东西放我房间里不保险。你到卫生间蹲坑，我就把它们转移到这儿了。"白剑感到不可思议，摇头道："我想不通，你身上有很多东西我整不明白。"林苟生哀叹了一声，"感觉全靠磨砺。我这一辈子历事太多，不防不行。俗话说：狡兔三窟。我林苟生九死一生，难道还不如一只兔子？苟生，苟生，苟且偷生，一个苟且偷生的人，什么事干不出来？"

临别的时候，林苟生又谈了个感觉，"小兄弟，我总觉得你该马上回北京去。你要的东西，回来我就给你寄去。你晚上还是不要出门的好。"白剑捣他一拳："你别神经过敏了！路上你倒要小心一点，我总还是龙泉的贵客吧。"

第二天晚上，林苟生的预感再次灵验了。

下午，白剑接到刘清松一个电话，约他到家里吃顿便饭。到了刘清松的家，白剑发现庞秋雁副县长也在那里。原来，庞秋雁已被任命为柳城地区科委副主任，刘清松设家宴为庞秋雁钱行，只请白剑一人做陪。《柳城日报》白剑也看过了，知道那场林肯风波，一听庞秋雁回柳城仍有明确职务，就找到了话题，"福兮祸所伏，祸兮福所倚。庞县长回柳城与家人团聚一喜，由副县长转任科委副主任，按现行体制，还算得上升迁，这算二喜。凭你广州要债的大气魄，还是舞台大了好。"庞秋雁苦笑道："好女也不提当年勇。我把龙泉一辆林肯丢了，又基本上把龙泉一千万贫困县教育基金丢了，灰溜溜离开龙泉，何喜之有？如今还可以续上那天咱俩谈的话题，一般女人还无法品到政治女人这种大败的苦涩。如今他们可以弹冠相庆了。把我从龙泉挤走了，又用林肯换回了一个贫困县的名额，这才叫双喜临门。他妈的，老娘实在咽不下这口气。"刘清松赶紧把话题换了。这顿饭吃得很沉闷。吃完了饭，白剑才听明白刘清松今晚要送庞秋雁秘密回柳城，忙起身告辞。刘清松把白剑送到门口，告诉白剑，已经把他表妹安排在药厂当合同工，随时可以去找药厂李厂长报到，查账的事刘清松从柳城开会回来就会有眉目。

出了县委大院，白剑才弄明白庞秋雁不愿回柳城的真正原因是从此和刘清松不能常见面了，不禁暗骂自己迟钝。又一想，刘清松和庞秋雁既然一荣俱荣一损俱损，刘清松当然不会忘这一箭之仇，将来大块文章写出来，盖龙泉的大印已经不成问题。

路过一个胡同口，白剑突然听见胡同里有姑娘尖厉的呼救声。他想也没想，拔腿朝胡同里跑去。拐了两个弯，前面的人影不见了。白剑站在一个岔口，正在判断该朝哪个方向追，一只麻袋从天而降，把他装了进去。接着，一个黑影从拐角闪出来，斜踹一脚，白剑像一袋土豆一样栽倒在路面上。墙头上又跳下来两个人，对着麻袋里的白剑拳打脚踢起来。几分钟工夫，白剑已疼昏了过去。申玉豹一看要出大事，喊了一声："住手！"忙用手捏住鼻子道："打死了就不好办了，给他个教训，让他知难而退。"一个人蹲下去，伸手探进麻袋里摸一会儿，说道："还有口气，不要紧。"申玉豹又说，"把麻袋取走。"一个小矮个儿捏住麻袋底后退几步，白剑呈个大字趴在路边上了。申玉豹看看，一脚踩在白剑的右手上，嘴里嘟囔着："臭爪子，伸得长！走，咱们走。"

公安局长关五德接到值班员的电话，人还在被窝里，一听说住在县直招待所的白记者叫人打了，惊得坐起来对着话筒吼道："人怎么样？派人去了没有？"老伴也醒了，取了一件外套披在关五德身上。值班员那边说："是招待所的妙清报的案，说是白记者自己走回去的，人可能不要紧，要紧了自己走不回去。要是一般人挨打，我就处理了，他是白记者，我拿不准该不该叫人去。"关五德看看窗子，又看看表，说道："天快亮了，天亮了再说吧，你等我的电话。"放下电话，关五德仍坐着，一动不动。老伴问道："你是起呀还是睡？"关五德扭头瞪了老伴一眼，"我不正在作难吗？去年申玉豹老婆的事，你都知道了，李副书记压住，才那样结的案。死者家属不服，把状都告到北京了。"老伴说："李副书记定下的事，还没人能翻过来，你作啥难。"关五德生气了，"老娘们儿，你懂个屁！太阳村吴天六他们自己告状倒不怕，最后还得回到县里处理不是？这就好办。如今这个白记者从中间插了一杠子，这就麻烦了。前两天，这白记者在《柳城日报》上发表一篇文章，里面没点名地说了这个案子，上纲上线了，说这是官商勾结的必然结果。你想想，这白记者是北京来的，柳城没有人，这文章也发不到头版。听说省报昨天还转发了这篇文章，这事就闹大了。"老伴又插一句，"案子又不是你办的，翻不翻在上头，你操心太多了。"关五德也把这事上了纲线，"你这尸娘们儿，熏你二十年，也没把你熏精灵了。我是局长，这咋不是我的事？案子翻过来，我就该负领导责任。关键是，只负领导责任倒不怕，这件事李副书记根本没明确说该咋办，到时我往哪儿推？弄不好，局长就给抹了！"女人也坐了起来，披上衣服焦急地问道："那咋办哩？小青和柱子的户口还没解决呢。"关五德火了，"这种时候，你他娘的还提说你娘家的事。我关五德当局长这么多年，还没搞更多的以权谋私，这事你别再提说，等下回再卖户口，帮他们买了就是。申玉豹老婆的事，明摆着不能这么办，可李副书记有那么个意思，要保申玉豹，我就不能不办。在龙泉，我不跟李副书记我跟谁？一办，麻达来了。想想，这些年办这么多案子，就这一回昧了点良心。"老伴突然眼睛一亮，"你总说我笨，我看你才笨哩！这事再急，也不是一天两天就能翻过去的，用不着你今天都睡不着觉。"关五德又气又恼又感到好笑，"你睡吧，你睡吧。这白记者不是刚叫人打了吗？"老伴兀自笑了一声，重新睡下，丢下一句："你自己想吧。"关五德自言自语着："没有后面筹着①的人，谁敢胡乱就打了白记者？这龙泉谁有恁粗的腰，恁大的胆敢动北京来的人？睡觉睡觉。"

躺了一会儿，关五德又猛然坐起来，"不中不中，不能睡尿了。这事不管更麻达，案子有人报，小李子又打了电话，不去看看，横竖都是我的事。天要亮了，你也起来吧，先给我弄点吃的。"老伴下了床，关五德又躺了一会儿，给值班的小李子挂个电话，先说让小李子喊刑警队长一起去，又一想，赵春山眼毒性直，破这种案子小菜一碟，谁知道李副书记是什么意见，再改口说："老赵伤没全好，先不叫他，我和你先去看看再说。"

关五德和小李子赶到古堡，天已经亮了。妙清正用清水仔细擦楼梯，没有注意身后已经有人，擦得眼泪直流。关五德以为妙清在擦洗白剑流的血，吃惊地问道："人怎么样了？"妙清神情恍惚地说："早死了。"

小李子大声说道："你报案时可没说人伤成啥样，人死了，你为啥不打电话？"妙清猛地站了起来，擦擦眼泪，红着脸道："关局长，真对不起，我没听见你们来。你们是来看白记者吧？他正睡着呢。"小李子翻个白眼，小声愤愤嘟囔一句："神经病！"关五德倒没计较，探着身子问道："清姑娘，白记者的伤怎么样？"妙清叹口气道："三四个人，用麻袋包了，用皮鞋踢，昏迷了好几个小时，还不是疼昏的！不知哪个天杀的，把他右手都踩烂了，白记者是写文章的呀，这可怎么好。张大爷和胖师傅帮他擦了药，浑身上下几十处青紫，所幸没伤到骨头。"关五德确信了自己的判断，决定暂不上楼惊动白剑，在大厅和妙清说了一会闲话，一个人关在值班室给李金堂挂个电话，然后上楼让妙清打开了白剑的房门。

白剑决定先饮下这杯苦酒，开始讲述，就把这件事说成一种偶然，尽力为对方开脱，说到最后，自己仿佛也信了自己编的故事，简要重述

---

① 后面筹着：方言，指有后台在谋划。

了重点:"昨晚我在刘书记家里喝了酒,或许人家追打的果真是自己的老婆,只是我无从判断,充英雄好汉,这就挨了几下。"关五德道:"不是仇家就好,你要有个闪失……如今这人呀,都像是吃了枪药,一点就炸。"白剑咬着牙翻个身,勉强笑道:"全国都这样,只是你们也太辛苦了,一点小事,弄得你们鸡犬不宁的,真不好意思。"关五德拍着胸口表态道:"管他们打的是不是自己的老婆,再说打老婆也不对,你不能白挨这顿打。你给我三天时间,我保证把凶手抓到严惩。既然是闹家庭矛盾引起的,要好查得多,最头疼的是那些街痞流氓滋事,很不好查。"白剑旋即有点后悔编这个故事了。一口咬定这是一件有预谋的报复事件,给他们出个难题,他们又能怎么样?这样忍了,难道就在他们头顶悬了一把达摩克利斯宝剑?能使出这种下流手段的人,什么事干不出来!再逼他们,到时也不过抓一只替罪羊。白剑想了想,也只有进一步宽容,"这件事就算了吧,好在没伤着筋骨,他们伤了我右手,我左手仍可以写文章嘛。年轻时没书看,一本《钢铁是怎样炼成的》也不知看了多少遍,保尔·柯察金双目失明后,才写成这本书的。那几年没什么事,只练字了。真的,我没事,要不要我用左手给你们写几个字看看?"关五德忙说:"不用不用,你的文章我们都看了,文章写这么好,字一定写得不错。要不要派个车送你去医院拍个片子看看?"白剑摆摆手道:"谢谢了,感觉没什么大事,也不过是点皮肉之苦。要是关局长实在过意不去,看能不能帮我把记者证和我的手表找回来。没有记者证,也就无法证明我的身份,成了一个身份不明的人,那就一点安全感都没有了。我这块手表,虽然值不了几个钱,可对我就珍贵了。那年去北京上大学,家父把自己戴了多年的表送给了我。要是没把握找到,就太遗憾了。"关五德早听出白剑对此事心如明镜,有些尴尬,对小李子吩咐说:"这件事就交给你去办,只给你一天时间,把白记者丢的东西给我找回来。白记者,你先歇着,我叫个医生来给你彻底检查检查。这个案子我们一定要查,你就别拦我们了。"

两人走出古堡的大门,小李子嘟囔道:"局长,我刚值了夜班,今天该休息的,你咋交给我这么个棘手的事。"关五德有点生气,"这能是讨价还价的时候?你没听出来他话里有话?这案子查不查,我已经做不了主。找这两样东西,对你不是难事,你家不是住在青石板胡同吗?离出事的地点不太远。"小李子还在讨价还价,"这事明摆着是安排的,你让我去找这些人要证件，要手表，他们怪罪了我，我担待不起。找不回手表和记者证，你又要批评我。反正里里外外我都不是人，还白搭一天假。"关五德嘿嘿笑道："你就别打小算盘了，我批你三天假补休，中了吧？我不信你那脑袋瓜儿没有转过这个弯儿，没有想到打人的人不是偷表偷证件的人。这事由你来办最合适。"小李子笑了，"给三天假，这事就能干了。"关五德骂了一句："你他妈的就知道算计我！我耽误了半宿觉，谁给我补假？赶快去吧！"

小李子从容地吃了三根油条，喝了一碗豆腐脑、一碗糊辣汤。掏钱付账，小食店的小媳妇贵贱不收，推让急了，小媳妇说道："李大哥，这生意不和你自己的生意一样吗？平日里想请你吃这粗茶淡饭，还说不出口哩。你能常来坐坐，俺这心里也安稳。你要给钱，还不如搬块石头把俺这锅给砸了。"小李子照例装了钱，说道："那就先记个账，有啥事打个招呼就中。"

小李子打着饱嗝朝丰源茶馆晃着。办这件事确实不难。不管打人的人受谁指示，肯定打完就走，打完也就达到了目的，绝对不会打完了顺手把手表捋走。顺手牵羊把白剑的手表和钱包、证件拿走的是另外的人。白剑挨打时，他们就躲在远处看热闹，好比一只野狗，远远地看几头狮子在撕吃一头野猪，等野猪被吃掉后，它来现场捡剩下的碎肉和骨头。小李子常常和这一类人打交道。

正在走着，只听有人亲热地一声又一声地喊他"李哥"，扭头一看，是青石板巷的街坊岁铜锤。"李哥李哥，这一大早，你忙着去弄啥哩？"岁铜锤紧跑两步，一边追一边掏出一盒芒果牌香烟，弹出一根递给小李子。小李子一看岁铜锤，知道来了小跑腿的，乜斜一眼岁铜锤手里的烟盒，"抽鸡巴哪！换我的抽吧。"摸出半盒红塔山，犹豫一下，连盒扔给了岁铜锤。岁铜锤把自己的芒果牌揣好，掏了两支红塔山，又凑过去给小李子点了，自己也吸一口，讨好道："一个月没抽好烟了，这回可过年了。"小李子说："咋弄的，又连烟也抽不起了。"岁铜锤两片脸顷刻间皱成两条苦瓜，央告着："李哥李哥，你啥时还抓鸡子，我再当凹耳目吧。"

小李子禁不住扑哧一声笑了，"你他妈的是不是还想过过瘾？上次的事没给你老婆说，你要是屁股发烧了，给我说一声，我只用给你家红莲说你去了车站旅馆，你准备着跪几夜搓板吧。就你那能耐，也配当耳目?"岁铜锤指着天道:"我发誓,这回任她咋动,我绝不脱的。"

半年前,岁铜锤给小李子当过几次耳目。

岁铜锤也算是小李子的一个朋友,光屁股直到初中毕业,都在一条巷里厮混。后来,岁铜锤进了工厂当工人,小李子高中毕业上了公安干校,见面的机会少了。再后来,小李子回县公安局当巡警,岁铜锤出外做生意,见面的机会还不多。三年前,岁铜锤结婚,小李子撞上了,也随喜了一份薄礼,两人这才又续上了断了多年的友情。不久,岁铜锤就常带着前伤摞后伤的青紫抓痕掐痕找小李子诉苦,每次开场定是这句话:"日他妈命苦,昨夜黑又叫母老虎给修理了,生意也让给克得不红火了。"说生意难做,岁铜锤还在不停地做。岁铜锤停薪留职从外地往龙泉贩废旧钢材,小日子过得曾经不错。从湖北襄樊或者老河口拉一汽车建筑工地的废钢材批发给龙泉石佛寺的铁器专业村,少说也能得一千元净利,一年跑下来,万儿八千不难挣。可这生意逮一嘴是一嘴,不是个细水长流的营生。自从娶了红莲,一年里只做成了两车,后来干脆无法做了。红莲的意思是让岁铜锤回厂上班,挣一个是一个。岁铜锤却嫌从厂里出来没发粗发壮,回去难看,又觉得一个月领一百多块钱工资还不够烟钱,不愿回厂。于是,青石板巷又多了一个岁经纪、岁捎客,嘴勤、耳尖、眼明、腿快,日子倒是也可以混。没过多久,这一行也人满为患,僧多粥少的局面日益严峻,岁铜锤终日忙碌,也只能完成红莲交给他每月上缴两百元的任务。这些年吃喝玩乐惯了的,岁铜锤受不了这方面的拮据,就去想别的办法。

当了小李子两回耳目,抓了两个赌场,按规矩,岁铜锤得了三百七十余元。这两回耳目当下来,岁铜锤尝到了当耳目的甜头,同时也饱尝了当耳目的恐惧。不和赌徒交朋友,你就不知道赌博的地点和时间,交了朋友再出卖朋友,做得再机密,总觉得人家已经知道是自己干的。一天,岁铜锤满怀信心找到了小李子,开门见山问道:"李哥,你们抓不抓鸡子?"小李子有点疑惑,还是答了:"抓呀,凡是六害,我们都管。"岁铜锤又问:"罚款咋个罚法?"小李子还不明白,"你问这干什么?"岁铜锤央求道:"你说说嘛,我有用处的。"小李子就答了:"暗娼罚三千,当场抓住的嫖客,一人三千,暗娼供出的嫖客一人两千。"岁铜锤追问:"这几天你们抓不抓?"小李子摇摇头道:"这和抓赌一样,有了线索才能抓的。近来都没抓过了,因为没情报。暗娼和嫖客的手段越来越高明了。早先常是旅馆的店员或是老板自己报案，后来抓几回，生意受了影响，也就睁只眼闭只眼了。"岁铜锤又问："李哥，你说今年这事是比去年多呀还是比去年少？""当然是越来越多了。""那你们为啥抓住的却越来越少？""我不是给你说过了吗？"小李子火了，"这他妈的是两个人的事，又是偷偷摸摸，只要不过夜，吸两支烟也就完事了，你去抓谁？法律规定女人不能单独睡觉吗？根治这种社会痼疾，难哩！难道我不想一下子把它治出根来？你到公共厕所看看，那些江湖郎中的招贴，哪一张不和性有关？什么专治阳痿不举，举而不坚，坚而不久，什么包治梅毒、淋病、尖锐湿疣，恨不得写上能根治艾滋病！什么原因？多半是因为如今鸡子越来越多。搞情人，关系没这么乱，卫生总是也讲究一些。早几年读老舍的《月牙儿》，人家还在床下备一盆盐水。如今这鸡子，他妈的一点道德也不讲。去年抓到一个陕西过来的黑牡丹，一天一夜接了十八个，完了事，卫生纸一擦又来了。我这心里看着这些东西，难受呀！你我还没出生，咱们国家都消灭了妓女和吸毒者。万万没想到，三十来岁了，还整天为这事头疼。你问这些干什么？你给人家生意人相互间拉拉皮条，吃个差价，合情合理又合法，你千万别动念头拉这种皮条，小心我罚你个倾家荡产妻离子散。"

岁铜锤嗫嚅着解释说："看你说的，咱穷死饿死，也不能干这种入不了祖坟的丑事。我是来给你出主意的。八月十五团圆节快要到了，运动他一家伙，抓一批鸡子，能有多少家多过一个团圆节呀！再说，罚上一批人的款，那些嫖客见着你们就怕，也振振军威不是。另外呢，分点奖金也好给嫂子和孩子买个小礼物。""放屁！"小李子笑骂道，"你他妈的在厂里加班，不是要拿双份工资吗？有屁你快点放。"岁铜锤说："威虎山是怎么打下来的？靠打进去的杨子荣里应外合。道高一尺，魔高一丈。我岁铜锤愿意打进鸡群和你们来个里应外合，扫除龙泉六害。我扮做嫖客，先和鸡子泡着，定个时间，你们去一逮一个准儿。到时分开审，你就说我都招了，她还能不招？多日没抓，这一供还不供出一串？"小李子觉得这办法可行，当即定了当晚十点去车站杏花旅社抓暗娼的方案。

岁铜锤临走，先从小李子那里借了三十元，说是去包个房间。晚上十点钟，小李子领着治安队打开岁铜锤的房间，岁铜锤和暗娼早锣罢鼓罢，赤条条一个被窝里睡哩！小李子气不打一处来，没等岁铜锤穿好裤子，一脚就把他踹到床下面了。一回局里，小李子就给岁铜锤开个单间审讯。小李子一进屋掩了门，岁铜锤已跪在地上，抱住小李子的腿哭将起来。小李子一抬腿，再把岁铜锤踢翻了，低声骂道："看你妈屄干的啥事！有你这种耳目吗？杨子荣上了威虎山还是我军的侦察排长，不是土匪。你他妈的倒好，婊子牌坊一齐动工！我要再去迟点，睡你也睡了，过后还要从我这里领耳目费，世上哪有这种巧宗儿？你他妈的竟敢蒙我！"岁铜锤涕泪纵横，用膝当脚蹭了七八下，仰着脸拉着哭腔说道："李哥，借仁豹子胆，我也不敢骗你呀。这事咱没干过，没有经验呀。日鬼的也邪乎！原以为这鸡子到处都是，碰见有食儿就咬钩的，谁知在车站转了半天，一个也没遇到。下午看见有个像，用了几个暗语没反应，试着用手比画一下，那姑娘扬手就给我一耳光，竟比我老婆还火暴。红莲也常打人，前面总有个迹象。唐山大地震，前三天老鼠还满街乱窜报信哩。你看我左边的脸，现在还没消肿哩。这一晃，下午就过去了。我一想，总不能叫你晚上白走一趟，晚饭都没吃，又到广场转呀转的。转到八点，硬是没碰到。一想，我这空手套白狼，怎么能行！就到电影院小黑子服装店里借个旅行包，里面装了几件破衣服，当个道具。这时候，我心里突然灵光起来。拎着包，先坐去柳城的车，坐了一站地，又下来了。这才又到路那边拦回龙泉的车。上了车一看表，已经八点四十了。那时候我想着完了，一下车，我就拎了包朝车站走。走了十几步，有人碰了我一下。一看，就遇上这个女人。说好了不过夜给她五十，她就帮我拎着东西去旅馆，没费麻烦就进了我的房。这时候，已经九点过十分了。我想着还剩这五十分钟，怎么着也撑过去了，还留心问了她的身体情况，最近生意情况。她说她活儿做得好，天天都没空过，又变戏法样的从身上摸出一份体检表，证明她没毛病。这时候大约九点半。该说的话都说完了，我也没了招……李哥，也不能全怪我不长进，顶不住呀……这女人跟女人恁不一样……和红莲，动手前要察她言、观她色，从来没先碰过我，一个她不如意，肚皮一弹就把我扔在半路上……人家这女人，哎，我不说了。我只是想让你知道，我没想骗你李哥，是我顶不住呀！啊，呜呜呜——"小李子听得心里为岁铜锤泛了一股酸，嘴里还骂着："你他妈的起来吧，嘴里还蛮是理嘛。你这号货，料也当不成柳下惠。"岁铜锤期期艾艾道："李哥，红莲那里可不敢让她知道了。"小李子道："看你的运气如何了。要是这女人一口咬定你是她第一个，我就不好保你，哪有这么笨的耳目！你这苦肉计也演得太像了。要是她供的多嘛,事情就好办了。我过去帮你看一看。"小李子过去一看,笔录已写了三四页了,遂放了心。这女人什么没留就走了。小李子不解地说:"她没钱,你也该让她打个欠条。"小张看着笔录笑着说:"班长,你逼她交钱,她不还得干?一开审我就对她说,只要供出十个本县有公职人员,对她一概不咎。盘子不错,风度也好,又整天在街上逛,城里闻到腥气的猫不止十只吧?这女人倒仗义,只讲了十个就不讲了。剩下的就是明天给这十个人挂电话,等着收罚款了。"小李子还是不放心,"她要是乱咬了好人呢?"小张摇头道:"不会不会,这名单上有两个去年已经被罚过了。班长,你的消息真灵通。"小李子趁机说:"折了一个好耳目。这仗越打越难哩,让他也回去吧。"

如今听岁铜锤重提这种事,小李子心里掠过一种奇怪的感觉,愤怒已让时间转变成了滑稽或者会心的一笑,好比多日前吃了几百瓜子,只吃出一只坏的,回想起来就会笑骂一句"那日只吃他妈的一只坏瓜子儿",好像觉着这坏瓜子没吃过瘾似的。小李子还是不愿意冒立马再吃同一种味道坏瓜子的危险,嘿嘿笑道:"铜锤,别的事我能信你发的誓,惟有这件事我不信,除非……"岁铜锤一看有戏,凑前一步问道:"除非什么,不管多难,我都保证做到。"小李子扳住岁铜锤的肩膀耳语道:"把你骗了,变成个太监。"岁铜锤后跳一步,也笑了起来。

小李子这才转入正题,正色道:"你去把叉八、老四、白脸、老七给我找来,我要问他们要两样东西。"岁铜锤恍然大悟似的,"我咋说这么一大早你就出门了,是不是为了四棵柳巷昨晚挨打的那个人?"小李子道:"你既然知道这件事,就不用找恁多人了。我知道人不是他们打的,我只问他们要一块旧手表、一个记者证,要是钱包还在,叫他们也送过来。钱嘛,就是用了,也让他们凑够数。我在茶馆等他们。"

两小时后,老七和白脸去丰源茶馆见了小李子。手表和钱包完好无损。老七弯腰笑道:"我怕下边谎报,又朝里面放了三百。"小李子翻开记者证,见字迹有些模糊,白剑的照片已经惨不忍睹,隐隐约约还能闻见一股臭味,厉声说道:"老七,你给我背背你的七条保证。大半夜工夫,这记者证咋变成这样了?你总不会给我说你这就准备寄走的吧?"老七仔细辨认了白剑的照片,惊得一跳,不由得自语说:"天爷,这不是灯会和刘书记一起看灯的那个人吗?"小李子把记者证朝桌上一摔,冷笑道:"要想三进宫,就跟我走一趟,你号称四不偷、三寄走,给我拍过几次胸脯,这事你怎么解释?既然你知道这是谁,自然明白你这回落井下石该蹲多久。"老七脸色煞白,颤着声喊一声:"小三。"一个十四五岁的小男孩怯生生走进小包间。老七顺手丢把刀子过去,"小三,你要不想跟我,这事师傅我揽下了。还想继续干,就背背四不偷、三寄走,然后你按规矩办。"小男孩哆嗦着牙齿背道:"老人不偷、学生不偷、街坊邻居不偷、戴孝的不偷;身份证寄回、工作证寄回、发现偷了教师的钱如数寄回。"说罢,拿起刀子朝自己左手小指剁下。小李子敏捷地用臂去挡,还是迟了一步,刀锋已割到白骨,鲜血如注,手指侥幸保住了。老七夺过短刀,把自己左掌定在桌上,看着小李子说:"够不够你老看着办。"小李子一凛,暗叫:是个狠角。极力用平静的口吻说:"这次就算了,"把白剑的记者证扔过去说:"把这记者证寄到北京中华通讯社,去把伤包扎包扎。我就对他说记者证你们寄走了,还给他找回了钱包。"

中午,李金堂代表县委、县政府到县直招待所看望了白剑。说的很多话白剑事后都忘记了,只记下这两句:"龙泉对不起你。一定要尽快破案,予以严惩。"

李金堂走后,白剑陷入不能自拔的苦痛和悲哀之中,这一回可真是栽回老家了。所受皮肉之苦尚能忍受,心理上所受的重创就一言难尽了。这个王国,李金堂已经经营得固若金汤了。以这种下流手段打了你,可以还给你父亲送的纪念品,甚至用还钱包的方式送给你治伤的费用,但把你的记者证扣下,让你寸步难行。再待下去会不会有性命之忧呢?白剑这时候可以体会到哈姆雷特这句名言的实在意义了:是生存,还是毁灭?

这绝不仅仅只是一份逐客令,而更像一份生死文书。文书条文可以这样归纳:如果你执迷不悟,法律无法保证你生命安全,也不保证能公正地惩罚凶手,吴玉芳就是个榜样。白剑这时只能这样理解他在龙泉的生存状况。这么理解顺理成章,李金堂来探望,张口闭口只谈那个无名丈夫的凶恶。白剑早上放给关五德局长的试探风向的气球,旋即被李金堂拴在自己庆祝胜利用的彩车上。

问题是白剑从此再也不能改口,再也不能提出别的 种假设。若干时间流逝后,这事会有个交代,会有那么一对夫妇承认这一晚他们为什么吵的架,男人会承认他和他的帮手打了人,愿意接受法律制裁。法律会很公正地判决：拘留十五日，支付被害者医药费两百元。

　　傍晚，白虹和连锦双双来到古堡。他们在探望哥哥的同时，还带来了摄像机，他们要向全县宣传这个因见义勇为而负伤的英雄。当连锦扛起了摄像机，把镜头对准白剑的时候，白剑跳下床，大吼一声："放下！我不当演员了。白虹，你送我到车站。我要回北京！"

　　坐在去柳城的汽车上，白剑望着万家灯火、渐渐远去的龙泉县城，心里重复着一个声音：下次我回来，咱们再斗一斗吧！

# 第十五章

柳叶一日日地变长了。梨花还没谢尽，桃花已接着开了。李金堂隔着窗玻璃，有一眼无一眼地辨着满院春色不经意的变迁。他在等申玉豹，已经等得有点不耐烦了。

"瞧你干的好事！"李金堂锁好房门，没等申玉豹坐下，口气严厉地训将起来，"事情让你越办越糟！这么多年，你连守时都没做到过，太让我失望了！我说让他知难而退，还没来得及布置，你倒先动手了。你这叫什么打法？"申玉豹在单人沙发里，把一只腿挂在沙发扶手上，叼着烟卷，大口大口吞吐着烟雾，摆出一副破罐子破摔、死猪不怕开水烫的架势，一言不发地听着。李金堂果然火起，瞪着眼吼一声："你给我坐直了，连点礼貌也不讲吗？这是为了解救你才找你来的。你们这样胆大包天，竟把国家中华通讯社记者给打了。乱弹琴，真是乱弹琴！"申玉豹只是把腿放下，面部表情充满着委屈、痛苦，口气却显得桀骜不驯地说道："人是我带人打的，该怎么着就怎么着吧。"

李金堂显然没料到申玉豹会这么和他说话，微微怔了怔，冷笑几声，"只要他揪住这件事不放，这件事就是龙泉、柳城地区甚至H省的一大丑闻。到时候，会有十家甚至几十家报纸、电台、电视台派记者来龙泉追踪采访，挖出白剑为什么挨打的真相。全国十多亿人都会知道白剑因为揭了你申玉豹的短，差点被你带人打死。"申玉豹脸上并没有出现李金堂期待的惧怕，而是把半截烟扔在地板上，一脚踏了，仰着脸说："谁朝我头上屙尿尿尿，都不中。他想跟我过不去，我就不让他好过。全国的记者都来龙泉，我怕什么？人不是我打的，我只是用脚踩踩他的长爪子、臭爪子，还能吃了我？"李金堂惊讶地瞅了瞅申玉豹，仿佛在审视一个陌生人，追问一句："你是主谋，能跑得了？"

申玉豹不知从哪里寻来一个胆，梗着脖颈坦然说道："这些年我做的事，哪一件不是听你安排做的。"言外之意十分明显：大不了到时候我把什么都抖出来。李金堂身子兀自抖动了一下，身体朝后仰仰，"玉豹，我是为你好。去年秋天的事，说它过去，它就过去了；说它没过去，它就没过去！公安局的一审材料被人盗走了，你老丈人砸锅卖铁也要为女儿申冤。白剑写了一篇不疼不痒的文章，又没指名道姓，你坐不住了，派人打了人家。这叫此地无银三百两！你再这么闹下去，这事我就管不了了。"申玉豹眼神倏然间散乱了，拿香烟的手不停地痉挛着，"我没干，这不是我干的……我只是一时生气，打她一个耳光就出去了……再进去的时候……"一眨眼的工夫，申玉豹的表情沧海变良田了，散乱的目光渐渐聚到一点，嘴角的肌肉跳着跳着跳出几丝阴毒的狞笑，"哼！哼哼哼！我怕什么！十多年前，我不过是一个叫花子一样的农民，肚子只能填个半饱，钱呀，地位呀，女人呀，什么都没有。所以我怕什么？我什么也不怕！上国际法庭，官司打到联合国，我也不怕。我没杀人，我怕什么！我用皮鞋踩了白剑的爪子，能给我喂颗花生米？我打我老婆一个耳光，龙泉的男人，谁没打过老婆？我不怕！这些年，我什么都玩过了，也玩够了！一个农民，用十几年时间玩了大把的女人玩了大把的钱，也该知足了。所以，随便让他们告吧，随便让他们查吧。嘿嘿。嗨嗨。"这番话说得自足自满、狡猾无赖，还有那么一点讨价还价，还有那么一点拼命精神，还有那么一点舍得一身剐敢把皇帝拉下马的豪气，这些东西糅到一起，竟使这番话显出了一种气度，不凡的气概！李金堂愣怔住了。申玉豹正在他前面两步远的沙发里抬头看着他，布满血丝的眼睛里充满着火焰，充满着困兽之斗的恐怖，充满着征服欲、破坏欲，充满着自虐的勇气。那个在大洪水中，用全部的形体乞怜生命的可怜的申玉豹哪里去了？那个首次做玉雕生意，被别人骗个精光，最后被西安公安机关遣送回龙泉的小叫花子哪里去了？那个为了得到五万元贷款，恨不得叫李金堂三百声亲爹的憨实、叫靠、让人一见就倍生怜悯之心的农村青年哪里去了？这些肖像都悄然走进已经陈旧得有些发黄甚至已散发出丝丝霉气的历史的书页后面了。握有上千万资金的富人，曾经拥有六百个工人的大厂主，一个龙泉最大个体公司的总裁，一个可以在前来求职的男女大学毕业生面前颐指气使的新贵，这才是现在的申玉豹。在一个人的各种欲望陆续得到超过原来期望值的满足过程中，当事人心理乃至生理上会发生什么样的奇迹，李金堂心里很清楚。李金堂从申玉豹今天的表现中，得出一个新鲜的结论：作为一只胳膊，申玉豹已经显得太茁壮了。如果胳膊粗壮得使腰身显出了纤细，那就太煞风景了。李金堂心里多少有点后悔当年寻找并培育了申玉豹这样一个同盟者。一种苍老的悲哀和无名的忧郁顿时掠过李金堂的心头，变了，什么都变了，申玉豹也能用这种口气和我说话了。不过，这种苍老的悲哀和无名的忧郁并没在胸中停留，而是像一个闪电般地一亮就消失了。几十年来所亲历的惊心动魄的政治风云，个人际遇中的大热大冷大润大涩，刚从心上滚过几个浪头，李金堂旋即从脸部浸出一层宽厚仁慈的笑容，"玉豹老弟！瞧你说的什么泄气话！大风大浪不是都过来了吗？我今天叫你过来，主要是给你提个醒儿。千里之堤，溃于蚁穴，这么做是有备无患嘛。你说你知足了，这话我不爱听。有的人说要活到老学到老，孔夫子也说早晨明白一个道理，晚上死了也知足了，何况咱们这些凡人，这种念头太没志气了。"说罢，亲自为申玉豹沏了一杯热茶。

　　申玉豹感到一种难以名状的愉快，在沙发上换了一个坐姿，小呷一口热茶，吐飞一片信阳毛尖，"呸！钱挣得再多，有屁用，连个户口都买不来，咋日弄，人家看咱还是个农民，一个土地主。想办件事还得到处求拜人！"李金堂想起买户口的事，眉头皱一下，忽然间又笑了，"你呀，猛张飞，性子急。饭要一口一口吃才会发福发胖，一天一个样那叫浮肿！我早有一个长远打算，逐步把你的荣昌贸易公司国有化。解放初期，我们搞公司合营，很成功嘛。这样一来，你的什么理想也都能逐步实现。所以我总是鼓励你眼朝远处看。前些年，你的经营有很大风险性，也有诸多的弊端，没有一个长久的计划，就没法应变。按马克思、恩格斯《资本论》的观点，你现在完成的只是资本的原始积累，以后要动脑筋用钱生钱、用钱生其他。你搞驼毛、羽绒加工不是个常法，做点假，吃消费者一个反应，等人家反应过来，你就没饭吃了，还有可能遇到麻烦。我把全中介绍给你当助手，为的就是帮你完成一个转变，日后我还准备物色几个得力的人给你，你不要误会了。早年，我在欧阳家做过几年伙计，也曾做了好久当大资本家的美梦。后来，赶了一个革命的时代，就没机会圆这个梦。现在又可以当资本家了，我却没多余的精力。其实，我帮你聚财，也是圆我的梦。帮你做成了，也算了了我一个心愿。"

申玉豹心中的皱褶完全被熨平了，当即表示："我是你一手扶起来的，不听你的听谁的，反正你咋说我就咋干吧。"李金堂满意地拍拍申玉豹的肩膀，"我咋会坑你呢？打仗要讲究个打法。你头疼医头，脚疼医脚，最后呢，东边日头西边雨，捂住这头捂不住那头。凡事多用点心有好处。当然，你还年轻，有点闪失也是正常的，人无完人嘛。可是，事情闹出来了，就要备下手纸、砖头瓦片，擦屁股。你们下手也太狠了。这个白剑真让我有点头疼，不是一个能轻易治住的角色。他明知打他是有人事先布置，却说成是自己管闲事。这种事竟能忍，可见是块干大事的材料。不过，事有利弊，他忍了，就好给你开脱。你马上回去物色一对夫妇，让他们承认那天是他们因为家务事，怒恼了，错打了白剑。我已去看过白剑，不像有内伤。行政拘留十五天，赔个五百块钱，这事就摆平了。"

申玉豹听得感动，连声应下这件事。李金堂坐下沉默良久，突然问道："听说白剑挨打前，是从县委后院出来的，你知不知道这件事？"申玉豹答道："白剑在刘书记家吃的晚饭，那天上午我就派人跟踪他了。我的人等他进了刘书记的家，去告诉我，然后我们就在青石板巷子口等着。"李金堂以手当梳，理着头发自言自语说："果然如此。清松算是记下我的夺妻之恨了，以后的事情恐怕越来越难办了。"

申玉豹没听明白，正想问问，有人在节骨眼上敲门，他忙弹起来去把门打开。电视台的连锦手里拿着一份稿子进了李金堂的办公室，笑着给申玉豹点点头，坐到李金堂的对面，一本正经地说道："李书记，我有个想法来给你汇报汇报。"李金堂刚刚按下一桩事，心情不错，用柔和的眼光看看连锦，笑着道："不要拘束，你说吧。"

连锦把手中的稿子放在一边，清清嗓子说："李书记，上次搞那个电视片，粗糙些，面也太窄，主题单一。我想应该下大气力，拍一部反映龙泉改革开放十年来方方面面成绩和变化的系列电视片。这十几年，龙泉换了五任县委书记，并没影响龙泉的繁荣与发展。我以为这里面有三条红线贯穿始终。第一条红线是龙泉坚决贯彻、落实、执行了党的十一届三中全会以来的各项方针政策，第二条红线是十余年来龙泉一直坚持的以农业为基础、大力发展手工业县优势、大力发展个体企业和乡镇企业的发展战略，第三条红线是十余年来龙泉相对稳定的各级干部队伍对龙泉各项工作的持续持久的有力领导和指导。有这三条红线统帅，龙泉在政治建设、经济建设以及科技、教育、卫生等方面都取得了令人瞩目的成就。柳城地委之所以提出外学温州内学龙泉的号召，盖因龙泉在大洪水过后在各个方面都发生了翻天覆地的变化。这个想法我已经写成一个文字的东西，请李书记过目。"李金堂听得笑容可掬，心里道，正好可做这篇文章，遂评价说："《红楼梦》里，琏二奶奶看丫鬟红儿，只听红儿把几个奶奶的很复杂的事表达得一清二白，就有了定论。你刚才这番话，说得简洁明白，主题突出，很难得呀。我就不用看你的这份材料了。你可以把材料先交给你们汪局长看看，我让宣传部朱部长和汪局长商量出个意见，然后交到常委会讨论。你这个想法很及时，我们一定要学会实事求是地宣传自己，为后人留下一部经得起推敲、经得起时间磨砺的历史。你想用电视这种现代传播媒体做这项工作，点子不错。电视上正在播一部写黄河的电视片，我看了两集，不愿意再看了。为什么？不是这部片子拍得不漂亮，也不是编导人员没想法，只是觉得他们把黄河说成这样，听着心里难受！历史这个东西，不是你想说白就白想说黑就黑的。哺育了中华民族五千年文明的黄河，能是你这么骂一骂就骂断流的吗？孟姜女哭长城，没把长城哭倒，长城不倒，也没使孟姜女哭长城的传说失传。这就是历史。总有人想把历史拉过来，完全用现实的尺子比量比量，这就很片面。古时用十六进位，现在是十进位，只看数字就弄不明白历史的真面目。中央台也在播这种片子，看来龙泉近来发生的事不是孤立的。所以，我才说你这个想法很及时，也很健康。俗话说，好记性不如烂笔头。时间久了，人们总会忘记原先发生过的一些事，甚至是重要的事。再有呢，有十件事，办好了九件，那没办好的一件，日后反倒叫很多人记住了，九件好事都忘记了。这很不公平。所以，我支持你拍这部从大洪水到现在龙泉变迁的真实历史。文人有毛病，有的毛病很大。譬如说，康乾盛世，经济、文化、教育各方面的成就，在文人笔下很少反映，形象地反映，偏偏揪住几件文字狱不放，搞得后人只知道乾隆皇上只是个迫害文人的暴君。其实，喜欢用些过激手段治天下的雍正，也是难得的一位好皇帝。我独爱看《红楼梦》，是因它表现得全面，虽没直接写这个盛世经济实力如何强盛，但从贾府屋里摆的、碗里盛的、手里玩的，就可以嗅出这股强大的力量。那里面写的茄子的吃法，大多数人认为是暴露贵族如何骄奢淫逸，我不这么看，不仅仅这么看。难道它不能让后人嗅出这时候的物质财富是多么丰富吗？如今报上有时登些小文章，攻击人家美国人动不动就扔八成新的汽车，从中呢，我能看见美国人的富裕。如果全中国人都能常吃到《红楼梦》中那种茄子做的菜，有什么不好？但中国现在不行，吃不起这些东西。你看，你看，我扯得太远了。总之，你的想法不错，我愿意做你的后台老板。"

连锦收住笔，活动活动累得酸疼的手腕，由衷地说："李书记要做学问，肯定也是大家。有你具体指导，我对这个片子就有把握了。"李金堂笑道："多读些书有好处，精读一两本书更有好处。小连呀，你是不是党员？"连锦激动得满脸通红，嗫嚅着："我进步太慢，上个月才转的正，马上就过二十五岁生日了。"李金堂默默点点头，"很好，蛮年轻嘛。如今有想法、有才华的年轻人不少，可像你这样有思想、又成熟的年轻人不多。想不想换个单位？应该给你更重一些的担子挑挑。等你拍好了这部片子再说吧。"李金堂早注意到申玉豹脸上的焦躁不安，笑笑道："玉豹，你以后也该多读点书。你回去把原先关于你公司的资料片准备一下，你在小连这部片子里还要扮重要角色哩。"

申玉豹心里莫名地对连锦生出了些许妒意，心里道："妈那尻小白脸，这个马屁可拍得响，一个炸雷样的，一下子就把你的官道照个雪亮。你不是就你妈的长了一张巧嘴吗？看你那细脖子，一只手就能捏断了！你逞什么能？不是你投胎投对了肚皮，成了城里人，给老子当个跟班，老子还嫌你那胳膊腿细哩！"本想刺一刺这个小白脸，又一想："这狗日的，一见大官嘴上就挂个二两香油瓶，老家伙吃舒服了，赏他到税务局当个副局长，或者到银行当个副行长，反过来就能卡住老子的脖子。"正不知该怎么说话，连锦一巴掌朝他的马屁处拍来："申经理是李书记亲自升起的一面旗子，是龙泉个体企业的排头兵，这部片子自然少不了。申经理发了财又不忘办社会福利，上次一下子给医院捐了三万元，顶我五六年的工资，这事影响很大。"申玉豹一听连锦拍他是虚拍李金堂是实，用隔山打牛手法，冷笑道："你甭提说那件事！我正后悔哩。你们记者的笔，媒婆的嘴，黑能说白白能说黑。今日用着了，喇叭吹得山响，生意稍一背，日怪的，腿比兔子还快哩。"连锦没想到会遭这一顿抢白，疑心申玉豹没长屁股，两条腿接着脖子长，高拍低拍，都要挨他踢，想想也不好发作，只是讪讪地笑笑。

李金堂见他俩话不投机，打圆场道："小连，玉豹外冷内热，喜说些风凉话的,熟了也就惯了。魏晋时候,朋友间谈话很讲究这些,不会挖苦,不会讽刺,没有幽默感,朋友们见了面都逃之夭夭了。为啥?觉着没有味儿,不够刺激。今天我客串了一回教师爷,好好卖了一回学问。你们有空读读《世说新语》,很过瘾的。玉豹呢,当然也有不对,白记者是白记者,连记者是连记者,你搞株连九族,把人都逼上了梁山,你就只好孤家寡人了。"连锦今天可算长了见识,赶紧接道:"听李书记半天话,等于读个博士。以前我也浏览过不少中外书籍,大学还是读的中文,没想到书应该这样去读。看来,这读书还得从头学起了。你看看,申经理心情不好,我都没看出来。申经理也不用生白剑的气了,眼不见,心不烦,白剑已经回北京了。"

李金堂和申玉豹都吃了一惊,几乎是异口同声问道:"白剑回北京,你咋知道的?""昨晚我送他上的车,"连锦尚未弄清李金堂对白剑的态度,搞个移花接木抬高一下身价,一看两人脸色,又补了几句:"昨天台长要我们去看看他,把他挨打的事报道一下。他不干,发了一顿火,突然决定回北京,他妹妹也拦不住,只好任他的性了,一瘸一拐走了。"

李金堂若有所思一会,说:"白剑有个好妹妹呀。"连锦这回理直气壮地说:"是的。"李金堂又在椅子上复了位,一眼瞥见了办公桌上蒙的玻璃板里面映着自己两鬓里有了白发,叹道:"民歌唱得好哇:年轻人看见年轻人好,白胡子老头不中用了。自然规律,不可抗拒呀。"说罢,起了身子,打开了紧闭的玻璃窗子。早晨时雾很大,浓得流不动,如今又被太阳烧烤得受不住,化作一缕一缕,飞快地朝天空升腾着。

朱新泉带着一篇稿子进了李金堂的办公室。这篇《艰难的崛起——龙泉个体企业印象》作为对白剑那篇文章的回应,已经四易其稿了。这一稿修改后,朱新泉让夏仁加班抄了出来。对这篇稿子,朱新泉颇感为难,为难在刘清松对白剑的稿子已作了肯定。李金堂让他写稿子,他又不能不写。好在有夏仁可以随便使唤,叫他抄几遍他就乖乖地抄几遍,谁让他接了《柳城日报》的电话不及时报告,让这样一株大毒草出笼的。将来没自己的笔迹,刘清松问起来,又可以把夏仁当替罪羊赶到祭坛上。刘清松到柳城开会尚未回来,朱新泉在走廊里行走就显得坦坦然然。

连锦忙站起来和朱新泉打了招呼,随手把自己的稿子装进了口袋。朱新泉拍拍申玉豹道:"玉豹,县里又要为你说话了。秦专员已经和报社打了招呼,后天上《柳城日报》头条。"把稿子交给李金堂,说:"夏仁去了招待所，白记者又不见了。"李金堂看着稿子，抬起头道："白剑回北京了。夏仁又当爹又当妈不容易，出了点差错不要揪住不放，他也不是故意的。再说，就是夏仁汇报了，也不一定就能把那篇文章挡住不发。"朱新泉眼睛一亮，说道："李书记，白剑已经走了，你看……"李金堂像是一下猜透了朱新泉的心思，打断道："这篇文章一定要发。白记者文章中的观点，很有普遍性。真理只有在辩论中才会越辩越明。在这种大是大非的问题上，不能得过且过，要发扬鲁迅先生提倡的痛打落水狗精神。我们针对的不是白记者个人，是针对一种带普遍性的偏激观点。不但要发这篇文章，而且要以县委的名义发。党领导一切，这样文章就更有分量了，也更有说服力了。下午开个常委会，把这件事定下来。"朱新泉嘴上答应着，心里道："开会的艺术真有得讲究，若是刘清松在，会上一定会吵架的。"李金堂把稿子交给朱新泉，"你让打字室中午加班打印了，下午会上用。这个地方我加了几句，突出了玉豹的荣昌公司。一个荣昌公司，每年上缴的利税，顶龙泉一个中型国营工厂。"

申玉豹这下可以得胜还朝了，面对缕缕上升直消散在阳光里的白雾，心中竟破天荒有了类似诗人的冲动，默念一句：太阳一出来，雾就散了。连锦的心情倒成了晴转阴，心中也在嘀咕：白虹怎么会是白剑的妹妹呢。申玉豹这会儿心情好，追了两步涎着一脸怪笑问连锦："老弟，你是咋抓住了那只白鹁鸽①的？那眼睛，两包露水样地亮啊！狗日的，要不是白剑是她哥，嘻嘻，我有的是钱，要月亮，也能买把梯子摘了下来。"连锦一听这种下流的口气，气就不打一处来，心里想：乘几个臭钱，神气什么劲儿！现在捧你的臭脚是迫不得已，有朝一日等你撞到我手里，有你好受的！扭过头正色道："申大经理，你也是在龙泉场面上行走的有身份的人，说话可要留点口德。哥哥是哥哥，妹妹是妹妹。现在白虹是我的未婚妻！我可是个自尊心很强的人。"申玉豹狎邪地掩嘴一笑，"算我的不是。你不知道，我这人有个怪毛病，一见到城里的漂亮妞儿，就想，就想，就想那个她们。我是个乡下人，说话粗鲁，你将就着听。乡下人，冷也好热也好高也好低也好贵也好贱也好穷也好富也好只要能活下去就好，没法讲究啥尿自尊不自尊的。娶是你觉得亏得慌，我老婆随便你怎么说怎么弄，反正她死都死尿了。现在的女朋友，

---

① 鹁鸽：方言，鸽子。

早先也不是个正经货,觉着不够本,连她搭上也中。"连锦极其厌恶地瞥了申玉豹一眼,没答理他,加快了脚步。申玉豹像一颗嚼了一会儿的泡泡糖一样黏了上去,伸着大脑袋,小声说道:"老弟,你放过枪没有?还常常脱靶吧?得练。"连锦没听清楚,一扭头,看见申玉豹正猥亵下流地朝他笑,脸倏地红了。申玉豹放肆地大笑起来,"我也在打游击,你也在打游击,交流交流嘛。你要是要药用,我这有进口货,催春的、保险的都有,能让你快活死,又稳稳当当不招麻达。"

连锦怒不可遏,停卜步子,咬牙切齿地说:"申玉豹,没想你这个人素质恁差!"瞪了申玉豹一眼,转身折进一条小巷,不愿再和申玉豹同道了。

申玉豹带着浑身的通坦、浑身的快感,继续沿着青松路往前走。踩着自己出的钱铺成的宽阔明朗的大街,戏弄像连锦这样在电视上频频露面、平日里趾高气扬满大街行走的城里的上等人,申玉豹感觉无比的好。仿佛脚下踩着的不是混凝土结成的路面,而是"小泽征尔"她们这几个经他金钱魔术完成农转非质变性飞跃的女人的肚皮。在这样一种松软的快感里,用一种下流的口气戏耍着城里人脆得一碰就碎的自尊,这是怎样的风光呵!这一天,完全可以看做申玉豹人生道路上一块硕大无朋的纪念碑。在李金堂面前卑躬屈膝太久了,今天终于可以扬眉吐气一下了。倏然间,他记起了李金堂曾经说过的一句话:我也曾经是穷苦人家的孩子。以前怎么就没留意这一点呢?这个在龙泉县可以呼风唤雨的神话般的武夫,原先被罩在一个金光四射的器皿里,在申玉豹的心目中,他像神一样的威严,凛然不可侵犯。他是权力的化身,是法律的化身,是一切一切的主宰。天哪!从来都把他当守护神一样看待的,今天他竟也露出了胆怯!申玉豹完全被这种全新的感觉和第一次发现攫住了。连锦是小白鸽白虹的男朋友,白虹又是冷面杀手白剑的亲妹妹。白剑能让李金堂头疼,白虹自然也能让白剑头疼,小白脸连锦当然会叫小白鸽头疼。今天戏弄了连锦,不就等于耍弄了李金堂吗?这个联想很快让申玉豹得出一个吓他一跳的结论:李金堂也怕我中玉豹!他为什么怕我呢?是钱,绝不是什么其他东西!我蹲了大狱,对他没有任何好处。脑子里演电影一样闪过这样一串场景:去年他从拘留所出来,第一件事就是去了李金堂家里,给李金堂下了一跪,感谢李金堂的搭救之恩。他哪里是在救我,是救他的一百多万哩!而我却给他下了一跪,真是丢人呢！李金堂比我更怕这个白剑，白剑回不回来，就不再关我屁事了。有一些事情他暂时想不通，譬如李金堂没做生意，没有干过坑蒙拐骗的勾当，从哪里弄来这一百多万。

不知不觉，申玉豹走到了县影剧院门前。抬头朝宣传橱窗望去，欧阳洪梅抑郁深邃的目光正在朝他注视。申玉豹稍有迟疑，还是迈步走向橱窗，隔着玻璃，和照片上的欧阳洪梅对视良久。想起自己从前一见到这个女人就浑身直打哆嗦、语无伦次、自惭形秽，走起路来怎么注意都是一顺儿，申玉豹心里又难受起来。又呆立了良久，申玉豹在心里小声咕哝着："没啥尿特别的，一个鼻子两眼，不比别个女人多长了一张屁！我咋就那样怵她呢？"

一种小兽在申玉豹胸中慢慢生长着，一种全新的欲望慢慢地在申玉豹心里苏醒了。

欧阳洪梅在剧团指导演员排练时，听说了白剑挨打的消息，心里顿时滚过一阵绞痛。她喊了一声"停"，低头默想了一下道："下午就练到这儿。几个主角回去多琢磨一下唱词的意思，揣摸揣摸主人公的心理。不要小看了念白，它虽然少，却大都在戏眼处，吐字要清，要辅助四肢身体、眼角眉梢的动作，最重要的是要配以眼神，传神之物尽在阿堵中，这阿堵就是眼睛。乐队在几段唱的要紧处，要支起耳朵听，主角唱得入了戏，这些地方很可能处理得或急或缓，你们要跟得上，配合得天衣无缝就出神了。几段武戏下午排得不好，我知道你们有情绪，汗出得多，费内衣，剧团的澡堂子又不能天天开，随时都能洗，伙食补贴也不够，这些我会想法解决的。不过，功要勤练，本事学来是自己的。没听人说吗？一天不练自己知道，两天不练同行知道，三天不练大家都知道。等到了演出时在舞台上出丑，丢的是你们自己的人。明年全省要搞戏剧汇演，生旦净末丑、舞美、唱腔设计等十几个项目都有奖，接下来还要搞职称评定，有没有奖就起决定作用了。散了吧。李玲，你留下。"众演员千姿百态做鸟兽散了。演《十五贯》中"娄阿鼠"名噪龙泉的男演员用侧幕围出一个脑袋，嬉皮笑脸拖着长腔喊道："团长——我的准夫人你要借用多久？"欧阳洪梅扬扬手笑骂道："去去去！这儿没你的事。李玲是我的徒弟，用用她还用跟你商量吗？""娄阿鼠"空翻两个跟斗就要下台，欧阳洪梅喊了一声："回来！""娄阿鼠"又是一路跟斗翻将回来，涎着脸皮说道："团长，叫小的回来何事？"欧阳洪梅板起面孔说："你们两个都听着！你们的实力我都清楚，明年省里汇演，有夺冠希望，千万不要把自己的前途当儿戏。你们好也罢闹也罢，我都不管。要是哪一天我发现李玲怀了孕，我会毫不客气地把你们逐出师门。节骨眼上，马虎不得。"李玲以泼辣俏皮在剧团闻名，此时也听得羞红了脸。"娄阿鼠"伸出长舌头舔舔干唇，阴阳怪气道："团长，你要让她管好她撩人的阿堵。没有作好准备，见到我只能闭眼。"李玲伸手要去揪耳朵，"娄阿鼠"一个后空翻躲将过去，一路侧空翻滚下台去。李玲气骂道："你个没良心的，看我怎么收拾你！"

　　欧阳洪梅在舞台上低头踱着步。小李玲眨巴眨巴迷人的眼睛猜着师傅的心事。欧阳洪梅抬起头说道："玲儿，果真白记者被人打了？"李玲没正面回答，装一副横眉冷目的样子道："这人也太不识抬举了。"欧阳洪梅自言自语着："也不知他伤得要紧不要紧。唉，我这是何苦呀。事情过去了一二十年，连个消息也没传递过。那次又先有误会，后来我又有些失态，该不会真的把我看成了交际花吧？他不来见我，肯定是知道了我是一朵红罂粟。玲儿，你去院子里折几枝桃花和梨花过来，再代我去看看他。"李玲噘着小嘴不愿动，眨着眼问道："团长，要我去也不难，只是我想知道你和他从前到底是什么关系。要是你当年甩了他呢，你主动约他，他不来，就是给脸不要脸。要是他当年甩了你呢，他挨了打就该背时！要是因为别的神秘原因，我就再去跑一趟。"说着这段话，眼珠子已转出百般爱千般恨万种风情，最后丢出一缕小女孩的天真、好奇和娇态出来。欧阳洪梅似不忍拂了小李玲的心愿，又像被这千钧之重的隐衷憋得不吐不快，顿时露了泪光点点不胜娇羞的少女之态，轻轻吐着些如　缕春风似的心事："人是个怪物，不管日后活入天堂、活入地狱，不管是在中年盛景还是在凄凉无望的晚年，总是忘不掉第一个闯进自己心底里的异性。有的初恋平静，有的初恋热烈，有的初恋惊心动魄，有的初恋凄恻惨烈。我的呢？我本来没有，应该算不上的，是我想啊念呀，想了十几个冬夏，念了十几个春秋，才有那么一缕轻风拂过的感觉，才有那么一抹淡云飘摇的模样。我的身体发育得也早，记得十三岁多一点就来了月经。你知道，我年轻的时候要算漂亮的，早就能感受到男人们种种一言难尽的目光了。可是我等啊盼呀，竟没和一个男人撞出那种可以把你生命照得雪亮、照得五彩缤纷、照得惨不忍睹的火花。一晃,我就十八岁了。那一天,我竟看见了他!平生第一次,我对一个男性产生了那种强烈而异样的感觉,那感觉就像用指尖触到了电门,就像一不小心咬碎了满口花椒,那种麻呀酥呀痒呀的,至今一回想我就觉得浑身战栗。是的,我承认开始的一瞬间,我并没有感觉出来它对我的一生是如此重要,直到当天我回到知青点睡在床上,第一次感受到强烈的生理冲动,我才暗叫不好:我爱上了这个人。当时,有好几个知青点都派人参加了那次赛诗会,我不知他的名字,更不知他是哪个知青点的。这就是我的初恋了。后来,后来我的生活就急转直下了。"说到这里,纯粹少女的表情倏然间隐退了,眼睛里透出的只是些饱经沧桑了,"要是今生今世再也见不着面也罢了,把它化作一个念想,生生不已深藏在自己心底,也能过一辈子,偏偏又让我遇见了他。他显然对他当年曾麻醉了一个女孩的心这件事一无所知。他眼里只是我的现在,没有历史,所以我不能怪他不接受我的邀请。来了,又能说些什么,说了人家未必就信,还不骂我是个疯子?我又想,它命里该是个蛹,就不要给它安上五彩的翅膀让它去飞。可是,夜静独处的时候,一想起他就近在咫尺,这心里那个不甘呀,就甭提了。等你阅历多一些,你就能体会到我心境的复杂。我已经又想了这么多日子,见了他会发生什么,我自己也拿不准,所以我不能去看他。可如今他挨打受了伤,我能就这样无动于衷吗?"李玲擦着眼泪说:"团长洪梅姐,我去,我马上就去折花。洪梅姐,你讲得太好了太美了太迷人了。我该怎么说呢?我真的都懂了。你这种犹豫,真还不好比方,像是哈姆雷特的那种犹豫。你就这么问呀问呀的,问着问着,头发就问白完了,它还是一缕风,它还是一抹淡淡的云。按我的脾性,别说念想了十几年,认准了他是我的那一半,又来了生理冲动,念上十来天,跑去强奸了他我都敢。要么全有,要么全无,省得牵肠挂肚地磨人。"欧阳洪梅用嘉许的目光看着高徒,赞叹道:"再登台,你的戏又会长了。你的悟性很高。"

不一会儿,李玲抱了一二十枝桃花和梨花回来了,娇喘吁吁指着梨花道:"洪梅姐,这梨花已经开败完了,桃花还在含苞哩,不如不要这梨花了。这桃花不正象征着你的十八岁吗?"欧阳洪梅沉吟道:"都要吧,梨花败了更好,我如今不正应了那句残花败柳吗?我是啥样,包也包不住。正放的梨花,洁白无瑕,十八岁那年秋天,我就不配了。"李玲发现欧阳洪梅面带异样,不敢多问,只是说:"我去找一张做布景的金光彩纸包了。"欧阳洪梅解下了刚才为了示范方便束头发用的白丝手帕,扎好桃花梨花,"你快去快回。"等李玲走了几步,又叮嘱道:"话别说多了,就是去看看,问候一下,没别的。"李玲笑道:"知道了。刚才讲的都是隐私,受法律保护。"

欧阳洪梅在舞台上立坐不安地等待着,想起《红楼梦》里宝玉和黛玉送旧手帕的事,兀自又感到脸热了起来。不知哪个男演员扯着嗓子在后院吼了两句流传在杏花山一带的情歌:"难挨那个光景唉——是春夜那个长,小妹那个苦心唉——只是盼那个郎",惊得欧阳洪梅脑袋左右拧转了两转。等得度日如年似的,不由得踱出舞台侧门张望,一群在院子里小憩觅食的灰鸽子扑棱棱从地上飞起,在房顶上打个旋儿,带着一个悠长的哨响远去了。

李玲怀抱着花束回来了,很有点丧气地说:"那个妙清说他前天晚上对他妹妹和电视台的连记者发了一顿脾气,带着伤回北京了。"欧阳洪梅呆傻在门口。李玲又补几句:"妙清说白大哥那天夜里回去时说的是遭人暗算的,用麻袋包了他的身子打,不知为什么后来传成了他管别人闲事叫人打了。我想管闲事顶多挨一两拳,不至于擦伤就用了半瓶紫药水。"欧阳洪梅神色大变,眼神迷乱起来,取下手帕,把梨枝桃枝朝地上一摔,也不跟李玲解释什么,怒气冲冲出了院子。

回到家里,欧阳洪梅拿起话筒,拨了一个号码,硬生生地说:"你马上来一趟。我不管你还有什么要紧事。对,马上来。什么事?我要死了,这还不关紧?"放下话筒,欧阳洪梅喘了一会儿气,瘫坐在沙发上,痛苦地闭上了眼睛,两串泪珠无声地从两个眼角泪出,滚入双鬓。

能有胆子打白剑的,除了李金堂还能有谁?难道他真的要把所有和我欧阳洪梅有关系的男人都斩尽杀绝吗?这实在太霸道了!

因为这次受害者是白剑,是欧阳洪梅珍藏了多年已经变成无法替代的一片风景的初恋,欧阳洪梅的内心出现了大幅度的倾斜,很容易找回了多年以前对李金堂这个男人发自肺腑的仇恨。

# 第十六章

许多年以后,那段痛不欲生的生活还常常化作噩梦伴在欧阳洪梅左右,挥之不去。在那些难挨的时光里,欧阳洪梅很多次把李金堂恨得咬牙切齿。

这种恨开始的时候竟生长在对爱的期待里,很有点莫名其妙。为什么在那样蜜甜的日子里,心底里会生出恨的萌芽,那个时候的欧阳洪梅始终想不明白。

后来,她知道了恨有不同的种类,就像春天的花一样品种繁多。再后来,她又知道爱恨又可以相互转化。再再后来,她知道恨像个蓝精灵,有时不知从哪里来,有时又不知到了哪里去。

那个漫长而短暂的春天,留在她记忆里的很多很多,又很少很少。多的是那种隐秘而骚动,少的是那种恬淡而坦然。那短暂的春天里,李金堂是一位无可挑剔的伟丈夫。那个漫长的春天,李金堂只是一个无法把握的游魂。再次复出的李金堂,已经作出了今生今世经营龙泉的决定,利用春耕备播的间隙,一寸一寸地熟悉他既得的版图。欧阳洪梅总是长时间地独处,感觉少妇的闺怨。初夏悄无声息地来临了,也带来了雨季。这雨把生活下得越来越瘦、越来越单一、越来越沉闷,最后下得只剩下了雨、雨,还是雨。连日的阴雨,把欧阳洪梅的生活挤压得只剩下院子上方那一片明亮了。伴着雨声,心里只剩个等待,等待着李金堂的到来。只要他来了,这生活就是再单调到连雨也没有,欧阳洪梅还会拥有一份充实的希望。李金堂什么时候走出家庭,她从来没有考虑过,这个没考虑是基于不用考虑不用她考虑李金堂会去考虑。一个男人一个女人,相爱了,有房屋有粮有戏有书法,这还不够吗?生活只剩下了等待，生活就变得像一张冷雨浸过烈火烤过的脆纸。几天都没见李金堂的人影，欧阳洪梅心里对这个男人生出了第一缕恨。或许这个恨字还不能单独立户，前面应该缀着一个硕大的怨字。而这怨叫怨，不如称作等待落空后的临时填充物。有一天傍晚，李金堂穿着黑雨衣，像个幽魂一样被那夹雨的风吹进了院子。人瘦了、眼红了、胡子长了、头发乱了，人形变得简直不敢相认了。欧阳洪梅辨出这个游魂就是那个十几天来爱与恨浇铸的等待后，像疯子一样抱住那个如茅草疙瘩一样的头颅狂吻起来，那一缕怨恨马上就像半盆子肥皂泡沫一样随着哗哗的雨水流走了，空下的那方空间瞬时被奔腾而来的情欲充满了。李金堂爱怜地拍拍她潮红的脸，愧疚地说："小梅梅，很对不起你，我还不能久待。全县收下的麦子大半没打，打出来的一小半已经长芽了，不想点办法，全县五十七万人吃啥？晚上还要开会争吵，我得豁出去了。赵河已经爆满两天，清凉河已有几处决了堤。我感到要出大事，要出大事。龙泉经不起这样的雨，我一定要说服他们组织群众早点转移，再打倒我也要这样做。五八年我不该拆了一半城墙，不该不听孔先生的劝阻。我要说服他们布置东城群众组织起来，那几年修的七座水库都不保险，有三个就修在县城的头顶上啊。小梅梅，我心里怕极了。你什么也不要带，晚上搬到西城剧团那边和女演员住一起吧，住一起吧。"说罢，又被夹着大雨的风刮走了。欧阳洪梅呆坐了一会儿，收拾几件换洗衣裳，连门也没锁，伞也没拿，匆忙冲出家门。路过街道办事处李大妈家，欧阳洪梅闯进去，对着发愣的老太太，颤着声音说："大、大妈，水库保不住，快向西城转移，这城要被冲掉一半。"扔下一家依然发愣的男女，又冲进雨里。

当天夜里，大洪水来了，半个龙泉城毁掉了，欧阳洪梅家的院子也不存在了。

以后的半年，欧阳洪梅还是很少见到李金堂，李金堂没日没夜地领导着全县的救灾。两人就是见面了，也没多少时间，有时有了时间，又没有了空间。一场大洪水把一切都改变了。欧阳洪梅隔了许多年想起那个隆冬，还能感到骨头发疼。一场大雪接一场大雪下着，欧阳洪梅整日里躲在被窝里祈盼着指挥全县五十几万灾民过冬的李金堂无病无灾。那个秋冬里，李金堂几次累出大病住进了医院，这种时候成了欧阳洪梅最难挨的时光。她不能正大光明去医院探视李金堂。只有在这种时候，欧阳洪梅才会体味出她和李金堂这种关系的尴尬，和这种尴尬滋生出来的无法排解的怨怒。两个多月过去了，李金堂没露过面，正月初一上午，欧阳洪梅正一个人在宿舍里打发难挨的孤寂，一个陌生的男人推门进来了，塞给她一个纸条说："李副主任又倒了，十五天前去了地区干校，他让你多多珍重。"欧阳洪梅展开纸条一看，只见上面写着："我从医院直接来了干校，尚无行动自由。这种状况不会太久。记住我的话，不管发生什么事情，都要咬紧牙关活下去。金堂无能，无法帮你了。"这个时候，欧阳洪梅尚且不知政治的险恶，对李金堂这些话不以为然，心里道："哼！太小题大做了，没有你，我更清静些。二十天前你都出了院，十五天前去的干校，五天时间，也不来看看我。自私，太自私！"

一个月后，剧团被勒令解散了，罪名是右倾翻案风刮出来的，剧团演员和职工哪儿来哪儿去。桃花灿烂的一天，李大妈全家赶来为欧阳洪梅送行，她就要回到四洼的知青点了。李大妈含着眼泪死死抓住欧阳洪梅的手，拉着哭腔说道："小姐，这日月到底是咋转的呀，咋总是好人遭罪。欧阳姑娘，你就叫我喊你一声小姐吧。那年春天，如不是你爷爷救了俺们娘儿俩，我早叫人贩子买去当窑姐了。我在你家的印染厂当了三年工人，解放后这才成了工人阶级，后来竟然当了管人的官儿。小姐，那天不是你去报信儿，我们全家又没了。冬娃，燕妞儿，快跪下磕头谢你欧阳姑姑救命之恩。"欧阳洪梅看见两个小孩真的跪下了，挣脱着手道："大妈，大妈，快别这样，我就是多说一句话，咋能受得起这种大礼。"李大妈下死力扭住欧阳洪梅的胳膊，喊叫着："磕，还不快磕，一人磕五个，爸妈你们俩还有奶，一人五个，磕！"两个小孩果真一人磕了五个头，完成了任务，嬉笑着去了桃树底下捡那被风吹落的红色花瓣。欧阳洪梅笑也不是，哭也不是，嘴角一搐一搐的。李大妈突然就流出了眼泪，把欧阳洪梅的一只手放在两只巴掌里轻轻地摸了又摸，颤着哭声道："孩子，孩子，大树倒了，你要护着自己呀，啊？孩子，这话本不该给你说白的，可是，可是，你终还是个孩子呀，想不到这人世的险恶，你看看你那眼，孩子呀，清灵得还和燕妞儿一样哩。大妈就知道你没遭过一天罪，大妈就敢说李书记是个好人，他是个待你好的好人呀！孩子，大妈别的就不说了，出门要找个伴儿，夜里门户可要看紧些。大妈真不忍把话说破了呀。李书记刚直，这次起来得罪了不少人哩。小姐，若是政策宽那么一头发丝儿，大妈也好把你揉成一根针塞过去呀。再不济，大妈一家五口，一人省一口，也够你吃了。孩子，你早没了亲人,遇到啥事,就把大妈当成亲娘叫一声,叫一声心里就暖一分,就不至叫冻成冰凌棍儿。小姐,你要不嫌弃,就把大妈的家当成自己的家吧,啊?多早晚你回来,遭了多大罪,受了多大屈回来,大妈家的新棚子房就有你的热被窝,大妈家的六丈锅里就有你一碗热稀饭。"说着说着,已泪涕俱下,泣不成声,擤一把鼻涕揩一把泪,扯着发丝一样细长易断的哭腔喊着:"小姐呀,世道再难,不管出了啥事,万万不能走少奶奶那条路呀,啊?大妈还等着看你登台唱戏哩……"

欧阳洪梅尽管听得伤感得头皮发凉,但还是没能想象出来前面的路到底有什么沟儿坎儿等着她迈,到底有什么陷阱候着她去陷。不就是回四洼吗?一年前我就在那里自自在在地生活呀!这些话她没说给李大妈听。

欧阳洪梅并不知道关于她和李金堂的桃色新闻经过多人的创作和润色,已经传得沸沸扬扬了。她像一勺子水,被人从四洼知青点的水缸里舀到县剧团的水缸里,县剧团散伙了,这勺水没用了,这回又舀回四洼的水缸。欧阳洪梅差不多这样看自己这一年的经历。

大洪水洗劫后的四洼,显得满目疮痍。因四洼地势稍高,东面又有个土冈,死于大洪水的男女只有十八人,仍显得人丁兴旺。仔细一辨,牛羊这些大牲畜已属珍稀,鸡鸭有一些,还都刚刚褪了茸毛,满村子叽叽喳喳叫个不停。生活照旧,太阳照常升起,只是感到一股子寂寞和清苦。青春的游戏依旧,或许是因了劫后余生的缘故,这种挥霍就显示出了掠夺式的贪婪。欧阳洪梅平静地接受着四洼的一切。对李金堂的那份遥远的思念,使她从一种对比和回忆中获得了一种充实、自豪和满足。

有些东西真的改变了,欧阳洪梅在不经意的小地方发现了这一点。那些有了伴侣的男知青从前和她接触无遮无拦,百无禁忌,如今个个都变得不苟言笑起来。便是如此,她还是从那些女伴警惕的眼风里捕捉到了冷若冰霜、尖若刀剑的敌意,心里不禁发笑:一杯杯白开水还真当成琼浆玉液哩。也就主动疏远了他们。到田里干活,欧阳仍是中心,只是那些早急得抓耳挠腮的男知青把请唱改成了点唱,"欧阳欧阳,情啊爱呀不解恨,唱唱那个露滴牡丹开才好。""欧阳大小姐,弄个'拉拉你的手,亲亲你的口,咱俩一起苇子坑里走',给咱们难兄难弟解解乏。""听老年人讲,有个小调叫《十八摸》,欧阳肯定会摸,叫她摸一摸。"欧阳洪梅觉着太鄙俗,就一两天不开口说话。

"五一"到了，知青点开了茶话会。送走了公社干部，董天柱回来看知青表演节目。样板戏唱了几段，大家都说没滋没味。有人说搞击鼓传花，谁逮住花，谁就上个绝的、解乏的、开心的。几个前些日子遭了欧阳洪梅抢白的男知青，借机整治欧阳洪梅，接连两次让欧阳洪梅逮了花，欧阳洪梅唱了一首民歌《编花篮》、一首电影《上甘岭》里的插曲。鼓声再息时，红花又到了欧阳洪梅手中。女知青们先说话了："欧阳欧阳，今天你运气真好，连中三元，你怕是要三喜临门了。"有人喊说："不能让她自选，她有一肚子唱不完的歌。""给她点个难的，开开心。"一个精瘦男知青站起来道："你们都不要难为欧阳，我出个谜，要是她猜不出，我就不搞这个英雄救美人了。欧阳，这猜谜是智力游戏，一点也不俗，你要是猜不出，只能让他们点着唱了。"女知青帮腔喊着："欧阳，就他，语文从没及格过，能难得住你？应下来，别让这些小男人小瞧了咱们娘子军。"欧阳洪梅微微一笑，算是默认了。精瘦知青一本正经地说："欧阳猜不出，你们可以帮她。都听好了，谜底是个日常用具，一点也不难猜：'离地三尺一条沟，一年四季水长流，不见村人去提水，常有和尚来洗头'。"话音刚落，已有男人偷笑起来。先有尝过禁果的女知青红着脸把头勾下了，有人小声骂道："用这种法子整人，该撕他的嘴！"欧阳洪梅没过去撕嘴，脸气得发青，牙缝里滚出两个字："卑鄙！"会场竟静了。精瘦青年绷着脸，也不生气，说了一声："算你猜对了一半，只要前半截全错，要了后半截全对。"满屋子人哄堂大笑起来。欧阳洪梅含着眼泪，骂了一句"下流"，起身离开会场。有人讥笑精瘦知青："人家骂得对，你是下流，人家攀高枝，自然是上流了。"又是一番哄笑。精瘦青年冷冷说道："我就是看不惯她一副圣女派头。"

　　董天柱看了这一幕，心里有了计较。

　　转眼就要麦收了。欧阳洪梅在好心女知青的劝说下尝试着重新和多数人打成一片。麦田里，只要是能唱出口的小调，她都咬着牙唱了。有一天上午，欧阳洪梅正在唱，董天柱带两个背着长枪的基干民兵跟着一个陌生的中年人来到现场。董天柱道："刘副主任，这个欧阳洪梅唱'四旧'，群众早有反映，以前我早找她谈过，她狡辩说要我拿出证据。去年李金堂这个胡汉三杀了回来，保护了她。今天你看见个现行，你说咋办就咋办吧。"中年人背着手来回走着，"这是阶级斗争的新动向，是右倾翻案风的余毒。这是个大案要案。把她关起来交代问题，麦子不要收了，政治第一，组织群众学习两天文件，提高政治觉悟，和牛鬼蛇神划清界限。"

欧阳洪梅被隔离起来了，关在大队部隔壁的一间空房里交代问题。第三天晚上，天下着小雨，董天柱手里拿着一沓纸走了进来，朝门外喊道："给我把门看好，这里关着要犯，不准让人走近。"欧阳洪梅感到一种危险正在步步逼近，退到那条板凳边上，眼睛一眨不眨地看着董天柱。董天柱在桌子那边的马扎上坐了下来，放下手中的纸，笑着道："你别怕，你想想看，我咋能害你哩。我今天来的目的是想救你，你要看明白了。"欧阳洪梅慢慢坐在板凳上，没有说话。董天柱脱了衬衣，眯着眼看着煤油灯灯光里的欧阳洪梅，龇龇牙说道："一本《艳阳天》，我不知翻看多少遍，也没全看，只看那个焦淑红，我日他妈，真是迷上了。自从你来到四洼，我就不看这本书了。你比这个焦淑红可不知强到哪里去了。前年老子向你求婚，你装疯卖傻给老子来那一手，让老子在四洼的知青面前丢尽了脸面。这件事我不跟你计较了，日他妈，我就是对你恨不起来。当然啦，那时候你是梧桐树上的金凤凰，也不好动你，你要找人杀我，起码有十个八个二杆子愿意干。为啥？你不知道你有多漂亮啊。不是说男人死在美人的石榴裙下，做鬼也风流吗？书真是个好东西，可惜我读得少了点。我就等啊等啊，日他妈把李金堂给等来了。我真后悔，要是前年我胆子大一点，硬把你搞了，说不定你也就答应嫁给我了。还是李金堂厉害，想干啥就能弄成。我想着这一辈子，和你再也无缘了，嘿，李金堂又倒了，这回怕是爬不起来了。他倒了，你要留在县城，你这块肉也轮不到我吃。我一个大队支书到县城，算尿个啥。嘿！山不转水转，水不转人转，转了一圈，又把你这棵小白杨栽到我董大柱这一亩三分地里了。好哇。你妈的，要是你回来就和那些男知青睡，怕是又没我的好事了。这群烂货有不少敢玩命的，为睡个女人真丢了命，那就划不来了。偏偏你又要为李金堂守节，把他们全得罪了。也不怪你，你自小娇生惯养，到哪儿都是众星捧月的，自然不知道墙倒要靠众人推的道理。你太吃尖了，太吃尖了不好，容易犯众怒，众怒难犯，这个道理咱懂你不懂。你知道这是什么东西吗？"他把桌上的一沓纸拿一下又放下了，"这是知青们写的揭发材料，你没想到吧？女知青我也睡过几个了，有仨已经回城当了工人，还有俩我今年准备让她们走。白馍吃惯了，四洼的红薯稀饭难喝，所以啥法儿都能使出来，不就是一张屄吗……你可以说我下流。日他妈生在这穷农村了，不是下流能是上流？好了，我也不跟你兜圈子了，我今天来是给你商量一件事的。要是再提啥尿焦淑红嫁不嫁给萧长春，已经没啥尿意思了。没听人说吗？大闺女的奶是金奶，新小媳妇的奶是银奶，一当娘就成狗奶了。前年你是金奶，我董天柱摸一下下一跪都不亏。如今你叫李金堂搞了一年，姑娘不姑娘，媳妇不媳妇，成个四不像，也就不值钱了。你就是现在愿意嫁给我，我也不想娶。好歹我董天柱也是一方人物，拾李金堂扔下的破鞋整天穿着，人家还不笑弯了我的脊梁骨？我不说你破鞋了，粗俗。这个事嘛，其实很好商量。"董天柱停下来，抓了两张写满了字的纸就着油灯烧燃了，"看见了吧？你还挺灵光，到底叫李金堂熏了半年，知道坦白从严，抗拒从宽，一口咬死只唱这一回。可是，你看看这沓东西，三十多个人都揭发你唱了三四年，你能跑得了？那天叫你猜谜的写得最多，竟写你唱过《十八摸》，日鬼的心黑，打死你也不会学这种曲子，只有走街串巷的草台班子，才会靠这弄点赏钱。他恨你，肯定是你没让他闻到腥味，秃子头上的虱子，明摆的理儿嘛。人恶起来，虎狼哪里能比。我要是都把它们烧了呢？我去公社汇报时就说，前些时候，群众反映有误差，你唱的都是能唱的好听曲儿，只是不是样板戏，因为大灾之后麦子丰收了，高兴，年轻人忘了形，一不小心溜出一段，正好公社刘副主任听到了。我还能替你开脱，就说你本来不愿意唱，政治觉悟蛮高，是大家一致要求听个鲜，你才唱的。由主动到被动，错误又减了一等。公社呢，大不了让我回来批评批评你，教育教育大家，这事就过去了。其实，你唱得好听着哩，这次回来像是唱得格外好了，人长得也更那个了。上头不让唱，也有不让唱的道理。底下偷着唱了，还真能把大好形势唱丢了？反正我不信。你这么聪明，该明白这是个啥事吧。"

欧阳洪梅知道躲不过今晚了，但还是希望能出现奇迹，怪怪地一笑道："董支书，我不知道你说的是啥事。你在我眼里一直是个很正派很正派的好支书。"董天柱一听哈哈大笑起来，"我们办完我们的事，我照样正派。李金堂睡完了你，坐在主席台上，你能说他不正派？今晚你顺从我，让我了了这个心愿，我当着面把这沓烂东西烧了，明天你就能回去住了，这事就算了。大热的天，把你关这么久，我还心疼哩。以后嘛，我叫你陪我，你别推三阻四，我保证第一个让你离开四洼。舍得舍不得是一回事。凡是仙物，都有一股邪气，不能久吃。李金堂一沾你，不是倒了吗？"欧阳洪梅听出来董天柱害怕李金堂，赶紧抓住这根稻草，"你知道我是李金堂的人，你就不怕他日后找你算账？"董天柱听得一怔，旋即笑了起来，"我不信他能三落三起。你把我的火煽起来了，从也得从，不从也得从。"说罢，走过来就把欧阳洪梅抓住了，"你还是乖乖地脱吧，省得费事。"欧阳洪梅挣扎起来，忍不住大声喊道："救命啊，救命！"董天柱一拳打翻了欧阳洪梅，又一手把她提起，"你喊吧，这样怪有味道的。天下着雨，大队部又在村边上，没人来救你。"欧阳洪梅抓住董天柱的胳膊一口咬住了。董天柱再打一拳。欧阳洪梅又大喊一声："门外的大哥，你救救我呀——"董天柱突然冷笑了，"你让来富救你？他能救你吗？他老婆刚刚成了我的人，要不凭他那熊样能当民兵排长？他老婆日怪得紧，和我那个了，三天不让他近身。我搞了你，说不定迷上了，他就能天天睡老婆了，这个账他能算清的。"欧阳洪梅又挨一拳，再也不做反抗了。董天柱大感意外，还是没有住手，把欧阳洪梅放到板凳上强奸了。欧阳洪梅像条死鱼一样一动不动。董天柱提上裤子，伸手摸一把，放鼻子下嗅嗅，"狗日的真是狐狸精，三天没洗澡，还有点甜香味哩。"董天柱想了一会儿，大声骂道："来富，你妈的偷听个屁，进来。"来富进来了。董天柱说："我知道你心里不平，我睡了你的女人，这个女人是我的了，还你一次，省得日后你嚼舌根子。"来富没动，有点怯，看也不敢看像死在板凳上的欧阳洪梅。董天柱生气了，骂道："你尽你妈的下软蛋，城里这些女知青，哪一个你都想，送你个你又不要。"来富鼓足一股劲，走过去，还没挨住欧阳洪梅的身子，就轰然一声泄了。董天柱骂来富出去，一手端着油灯，一手拿着那沓揭发材料，点着了说道："你看着！我董天柱说话算话，把这东西烧了，明天让你回去，可别想着告我强奸你。前面我都说过了，这事不帮你压下，就不是我一个人睡了你。你要告我强奸，我立马又能弄这么多材料，整死你。怪得很，你那眼睛不敢多看。过两天我就去给你要个招工名额让你走。县革委郑党干副主任咱熟。你也别想着自杀，你在这屋里死了叫畏罪自杀。好好活着，你让我董天柱了了多年一个愿，我自然不会亏待你。"

这一夜，欧阳洪梅伴着沥沥雨声，心里对李金堂生出了咬牙切齿的痛恨！不正是这个男人把她变得人不人、鬼不鬼吗？如果没有李金堂，董天柱敢这样欺凌她吗？她没有想到死。

半个月后，欧阳洪梅被通知到县文化馆戏剧室报到，这个结果让知青点的女知青好生艳羡。县文化馆的职员都是干部，在人们眼里，自然比工人高了一级。欧阳洪梅提着行李回到县城，在李大妈怀里哭了大半夜。李大妈也不劝她，只是陪着流泪，粗糙而苍老的手在欧阳洪梅的后背上摸呀摸呀。还用问吗？不用了。

戏剧室只有两个人。室主任是剧团的老编剧，一见欧阳就说："回来了就好，能回来就好。要是县里没有了你，以后这想唱戏也唱不起来了，我写着也没劲头。你总算归队了，熬一熬，等一等吧，群众总是要看戏的。"欧阳洪梅笑了一下，算是回答。老编剧指着在角落那张办公桌前坐着的瘦小青年说："该给你们介绍一下，小桂，桂雁生，一个月前调来的，写了一些快板书。这是欧阳洪梅，去年当过演员，戏唱得好。"桂雁生站了起来，弯成一只虾米，朝欧阳洪梅点点头，讪笑着："我看过你的戏，认得的。实际上我只写过两三个顺口溜，只在厂里演过。把我弄到这儿，我还不知道该干些啥，能干些啥哩。"欧阳洪梅还是笑了一下，瞥了桂雁生一眼，没记住这个男人有什么特征。老编剧好像猛然想起了什么，站起来道："洪梅，你家房子冲毁了，你还没地方住吧？"欧阳洪梅答道："我暂时住在李大妈家。"老编剧道："小桂，把你隔壁那间小屋腾出来，东西挪到办公室，就让欧阳暂时住下。吃饭嘛，买个小煤油炉自己煮。饭总是要吃的。"

这样，欧阳洪梅和桂雁生就成了邻居。住了十来天，欧阳洪梅对桂雁生的历史知道得十分有限，只知道他家在农村，后来招工进了工厂，二十七了，还没成家。桂雁生从不主动和欧阳洪梅说话，总是欧阳问一句他答一句。有一次，桂雁生主动来到欧阳洪梅的屋里，很不好意思地说："我出去买点下面的菜，用不用帮你捎一把？"欧阳洪梅就觉得桂雁生实诚、善良。

日子好像安静了下来，安静得只剩下面条和小白菜，安静得有点怪怪的。没安静几天，一个人的出现几乎把欧阳洪梅逼得走她母亲的老路。

那是一个陌生的老青年，脸白胖，总有散不尽的笑意挂着，一副白框眼镜挂在矮鼻子上，玻璃藏掉了一些眼睛的秘密，一进来就很随便地坐在欧阳洪梅的小床上。欧阳洪梅想不起熟人里有他，就说："你是谁?"老青年再把欧阳洪梅仔细打量了一遍道:"卸了妆更好些,去年我看了一场你演的《红灯记》,那时我在粮食局当局长,轮不到我上台接见演员,所以你不认识我。到文化馆还习惯吧?"欧阳洪梅点点头。老青年道:"这些天一直忙着布置全县的大批判,就没来看你。今天来,是通知你参加一个大型会议。中南五省要在武汉开个样板戏经验交流会,地区给县里一个名额,我就把你报上了,后天到地区行署报到,来回路费报销,每天补助八毛钱,上午把这事已通知你们馆长。你怎么一点也不高兴呢?"欧阳洪梅就笑了一下。老青年很随便地拉了欧阳洪梅的手,"你坐下,坐下说。"欧阳洪梅绷着脸,朝门口退了一步。老青年脸上露出了诧异和不快,"你不知道我是谁呀?我是县革委副主任郑党干,是把你从四洼知青点提拔成国家干部的大恩人。你就这么个态度对待我呀?今天我又是来给你报喜的,你把脸拉得二尺半,我就不高兴。"欧阳洪梅一脸哭笑不得,又往里边挪了一步,挤出一点笑容道:"郑副主任,我不知道是你。"郑党干笑出一颗金牙,"这就对了。我就喜欢女人笑。"说着,又拉住了欧阳的手,"你坐下,坐下说。"欧阳洪梅又抽出了手,朝后退了半步。郑党干站了起来,"你是咋啦?全县几千知青,我为啥选中了你?你别给你脸不要脸的。又不是啥屎正经货,李金堂睡过,四洼十几个男知青睡过,你给我装什么迷瞪僧呀!要是身上来了,说一声,装正经我就不高兴!"欧阳洪梅只感到脑袋嗡了一声,整个人都木了。郑党干过去掩了门,过来捧住欧阳洪梅的脸亲吻起来。欧阳洪梅情急之下,猛推了郑党干一把。郑党干跌坐在一把椅子上。郑党干勃然大怒,扇了欧阳洪梅一个耳光,"你竟敢上头上脸呀你!李金堂睡得我就睡不得?我总还比他年轻些吧?他当的副主任是副主任,我当的就不是副主任?李金堂把你从四洼弄到剧团当演员,你跟他睡,我把你从四洼弄到文化馆当干部,碰都不能碰你,搞这种厚此薄彼,太不仗义了!过我手的女人,奶子能装满十口大蒸笼,还没遇到一个你这种忘恩负义的主儿!李金堂为了你恢复一个剧团,是大气魄。你要想唱戏,我郑党干也能把剧团搭起来,提拔你当演员队队长。我从来不追女人,她们一不笑,我碰都懒得碰!为啥?没味道,咋说这是两人一起做的事。这会你还去开,亮出你这龙泉第一金嗓子,在中南五省大比武中给咱龙泉扬扬名。忘了给你说了,研讨会有个内容,选出最佳阵容,把八个样板戏都演一遍,别的不说,我看你能争来演那个铁梅和阿庆嫂。趁这个机会出去好好想想你该咋办。你该明白,我能把你提拔成国家干部,就能把你贬成工人、贬成知青、贬成农民。听说你还唱过一回旧戏,你自己掂量掂量吧。想通了,告诉我,要笑着说,懂吗?我不喜欢看你现在这种脸色。"

欧阳洪梅想到了死。除了一死,似乎再也没有更好的选择了。她不愿做一个在男人手中移交的玩物,那就只好去死。

可是,她又太爱唱戏了。戏才是她的第一生命。如果能在武汉的大舞台上亮出自己的嗓子,那也就死而无憾了。要死就死在中国的第一大河里,一颗耀眼的流星划破天际,然后坠落在一条大河里,真好。欧阳洪梅去了武汉,果真挤进最佳阵容,演了一场《红灯记》、一场《沙家浜》。剩下的,只是选择一个时间、一个地点,慢慢走进缓缓东去的大波,一切苦难都终结了。

会议期间,一个后来和她同台演郭建光的男演员似乎在尝试着接近她。"郭建光"长得英俊潇洒,一双眼睛会说话。男人长一双会说话的眼睛,有点奇怪。"郭建光"用眼睛对她说:"我对你的行为有点好奇。"

"你为什么总是跟着我?"欧阳洪梅执意要听到个答案。

"你好像并不急着赶回去。""郭建光"笑着说,"我正好也不急着赶回去。你好像特别喜欢这条大江,我正好也特别喜欢水。你好像背上你的全部家当出门的,我正好也常常把每一次远行当成弹奏绝唱《广陵散》。你去的地方,你要去的地方,我似乎都愿意去。"

"那你就跟着我吧。"欧阳洪梅冷笑道,"我去的地方对你可能很不合适。"

"但我知道那一定是一个很美丽很美丽的去处。"

于是,两个人一前一后沿着长江朝这个城市外边走。"郭建光"很爱说话,"世人知道西湖是天堂,其实这里的东湖比天堂也不差。很多人对美已经迟钝了,但愿你不属于这一群人。你不想去看看吗?东湖的落日很迷人,我怕你看了会改变主意。"

"你以为一个人的主意就那么容易改变吗?"欧阳洪梅赌气道,"我偏要去看看东湖的落日。"

欧阳洪梅伫立在微风中,摇曳的柳丝下,忘情地看着波光粼粼湖面上那盘红日。"郭建光"道:"看见了吗?湖水在燃烧,在燃烧。"欧阳洪梅冷冷说道:"那是你的错觉,湖水永远是死寂的。""郭建光"取出一架照相机,"你不反对和这一片死寂合张影吧?"欧阳洪梅没有说话,没有动。"郭建光"低下头对着焦距道:"那是温度不够,你看,你看不见,你在这取景框中,正和这湖水一起燃烧哩。"欧阳洪梅没有反驳。

"你不是要看看这条大江吗?"

欧阳洪梅没有回答。

"很小的时候,我就知道这条江的美并不在它流过城市的这些地段,这是妈妈告诉我的,它的华彩乐章在三峡。我从那里路过多次,我想,我想过多次在长江三峡的激流里死去的情形。"

欧阳洪梅不禁一颤。

"你不知道那里的水有多干净!死在这样的水里,该有多好啊。你这么喜欢这条江,不去看看这样一段洁净,不觉得亏得慌吗?我有朋友在航道局,两天就能赶到那里,明天正好有艘挖泥船起航去重庆检修。你不反对吧?你是那么喜欢这条江,你不会反对,是吗?"

欧阳洪梅没有反对。船过巫峡,"郭建光"和欧阳洪梅下了船。船长鸣了一声汽笛,探出头喊道:"新城,三天后有船下来,别让神女勾走了你的魂。"欧阳洪梅这才知道"郭建光"是带她来看神女峰的。两人在小码头上买了干粮,沿着一条难走的山路走着。傍黑的时候,两人爬上一块平台。

"郭建光"指着平台的北边说道:"这就是我最后选定看长江最佳的地方。你抬起头朝江北面看,那就是神女了。等会月亮出来,你就会体会到她在这里一站不知多少年的力量。"

过了一会儿,月亮升起来了,一条细长的白带就在神女的脚下飘过,那就是滔滔东去的长江了。神女变得越来越清晰,慢慢地动了起来。欧阳洪梅感到内心有一股按捺不住的激流在涌动着,在这种景色里,她有些不能自持了。朝北面走出十几步,纵身朝下一跳,一切都完结了。她显得十分冲动,望一眼远处那细长的白带,望一眼岸上不知伫立了多少年的神女。涛声隆隆,间或有一声猿啼一样的声响,更使这片夜景显得孤寂而悠长。欧阳洪梅跪着朝南边挪了两下,扯住"郭建光"的衣袖,颤着声道:"我怕——"

"郭建光"像是为了安抚她,伸出手搭在欧阳洪梅的肩膀上,轻轻地拍着,悠悠地说着:"一个人来这里做那件事,才真的可怕。那一晚,也是这同样的景色,我爬上了这个平台,准备从这里一纵身,结束缠绕我的所有的痛苦。我下了一万次决心要跳，真的，我甚至抖着身子爬过去，探出头看了一眼下面滔滔东去的大水。那一年父亲死了，死于这几年刚刚发明的坐土飞机整人法。我在一个煤矿挖煤，没日没夜地挖呀挖的，整个世界都像煤一样黑呀。后来我也感到怕，感到怕，我也不知道我怕什么。结果呢，你已经看到了，我还活着，还能演高大的英雄郭建光，还能和你一起同赏这美丽的夜景……"欧阳洪梅喘着气，颤抖着身子道："你别说，你别说，你听我说，你听我说……我是一个资本家、大资本家的孙女……我爱上一个四十岁的男人，几个月前他倒台了，去了干校……我又回去当知青，一切都变了，都变了，我不知道他们为什么对我有那么大的仇恨，仇恨，是仇恨。在他们眼里，我成了一片人人都嫌弃的破抹布，成了一只没了底的破鞋。我被人轮奸过，然后就把我移交给县革委副主任……他要让我回去后答复他。我父亲病死了，母亲自杀了……我想跟他们去……团聚。这世上再没有一个疼我的亲人了，再没有了。我坚持不下去，真的再也坚持不下去了。我不想再坚持了，毫无意义，生命毫无意义，一切都毫无意义……""郭建光"道："坚持吧，坚持吧，几亿人都在坚持。你说这景色美不美？"

"美，美死了，所以我才怕。"

"你不觉得这么走遗憾吗？走了，你就再也看不见这种风景了。你不知道你自己长得多美呀。你自己就是一片风景，干吗要亲手把它毁了呢？谁也毁不掉这种风景，所以几亿人都在坚持。"

欧阳洪梅再仔细地看了一眼浸泡在月色里的美景，旋即被一个念头攫住了：我要在这一片风景里饱尝一次做女人的全部欢愉，我不能就这么走，不能，这么走我到那边能有什么可回忆的瞬间呢？和金堂一起的那些幸福，早叫苦难锈蚀得面目全非了。我才二十岁呀，难道这是天意？苍天呢，你可怜洪梅是不是？你怕她到那边只会做噩梦是不是？是的，所以你就把这样一个好心人派来为我送行，送给我一回完美。她拉住"郭建光"的手说："别嫌我肮脏。我什么都没有了，什么都没有了，给我一点点，我走起来也就会感到富有。你不是说我美吗？你不是骗我的吧。给我一次，给我一次，完完全全给我一次，我会记你一辈子的……""郭建光"用四指压住了她的嘴，"你别说了，别说了，我都懂。这也是一种坚持，是一种抗争，我也没有多少气力独自坚持了。我们就一起坚持，用一切能看见的美坚持住。黑暗呢，到处都是煤的颜色……"

两个人滚过几十平方米的草地，像是受了一次生命的洗礼，躺在那里沐浴着月亮柔和的冷光。欧阳洪梅伸手摸住几个粘在头发里的草籽，对着月亮看着，看着，脸上自自然然地浮出了一抹充满活力的笑容，自言自语说着："抗争，抗争，抗争……""郭建光"喃喃说道："还是那一年，妈妈割了手腕，妹妹跳进了长江……那一天，我就像今天一样躺在这里，久久地看着那早化成了石头的神女。突然间，我仿佛听到了她的耳语：'我等了多少年你知道吗？我经历了多少刀剑风霜雷鸣你知道吗？身边就是长江，你知道我为什么不跳？那是因为我知道他一定会回来。我要等下去，等下去。'我真的感到羞耻了。只用一跳，什么都能完结，这太容易了。我就骂自己：你是个懦夫，只会挑最容易的事去做，连几万万年前的一个弱女子都不如。你想做什么，我绝不拦你，因为我不能拦你一生一世，再说那又是最容易的事，你什么时候都能做成。报到那天，我就发现了你眼睛里有一种似曾相识的东西。妹妹死前的半个月，眼睛里这种东西一直在倾诉，可惜那时我听不懂，所以我就明白了你的心事。我只是想带你来听听神女的耳语。因为我想，妹妹要是听过了神女的耳语，肯定不会再做那件最容易做的事了。她漂亮，能歌善舞，充满朝气，她一定能听到神女的耳语。"

欧阳洪梅从草丛里站起来，整整零乱的衣裙。

"郭建光"惊坐起来，"你，你没听见？"

"听见了，"欧阳洪梅答道，"谢谢你，我要回去。"

…………

回到龙泉县文化馆的当天晚上，欧阳洪梅敲开了桂雁生的房间。

"桂大哥，"欧阳洪梅开口就问，"你愿不愿意娶我这样一个女人做妻子？"

桂雁生没敢回答。

"你是个好人，我知道。你不会拒绝我，我也知道。"欧阳洪梅接着说，"桂大哥，你帮帮我吧。我很作难……你就帮帮我。你会答应的，你会的。"

欧阳洪梅只能选择这种方式抗争。

郑党干得知欧阳洪梅和桂雁生结了婚，很快作出强烈反应。旋即，桂雁生回到原来的工厂继续开旧车床，欧阳洪梅到了县毛巾厂二车间当一名普通工人。欧阳洪梅没有被处理到四洼，因为郑党干让她在工人的位置上再好好想想。

桂雁生回到工厂,才明白自己的窄肩膀无力扛起欧阳洪梅这样一个女人。新婚一个月,他就和欧阳洪梅分居了。他不愿意再次回到贫瘠的土地上。又过了一个月,县文化馆通知欧阳洪梅搬出那间小屋。

又过半个多月,郑党干下台了。

欧阳洪梅很快和桂雁生办理了离婚手续。

和桂雁生离婚不久,欧阳洪梅遇上了农业局的技术员魏世宗。欧阳洪梅第一次像平常人一样恋爱着,生活着。这个迟到的春天,给欧阳洪梅带来了无限的慰藉,无限的温暖。魏世宗家在柳城,大学毕业后分到龙泉县农业局当技术员,妻子在一九七〇年死于难产,以后的七八年一直鳏居。欧阳洪梅这时一心想离开龙泉,魏世宗马上回柳城联系了地区刚刚恢复的农科所。因为魏世宗不愿让欧阳洪梅到柳城当个普通工人,毁了欧阳的艺术前程,执意要为欧阳联系到柳城的剧团,然后两人一起离开龙泉,欧阳洪梅感念魏世宗一片爱心,自己也不愿放弃自小就酷爱的戏剧,只好留在龙泉那家破败的毛巾厂的单身宿舍,等候柳城曲剧团的通知,准备参加来年春天的演员考试。李金堂在欧阳洪梅的生活里已经变成一个传说。

初秋的一天,李金堂突然间出现在欧阳洪梅那间低矮狭窄的单身宿舍。政治生涯中的两次大起大落,碾碎了他在这个领域的所有梦想。复出之后,他知道今生今世再也无法离开龙泉了。政治上的大起大落,让他学会了更加珍惜生活。刚刚在龙泉又站稳脚跟,李金堂就想起了欧阳洪梅。一个声音在心底里鼓荡着:不能失去她。两人面对面默视了良久,李金堂伸出大手,颤抖着摸摸欧阳洪梅的头发,叹口气说:"小梅梅,我对不起你,这几年让你受苦了。"欧阳洪梅咬着指头,毫无表情地看着李金堂,她想变得狠一些,表现得坚强一些,对这个男人冷酷一些,可是,眼泪先扑簌簌流了出来,身子下意识朝旁边一闪。李金堂脱了大衣,坐在一把破椅子上,眼睛把屋子细看一遍,"这些年大形势就是这样,个人的能力太有限了。我那时已经失去了行动自由,成了龙泉县右倾翻案风的根子。"欧阳洪梅擦了眼泪,很勉强地笑了一下,"我谁也不怪。你没有错,你做得都对。我并没有怨过你,这是命。"李金堂叹口气,"总算过去了。几年时间,龙泉各个方面都不成样子了,半年多了,总算理顺了关系。我早知道你在这里,竟一直抽不出空来看看你,实在太不应该了。"欧阳洪梅哆嗦了一下,最终没把手抽出来,任凭李金堂握住,淡淡说道:"我也早知道你回来了。你要操龙泉几十万人的心,大家都说,龙泉不能没有你;也只有你能收拾了这个烂摊子。我过得挺好,真的,挺好,很平静。"李金堂慈爱地看着欧阳洪梅,用了一下力,把欧阳拉近一些,"你和桂雁生离婚的事,我已经知道了。那年你和他结婚,也是迫不得已,他怎么能配得上你,一个天上,一个地下,云泥之隔呀。你不用跟我说,我也知道,你嫁给桂雁生是郑党干逼的,好在他还知道个怕字,没敢太为难你。郑党干已经被抓起来了,'文革'期间他至少与六次血案有关,最不可恕的是他组织人斗死了公安局赵局长,我主张杀了他。"欧阳洪梅身子抖了一下,李金堂继续说:"一切都过去了,你应该继续唱戏。我得好好给你安排安排,好好安排安排。几年过去了,我又老了许多。本来……你知道,我想先把两个女儿嫁出去。然后,然后……"欧阳洪梅插话说:"我知道,你也很不容易,回来了,就不能轻易让人挤出去。"李金堂听得鼻尖一酸,顺手把欧阳洪梅揽在怀里,忘情地亲吻起来。开始的几秒钟,欧阳洪梅像个木偶一样任李金堂摆布着,当她发现自己又横躺在李金堂强有力的臂弯里移向简单却十分整洁的小床后,惊叫一声,挣脱了下来,红着脸,喘着气道:"李副书记,李副主任,我就要结婚了,就要离开龙泉了。我,我我不想再唱戏了。其实,当个工人也挺好的……"李金堂这回变成一个木偶,呆坐了很久很久,慢慢抬起头问道:"你爱上了他?"欧阳洪梅点点头。"他爱你吗?"欧阳没有吱声。"他叫什么名字?是哪个单位的?""他叫魏世宗,是农业局的技术员,七八年前死了妻子。""没听说有这个人。他的人品怎么样?"李金堂追问着。

欧阳洪梅咬着嘴唇道:"我知道他对我好就够了。他爱他的妻子,曾经是个好丈夫。在省农业学院学习时,他当过学生会的组织部长。我想离开龙泉,离开这个鬼地方。我要和他一起回柳城,他父母在那里。他确实不错,忠厚、老实,到地区农科所会做出成绩的,人也长得高高大大、漂漂亮亮。我只想过平静的生活,别的心都早死了。我不想待在龙泉,一想起这几年的日子,我就恶心得要吐。我不愿意让许多人知道我的过去。你不知道我是怎么熬过了这几年。你去了干校,我就完了,完了,我几次想到过死,我恨死这个地方了。我想忘掉这些年,到一个陌生的环境里,像一个普通女人一样生活,当贤妻良母。这些年我把梦做得太多了，不能再做下去了，我得走。"李金堂默默地站了起来，讪讪地搓了搓手，结结巴巴说："是呵，是呵。这些年沧海桑田，我应付起来都感到力不从心，何况你一个弱女子。哪天有空，你给我讲讲你的这些年好吗？我想知道谁欺负过你。这里面有董天柱吧？小梅梅，你能有个好的归宿，是我的心愿，我李金堂会倾尽心血帮助你的。"欧阳洪梅含着眼泪送走了李金堂。

平平静静过了近一个月。有一天，欧阳洪梅忽然想起魏世宗有三四天没露面了，忍不住去了农业局。魏世宗不在。隔了一天，欧阳洪梅带上钥匙去了，打开了魏世宗的宿舍，想看这次出去留没留下什么话。屋内的东西井井有条地放着，有一些变化，生活用具都在，不像回了柳城。欧阳洪梅在屋里等了一会儿，忍不住想把放在桌上的东西收拾收拾。掀开一张报纸，她看见一个摊开放的笔记本，瞥一眼，原来是魏世宗的日记。忍不住翻看几页，立马看个面红耳赤。日记里详细记录了魏世宗和一个叫彩云的女人一次做爱过程。欧阳洪梅定了定神，这才注意到这是半年前发生的事情。又翻了几页，这个笔记本已经用完了。欧阳洪梅立即被一个念头攫住：他在日记里会怎么写我呢？低头看看抽屉，没有锁上，拉开一看，里面躺着一个红绸子包，里面包着六本日记。欧阳洪梅一本接一本地翻了下去。那些插了书签的地方，记载着十四年里，魏世宗和九个女人的详尽情感历程，第十个就是她自己。看了两页，欧阳洪梅已经泪眼婆娑了。她疯了似的把最后刚记了一半的日记本撕个粉碎，一把火烧掉了，在屋里等着魏世宗回来。

不知不觉，外面已经黑了下来。看大门的老头这时在门口探进一只花白的头，"姑娘，你该出去吃点饭。世宗回不来了。"欧阳洪梅问道："他到哪里去了？"老头叹口气道："上面不让说的。原以为你早知道的，你两顿不吃饭，才知你不知道的。世宗被抓了，说是打砸抢分子，别的我就不知道了。"

欧阳洪梅带着剩下的几本日记，去拘留所看了一次魏世宗，只说了一句话："写我的归我了。"

几天后，李金堂再次走进欧阳洪梅的房间。他把一串钥匙放到欧阳洪梅手里说："这是城隍庙街88号院的门钥匙。当年这条街的房产都属于你们欧阳家，解放后你爷爷只留了一个宅院，把剩下的房子都交给了政府。你们那个院子叫大洪水冲垮了，总不能让你没地方住吧。县委决定把这个院子归还给你。另外，县曲剧团已正式恢复，已调你去任副团长。你先帮助张团长招一批演员，然后过了春节你去省戏校进修。你要好好唱戏，珍惜你的天分。其他的事就不要放在心上了。魏世宗在'文革'期间确有打砸抢行为，据群众反映，他婚前婚后生活作风都不检点。经过调查，认为他'文革'期间的行为没有触犯刑法，已经把他放了。他要求放他回柳城，说是已经联系好了单位。你看是放他回去呢，还是继续留在农业局。"欧阳洪梅答道："我和他已经没有任何关系了。"

# 第十七章

欧阳洪梅在等待李金堂的时候，忽然间就想到了魏世宗的那几本日记。十几年来，她偶然间也要想一想那个魏世宗，那段不短不长的交往，毕竟开放过爱情的花朵。魏世宗当年突然被抓，还有那几本突然出现的日记，会不会是个阴谋？这个念头从前也曾在欧阳洪梅脑子里闪现过，都没有形成合乎情理的推断，因为一这么想，她就会一同想起魏世宗记下的令人作呕的文字。

如今，白剑又遭人暗算了，欧阳洪梅的思绪就朝着一条狭窄的轨道滑进去。是的，都是他事先布置好的。那么，当年我看到那些日记之前，他肯定先看见了。恶心，真恶心！这难道也算争风吃醋吗？白剑来查账，你李金堂慌什么？既然你不怕查，为什么还要派人向他扔黑砖？

李金堂神色惊惶地出现时，欧阳洪梅还钻在这样一个牛角尖里：李金堂是这件事的主使者，她自己对白剑的挨打负有责任。

李金堂看看欧阳洪梅，伸手探探欧阳的额头，"不冷不热的，这又是为啥？"欧阳洪梅推开李金堂，厌恶地说："你离我远一点。"李金堂收住脸上的笑，"到底出了啥事？"欧阳洪梅哼了一声。"你想不出来？中华通讯社的大记者在龙泉地面上叫人打了，我咋没听你说呢？该不是有人因为我，拿这个白记者出气吧？是啊，我是你的私有财产嘛。我想问问你，究竟是不是因为我你才这么做的。"李金堂听得直摇头，"你想到哪里去了。酒场的事，那天不是都解释清楚了吗？这件事事先我确实不知道。"欧阳洪梅冷笑道："碰过我的男人都不会有好下场的。桂雁生名义上被提拔了，到四龙乡当副乡长，十年没动窝。他还算个明白人，知道这辈子回不了县城了，干脆在四龙山里成了家过日子。四洼村的董天柱支书,当年强暴过我,你知道了,请他吃了几回饭,回去后就吓得疯疯癫癫,赵河涨水把他带走了,尸首都没找到。魏世宗就要和我结婚了,忽然间就成了打砸抢分子,带着一份不光彩的鉴定回到柳城,十几年抬不起头。你不知道?龙泉县八十四万人,八十三万九千九百九十九个人没有那么个胆,敢把中华通讯社的记者打个半死,还用麻袋蒙住头。这几个倒霉的男人都与我这个女人有关,这太可怕了。反正我把这笔债记到我自己头上了。"

李金堂苦笑一下道:"信不信都由你,这事是申玉豹带人干的,昨天上午我还找过他。白剑在《柳城日报》上面发了一篇文章,点了吴玉芳的死类似的事,玉豹看到了,就带人打了白剑。唉——我知道你我的事总会有这么一天的。我怕这个结果,可又总在想这个结果。"李金堂停顿一下,看见欧阳洪梅脸上的怒气没消分毫,心里暗想:这么说她是不肯信,咬咬牙说:"金堂做的事,从没瞒过你。那个混账董天柱,可以说是叫我吓的,他这么走了,还算知趣,放在'文革'前,我不会让他这么死的,说别的就冤枉我了。我说过,哪天你不高兴了,拿把扫帚扫我出去就是。一听电话,我就猜到可能是为这个白剑。我把报纸给你带来了,你可以看看。桂雁生是他自己不愿回来,组织部两次决定调他回来当林业局局长,是他自己不愿意。你可以打个电话问问组织部的温部长。魏世宗的事,我想你也猜得差不多了。你不知道,你亲口告诉我你爱上了一个人,要嫁给他,和他双双飞到柳城去,我这心里有多难受。我一心一意巴望你能幸福,你能成一个大艺术家。自从我听你在四注唱第一声《陈三两》,我就这么想了,十几年都没变过。两落两起,我才知道你对我的珍贵。我是变得狠了,算路深了。逼的,都是逼出来的!你不知道我第二次在干校的两年多都想些啥。我一直不想直白地对你说。我想,以你的天分,以你的阅历,只用一心一意做给你看就足够了。在干校做的活,我十七八岁时就干够了。没干够,我不会跟孔先生去你家当伙计。我参加革命是为了啥?就是为了活成人上人。可是,我拼命经营十几年,说垮就垮了,我心不甘。老天爷开眼,让我这辈子遇上了你。那些年我在想,把什么都拿去吧,给我留下个小梅梅。可是,等我再有力量去找你,你却恋上个魏世宗。从毛巾厂出来,我在车里想啊想啊,想不出一个好办法把你从魏世宗手里夺过来。他是你选的男人,我只能尊重你的选择。回到家,我有几天没上班,只是一个人喝闷酒。是的，我想过用暴力把你夺回来。多少年来，我都把自己看成一只虎。我骂过这个魏世宗，在心里骂的。我心想：你一个小小的技术员，也敢狗胆包天碰我的人！可是，我不能这么理直气壮对他说，我没有这个权利。我不是没想过和你走在一起，完成世俗的结合，只是我不敢这么样冒险，我是一个求全的人。不说这些了。那一天，温泉和新泉拖我出去喝酒，我喝醉了，骂了魏世宗。那时，温泉和新泉都抽调在清理打砸抢办公室工作，我正好主管这件事。几天后，温泉给我抱来了魏世宗的几本日记，汇报了魏世宗在'文革'初期参加'井冈山'兵团的活动。日记我只读了一本，我觉得他不像个男人。直接劝你，怕劝不住，我就叫人把日记送回他的宿舍放好，等你自己去看，我只是觉得你不该嫁给他。这么做，至少免了他两年徒刑，难道给他一份鉴定，他还觉着屈吗？小梅梅，我只有在你面前才会变成个真人，我没有秘密向你隐瞒。白剑认识你在前，你就是我的妻子，我能对他做什么？近来你变多了，变了。"说罢，移着双腿朝门口走。

欧阳洪梅放下报纸，身体下意识地向前一探，情不自禁地喊了一声："金堂——"看见李金堂停住了脚步，嘴里却不知该说什么了。他什么都没隐瞒，没有。做到这一点不易，他却做得很好。欧阳洪梅甚至从这一番话里感受到了通体的舒坦。不管李金堂对别人做了什么，难道不都能表达对她欧阳洪梅的爱吗？"金堂——"她又喊一句，"我可能有点神经质。不过，我这么样生气，也不是撒泼耍赖。你在我面前并没完全开放，还有不少秘密。我一直弄不明白，你为什么一直袒护这个申玉豹。你和他到底是什么关系？说说吧！即便他是你的一个私生子，也不要紧。"

李金堂苦笑一下，没有立即回答。自己和申玉豹到底是什么关系，确实不好回答。欧阳洪梅抿嘴一笑，"是不是碰到伤疤了？你瞒不了我！李金堂能替一个有杀妻嫌疑的新贵践踏做人准则，其中定有一个天大的机密。难道你还怕我告发你不成？"李金堂只感到脑袋轰的一响，接着就看见了十几年前那场洪水中发生的一切。

申玉豹一只手托着一块门板，另一只手拼命向西边划着，门板上趴着赤条条的妹妹玉玲。曹改焕一手紧紧抓住女儿的脚腕，另一只手紧紧搂着赤裸裸身子下面的半截木电线杆。水还在猛涨，他们一家三口决定向西边一里开外处的高土岗转移。申玉豹游完这五六百米，已经精疲力竭，他扶着母亲登上土岗的边缘，就看见北面更黑更暗像一堵墙样的东西倒了过来。"快往上跑——"他奋力推了妹妹一把，水中不知什么东西把他绊倒了。再爬起来，已迟了一步，一个浪头把他冲向东南，第二个浪头一下子把他盖进三四米深的水底。又一个水库决堤了。申玉豹再次浮出水面，换口气，回头朝西边一望，土岗早看不见了，他只好随着洪峰向东南泄去。雨夜显得深远而浩茫，整个世界完全被洪水控制了。他感到死神正一步步地向他逼近，划水的手臂动起来越来越迟缓，不像在划水，倒更像在泥浆中摸爬。身子越来越沉，下半截已不听使唤。沉下去，再挣扎出来，然后再沉下去。要死了，就要死了，他想着。再一次沉下去时，他碰到一根细柱了，忙攀住往上，刚露出头，手里抓的已是树梢了。快要支持不住的时候，一个黑黑的圆东西从他身边漂过，他奋力扑了上去，才知是个麦秸垛。喘了几口气，觉着屁股下面有一片蠕动着的冰凉，伸手朝下一抓，手里有一条两三尺长的黑物正在扭动，他惊叫一声："蛇！"蛇就被他扔进水里了。借助天水间泛出的微光，他看见麦秸垛顶还有许多活物，有蛇，有老鼠，似乎还有一只猫。求生的本能让这些本是天敌的动物暂时在麦秸垛顶和平相处着。申玉豹看见麦秸垛正对着一个树冠模样的东西撞过去，他攀住一根树枝跃上树干，麦秸垛顷刻间被树干撞得粉碎，旋即就从水面上消逝了。这是一棵比较大的松树，申玉豹攀住树梢，双脚很快在水里找到了可以依托的树杈。不知过了多久，天空亮了一些，雨点不再那么大也不再那么稠了。这时，他看清了这个树冠的规模，深长地舒了一口气，感觉到死亡的恐惧正在丝丝退去。有这么大的树，附近定有村庄，有村庄就有房屋，就有粮食，他迅速作着判断。游了大半夜，饥饿和睡意迅速填满了恐惧刚刚腾出的空间。突然间，他看见水面上有个人头向上一蹿。"救……"一声微弱的呼救被他听见了。他没有丝毫犹豫，从树梢跳下，奋力朝那个人游去。"抓住——"他朝那又浮出水面的头颅喊着。那人实在没有力量，伸了一下手又沉了下去。申玉豹快划几下，从背后挟住了那人，一只手顺着水流向前划去。前面出现一个巨大的黑色凸出物和一个大树冠，游近一看，凸出的是一个房顶。他把那人朝房坡上拖了一截，实在支撑不住，扑倒在那人身上睡着了。

不知过了多久，申玉豹听见一声低低的呻吟。支起身子一看，惊得他忙朝房坡上爬了几尺远。一个发育得十分成熟的女人的裸体倒趴在房坡上，一只脚腕上还挂着一条粉红色的内裤。申玉豹看见这个姑娘的长发已有一截浸在水里，很想把她再朝上面拉一拉。犹豫了好一会儿，他伸出手抓住姑娘的脚腕朝上面拖着。快到房脊的时候，姑娘彻底清醒了，看见自己赤身裸体正被一个差不多也是赤身裸体的男人朝房顶拉，惊叫一声，另一只脚朝申玉豹的肩膀蹬去。申玉豹一屁股坐在房脊上，姑娘几个翻滚滚进水里。申玉豹又忙挪着身子下去准备救人。姑娘的头从水里露了出来，两只手紧紧抠着房瓦。申玉豹看见姑娘警惕的目光，心里腾地火起，破口大骂道："你妈屄，这是在逃命！老子刚才不救你，你早他妈的淹死了。想活命，快把手伸给我。"姑娘这回乖乖地伸出了手。两人重新爬上房脊，姑娘这回真的一丝不挂了，粉红的裤头挂在房檐上了。姑娘紧夹着双腿，双膝抵着胸口，仍用警惕而充满恐惧的目光不时地瞟着申玉豹。申玉豹手搭凉棚向东边张望一下，白了姑娘一眼，"看啥看！你怕老子趁火打劫占你便宜，老子还觉得你是个累赘呢！……在水里你把老子手臂都抠出血了，一上来就翻脸不认人。你在这儿听天由命吧，我走。"说着从房坡上走下，跳进水中。姑娘惊得站起来，喊了一声："大哥——"申玉豹把房檐上的红内裤取下来甩向房坡，"喊大哥也迟了。我不就是生得丑点吗？你妈的，个个瞅我不顺眼。你听着，水还在涨，要是天黑水还落不下，你游到那棵大树上，待在房顶，房子一泡塌，你就没命了。"说罢，申玉豹朝东方遥远处一块裸着的一大片青灰色游去。他判断着那可能是一块高地。谁知一进水里，就由不得他了。没游多远，他就滑进一道激流里，一冲就是好几里，拼了命游出激流，那片灰地已经看不见了。四周的水面上到处漂着尸体，申玉豹马上后悔起来，边游着边在心里骂道："淹死你个没良心的骚娘们儿才好哩。"又望一眼茫茫无际的洪水，心里又想："今天凶多吉少，真不如刚才日了她，这辈子他妈妈的还没挨过女人哩。我日死你祖先你个臭婊子！"游了一会，他看见远处有个光头在水面上自由自在地移动，心中大为惊奇，"我的水性够好了，这人竟能在大洪水里踩着水如走平地！"拼着死力划了十几下，身子竟也能站直了。原来这片水面下是个土岗子，那个满脸胡子的光头汉子正在水里用绳子编一个大木排。

"兄弟，好水性！"光头目光如电，看了一眼申玉豹，"你是我看见的第一个活人。洪水来得好快呀。"申玉豹看见木排上有几件衣服，衣服上面有一个大纸包，纸包的裂缝处正有几只白馍在探头探脑，不由得朝木排走了两步,咽了几次口水,眼睛里伸出了小手,在那白蒸馍上摸来摸去。光头乜斜一眼申玉豹,已经明白申玉豹肚里饥了,也不搭话,把绳子打个结,用一把明晃晃的三棱刮刀割断了,直起腰身说道:"长生不老救命丹,一粒要值几千元。"申玉豹把目光从白蒸馍上扯下来,怔怔地看着光头。光头咧嘴笑了,露出一个大虎牙,"噢,你不懂比方。好年景时,红薯是粗粮,要是遇上坏年成,榆树皮能当仙丹吃。一千元一个,不贵吧?"这个巨大的数字把申玉豹吓了一跳,申玉豹后退一步,"够我娶个老婆,吃一个日后还你一百斤麦子中不中?"光头突然间狂笑不止,笑够了才说:"今天碰见你,也用五百年修行哩。咱先不说这像女人奶子样的白蒸馍。你听我讲个事给你听听。几天前,我就想到了这场大洪水。这场雨下得日怪,停停下下下下停停,小半月都没歇息过。前两天睡觉,做屎个梦更是日怪,也是下雨,下的白花花的袁大头。我想,我该发这个财了。前天下午我就出了城,什么都没带,称了六斤馍,买了两根大绳,拿了这把刀。当年修水库,我在最大一个工地上当会计,别人去听'最高指示',我就在账上下功夫,我信钱。后来,我到一个采石场干了三年,这采石场出口有挺机关枪。好啦,我不和你拐弯抹角地费时间了。我劳改过,因为我不肯吐出那两万来块钱。在采石场我干得不错,想早点出来享享这两万块的福,《老三篇》我能倒着背,七年减成五年,五年又减成三年,前年我就出来了。你想想,这样的水库能顶得住这种大雨?出来后,我带着家伙上山去挖钱。日他奶奶的,一日疏忽,没像当年老财们一样装瓦罐,全他妈的沤烂了!要不,我还用得着今天来受这个洋罪。我用了一天时间,选中了这个土岗。这儿好哇,靠着赵河东岸,上面有个伐木场,正北方呢,刚好是县城。城北的城墙解放后拆了一半,那一半就挡不住这大洪水了。城里这半边,银行、商店,啥都有。你说,这不是遍地的钱等着咱去捡吗?"申玉豹多少听明白了,怯怯地问:"你扎木排不是救人?"光头笑了笑,"你还没成家吧?救人?是要救的,是大姑娘咱救,俊俏小媳妇呢,咱也救,今天都成小寡妇了。你救她一命,她侍候你一辈子,任你扎米任你骑。这下该说说这馍了。你要跟我干呢,我正好缺个帮手,白馍你只管吃,听我的话做事,别想着日后卖了我,弄的东西三七开,你三我七。"贪污犯把三棱刮刀在申玉豹面前晃晃,"不干呢,你走你的金光道,我钻我的槐树林。"说罢从报纸里面的塑料袋里拿出一只馒头大嚼起来。锥子雨又下了起来,光头叼着馒头把报纸干脆撕了扔掉。

申玉豹抹一把脸上的雨水,眼睛四下抡抡白茫茫一片的洪水,心里盘算着:先填饱了肚子再说,到时瞅个空,跳水走了,他能怎么着?无师自通似的冒了几句很在行的话:"命是捡来的,这时不捞一把,等啥时候?三七开,你可别变卦,我跟你干。卖了你?不也卖了我。"光头摸了一个馒头扔给申玉豹。申玉豹三四口就把它吞了,蹲下,不客气地自己又拿了一个小口小口嚼着。水面上罩上了一层纱一样的水雾。贪污犯眯着眼看着天色,以命令的口气说:"尸首泡了半夜,该漂起来了。眼要机灵点,别打瞌睡,等捞足了,枕住女人的金奶子睡个够。朝深水里推。"申玉豹站在木排上,望着浩渺的大水,脸上露出凄惨的笑容。他想起了上初中时学过的一个词:随波逐流。

"娘的,撑住,撑住,用竹竿戳地。照你这种干法,晚上真到汉江放排了。看见那棵树了吧,靠过去,看看挂住什么货没有。""漂过来一个,是个老头——""截住。"

贪污犯捋下老头的手表,拿起来看看,又听听,手舞足蹈起来,"开市大吉,开市大吉,老字号英纳格金壳马蹄表,八百块钱就算便宜卖了。"他把手表装进一个特制的帆布袋里,看看木排上嘴脸歪斜的尸体,一脚踢过去,"下辈子别忘了再为老子积攒一个,你好好安息吧。"申玉豹惊呆了:挣钱原来这般容易。如果光头讲信用,这一分钟他就挣到了两百四十元!申玉豹精神为之一振,眼珠子贼溜溜地在水面上转过来转过去。贪污犯把申玉豹的变化捕捉到了,大加赞赏道:"小兄弟学得快呀!我一眼就看出你是线上的人,你的眼是小些,可是聚光,你想啥,它会说。"

一个庞大的漂浮物游来了,申玉豹弯腰捉住一看,里面是些布料,很想留着将来做身好衣服。光头用撑竿毫不吝惜地把布料推走了,看见申玉豹还有点流连,老奸巨猾地说:"这东西又沉又不值钱。记住,找小巧的、值钱的物件,手表、现金,还有压在箱子底的首饰。就是这些东西把咱俩压沉了,到阴间,阎王爷也没咱腰粗。"没过多长时间,帆布袋像吃了激素,很快越长越胖了。申玉豹每看一眼这个袋子,心里就怦怦怦地跳一阵儿。他们把木排划到一片树林里,贪污犯一件一件摸着挂在树梢上的衣服,把现金和粮票装起来,其他东西胡乱扔在木排上。从一件女人衣服里掏扔出来的东西,吓了申玉豹一跳:一个折着的信封带着几只没开封的避孕套。申玉豹一手扶着撑竿,弯下腰捡起了那封信,好奇地掏了出来。有些字迹已有些模糊,大致还辨得清楚。

我最最亲亲的心肝儿:

千万不要再折磨我了!你立逼着我一刀结束过去的一切,我何尝不想这样。我早受够了!她是一个政治偏执狂,我害怕说梦话出什么差错,已经严重神经衰弱了。我早就对这场运动厌倦了,对她也彻底绝望了。生活给我开了个大玩笑,我竟娶了一个窃听器。自从看见你子君一样的秀发和眼睛,我就比涓生疯狂十倍地爱上了你。你知道吗?自从我和你灵与肉都合二为一后,我再没让她碰过我。我天天都在盼你呀,盼呀盼呀。生活在这个人人都戴假面具的时代,真是人生最大的悲哀。我现在终于有了你,有了你我就有了一切。你就是那黎明的曙光、林中的响箭、黑暗王国的一丝光明。给我一点滋润吧!我把防止灾难降临在你头上的东西都准备了。今天她冒雨去整别人的黑材料,晚上不回来。你来吧来吧,来吧,我用整个心灵等你等你,等你……

…………

"你看尿啥?"光头说,"快划!"申玉豹把信扔进水里,嘟囔一句:"唉——老天真不公平,有热被窝睡,还送他野食吃!"木排出了树林漂向像个村庄一样的地方。只有一个屋顶裸在水面上。"大哥——救救我——"一个女人的声音飘了过来。申玉豹弯腰望去,看见一个赤裸着上体的女人在一棵杨树冠中随着水流摇动着。木排被另外两棵树挡住了,划不过去。光头嘴角的肌肉抽搐着,"你下去,把她弄过来。"

姑娘爬上木排,马上蜷成一个肉团,嘤嘤地哭泣着。申玉豹捡起木排上光头的一件衣服扔给姑娘。光头背对着申玉豹蹲下了。姑娘哀求着,"大叔,大叔,你别……你救俺一命,俺会报答你的。大哥,大哥。"求救的目光越过光头的肩膀,直射申玉豹。劳改释放犯若无其事地站了起来,抓起三棱刮刀,用手摸着上面的水珠子,自言自语说:"我有过一个老婆,后来和我离婚了。兄弟,什么都有第一回。机会来了,就看你敢不敢抓了。"申玉豹感到了恐惧。这地方是个低洼区,水流得极缓。如果没有这个姑娘，申玉豹听了这番话，肯定马上跳水了，东南方一两百米处就有树木和房顶，跑得了。可是，那姑娘的目光却牵得他不能动弹。三个人这么僵持了一会儿，木排失去了控制，在水上摇摆起来。姑娘没等申玉豹表明态度，自己选择了跳水。贪污犯一扑，就把姑娘捉住了，笑着对申玉豹说："别傻了，什么东西都有你的，包括这个姑娘。你朝那个树林划，我等不及了。"申玉豹愣神的工夫，光头已把姑娘扑倒在木排上，接着就传出一声尖利的惨叫。劳改释放犯惊跳起来。申玉豹看见那把三棱刮刀已经扎在姑娘坚挺的乳房中间，姑娘的两只手紧握着刀柄。申玉豹再不敢迟疑，抱起那些馒头，纵身跳进水里，向远处的几个房顶游去。光头反应过来了，"兄弟，你别走。"知道无济于事，拔出刮刀舞着，"你他妈的，狗娘养的，我饶不了你！手表上有你的指纹，算你妈的命大。"

申玉豹骑在房顶上，紧紧抱住那袋馒头，看着融入天水一色的木排和光头，号啕大哭起来。又吃了两个馒头，仰头喝了几口雨水，申玉豹再一次听到了死神的召唤。雨还没有停，洪水没有露出一点要消退的迹象，北面八百里伏牛山的头顶上，黑黄的雨云仍在激烈地翻滚着。一种声音传来了，申玉豹支起耳朵听出是马达的声音，猛地从房顶上站起，含着热泪挥舞着包馒头的衣服。水面上一艘快艇由远而近了。

申玉豹爬上快艇，再没有站起来的力气了。一个高大魁梧的中年男人走了过来，身后跟着一个给他打伞的年轻人。中年人严肃而悲恸地问："你是哪个公社的?"申玉豹慌忙坐起来答道"石佛寺的"，"你们村逃出来多少人?"申玉豹摇摇头，两行眼泪滚了下来，嗫嚅着，"大水来之前，有人去了西岗上，我和我妈我妹子离开申家营，差不多还有一百多人上了房。后来我就不知道了。"中年男人眼里闪出慈父一样的光亮，伸手轻轻按按申玉豹的头顶，带着怀旧和内疚的心情说道："申家营是个洼地，又临着河，这场大水不知要断送我多少老熟人。党和政府愧对你们呵，没有提前通知你们疏散，这笔账早晚要算一算的。无休止地开会争吵，无视前几年修那些水库的质量，一提这些水库可能出问题，就上纲上线，说我别有用心，恶毒攻击'无产阶级文化大革命'，扬言要把我再送回牛棚去。耽误了两天时间，白送多少人性命！如果没有这些水库，哪里会有今天龙泉的大劫难啊！这笔账一定要算一算。千古罪人，这些千古罪人。我李金堂愧对龙泉，愧对你们呢！"申玉豹一直在瞅着快艇甲板上架着的一挺机枪,那拖了几尺长的黄锃锃的子弹看得他心惊胆战。

又有一个中年人走上甲板,"李副主任,早上我已经安排了快艇和人手在银行附近巡逻,那里不会出大问题。"李金堂默默地点点头,"你们再通知各受灾公社,让他们安排人力,保护好各公社的信用社和政府机要室、档案室。听说监狱昨晚把在押犯人都放了?这件事不要追究责任。犯人也是人。你们设法通知各灾民点,发出让在押犯到各灾民点报到的布告。严令各救灾分队,凡遇趁火打劫的人,无论行为轻重,一律就地正法。非常时期,如果姑息迁就,必将影响民心,必将影响救灾工作的全局。"申玉豹听得冷汗直冒。就在这个时候,他看见了远处水面上的那个木排,呼吸顿时急促起来。李金堂侧过脸问道:"小伙子,你怎么了?"申玉豹用手指着木排,"他,他抹手表,杀……人……"

李金堂绷着脸,嘴里说着:"这是第五起了。小张,开枪。"年轻人把雨伞交给李金堂,很熟练地爬到甲板上。一串爆响过后,光头已不存在了。快艇靠近木排,没发现任何犯罪的证据。李金堂眼光冷飕飕地刺了过来。申玉豹惊得灵魂出窍,说一声"他有个口袋",纵身跳入水中,约有一两分钟,申玉豹露出水面,双手举起了那个帆布袋。李金堂弯腰摸了口袋,发现口袋用一根细绳系在木排上。割断了绳子,从口袋里倒出几十只手表和一堆纸币、粮票。李金堂端起机枪,对准躺在木排上光头的尸体扣动了扳机,直把子弹打光了。申玉豹连惊带怕,昏了过去。

李金堂蹲下去,伸出手掐住申玉豹的人中穴,看见申玉豹眼皮动了动,厉声喝问:"叫什么名字?"申玉豹只好睁开眼睛,一脸恐惧,颤声答道:"申玉豹。"

"你父亲叫什么?"

"申宝栓。"

"你妈叫曹改焕?"

"是的。"

李金堂轻哦一声,"你还有没有兄弟?"

"只有一个妹妹。"

"你五一年出生?"

"是的。"

李金堂绷紧的脸慢慢松弛了,眉宇间凝聚着的杀机随即缕缕散去,仍黑着脸说:"我认识你爹妈。你太丢他们的人了!亏得我知道他们只有你这一个儿子,要不然……小伙子,好好做人吧。"李金堂又仔细看看申玉豹,觉得这个年轻人的模样自己有些熟悉,哪里熟悉,又说不上来。这个时候,李金堂还不知道自己惟一的儿子为救三个犯人,已经牺牲了。

申玉豹再次见到李金堂,是在八年后一个春风和煦、阳光明媚的上午。李金堂已经认不得申玉豹了,他无法把当年在大洪水中目光中含着怯弱卑琐的黑瘦的农村青年和眼前这个西装革履、满脸泛着油光、眸子里闪烁着显而易见的贪欲和狡黠、脸上能浮出操练了无数次已经变成生理反应的媚笑、显然已经小小发达了的、感觉上自信得有点狂妄的汉子联系起来。申玉豹滔滔不绝讲了他父亲、母亲曾给他讲了无数遍的申家沐浴过的李金堂的恩情。这番明白无误的并不高明的谎言,并没有引起李金堂的反感,反倒激起了他探究的兴趣。李金堂认真打量着申玉豹,眼神很慈爱,他感到自己已经喜欢上这个年轻人了。这么快就喜欢上一个年轻人,还是第一回。真是奇怪。真是时势造英雄啊!改革开放也就三五年时间,一个那么不起眼的小东西,竟出落成了一个人物的坯子,那句"士别三日当刮目相看"的道理看来真的颠扑不破。李金堂接过春英沏好的茶水,亲手递给申玉豹,亲热地说:"玉豹,慢点说,慢点说,不要急,不要急。我和你父亲母亲的事都成了过去,还是说说你自己的事吧。"申玉豹进门时两手空空,这时从西服的口袋里摸出一只大牛皮信封,用双手恭恭敬敬递给李金堂道:"李书记,李叔。上上个月,我就从外贸局连副局长嘴里知道二妹子香红要嫁给地区钱局长的大儿子了。这两千块钱小礼,请你收下。我知道迟了一点,不过按咱龙泉的风俗,添箱①的事可以补添的。"李金堂微笑着接下了。春英对此深感意外。大女儿香艳远嫁省城省委钟秘书长的二儿子,二女儿这次嫁给柳城地区人事局钱局长的大公子,李金堂只收直系亲戚送的礼,别人送的礼都已经退还了,为什么要收第一次来家这个年轻人的两千块钱呢?这一段,李金堂在龙泉的权威,正在面临前所未有的挑战,挑战者是重新杀回龙泉做县委第一书记的任怀秋。任怀秋作为龙泉的地下党员,龙泉县城第一次解放时就浮出了水面,端坐在陈谢大军某部举行入城式的主席

---

① 添箱:豫西风俗,女子出嫁,父母双方的亲戚及朋友送钱送物,均称添箱。

台上。县城再次失陷后，任怀秋蹲了八个月大狱，差点被还乡团杀了头。凭借这些资本，任怀秋在解放的第三年，就当上了龙泉县委第一副书记，若干年里，一直是李金堂的上级。"四清"前夕，任怀秋升任地委组织部部长。"文革"结束后，任怀秋大病未好，有三四年没出来工作。病好后，他选择了到龙泉任职的道路。经过两年多的明争暗斗，李金堂没占丝毫上风。任怀秋仗着资历深厚，甚至直截了当点过李金堂和欧阳洪梅的关系，要李金堂保持革命的晚节。这两年，李金堂终于发现了任怀秋的惟一的弱点：保守。李金堂看准社会大势后，凭借秦江的影响力，强行在龙泉进行了全方位的改革。这个时候，他需要出现多个典型。申玉豹能担当此任吗？李金堂决定试一试。申玉豹毕竟是故人之子，自然带着三分亲。何况，自己已经莫名其妙地喜欢上了这个年轻人。那个叫曹改焕的女人是这个小伙子的娘，自己更应该帮帮他们，就算还一笔孽债吧。李金堂连个谢字都没说，把信封随便朝茶几上一扔，微微朝前探了探身子，"玉豹，看样子你如今混得不错。是连城锁叫你来的吧？有什么事你尽管说，只要李叔能帮得上忙，我一定帮。"申玉豹大喜过望，欠了欠屁股，上身坐得笔挺，"是这样的，我办了个驼毛羽绒加工厂。如今这钱呀，不是我吹牛，挣起来跟扫树叶一样。前几年日他妈可惨了。我岳父给了我五百块钱做本钱，买了十只玻璃戒指，赔光了。后来，我也弄了些玻璃戒指拿出去当翡翠戒指卖，也挣点钱，后来在西安栽了个大跟斗，让人给遣送回来了。摔打多了，也就悟出点道理。如今做生意，正是好时候。全弄真的，赚不了大钱，全弄假的，弄不好要出事。赚大钱在真真假假之间了。这一通，就真通了。你就说这茅台、五粮液吧，一瓶一两百，做假的准能发大财，懂得真真假假就好办。买来茅台瓶子，把十来元一瓶的董酒装进去；买来五粮液的瓶子，把四块多一瓶的尖庄装进去，除非是品酒师和酒仙酒鬼能品出来，常人谁能识破？茅台和董酒香型一样，都用一条赤水河的水；五粮液和尖庄香型一样，干脆是一个厂出的。所以，这生意就能做长了。利润呢？百分之千，百分之几千。我这么说，不是说我在做假酒，我要干了这种事，打死我也不敢来见你，我只是打个比方。吃的东西，马虎不得，弄不好就出了人命，人命关天。这种风险，我不会冒的。用的东西就不一样了。去年我到广州，十五块钱买块布料，说是不怕火烧，用打火机烤了，果真没事，回来做成了裤子，洗了一水，沾个火星就是一个洞。啥原因？布上涂了东西不怕火，水把东西洗掉了，又和普通的布一样了。全国有多少人抽烟？抽烟人都怕烧裤子，有了不怕火的布，抽烟的人都想弄成一条裤子穿。知道这布不耐火，不过笑一笑，骂一声了事。上当的人总不会断种，行话说，老的骗怕了，小的又长大了，这种事咱也不干。为啥？说得太实，怕不怕火，一烧就知道了。我细琢磨一下，在虚的上面做点文章好。譬如说暖和不暖和，说暖和就暖和，说不暖和就不暖和。这样，我就选了做驼毛和羽绒。这生意一做，真行，如今是货物供不应求。上个月有个外国人买了一批货，前两天又来电报要。我想把规模扩大一些，流动资金又不够了。"李金堂听出来点眉目了，申玉豹这是吃人们一个感觉，沉默了一会儿问道："你一块钱，回本要多少时间，利有多大？"申玉豹说："李叔是个行家。照现在的订货单子，这么说吧，一块钱一年能净赚十块钱。"李金堂听得连连点头。挤走任怀秋，需要各个领域的硬件。任怀秋上任后，几次对包产到户提出非议，对个体经济更是冷眼相待。如果能尽快扶植一个能在全地区叫响的农民企业家，就能给任怀秋致命一击。要是龙泉铁板一块，李金堂树这个典型要便当得多，只用全力保证一两个个体户的低息或是无息贷款就足够了。如今打的是内战，这种办法就行不通了。申玉豹的经营方针，让李金堂看到了速成一个百万富翁的希望。他兴奋地说："年轻时，我家里也苦，在欧阳家的一家绸缎庄里当过三年相公，对经营这一行，略知一二。如今这几年，物质财富确实增长很快，也有很多人很快富了起来。你有想法，人又年轻，前途不可限量。只要你不做违法乱纪的事，李叔都支持你。你不但要挣钱，眼界要再放开阔一些，将来准备成就成一方人物，光宗耀祖。当年我给你爹也说过类似的话，可惜他死早了。他是个外粗内秀的人。你说这钱这么好挣，我有点不大信。记得马克思说过，有百分之三十的利润，资本家敢把身家性命都投进去。你说一块钱一年可净赚十块钱，一个月就是百分之百的利润。你可别算错了账，一年一块钱赚不回十块钱可怎么办？"申玉豹急了，"李叔，多的我不敢说，你给一万，一年后我要挣不回五万，我把申字倒着写了。"李金堂道："你要多少钱？"申玉豹说："能给我贷来十万就中。"李金堂站起来说："我给你贷五十万，明年要是你连本都赔进去了，你可知道有什么果子给你吃。"

第二年春天，申玉豹果真用这五十万赚回了整整三百万，成了龙泉个体经济的龙头人物。申玉豹的成功，又成为任怀秋和李金堂间政治斗争的转折点。李金堂利用地区小报宣传申玉豹的机会，把龙泉县领导班子已达白热化的矛盾公之于众，任怀秋自然扮着改革道路上绊脚石的角色。那年秋天，任怀秋气得三次大吐血，不得不退回柳城休养。紧接着，李金堂"重建龙泉手工业"的计划也得到实现，全县新添绸机十万张，大小玉雕厂五十余个。这场旷日持久的龙虎之斗，李金堂大获全胜，成了柳城地区赫赫有名的改革家。

任怀秋病重住院期间，李金堂以龙泉县委第一副书记兼县长的身份，主持龙泉全面工作。地委组织部提出方案让李金堂出任龙泉县委书记，征求李金堂意见时，李金堂却说："任书记在龙泉虽无大功，却也无过，这样安排，恐怕让群众误会任书记犯了什么错误。"这件事一搁就是三年，任怀秋病愈后，自己主动提出离开龙泉，组织上安排他当了柳城主管农业的副专员。地委组织部再次提出给李金堂扶正时，李金堂又说："中央正提出干部年轻化，提我上来不合适。我在龙泉几十年，各方面都熟，愿意把这么多年摸索出的经验贡献给更年轻的同志，让他们尽快成熟。"和任怀秋的几年较量，李金堂真正成熟起来了。回想二十多年的政治生涯，所有和他年龄相仿的县委第一书记，都和他产生过不可调和的矛盾，比较而言，他更希望和比他年轻很多的第一把手共事。又隔近一年，李金堂等来了小他十二岁的刘清松。

申玉豹像他的父亲申宝栓一样，成为李金堂走向政治生涯黄金时期的大功臣。

李金堂和申玉豹的这层关系，欧阳洪梅十分谙熟。这么解释他对申玉豹的无原则的爱护，等于说谎。欧阳洪梅早就说过："申玉豹只是你棋盘上的一只棋子，遇到难局，你会毫不犹豫弃掉他。他能成为龙泉首富，不过是因为你分给了他这样一个角色。这个角色却是任何一个平庸的演员都能胜任的。"

李金堂犹豫着，不知道该不该告诉欧阳洪梅自己和申玉豹的金钱交易。

李金堂转身回到大沙发上坐下，试着解释说："阿拉伯世界，流传着这样一则寓言。说有个国王，后宫紧挨着属于他的金库。国王白天里清醒，知道金库里的黄金属于他。到了晚上，国王就糊涂，常把金库当成别人的。每当夜深人静，国王就溜出寝宫，到金库取一些金砖放在枕头下才能入睡。第二天起来,他一开金口准是说:把昨天夜里真主赐下的金砖放到金库去。这个国王怎么样?"欧阳洪梅笑道:"不怎么样。这个故事和申玉豹有关吗?"李金堂说:"从前我也要笑话这个国王,认为他不明白国王的含义,不知道遍地黄金都属于他这个事实。后来,经的事多了,我才领悟这国王其实是个悲剧人物,实际上,他是怕,怕他变得一贫如洗。'文革'以前,我自认为比这个国王高明,一心一意为龙泉做事,我以为这么做就是为自己。第一次进干校,我就能理解这个国王了。是的,金库的黄金是属于国王,而且永远属于国王。可是,真主也无法保证这些黄金会永远属于这一个国王。如果这个国王从龙座上下来,金库钥匙也会被迫交出去。你知道,我曾经想成为像你祖父那样的富人。多年来,社会没给我提供任何暴富的机会。玉豹致富的速度,让我感到心惊肉跳。这种魔术,看起来很刺激。所以……"

欧阳洪梅取来紫砂茶壶,沏着茶水笑道:"所以你就想经常玩玩这种魔术,不,是想经常看看这种魔术。你呀,有时候的心理,匪夷所思,叫我无法琢磨透。申玉豹能替你圆了一个富翁梦?鬼才相信!"李金堂一看欧阳洪梅这样作了解释,暂时咽下了和申玉豹交易的真相。他接过茶壶,吸吮一小口,"我太求全了,这不好。玉豹这种整法,会走向死路的。他再出啥事,我就不管了。"

真的不管他了吗?话一出口,李金堂又犹豫起来。存在他名下的一百零八万,该怎么处理?把一百零八万交给申玉豹,实在是个错误。

申玉豹在一年内把五十万变成三百万,给李金堂带来很大震动。一个心思活动起来:我要不做这个官,会不会在商场上干一番超过当年欧阳恭良的事业呢?任怀秋第一次吐血后,李金堂召见了申玉豹。李金堂道:"玉豹,这一年,你干得不错。李叔都看眼红了。"申玉豹误以为李金堂在索要好处费,忙道:"李叔,玉豹没忘记你的大恩,我给你备了几万,怕你不收,没敢对你说。"李金堂变脸道:"这是啥话!把你扶起来,是我的职责,快不要提这件事。"申玉豹不知道李金堂葫芦里卖什么药,不敢再说什么。任怀秋第二次吐血,李金堂又叫来了申玉豹。这次,他说了具体的事。"玉豹,"李金堂问道,"李叔在你的公司里入股,你看好不好?如今是商品经济了,干部又实行离退休制度,再过十数八年,不找点事做怕要闹出毛病的。"申玉豹一听,心中暗喜:这回就和他绑一起了,嘴里忙道:"中,中,中!不管李叔给个啥数,一年下来，本不动，给你跟本一样多的息，你看咋样？"李金堂笑了，"这样做，我一点风险都没有，不合适，不合适。"申玉豹执意要这么办，李金堂也没再争执。申玉豹提出把钱拿去，李金堂又犹豫起来："不急，不急。我也没多少钱，你也不用怕负担太重。就是一点多年的积蓄，还有一点变卖古玩的钱。数量嘛，不会超过十万。"任怀秋第三次吐血后，李金堂下决心通过申玉豹圆圆当年当小伙计时的梦了。

那一个秋日，李金堂又叫来了申玉豹。这时，在感情上，李金堂已经把申玉豹当成亲人了。可惜申玉豹的长相与自己相关不大，否则真会去申家营问问那个人老珠黄的女人：玉豹是不是我的儿子？可是，问个水落石出就好吗？还是难得糊涂吧。李金堂指着床下的一个箱子和麻袋道："记得是在这两个东西里放着。这些年我也用不着它们，你帮我数数吧。"这些钱远远超出了十万。申玉豹数了大半天，报出一个数目，"李叔，不多不少，恰好是八十八万。"李金堂惊得跳了起来："啥？八十八万？你不会数错吧？"申玉豹拿起一沓十元钱道："错不了，一捆一千元，总共八百八十捆。"站起来捶捶腰，"这钱可放有十几年了吧，一股子霉气。李叔，你咋不把这钱存到银行哩。我要十年前有这笔钱，做生意干尿，利息就够我吃喝了。"

李金堂被这个巨数吓呆了。如果早知是这个数目，绝对不该让第二个人知道。这第二个人是自己的亲爹都不行！可是，眼下申玉豹已经看见了这些钱，再改变主意他会怎么想？要是再问他要该分的利润，他又会怎么想？权衡半天，李金堂终于想到一个自认可行的万全之计。他清清嗓子道："玉豹，辛苦你了。我爷爷当年收藏了不少古董，'文革'前，我怕这些东西散失了，就交给省里一个朋友保管。'文革'结束后，我去拎回了这只皮箱，没想到他已经把它们变卖了。"说着说着，发现这么解释无法自圆其说，干脆道："这么大个数，入股分红对你的压力太大。不如这样吧，先拿去存在你名下，平时留着让它生息，你要做大宗生意，用上这笔钱，这才算我入股吧。上次谈的分红法，你太亏了，能比银行利息高一点，也行了。"申玉豹一看这笔钱数目巨大，不敢再充英雄，接着提个方案说："李叔，眼下我正好要做一笔生意，这钱我拿去先用，生意做成后，我给你连本带利存起来。"李金堂只好说："折子还是存你名下，这样方便。"

两个月后，申玉豹交给李金堂一张一百零八万元的存折。申玉豹想，用二十万买李金堂这棵大树乘凉，不亏。

时隔五六年后，申玉豹竟不听使唤了，这让李金堂料之不及。申玉豹是这一百零八万的知情者，又是一百零八万的名义上的所有者，李金堂感到头疼了。

这八十八万，来历非凡呀！

大洪水过后，李金堂第一次以副职的身份主持龙泉全县的抗洪救灾工作。县革委会主任因对龙泉境内七座水库的修建负有责任，已被停职。县银行在大洪水中毁坏了，源源不断的救灾款拨到龙泉，就放在古堡二层李金堂办公室的保险柜里。李金堂拥有使用这些钱的最终决定权。大洪水冲垮了十个公社的办公室，那里的救灾款发放，全由李金堂率工作组前去办理。不久，李金堂就发现了普遍存在的冒领救济款问题。再后来，在钱的问题上，李金堂就事必躬亲了。

李金堂贪污第一笔钱纯属偶然。那一天，他率工作组去孔明公社，发现该公社又虚报了灾民人数。他把报表拿起来仔细看了一遍，把三千九百用笔划去，"上个月是三千六百户，这三百户从哪里冒出的？是不是孔明又单独遭了灾？"扣发这三百户的救济款，李金堂顺手放进了自己的公文包里。当天晚上，李金堂把这一万八千元带回了自己的家。

当天晚上，女儿香艳发高烧住进了医院，李金堂因要开电话会，就拿出一千元交给春英，让她去医院付医疗费。第二天上班，李金堂把剩下的一万七千元留在家里，准备在凑够一万八千元后再还。谁知一忙碌，竟把这件事给忘了。一个星期过去了，并没有人提起这笔钱。

大洪水带走了欧阳洪梅的全部财产，到了初秋，欧阳洪梅过冬的衣服还没着落。欧阳洪梅在一次见面时，吞吞吐吐提出一个请求："能不能帮我找几件旧衣服过冬？发给我的一套棉衣是男式的，还没有外套。最好能找一件红颜色的，我喜欢。"李金堂感到心里作痛，借到柳城开会的机会，给欧阳洪梅带回了一千元的衣服，其中有四件是红的。欧阳洪梅接过新衣服，有点疑惑。李金堂解释说："这一批衣服是上海捐赠的，那里的人收入高。"

这两件事给李金堂很大触动。参加革命到底是为了什么？到底什么才叫廉洁？舍掉自己的亲骨肉去救别人家的孩子才叫取义吗？难道真应该为了原则，让自己心爱的女人衣衫破旧地抛头露面吗？龙泉不可能是我李金堂的龙泉呀！他内心里曾经固若金汤的观念开始崩溃了。之后，再扣下现金，李金堂开始有意识地朝自己公文包里装了。

冬月里，李金堂又一次住进了医院，这已是他这个秋冬第四次住院了。躺在医院的病床上，他第一次有了生命将尽的感觉。就这么死在岗位上值吗？这一回，县医院张院长要他到地区医院做一全面检查，他没有拒绝。

秦江到医院看望他，两个患难与共二十余年的老朋友尽发悲音。秦江说："你这么干，我也这么干，到底值不值呀？"李金堂摇摇头，苦笑了一下。秦江又说："这次我们这批老人复出，上面阻力很大呀。我总觉着劫难未尽。好久没见全娃和香红香艳了，方便时，让他们多来看看我。"李金堂长吁一声："全儿不在了，不在了。他救了三个囚犯，其中一个已经被判了死刑。你见不着他了。"秦江面挂老泪，自言自语说："全娃死得值吗？你说说，你说说。我真后悔没留下后代。省里段书记当年不是病死的，你知道吗？"李金堂摇摇头。秦江道："这次出来工作，才知道段书记是自杀的，还留了一份长长的遗书，里面尽写的实话。他不明白为什么还要自己革自己的命。最近风声不妙，冬天看来没完呀。你要好自为之，身体这种样子，再去一趟干校，就彻底垮了。"

病好回龙泉后，李金堂再也不过问虚报受灾人口的事情了。他预感到了一种悄然而来的不祥，本性迷失了。在不到一个月的时间里，他用白条子从自己手里取了六回钱。在那个寒冷的冬天，他只能体味再次坠落的滋味，根本无法想象日后仍有出头的机会。取这些钱，他只是为了将来不去讨饭，绝不自杀。

日子就那么过去了，这笔钱在李金堂不同的历史时期，像万花筒一样变换着自己的形象。第一次去干校，这些钱是一种支撑，支撑他熬了三年。第二次复出，这笔钱成了像鼻烟壶一样的玩物，帮他收获回忆往事时的会心一笑。看到申玉豹暴富后，这笔钱又成了一条接通他少年富贵之梦的甬道。

现在，欧阳洪梅审问他和申玉豹的关系时，这笔钱很可能已经变成了随时可以把他送上西天的炸药包。不能把真相告诉她，眼下还不行。

需要认真对付的，是这个申玉豹。当年把申玉豹看成一台自动取币机，怕是一个无法弥补的错误。当时要他把这一百零八万存在自己名下，还有今天这个怕吗？多想了一层，竟然带来这么大的后遗症，太不可思议了。儿子牺牲后，移情申玉豹，也是个天大的错误。

## 第十八章

　　李金堂权衡再三，决定还是应该继续打申玉豹这张牌。一是因为他自信能把握住申玉豹，只用适当的时候，把那一百零八万转移到自己名下，这个申玉豹仍旧是一件用着顺手的兵器。一是因为刘清松正在积蓄力量，准备在龙泉搞大的改革，为了不使自己这个改革家莫名其妙成了保守派，需要作好应战准备，申玉豹这枚棋子下一步还用得着。李金堂脑子里还闪过这样一个想法：去见见曹改焕，确认一下自己和申玉豹的关系。想法只是想法，这样做其实也未必能证明得了。如果真是这样，这老女人也许早就跟儿子点破了。几十年过去了，还是糊涂点好。

　　李金堂思索很久，准备以改革家的面孔出现和刘清松一争高低。他把自己的试验田选在贸易商场。贸易商场和县百货大楼，都是李金堂挤走任怀秋后独断上马的两个大项目，建筑面积都是八千平方米，耗资都是二百五十万。两个大楼建成后，李金堂提出一个经营方案：县百货大楼仍搞国营性质，贸易商场要搞租赁。这步棋走得很巧妙。李金堂执意要把贸易商场搞成龙泉商业界的特区，别出心裁，搞一次公开竞拍，当年所收租金，竟是百货大楼税率的三点七倍。申玉豹以其雄厚的经济实力，租下了贸易商场底楼大厅中央，做家电生意。这次改革，使李金堂在柳城一时又成了风云人物。李金堂下一个试验，是准备把贸易商场的租赁制，再改革成股份制。这样，李金堂就可以在这块实验田里完成一贯改革家的完美形象。

　　刘清松上山蹲点十天，一个大构想在龙泉也是路人皆知了。他立志要办起龙泉的实业，以此带动工业，进而实现龙泉的全面改革计划。他力主下一步成立龙泉矿业有限公司。

李金堂深知龙泉的家底，决定抢先一步走商场改股份制这步棋。在他看来，这一方面可以体现出龙泉商业改革的连续性，另一方面还可以和刘清松竞争社会闲散资金，如市场不错，仅此一着，就可以使刘清松的计划搁浅。因为龙泉潭子太小，石头少，垒到了商场的墙上，矿业公司就只能干等。为了使这次改革吸引住龙泉个体企业的大户，李金堂提出将来贸易商场的董事长可享受商业局副局长待遇。

一次在县委常委碰头会上，李金堂吹出这次改革方案风声后，就开始等待申玉豹去找他。那时，先许下让申玉豹出任董事长的愿，然后相机提出香艳在省城办了大公司，让申玉豹把那一百零八万取出来。左等右等，就是不见申玉豹来找。

申玉豹最近几天颇感沉闷。原因似乎很简单，他知道了三妞从前那一段惨不忍听的身世。从前，他何尝不知道三妞的风流，心里想着城里人都这样，没想到三妞竟因为卖淫差点叫枪毙了。可是，自从和三妞同居，他无论如何也挑剔不出三妞的毛病。申玉豹找不出理由一脚把三妞踢开，这几日都懒得去公司，整天在细柳巷自己的小院待着。

这个青砖小院坐落在细柳巷北端，一幢三上三下的小楼，两间平房连着小楼的楼梯，一间做厨房一间做卫生间兼洗澡间，青砖围墙围了两棵桐树和一棵柳树。三妞早发现申玉豹的变化，也不敢上班，终日守在家里，想找机会问出原因。申玉豹一时又舍不得三妞，想不通就把驴脸吊着，想通了，也不分时候，抱住三妞就剥衣服。三妞似乎感到了危机，自己偷偷把避孕药换成维生素，巴望能怀孕了拴住这个男人。

这一日，申玉豹疯了一样把三妞折腾个够，赤着身子叹道："日他娘，你这女人越弄越上瘾，离不了可咋办。"三妞试着开玩笑说："要不要给你买点壮阳药。"申玉豹听了就恼起来，"你妈的，你以为老子真稀奇你？不是我红口白牙说过有话，我早……"

这时候传来了敲门声。三妞穿好衣服，跳下床，扭头说一句："俺也不是嫁不出去，也没赖你！你快穿衣服吧，公司的事你也该去看看。"

朱新泉脚站在屋门口，撩开门帘道："啥时候了还睡。"三妞沏着茶解释说："玉豹病了几天了。"申玉豹伸着懒腰，趿着拖鞋道："坐，坐，啥风把你给吹来了。"朱新泉朝沙发里一仰，"玉豹，我来给你报喜呀！县里要在贸易商场搞股份制，谁总股份过半，出任董事长。这回还考虑了政治待遇，董事长挂商业局副局长，也可以转户口。"申玉豹心里盘算着，嘴也没停，"算尿啦，这种梦我再也不做了。户口？户口算个屁！只要有钱，要不要户口有什么关系。副局长？别到时候又来个只准女人入股，又让我空喜欢。"朱新泉一看提到户口捋倒了毛，忙解释说："玉豹，不一样！这贸易商场的董事长只有一个，眼下，你最有条件竞争，你可别使性子把机会错过了。"申玉豹叹口气道："这是件大事，你们常委会不知要吵多少回架才能定下来。你要是能办了这事，把我申玉豹弄到局长的位置上，我给你弄三五万入股玩一玩。听人说沿海已经开始卖官了，办不成也不要紧。"

朱新泉已经达到了此行的目的，站起身子道："上次事没办成，有些意外，你不去李副书记那里走动，怕也是个因素。这一回，你可要提前打点打点。这几年已不比前几年，有钱的人也多了起来。只要李副书记点个头，这事八成成了。"

送走朱新泉，申玉豹心里暗自得意。钱真是无比无比的好！看样子，要不了多久，天下就成我们这种人的天下了。到那时，最笨的人才会去当官哩。找李金堂？不能去找，这些年受他的气已经够多了。县里真正有钱的人并不多，大部分都是靠贷款撑面子。总有一天，他们会来求我申玉豹。不是说刘清松准备搞龙泉矿业有限公司吗？我何必要整天吊在李金堂这棵歪脖树上。等一等再说吧。

电视机正在播放一部外国电影，一个男人正单腿跪地向一个金发女郎求婚。申玉豹莫名其妙骂了起来，"真没出息，就这个烂眼，用得着下跪！好像天下的女人都死尽死绝了！"三妞织着毛衣，嘴里说："那是人家的风俗习惯，如今中国也开始兴了。"申玉豹找茬道："是不是觉得我没有单腿下跪呀？觉着亏了，你另找呀？"三妞咕哝一句："说一句平常话，像吃了枪药一样。"申玉豹用遥控器换个台，里面正在播放新闻，画面是两个国外的国家元首带着自己的夫人在一起喝酒。申玉豹瞥一眼身边的三妞，心里道：这两个女人肯定没当过妓女，我咋就瞎了眼了呢？心里一灰，扔下遥控器，进屋换了一身笔挺的灰西服，带个皮夹子又出来了。三妞站起身说："你要到哪里去？我也去。"申玉豹瞪大眼睛，狠巴巴地说："我心烦，出去散心，你管得着吗？我告诉你，咱们没扯结婚证，说了就了的。你可别惹恼了我。"三妞咬咬嘴唇，勾着头坐下了。

申玉豹毫无目的地在街上游荡着,在邮局门口,一个戴着白帽的姑娘,像一片黄叶,从自行车上飘落在他的眼前,笑吟吟地看着他。申玉豹看了一会,才迟疑地说:"你,你是吴兰吧?"吴兰点点头,看看申玉豹左右,"总经理,我爹已经搬到府前街了,他开了一家铁器店。"申玉豹口吃地说:"好,好,看样子你也不错。"吴兰忸怩半天又说:"我爹一直想见见你。"申玉豹嘴角一扯一扯,"我,我住细柳巷,好找。"吴兰掩嘴一笑,"俺知道,你不是和那个好问酒吧的歌手在谈吗?俺认识的。"申玉豹支吾一声,"你,你消息蛮快。"吴兰叹一声,"总经理,有句话俺不知该说不该说。城里女孩子,会演戏的多,你可要当心。以你的身份地位,真不该找二妞这样的,香香她们还笑你哩。要不要我给你介绍一个,我小姑子一个单位的。"申玉豹赶忙逃走了。心里暗暗骂着:我一定要找个好的找个好的!妈妈的,你们也敢笑话我?

　　不知不觉,他走到了影剧院门前。望着橱窗里欧阳洪梅的大照片,申玉豹呆住了。她不是早离婚了吗?申玉豹只感到脑袋嗡嗡作响。她也是个单身女人,以前咋就想不到呢?李金堂,李金堂是她什么人,我不怕,不怕他!

　　申玉豹从舞台的侧门走了进去。舞台上,十几个男女演员正在练功,都穿着紧身衣。申玉豹毫不客气地用眼睛把一个个女演员都摸了一个遍,看看没有欧阳洪梅,多少感到有点失望,又多少有点庆幸。他在舞台上下慢慢走动着,一个念头渐渐清晰了:这才是能配得上我申玉豹的女人。回想起这几年和欧阳洪梅有限的几次接触,申玉豹不免有点气馁。这个女人似乎从来没有把他当个正经人物来看。他注意到舞台上很多设施都破旧了,没有几个像样的大彩灯,演员身上的练功服也很破旧。申玉豹心里有了主意:舍不下娃子打不到狼,便宜没好货,出出血吧。别泄气,没听老人是咋说的?好女怕缠,我要不惜一切把这个女人缠下来。

　　第五天的下午,申玉豹带着一辆解放牌卡车进了影剧院的后院,车上装满了从省城买回来的大幕、灯具、戏装和练功服。刚刚午睡起来的一群青年演员马上把申玉豹围住了,有认识他的就问:"申经理,这东西要不要钱?"

　　申玉豹一本正经地说:"我常来听你们的戏,总想瞅个机会表表心意。这五万多块钱的东西我一分钱不收,只用你们欧阳团长来点收一下，东西就是你们的。你们先把东西抬下来，等欧阳团长来了好点收。"众人一片欢呼雀跃，七手八脚搬着，不一会儿，院子就摆成一个杂货铺了。几个女演员看着五六个印着洋文的精致纸箱，忍不住走过去伸手摸了又摸。申玉豹拆开一个箱子，从里面拿出一件鲜红的健美服，煞有介事地说："正宗日本货，像原装日本彩电一样难搞。听说是美国一个叫什么达的女演员设计的，名头很大。省城进货不多，我送了两瓶茅台，人家才卖给我八十套，一件一百多块呢。"几个姑娘拿了衣服在身上比来比去，有人说道："又是姓公，穿一穿像打牙祭，没什么意思。""娄阿鼠"看见女朋友李玲出了院子，嘴又痒了，走上前去说："你们谁敢当众脱了换上，我替申大经理做主，把这套衣服送你私有。机会难得呀。"申玉豹没表态，看着这些演员胡闹。一个身材丰满的姑娘说："你以为我不敢！你们说话可要算话。"说着，抓住毛衣就脱，动作之麻利，匪夷所思。申玉豹阻止的时候，姑娘的毛衣、衬衣已翻到头顶，上身只剩下个乳罩。"娄阿鼠"嘴里哼唱一句唱词："她为你，她为你浑身搓得白如银。"姑娘把毛衣又穿好了，伸手打了"娄阿鼠"一巴掌，转身对申玉豹说："你是不是不愿意给？这算什么？人家大城市还有女人当人体模特哩，一丝不挂给人看着画画。你们谁没游过泳？我里面又不是空军，和比基尼一模一样。偷油的老鼠悄悄地上桌，我是人正不怕影子斜。当模特为艺术，也为钱嘛。"申玉豹听得心花怒放，笑着说道："不是我舍不得，是怕你在这儿换，风吹受凉了，叫人怪心疼的。你已经把我镇住了，回房换上，出来叫大家瞅一眼，这衣服就归你了。"姑娘乐滋滋地回房去了。这边，"娄阿鼠"用着假嗓子女声女气又唱一句："奴哪知，奴哪知他，他，他他还是个怜香惜玉的人。"院子里笑开了一口大锅。胖姑娘穿着健美服踩着台步走进人群，做出几个健美动作，喊了一声，"看够没有，看够了姑娘我就穿衣服了。"说罢，套上毛衣，套上裤子，伸手在申玉豹面前打个响指，"够意思，够气派，这才像个真大亨。"人群变得鸦雀无声，姑娘们一看真的喇叭是铜锅是铁，暗自嗟叹错失了良机，似乎又在期待点什么。"娄阿鼠"意犹未尽，弯腰又从箱子里拿出一套蓝白条条的，像小贩一样叫着："大甩卖了，大甩卖了，三点式比基尼还差一点，谁脱了这一点……"说了一半，像个漏了气的气球，倏地蔫成一摊，躲到申玉豹后边去了。

李玲带着欧阳洪梅走进了院子。申玉豹一见欧阳洪梅，把早先准备好的话完全忘了。欧阳洪梅面带矜持的微笑，大大方方握住申玉豹的手说："申总经理，十分感谢你对剧团的大力支持。我代表剧团全体演员和工作人员，收下你这一份珍贵的厚礼。我决定，从今天起，剧院大门免费向你开放三年，一排一号不再卖票，以表达我们真诚的谢意。"满院子的人都拍起了巴掌。申玉豹吭吭哧哧说，"繁荣嘛，戏曲嘛，分内的事嘛，这有啥说的。"欧阳洪梅突然用探究的、傲慢的目光上下打量申玉豹一番，抿嘴一笑，摇着头说："我真搞不懂，你怎么一出手就给了剧团五万多，剧团可没有什么油水可捞。我听人说，你在西安，为了把一个乡下人口袋里的三百元搞到手，你连羊圈都睡过。你要是喝醉了，或者还在做着什么梦，现在醒过来还来得及。"申玉豹急忙辩解道："请不要误会我打你们剧团什么主意。你们都知道，上一回，我刚给医院捐了三万。"欧阳洪梅认真说道："这两件事没法比。你给医院捐钱，是想换个多情丈夫、大孝子的名声。剧团什么也不能给你，能给你的，只是免费请你看戏。发大洪水那年，你穷得发疯，后来你有了钱，也从没有无缘无故挥金如土过。"申玉豹脑袋像一间没门的屋，装了一屋的话，话却出不来，憋得面红耳赤道："我，我喜欢戏，小时候就喜欢，是个戏迷。你唱的戏，什么《陈三两》《玉堂春》，什么《杜十娘》《白蛇传》，还有什么娥冤，我都喜欢看。连你们排的《赵豁子离婚》《王二嫂改嫁》这些小戏我也看。我就是想尽尽心。"

欧阳洪梅眨眨忧郁的眼睛，突然间咯咯笑了起来，对申玉豹说："一会儿请你到我办公室里喝杯茶，我知道你有很多想法，对，是想法。我先把这些东西安置了。我很想听听你这个很会赚钱的脑袋里转的都是些什么东西。男演员把灯具、大幕抬进去。托申大亨的福，我把这衣服全部发给大家，完全私有。"又是一片掌声。欧阳洪梅喊道："李玲，你也来，给申经理沏茶。请吧，申总。"

申玉豹跟着欧阳洪梅和李玲进了那间虽然设备简陋，却能显出雅致的办公室。欧阳洪梅随便在藤椅上坐出个姿势，就把三妞比成一堆豆腐渣了，申玉豹惊诧这女人和女人的区别，暗骂自己耽误了不少时间。欧阳洪梅撑着下巴说："请坐吧，茶水给你沏好了。我总是忘不了你是个商人，怕你日后后悔了，搅得大家都不安生。你给剧团买这些东西，为我们办了一件雪里送炭的大好事，我很感谢。咱们是不是留个白纸黑字，省得将来扯不清楚。你要后悔了，现在还来得及反悔，要是不后悔，我就这么写了：为振兴龙泉戏剧事业，申玉豹代表他的荣昌贸易公司，无偿也无其他任何附带条件地向县曲剧团捐赠大幕、灯具、服装等价值五万元的物品。"申玉豹喝口茶水说："中。就这么写。"

欧阳洪梅说："玲儿，拿墨汁、宣纸过来。申总经理办这种雅事，不能用钢笔草草打发了。"说话间，李玲就把纸墨摆好，取了笔筒里一支小羊毫，放在一只碟子里用温水泡了，递过去。欧阳洪梅不一会儿就用行草把上面的意思写了下来，把笔递向申玉豹道："请在捐赠人后面签上你的大名。"申玉豹古装戏看得不少，记得这种场面都是小姐写什么思春话叫丫鬟传递的，见自己也入了戏，不禁心旷神怡，激动得犹如接了幽会情书一般，抖着手腕写了"申玉豹"三个字。这两年就这三字写得最多，所用签字笔和这小羊毫相差无几，字还写得有筋有骨，甚至还隐隐透出一股霸道之气。欧阳洪梅显然有点感到意外，忍不住多看了两眼，扯到一边晾着，心里顿时觉着就这么打发了申玉豹多有不忍，心念一动，嘴里说道："申玉豹，这件事本来已经了结了。不过，领你这份厚礼，也该还你点什么。你想让我做件什么事，我一定照办，要不，我欧阳洪梅总觉欠了你一份人情。"心道：有李玲在场，料他不至提出什么无耻的鬼要求。脸上挂着满不在乎和高高在上的神色，似乎在说：我撑着你，看你咋办？

申玉豹没想到事情这么快就峰回路转了，本以为这是个水滴石穿的难事哩。一想，就想起了电视上外国人求婚的场面，红着脸道："如果今晚有空，我想到你的府上和你一起喝杯咖啡。"他知道，对有些女人完全可以得陇望蜀，对眼前这个女人只好步步为营。欧阳洪梅心里一紧，脸上现出怒容，旋即又咯咯咯地笑了起来："我以为你要我为你摘个月亮呢！看来你并不十分贪婪嘛。只是我不大明白，以你的财力，可以买下全县的饮食业，为何偏爱我的一杯咖啡？只怕我家寒酸，冲了你的财运。今晚七点整，我在城隍庙街88号家里等你，过时不候。"

申玉豹喜出望外，连声说："准时准时，一定准时。只是，只是我希望只有你一个人在家……"欧阳洪梅马上站了起来，满脸愠怒，大声说道："你到底还是个不成大器的暴发户，只知道得寸进尺！快十年了，我都是一个人过，你应该知道。如果你以为你送了这些东西就可以侮辱我……们，你马上给我拿上你的狗屁东西滚出去。"申玉豹连连赔着不是："我没别的意思，真没别的意思。我这个人笨，没学会说话，不会说话。"欧阳洪梅喘了几口气,艰难地笑笑,"我的脾气也不好。李玲,给申经理开门。"

申玉豹刚一离开,李玲忙用后背把门靠锁上,火急火燎地说:"洪梅姐,你疯了,咋敢答应他到家里去。这个申玉豹,什么事干不出来。他送这些东西,黄鼠狼给鸡拜年嘛。你没看他的眼睛,从来就没离开过你的脸。"欧阳洪梅背靠在藤椅上,仰脸看着房顶,"你最后那句话错了,他顶多浏览浏览我的脸,不过他的眼睛确实粘在我身上,没离开过。到了申玉豹这种年纪,男人们都不看女人的脸了,只看女人脖子以下大腿以上,实用!什么东西,也敢起这种心!"小李玲关切地过去扶住欧阳洪梅的胳膊说:"你不能这样冒险。你不但不能接待他,而且要设法治一治他。对了,我叔他们家养了一条狼狗,我先牵了藏起来,引他到院子里,你也到外边藏起来,叫小娄子再把门锁了,这条狼狗还不把他吓个半死?洪梅姐,人们都传他老婆就是他杀的,你不能不防啊。"

欧阳洪梅朝桌上拍了一掌,"别说了!你们不要管这事,不要插手,我就不信我治不了他。申玉豹竟也动了这个念头,哼哼,哼哼,这多有意思呀!多早晚我要让你知道知道!玲儿,你不要管,听见没有?"

…………

申玉豹又一次踩在青松路宽畅的路面上,脑子里闪过报纸上提起和外国人经商失误时最常用的一个词"交学费"。那五万块钱"学费"交得多么及时啊!没有这笔"学费",哪里敢动欧阳洪梅的念头,走到电影院旁,他选择到贸易商场买一只今晚这个节目必不可少的戒指。

申玉豹聘的小吴经理一看见他,忙从柜台里面钻出来,小跟班一样迎了上去,嘴里说:"这个月彩电销得不错,还有几个人问黑白电视机,要大的,咱们没有。这可能也是个潮流,进一批,定能赚住钱的。"申玉豹看也没看一眼自己的家电柜台,径直朝楼梯口走,吩咐说:"进货的事,你以后找钱副总经理就中,超过十万,再给我打招呼。啥都要管,我忙得过来吗?你他妈的给我找几个修彩电冰箱手头高的,如今买主都刁,都求保险,开个维修部,兼管咱卖出去的货物'三包'。要不,坏了要送柳城修,大多数人嫌这样麻烦,凑合着过哩,能不买就不买了。先和柳城那些厂家维修点联系一下,在龙泉设个分点。办成了,这维修部利润三七开,你七我三。"小经理感激涕零答道:"多谢总经理点拨，我这就着手去办。"

　　说话间，二楼到了。首饰专柜的小老板娘一见申玉豹朝她的柜子走来，挤眉弄眼地招呼起来："哟——什么风把你这个大老板给吹来了，你还是一个人在县城里漂啊，孤零零，看着心里就疼得慌，人不是那水上萍，总该有个窝才好，才安稳。"申玉豹肘子支着柜台，也挤着眼叹道："唉，只剩个你，世上会疼人的女人断种了，真想借你去下一窝呢。"少妇发现申玉豹真像是来买戒指的，索性续着玩笑开下去，"所以嘛，我常对你说相见恨晚，只怕我这过水的东西入不了你的眼！你呀，就别拿我这破铺衬烂线的寻开心现眼了。这一枚好，24K白金，镶上等翡翠戒面，呱呱叫，进来一年多，就等你这个买主哩。看下谁家闺女了？说说看，别担心我会去跳楼。"申玉豹接过戒指顺手在女人胖胖白白的手腕上捏一把，"就是这一枚，谁家的姑娘可得保密，你开个价吧。"少妇伸出舌头舔舔嘴唇，"熟人熟脸的，别人两千，你给一千八吧。八克重哩。"申玉豹掂掂戒指，又放牙缝里咬咬。"呸！有六克就不错了。官价一盎司四百美元，黑市兑换一比六点五，一克顶十一美元多一点，就算十二美元，折合四百七十人民币，这点激光充色的翡翠，两百元撑死了。还相见恨晚哩，屎！"拿起女人的手，掰弄掰弄，选了个小指头戴上了。少妇丢个媚眼，"你申大经理拔根汗毛比我腰还粗。别说我现在还有这么个小饭碗喝着清汤寡水的饭，就是流落街头了，伸伸手，你不也得给个千儿八百的。你用我这手指试戴，证明你心里还有咱不是？这份情日后找机会用别的还。我让出一百，一千七，别让你日后说我这刀快。"申玉豹取了戒指放在小盒子里，"先记个账，到楼下找他收钱。那个咱俩的事嘛，下辈子再说，我和你家掌柜的好歹也算半个兄弟嘛。"老板娘娇嗔一声，伸出肉手轻拍了申玉豹一掌，"你坏死了，一想就邪到那种事上了。"申玉豹夸奖道："日鬼的精！生意一做成，连鸡巴个腥味儿也不让闻了。老子手下要有二十个你这种女人，挣座金山也容易。"

　　下了楼看看表，申玉豹叫个三轮回了细柳巷。二妞一见申玉豹，喜出望外，蹿过来搂住亲一口，"我还怕你赶不回来，你果真就回来了。你回来了，这生日过得才有意思。"申玉豹心里暗自叫起苦来。三妞过生日的事，是他半个月前主动提出要过的，弄个快刀斩乱麻，也太不仗义了，也没说去不去，先支吾着，让三妞侍候洗了澡，吹了头。三妞见申玉豹这样经心，双颊泛着潮红，有一下没一下地帮申玉豹擦着皮鞋，品味着这从未有过的幸福。申玉豹刮完了脸，喊一声："快把皮鞋拿过来，要来不及了。"三妞疑惑地看看墙上的石英钟，"你急啥？说好的，八点钟到好问酒吧过。"申玉豹本想发作，一想今晚的事吉凶未卜，也想给三妞留下最后一个好印象，哄骗道："三妞，有笔生意要赶着去谈，我争取八点钟赶到酒吧。要想玩个痛快、清静，给你们田经理说，今晚我把酒吧包了。"三妞将信将疑，看着申玉豹慌慌张张出了院子。

　　七点差一分，申玉豹走到城隍庙街88号门前的石榴树下，敲响了院门。欧阳洪梅拉开门闩，看着表淡淡地说："你的时间观念不错。咖啡已经煮好了。"申玉豹闪进院子，"大大的事，下刀子也不敢耽搁。"欧阳洪梅犹豫了片刻，只是把院门虚掩上了。

　　老房子里面竟能装饰得如此舒服，让申玉豹大开眼界。三间大房通着，门经过改造，外面一扇门朝外开，里面一道门已改成日本的横拉式，屋内的摆设有很多申玉豹叫不上名字，中间一块像是会客用的，有个很矮的方方正正的黑色桌子放在绿色地毯上面的一张两米左右见方的丝织毯子上，桌子上放着两杯冒着热气的咖啡。申玉豹没去坐放在后墙处的几个沙发，显得很在行地盘腿坐在矮桌子边上的一个蒲团上。抬头一看，墙上挂了几幅女人的裸体画，申玉豹早知道这些外国人画的东西叫艺术，也就没表示出任何惊讶。左边显然是吃饭的地方，右边一间房叫一个屏风挡住了，申玉豹猜想着屏风那边卧室里的风景一定很有看头。因为没有吃饭，申玉豹端起咖啡，一口就吞了一小半。欧阳洪梅脸上流露出了一丝窃笑，巴不得申玉豹一口就把剩下的咖啡喝光了。申玉豹捕捉到了这个笑，很快弄明白这是个小把戏，只要把咖啡喝完，就得走人，左右瞅瞅，"有没有吃的东西？"欧阳洪梅微微耸耸肩道："下午你要提出要我请你吃顿饭就好了。你快把咖啡喝了，外面的馆子都开着门哩。"申玉豹掏出叠得方方正正的白手帕揩揩嘴唇，轻咳一声道："迟一阵早一阵，多一顿少一顿，都不碍事。我这胃，赶毛驴车时吃过苦的。"欧阳洪梅忍不住接了一句："所以，你就想尽骗人的法子发财，你怕再挨饿。"申玉豹端了一下咖啡杯子，又放下了，"骗人？这话不中听。我原来靠力气挣钱，后来就靠脑袋挣钱，也就是书上说的用智慧。"欧阳洪梅扑哧笑了出来，"智慧？你用棉花当驼毛当羽绒，也叫智慧？我倒真想听听你是怎么把骗人当成智慧的。"

申玉豹有些害羞地笑笑,"这些你都知道了。不知怎么回事,在别的女人面前,我很会讲话的,一和你坐在这里,就、就变得内秀起来。你想听这些陈谷子烂芝麻呀……"欧阳洪梅气笑了,"那我可得慢慢发现发现。"申玉豹道:"做什么,都靠个缘分,办这个驼毛加工厂,也是缘分。骗人这事,我干过的。不过,救人的事我也干过。当年在大洪水中,我救过一个姑娘,她醒过来以为我要……还是文明点,所以好心不见得就有好报。"欧阳洪梅装出吃惊的样子,"前些天我倒听人说你在大洪水中跟一个人合伙抢劫杀人,后来那个人被机枪打死了,直叫打成一个人肉筛子。"申玉豹低头咬了咬牙,"我知道谁给你说的。反正我救过人,第二个姑娘没救下来,她用三棱刀自杀了。不过,我很感谢那次大洪水,感谢那个劳改释放犯,从那时起我就明白了,发财就是设法把别人口袋里的钱挪到自己口袋里。"申玉豹端起杯子又喝了一小口。

欧阳洪梅只想快一点把这尊神请出去,或者吓出去,胡乱接道:"怪不得你有勇气向你的妻子下手。"申玉豹忍不住又喝了一口,揪揪自己的头发,"不是我干的,我没有杀过人!你们为什么都不相信?我烦过玉芳……也和女工们……那是解闷,解闷。我……没干!"欧阳洪梅吃了一惊,这种痛苦不是装出来的,笑了笑说:"我随便问一问,不是你干的就算了。你高尚也罢,卑鄙也罢,都不关我的事。你还是说说你的工厂吧。"申玉豹沉默了好一阵儿,才缓过劲来,"本来,我想安安分分做点小本生意,第一回就叫一个老太太和一个姑娘给骗了,花三百块钱买她们一个戒指,准备补给玉芳当个结婚礼物。路上碰见搞珠宝生意的林苟生,叫他一看,说是个玻璃。林苟生是咱县出的一个能人,你不会认识他,他坐过十年牢,又在西北流浪多年。我不相信,林苟生从皮包里一摸就摸出七八个,个个都和我买的一样。我佩服老林,他受苦多,心却不黑,卖这些玻璃戒指,总要说:'这是假的,不过可以当成真的戴着玩'。后来,我就从林苟生那里两块钱一只买一些,然后带上出去骗别人。做这个也赚了一点钱。那一天在西安火车站遇到一个推销驼毛上衣的,硬要用衣服和我换戒指。我一闻那衣服有股淡淡的尿臊气,不想换。他就翻出衣领上的商标给我看,说这是正宗美国货,驼毛是美国什么得克萨斯州沙漠里的骆驼毛,一件三百多。我就换了一件。回到龙泉,我就在驼毛上想挣钱的法子。那一天,邻居家晒被子,我从那旧被子上闻到一股尿臊气,灵机一动,就收购了不少烂套子,做成我的第一批驼毛。后来，我的驼毛羽绒就真真假假都有了。遍地都是钱，就看敢不敢去挣，撑死胆大的。"欧阳洪梅看看表，申玉豹已经坐一个多小时了，半明半暗地下了逐客令，"想不到还挺曲折。希望你今天没有觉着白来，我这个听众很忠实，把你的革命家史听完了。"

申玉豹得意地举起了咖啡杯子，"我并没违约，咱们说好是喝一杯咖啡的，我这里还有小半杯呢！"欧阳洪梅知道麻烦来了，强压下怒火，一字一顿说道："申玉豹，你的无耻也很出众，阴谋也玩得不错。你是商人，玩这种小计谋我玩不过你，你靠这些已经变成千万富翁了嘛。你用不着再在这杯咖啡上面做什么文章了，我知道你信奉的是等价交换。你开个价吧，我一定洗耳恭听。你用不着拐弯抹角的，你想的什么，眼睛早说了！"

申玉豹不明白这个女人为什么发起火来更加迷人，既然人家把话说白了，自己也不能草鸡了。他从容地掏出那个紫红色小盒子，推放到欧阳洪梅面前的桌面上，端起杯子一口喝完了咖啡，"欧阳，你这个姓很好听，很早很早，我私下就是这么叫你的。不是你在剧团当团长，剧院塌了，剧团人无米下锅，要散伙了，关我屁事！确实是这个理！我就是开的印钞厂，五万多块钱总要费我的纸、费我的墨、磨损我的机器吧？我没有发疯就不会把钱当树叶抛撒。是的，为的全是你。记得李金堂有回讲个典故，他很有学问啦，说古时候有个国王肯花千金买美人一笑。我想啊想，这国王一辈子肯定干了不少事，为啥只留下这个千金买笑让人记住了呢？我到现在还没想明白，总是他觉得值吧，所以我花五万元为了喝你一杯咖啡也值。认识你也有七八年了吧，前面的四五年，你根本没把我当一回事，四五年，拢共看我个十来眼吧，每一眼我都记着哩。是啊，那时候我是个什么东西。多少年了，商人算个狗屎，刑法里还有个投机倒把罪，所以我只是李金堂们场子里一个小角色，还不如《十五贯》里的娄阿鼠惹人注意。这几年，终于在正屋里为我们这些人腾出一点场子踢腾了，我就有了和你同桌吃饭的机会，你不能不看我了，你总不能一面向我就闭眼吧，你总不能不跟我说话，你总不能一见我就装哑巴。可是，你总是用那种眼光看我，一和我说话，我就又感到我不起眼了。你不知道，有段时间我是多恨你呀，恨得咬牙切齿，恨得真想拿刀杀了你！我那时不知道我这些仇恨就是对你的爱。他妈的这个爱字文绉绉的，不过瘾，其实是想你。从这个时候起，我和女人就不是解闷了。你也是结过婚的人，我就不讲究了，你别笑我。在这之前，甚至在不久以前，我忽而把你当做神，忽而把你当做女人，有时候我都搞不明白了。那时我想，你不注意我，是因为我还没有挤进你们这群人，我就想尽了法子想挤进这一群人中。我想买个户口进城，最后没买成，最近我才知道是李金堂，可能是吧，搞的鬼。你知道我干了什么？我给四个女工买了户口，有三个是我的姘头。她们一头扎进城里，就再也不瞅我一眼了。城里的女人不是没有朝我飞媚眼的，可我知道她们瞅的是钱，所以我就包了个三妞。不过，我把我当个男人把你当个女人联系起来，还是最近的事。你替那个北京来的小白脸喝了酒，我一下子弄明白了。这些日子，我满脑子想的都是你呀都是你的手你的眼睛你的头发你的身子……可真是把我想坏了想坏了。可我又想不出接近你的法子，就终日里和三妞厮混，想你一回，就把她按倒一回，想想也真有点对她不起。好了，你终于给我吐吐这番话的机会。这枚戒指，一点小意思，请你收下。"

　　欧阳洪梅听着申玉豹咕咕哝哝的倾诉，时而恼怒，时而悲愤，时而羞愧，时而感到莫名其妙，时而感到浑身战栗，世上竟有这样恬不知耻的男人！突然间，她歇斯底里地大笑起来，笑足笑够了，伸手拿起戒指看，"你这番痴情很让我感动，别用两块钱买个假的哄我。"申玉豹不明白这个女人为什么总是笑，嚷嚷着，"下午刚买的，一千七百块，她不敢卖给我假的。"欧阳洪梅把玩着戒指，吃吃笑道："是啊，她卖了假戒指给你，你明天会派人把她剁成肉酱当罐头卖了。你敢用麻袋包了白剑打个半死，什么你不敢干！"申玉豹咬着牙道："李金堂……嘿嘿。"欧阳洪梅阴毒地盯了申玉豹一眼，把戒指戴在中指上对着灯光翻来覆去看着，"我明白，你什么都知道。也是，这已经不是什么秘密了。你胆子真够大的，真不知道你从哪里找到这么多的勇气。唉，你能把你的勇气分给我点该有多好哇。我劝你赶快改变主意，他会悄悄地干掉你！"

　　申玉豹怔了一下，旋即答道："没有金刚钻，也不敢揽这个瓷器活儿！别人都怕李金堂，我申玉豹不怕。"欧阳洪梅不屑地睃了他一眼，"这话是假的，哄哄那些刚能下蛋的小母鸡还差不多。用不用我提醒你一下？看来是该提醒提醒！你曾经两次给他下过跪，第一次你用他给你贷到的五十万很快暴富起来，你跪下来要认他当干爹，他没答应；第二次，你们全家三口都因杀害你老婆的嫌疑，被赵春山拘留审问，他救了你们全家，出来后你给他磕了三个头。别逞这种能，小心丢了性命。"申玉豹认真地答道："我没忘了这些。俗话说，此一时，彼一时。先前，我为了吃个馍，差点给一个劳改释放犯下跪。古时候有个大将军，年轻时还钻过人的裤裆呢！李金堂在我那里存了一百多万，那钱肯定来路不明，你说到底谁怕谁？"

欧阳洪梅吃了一惊，这件事从来没听李金堂说过，取下戒指说："这么说我真该刮目相看你了。你胸怀大志，大志不够形容你的野心，应该是鸿鹄之志，又老练又有板有眼，将来还不把你的恩人仇人一个一个都宰？这么一说，我真该好好对待你了。那车东西已归剧团了，我就值这一枚小小的戒指吗？"申玉豹眼睛刺的一亮，目光如炬，"不不不，这只是一点小意思。我来喝咖啡，总不能空手吧？"欧阳洪梅站了起来，"还有大意思，这还差不多。我就喜欢看你财大气粗的样子。这个小意思也该有点意思。来来来，咱们来听个响吧。"

申玉豹跟着欧阳洪梅绕过屏风，进了卧室。欧阳洪梅拉开一扇门，走进宽大的卫生间和洗澡间，把抽水马桶的盖子揭开了，"你刚才不是讲了千金买笑的典故吗？我想把这小意思换成一个响听听，你不介意吧？"申玉豹没经见过这种女人，面部闪过一个神经质的笑，"只要你高兴，咋弄都中。"欧阳洪梅果真把戒指扔进抽水马桶，一手扶住开关歪着头道："要是后悔了，你用手把它捞出来，带上你的狗屁小意思马上给我滚蛋。想和我亲近，价码很高，我丑话说前头，免得你太后悔。"申玉豹提高了嗓音道："我说的话也不是放屁！"欧阳洪梅扳动了开关，戒指伴着哗哗的水声，冲出了卫生间。欧阳洪梅像是突然间改变了主意，在屏风那里猛然停住了，猛地一转身，伸出手指指着自己的脸说，"你说我值不值一百万？要说不值，你还滚你的蛋。"申玉豹仍不退缩，梗着脖子说："能得到你这样的女人，倾家荡产也值。"

欧阳洪梅突然间狂笑不止，直笑得热泪长淌，戛然止住笑声，指着申玉豹的鼻子喊着："我要不了那么多！去，你去外面给我写张一百万的欠条，欧阳洪梅今晚属于你。你去写，我这就脱衣服上床。"申玉豹毫无反应，眼睁睁看着欧阳洪梅脱了外套又脱了毛衣。这一瞬间，积攒了多年的对她的情欲忽然间崩成了碎片，不敢再面对这场撼人心魄的场面，像是被阉割了一般。申玉豹根本没有想到伸手阻拦，双膝一软，竟跪在地毯上了，低着头咕哝着："玉豹不会办事，不会说话。别这样，求你别这样！我不是那个意思，你弄岔了，弄岔了。"

欧阳洪梅再也撑不住，瘫坐在床沿上，吃力地披上外套，慢慢站起来，擦了一把眼泪，痛快淋漓地大声骂了起来："你给我滚起来！滚起来——谅你也没长这么硬这么贵的骨头！申玉豹，你再长十只耳朵给我好好听着！是的，是有很多贱女人，只要男人一摸，就像贱猫一样摇尾巴，一听到金的银的响，马上嗷嗷嗷地叫春。你他妈的只配见识这种女人！我告诉你，申玉豹！下五辈子你都要牢牢记住：我欧阳洪梅不是那种女人，再投生一千一万次也不是！你对我知道多少？你对一个女艺人，你对一个中国女艺人的内心知道多少？你他妈的竟敢这样看我。你这个杀人犯、抢劫犯、骗子加流氓！我欧阳洪梅再堕落十倍，再堕落十年，照样有资格看不起你。你以为你是什么人？你以为你那些肮脏的钱什么都能买到吗？你给我滚，马上给我滚！！！滚——"

申玉豹终于听明白女人责骂的那些罪名和他今日来的动机相去不止三舍之地，不清楚怎么会出现这种结果，正想为自己那些高尚的动机辩解几句，忽然听到了两记很响亮的敲门声，敲得有点怒不可遏。欧阳洪梅脸上顿时现出灿烂的大获全胜的笑容，恶作剧的念头陡然生出一个，压低了嗓音道："你该知道是谁来了。你害怕了吗？他伸伸手就把你掐死了。你总算没有大恶。怎么样，用不用到我床下边躲一躲？我保证能把谎话说得天衣无缝。我保证把今天发生的事像保护国家机密一样藏得只有你我知道。"申玉豹心里道："日他妈要来个拿贼拿赃呀。我钻床底下？这不是朝我头上浇大粪吗？这个娘们毒着呢！不是鱼死就是网破，我怕你？反正早晚有这一天。谁抓谁的奸还不一定呢！"他大笑起来，"你听听，他在砸门了。你不要急着开，叫他听见不太好吧？你真的以为你多么高贵吗？几分钟前，我还认为你高贵得让我摸都不敢摸。你问我是谁，我现在要问问你是谁！你，用你们知识人的知识话，也该说是个十足的婊子！我一直在想，还用你们的知识话说，你是为生活所迫，不得已委身于他，要不然他会毁了你的一切，前程呀美貌呀什么的。你才怕他！现在我知道我全错了，真的错了。你是死心塌地这么做的，你天生就是个贱货，只配做这种大恶人的姘头。我听有人说过，你完全是为了唱戏才这么做的。我信，我真的信，你不知道你唱得有多好啊。为把这么好的声音唱出来，杀人放火也该原谅的。我真的疼你，疼得我心尖疼，觉得你唱完了戏，过的就不是个日子，多想帮帮你呀。我死了老婆，不过我要再一次告诉你，绝对不是我干的。你离了婚，我娶了你，和你一起打天下，我想的就是这些。现在看，你他妈的完全自觉自愿，比他妈的妓女还下贱，妓女陪人睡觉还要钱，要钱是尊重自己的劳动，你连自己的劳动都不尊重，不是更下贱又是什么？你好好想想，他现在得势，奶奶的呼风唤雨，威风凛凛，老了呢？他要退休，编到一个没人疼没人爱的老干部局里，自身难保，哪里还能顾着你！他要是真的疼你，为啥他娘的十几年都不离婚？从前，我总认为他家里那个女人可怜，现在看你比那个女人更可怜。你们都是可怜虫。要说我是个浑蛋，他更是个大浑蛋。你看你那皮肤白的，你看他那脸庞红的，他把你的血吸干了。我想娶了你，和你养个好儿子，我有的是钱让他受世界上最好的教育。我想出钱把你唱过的戏都灌成磁带，让全世界的人都知道你的戏唱得有多好。你他娘的就是不懂这些。好了，我该走了。"

申玉豹推开里门，猛地把外面的门推开，怒气冲冲地走了出去。"娄阿鼠"摆出一个架势，大喊一声："想走，只怕没那么容易！"李玲跑进屋子，扶住欧阳洪梅。

欧阳洪梅扶住门框，有气无力地说道："让他走，让他走。"申玉豹没想到会是剧团的两个演员，很想再对欧阳洪梅说点什么，犹豫着没动。"娄阿鼠"呵斥道："你是不是骨头贱？找一顿打？"

申玉豹说了一句"我还会来的"，转身走出院子。外面，一男一女两个老者看了申玉豹一眼，急忙进了院子。申玉豹伫立在石榴树下，望了一会儿天上的星星，想起三妞还在等他过生日，心中不禁一酸，转身朝好问酒吧的方向走去。

欧阳洪梅看见胡眉和张富贵，马上从床上坐起来，勉强笑着说："没什么事，天不早了，你们回去歇着吧。"

张富贵和胡眉夫妇一九五六年随欧阳春和慕慧娟从省城迁到龙泉。一九六二年，他们突然间被安排到四马桥村落户，说是上面号召全国要缩减三千万城镇人口。年前，欧阳洪梅逼着李金堂为他们落实政策，这才返回了县城，住在剧团院子里的两间平房里。胡眉一看有人在场，没说别的，流着泪劝道："小姐，听我一声劝，成个家吧。自古都是寡妇门前是非多呀　　"

# 第十九章

庞秋雁打开房门，看见又黑又瘦的刘清松正倒在三人沙发里酣睡，口水漫过嘴角，流进稀稀疏疏的胡须里，只感到眼眶一热，禁不住哭喊了一声："清松——"急走几步，跪在地毯上，用手帕揩着刘清松的嘴角。刘清松翻身坐了起来，看见庞秋雁在流泪，开玩笑道："政治家不相信眼泪，还不快闸住了！"庞秋雁捣过去一拳，嗔骂道："不知好歹，以后再不心疼你了！你看看，你看看，都瘦成啥样子了。四龙是什么好地方，一待就是二十天，我把那麦饭石、石墨都恨死了。"

"这不是赶回来慰问你了吗？"刘清松说，"这些日子可把我憋坏了，弄得上下都寂寞，火气太大，你看看这嘴唇烂的。"庞秋雁伸出食指一点刘清松的脑门，"扯谎！要是为了泻火，你早把澡洗了，脸刮了。"刘清松道："鬼精能哩！"伸手划了一下茶几，对着光看看，"你常来这里嘛，会不会给我出了情况？"庞秋雁道："出了好几起情况了！你以为你的秋雁是十八呀是二十。这不是早和他分居了嘛，住这里，一图个眼不见心不烦，二可以嗅嗅你留下的气味，睡着踏实。看样子你这次收获不小嘛，快说说听听，忙我帮不上了，分享点红利，你不反对吧？"

刘清松捧着庞秋雁的脸，"这事还得靠你挂帅哩。眼下需要闹出点声势，把地区领导和龙泉百姓的眼光吸引住。我准备把龙泉的石墨、麦饭石、碱、铜、金矿合并成一个矿业有限公司。把这几个指头收拢一起，就有了一个拳头，也就有力量了。"庞秋雁：："李金堂是啥态度？"刘清松笑道："你是一朝经蛇咬，十年怕井绳。他知道我搞的是改革，哪里会反对。再一点，他的手也伸不了这么长。"庞秋雁眉头蹙着，喃喃自语道："奇怪，李金堂竟能允许你在龙泉搞这种大动作？你可别麻痹大意，让他水淹七军。"

刘清松冷笑道："李金堂清醒着哩，也做了一些布置。我在山上时，已经听说他准备在县贸易商场搞股份制，然后向其他行业推广。他的眼力不差，知道我搞的矿业公司，最终也要走股份制的路，用这种办法挖我的墙脚。这回他可错打了算盘，我要的只是个形式。"庞秋雁问道："这话咋讲？"刘清松道："我搞这个矿业托拉斯，基础仍是公有，属于渐进型改革，容易引起上下的注意。只用把这个架子搭起来，以后只要提到龙泉工业，这就是龙头，至于它的效益好不好，那是以后考虑的事。下一步，我还有个大动作，为龙泉建一座新城。矿业公司挂牌，是为建城计划铺路。"

庞秋雁担心地问："你对建一座新城有把握吗？你别忘了，上次你建新村的计划是流了产的。你要考虑清楚了。"刘清松道："有把握。深圳等特区能发展起来，主要原因是实行倾斜的政策。H省作为内陆省，要想弄出点特色，只能从县城着手。我已经摸清了龙泉的全部家底，个人存款已超过三亿，能建起一个新城的轮廓。把建街面房和卖户口结合起来，就能很快把全县的有钱人吸引到县城。同时，再在县城东边搞一个开发区，吸引省内外商人前来投资，要不了两年，龙泉就成了H省的特区。"庞秋雁笑了，"你这步棋肯定能骗过李金堂。形式有时就是内容，有了这座新城，龙泉就开始你刘清松的时代了。不对，不对，你是醉翁之意不在龙泉呀，我真是小看了你。你建了一座龙泉新城，柳城下一次改市，你就是市长候选人。柳城地改市，肯定也需要大兴土木，不正好用上你这个人才？士别三日，真该刮目看你了。"

刘清松身子朝后一仰，长叹一声道："如今是万事俱备，只欠东风呀。这东风还得依靠你去借。借来这一缕东风，才能吹皱龙泉一潭死水。龙泉内部分化了，建城计划才能在常委会上通过。要不然，什么都等于零。"庞秋雁站了起来，深情地说："清松，为了你的事业，秋雁啥都可以豁出去。你说吧，要我做啥事。"刘清松艰难地说："秋雁，不到万不得已，我也不会出此下策。从前，我总是自信凭自己的力量，就能达到目的，现在看，这未免有点一厢情愿了。我到龙泉一年多，可以说一个心腹也没培养出来。为啥？所有的人都在掂量，不但掂量我刘清松和他李金堂，还在掂量我俩背后的力量大小。李金堂这么霸道，一是因他有手段，二是因为谁都知道他和秦专员的关系，敢惹李金堂的人，未必敢得罪秦江。一年多来，地区主要领导，没到龙泉一次，在谁眼里，我刘清松都是孤家寡人，谁还敢把宝押在我身上？我想，借龙泉矿业有限公司挂牌的机会，改变一下我在龙泉的形象，让他们知道我背后也有大靠山。权衡再三，也只有这一条路可走：请当书记去给矿业公司剪彩。"

庞秋雁呆呆地坐了下来。自己走进政界，是借当书记之力，这一内幕，柳城已没多少人知道了。自从和刘清松热恋后，她更是对这一敏感问题避之惟恐不及。到龙泉出任副县长，当书记虽然全力支持了，但庞秋雁知道老人作出这种决定很艰难。出了林肯轿车风波，她还能出任地区科委副主任，她明白当书记的用心。可是，既然选定了刘清松，就不能再这样摇摆不定。一个多月来，她很为处理这种关系发愁。前几天，她知道当书记身边出现一个常小云，才感到轻松了几分。关于和当书记那段也很美好的历史，虽然没对刘清松谈起过，但她心里清楚刘清松不会不知道这一点，只想着用行动证明现在自己的清白。然而，她万万没有想到，刘清松会提出这种要求。拒绝了，当然是最好的选择，不伤和清松的感情，可他的计划就又要流产了，搞政治的，这种挫折经受不起。贸然答应下来，就是事情办成了，清松会怎么想？再说，上次到龙泉，老头子已经在开玩笑表明自己的酸楚了，老头子这次会不会答应呢？难，实在太难。庞秋雁强笑一下，"真的就没别的路可走了？"刘清松摇摇头。庞秋雁哀叹一声，"清松，自从和你有了这层关系，我可是天天都在为你守节呀。老头子待我是不错，把我，把我当成亲生女儿一样看哩，可是，这毕竟没有血缘关系，走动得多了，难免会有些、有些感情成分。"刘清松也笑道："信则不疑。只要把这尊神能请到剪彩仪式上，他对我究竟是啥态度，也考虑不了恁多了。"庞秋雁摇摇头，"这步棋太险。这种矿业公司挂牌，事情确实太小了。我去请他出山，他一眼就能看出我和你的关系。眼下是利，不定将来就不是弊。你考虑好了没有。"刘清松痛苦地咬咬嘴唇，"我考虑过，我也知道这是下策。我要走上来，只能借助这座新城。要不然，我无法在龙泉拿出看得见的实绩。只要能把新城的架子搭起来，我相信谁也挡不住我了。龙泉常委里面，除了一个王宝林，其他的人都可以争取。"庞秋雁心里滚过一阵酸楚：和他的事业相比，我在他心里的重量真是微乎其微，男人的心起大了，就是女人的灾难。禁不住抹了一把眼泪道："你日后飞黄腾达了，可别后悔,这可是你逼我这么做的。我自然会把握分寸的。不过,这事很难,你也知道,我把握在对得起你这个度上去做,你看行吗?"刘清松不由得把庞秋雁紧紧搂在怀里,带着哭腔说道:"我知道你的心,知道。"

庞秋雁挣脱出来,笑骂道:"你这个人太自私了。不过呢,你要没这么大野心,我也看不上你。你准备什么时候举行这个剪彩仪式?"刘清松道:"最好在下星期二或星期三。"庞秋雁捋捋头发,"要搞咱就把动静搞大点。上次那个姓白的记者不是写过一篇吹你的短文章吗?我看这次就从龙泉由手工业县到工业县转变方面做这篇文章。把宣传部、报社都煽动起来,然后再去请老头子。这样,动静闹大了,老头子就不会疑心这只是你我的事了,说不定这回做的还是个无本生意。"刘清松暗叹这女人的应变能力,说道:"有你当后台老板,何愁成不了大事!你看还需要我准备什么?"庞秋雁想了想道:"老头子是个戏迷,你最好能请欧阳洪梅登台为他唱一场。这件事办起来恐怕有难度,欧阳可是李金堂的心腹爱将,能为你抬轿子?"刘清松不甘示弱,忙道:"你只管对老头子说有戏看,我总会想办法请她欧阳出山的。"

李金堂患了牙病,请了假在家休息。这个消息传来传去,传成李金堂老毛病又犯了,已经住进了医院。龙泉城乡不知底细的人,都开始活动起来。

马齿树村村支书马呼伦这一日早晨坐着儿子开的四轮拖拉机进了县城,他要打探一下新村改建的事会不会又有新的说法。朱新泉"四清"时在马呼伦家住了三个月,算是马呼伦的老朋友。马呼伦让儿子把拖拉机停在县委门口,自己径直去找朱新泉。

地委当书记已口头答应星期三来参加龙泉矿业有限公司挂牌仪式,朱新泉是这个消息的少有的几个知情者之一。上午一上班,刘清松已把任务交给了他,要他想尽一切办法,保证星期三能上演一台大戏。马呼伦走进办公室的时候,朱新泉正为唱戏的事作难。这台戏显而易见是为刘清松贴金的,能不能把欧阳洪梅请出来,关键在李金堂的一句话。欧阳洪梅不出场,年轻演员漏几句,忘几句台词,武生翻跟斗当场摔个屁股蹲儿,就出大事故了。一个有限公司挂牌,在全地区可只能算是芝麻粒儿大的事,能请动地委一号领导到场,可见刘清松和当书记的关系非同一般。那么，这场戏只能唱得让当书记拍巴掌了。李金堂说是患了牙病，是不是牙病谁能知道？该不是他也听到了当书记要来的风声，借故躲一躲吧？李金堂要真是这个态度，事情就难办了。

抬头看见马呼伦，朱新泉怔了半晌才说："是马支书呀，你来城里逛逛？"马呼伦直通通地说："唉，朱部长，这新村的事，县里该给个说法吧。"朱新泉道："啥新村？"马呼伦道："这初八开了现场会，后来就不听动静了，再后来又听说别处都停了。俺可是自己要盖的，现场会是你们要开的。如今呢，俺硬着头皮把村子建好了，俺想问县里要个说法。"朱新泉急着把马呼伦打发走，站起来说："老马，新房盖好了你就住呗，还要个啥说法？如今县里工作重心又转移了，要搞矿业，你就别搅和了。"

马呼伦在朱新泉那里碰了一鼻子灰，垂头丧气出了县委大院。儿子马中朝忙迎了过来，"爹，咋样，县里谁来剪彩呀？"马呼伦气鼓鼓地说："工作重心转移了，咱们瞎忙乎了一个多月，多糟蹋了二三十万。原想着这一枪就响了，谁知又弄成个哑的。"马中朝挠着头说："爹，别泄气，咱们再走走李副书记的门路看看咋样。"马呼伦叹道："这县里，谁不知道咱这新村是刘书记抓的点，刘书记工作重心转了，咱去找李副书记中啥用？再说呢，我这几十年都没跟李副书记拉扯上，如今去求人家，人家会咋看？"马中朝说："咱花几十万，修了几朵花，没人看一看可亏得慌。不如咱们再去找王县长探探口气，你看咋样？王县长不是俺远房表叔吗？他出面去剪个彩，你也好给村里人交代了，多花那几万修的街心花园啥子的，也算没白花。"

于是，爷儿俩又开着拖拉机去县政府。

此时，李金堂已经得到地委当书记要来给龙泉矿业有限公司剪彩的消息。矿业公司挂个牌，多大的事，把当书记请来做什么？地区主要领导，已有一年多没来龙泉了，这件事恐怕有名堂，刘清松对这个矿业公司真的已经胸有成竹了？石墨矿、麦饭石矿已亏损多年，把这几个单位强捏在一起，就能每年赚回一座金山？刘清松也没这个把握。既然没把握，他为啥还要弄出这么大的动静？请来了当书记，今后矿业公司就该对当书记有个交代了，刘清松不会不明白这个道理。李金堂左想右想，想不明白刘清松请当书记来剪彩的必然性，心里有些郁闷，仰在沙发上假睡起来。

难道他只是要做个样子给龙泉人看？看龙泉怎样从手工业县一夜之间过渡到工业县吗？也许他就是想让龙泉人知道他刘清松上面有人！平白无故地，显摆这种关系做什么？他肯定会有大文章要做了！龙泉一个传统的手工业县从此有了拳头工业托拉斯，是可以做成一篇文章的。想到这里，李金堂想了解了解这个矿业公司内部的事情了。他坐起来对妻子春英说："秋风家的媳妇昨天是不是来过？"春英道："不知咋传的，传成你犯了老毛病，巧英带着孩子来了。"李金堂道："你去他家一趟，让秋风来见我。"

春英一开院门，迎来了一批不速之客。

三男两女在下野外贸局局长连城锁的率领下，浩浩荡荡开进李金堂的小院。李金堂破例出了堂屋迎接。连城锁自恃宠臣身份和做替罪羊挤走庞秋雁的伟功，一落座就开了一炮："李书记，这金贝子任还没上，三把火已经烧起来了。这几个都是咱县搞石墨、搞麦饭石开发的大功臣，如今都叫晾一边了，卸磨杀驴让人心寒呢。"这话有那么点为自己抱屈的味道，有那么点兔死狐悲的嫌疑，李金堂听了很不受用，皱了皱眉头说道："你也几十几的人了，就这么等不得？办事要有个先后，垒墙要有个错落。到底是什么事，你慢慢讲嘛，要是有理，你就能走遍天下。讲！"连城锁拉过两男一女说："这是县麦饭石矿的童矿长、罗副矿长和任青供销料长，矿业公司升了格和局级平起平坐了，他们降的降免的免，就小童弄了个麦饭石开发分公司的业务经理，小罗和任青变成个白板了。"又拉过另外一男一女说："小张原是金贝子的副手，工作上和金贝了有点矛盾，这回只管石墨矿井下业务，从天上到了地下。金玲儿原是石墨矿的会计，已经被金贝了连贬两次，这回干脆派她下井当检验员。弄半天是金贝子看她模样好，想占便宜，金玲儿不从，他金贝子打击报复。这两个矿是我和他们一手弄起来的，他们找我讨公道，我一个平头百姓，没法给他们公道。"金玲儿嘤嘤地哭了起来，"李书记，你可要给我做主呀！"童矿长气鼓鼓地道："这金贝子有啥尿本事，不就是刘书记蹲点时常去找刘书记谈心嘛。这么一弄，哪里是成立现代化的托拉斯实体，干脆是明目张胆的吞并。"罗副矿长说："拿鸡毛当令箭，说这是搞优化组合，符合中央精神，你还不好说什么。"张副矿长说："金总经理开导我，这叫能上能下。"

李金堂听他们七嘴八舌说了好一会，心里想：还没开张，下边已经闹成这样，难道清松就不知道？又问了问两个矿上的基本情况，然后说道："你们的事我都记下了，有机会我会给刘书记反映你们说的情况。金贝子给县委立了军令状，刘书记做保，今年要完成利税三百万，明年五百万，后年一千万。所以，县委就把人事权交给了金贝子。或许金总经理经过一段考察，还会重新调整你们的工作。我是一个念旧的人，这点你们连局长清楚。连局长因工作失误被免了职，这个位置到现在不是还空着吗？县委常委会定下的事，我这里不好给你们表什么态。我个人认为，你们都是有功之臣。这件事是刘书记蹲了点定的，金贝子也是他选的。我看，你们还是回去安心工作吧。至于金玲儿反映的问题，我看与改革不改革无关，回头你写个材料让连局长转给我。"送走第一批客人，李金堂一点也不感到轻松。矿业公司在人事制度上实行特殊，必定会影响到龙泉其他方面。看来，这一步让得太大了。

  金矿的齐矿长和碱矿筹委会的马主任走进院子了。李金堂兀自一笑，心里道：又是矿业公司的事。两个客人落了座，齐矿长稍稍寒暄几句就开始诉着苦衷："黄金开采可是国家专营，以前我们对县委、县政府负责，符合国家政策。如今让我们隶属金贝子的公司，感觉上有点不对劲儿，像是跟一个包工头干活。刘书记发了话，业务上要听公司的。这话嘛，有好话歹话，要是金贝子叫我搞黄金走私，我干不干呢？干了，违反党纪国法，不干呢，金贝子又有权把我给撸了，我真作难哩。"李金堂心里笑了：牵扯到了国家黄金开采政策，文章就好做了，低声沉吟着："常委会上没听刘清松提说这件事。老齐，这件事你给刘书记反映过没有？"齐矿长答道："我以为中央政策变了呢。这金矿是你一手办起来的，有事也只能找你反映。金贝子要金矿，后路留得宽呢，石墨和麦饭石就是一吨也卖不出去，这金矿除了直接上缴给省黄金开采总公司的，每年也能给县里留一百多万。他要让我对上谎报产量，这钱又能转到石墨和麦饭石上。他因成绩显著高升了，我怕是要到东大监蹲两年了。"李金堂心想：话能这么说，滴水不漏就把事办了，是个可用之人。当即表态："金矿仍独立，只对省公司和县里负责。鸟住笼子里飞才叫养，笼子撑得天大，就不叫养了。任何一项改革，都要在基本国策的制约下进行。我喊你老齐，有点不大合适，你并不老嘛。以后心思不要仅仅放在金矿上，再熟悉熟悉别的方面，老开那一个掌子面，不行。你们金矿和石墨矿、麦饭石矿很近，没事多去走走。"齐矿长心领神会，默默点点头。马主任自然没听懂李金堂和齐矿长交流了什么事,吵嚷着:"麦饭石也好、石墨也好、黄金也好,成景不成景,总长出过几棵树,树上好赖结有青桃子,摘了去好歹能充个饥。我倒好,场子备好了,想大干一场哩,觉得该当个婆婆风光风光了,又给我娶个婆婆。这到时候,第一吨碱矿石是姓他的金呀还是姓我的马?我想不通。"李金堂哼一声道:"想不通你慢慢想吧。我这个副书记,一当当几十年,我咋就想通了?照你的想法,上面空个位儿都该轮到我,我如今不是该当联合国秘书长了。任何一次重大变革,都有人亏有人赚。你不是还当个碱业分公司经理吗?人心不足蛇吞象,这不好。你和老齐不同,你连你的一亩三分地还没种哩,这时候撂挑子,候补多的是。"

　　送走第二批客人,李金堂心里道:怪不得秋风要回头,这个烂摊子不好整哩。一抬头,看见郑秋风已经进了院子。郑秋风也是经过龙泉官场三级跳,从这个小院跃过龙门的。这回重游故地,脸上却带着难言的羞愧。李金堂连座也不给他让,自己先说话了,"你真是稀客呀,没弄错的话,你三年都没踏进我这个门了。人说我李金堂在龙泉有四大金刚四小金刚,这八个人当中就有你吧?"郑秋风立在那里,不敢接腔。李金堂不客气地数落着:"三年前,我放你到四龙山里当乡长,你把好心当成驴肝肺,认为我待你不公,一气之下,连个照面也不打了。这下好了,你起码要在矿上待二年。矿业有限公司的党委书记不好当啊。你的毛病在你太能干,不懂个张弛。你以为你给刘清松干几件漂亮事,他就会把你调回身边呀?你错了!我把你放到四龙,本想让你将来,也就是现在,接县办陈主任的班,你在四龙吃三年苦,谁也不会说什么。陈主任年底就到人大当第一副主任,一个机会叫你错过了。"郑秋风几乎要哭了,低着头说道:"李叔,我错了,让我回来吧,降一职我都愿意。"

　　李金堂闭着眼睛靠在沙发上,也不说行也不说不行。每个人都有弱点,摸准了他们的弱点,用起来就顺手了,秋风的弱点就在于他对自己的女人太痴迷、太看重了,而他又疑心重,老是在想这女人靠不住。实际上,这个女人又绝对靠得住,深明大理。可是,正是她太看重了秋风的前途,表现出太多的理解,秋风的疑心才更重。人就是这么说不清楚。秋风因为我让他和女人牛郎织女,心生忌恨,离开了我,如今他还是因为这个原因忌恨了刘清松,回到这里。很有意思。如果刘清松知道这些,让秋风当城关镇的一把手,他就会成为一只有力的臂膀。浪子回头金不换，龙泉三十出头这一茬人，像秋风这么全面的不多，能说会写，胆子大，点子多，不可不用。想到这里，李金堂睁开眼睛道："巧英对你去公司有什么态度，要说实话。"郑秋风说道："她倒挺高兴，觉得我能经经商磨炼磨炼也好。"李金堂笑道："巧英把后院给你收拾得这么好，你应该在公司干一番事业嘛。"郑秋风道："孩子马上要上学了，我这两年又在山上得了关节炎，回县里也好照顾照顾家里。"李金堂当即不客气地说："第二个原因是说谎，四龙乡出麦饭石，喝那里的水根本不会得关节炎。你呀，有时候显得太聪明了。这两年你没来家里，我不怪你。我不反对你回来，陈主任的位置还留给你。可是，你让我现在怎么替你说话？你是刘清松看上的人，我提出来，他也未必能同意。"郑秋风央求道："管他什么法子，只要管用，你指点一个就是，我知道刘清松是不会放我的。"

李金堂指着另一个沙发说："你坐下吧。我问你点事，公司到位的资金到底有多少？"

"加上上次追回的两百多万，不足三百五十万。"

"你的权限有多大？"

"经营全由金贝子负责，所以我才觉得待那里没意思，赶潮流实行总经理负责制，我只管组织。刘书记说看中的就是我在四龙乡的组织才能。金贝子办事猛，有时就显得霸道一些，容易得罪人，由我从中磨合磨合，公司就能正常运转。"

"刘清松眼力不错，可惜不知你很想独当一面。你们准备什么时候开始生产？"

"金贝子性急，恨不得马上就全面动起来。我下山时，他还讲要在剪彩那天恢复生产，撑撑面子，叫我拦了。停工都停半年了，谁知矿井里有没有问题。我的意思是买两套进口设备，现在虽耽误点事，但可以确保长远。金贝子说边干边买，这事还没定下来。这么猛干，怕要出事的。"

李金堂笑了，"你要我教你办法，其实这办法很简单。金贝子本来就觉得多了你这个婆婆，你就让他当家吧，把全部的家都当了。你不是有关节炎吗？常回县上住住院，我给医院打招呼。所有的大事，你都不要插手，他想怎么来就怎么来。到时他们觉得你是个窝囊废，我就要回你这个窝囊废。金贝子实行总经理负责制，应了改革大潮流，就让他出出风头好了。"

摸清了矿业公司的底，李金堂一点都没有感到踏实。政治格斗中，反常的行为常常会让对手莫衷一是。刘清松到底要做一篇什么文章呢？李金堂想到了秦江专员。遇到一般的难处，李金堂绝不会轻易动用这棵大树。如今已想得山穷水尽了，不动这条线，李金堂真的怕要病倒了。他要出来电话总机，说道："请接行署秦专员。"如果秦江也答应来龙泉剪彩呢？再说服他不来，可就犯了官场大忌。李金堂对着话筒朗声说道："老领导最近身体可好？哦，很好我就放心了。他们没请你来剪彩呀？"秦江那边说道："矿业的事情，归工业局管嘛，解放以来不都是这么划分的？柳城什么时候有过地质矿业局？你说说？"李金堂心里一块石头落了地，连声说："是是是。"秦江说："没把我这衙门放在眼里，我也犯不着吹这个喇叭。一个县里成立一个矿业公司，兴师动众，宣传部、报社、电视台，全惊动了，太不成话。那边戏都安排好了，找我去跑龙套，不去。我刚撂下刘清松打来的电话，跟他说星期三行署正副职都安排有活动，要堵就把路堵死。说什么这是从农业文明迈向工业文明的标志，拔得太高了吧？我在龙泉只懂抓农业，你也不怎么样，捡起个手工业，都是农业文明。你有啥事只管说吧。"李金堂一喜一忧，喜的是秦江态度明朗，没有丝毫暧昧，忧的是仍不知刘清松的葫芦里装的什么药，看这个架势是要搞一个宣传攻势，"暂时没啥事，如今这年轻人，都重视舆论，我都看不懂这是啥打法。矿石一块没有，内部矛盾重重，危机四伏，咋看都是个短命鬼，老首长不来剪彩是好事，省得将来要你来擦屁股。"秦江笑道："也不新鲜。前一阵子我去沿海考察了一段，都讲这种规格，讲这种排场，说这叫舆论开路，吹上去了，叫他下来就不易，以后的事就好办了。有个市还出了这种新鲜事，几个年轻人开个皮包公司，市领导不明真相去捧了场，和这几个年轻人合了影，日后，这几个年轻人竟拿了这些照片，签了价值上千万的合同，你说说如今这事鲜不鲜。你呀，也不能老窝在龙泉，有机会也出去走走，不说长啥见识，至少也能增加点警惕性。"李金堂听了这番话，一下子把问题想透了：原来这是请来大神踢场子，戏在后头。又闲扯一阵，李金堂把电话压了。

眼下，阻止刘清松的宣传攻势已经不可能，接待的规格又不能降下来，当书记毕竟是柳城地区的第一把手，面子一定要给足。李金堂正在堂屋坐卧不宁，办公室主任陈远冰打来了电话，说已接到地委正式通知，星期三上午十点，当书记、地委宣传部陈部长、地委杨秘书长、报社王总编辑、电视台董台长、科委庞秋雁副主任等一行三十余人要来参加剪彩仪式，问李金堂该怎么安排接待。李金堂吼道："慌个啥，今天星期一，明天星期二，还有两天嘛。"陈远冰那边说："这庞秋雁是行署口的，又和矿业不搭界，我总觉得来者不善，所以才提早对你说一声，听你拿个大主意。"李金堂说："我牙正疼，晚上你来家商量吧。"

正在这个时候，县长王宝林闪进了院门，只听王宝林说："你们稍等，我先给李副书记说说。"独自一人进了院子。李金堂不由得站了起来。王宝林白天到家里来，这还是他当县长后的第一回。李金堂为了避免龙泉的官员和百姓一眼看出他和王宝林的关系，连电话两人都不常打，还要王宝林在常委会上常常对李金堂发表点温和的反对意见，树立起自己稳重的中间派形象，一年多来，他对王宝林的默契配合十分满意，一见王宝林自己坏了规矩，立时警觉起来，禁不住问道："出了啥事？"王宝林笑道："好事，我觉着能解眼下燃眉之急。"李金堂说："你都知道了？"王宝林道："知道了，他们是想把前面一页翻过去，星期三是开场前的铃儿。"李金堂点头微微一笑，"啥好事，说说看。"王宝林道："刘清松搞猴子掰苞谷，咱们正好捡个便宜。马齿树新村建起来了，马呼伦早上去县委问咋弄，县委正在忙着矿业公司的事，他们去找了我。上午我已经去马齿树看了，村子修得跟花园一样，想不到在咱们眼皮子底下竟出了这么富的村子。听马呼伦说，他们村每年靠苇编和制塑料鞋底，能净挣两百万。"李金堂面露惊诧，"咋没听说过呢？凤凰乡也没见提说马齿树。要不是上次开那个现场会，我也不知道有这个村子。这么富的村子，应该早露点风声了。"王宝林道："这就是咱们官僚，马呼伦太精能了。马齿树西靠赵河，有很好的码头，他们的货都是直接沿赵河运到襄樊的，县里当然不知道了。以后恐怕要把河道也管理起来，虽说赵河水浅，行不了大船，可每年出境的小船载货量也不少，管好了，财政每年至少可多收入几十上百万。这马呼伦可是个能人，他早在全村又实行集体核算了，因怕不合分田到户等现行政策，一直对外保密。他想着把新村建好了再宣布这个集体核算事实。"李金堂兴奋地叫道："马呼伦还在县城吗？我要见他。"王宝林对外喊道："老马，李副书记有请。"

马呼伦马中朝父子前后走了进来。寒暄过后，李金堂说道："你们的情况，王县长已经谈了，很典型，是龙泉靠手工业致富的典型。对你们这样的典型，我们过去宣传得太少了。你们新村落成，是件大事，要好好宣传。"这算把谈话的基调定了下来。王宝林接道："老马，你不是说这赵河里还养出了铁器村、玉雕村什么的，都给李副书记说说。还有呢，你们为啥又搞起了大集体，你们没有向上汇报你们的打算，到底怕什么？都说说。"李金堂笑道："王县长，你问得太多了。老马，看样子，咱俩年纪差不多，今天见面，也算有缘，中午就在家里吃顿便饭，喝两盅。"马呼伦也是多年在官场、商场台面上走动的人，忙接道："中，可中。有些话俺可憋了多年了，今天遇到明主，也该倒一倒。这一改革开放，我就憋着劲要争个全县第一。干了十多年，想着该出出头了。上回县上去开了现场会，俺估摸着是时候了，想把这一炮打红了，谁知道遇上一个昏君。"马中朝瞪了父亲一眼，"爹，李副书记和王县长要你谈工作，你胡叨叨个啥！"李金堂大笑道："我就喜欢老马这种心直口快的人，在我家里，想说啥，随便说。"马呼伦咧咧嘴，"这赵河，这几年不知富了龙泉多少人，俺们靠它运货拉原料，石佛寺的大雾庄用它做绸子生意，孔明的梁寨用它做铁器生意，几年下来，都发了。当然，也有错误，少缴给国家不少税。为啥又搞成了大集体？简单。生意做大了，需要帮衬，需要人手，先是两三家合伙，后来越滚越大，就又合到一堆儿过了。"

李金堂听着听着，心里就亮堂起来，吃了午饭，李金堂许愿说："马支书，你回去好好准备准备，我负责请地区领导去给你们剪彩。以你这些年干出的成绩，我看评个省级劳动模范早够格了，政治待遇也该提一提，这些事以后再说。"马呼伦父子满心欢喜，知趣地退场了。

"宝林，"李金堂问道，"你看这事咋办？"王宝林说："咱各念各的经吧。公司挂牌的事，他们没跟我们这边打招呼，将来，我们搞个龙泉十佳村也不跟那边打招呼就是了。金贝子能不能抱个金娃娃，如今只有天知道，咱的马齿树、大雾庄、梁寨、乔奇营、四马桥、白沙岗、乌龙潭、永红庄、黑龙集、岗上王家里都藏有金元宝，堆到一堆，也能吓人一跳。"李金堂兴奋地站了起来，"咱俩又想到一起了。不过，我认为不能等，要抢在他们前面，开个龙泉手工业十小龙村经验交流会，请行署秦专员到会指导，顺便再让他给马齿树新村题个词。"王宝林眼睛瞪得溜圆,"这,这来得及吗?只剩下明天一天了。再说,秦专员那里有没有时间?抢在前面好是好,没时间了。"

李金堂对着电话机凝视一会儿,拿起话筒道:"请接行署秦专员。"抬头对王宝林说:"老秦能来,啥都能来得及。咱和他唱两台戏,一明一暗,一虚一实。"跟着秦江那边的电话通了,李金堂忙用急迫的语气说道:"老领导,金堂请你救急了。"秦江那边说:"啥事,只管说。"李金堂笑道:"宝林搞了个龙泉手工业十小龙经验交流会,很有些内容,想请你到会讲一讲。马齿树已经靠苇编富得流油,重新搞大集体,已建成一个花园式的新村,也想让你来题个词。"秦江说:"金堂啊,这仗你越打越精了,啥时候?"李金堂道:"明天。"秦江惊道:"太急了吧?"李金堂解释说:"金堂不会让老领导为难,不敢增加你们领导间的矛盾。记得上午电话里说你不是安排了今后几天的活动吗?你从明天开始视察西川县春耕备播情况,正好出来散散心。"秦江那边笑了,"我的车迷了路,撞上了这个现场会,看见马齿树新村房子修得漂亮,还在那里住了一晚,第二天一大早又离开了,去了西川县,亏你才能想出这种鬼主意。好吧,我听你一回。我也快到站了,也该修修路。"李金堂接道:"可别忘了带上一两个笔头硬的记者。日后矿业公司真成了短命鬼,同一张报纸,也好来个立此存照,比试比试你们大领导间的眼力。"秦江那边大笑起来,"金堂呀金堂,有时候我真的为你窝在龙泉抱屈呀。这眼光我不如你,这周到我更不如你。这样最好,谁也说不出个什么。人家带几十人,我带几个就够了。明天下午我到马齿树,这是我视察的第二站。好久没见你了,能不能在马齿树也把你撞上?"李金堂说:"我牙痛在家休息,哪里能知道宝林搞了个交流会?宝林是个实干家,不会玩虚的,这次是去向全县农村十个村支书取致富经的,乡里没人参加,宣传口也没惊动。你去马齿树,说不定连四菜一汤也喝不上,只能吃一碗红烧肉。"两人在电话里大笑起来。

李金堂放下电话,微笑着说:"秦专员明天下午撞上了你的经验交流会,剩下的文章,咱俩分头去做。"抬腕看看表,"差个多还给你留了二十四小时,够了吧?"王宝林笑道:"你能用十六个小时做一部电视片,二十四个小时召集十个村支书,我还能办到。你是不是帮他们抬抬轿?"李金堂笑而不答,却说:"明晚那顿饭,别的菜无所谓,红烧肉的颜色一定要红,干辣椒要用整的,不管多大一碗,一定要做成九块,老

310

秦讲究这个。"

朱新泉布置一天会场，又把唱戏的任务交代给县文化局，匆忙吃了几个包子，迈着方步去了李金堂的家。事情办到这种程度，需要跟李金堂通个气，最好能让他同意欧阳登台唱戏。

夜幕把李金堂的独家小院罩出一股浓浓的神秘气息。朱新泉在院门口差点撞上一个人，一看，是县委办公室主任陈远冰，两人谦让几句，并肩进了院子，又并肩进了堂屋，两人又把李金堂的牙病问候了。朱新泉推了一下陈远冰，"陈主任，你先汇报吧。"陈远冰是应李金堂之约来商量大事的，先说了又不走怕引起朱新泉疑心，忙说："你讲的是意识形态，是大事，优先，优先。我要汇报的都是鸡毛蒜皮，还是你先讲。"李金堂心情极好，说笑道："我可是在病休，你们到底是心疼我呀，还是嫌我的牙疼得轻？"朱新泉忙跟道："当书记要来龙泉视察，这么大的事，还得要你来掌舵。"李金堂道："这次病得真不是时候，接待工作准备得怎么样了？当书记和地委各部门领导要来，这是对龙泉工作的最大支持，一定要把这个仪式搞得庄重、隆重，剪彩仪式还是搬到影剧院举行为好。将来龙泉实业有了大发展，回头看这第一脚，也有个看头。我要是没记错的话，县城只有石墨矿的小办事处，没法搞这么大的活动。"朱新泉眼睛刺的一亮，"这回我总算打对了个提前量。我下午已经通知影剧院作了准备，刘书记说这有点小题大做，还叫我来请示你哩。"李金堂摆摆手说，"清松过谦了，他这个点子好哇。现在我们是身在此山中，云深不知处，将来一回头，就知道这给龙泉带来一个大转折，能是小事？既然你已经作了布置，我也就放心了。有些细节也该想到，影剧院能装丁多人，要是坐上三两百人，看着也寒碜，电视画面太难看。我看呢，通知县直各单位都派几个代表参加一下，壮壮声势，这件事老陈去办。"朱新泉大喜，心里想：当书记一露面，啥事你都开了绿灯，欧阳洪梅的戏，当书记能看了。如此想着，嘴里恭维着："我这又长见识了。李书记，下午又接地委宣传部陈部长电话，说当书记想看看欧阳团长唱的戏。我怕时间仓促，剧团来不及准备，还没给地委回话，你看这事咋办？"

李金堂脸色黯了。想得真全面呀！刘清松这步棋看来真走对了，刚一出手，就有人押上身家性命，高！恐怕不是陈部长的意思，是你朱部长送的随喜吧？把我的人当礼品送出去，有魄力，有胆量。可是，这个台又不能拆。难道真的要再帮他们抬一抬？朱新泉心里一沉，自言自语说："这事可麻烦，陈部长也是的，能不知道唱台大戏多难。"李金堂用一只手捂住了腮帮子。洪梅这几年出去演出的机会不多，这次地区来的都是要员，也该让她风光一次。当书记是个戏迷，能让他认识认识洪梅，对洪梅何尝不是一次机会，这样就值了。李金堂吸溜吸溜道："这神经性牙痛真不是个好病，抽风一样，说疼就疼。你这话就不对了。上级既然发了话，下级有天大的困难也要想法克服不是？当书记想看戏，那是大好事。这戏呢，最好安排在晚上。这样，当书记就能有下午半天时间指导龙泉工作。六点半开演，看完戏，当书记和地区领导还可以回柳城家里休息。越高级的领导，时间越宝贵，想法子多占他们一些时间，是一门学问哩。至于剧团方面，我想没啥问题。那些保留剧目，哪一出都演过几十场、上百场的，明天上午开个单子让当书记点就是了。你唱一出领导不喜欢看的，又是做了无用功。"朱新泉所有的希望都实现了，忙起身告辞，准备赶到刘清松那里汇报。

陈远冰只是坐着喝茶，一言不发。李金堂看他两眼，问道："咋啦？"陈远冰说："不咋，你都吩咐清楚了，我照着办就是。"李金堂又问："就没点想法？"陈远冰叹了一声，"想法能没有？地区来的领导名单有问题，行署专员、副专员一个没有，冷不丁咋会出来个科委副主任庞秋雁！这不是胡汉三带着还乡团杀回来了吗？"

李金堂扑哧笑喷了一口茶水，"说得好！我琢磨，这事本来就是庞秋雁闹起来的，她当然要来看看这出戏。刘清松来龙泉一年多了，一直想闹出点大动静，这次请来了地委当书记，看来是准备大干一场了。当书记四品大员都愿意来为清松捧场，我们这些七八品的小芝麻官当然也要捧。矿业公司内部危机四伏，大家都来捧这个刚出世的娃，万一这娃夭折了，我看他们咋收场。"陈远冰听出了话音儿，也来了灵感，"我明白了，上次你帮庞秋雁抬了车，一抬就把她抬回柳城了，这回你说咋抬吧。"

李金堂冷笑一声，吩咐道："刘清松这回是靠当书记为他自己扬名立威，就帮他扬个够。你通知各乡，后天只留一个副职值班，其余的都来县里参加剪彩仪式。要是刘清松事先或事后问你为啥发这个通知，你就说当书记来一趟不容易，把各乡的领导叫来，当书记了解情况也方便。通知县师范学校后天停课,男学生填座位,找十几个模样俊的女学生台上台下服务。通知全县城各中小学和县直幼儿园,要求他们每个学校明天务必排练出两个以上的文艺节目,停课都不要紧。要是有人问,就说是听说当书记喜欢看儿童节目,怕他临时点看准备不及。"陈远冰忍不住瞪大两眼问一句,"把全县惊动了合适吗?"

"这还不够!"李金堂一拳砸在茶几上,"一定要让全城人牢记这件事。既然要抬,全城人民一起抬,把这个矿业公司抬到天上去。你再告诉县乡镇企业局、工业局、商业局,严令全县各工厂、企业的厂长、经理参加这个仪式。凡是全县赢利的工厂、企业,要派一正职一副职参加。再告诉县个体劳动者协会,让他们号召全县有名的个体户主参加。"陈远冰手舞足蹈起来,"妙,妙,妙!这手掌手背都是肉,爹妈只疼一个娃,这娃要是不出乱别的娃心里会恨,一旦掉井里,一人一块石头还不埋出一座山?县地毯厂每年缴税利一千万,也没这么排场过。玉豹这号人,嘴无遮拦,说不定会当场要礼品、要酒喝哩。金贝子得了这么大的风光,不出出血,一人一个冷眼,冻死他。"

李金堂吸吮一口茶水,嘴里轻轻哼着戏文:"寨门外三声炮敌来偷营,放宽心饮小酒我有伏兵。"陈远冰眼珠子转几转,叹了一声道:"只是金贝子要是真的用三年时间干成了这件大事,每年交县里几千万,这个头就帮他们开得太好了,想想这心里又有点不甘。"李金堂怔了片刻,哼出一声不屑,"他金贝子若能做到这一点,我李金堂离了休愿意给他公司看大门。你呀,有个毛病就是看不远。本来是件正大光明的事,弄着弄着就像是在搞什么阴谋。共产党没几个官是坏官,大部分都是为群众办事的。清松真能把龙泉的工业搞起来,这是功盖千秋的伟业,这轿就抬得不冤枉。你这么一想,就有那么点小肚鸡肠了。改革开放这么多年了,没剩下几个保守派,清松不是,我也不是。刘清松来年因这一大政绩高升了,我给他放鞭炮。"陈远冰诺诺连声,不敢抬头。

李金堂沉默了好一会儿,自言自语说:"欧阳是个艺术家,生长在龙泉很可惜。老欧阳当年这步棋走急了,不该让儿子一家回原籍,要不然,欧阳早名扬全国了。这种机会是该让她露露脸。要露,就要露漂亮。老陈,明早你去告诉洪梅,让他们认真准备准备《陈三两》,就说我让她这么准备的。"陈远冰不解地问:"欧阳拿手戏很多,你又让朱新泉送单子让当书记点,咋只准备《陈三两》?"李金堂苦笑一下,"官场难行走，需要知道的事实在太多了。当书记早年丧父母，和姐姐相依为命。他能到开封读大学，是他姐点灯织绸供的。后来，他姐姐的一只眼瞎了，当书记为他姐送的终。陈三两是个好姐姐，和当书记的姐姐差不多。当书记也是个老人了，老人都念旧，他不看《陈三两》这出看哪出？他看的是他姐呀。"陈远冰听个呆若木鸡。

李金堂站起来，进里屋拿出一个帆布包，交给陈远冰说："这是一床狗皮褥子，明天吃晚饭时，你带上它亲自送到马齿树，交给秦专员。你就说这是五垛的一个老猎户送给我的。他有腰疼根儿，用这褥子比电热毯好。"陈远冰问道："老县长明天来龙泉，咋一点风声也没有？"李金堂大笑起来，"你等着看好戏吧。县委那边要让你通知政府这边正副职参加后天活动，你就说王县长你已通知了。我后天上午上班，你跟刘清松讲一声。"

陈远冰正要起身告辞，只见李金堂突然间又变得愁容满面，盯着被门帘剪成一条一条的夜色喃喃自语道："后天是十四号，谐音是'要死'，广东人很信这个，日子没选好。又要请当书记看戏，这戏多半又唱《陈三两》。《陈三两》是个苦戏、哭戏，最后又铡个人，不吉利。我真为刘清松捏一把汗哩。"

# 第二十章

周三上午的龙泉县城,热闹得像是又过个春节。影剧院门前的青松路两旁,荷枪实弹的公安间隔五十米一个,确保着道路的畅通。

金贝子作为这场戏的前台主人公,正春风得意地站立在剧院大门口,恭迎各方代表进入剧场。县师范学校的二十个女生身披红绶带,以金贝子为中心摆个扇形,错落在两条绿地毯上。县师范学校的学生入场后,各方代表进场就没那么规矩了。金贝子见了熟人熟脸,又是点头又是哈腰的,一身志得意满的发达相,引得同行一浪接一浪的艳羡、嫉妒。

一切都在规矩中进行着。

申玉豹的到来,为这个热烈而庄重的仪式抖进了第一包佐料。申玉豹随着一群乡镇企业的厂长、经理踩着正对中门的紫红地毯朝金贝子走着。他没把自己划入个体户的群落,却也没挤进县地毯厂、县袜厂厂长经理们自发形成的集团。他觉得,从经营规模上划分,再与个体户为伍有点掉价,与乡镇企业的厂长经理完全可以称兄道弟,甚至还能生出一些老大的感觉。离金贝子尚有十来米远,申玉豹左顾右盼了,大声说着:"咋没见签到处,按规矩这种活动该有纪念品的。"金贝子脸色就有点挂不住了。申玉豹装作没看见,抢走几步,摊出手掌抖着,目光四下抢抢,"是不是发红包呀?"有人跟着说:"贝子矿长升了大经理,能少得了这个。"金贝子心一横,双手一抱,作个揖道:"各位赏光,贝子这里谢了。红包早准备了,眼下却发不得。"申玉豹手指弹着,"怕是个空头支票,没多的,该有少的,一人一毛也该有。"金贝子仍是一脸笑,做出耳语的样子,声音却洪亮,说道:"地委梁部长不知咋会知道了,打电话要一切从简。当书记不拿红包,给你玉豹兄,你怕也不敢接,我自然更不敢发。"谁都能听出来金贝子这番话的挑衅意味:这种场合,谁也别找不自在。

申玉豹并不气馁,嬉笑着道:"大家都停工停产来为你捧场,中午的酒水是茅台呀是五粮液?菜是七荤八素呀是八荤七素?"金贝子仍是笑若春风,解释说:"原来都造了计划的,贵宾桌上喝茅台,像你们这种嘉宾喝五粮液。谁知秘书长派人打前站,说当书记发话了,要按规矩吃四菜一汤。贵宾这样,嘉宾再降成两菜一汤寒碜,后来就改成晚上请大家看欧阳团长唱《陈三两》。"申玉豹连碰两个钉子,正不知如何是好,只觉得后腰眼被人一碰,一个女人的声音在耳边响了,"这是只铁公鸡,里边说话,有气我帮你出。"申玉豹稀里糊涂被推进了剧院前厅。

申玉豹扭头打量着眼前这个高挑、穿着时髦的陌生女人,问道:"你是哪个乡的,我咋没见过?"那女人从小坤包里夹出一张名片递给申玉豹,微笑着说:"我是《柳城日报》头版记者常小云,奉命从西川赶来采访。你好像跟这个金总经理有仇吧?这到底是个啥公司,竟把老爷子当书记也给搬动了?"申玉豹这种场面经了不少,反问一句:"你从柳城来,能不知道是谁搬动了当书记?"常小云道:"我不是说了吗?我正在西川追踪采访一个电影剧组,我们陈头十万火急叫我来龙泉,说有重要采访任务。我一看,不就是一个公司开业嘛,可又把老爷子请动了,又搞得像过大节,这心里就直犯嘀咕。一听你要红包,我就觉着该采访采访你,这个金总经理都有啥背景?"

申玉豹心里骂道:你妈的金贝子,仗势压老子,撞到我手里别想着我手软不给你上烂药,笑了一下道:"你想弄点内幕呀,碰到我你算碰对了。走,咱里面找个位子坐着慢慢说。"两个人从单号入口进去,就近坐在最后一排,申玉豹摆出长谈的架势说:"龙泉真是穷疯了,没人了,尽用金贝子这种只会赔钱的败家子儿。这金贝子原是县石墨矿的矿长,干了几年,出了几万吨的矿石,欠了一屁股的债。"常小云打断道:"我对他从前的经营不感兴趣。他一个县小石墨矿的矿长,不知用啥法子搬来了老爷子。一般这种活动,老爷子是不参加的呀。就是柳城的大公司开业,想请动他,没合适的人说,他也不去,不知这回他带谁来。"申玉豹心里嘀咕起来:这个记者日怪,尽问些这种问题,眼珠子一转,说道:"如今搞啥不都是靠张网吗?要是真的竞选这个总经理,我申玉豹一个顶他任。听说他最近沾上了刘清松,刘清松又是庞秋雁的候补,庞秋雁又是柳城行署的啥副主任,又在龙泉当过副县长,又帮金贝子追回一百多万欠款,大概是从这条线攀上当书记的吧。"常小云扭头问道:"你刚才说啥子候补?"申玉豹说:"就是相好。听说庞秋雁在龙泉时和刘清松有一腿,有没有我就不知道了。当书记能来,并不是看他金贝子的面子,看的是刘书记的面子。城里人这一回才知道刘书记根也不细,后头有当书记撑腰哩。"

常小云脸色骤变,竖起了柳叶眉,"你停一停!我弄明白了,总算弄明白了。金贝子是刘清松的亲信,刘清松是庞秋雁的相好,庞秋雁是老爷子⋯⋯哦,原来是这么回事!她没回去多久,就能弄个鸳梦重温,有本事!一个打字员出身的,竟也有这种本领,敢耍老头子!"申玉豹愣愣地看着常小云,试着接道:"你前面说得比我清楚,后半截我根本没听明白。"常小云冷笑道:"这一回我定要弄到个内幕新闻,让你知道知道有的草带毒。真不该追踪这个鸟剧组,离开十来天,就出了这事。哦,这个你当然听不明白,很感谢你提供了这么好的材料。像是地区领导已经到了,我得去前面采访。"

常小云刚要站起来,剪彩仪式已经开始。主持人刘清松介绍的第二个贵宾,就是行署科委副主任庞秋雁,位置排在地委宣传部长前面。常小云像霜打的一朵黄菊,迅速蔫了下来,只感到脑袋嗡嗡地在涨大,台上讲什么她根本没听进去,心里只活动着一个念头:戳穿她的把戏!

剪彩前,常小云从侧门登上了舞台,选择好一个可以观察到前台人员活动的位置站好,礼仪小姐已经扯出了缀着六七个大红花的红绸,当书记已率各官员走向红花。常小云看见当书记和庞秋雁肩并肩共剪一朵红花,身子不禁一颤,噙着眼泪走进布景后面。我是他的什么人?我犯的哪门子酸?他爱跟谁跟谁,我管他呢!我管得了?

接下来,当书记一个人到前台讲话去了。常小云正在生闷气,忽然发现有一男一女正躲在三道侧幕后面窃窃私语,细看,那女的竟是庞秋雁,瞪了眼看,那男的正是刘清松,眯了眼盯准了看,庞秋雁的手正和刘清松的手绞藏在侧幕的皱褶里。常小云慌忙举起相机偷拍了一张。一看光线太暗,又忘了开闪光灯,常小云心一横,推开闪光灯开关,朝前挪了两步,准备补拍。这个时候,当书记的话已经讲完,刘清松鼓着掌快步闪到前台。常小云一屁股蹲在舞台上。

317

常小云的心灵风暴，丝毫没有影响到剪彩仪式的既定进程。晚上，欧阳洪梅在这同一个舞台上把一出《陈三两》唱得满场呜咽，当书记自然也是老泪纵横。李金堂这次却破天荒地没能入戏，心里一直在问：什么时候剧团换了大幕和灯光设备？

演出结束，当书记率领地区来的领导上台接见演员。当书记紧握着欧阳洪梅的手，久久不放，连声说："你演活了一个多灾多难的好姐姐呀，唱得好！你们还排有哪些传统剧目？"欧阳洪梅矜持地点出《杜十娘》《窦娥冤》等八出戏。当书记仍握住欧阳洪梅的手，转过脸对地委宣传部梁部长说："你安排一下，适当时候把龙泉曲剧团请到柳城，让欧阳团长把她的拿手戏都唱一遍，演出所需费用找我批。"欧阳洪梅连连说道："谢谢，谢谢！"当书记又补充一句："梁部长，这事你一定要落实。弘扬民族文化，要落实在行动上。"梁部长接过欧阳洪梅的手，摇着说："全地区的剧团，我看就你们的水平最高。你们需要添置什么，直接给我打个报告，柳城需要这种高水平的艺术团体。"

李金堂站在一旁，心里感慨万千。小梅梅，能有这个结果，金堂花多大的代价也值。


刘清松的组合拳迅雷不及掩耳地打了出来。李金堂万万没有料到，这次帮刘清松抬轿竟会带给他政治生涯十几年来第一次惨败。

龙泉手工业十小龙经验交流会请出了行署秦专员，并没有给刘清松的计划带来丝毫影响。矿业公司这朵红花因有了手工业十小龙这些绿叶的衬托，显得越发娇艳起来。刘清松开创龙泉大工业的举动，在柳城地委决策圈的眼里正在朝政绩演变着。他的名字和矿业有限公司的成绩在《柳城日报》上频繁亮相，为刘清松在龙泉人心目中开始浇铸第一块里程碑。

也该金贝子出风头，石墨矿和麦饭石矿停产一年后，运转正常。恰在这时，国际、国内麦饭石市场和石墨市场空前活跃，四面八方的订货单源源不断。广东那家公司为了长期得到龙泉产的麦饭石，这次派一名副总经理带着两百万现金作为预付款来到龙泉，坐镇指挥自已的车队抢购龙泉的麦饭石。

刘清松在行顺风船时，把一份重建龙泉县城的可行性报告发到龙泉四大家正副职和县委常委手里。这个报告包括两个部分。第一部分：大量卖出龙泉城镇户口,用这笔收入重建龙泉所有主要街道;凡在新规划街道两旁的单位或私人住户,限期在规定地点按各街区所规定风格建三层以上带可进行商业活动场所的门面房;若原土地使用者无力在规定时间盖出统一要求临街房,其所用地皮将由政府主持向全县公开以拍卖方式转让使用权,龙泉所有单位或个人都有资格参加竞拍,所得转让金除收取公共设施所必需资金及各种应征费用外,全部归原使用者所有,政府将另划出区域采取集资建房方式迁出这部分人口。第二部分:借鉴国家在沿海设经济特区的成功经验,以老城以东313国道为中心,另辟一方圆二十五平方公里的区域作为龙泉经济开发区;凡原住在开发区区域内的农村人口,自动转为城镇人口,政府每年拿出适当资金,补贴其失去土地后无固定收入期间的生活;开发区内,各商业区和居民区,只要按规定盖营业性和居住性建筑,所使用土地,龙泉政府将不另行收费。如上面两个计划得以实现,三年内,龙泉城镇人口可达十五万,国民经济总产值可望达每年三十亿人民币,从而完成县改市的大飞跃。报告最后,列举了十二条重建新城已经成熟的条件。列在第一条的是:据龙泉三家银行和各乡镇信用社提供的数据,龙泉八十四万人,在县境内存款总额高达四点三亿,是全地区相同规模四个县个人存款的总和,具备重建新城的启动资金。

　　李金堂看到这份报告的当晚,彻夜未眠。无论从哪个方面考虑,他都不得不承认这是一个胆大缜密、可行性极强的大构想。这个构想顺应改革开放的大趋势,完全符合当前国家正在实行的大政方针,政治方面无懈可击。操作上的问题,只要从省、地要来特殊政策,完全可以轻松处置。如果再卖出一万个城镇户口,这笔钱再加上全县个人存款的二分之一,完全可以建出一个新城的骨架,可行性无可怀疑。李金堂顿时感到一股彻骨的悲哀,悲哀这样一个构想没能产生在自己脑袋里。作为一个职业政治家,他明白,一旦这个新城经刘清松之手在龙泉的地平线上凸显出骨骼,他所代表的时代就会被轻描淡写地翻转过去,必须设法阻止这个计划。

　　然而,眼下的局势,李金堂已无法想出别的高招阻止刘清松,他只能寄希望于他在龙泉决策层的影响力。对于这一点,十几年来他从未失去自信。在他看来,龙泉县委常委的九个人,想利用一下少数服从多数的组织原则阻止刘清松,仍易如反掌。王宝林不必说了,人大石主任、政协张主席两位常委，如今能过龄不下岗，全是他李金堂在上面走动的功劳。朱新泉和组织部长温泉，都是他一手培养起来的，其中有一个念他的提携之恩，五票已是囊中之物。可是，一旦想到用这种方式阻止自己也认为是件好事，李金堂就感到是失败，因为十几年来，龙泉常委还没有进行过无记名投票。

常委会讨论刘清松的提案时，李金堂第一个发言了，他要给这个会定个基调，希望不至于用无记名投票方式进行表决。他说："刘书记这个计划吓得我几夜没睡好觉，我这个老朽想不出这样大胆的东西。面对这么重大的改革，我没有办法不当一回保守派。它牵扯的面太大了，上要改革国家的有关政策，譬如《土地法六十条》；下要扭转龙泉人的观念。国有国情，县有县情，我还要重复这句话。龙泉是个手工业县，工厂就办在千家万户。大城市是工业文明的产物，大工业阶段才一个个出现的。十几年前那场大洪水，伤了龙泉的元气，刚刚休养生息了一段，似不宜搞这种掠夺性的大兴土木。龙泉人存折上的四点三亿都变成了房子，门面房就有上万间，拿什么进货，拿什么买商品？国家搞特区，选的地方都在沿海地区，没有一个选在内陆省和西部省区的。我不是说这个计划不好，也不是说这县城不该建，我只是认为时机不成熟。拆掉了盖不起怎么办？龙泉在这方面有过教训，当年北京拆城墙，龙泉也拆，一场大洪水，把没城墙的一半县城给冲掉了。我的意见是暂缓。"刘清松像是料到李金堂会说出这番话，接住话头就往下说："洪水毁城是人为造成的灾难，与有没有城墙关系不大，当年西半个城百分之八十的房屋也进水了嘛。上次大洪水，一方面原因是七座水库都在'文化大革命'中修建，质量太差，有三个水库泄洪渠道跟贮水量简直不成比例；另一方面的原因是赵河、清凉河、淇河等十二条境内大河河堤年久失修，河堤树木都给砍光了，这才经不起大雨。龙泉县的整个生存环境不容乐观，必须来个全面治理。上星期我在林业会议上提出三年植树五万亩三百万株的目标，为的就是从根本上解决水土流失的问题。这个改造县城的计划，不成熟、不完善的地方还很多，今天，什么意见都可以发表。"

没有别人再发表意见。李金堂和刘清松又唱了两个小时对台戏，李金堂憋不住了，"清松这个报告一个星期前大家都看到了，这么大的事，我想在座的每一个人都已经有了自己的主张，我看可以表决了。"刘清松打开文件夹，摸出一沓白纸，朗声说道："那就用无记名投票方式表决吧。是上还是下，谁都没话说。"话一说完，每个人面前都多了一张白纸。

李金堂心里道："自讨没趣！你以为你理顺了一个矿业公司，威就扶起来了吗？你不是怕举手表决别人要看我的脸色吗，我就给你一个公平！"他拿起白纸道："林秘书，那就有劳你唱唱票。差不多有十年没这么表决了。"掏出钢笔在白纸上写上一个鸡蛋大的"下"字，叠也不叠，扔给陈秘书，起身去了厕所，对着瓷砖上的黑洞酣畅淋漓撒了一泡热尿。

转回会议室，林秘书已把九张纸收齐，抬眼看看李金堂和刘清松，问道："是不是可以唱了？"刘清松转过脸问："老李，你说呢？"李金堂笑道："都是老党员了，组织原则大概都没忘。唱！"林秘书念道："下！"挪过一张，又喊出一个"下"字。李金堂摸出一支烟，自燃了一支。等了一会儿，不见林秘书出声，李金堂支起身子，疑惑地看了林秘书一眼。林秘书一连翻了三张，左右看看，"没有写字，算不算弃权？"刘清松紧接道："按组织原则，可以弃权。"林秘书接连喊道："弃权——弃权——弃权——弃权——上——上——上——"又把九张纸重新看一遍，"投票结果，三票上，两票下，四票弃权。"

会议室出现几分钟的静默。李金堂脸色骤变，一口接一口地吞吐着香烟。刘清松脸上现出一缕轻松的神情，心里道：这个头开得不错，只要不出现一边倒，事情就有转机。他轻咳了一声："三票对两票，都没过半数。你们看是搁一搁再议呀，还是先报到地委和行署？"李金堂心里已经接受了失败的事实，知道四位投弃权票者态度明朗之日便是他和刘清松争夺上层分出胜败之时，也预感到下一轮争斗凶多吉少，却又不能耍横硬拖下去，硬着头皮说道："既然是这个结果，再议十次八次，怕也变不了，那就交上边裁定吧。"刘清松也不退让，说道："下级服从上级，也是组织原则，大家没别的意见，就这么定了吧。"

大家谁也没有意见。

李金堂在家里歇了三天，思想出了自己必败的结论。如今，改革大潮一浪高过一浪，将心比心，作为省、地主要领导，谁都会自觉坐在改革这条板凳上。谁不希望自己的辖区内能出现在全国领领潮流的新鲜事？刘清松这个方案不触及立国之本，着眼的是将来能一眼看得明白的有形的形式，谁都清楚支持这种新尝试有百益而无一害。那么，这次和刘清松的争斗，完全成了个人间的争气，谁都不愿毫无原则地站在某一方。龙泉建新城，建好了，大家上上下下都觉得面子上有光，砸了呢，不过是摸石头过河摸到了深水区，最少也收获些经验教训。再说，这不过是建房修路的粗活，搭起架子事也就成了八九分，李金堂越想心越灰。

报告送到地委和行署的第五天，李金堂忍不住给秦江专员通了电话，目的只在于听听这件事还有没有回旋的余地，一点鼓斗志的奢望都没敢有。秦江马上表明了自己的立场，"金堂呀，是不是你我都上了年纪，变迟钝了？像马齿树那样的村子，富成那样了，我们才去锦上添花。家底早厚得能建高楼大厦了，我们还在想着修修补补凑合住。这是观念问题，观念没变，就无法想到这种花哨办法。省里也有意支持这种尝试。我看呢，这事不关胜败，这个弯看来得转一转。刘清松占了设计师的位置，不是还有许多事他做不了吗？为这事，他高升了，县城他能搬走吗？我看你该以退为进。"

紧接着的一两天，李金堂好像真的想通了。他找来一张县城老地图开始做以退为进的准备工作。作为龙泉县主管城建的副书记，要给刘清松的计划打上李金堂的印章，并非难事。城隍庙街为当年欧阳恭良独资兴建，布局合理，房子建得错落有致，加上这条街盛满了他一生一世的激情，一定要设法保存下来。旧城现有与改建后叫青松路平行的街道三条，南北向街道有六条，改建后的新城，应增加东西向街三条，南北向街四条，以县委为中心规划。龙泉有两千年历史，汉、唐、宋、明、清五个朝代都曾经辉煌过，应新建一条街，展示这五个朝代龙泉的不同风采。其他街道两旁的建筑物，不能盖成千篇一律的火柴盒，要显出各自不同的风格。李金堂花了三天时间，绘出了自己设计的新城草图，并标出了各个区域和街道的名称和建筑要求。

可是，就这样向刘清松让步，不过算是有条件投降，李金堂还有点不甘心。他把绘好的草图收起来，准备静待局势发展变化。这次失败，不仅仅在于需要破天荒地向对手称臣，而且暴露了他对龙泉官员影响力的不可逆转的衰微。前一种失败只在形式，只能算是为了更深远的利益向对手作出政治家常常不得已的让步，所受的只能算皮肉之伤，投票结果却实实在在地伤到了李金堂的筋骨。

在这些闭门思过的日子里，李金堂渐渐承认了命运的力量。一个人，总是在饱尝一次次无奈后，才会真正明白生命的意义，这种时候死亡的敲门声往往也近在耳边了。当年游手好闲，满世界游荡，不知今夕何年难道就不是一种活？孔先生的出现，难道真的是生命进程中的第一缕霞光？李金堂再次对断断续续伴随自己几十年的信念产生了深深的怀疑。因两次复出中断了的对生命意义的悲观性探究又继续了。秦皇汉武成吉思汗，只能是千百年难得一遇的漫天佛光，他们只能给后来在这条路上跋涉的人以虚幻的梦境。青年时所追逐的佛光，在他跌落到牛棚时，已变成可以把人轻易烧成灰烬的烈焰了，从此便再也没有了能把千万万人凝结一起的神力。上帝死了，那个吸引万众目光的神物便化作缕烟，融化在浩渺的天际里，于是，人们眼睛里便多了忧郁和怀疑。退隐，实际上就是对不可知的畏惧。建不建新城，无论对刘清松或是对他李金堂，到底有什么意义？龙泉县城不是已经毁过十几次了吗？前辈县太爷们屡次重建县城的伟功如今存在哪里？缺了谁，能阻挡太阳照常升起？

李金堂觉得这么想太虚无了，略略收敛了这种思绪。五斗米先生活着时，世外桃源只能幻化在文字里了。不过，那时的隐退县令还可以捕捉到悠然见南山的真清静，天籁之声尚能绕梁。第一次看见两派青年红卫兵在街头巷战，李金堂就明白这世界已无处藏身了。孔先生有慧眼，也只敢在佛俗的界线上荡着纤细的秋千，因为他知道砸碎一切的红色风暴并非就是绝唱。他不是为了菩提寺的孩子们再接尘世红烟吗？是的，如今能做的，只能是半隐半退。那句流行歌词或许已经道出了如今生命的本质：留一半清醒留一半醉。到底是醉还是罪？李金堂宁愿把它听成罪字。思来想去，李金堂把尚在申玉豹名下存的一百零八万打捞出来了。如今他似乎明白当年取这笔钱的下意识动机：对不可知命运的抗争。如果这次反对建新城真的变成了政治生涯中的滑铁卢，这一百零八万在自己眼里难道还像一只翡翠烟嘴或是一只鼻烟壶吗？欧阳洪梅到时候再开口向他要个像样的物件，没有这一百零八万，他就必须学会变魔术了。

李金堂决定纠正自己的一次失误，把那一百零八万重新由一纸存折变成一箱或两箱钞票。

直接向申玉豹提出这个要求，又不合李金堂的作风，他先召来了申玉豹的副手钱全中。

钱全中说:"我也有些天没在公司见着他了。上午,公司收到英国商人马克西姆的一封商函,他要买价值一百五十万美元的驼毛和羽绒。下个月他要到北京,约申玉豹带上样品到北京谈判。信中表示对上次的合作十分满意。我记得玉豹说这个外国佬很狡猾,也很精细,前年做了一笔三十万美元的生意,玉豹整天还念叨怕出问题,真没想到外国佬也好蒙。我不明白这个马克西姆的公司总部在英国的曼彻斯特,为啥每次把驼毛先运到澳大利亚的叫什么亚的小地方,我查过地图,这个什么亚已经挨着一个沙漠了。"李金堂笑道:"也该玉豹发财。要么是玉豹琢磨出了什么方子,这个马克西姆把假的也当成真的了。这个可能性很小,最大的可能是这个马克西姆和玉豹是一路人,玉豹做的驼绒羽绒的真假难辨,马克西姆做不出来,又有暴利可赚,他就睁只眼闭只眼了。你说先运到澳大利亚,这事就更好解释,可能是澳大利亚的驼毛更值钱,这一倒腾,豆腐也卖了肉价钱了。这是好事嘛。玉豹没在城里?"钱全中道:"在不在城里不清楚,反正今天我没找到他。人家马克西姆还等着回函呢。玉豹最近有点反常,也不知道心里在琢磨着啥事。"李金堂端起紫砂壶喝了一口茶水道:"他咋个反常法?"钱全中道:"前些天,他带辆车去了省城,你猜他弄啥哩?他买了五万多块钱的东西捐给了县剧团。后来,他把公司的大小事都交给了我,自己不知在搞些啥名堂。"

李金堂想起那天看见的新大幕,心里不由得一沉。思想一会儿,又笑了。他是想当贸易商场的董事长,这次讨好欧阳,是想让欧阳帮他说话!想过了,又问钱全中,"玉豹近来和你商量过贸易商场改股份制的事吗?"钱全中道:"记得说过。玉豹心大,说商场地理位置好,想独吞哩。"李金堂笑道:"有志气。玉豹这两年可是老练多了,难得,难得。你赶紧找找他,说我找他商量贸易商场的事。"

申玉豹在欧阳洪梅家里挨了一顿骂又骂了一顿人,心里越发喜欢上了这个女人。钱全中告诉他李金堂有请,他马上惊跳起来,"他,他找我弄啥?"钱全中说:"好事,听李书记的口气,像是有意让你当董事长。"申玉豹面部肌肉抽搐着,"啥,啥董事长?"钱全中笑了,"玉豹,也该你发达。给,马克西姆来了商函,约你下个月去北京谈生意。一百五十万美元,合差不多一千万人民币!李书记找你谈贸易商场的事,我琢磨八成是让你当董事长的。"申玉豹浏览着翻译好的那一半商函，心里在想：那件事欧阳是不是已经给他说了？嘴里说："他咋说哩？"钱全中不无嫉妒地说："夸你哩！说你会办事，难得。没见你咋去走动，李书记总是念挂你，有点怪。"申玉豹经不住诱惑，决定去见李金堂。

看到李金堂备下的酒菜，申玉豹坦然了，心里道：这个女人跟三妞可不一样，哪个男人在酒吧看她的眼神不对，回来都跟我说，我和她骂了一架，李金堂竟不知道！

李金堂按既定方针，准备绕够了弯子让申玉豹把钱取了送来，劝申玉豹喝了几盅，说道："贸易商场下一步实行股份制的事，县里已经定下来了。金贝了的矿业公司，下一步要发展，估计也得走股份制的路，县财政支撑不起。我想听听你有些啥想法。"申玉豹见李金堂真是讲股份制，心完全定了，笑着说："我这几年磨炼也磨炼了，目光总是浅些，这样的大事，还得靠你给我拿主意。"李金堂本意是要钱，由着性子说起来，"你该铆足劲，下一步把金贝子拉下来。贸易商场潭子终究小了些，将来没大发展。矿业公司改了股份制，董事长和总经理在政治上享受正局级待遇，比贸易商场高半格。"申玉豹心里有些慌了，"这是咋回事？画个马让我骑呀？"李金堂夹了一口菜，问道："咋不说话也不喝酒哩？"

申玉豹仰脖灌下一杯酒，说道："李叔，哦，我有好几年没管你叫李叔了。李叔，我知道你最心疼我。我的打算呢，是把两边都拿下来。经商嘛，吃着碗里看着锅里并不坏。我的家底你也知道，吃掉贸易公司中，矿业公司怕啃不下来。贸易商场潭子是小些，可潭子小有潭子小的好。我估算过了，在龙泉小县，用商场现有的大楼，办一家全地区最高档、最豪华的商场，流动资金绝对用不了一千二百万，多了也没用。李叔要是帮忙，我凭现在的实力，就能争来这个董事长。其实，当这个董事长，投五六百万进去就够了。咋说哩？商业局出了一幢楼，最少要算百分之三十的股份，要不然，改了股份制它一点好处也捞不着。因为它的股份不足百分之二十五，将来分红的钱还没现在的租金高。修这幢楼，当年用了两百五十万，如今最多可折成五百万入股，要卖出的也就不足一千万了。我出六百万，就是最大的股东。从长远看，李叔你说得对极了。要是能当上矿业公司的董事长，怕是能和欧阳恭良一比了。我的毛病是读书少了点，不过，我的记性不差。记得有一回你给我数了龙泉古代七八个大商人，一个开矿的也没有。可眼下矿是国营，我想也没办法。你说将来他们也要搞股份制，这就有希望了。"

李金堂筷子僵在手里，一直没动作。申玉豹这番话入耳很不顺畅，什么时候他学会了这种心计？如果他走得再顺一些，会不会起心吞掉那一百零八万？李金堂被这种推断惊了一下，笑笑道："果真长进了。听说你又要和外商谈生意了？要是国内订货，我不主张你再做了，你现在脚下已经有正道可走。外商嘛，就另当别论了。这几年开放，我们吃外商的苦头不小。你去做，大方向是不错的。"申玉豹狡黠地一笑，"矿业公司下一步也要搞股份制，这个险我还得冒。一百五十万美元，不赚白不赚。李叔你提醒得对，我也想着只赌这最后一把。"

李金堂不想再兜圈子了，蹙蹙浓眉说道："如今搞股份制成风。香艳上星期打电话，说她也停薪留职办公司，要我支持支持她。玉豹，你看那笔钱是不是先挪出来给我。"

申玉豹哪里不明白李金堂当年把这笔钱以他的名义存进银行的用心，见李金堂回避贸易商场的事，疑心李金堂是设计甩掉他，情急之下想到一个绝妙的主意，用力朝脑门拍了一巴掌，"看我这坏记性！李叔，你的这笔钱放在银行多年没动窝了。你挪到省城交给香艳大妹子，目的不也是让它多生钱吗？费那个事干啥！干脆投到贸易商场去让它生钱。我再出四百九十二万，加上这一百零八万，凑够六百万。这每年分红呢，按你投一百五十万。你要是觉着出面不方便，让香艳妹子到时拿个三五万也来买一股，这不就水到渠成了。"这番话大大超出了李金堂的预料，一时间竟被说愣了。申玉豹马上接道："香艳妹子想下海练练，也用不着拿你的血汗钱作注往下丢。香艳的一股也不用她出了。她出嫁早，我这当哥的没够得上送她陪嫁，我送她一股，算我补她一份礼，让她在龙泉过过下海的瘾就是。李叔，我看这事就定了吧。你是信不过玉豹？"说这话时，心里在盘算着：日他妈，这情场不讲父子情哩。他取走了这一百零八万，日后发现我要抢他的女人，还不黑着屁眼整治我？多花三五万，把他女儿也牵进来，把这水再搅浑点，他知道了也只能干瞪眼。我就不信他能为欧阳这个女人舍得丢这一百零八万！看来今天这趟没白来。来之前心里还怵他，我怵他个屁！

李金堂听了申玉豹这两番表白，心里也在想：真是弄得我草木皆兵了。他目的不就是想当这个董事长吗？这些打算没经深思熟虑，他也说不出口。这些年我待他不薄，他没理由起背叛我之心，看来是我多虑了。只要他还在龙泉，只要这存折在我手上，便是他真的起了歹心，这一百万也跑不了。多日没和他谈正经话题了，想不到他各方面都有精进。这么说，也该换副眼镜看他了。手下的人成长起来了，就该给他们一定的名分。韩信荡平齐鲁，刘邦要是早给他封了齐王，哪里还有日后汉初的内部大动荡？如今进入商品时代了，也不能用单一的眼光看待自己周围的商贾，该用之人，也要当机立断。尽管李金堂已经从心底消除了对申玉豹的疑虑，但他又难以接受申玉豹这种赤裸裸的商人间才有的交换。高贵的自尊不容他这样就答应申玉豹的要求，帮申玉豹倒了一盅酒道："玉豹，你这份好意，这份周全，李叔心领了。这事现在还不急，容我仔细考虑后再给你个答复。我早说过，如果不是革命，我和你走的就是一条路。后来几经磨难，这种心思也常活动。等我在这条路上到站了，说不定我也会再到你那条道上和你一比高低哩。"申玉豹听了，见李金堂没再追逼，敷衍道："李叔一出马，一个顶我仨。不过，我不怕，你这位置怕是要坐到百年的。"李金堂微微一笑，长吁一声，"为官有为官的难处，一个萝卜一个坑的。有时候，我真想急流勇退。三十年河东三十年河西，古话没虚头，真不假。早年，我一门心思想做个欧阳恭良第二，刚到商界行走，势头也不错。欧阳先生本来要带我去中州见习，正要启程，红五师在龙泉借道，三天借走了龙泉十二家商号大部分银两，孔先生又指我革命。这条路就走了下来，一二十年，从未后悔过，觉得这才踩上正道。正一心一意朝那个虽然遥遥无期却很亮堂的旗下奔走，又一场革命把我赤条条送回到土地上，任务是养牛。七岁开始，我就和牛打交道，十二岁被一头老犍用头顶着滚过一面坡，差点丢了性命。没想二十年后，又该我侍候牛这个冤家，心就灰了一层。童年离开土地，我带了一床被，心里牵挂着爹娘。三十年后，我又带一床被回到土地，心里牵挂着妻小，就这么走了一个轮回。一二十年间，心里装了几十万龙泉人，一朝去养牛，眼前只剩三五头冤家。人呢，就是这么回事。你现在看我还是个官，可一朝被人当萝卜拔了呢，就只是个咬在嘴里卡牙的老萝卜。这一转眼，又是商品社会了，这光呀亮的，又朝你们这些人头上照了，又弄出一个轮回来了。轮回的事经见多了，心里就常翻动着退隐。真退隐又谈何容易，这不，见你在商海里风光，我不又想和你比试吗？喝多了，喝多了！说说心里才不憋得慌。精满需溢，气胀需泄，月盈则亏。喝！玉豹，多久没这么舒坦过了。喝！"

陈远冰急匆匆闯了进来，一脸眉飞色舞，前脚门里后脚门外，一溜嚷嚷："好了，好了，这下好了！麦饭石矿冒顶了！"

"你说啥？"李金堂按住酒杯猛站起来。

"麦饭石矿冒顶了。"

"伤人没有？"

"伤了十二个，死了六个，还有八个死活不知，说是正在挖哩！"

"好个屁！"李金堂抓起酒杯摔在地上，去衣帽架上取下外套夹在腋下，抬脚就出门，扭头问道："刘清松知道吗？"陈远冰一路紧跟着，"又去柳城了，估计是活动他建新城的事。"李金堂骂道："建个鬼城！你快带个越野车来，去四龙矿上。我要先打个电话。"

李金堂蹿回屋子，要出总机吼道："我是李金堂，你务必尽快找到县医院吕院长，让他在三小时内带几个外科医生赶到县麦饭石矿，那里冒顶了，去晚了我撤了他。"撂下电话，也不和申玉豹打招呼，又蹿了出去。

申玉豹看呆了，不由得打了一个寒噤。

金贝子看着井口平台上摆放的八具尸体，神情木然。又仰面看着山坳里那枚滴血的夕阳，他清醒地意识到刚刚露出东方鱼肚白的辉煌在这个黑色的星期天戛然而止了。他不明白这么大面积的冒顶为什么事先没得到一点征兆，安全员每天都向他敲一记平安无事的响锣呀！麦饭石突然走俏，他的头脑热过头了。为了降低成本，提高产量，他从附近农村招了一百名矿工。井下的这一班工人，有六个昨天才决定放下锄头，连一天工钱还没领到呀！

死伤者的家属陆续赶到现场，整个矿区被十几个女人撕裂了的哭喊涂得阴沉而孤寂，单调得总让人疑心还有什么惨剧会再次降临。原来的童矿长走到金贝子面前小声说道："不能再挖了，剩下的六个人挖出来也没命了，井下只有一个通风口，刚才我下去看过，通风口肯定埋上了。现在还没弄清冒顶的原因，再挖太危险了。"金贝子欲哭无泪，像一具僵尸一样站在一棵柏树下。突然，他大叫一声："让所有的人都上来都上来。"童矿长又一次下了井。金贝子迟疑一下，也跟着下去了。过了好一会儿，井上的人看见十几个蓬头垢面的人走了出来。金贝子和童矿长架着一个两手血肉模糊的年轻女人走出井口。四龙乡医院的一个护士奔跑过来捉住这个女人的手准备包扎，女人挣脱了，大声哭喊着："让我去死，让我去死。"这一哭，又引起一大片的哭喊。哭了一阵，有个男人问道："还有六个人不知死活，你们咋就不挖了呢？"金贝子毫无表情地说："挖出来也不中用了，说不定又要白搭几条性命。"几个怀着侥幸心理一直在井口等待的女人不约而同地朝金贝子围了过来。一个说："你就让我娃在里面憋死呀？"另一个说："你们就不管他们死活啦？你的心真黑呀！""人是他们害死的，让他们偿命！"几个女人扑向金贝子。一个幸存的男民工叫着："就是他黑了心挣钱才弄出事的。打死他。"六七十个民工操起家伙和几十个家属把矿上的十几个人围了起来。金贝子已经被几个矿上的职工保护起来。童矿长一看势头不对，想把这些人吓唬吓唬，硬着头皮说："你们可别动粗，矿上死人是常有的事，你们不是不知道，这是事故。你们要是动手伤了人，可要坐牢的！"这一喊不要紧，一场混战开始了。

李金堂带着四龙乡党委书记、陈远冰和乡武装部干事赶到现场，矿上的人已经被打倒了三四个。陈远冰和武装部干事喊了两声，没有一个人停下。李金堂猛地拉住武装部干事，取出一把手枪朝天上放了两枪，械斗的双方都停了下来。李金堂举着枪走过去："都把手里的家伙放下！还嫌死的人少了吗？你们认不认识我？我是县委副书记李金堂，专门赶来处理这件事的。信得过我，你们先退到一边。你们今天打人的事不追究了。"瞥一眼在地上滚动呻吟的两个职工，"你们气也出了一口，剩下的事要按规矩办。"民工和家属默默地丢下手里的东西退到一边。一个人喊道："李书记，他们见死不救，井里还有六个人呢！"

李金堂没有回答，径直走到金贝子面前，抬起手一个耳光打过去，健壮魁梧的金贝子竟一下子栽倒在地上。李金堂扭过身子朝武装部干事喊："要是没戴铐子就把他绑起来。金贝子，你得意忘形，不顾工人死活，草菅人命，你有什么话说？"陈远冰和武装部干事很麻利地把金贝子捆了起来。李金堂把枪交给武装部干事，大声说道："乡亲们，出了这种事，我跟你们一样难受。你们知道，掌子面离上面有几十米深，事故已经发生六七个小时了，挖出来人也不在人世了。你们立逼着他们挖人，再塌死几个，能是你们的心吗？谁都不愿出这种事，包括金贝子总经理。人活着不容易，说去就去了。人，一定要挖出来，总不能让你们每年来矿上烧纸上香吧？眼下没法挖，请你们体谅。金贝子已经抓起来了，这件事一定给你们一个满意的答复。第一批受伤的工人已经送到县医院了。我李金堂向你们保证，这件事一定要严肃认真处理。人死不能复生，曝尸野外能是你们的心？赶紧抬他们回去，擦洗擦洗入殓吧。你们各村选五个代表，随我到县医院协商一下如何处理这件恶性事故。"

刘清松从柳城赶到县医院，李金堂刚刚脱下白大褂准备召集死伤者家属代表开会。刘清松紧紧握住李金堂的手，哽咽道："老李，多亏了你呀，要是械斗再撂倒十个八个，这事就闹大了。"李金堂淡淡一笑，"如今的事也不小。"拉着刘清松对十几个代表说："不用介绍了吧，县委第一书记刘清松。矿上的事，他说了算。清松，我一天一夜没合眼了，先回去歇一会。"刘清松一脸羞愧沮丧，直把李金堂送出医院大门。

李金堂刚刚获得一点柳暗花明的感觉，准备在家养养精神，在常委会上打一个翻身仗，谁知申玉豹又在他的后院生出了事端。

李金堂酒后那一番表白，引出申玉豹得陇望蜀之想。他认为李金堂真的对钱感了兴趣，准备利用去北京谈生意之机，来他个一石三鸟。行前，他以辞行为名，再一次去了李金堂的家。申玉豹一进门就哭难："李叔，这个马克西姆，很刁钻，不想点办法，这回怕凶多吉少。如今矿上刚出了事，下一步再上马，恐怕也该卖股份了。所以，挣马克西姆这笔钱，对我们很重要。弄不好，到时候我顾了商场就顾不了矿。"李金堂心里有事，直接问道："啥难处，三言两语说了，我能帮的，尽量帮。"申玉豹挠着头说："马克西姆压价太狠，还有一毒招。上次我本来不想按他给的价成交，不想他那个会说一口鸟语的女秘书陪我跳了一晚的舞，我竟同意了，可见做大生意带女秘书也算一招。"李金堂笑道："你想带女秘书去谈生意，这个忙我怕帮不了你。"申玉豹说："我倒看上一个人，请动她，只能靠你。"李金堂支应说："你说是谁吧。"

申玉豹道："我看这龙泉只有欧阳团长能对付马克西姆的女秘书。我也知道让欧阳团长干这事，那是用高射炮打蚊子。不过呢，这事也就个把星期，事成后，我可以给她一万美元。"李金堂还没往别处想，只是觉着这念头滑稽，觉得这种纯商人的思维既亲切又陌生。也是因为刘清松就要栽跟斗，心情畅悦，李金堂笑了起来，"哈哈哈哈。你这个申玉豹，真精能！欧阳搞公关，莫说在龙泉、在柳城，就是放到全省，也是超一流的。你给她的酬金太低了！我讲她搞一次公关挣了多少钱，你就明白你有多抠。五年前,中央派人来柳城考察确定老区县和贫困县,我和欧阳搭档搞公关。贫困县好争,形式文章做漂亮了,就中。这老区可有实打实的条件:有无建立过的基层政权、有无地方武装、有无根据地。龙泉,一条都挨不上。可是,要是定了老区县,龙泉就可享受特殊政策,少出多进,一里一外每年可多收入一千万。靠啥挣来的?欧阳的一张嘴!她那张嘴可不仅仅能唱戏!欧阳讲龙泉地方武装在当时基层政权的领导下打白匪、打日本、打国民党,一连讲了三整天,把我都听得信以为真,以为我孤陋寡闻哩。还是她这张嘴在酒桌上一人对北京来的五个人,打赌喝酒,喝垮对方仨只定个贫困县,喝垮五个定成双料县。我那天也早醉了。七个人喝了十二斤半五粮液,能不醉?你猜欧阳醉没醉?第二天开会要定名额了,欧阳在会议室门口拦住了中央来的高司长,悄声说:怕你们酒后食言,等龙泉双料县在会上定下经北京批准了,我把这张照片的底片寄还你们。高司长一接照片,宝物一样藏到内衣里了。我一看那底片,那五个人,只有三个趴在桌上睡,仔细看看,有两个睡在桌底下。你申玉豹提着脑袋干十几年,不就是挣了一千来万吗?欧阳只用三天时间,已经为龙泉挣了一个亿,以后只要这两项政策不变,每年还要挣两千万。"看见申玉豹已听蔫了,伸手拍拍他,换个话题说:"欧阳一场《陈三两》,唱来多少利益现在还估算不到。当书记要她带团去柳城演出,她也走不开。"

申玉豹无可奈何咧咧嘴,"我,我也只是说说。"李金堂摸摸脸颊上的胡茬,笑着说:"女秘书既然那么重要,你还是带一个去。三妞不是现成的吗?浪子回头金不换。你带她出去磨炼磨炼,将来能成你的左膀右臂。"申玉豹心里想着:你越说欧阳的好欧阳的妙,我这火就越烧得旺,咱们骑毛驴看戏本走着瞧。不过,带三妞倒是个主意。她一直待我不错,既然要和她断,也该带她出去风光风光,日后她也不至于恨得我咬牙。也笑着说:"我听李叔的,就带上三妞吧。"

申玉豹一走,李金堂越想越觉得滑稽,见春英买菜还没有回来,忍不住拨了欧阳洪梅的电话,当个笑话对着话筒说了。

欧阳洪梅也知道李金堂就要摆脱政治危机了,有心见见面,也开玩笑说:"你还笑呢!不知申玉豹把你笑成个啥物件哩。若不是我有定力,早叫他拐起走了。你也不来给我压压惊。唉,你咋不说话啦?"李金堂吃力地说:"矿上的事,明天开常委会,明晚我去吧。"

放下电话，李金堂抓起身边的暖水瓶摔在地上。春英回来时，看见堂屋一片狼藉，心里不由得一沉，也不敢问频频看表的李金堂，蹲下身子收拾。

钱全中风风火火跑了进来，"李叔，有啥急事？"

李金堂支春英先去做饭，拉住钱全中说："玉豹的钱你能不能提出来？"

"他今晚要走，把支票本都带上了。"

"存折能不能取？"

"我想想办法，有他的身份证就中。不过，取多了还要跟银行打招呼。"

李金堂把存折交给钱全中道："我扶玉豹多年，今天才发现他在耍我。他几年前交给我一张折子，说孝敬我的，我也没细看，就收起来了。今天一看，原来折子上写的他的名字，又是存的八年定期。你要的东西我准备，设法把这笔钱取出来。我看他是要翻天呀！"

从这一刻起，李金堂再也不想追问他和申玉豹到底是什么关系了。

# 第二十一章

林苟生一脸肃穆倾听着妙清的讲述，听完了，吃惊地问一句："他这就回去了？"妙清还沉浸在悲愤的心情里，反问一句："不走，不走在这里等死吗？把他右手都踩烂了，不知今后还能不能握得住笔。"林苟生又问："他就没留下什么话？"妙清道："他妹妹搀住他，一瘸一拐地走，没留下什么话。"林苟生心里顿时泛出一股酸楚：是心里没我呢，还是真急得气得昏了头？

白剑一头泥牛人了海，林苟生感到支撑生命的柱子似乎坍塌了一根，无滋无味在古堡待了两天。这一天，从半斤小酒酿出的无边无垠的睡眠里扑腾出来，天色已近黄昏了。爬起来坐在床沿上发了一阵癔症，心里又生出了要做点事的冲动。可是，该做点什么呢？踱了一会儿步子，一翻旅行包，真的就找到了一件可做的事。那次看见三妞脸带潮红、一身恬淡的喜气，林苟生心里怪不是个味儿。在广州白天鹅商场闲逛，看见一副新西兰绿玉手链，心里就又想到了三妞，花了三千八买了回来。这几天忙着探听龙泉的政治逸闻，也就把这副手链给忘了。说忘了又不全是真实，哪里就真忙得连送礼物的空儿都没有呢！实际上怕是心里一直斗争着该不该送。既然定下来要送，那就赶紧走吧，省得等一会儿又改变了主意。于是，林苟生就带了手链坐上一辆人力三轮车。

进了细柳巷，心里又不住地嘀咕。申玉豹果真像二妞说的那样好，这手链还要不要送？不送也不是没道理，她说过不要买东西的。申玉豹不是个情种，更不可能钟情一个三妞，若是她早独守空房、以泪洗面了，突然间收副手链，不是正可慰藉她受伤的心吗？这么想着，说到就到了。老远下了车，付了车费慢慢徜徉过去。最好还是弄成偶然路过、偶然想起，若是申玉豹也在，就说成是送的结婚礼物。抬起头，铁将军把着门。林苟生垂头丧气，慢慢晃出了细柳巷。

路过好问酒吧，林苟生撩了帘子进去了。还没到吃晚酒的时候，客人不多，整个酒吧冷冷清清，男女招待都不知到哪里躲清闲了。林苟生熟人熟路，进了八号包间。清静地独坐着，心里判断白剑的行踪。小兄弟心高气傲，龙泉栽了大面子，定要回来翻本，这一点是不会看错的。算时间，他回去也有月余，既是部长家真姑爷，三把尚方宝剑也能取来了，该不会是宫中出了杨玉环，从此君王不早朝了吧？正在想着，忽然听到了吃吃的浅笑，扭头一看，四小姐一身红套装，头顶船形帽，麻花样镶在包厢的门框上，胸前抱着点菜单子，正在窥视他呢！四小姐扭了两步，甜甜地说："大叔，你是吃点呀喝点呀，还是说点呀——"林苟生身子朝后一仰，"哎呀你这只巧嘴八哥，大叔哪儿痒你往哪儿抓呀。也吃点也喝点也想说点，你坐下陪大叔说会儿话吧。"四小姐抿嘴一笑，挪了椅子坐在林苟生的对面，"喜鹊叫也说过了，啥好听的都说过了，也不知是老天安排的，怕大叔话匣子开了没人听，一眼就让我看见了你。我还以为你从此再不会来了呢，这一阵子你没出门吧？"林苟生一听话里有话，问道："出门了咋讲，不出门又咋讲？"四小姐说："出门了呢，还有个说道，没出门呢，唉，也有个说道。前一个说道呢，你是想来探个风向，一片痴心，让人感动。后一个说道就难听了点，我也就不说了。"林苟生诧异这小女子的眼力，说道："你练成特异功能了吧？我也不听你那个难听的说道了，我刚从广州回来，确实想找一下三姐。是不是她不在这里啦？"四小姐道："我说我可以当那算命女士了，不过，恐怕也只能给你算才能算出准头。为啥？熟悉呗。要是我读书多一点，把你林老板对三小姐三副经理的这份难舍难分写成书，超不过琼瑶也赶上岑凯伦了。记得那个叫什么词儿来着，想起来了，叫百折不挠。三姐嘛，好着呢，新官上任一把火没烧，官瘾还没过够，咋能走。你想不想知道她干啥去了？"四小姐掩口笑了，把小菜单本本朝桌上一摊，"大叔，吃点什么吧，我这个人心直口快的，说话也不捡个时辰，弄得你吃不下这顿饭了，我又要心疼，要不先吃碗扯面垫垫再说。"也不管林苟生愿不愿意，自己出去了。

不大一会儿工夫，四小姐端来了一大碗热气蒸腾的羊肉扯面，小心放在林苟生面前，背着手伫立一旁，"大叔呀，这碗面就算小四孝敬你的。小四不会说话，误你一顿酒菜，很过意不去。"林苟生确实也饿了，说道："小四越发出落得懂得心疼人了，大叔就领你这个情。"说罢，吸溜吸溜吃将起来。四小姐顺势坐在林苟生旁边的位子上，歪着身子托着腮，问道："好吃吗？"林苟生顾不过来作答，咬一根扯面点着头。四小姐回头望望门口，悄声说道："我们这儿引进了四川火锅，大师傅不知从哪里弄了一些大烟壳子，炖肉的时候放一点，果真引来不少回头客。"林苟生并没表现出惊讶，取了餐巾纸揩揩嘴巴，"你告诉大师傅，用壳子太扎眼了，不如用籽儿，用纱布包了，放在羊肚子里炖，鬼都不知道。"四小姐释然一笑，"我知道你那嘴，啥味道都能吃出来，怕你吃出来了骂我，才先打个支子，谁知你比大师傅还在行。"林苟生扭动一下身子，"其实这东西原是一味止疼的药，没那么可怕的。"四小姐又吃吃地笑起来。林苟生道："这是教你知识，你笑啥！"四小姐一挑眉毛，"我知道！只是不知道治不治心里疼，要是治，小四这马屁可算拍对穴位了。"林苟生一看四小姐一副娇媚之态，煞是可爱，忍不住就把那嫩脸蛋拍了，叹道："小鬼头呀小鬼头，这是从广州学来的话，大不了是三姐要嫁给申玉豹了，大叔猜也猜得到，用不着你吞吐遮掩的。三姐要是好了倒好，可我总是心里犯嘀咕。你小四没吃过她那种苦头，别想着她都是好日子，艳羡得不得了。这种游戏大叔不敢再做了，一个三姐已能把人磨死。耍耍嘴上功夫，多讨几个小费，也就到了苦海边上了。听大叔的话没错，男人都是馋虫，别惹醒了他。"四小姐听得似懂非懂，眼圈兀自红了，嘟噜嘟噜倒了一肚子心事，"大叔，你说的俺像是能懂，我只是不服这口气。我比三姐哪点比不上，什么巧宗偏偏都让她赶了。要说每日里，五湖四海天南海北三教九流的客人，大都是我先见的，怎么一眨眼都奔了三姐去。大叔你来好问酒吧，也是我先熟的吧，可你却认了她当丫女儿。中总经理第一次来，也是我先招呼的，一眨眼竟成了三姐的男朋友。我就是想不通这个理。想想，恐怕是应了那句俗话：舍不下娃子打不下狼。大叔，你别把小四看走眼了，对有些流里流气一心想占便宜的客人，咱也是整天价地横眉冷对。虽说也想打只大老虎，可真要放了娃子去老虎窝，我还真舍不得。招待这一行，也是下九流，守身如玉不易。先前呢，我画个线，卖艺卖嘴不卖身，想挣点钱也人五人六当个小老板。干这几年了，折子没物价涨得快，这心里急呀。大叔，你说说，我哪里就比三姐差呢？！我今天把你当个长辈诉苦哩，可别笑话我说傻话。有一天我和三姐一起洗澡，把她看个仔细，除了胸比我挺一些，腰没我细弯，腿没我直长，脸嘛，八两半斤的，我又没坠个瘿脖子。这灯一拨就亮，你就费心给我拨一次吧。"林苟生怎么也想不到四小姐会说出这番话，出了这样一个难题，挖空心思想了好一会儿，才试着说："你把大叔给难住了。你美在俏皮，三姐美在风骚，还算不上风情，只沾个边。男人们看女人，有个急缓轻重。打个啥比方呢？你就是那《西厢记》里的红娘，人见人爱，爱你个俏皮；三姐呢，三姐勉强能扯上杜十娘，人见人想，想那个风情。还有呢，经过事的男人，只有十分闷了，才会找个俏皮的女子排解排解，一不闷了，就都去追那个风情了。"四小姐若有所思一阵，恍然大悟道："我像是懂了。三姐吃的苦多，又真入过风尘，也就沾了些风骚风情的。这回她陪申玉豹去北京，准备坐飞机，那天大师傅为这还给她出个谜，叫旅行结婚坐飞机，这谜底我就是猜到了也说不出口，三姐竟当众说是一日千里。"林苟生急忙插问："申玉豹去北京做什么？"四小姐说："听三姐说，有个英国人出一百五十万美元要买申玉豹的产品，过四五天要在北京的长城饭店和申玉豹谈判。这回三姐是有身份的人，是申总经理的秘书。"

林苟生被这个消息惊呆了。麦饭石矿冒顶，刘清松被挤出龙泉只是个时间问题了。贸易商场和县矿业有限公司实行股份制的事已经搅得县城沸沸扬扬，申玉豹再从外国人手里弄来这一百五十万美元，他肯定会花血本成为大股东，摇身一变成为正正派派的企业家、实业大亨，以前真是小瞧了他。这么一来，吴玉芳的案子就是铁案一桩。小兄弟翻洪水账，必须让他们阵脚大乱，才好各个击破。再回来迟一个月，黄花菜可就真的凉了。林苟生眉头一皱，恶从胆边生出，"让六哥派人去北京，一边告状一边搅黄了申玉豹的生意；我要马上去北京，把小兄弟这只孙猴子请将、激将回龙泉。不惜血本，我也要赢这一把！"想到这里，林苟生禁不住冷笑起来。

四小姐吓了一跳，误以为林苟生不堪忍受刺激，行为变得乖张起来，拉住林苟生的手摇着，"大叔，林大叔，你可快别这样。要不要小四给你说个笑话解解？"林苟生温和而慈爱地看着四小姐，一只手不由自主地伸进口袋，摸住了装手链的两个小盒子，犹豫了一下，只拿出来一个，按进四小姐的手里，"小四，大叔是为别的事发笑。三姐过得好，我只有高兴。你伴大叔度过这么多难挨的时光，这只手链送给你。听大叔的，不要艳羡三姐。再说，俏皮也很好，风情学不来。大叔赞成你画那个线：

卖艺卖嘴不卖身。多早晚能见一个原汁原味的小四,大叔比见啥都高兴。"

白剑为了让冉欣帮他搞到一份当年财政部拨给柳城地区救灾款的文件副本,忍气吞声了二十几天。参与一次倒卖进口汽车,参与一次倒卖汽油,夫妻俩合伙从轧钢厂弄出五十吨钢材转手卖出,三件事挣回四万多块,冉欣这才把复印件交给他,并叮嘱他:"写完这篇报告文学,千万不要再琢磨这种鬼点子了。如今正是挣钱的大好时机,你已经看到了,遍地都是钱。"

为了让社里派他到龙泉了却这桩大心愿,白剑这回在"两会"期间十分卖力气,写了几十则消息和十来篇千把字的小文章。这十来篇小文章大致谈这些方面的问题:如今的工作中心要多生产面包,有了普通面包还不够,还要生产奶油的、肉馅的,和三明治、热狗、汉堡包这种世界快餐潮流接轨,尽快培育出自己的"麦当劳";养猪养鸡不能放松,另外要加大养牛的投入,因为牛排的营养价值高;只强调吃精神食粮,公民除了眼睛和耳朵十分发达外,其他零部件都将退化,眼睛和耳朵地位一突出,就会用过剩的精力窥探别人的思想,偷听别人的私房话,然后相互告密,弄得全民都讲存在主义:他人即地狱;人家日本十四岁的姑娘的体重比我们的姑娘重六公斤,身高长三厘米,臀围、腰围、胸围各长五、三、四厘米,人家不但知道罗密欧和朱丽叶的浪漫悲剧,还能说出安娜卧轨自杀的原因一二三,我们的姑娘这时只读像是一个作家写出的同一个极美丽极浪漫极温柔极梦幻的爱情故事,稍长几岁一进现实就头也破血也流,十七八岁就要说:中国的好男人都死绝了。这些小文章反响不错,社里上下都满意,似乎在忽然间发现一颗新星。下一步求这个差事估计问题不大。罗一卿对这些文章评价四字:"浅入深出"。

这一天,罗一卿拉了白剑去旁听模特儿诉出版社暨美院画家侵犯肖像权案的法庭调查。听了一个多小时,两人准备到美术馆参加筹备已久的中国现代艺术展开幕式。走出法院门口,罗一卿道:"是否可以做这样一篇文章,这些女模特选择了这个职业,是冲破了一道枷锁,如今又诉出版社和画家侵犯肖像权,是进入了一个怪圈。可以从社会文化心理方面进行分析。"白剑不以为然地说道:"浪费时间。这次纠纷,分明是分赃不均起内讧,和一般的经济纠纷案没本质的区别。那些作品你也看过,只能算作素描,还没变成龙。把虫不虫龙不龙的东西排成队拿出来展览，本身就很滑稽。我们的美术家画人体，很有点黑色幽默，十几个学生老师对着一两个模特画呀画呀。大画家、大艺术家都不上这种大课，他们总是一对一地面对模特儿，从交流中找感受，人就画得生机勃勃了。记得罗丹有很多模特儿，这些模特大都兼演情人的角色。罗丹不仅能看，还能摸，摸出真正的骨骼和心灵的激情。罗丹手里拿着橡皮泥，等着模特儿出现纯然天性的美的瞬间，然后把这些瞬间留着。老兄，你不是去采访过美院的人体课吗？你想多看一眼，不是怕别人说你想入非非吗？哪个画家要是单独带个模特去画室，学院保卫科肯定要派个视力二点零的盯梢。刘海粟们当年画人体惹出轩然大波，半个世纪过去，情况依然如旧。中国还没到出现真正的人体艺术的时代，做这种文章没什么必要。"罗一卿不服气，说道："白剑，文章我还是要做的，因为公众正在瞩目这场官司，我事先打个招呼，文章里要用你刚才的高论，你可别找我打官司。"

　　路上堵车，两人赶到美术馆，一场骚乱已近尾声。一位画家当众掏出手枪，朝空白的画框连开三枪。公安部门已出动大批干警对美术馆实行戒严，那个画家已被带走，起码要交代一下开枪的动机和这支手枪的来历。罗一卿后悔连声，现场采访了几个目击者、几个围观群众和两个警察，在笔记本上刷刷刷地写着。白剑扭头瞥了一眼，只见罗一卿写道："俄尔，展厅大乱，有一装束入时少妇……"白剑笑道："像是你真见了一般。哎，中国真是一个等不及的国家，经济上当年搞了个赶美超英，文学艺术这几年也等不及了。我现在倒真想去看看王府井就要动工的麦当劳快餐店了。这种速度让人恐惧。"罗一卿收了笔和本道："王府井请老兄一人代劳了，我要赶回社里发稿。"不等白剑表态，身子一斜，像一枚炮弹从人群的夹缝里射向大街，手一扬大叫一声："出租——"

　　到了王府井南口，白剑内急，走进东边的公共厕所。里面挤满了人，人群里传出两个人的争吵。"你争够三句，该交两块了。""我要到市政府告你乱收费！""两块五。最好找市委书记、市长。认得路吗？我带你去，免费。""哪有这种道理！可以屙屎尿尿的地方不能吐痰。""三块。你告到中南海，也免不了这笔罚款。"白剑挤进人群，看见珠宝商林苟生正在一个便池旁站着，红着脸准备再次反击，忙过去拉住林苟生，"老林，交钱吧，这是规矩，再吵几句就涨到六块了。"林苟生面露惊喜，"小兄弟，真难找你呀。厕所里不能吐痰，真是今古奇观。"摸出一张十元钞票，扭头问白剑："挖苦人罚不罚款？"白剑笑道："暂时没听说有这条法律。"林苟生把钱塞给值勤的老头，"不用找了，剩下的算小费，买几瓶润喉片润润嗓子，你每天吵十架，说的话顶个话剧名角了。"众人哄笑起来。值勤老头拿出一张五元一张一元的钞票和两张收据递给林苟生，"本来挖苦人不罚款，我今天在班上，你挖苦我就算顶撞、妨碍我执行公务，再罚一元。这收据不作报销凭证。"一看戏收场了，众人都挤出厕所，四下散去。

林苟生捏了白剑的右手仔细看看捏捏，"谢天谢地，家伙没坏，还可以战斗。"白剑怅然叹道："皮肉之苦倒是小事。他们拿走了我的记者证，用屎尿泡过，又用挂号信寄给我，那天一打开，臭了一间办公室，罗一卿说这才叫名副其实的臭名昭著。这种歹毒，也只有龙泉人才能发明出来。奇耻大辱，奇耻大辱。"林苟生听了很受用，把准备好的激将法藏在一边，"君子报仇，十年不迟，咱们到北海那边快活林边吃边谈。早上我已经在那里订了酒菜，赶到通讯社找你，你们办公室的小女子说你们上午可能去王府井，没想到真把你等到了。"白剑也很想了解一下龙泉的动态，也不推辞。林苟生拦了一辆出租，绕道全聚德烤鸭店买了一只半大烤鸭和一斤饼带着去北海后街。

两人上了快活林三楼雅座包间，凉菜已经上齐了。白剑扫了一眼，见都是上等货，说道："这一趟发大财了吧。"林苟生淡淡地说："小财小财，小过够咱兄弟用了。"说着，拿起桌上的五粮液把瓶子倒转了细看。白剑打开一扇窗户，开出一个完完整整的北海公园，杨柳吐翠、碧波含春、轻舟摇荡、白塔点睛，好一派北国京城风光。正在浏览这不期而遇的景致，忽听林苟生狠巴巴地讲："是经理教你们呀，还是你们自作主张？我就怕你们疏忽，早上就交了三百元订金。我们虽是生客，你们就不巴望回头再吃你们几顿？今天我们兄弟二人是专来品你们这五粮液的。菜量少一点不要紧，我俩都不是猪八戒投生。"女招待接了那瓶酒道："先生不满意这一瓶，我拿去给你换了。"

白剑看林苟生拿起换过的酒瓶拧开就倒，问道："这第二瓶就一定是真的？"林苟生边斟着酒边说："两个人，他们不敢，人多了就难说。这种地方，吃请或请吃，人多了，五粮液喝出二锅头味道，也没人说破。天下乌鸦一般黑，看这店的规模，做一篇酒文章，每年能净赚十万。"

吃着吃着，白剑感到今天的菜有点怪，尽往高档上去了，什么"套蒸飞禽""佛跳墙""火烧青泥猪蛋""龙虎斗"都上来了，大都是寻常筵中罕物。想起还欠林苟生一万元，白剑有点不自在了。正要说点什么，女招待又端来一盘菜，菜名报的是茄子，白剑夹一筷子吃了，品半天才品出点茄子味，不禁问道："这种茄子你吃过吗？"林苟生笑道："大姑娘上轿，头一回。年轻时看《红楼梦》，很艳羡里面的吃。没条件，只好无数次对着方块字过干瘾。今早来订酒菜，忽发奇想，决心风雅一次，到操作间把《红楼梦》吃茄子的一段背给大师傅听了。果然是一级厨师，味道真不错。"白剑正好找到说话的由头，正色道："老林，这顿饭最少要两三千，我吃得提心吊胆的。能不能说说为啥请这顿饭？"

林苟生突然捂了肚子，打了一阵哑语，拎了自己的手提包走了出去，意思是肚里出了紧急情况。白剑左等右等不见林苟生出来，怕林苟生犯了什么急病，就想去卫生间看看。正在寻思两人都走了会不会引起酒店误会，一个中年人推门进来了，大胡子，头发黑亮蓬松、样式很怪，朝白剑深鞠一躬，手扶琺琅架金边眼镜，一口广味普通话说道："先生可是龙泉的林先生——他邀我吃顿便饭，便饭嘛，就是大便的便啦——我谈了一笔生意，来迟了一步，十分抱歉啦——"白剑忙站起来，"先生请坐，林先生出去办点事，我这就去叫他。"说着就朝门外走。中年广东人一把抓住白剑，哈哈大笑。白剑一扭头，林苟生手里拿着假发、假胡子和眼镜正冲他挤眼。白剑恼道："你搞什么鬼名堂！"林苟生到门外拎回旅行包，进来坐下说："这种奢侈，我也是第一回。你还记不记得朱耷的《竹石图》？这个耷字拆开正好是一只大耳朵，又是猪（朱）的大耳朵，正好当下酒菜。你猜猜，那幅画卖了多少钱？"白剑道："一幅赝品，撑死了卖五千元。"林苟生得意地一笑："十万！一点风险没有，还卖出一身快活。五千块，加上一千五的本，这一顿饭就吃没有了。在白天鹅宾馆，碰上一个港商，以前打过几次交道。这家伙很黑，他一见我，就问有没有货。我就装作不愿和他打交道，一口咬定没货。他缠了我三天，我就对他说：'有幅朱耷的《竹石图》，我想买，钱没带够。'他知道朱耷的真迹带出去是什么价钱，二十万美元。他问我人家开多少，我说二十万人民币。他动心了，要拉着我一起看货，又是请我吃早茶，又要给我介绍靓妹子。又拖他三天，我告诉他约好看货的时间和地点。我知道他怕我吃中间介绍费，当天下午就装了病。他前脚一走，我就化了妆去了星河宾馆。这画本来把我都蒙住过，我就放开胆子让他细看。最后,十万块卖给他了。怎么样?小兄弟。做这一行的,鉴定费收百分之十。那一万块钱不用你还了,外加请你这顿饭。"

白剑说什么也不肯这么办,忙说道:"不行不行!钱我已经凑齐了。"林苟生生气道:"你是怕这些钱脏了你的手?我不想欠你什么,正如你不想欠我什么一样。我也欣赏那个朋友亲账算清。你要嫌少了,咱们还可以商量。要是真不收,咱就把九万五千五当你面烧掉。为啥留这四千五?一千五是本,另外三千是今天的酒菜,这样就等于你没帮我鉴定。你这个人,有毛病,常在小事上搞些婆婆妈妈。当年在鸡公山,大哥为了救我出来,命都舍了,这是啥兄弟情谊?我不是个慈善家。"

白剑心里道:"如果那天不点破这是幅赝品,林苟生撞上大行家点破了,说不定三五千块他也出手。如果没说这画有二百五十年历史,又是高手临摹,林苟生也不敢心平气和让人家仔细辨画,也卖不出这个价。这么说这笔钱真的该拿?冉欣如今已彻头彻尾商人化了,惟利是图,把挣来的钱全部经管,不留点钱在身上,什么事也不能干。"装作很随便的样子道:"那就恭敬不如从命吧。"林苟生仰天大笑,"这就对了,该是自己的,当仁不让。按理呢,以咱俩的交情,我老林来了北京,又不是个挂棍要饭的穷朋友,你早该说请我到家里坐坐了。你没提说,说明你这个驸马爷家庭地位不高。我老林也不争这个理,手里没个活钱,这日子就更难熬了。"白剑暗自惊叹这阔佬眼睛歹毒,又想顾及点面子,笑道:"你判断得一半对一半不对,是我的房子太小。"林苟生善解人意,说道:"这种有大背景的女人,老林也不敢见。羽毛未丰,也不用过分计较,只是要准备点私房钱。给你一万,我还真觉着少了。为啥?"林苟生从包里取出一幅画,哗地在白剑面前展开了,"因为这画我又花二千块从港商手里买来了,下次去广州,说不定又能为咱净赚个九万七。"白剑觉着不可思议,摇着头道:"他花十万买,怎么能三千卖给你?"林苟生道:"也是天意。港商买了画就买了,不该带着画在我面前炫。炫一炫也在理,可不该忘了我这个中间人。不提中间介绍费的事,还把价钱压了一半,说是五万买的,假惺惺地请我合适的时候到香港看看。我一听,气就不打一处来。妈妈的香港算什么,尽出一些半瓶子醋的假洋鬼子。我对着画认真看了半天,对他说了哭之笑之落款的时间不对,朱耷家的花花江山让努尔哈赤的子孙给占了,哪有作画时还落笑之的,这画定是假的,又把你那天前边说的添油加醋给他学说一遍,让他离了远处看。这一看,港商的脸皱成一个核桃了。我又说自己也有可能看走眼,让他找个专家鉴定鉴定。隔一天,他又来了,说又花了两千元鉴定费,鉴定出确实是件赝品,问我能不能找到大胡子。妈妈的,早把我这个媒人撂过墙了,如今媳妇跟别人私奔了,又想起我来了,说不定还想咬我一口。你说这落水狗该不该痛打?我对他说,'老兄,你别疑心是我做的手脚,什么大胡子我根本没见过,上次我们只是在电话里谈的,我的钱不够,生意才让给了你。你要怀疑我是他的托儿,咱们一起到公安局报案。'他这才说他还有十几天的房钱没交,回不了香港了。我也不客气了,就对他说,你这幅假画,市面上顶多卖三千,朋友一场,你把画给我帮你处理掉,拿三千块钱回香港吧。'小兄弟,转了一圈,咱只花了盘缠、店钱,白白赚了九万七。给你一万,是不是嫌少些?"

白剑再想那一万块,就很心安理得了,笑骂道:"你这个土财主,生意可算让你做到骨头缝里了。你这么急急忙忙来北京,恐怕不仅仅只是炫炫你的辉煌战绩,你总是老鼠拉木锨,大头留在后头,亮亮底牌吧。"林苟生擤了一把蒜头鼻子,"咱从来是心里有啥说啥。你离开龙泉,连个话也没留,我一回龙泉心里可是那个上下不安。我心想,你要是一撂挑子,不是把一大群苦命的人儿都晾在树杈杈上了,上上不去,下下不来,再等几个月,还不都晒成干人片了。我来北京,是想劝你尽早回龙泉的。李金堂可真是成了精哩。刘清松太嫩,根本不是对手。上个回合折了一个庞秋雁,这一回又折进一个金贝子。这且不算,刘清松如今在龙泉又混了个诨号,全城上下都喊他'刘折腾'。矿业公司挂牌,把地区当书记请来剪彩,当书记带了一群党政要员,庞秋雁也回去风光了一把。风光就风光了,不该惊动那么大,把所有的厂长经理、书记乡长都叫去为矿业公司捧场,又让师范学校的师生去影剧院填位置,还让全城中小学停两天课为当书记排节目,弄得全城鸡飞狗跳。这不,前些日子麦饭石矿冒了顶,死十四,伤十二,抚恤金都花了七八十万。矿业公司成了臭狗屎,成了刘清松的鸡肋。前一阵子,矿上没出事的时候,刘清松野心勃勃要重建县城,开着顺风车,搭车的自然多,听说他第一次在县常委会上占了上风,差一点就要动工了。矿上一出事,重建县城的事也偃旗息鼓了。李金堂老辣,伙同王宝林抓出十个手工业十小龙,如今整个柳城都在捧马齿树的马呼伦,有线广播整天在喊共同富裕,整天在叫改革要立足中国国情、龙泉县情。矿上出了十几条人命,金贝子进了监狱，刘清松挨了个记大过处分。没办法，刘清松强撑着要在矿业上实行股份制，准备东山再起。李金堂手也没软，准备在县商业系统的百货大楼、贸易商场、纺织品公司实行股份制，和刘清松争社会闲散资金。下一回合结局如何，很难预料。听说李金堂也准备插手矿业公司，给刘清松举荐了金矿矿长去矿业公司当临时负责人，我看刘清松这一回还是凶多吉少。"白剑眉头紧锁着，喃喃道："没想到这一个多月，龙泉出了恁多的事。"林苟生继续说："你查大洪水的事难度很大，吴玉芳的案子，你不早点下手，迟了恐也难翻。妈妈的中玉豹上辈子怕是财神爷的干儿子，路越走越顺。前几天他已经来北京了，要和一个英国商人做一笔价值一百五十万美元的大生意，后天要在长城饭店签字，预付金就有六十万美元。申玉豹要是做成这笔生意回龙泉，摇身一变成了矿业公司和贸易商场的大股东，弄不好能当一边的董事长，享受局级待遇，上边要看重他的钱，搞个为贤者讳，再扳他就扳不倒了。"白剑哪里不知这种后果，急忙说："他的产品不是假的吗？"林苟生扑哧一声笑将起来，"咱刚卖了十万的大猪耳朵不也是假的吗？假作真时真亦假，真作假时假亦真，商场就是个大魔术表演场，真假参半，申玉豹悟出了道道就该他发财，挡都挡不住。我想过阻止他的办法，还带了吴玉林和张雪梅等四个太阳村的人来。北京人海茫茫的，到哪里去找申玉豹？玉林前天还去了一趟长城饭店，没找到申玉豹他们，差点让饭店保安当贼抓了。没有办法，他们只好又去上访。后天上午，申玉豹就要在长城饭店签约了，这个消息是我在县里他的公司埋下的耳目昨天告诉我的。你有没有什么法子阻止这件事？"白剑沉默良久，说道："这事别说没法办，就是有法，也不能干。你想想，申玉豹这回是为国家创外汇，我作为国家通讯社记者，能干这种事吗？"林苟生叹口气说道："国家还可以收一笔可观的税呢，这一层我倒没想到。妈妈的奶奶的，申玉豹竟成了国家的大功臣。你走后，我又弄到了六个乡当年的账目，我给你带来了。"

白剑拿到那沓厚厚的复印件，咬咬嘴唇说道："文章我已经写了大部分，剩个开头和结尾，中间再把这些数据一加，这就齐了。《时代报告》已经看了部分章节，答应发第九期头条，如今廉政肃贪正在风头上，不能错过这个良机。如果刘清松能帮个忙，八期说不定也能赶得上。"林苟生大喜过望，拉开皮包，从中抱出几沓钱道："这点钱算活动经费。"白剑推辞道："你是不是怀疑我的文字功夫？用不着，用不着，里面的编辑都是朋友。我不是说过了，他们正需要这种重型炸弹。"林苟生眼睛又瞪大了，"我要恁多钱弄啥？这篇文章要是能扳倒李金堂，我愿意再坐十年牢。我的心你咋就不懂呢！你要再说个不字，我就要唱那首《其实你不懂我的心》了。朋友归朋友，这年头朋友间没这个润滑一下，日久也要生锈的。"白剑只好收了。

…………

韩曾副社长料到白剑会来找他。白剑抱着一沓批件、材料、账目进了韩曾的办公室，韩曾马上说："你今天的任务艰巨，说服我支持你干这件事不大容易。"白剑执拗地一梗脖子，"所以我作了充分的准备，尽可能说服你。"韩曾眼睛里藏不住对这个部下的喜爱，朝椅子背上仰仰，"哦——真的是有备而来呀。当初H省大面积遭水灾，我曾带三个记者前去采访过，只是因为特殊原因，没去你们柳城。记得事后毙过几个公社书记一级的干部，抓了几个县革委会主任副主任。照理说，这一页已经翻了过去。你觉得真有必要翻过这一页再看一眼吗？你又能看出什么新东西？"白剑试着答道："透视一下，可能就看见了病灶的位置了。历朝历代，对这个问题都追究过，答案都让我不满。如今流行的说法，不廉和贪似乎是商品经济才带来的副产品，这种观点浅薄，同时又影响全局性进行大动作改革的决心。实际上这个问题很古老了，就像人类的历史一样悠长。原始社会，留下的文字太少，无从判断那时部落首领们是廉是贪。后来的几千年，这个东西总是不时发炎。这次洪水出现在'文化大革命'后期，就更能看出点新东西。至少它可以证明欲望和信仰的无休止的抗争，不管是多么合乎人性的信仰，它都无法根治人类的贪欲。"韩曾说："你不要把话说得这样抽象。我不是不懂，而是觉得你本来能将很难弄明白的事通俗地讲出来，因为你要面对很多读者。好，你说说你的准备情况。"

白剑把自己带来的东西推到一边，"当年的大洪水，H省有一千一百万人遭灾。事后，中央拨给H省的救济款有十五亿之多。龙泉是重灾县，得到的救济款应不下一亿五千万。就我现在掌握的材料分析，约有一千万不知去向，我就对这一千万感兴趣。"韩曾向前探了探身子，"你回去休假并没有闲着。你有没有把握做到言之有据？也就是说日后用不着给你擦屁股？"白剑答道："我不针对某个人。我的目的不在寻找这一千万，我想我能把握这个分寸，尽量不把裤子弄脏了。"韩曾又仰下身子去，"前天我陪英国客人又一次去了颐和园，现在谁都知道那是一支舰队沉在那里长出的一个皇家园林。有意思的是历史学家和建筑学家面对它时的情感。历史学家说：如果把这园子变成军舰，我们也许能够打赢甲午战争，历史就是另外一番笔墨了。建筑学家说：这座皇家园林最能体现中国的园林建筑风格，苏州园林虽好，终究要露些盆景之气。长城呢？应该说是民脂民膏铸出来的，现在成了中华民族的一种象征。可见，认识在变化，在流动。伤疤已经长好了，你何必要再去揭开了看呢？"

白剑力争道："任何历史都是当代史。不瞒你说，前些日子我客串了几天商人，很轻松就把钱弄到手的那种经商。早些日子我在柳城小报上披露过流传在龙泉的'护商符'，体验了几回，我觉得我必须亮这一嗓子。你不同意，我还要把它喊出来。"

"我说不同意了吗？"韩曾站了起来，"你呀，我早就知道会鸣一鸣的。阮籍虽然苦闷，却能保全了性命，又做出一番大学问；嵇康动手就是《与山巨源绝交书》，正值英年被杀了头，我一直弄不清楚该佩服谁。你呢？"

"关于嵇、阮二人，我没多想该追随哪一个。是的，阮籍能在无边无际的苦闷中继续生命，继续他的诗文，很伟大很伟大。我想，嵇康就是活在今天，恐也无性命之忧。我更喜欢读《天问》，那上面尽问些根本，问得无遮无拦、无拘无束、百无禁忌。我只是想做点实在的工作，提出一些问题，或者说把早已锈蚀了的问题摩擦亮些，供那些罕世奇才研究解决。记者，吃的就是这碗饭。"

韩曾慢慢摇摇头，"你把我说服了。路条我给你开，不过，你还得在北京滞留一两个星期。你的思路与别人不同，社里有几个大块文章，我想让你参与。既然你说服了我，我到时就管给你擦屁股。不过，你要记住：孩子只能由父母打骂责罚。点到为止，搞点中庸之道。你在龙泉挨打的真相，瞒得了别人瞒不了我。仅此一件事，我就知道那里是一种什么现实了。我的人能是一个小县随便动的吗？不过，要记住不要把盖子揭得太大了，别弄得今后社里的人去H省尽收些白眼。眼下你干这事逢时，我才不便阻拦。其实，重要的是解决点实际问题。"

走出办公楼，白剑忽然记起来申玉豹今天要在长城饭店和外商签合同这件事。雪梅他们该不会去闹出什么事吧？要不要去长城饭店那边看看？白剑犹豫着。

# 第二十二章

申玉豹一觉醒来，伸手摸住床头上面镶在墙壁里的触摸式开关，顿时，柔和的乳白把整个房间弥漫了。"香格里拉"，他在心里默念一遍这家饭店的名字，脸上露出满足的笑意。在省城的飞机场候机厅里，申玉豹选中了香格里拉饭店作为自己的临时别墅。他觉得这个名字别致，像是外国人开的一家饭店，又和马克西姆住的长城饭店分居京西京东，这样就有了距离。三年前，还是在北京，还是和这个马克西姆做生意，为了省钱，申玉豹和随从人员住在一个省办事处的招待所里，每次只能去北京饭店见住在那里的马克西姆，感到压抑别扭。事后，他把那次对马克西姆作出三次让步，归罪于自己住的地方太寒酸。生意做成后，申玉豹去逛了一次天安门广场和故宫。张翻译告诉他，官员上朝，到了前门文官要下轿、武官要下马，徒步抱着笏板或者如意，通过正阳门，穿过广场，越过金水桥，进天安门和端门，然后到午门前等候皇上早朝。圣旨一下，文武官员必须低头穿过两排手持兵器的御林军兵阵，然后踩着有佩刀侍卫站立两旁的汉白玉石阶，进入太和殿或者乾清宫朝见皇上。申玉豹学着古代官员走一趟，悟出了做大生意的一个窍门：要把架子拿起来，对方才不敢欺你。一见香格里拉，他满意极了。想象着是个怪头日脑的洋楼，一看盖得像个城堡，两边墙上插满了各色各样的小旗，咋看都像个暴富的土匪窝子。我住进去不就是山大王吗？住了进去，他让张翻译打电话给马克西姆，要求把谈判地点改在香格里拉。马克西姆坚持要在长城饭店谈，经过切磋确定先在香格里拉谈好条件，最后在长城饭店签合同。前三轮会谈，马克西姆每次都要抱怨北京的堵车，这让申玉豹大为满意。申玉豹坚持按美元预付百分之四十五，坚持二十天把货送到上海港，马克西姆争了三次，终于作了让步，同意二十天后在上海港接货，同意预付百分之四十五的订金。申玉豹在前几轮的较量中大获全胜。显然，他把初战胜利的功劳归为当初毫不迟疑地选择了香格里拉。

他坐起来，披了上衣，回想着自己和北京的八年交往史。第一次来北京，出了车站分不出东南西北，看见车站墙上挂的"小心骗子"的小塑料牌还莫名地感到两腿发软，一见到满口京腔的北京人就自觉矮了三分。直到几个北京人出高价买走了他的假翡翠戒指，他才敢直起腰身在北京的大街上行走。如今，他住在每晚三百八十元的套间里，和浑身散发着狐臭气的外国人做价值百万元的大宗生意，心里多次生出过到钓鱼台国宾馆睡一晚的冲动。这种飞跃让他感到了比性高潮还要强烈十倍二十倍的快感、悸动。再有几个小时，他就能从马克西姆手里拿到六十七点五万美元的订金了。这一仗已经接近尾声了，不能出现差错。尽管时间尚早，他还是决定起床做好准备工作。

这个时候，三妞睁开惺忪的眼，看见一片乳白从申玉豹头顶倾泻下来，把一张极有棱角的脸扮得英俊无比，心里不由得溢出一片搅拌着幸福汁液的焦渴，柔软灵活的手禁不住朝申玉豹身上滑去。开始的几个瞬间，申玉豹身心都没作出任何回应。他能迷恋上三妞，很大程度依赖三妞这种经过千锤百炼得来的技艺。这种技艺如同鸦片烟一样，曾经给他带来过许多近乎梦幻般美妙的瞬间。三妞显然把申玉豹的沉默当成了一种默许，手脸并用起来。申玉豹看着蠕动着的被子，身体里却苏醒着另外一种欲念：做完这笔生意，应该进入另一群人了，要努力挤入政界，然后……他猛地从床上跃起，跳下床，用无比气愤、厌恶的口气指着三妞骂道："日你妈，除了干这种事你还能干点啥！你是成心把老子的这笔生意搅黄了吧？"骂罢，也不管三妞作何反应，迅速穿好衣服，冲出房间，去敲几个随从的房门。回到套房洗漱的时候，三妞已穿得整整齐齐，一脸愧疚地望着申玉豹，似乎想认下这弥天大错。申玉豹没给三妞这个机会，摸着电动剃须刀，以毋庸争辩的口气命令道："你在这里睡觉吧，今天带上你肯定倒大霉！"

申玉豹带着一个会计、一个翻译、两个保镖分乘两辆皇冠出租车，十点二十分准时赶到长城饭店。下了车，申玉豹黑丧着脸说道："这老外能听懂中国话，把封你们的官名记清了，我喊一声脸上要有反应。数钱的时候不要太过细，显得小家子气。没问你们，都给我装哑巴。"

整个签字仪式，申玉豹脸上一直挂着高贵的静穆，一眼也没瞟那箱美钞。马克西姆从中找到了一种安全感，握住申玉豹的手说："申总经理，上海再见。"申玉豹脸上微露诧异，说道："马克西姆先生，我已经订了午餐。"马克西姆笑道："大使夫人中午要请我吃饭，下午两点钟，我还要出席另一个签字仪式，失陪了。"

申玉豹一行五人独自消受了一千美元的午饭。申玉豹取下餐巾，仰天大笑起来："按美国规矩，留一百美元小费。"出门的时候，他走在前头，这才发现世界上竟有这样的玻璃门，像一个妓女一样，有钱有身份的人朝它面前一站，用不着作任何暗示，它就忘情地敞开了怀抱。看着玻璃门静悄悄地，像电影里两位日本女人那样，温柔地朝两边走开，他的感觉好极了。很想再体会一下，一看到门外站着的两个迎宾小姐，申玉豹昂首挺胸迈着沉稳的步子目不斜视地走了出去。到了停车场，申玉豹临时改变了主意，对张少青说："张翻译官，你不是说北京有很高档的商场吗？说一个咱们去逛逛。"张少青朝旁边一指，"那边就是燕莎商城，据说是北京最高档的商场，东西贵得吓人。"申玉豹伸手松了松领带，"那就更要去了。"说罢，人却不动。张少青等了一会儿，不见申玉豹有别的吩咐，问道："总经理，走吧，就几步路。"申玉豹冷笑道："放在国外，就你们这种眼色，就你们这种上不了台面的角色，早叫老板炒了。几步路？不该走的，一步也不能走。包车，什么叫包车，你们不懂？"几个随从忙去找自己包的两辆车。

一看见燕莎商城一个模特身上穿的黑色貂皮大衣，申玉豹马上想起了欧阳洪梅。这笔生意顺利成交，又给申玉豹平添了几分自信。县矿业公司说垮就垮掉了，只要有强有力的经济实力，超过当年的欧阳恭良已指日可待。一个大实业家的妻子，一定要有配得上丈夫事业的背景。一个当年风云一时、富甲一方的大资本家的嫡孙女，和一个当代中国新晋大实业家走在一起，不是很门当户对吗？申玉豹被这种想象中的结局牢牢攫住了。我还要去城隍庙街88号！戒指她扔掉了，再给她买件衣服，衣服她再扔掉了，再给她买别的，我就是不信这个邪！申玉豹伸手指了一下，"小姐，请把那件黑衣服拿来看看。"营业员像是没听见。申玉豹又说："麻烦小姐把那件衣服拿来看看。"营业员淡淡笑道："先生，你可以看看别的。"申玉豹问："这件衣服是不是不卖？"营业员笑了，"卖！

因为中国人一般只是看看。这样贵的东西看多摸多了,可就真的不能卖了。你要买边上的几件,我可以给你拿。"申玉豹明白了,把会计手里的皮箱夺过来放在柜台上,"你是怕我买不起吧。我也不用看货了,开票吧。"这回营业员不自在了,喃喃自语一声:"七千八百美元。"申玉豹打开了保险箱,"要是七十八万美元,我还真买不起,钱是小姐收呀,还是交到那边收银台上?"

　　回到香格里拉饭店,申玉豹心情极好。明天返省城的机票已经订到,剩下的事只是送货收钱了。吃过晚饭,申玉豹进了两个保镖住的房间,海阔天空吹了一番,很想和三妞痛痛快快玩一回。然后呢?回到龙泉,再给三妞一笔钱,这一页就算翻过去了。这么安排三妞,申玉豹没感到过丝毫的歉疚。三妞当年在龙泉也算是个名妓,在黑道上也是响当当的人物,申玉豹作为龙泉一方名流,在无家室的前提下,包她一段,那叫风流,无伤大雅。若是真娶这样一个历史上有严重缺陷、污点斑斑的女人当妻子,那叫有病!欧阳洪梅虽和李金堂不清不白,扯不上冰清玉洁,但她是全柳城的名人,娶个美貌的艺术家做妻子,那叫风光。李金堂是什么人?是龙泉八十几万人心中的土皇上,从他手里夺来欧阳洪梅,那又叫什么?申玉豹找不出现成的词来形容这种一想起来就热血沸腾的感受。

　　拧开房门,申玉豹看傻眼了。三妞穿着那件黑貂皮大衣正在一面衣帽镜前做出各种姿势享受呢!一个旱天雷炸响了:"你个臭婊子!谁让你碰这衣服!给我脱下来!!脱下来!!!"三妞心怀畏惧,抖着手剥掉了貂皮大衣,不敢正视申玉豹那张扭曲变形的凹兜脸,擦拭着额头上捂出的汗珠子,低头小声道:"这不是给我买的吗?"申玉豹一把夺过貂皮大衣,咬着牙扔下三个字:"你不配!"

　　欧阳洪梅看见了夹在黑漆院门门缝里显得越发瘦长的凹兜脸,意识里,欧阳洪梅捕捉到了像是一直在小院的上空飘摇的几个字:"我会再来的。"刹那间,像是一本书被打开了,那一晚两人说的话语挤着拥着跳将出来。万万不能放他进来,一个声音提醒着她。于是,她的左手就被一股力量灌得充实而饱满,本意是要猛地把左边的一扇门关上,哪怕截断那四根扒在门边上的手指也不皱眉头地关,用这样一种很干脆的拒之门外的形式,表明自己的心迹。谁知左手在半途中完全背叛了她的意识或叫意志，门像是被千钧之力撞着了，撕裂一般怪叫一声，把平日里从没人走近的院墙撞落一片烟尘。欧阳洪梅为自己一贯很听使唤的手的突然背叛惊得一愣。是不是还有另外一个自己在期待着这个魔头的到来？对了，那件事没有了结，客观地说它还只是个开头。这个头开得很不好，正因为很不好，才有把它扯掉扔掉的必要，并没有任何重新写过的必要。申玉豹，申玉豹有什么资格说出那种话！这种口痰一般的鬼话，难道不该让他趴下去一句一句一字一字舔起来吗？原来左手做得很对！可是，下边该怎么办呢？天哪！他竟然大摇大摆朝屋里走，随便得像是进了自己的家。

门本来就开着，申玉豹把装有貂皮大衣的盒子朝方茶几上一扔，很熟练地脱掉鞋子，看见鞋架上仅有的一双男式拖鞋，稍稍犹豫一下，取了穿在脚上，走过去盘腿坐在一只蒲团上。欧阳洪梅追进屋子的瞬间，心里在说："你为什么不在刚才把他骂出去！为什么为什么为什么？"

欧阳洪梅站在换鞋的地方，冷嘲道："申玉豹，你知不知道县里的古城墙有多厚？"申玉豹一时没反应过来。他不是缺乏这方面的敏感，而是欧阳洪梅对待他的态度大大出乎他的预料。几分钟前，他准备好一见面就挨一顿臭骂的。他掏出手帕，揩了揩额头，"噢，真的要建新城了？我从北京回来，又马不停蹄去了上海，早上刚下火车。"欧阳洪梅吃吃笑了，"那你肯定见过长城啰！"申玉豹道："古董古玩古迹，林苟生在行，我不大喜欢这些东西。几次去北京，都没去过长城。"欧阳洪梅以为申玉豹装聋卖傻，横眉冷对道："申玉豹，你那脸皮比长城的砖还要厚！你竟敢，你竟敢再来！你从哪里找的胆子呀！"

这一下，申玉豹觉着对了路子，学着电影里日本男人的动作，僵硬地低了头，"你想咋骂就咋骂吧，你就是把我骂成是头畜牲，我也不会生气。我自己也可以帮你骂的，那天我说的话就算放个屁。人说近红的红近黑的黑，你以后多教导教导，咱不是也会进步吗？你想想看，十年前我啥也不是，如今出手就能从外国佬那里弄来几百万，说明我这个人并不太笨。要是能拜到你这样的好老师，说不定能长成一块大材料哩。你说对不对？"欧阳洪梅一时不能大发作，气得嘿嘿直笑，突然间就想起了那天的话题，脱了鞋坐在申玉豹的对面，一本正经地说："我记起来了，你原来是准备跟我生个儿子的。你究竟打算用什么办法拯救我，既然你认定我是一个……这么说吧，你认为我是个杜十娘，你怎么个救法？你认为我自愿也好，受人挟持也罢，就算这都是真的，你说说你的办法吧，我真的很想听听。"说罢，两只胳膊肘支在茶几上，充满灵性的双手轻轻托着玉一样温润白细的下巴，一脸十几岁天真小姑娘的表情，像是在等待倾听一个美丽动人的传说。已是初夏时节，天已暖得身子要化了似的，挂不起多少件衣裳。申玉豹看看一身小巧却一点也不嫌贫瘠的欧阳洪梅，有些激动。那张脸上毋庸置疑的孩子气的天真无邪，又把他洗得不敢有丝毫的杂念，结结巴巴地说："到、到现在为止，我、我人约有一千六百万资产，这、这些东西……这只是个开头……"

欧阳洪梅变脸了，眸子里闪烁着饱经风霜的老女人才会有的老练和狡黠，掐着指头扳着算，突然说道："吹牛！你这次除去本钱，按国家外汇价折算，你顶多赚了三百万。加上你原有的钱，不足一千二百万。你不是说这些钱还有李金堂一大笔吗？"申玉豹眼睛瞪圆了，"你咋恁怕他李金堂呢！马上就是一只死老虎了，能伤了人？临去北京前，我去试过他，就那两下子了。他害怕我把他的那笔钱吞了，一再给我许愿，要帮我当上县贸易商场的董事长，还要转户口，还要享受副局级政治待遇，你说谁怕谁。"欧阳洪梅摇摇头，"你真的信这些话？我听说全县的暴发户为争这个董事长头都要打破了，说是已经定下一个叫张东魁的人当这个董事长，他办了一个柳城第一大的冷冻厂，和洛阳什么火腿肠公司联合做事。我劝你赶快死了这个心。他已经知道你给剧团送东西的事了。有一天他说你醉翁之意不在酒，又说你如今像是翅膀硬了。我很了解他，一般说，他这么说一个人，这个人就快倒霉了！"申玉豹嘴唇动了动，却没有说话。心里在想：什么时候冒出一个张东魁？该不是这个女人骗我的吧？欧阳洪梅感到满意，偷笑一下继续说道："我是为你好，替你考虑才说这些的。我怕他？我从来没有怕过他。不过，所有和我有关系的男人都没有好下场，死了一个，流放一个，你该知道在龙泉流放是什么意思，就是把他调到大山里工作，还抓了一个。你要再不醒悟，他会把你悄悄地干掉！譬如说，等你再出去做生意时，派个杀手什么的，在外边把你干掉。譬如说在龙泉某个幽深恐怖的小巷，用个麻袋把你一装，乱刀把你捅死，然后四处放风说你外出做生意了。"欧阳洪梅突然间停了下来，面露惊惧之色，显然被自己编的故事吓住了。申玉豹嘴角一动一动，响亮地笑了起来，"欧阳团长，如果不是李金堂告诉我你会编很多很多故事，我还真当成真的了。他大不了给我脚下使些绊子,没啥大不了的。"

欧阳洪梅眉头一紧,换了个坐姿,眼睛里掠过一丝迷惘,叹了口气道:"嫁人可是件大事,马虎不得。就是你老婆真不是你杀的,你恐怕也是个帮凶,这案翻过来,你还是要坐牢,我就得守活寡了,那还不如不嫁。"申玉豹一听这话,顿时像吃了一包兴奋剂,激动起来,指着房顶道:"我对天发誓,我只打了玉芳一耳光,结婚这么多年,我这是第一次动手打她。"欧阳洪梅伸出指头在茶桌上胡乱画着,"你做这种生意,哪一天东窗事发了,结果你还得去坐牢,我不还得守活寡吗?"申玉豹哈哈大笑起来,"这种生意我再也不做了。我没那么傻!自从那晚上在你这里喝了咖啡,我就打定主意从此做个正派人,挣功名、挣出身、光宗耀祖。"欧阳洪梅装出吃惊的样子,"那你断了财路,不是要坐吃山空吗?"申玉豹自信地说:"不会的,这些钱存到银行,利息就够咱们用了。李金堂挡我进贸易商场,能挡我去矿业公司?钱还能挣来,这个心不用你操,你只管一心一意唱你的戏。"欧阳洪梅站了起来,泡了两杯西湖龙井,"不管你这话是真是假,咽着还不辣嗓子。为你这几句暖人的话,应该赏你一杯茶喝。这么说,是不是我想怎么用钱就怎么用钱呀?"申玉豹盯着欧阳洪梅答道:"是的,你想咋花就咋花,你又能花多少呢?"

欧阳洪梅再也控制不住了,满脸涨得通红,低头敲着矮方桌说:"你的口气太大了吧!我这个女人你确实养不起!我这个人有个怪毛病,看不得存折上有钱。衣服春夏秋冬各买二十套,貂皮、虎皮、蛇皮都要齐备,这一项要花去一百万。鞋子呢?我最喜欢鞋子了,因为我有一双李金堂说是天下第一的好脚,总该亮给人看吧?人家菲律宾总统夫人有三千双各式各样的鞋,我不和她攀比,少了五百双怕也说不过去,这一项又得花去一百万。咱们只剩下一千万了。各种首饰我都喜欢,不过最喜欢的要算镶了各种宝石那种的,多了也不要,一个宝石发网、一个宝石披肩,你总该给我置吧,要不然抛头露面的时候,我的风光劲儿就填不满你那颗虚荣心,中下水平,这一项也要花四百万。天呀,我们的钱花了一半,才把我一个人凑凑合合包装了一下。把我的档次搞上去了,你的档次就不敢低了,低了,人家就会把你当成我的小跟班,就餐了,告诉你到大厅里吃,跳舞了,干脆不让你进,包装你这一项保守估计,也要花一百万。剩下的五百万,北京买一套别墅,上海买一套别墅,只剩下一百万了。庞秋雁那辆车你知道吧？漂亮得很，她都能坐，我为什么不能坐？这辆车又要花一百万。到这个时候，我肚子饿了，想吃个烤红薯，你拿什么满足我这个小小的愿望呢？我的申大经理！"

申玉豹听得上了火，气鼓鼓地道："你是在把我当猴儿耍哩。我是真心诚意要娶了你的。"

欧阳洪梅站了起来，眯缝着眼，微微翘着下巴，歇斯底里地大声喊起来："你不要枉费心机了！你以为这件貂皮大衣的下场会比你上次那只金戒指好吗？在我眼里，它一分钱不值！扔厕所我怕它堵了下水道，对付它只用一把剪刀或一根火柴就够了。你那点小算盘我早一清二楚。你以为我真的不知道你在想些什么？你能娶了我？别再说这种鬼话了！不知道你和李金堂因为什么翻了脸，你就拿我找面子。你要的不就是这句话吗？我把李金堂的情妇给搞了！满足了你这点阴暗的报复欲，虚荣心满足了，你会像扔三妞一样扔掉我！你想跟李金堂比，有法比吗？不是我小瞧你，你对女人，像白痴一样无知。那天的话我还可以重复一遍：我再堕落十年，也比你申玉豹干净十倍，照样有资格看不起你！带了你的东西走吧，你走吧……"

申玉豹站起来，整整衣服，微微淡淡地笑着："你生气的样子真好看，你的小米粒牙好白好白呀！我一点都记不得你刚才骂我些啥，我只是感到你哪个地方都长得叫我心疼。人一辈子活个啥？我提着脑袋挣钱为的啥？如今我才知道，就是为了能想想念念盼盼你身上这种啥。我说不清楚这个啥是啥。小时候在赵河滩割猪草，红日出来了，一见到那种金红金红的光在惨白惨白的沙子上摸呀摸的，我的心里就喜得直想掉眼泪。真的，你刚才真是漂亮极了，看得我这鼻子尖一股一股地酸，我一下子就想起来小时候割猪草的事了。怪不怪？李金堂就是我亲爹，我该咋着还要咋着。除非谁把我整死了，那也一了百了，只要没整死我，爬也要爬来看看你的白牙，听听你的骂声。我走，我这就走，不用你撑我走。我明白了，你是恋着李金堂哩。我以前咋就弄不明白。李金堂往地上一站，你就想到一座山，稳当。不过你记住，我也是一座山哩。噢，我想起来割猪草时常哼的那支歌了，我哼给你听，'小呀嘛小镰刀呀，割呀嘛割猪草呀，清格滢滢的水呀，绿格嫩嫩的草呀，红彤彤的老爷儿唉——照我割猪草呀'……"

申玉豹哼唱着这支割草歌，扬长而去。

欧阳洪梅望着空空的房门，出起神来。娶我，娶我，还没人这样痴情地对我说过这话哩。金堂说过吗？记不得了，记不得了。

隔了好些天，动剪刀或者是划火柴毁掉貂皮大衣的念头，在欧阳洪梅纷乱繁杂的脑子里一直没有能够挤到前台能亮相的地方。那个纸盒子被她随便扔放在鞋架旁边紧挨着那只米黄色废纸篓的空地上，仿佛在等待废纸篓里的纸团团集合够一个连甚至一个团后，一起跟着去垃圾桶里扑腾出个大响动，仿佛表明女主人懒得单独处置它的一种心情。它当然还表现着截然相反甚至带些危险性的意味，譬如完全可以说它是一枚不定时的炸弹，说不定什么时候就响出一个惊天动地。欧阳洪梅为什么要留着它，连她自己也说不清楚。一连好几天，她总是长时间把自己关在房子里，只开一只十瓦的小灯，躺在床上想啊想啊想。申玉豹一个粗人竟也能看出来我在恋着李金堂，真新鲜！果真新鲜吗？难道这种关系也可以把它当做爱情来讴歌吗？如果这是千百年来被无数人吟唱了无数遍的爱情，它为什么常常感到残缺和空虚？申玉豹又是从哪里寻找到这种大洪水也冲不灭的热情呢？这真让人有点艳羡。我倒要看看他还能燃烧多久。

申玉豹隔两天总要来一次，每次总带有礼物。这些礼物渐渐在欧阳洪梅心里造出了期待感。申玉豹送二十朵玫瑰，竟知道玫瑰在洋人眼里代表爱情，这让欧阳洪梅多少又感到点意外。申玉豹仍在燃烧着。当申玉豹留下十张戏剧大师经典唱段灌制的唱片再次离去时，欧阳洪梅感到了要打开留声机听一听的冲动。望着院子里香椿树杈里一日日变盈的黄月亮，欧阳洪梅心里又生出了新的欲望。李金堂快来了，因为月亮就要圆了。这不是在重复冷宫美人盼驾的破烂游戏吗？欧阳洪梅心里一下子变得黯然了许多。这两个男人在这里总也遇不上吗？

李金堂近一个月没到这里来了，欧阳洪梅脸上自然挂上了小别重逢的那种喜悦。她到茶盘里去找李金堂专用的紫砂壶，发现不见了。李金堂发现了这个细节，忍不住讥嘲一句，"你是不是觉得有点人是物非了？"欧阳洪梅恰如其时地从茶盘底下的碗橱里端出那个紫砂壶，用手揩拭了一下，笑道："总算没有物是人非嘛。你这个大忙人，不是出逃，就是主持御前会议，弄得我们这些草民只能从电视上看个影了，我用金橱藏壶，免得它落了满身尘垢，看了叫人伤感。"这个解释马马虎虎，却也把李金堂微微发皱的心轻轻熨过了,他朝沙发上一仰,"宣传部和广播电视局拍了个十集电视片,拉我这个木偶进去点缀点缀,拍了很多次,耽误了不少时间。最近你又不常在班上,电话总唱空城计,我也不好贸然闯来吧。"欧阳洪梅掩饰着,"到柳城演出还没影呢,我去办公室也是干坐着。你怎么不喝茶呀?你好像有什么事要问我吧?你就问吧,我什么时候隐瞒过什么了?"李金堂不明白欧阳洪梅怎么突然讲出这种怪怪的话,笑了一下,握着茶壶吸吮一口,没问什么。

欧阳洪梅憋不住了,拉起李金堂走到鞋架旁边,"你不想知道这一个月我这里发生了些啥新鲜事?"李金堂道:"我这不是来私访了吗?"欧阳洪梅抿嘴一笑,"申玉豹又来过几次,我也用一杯清茶接待过他,这在全城大概也不是什么秘密。申玉豹那张嘴也不是上了保险的,自己恐怕早张扬出去了。这么大的事,哪里能瞒得过你。不过,你也真能沉得住气。"李金堂伸出大手捂住嘴,暗暗咬咬牙,发出一声变了调的干咳。欧阳洪梅低垂下眼皮,伸出一个兰花指,下意识地来回拭着黑亮的方茶桌桌面,继续说:"你能这样沉得住气,证明李金堂就是李金堂,谁也顶替不了你。申玉豹来过几回,你自己数,最早的一次已经给你汇报过了,遗漏了一个细节,你日后也没再追问,我在这里坦白了。他送来一枚戒指,我收下了,哼哼——你连一点反应都没有,我真服了你。可我把它存放到下水道里去了。"李金堂还是没说话。欧阳洪梅停顿片刻,伸出手朝门边一指,"他第二次来带的是下边那件貂皮大衣,据说值七千多美元。貂皮大衣上面有一束枯了的鲜花,是二十朵几乎长得一模一样的红玫瑰,不知他从哪里弄来的。鲜花上面是一个进口的微波炉,他说可以烤出上等的烤红薯,能把红薯皮烤得像油炸的果子一样脆。微波炉上面是一摞唱片,上面灌着戏剧艺术大师们的经典唱段。物质文明和精神文明都有,申玉豹长进了,知道两手抓,还知道搞平衡,一头也不偏,怕我营养过剩或营养不良。他说他还会来的,每次走他都要重复说这句话。除了那束鲜花我见了本来面目外,其他三件礼物面都没和我照呢!我害怕,害怕我看见了真的动了心,一时冲动嫁给他。你知道的,我这个人爱冲动,这是老毛病了,也是老个性了。你曾经挺欣赏的,现在恐怕要给你惹麻烦了。"李金堂似笑非笑地看着欧阳洪梅,评价道:"很好!"

欧阳洪梅笑吟吟地追问:"什么很好?申玉豹向我求婚很好?我未

置可否很好？这些礼物很好？我这么处理这些礼物很好？到底哪个很好呀！"李金堂很干脆地说："都很好！你是龙泉第一美女，爱美之心人皆有之，玉豹灵醒了，向你求婚，很好。未置可否，把玩第一个很好，很好。礼物都是上品，还知道个投其所好，很好。放在那里不动，进可进，退可退，游刃有余，很好，不是都很好吗？"欧阳洪梅再一次领教了李金堂的眼力，心里涌过大半舒服小半不快的热流，为李金堂续了一回茶，没再说话。李金堂正正身子道："这些小东西，也就只配这样玩味一番，再流连反倒无味了。洪梅——"只要李金堂一叫她洪梅，就是有别的要事和她商量了，欧阳洪梅问道："啥事？"李金堂道："戏，在龙泉这种小县，也让你唱得登峰造极了。这条道再走下去，就是奔不朽去了。不朽可遇不可求，龙泉又无很多机遇，总不能在这里傻等吧？我一介从七品小芝麻官，在这条路上，对你就是心有余而力不足了。你还年轻，我却老了，而你又到了一个关口上了，总该巴望一个很好，所以我想请你考虑告别舞台。"欧阳洪梅偶然也会考虑这个问题，支着下巴插话道："你的意见我总是优先考虑的，管它什么路，你先画一画。"李金堂继续说道："一两年前，我曾经考虑过这件事，记得曾当成玩笑给你提说过，你我都一笑了之了。回过头来再想，这恐怕是最善的选择。当然，你还可以唱下去，再唱二十年，可二十年后呢？那时我可能早作古了，当然也可以说对你问心无愧，可你那时还年轻啊。授业解惑带徒弟，龙泉就这块小地，没几棵苗供你选，收几个不上不下二架梁，高不成低不就，徒生闲气，不如这时下了决心从政。哦，你笑了，你笑得不是没道理。我也有我的道理，说了你仔细听听也好。庞秋雁走了，这个位置一直空着，因为体制里规定必须要配个女副县长。副县长只是一个起点，以后这条路还可以走很长很长。这个起点很容易达到，只要你下了决心，秦专员那里我打个招呼，剩下的事就是挪挪办公室了。你去年已评了国家一级演员，待遇起点就是正县，高职低配，谁也说不出个什么。谁也没法说个什么。因为你的能力，当个副县长已经太委屈了。要我来看，走卜这条路，到了我这种年纪，你能顺顺当当走到北京，天时，地利，人和，你全占了。"欧阳洪梅先回避了主题，轻轻笑道："金堂，你的能力难道只能领导个小县吗？"李金堂答道："绰绰有余。我决定留在龙泉，有多种难言之隐。如我只求个官品高低，我自信早入了京城。可我没有这么选择，也无法这样选择。我是个求全的人，只剩个极品的顶戴花翎,就太寂寞了。龙泉小些,党政工农商学兵艺,八界俱全,这般丰富,很合我的脾性。"欧阳洪梅还是第一次和李金堂单纯深入地谈为官之道,心里好奇,诘问一句:"那你为何甘愿久居次席,做绿叶而不做红花呢?"李金堂朗声大笑起来,"个中滋味,一言难尽。朵朵红花总要谢过,叶子却是常青,仅此一种滋味,已堪把玩。今天不说我的事。如能在有生之年看到你入省城政界,当几千万人的副省长,今生金堂再无别望了。"欧阳洪梅心中感念李金堂这份赤诚,正话反说道:"这怕不是你的真心话,我一入政界,你想见我可就难了。你能舍得?"李金堂又是一阵放浪大笑,挤着眼睛悄声说道:"你到柳城那一天,我怕已干不动这活儿了。"叹了一口气道:"多日没来看你,也有体力不支的原因。你我十多年了,第一回就是那样回味无穷,直到今天尚无一次败兴,罕见呢,这种光荣自当珍惜。做这等美事,我也是宁啃仙桃一口。"欧阳洪梅猛然就回想起了第一回,回想起了李金堂跪着像圣徒朝圣一样亲吻她脚趾的情景,双颊被这些悠悠往事浸得绯红,勾头一笑,仰出一片灿烂问道:"我一直没审你,那天你到底是真感冒还是假感冒,要是装出来的,我可要恨你个三五辈子了。"李金堂认真说道:"感冒是货真价实的感冒。治好我感冒的是你,而不是那碗姜汤。做爱可治感冒,这是我的发现,应该去申请个专利。"欧阳洪梅笑骂道:"也只有你这张嘴能开出这种下流的药方。"

两人正在调笑,有人敲响了院门。李金堂停下手道:"晚上还有别的客人呀?"欧阳洪梅一听这种敲法,就知道是申玉豹,眼珠子一转,心里道:"这场戏早晚都要上演,早看早安生。"她从李金堂怀里挣出来,用鼻音笑两声,"人说龙泉地气邪,正说王八来个鳖。来人是申玉豹,要是我没猜错,他这次还带着物质文明。你想不想见见他?要是不想见,就把他的敲门当成伴奏也好。"李金堂冷笑一声,"我倒真想见见玉豹了,最近他很出息了。"欧阳洪梅用手指压压嘴唇,打开两道门出去了。

申玉豹带来的物质文明很庞大、很重,是一台窗式空调。欧阳洪梅闩了门,没照例在院子里开始挖苦,匆匆踩着碎步先回房了。申玉豹放下扛在肩上的空调,像是被点了什么穴道一样僵住了。欧阳洪梅盘腿坐在一只蒲团上,眼睛左右一抡,说道:"你们早认识了,也用不着我介绍吧。"说罢,低下头吃瓜子儿。李金堂握了紫砂壶喝口茶水,伸手做个手势，"是玉豹呀，看你扛个空调累得满头大汗的。洗漱间在那边，去擦把脸过来说说话，从你去北京，个把月没见面了，把我想的呀。"申玉豹没想到李金堂会说出这番话，看看一双手，朝着李金堂点下头，扯扯嘴角算是笑了，转身去卫生间。那次丢戒指进去过半个身子，忘了这门是该推该拉，正在选择，李金堂的声音又响了，"玉豹，门要朝外拉，开关里外墙都有，里边的不太好用，你在外面把灯打开。"申玉豹停下来咬了咬牙，一指猛戳墙上那个白按钮，用力拉开了门。欧阳洪梅一直低头吃瓜子儿，头也没抬。

申玉豹大刺刺地盘腿坐下，也甜甜地叫一声："李叔，"做出谦恭的样子点下头，"回来这一段一直很忙，没去看望你老人家。我正说瞅个机会去给你汇报汇报最近的生意进展情况哩。"李金堂露了一线白牙，"不用了，你的事我都听说了。为县里名誉上挣来一百多万美元的外汇，好嘛。新泉和夏仁写你的那篇文章省报、地报我都见到了，好嘛。没想到常委开会，还有别人替你帮腔，让你买贸易商场一半股份当那个董事长，好嘛。你对刘书记谈你下一步准备全身心投入矿业，他很兴奋，几次大会都表扬了你，好嘛。这路呀，走起来，顺了呢，如坐火箭，不顺呢，用句俗话说，放屁能砸肿脚后跟。如今你走着顺路，好嘛。你好了，路走顺了，李叔看着那个心里高兴呀！证明我李金堂没有看错人嘛。"申玉豹一听全是顺风话，憋了一身的劲儿没处使，讪讪一笑道："这算尿啥，还不是你李叔教导有方。"李金堂嗯了一声，"可别怪我又要教导你了，你的弱点就是书读得少了点，显得粗糙有余而精细不足。这说话要讲个场合，有女士在场，嘴上挂的全是生殖器官，跌你一半面子。"欧阳洪梅忍俊不禁，扑哧一声笑将出来。申玉豹弄个大红脸，又不好发作，搓着手说："李叔说得对，我以后一定注意。"

李金堂站了起来，"欧阳是艺术家，专门塑造美的，让她多熏熏有好处。九点钟还要听个汇报，你和欧阳慢慢扯吧。"走到申玉豹背后，停下了，大手按在申玉豹的肩头上道："玉豹啊，看你瘦的，只剩个骨架子了。挣了那么多钱，以后要学会养生。你还不是荆轲，只是个秦舞阳。秦舞阳杀人如麻，一到金銮殿刺秦王，腿肚子就直打哆嗦。要练劲儿，玉豹，要练内功，花拳绣腿只能对付街头无赖。我再给你提个醒儿，不要只顾在前面冲呀杀呀，脑后要学着长个眼，当心后院起火。百足之虫，死而不僵，千里之堤，溃于蚁穴，堡垒最容易从内部攻破。你要当心、小心!"申玉豹听得似懂非懂,不知该不该反击,也不知如何反击,傻呆呆地坐着。李金堂拉开了门,又扭过头说道:"小梅梅,别只顾吃你的瓜子儿,该给玉豹倒杯茶嘛。"掩了门,大步流星走了。意思很明白:我倒要看看你欧阳怎样解决这个难题!

欧阳洪梅再一次被李金堂这个伟丈夫折服了,真想对申玉豹说一句:哪个女人得到这样个男人还不知足?不过,这只是欧阳洪梅的一种想法,她脑子里总是同时生出很多个想法,这些想法相互争吵,吵得她总是犹犹豫豫。她抬头看看脸色变得苍白的申玉豹,叹口气道:"你不是说他怕你吗?给你个机会,你咋不表现表现?"申玉豹动了动嘴唇,没能回答。欧阳洪梅站了起来,"申玉豹,我早说过你不是他的对手。他一说话,你就像被阉了一样,你不也挺能滔滔不绝吗?我知道你说的都是真心话。是的,我家祖上经过商,你说我只有跟了你才有光宗耀祖的可能,这话有一定的道理。你还能为我老年着想,不怕计划生育政策,要我生两个儿子,大儿子姓欧阳接我家的香火,这个想法让我好感动。立等着嫁给你申大经理的姑娘排成队能在这城隍庙街打个来回,你却看上我这个离了婚,又和这个李金堂不清不白十几年的女人,这又让我好感动好感动。可是,你都看见了,他是把这里当做他的家呀。也是的,这房子是他做主还给我的,等于是他的。房子这么改造,也是他设计好找人施工的,他要当主人谁也挡不住。半个小时前,我还觉得你有这个力量挡住他,可是……"说着说着,她坐下了,红着眼圈道:"有时候,不,很多时候,我总是听到一个声音,这个声音只有三个字:结束吧。可我没有力量,没有力量,真的没有力量啊!看看,我竟想在你面前哭,可见我,我还真有些伤心事。你挡不住他,这也不能怪我。玉豹,谢谢你,让我看见了我一直没有去看也一直不愿去看的东西。你骂过我,你骂得可能还不够。我早警告你别沾我这个女人。你走吧,这些东西都原封不动地放着哩,你都拿了走吧。只是可惜了那些红玫瑰,要是用个花瓶把它装了,每日里浇些水,它们最少还能艳一个星期,扔在那里,只过了一夜就枯了。我不是不爱玫瑰,是我已经没有力量爱这些玫瑰了。我知道,你也是真心待我好,可是……你都看到了,他不会放弃我的。你以后不要再来了,不要再来了——"

申玉豹腾地站了起来,发誓一样喊道:"我要来!李金堂这是仗势欺人。我要和他斗,和他斗。他不是你爹,不是你男人,他啥也不是。

我就是要娶你，就是要娶。"说着说着，半跪在地毯上了，仰着头央求着："你别撵我，他欺负你十几年了，我不让他再欺负你了。"

欧阳洪梅听得心里不禁一颤，扬扬手说："起来吧，我看不得男人这样。"忽然间笑了两声，"你可别小瞧他，他说朝你后院放火，肯定会放，他向来是说到做到。我要撵你，早撵你了。你这个人就是没有耐心。"

申玉豹慢慢站了起来，搓着手说："他是吓唬我哩，我才不怕呢。"欧阳洪梅板着脸冷笑道："你回吧。看来你还是不了解他。"

# 第二十三章

申玉豹把会计刚从工商银行抄回来的他自己的存款数目单据拍打在钱全中的办公桌上,黑着脸坐在钱全中的对面,"全中,我申玉豹待你咋样,你心里该有杆秤。你把这件事给我解释解释。"申玉豹想起来查账,起因只是对一种看不见危险的本能的敏感。钱全中拿起单子认真看了一会儿,不解地说:"玉豹,我不明白你为啥给我看这个东西。平日里,支票都是你一支笔在签,前一段你去北京、上海,转账支票你锁在家里,现金支票带在你身上,你留下三十万加工那批驼毛羽绒,账目一笔一笔都记着,回来都给你看过的,听你这口气,好像我搞了什么手脚似的。你这么看我钱全中,还不如早点把我辞了算了。"申玉豹嘿嘿冷笑着,"那他妈的才日怪哩,没人取钱,我的一百多万能从银行的金库里自己飞走?这可不是个小数目。要是三五万,哪怕十万八万,我申玉豹也就睁只眼闭只眼过去了。一百多万,值得惊动法律了。我让你看,是想让你回忆一下是不是挪了这笔钱救了什么急,你多啥心?"钱全中腾地站了起来,"你说这话我更不爱听了。你别说一百万,不是我钱全中的,就是一个亿,我也不稀罕。跟你干这一年多,你说说我是个贪财的人吗?把出纳、会计都叫过来,咱们把账对一对,若真是我的事,我把骨头锯成钢镚儿也要还你的。"

话说到这种程度,不查账是不行了。四个人忙了小半天,查出的结果是钱全中没私自动用一分钱。钱全中认真起来,"玉豹,你这活儿没法干了。没听人说吗?用人不疑,疑人不用。你既然对我起了疑心,我只好走人。贸易商场家电门市进货用的四十万,转账支票是经我手交给门市吴经理办的,当时你也在场。我只问你一句话,这笔钱要是出了问题与我有没有关系?"申玉豹已知道理亏,心里还没琢磨出这笔钱到底用在哪里了,怔了一下答道:"这笔钱已经交给小吴了,自然由他对总公司负责,出了事也是他的事。"钱全中掏出一串钥匙,扔在桌上道:"总经理的话你们都听到了,将来有啥事真牵挂到我,好歹你们说句话帮我洗洗清白。我来帮玉豹干事,原是李副书记引见,本来该去该留要听他的。可如今关系到我钱全中的名声,顾不得问他的意见了。账也查清楚了,我清清白白,你们把这个月两千块工资给我开了,我拍拍屁股就走人。这个月还剩两天,顺便把这两天的工资给扣出来,我不想占这点小便宜。"

会计和出纳忙当和事佬劝钱全中留下,钱全中贵贱不肯。申玉豹终于上了脾气,站起来说道:"这种话都听不得,还叫啥尿朋友。你攀了高枝我也不拦你,别鸡巴说那种扣不扣工资的话。我申玉豹是啥人,你最清楚。全中帮我干了几件大事,让他这么走了,下面人看了心里寒。你们开张两万元的现金支票,我签个字盖个章,算是我对全中的一点小意思。"钱全中也没推辞,拿了两千元现金和现金支票去了银行。

申玉豹百思不得其解,埋头想了一会儿,叫过门会计问道:"狗日的该不是你查错了吧?"门会计皱着眉头道:"我干会计干了二十二年,连抄个数目也会弄错?这不是扇我的耳刮子吗?你所有存在银行的钱,确实是这个数。我就是不明白,这个数和账上留的数合槽合辙的,你为啥硬说少了一百万?"申玉豹大惊道:"你说啥?"会计嗫嚅着:"刚才算账时,我已经留心核对了,没有错,总数我也算了,收支一减,可不是就剩这个数。想着你怕是嫌钱副总经理用着不合手,又碍着李副书记这个介绍人的面子不好硬开他,这才用这个法子逼他滚蛋,也就没把这一层点出来。没想到你开了他,却又送他两万,这我就搞不懂了。"王出纳也附和道:"可不是嘛。我也想着你是寻不是要开了他哩。没想到他火暴子脾气一碰就着,我心里这个想啊:总经理到底是总经理,谁的气门在哪儿,一塞一个死。后来呢,又听他要扣两天工资,心里还盘算,扣下这一百三十块,你总经理一高兴,我和老门不是能白拉两顿小酒喝吗?你一说要送他两万,可不也把我给弄蒙了。"这段时间,申玉豹已经悟个明明白白了。他让门会计去查账,是叫把他所有的存款一起查了,自然也包括李金堂存在他名下的一百零八万。门会计回来一报数,一对大账,确实又少了一百多万,心里想着会出点什么事,倒没想李金堂的钱会被人取出，认定了是钱全中做了手脚，气才朝钱全中那儿发。如今想明白了，勾股里就冒出一股莫名的寒意。怪不得钱全中要走，这笔钱一定是他帮李金堂取的，奶奶的，装得真像！他跳了起来，高声骂道："你们两个蠢货！咋不早说哩？早说了老子就想透了。妈那个屄，钱全中算计老子一百零八万，老子竟还送他两万块做盘缠，我才他妈的是个蠢货！"会计和出纳听呆了，张着大嘴看着申玉豹，不敢吱声。申玉豹像条疯狗一样在屋子里转来转去，突然来个狮子大甩头，喊叫着，"老子还有一张一百零八万的定期存折，这下你们明白了吧？少这一百多万就是这笔钱。门会计，你去银行，是不是让他们一笔一笔全算了？"门会计道："我说让全查，或许他漏掉了这笔钱。有这种可能的。你这笔钱存得这么机密，我跟你两三年都不知道，说不定他真没算上。"王出纳一听事情有了柳暗花明的可能，试着玩笑道："那当然机密，怕是为娶哪个大美人备的吧？"申玉豹气笑了，"胡屌扯！这笔钱我存八年定期，那时我老都老屄了，娶个屁美人。"出纳一看是火候，上竿子道："不迟不迟，到四十几你还不整他个亿万富翁当当，弄个大牌小姐歌星、影星的也不在话下，嗷嗷叫的。"申玉豹心里真对这笔钱生出了一线希望，说道："别扯这些闲屁了。走，陪我去银行再查查。一百多万不是小数目，身份证我一直带着，对啦，这一茬我倒没想起来。要是这笔钱还在，中午我请你们好闷酒吧喝他一壶。"

这笔钱确实不在了，还剩五十元存在折子上。申玉豹忙对营业员说："你查查是哪一天取的。"营业员报出四个日期道："这事我记得清楚，库里一次提不出这么多现金，分了四次捍走的，每次二十七万。"申玉豹急了："你们银行是咋弄的？我这是定期存款，提前取要带身份证。身份证一直带在我身上，这钱咋就叫取走了？有问题，一定有问题。肯定是你们算计我。"营业员在里面站了起来，伸手抓住铁栅栏，把脸贴过来，"申总经理，你说话要有点根据，小心犯了诬蔑罪！这是国家办的银行，不是我家开的钱庄！我们严格按照规矩办的，钱取走了关我啥事？"申玉豹喊道："这是冒领，冒领！冒领储户一百零八万，难道你们一点责任都没有？"营业员笑了起来，"准确地说，是正常取走一百零七万九千九百五十元，按活期利息算，这折子还留着几十万吧。这是国家的银行，我再说一遍，嫌存这里不保险，你把你钱都提走，我绝不拦你。"这一吵，把营业部主任惊动出来了。问了事情原委，营业部主任道:"小张,顾客是上帝,你咋忘了?声音不要那么高,脸上不要忘了笑。你把取钱的手续拿出来看看不就解释清楚了吗?申总经理,你是我们营业所的大主顾,不敢怠慢你的钱呢!那一天,两个外地人带着你的身份证和他们自己的身份证找我们商量提前取这笔钱,说是你买他们的货付给他们的货款。我多了个心,怕有诈,就让他们取了你们公司出具的介绍信再来。你看,这规矩能算不仔细?按规矩,这私人存款,带身份证,也就是存款人和取款人的身份证,就能取了。我还为你多兴了一条规矩哩。第二天他们拿了你们公司开的介绍信,我就没办法不付钱。我拒付,就又坏了规矩。如今呢,凡事都该留神小心。我当时还记下了三张身份证号码,留下了那份证明。"营业员找到了那张证明,递给申玉豹道:"你看看,你的身份证号码写在天头上,第一个就是,你可以对对。"申玉豹已经冷静下来了,掏出自己的身份证一对,号码准确无误,又不太甘心,再问道:"你们真没记错?那天他们真带着我的身份证?"营业部主任道:"提走一百万,多大的事,我们能马虎?那几天所里的人都在,你问问他们吧。"一个女营业员探头看看申玉豹的身份证,惊诧道:"咦!那天你那个照片好像胖些,唉,记得右边的耳朵露得少一些。"门会计听得心惊肉跳,禁不住嘀咕,"这假身份证也敢造呀。"王出纳说:"假人都能造,别说一个身份证。日他妈,干得更绝。看来这钱放到哪里都不保险,吃进肚里才叫钱哩。"女营业员笑道:"也没那么玄,要是一发现丢了存折,就来挂失,肯定不会出这种事。"申玉豹明白李金堂已经开始动手了,一时想不出任何对策。申玉豹走到门口,忽然想起来刚才营业员说那存折上还有几十万利息,又折回来道:"日他妈,人家连我的身份证都有地方造,我认他这一壶了。你们不是说丢了折子要赶紧挂失吗?我就把这个折子挂个失,别让人家又把这几十万也给弄走了。"办完挂失手续,申玉豹的心情突然间好了起来,心里道:"这一百零八万本来不是我的,这一弄,给我长出来几十万。李金堂送我几十万,我要不用这钱把欧阳洪梅抢过来,可就太对不住他了。"他大笑一阵,横行霸道走出营业所,吆喝道:"老门,小王,好问酒吧这一壶还该喝,走!"王出纳小碎步跟紧了,脖子一扭放射出一脸五彩缤纷,"大气魄,这才是大气魄,丢了一百零八万,颤噤都不打一个!我真服了,六体投地,三十六体投地。咋就能丢了一百多万不心疼哩!"申玉豹一脸得意地浪笑,说道:"心疼啥?这本来就不是我的钱，人家一只鸡，放我家放五六年，鸡人家抱走了，给我留下一筐蛋，就是这么档子事。"

第二天上午，申玉豹正在办公室为选个助手发愁，城关镇税务所五六个人拥了过来。走在前头的税务干部扬扬手里一沓子纸，似笑非笑说道："申大经理，群众举报，上级批准，要查贵公司成立三年半来所有账目，不好意思。"申玉豹皮笑肉不笑地点点头，拉了最后面的李所长，喊一声："门会计，快带客人到接待室喝茶，"掩上门说道："这是咋搞的？是玉豹礼数不周？弟兄们想好问酒吧坐坐咱就坐坐，别弄这。"李所长叹口气道："这是执行公务。"申玉豹赔着笑脸道："走走过场也就算了，这几年的事你还不知道，咱俩的交情也不算浅了。"李所长再叹一口气，"玉豹，这次不同往常，挡不住。本来呢，县局根本不让我们插手，吵个面红脖子粗，才让我们主查，上头派了两个监军。这回，不出出血，怕过不了这一关。"申玉豹鼻子哼了哼，"我一个个体户，没留那么多细账的习惯，见不了账，他们还能把你我吃了。"李所长急了，"玉豹，你是真不明白，还是假不明白？就这，我都替你担待不少了。如今这偷税漏税，说是事就是事。电视报纸你都看了，人家多大牌的影星、歌星，哪个背后没几根粗腿？这不，说提溜就提溜出来了，闹了多大的丑闻。你又不是女红星，胯下没长那，要是你这么一抗，说拴人就拴人，就不是电视、报纸晒晒你了。我也不知你近来是迷上哪一道了。从前，多大的事，我李某人没帮你顶过？有些话不知当讲不当讲，以我俩多年的交情，忍不住想说你两句。这天下是谁家的天下？有的东西你就是家里有座金银山，也不能去碰。你发财了，心自然大些，大些也要拣合适的吃。在龙泉，你这就是想吃天呢！人家桂雁生，自由恋爱、明媒正娶的，如今还在伏牛山里躲呢，为啥躲？避嫌。你要是信老哥我，听我一句，出出血，把头上这把刀先熔了。弄烂的路，该修该铺，抓紧点。你要是那煮熟的驴圣，死硬，老哥只好回避了。出了血呢，以后日子还长不是？账嘛，不拿出个六七成，这一关恐怕难过。有这么六七成，下头的文章就好做了。舍财免灾。"

申玉豹闷坐半晌，咬咬牙道："日他妈，不就剩这一个脓包了？要挤就挤个干净。瞒那三四成干屎，全部拿出来查，该多少，我认了。我就不信这个邪！"

一周后，申玉豹的荣昌贸易公司偷税漏税一案有了处理结果：补缴漏缴税款六十八万，罚款二十万。

又过一天，县贸易商场开了第一次董事会，李金堂到会作了简短讲话，董事长果真是冷藏有限公司的张东魁。申玉豹只买到百分之八的股份，勉强能保住他在贸易商场的原有经营规模，心里烦躁，也就没去开这个董事会丢人现眼，待在家里生闷气。

三妞从北京回来后，明显感到申玉豹变了，有时过三五天碰也不碰她一回。按她的脾气，早该和申玉豹大闹一场了。谁知三妞得知申玉豹追的女人是欧阳洪梅后，竟意外地显得平静，对申玉豹格外殷勤起来。在她看来，申玉豹简直在做着白日梦，欧阳洪梅不仅不会嫁给他，连一指头也不会让他碰。申玉豹的心扔到欧阳洪梅那里，三妞就一千个放心了。她知道，凭她一身床上功夫，加上模样俊俏，申玉豹在龙泉成家，十有七成是她做新娘。如果在这个当口上，和申玉豹吵闹，十有八九要叫申玉豹撵出细柳巷。分外对他好些，他就会有个对比，等他碰得鼻青脸肿，心灰得像燃尽的草了，他还能去哪里胡折腾？这几日，申玉豹回来就要骂李金堂，每骂一次，三妞心里就喜一分。李金堂整治申玉豹，申玉豹鼻青脸肿的那一天就不会太远了。这一分一分的喜积多了，就变成得意挂在脸上了，脸上挂满了，再积，就要从嘴里倒流出来。三妞给申玉豹续茶的时候，嘴里就轻轻哼着一支歌，歌子自然有点欢快。申玉豹一听就恼了，"唱个屁！老子倒了霉你倒高兴起来，硬割下我八十八万呀！你他妈的什么都不懂，还唱这种高兴的小调。"三妞笑了一声道："那我就给你唱个《白毛女》。"颤着哭音儿唱道："北风那个吹——雪花那个飘。想要逼死我，瞎了你眼窝。我是舀不干的水，扑不灭的火！这下你就听得舒坦了？"三妞一时起了性子，收不住，声音高了起来，"一个大男人，和女人发火算啥本事！要是我，我就是要去参加这个董事会，让他们看看你申玉豹是个啥角色！倒驴不倒架，老虎死了也能吓跑一群狼哩。"申玉豹竟笑起来，"嘿嘿，想不到你还有这样的见识！你说下去，说下去。"三妞说："我哪有啥见识。我只是觉得光生闷气不管用。不让你当这个董事长，你还是这县城的首富，谁还敢低看你？税的事了啦，还有啥小鞋给你穿。"申玉豹的眼睛渐渐黯了下去，"我以为你能说出啥惊天动地的道道。你呀，没有那个当我贤内助的命。我看呢，你还是离开我，寻个人嫁了算尿了。"三妞终于按捺不住了，仰起头冷冷笑道："玉豹，我看你是把药吃错了！你想扔了我，娶那个欧阳洪梅呀？别做你那个春秋大梦了。李副书记要算是我的恩人，我不想说他坏话，欧阳团长也算是我的恩人，我也不想说她的坏话。你别拿眼瞪着我。跟你不明不白这么久，我还没有痛痛快快跟你说过话哩。我不想让你伤心，我三妞从前可不是这个性子。唉，也不知咋的，我竟越来越迷上了你。你可别打断我和我吵架，我就是想说说让你知道知道我的心。欧阳团长要是想嫁人，早嫁了，也轮不到你如今瞎子点灯白费蜡。为啥？恋着李副书记呗，就像我现在恋着你一样。你可别小看了我三妞，别说这小龙泉，也别说这柳城，就是大北京，我要是浪起来，也能红遍京城。我为啥赖在你这里不走？我那份心死了，想正正经经跟你过一辈子日子。你去送了几回东西，那件貂皮大衣在哪儿，我都知道。你别以为我是个瞎子，我在等着你回头哩。我恋你个啥，你知道吗？就为你是第一个有身份的人不仅仅要我的人，还要和我结婚！你刚到酒吧，料你也不知道我的底细，可是你竟看上了我，要和我交朋友，要娶了我。我十五岁就走到那条道上，经见的男人几百，除了上床就是点钱。我活了二十二岁，还没听到一个我看上的男人像电影里那样说我爱你我要娶你呀！"三妞抽泣几声，"可你说了，不管你是真是假，不过我想你那时候说的也是真心话，所以我就不能不恋上你。那些年，我等啊等，就是没等到这句话。我干爹，也就是林苟生说过要娶我的，比你说得还早，不过他说迟了，开始他只是把我当个婊子，你懂吗？虽然我恋上了你，可我还没想到要嫁给你，因为我还觉着配不上你。后来知道你做那种生意，知道你老婆的死与你有关，这才觉得配得上你了，这才死心塌地要跟你过。有时候我甚至巴望你出点事，哪怕坐两年牢。为啥？这样咱俩就更半斤八两了。前些日子我还真盼着因为这些税把你抓了判个年儿半载的。你别用这种眼神看我。我承认这种念头有点可怕，可我知道你一旦顺了，就会撵我走。其实你用不着撵我，只要欧阳洪梅答应嫁给你，我就走人，一分一厘也不要你的。世界这样了，还能饿死我三妞不成？我为你那几句暖心的话，可以记你一辈子。在你还没飞到天上前，我不走，我还觉得报答你没报答够哩。现在你就是撵我，我也不走，你正在走下坡路，需要个女人陪你。"说完了，呆坐在椅子上抹眼泪豆儿。

申玉豹听了三妞这番声泪俱下的倾诉，不知该表个什么态度，把头埋在膝上，两只手揪着头发，不言语。说三妞疯了吧，又不像；说她正常吧，有的话听起来，又感到瘆人，这个女人还真有点说不清楚哩。李金堂正在发动凌厉的攻势，欧阳洪梅态度怪异、暧昧，申玉豹的心真有点灰了。娶了三妞？这成什么话！

两个人正在屋里闷着、怄着，外面响起了急促的敲门声。三妞翕翕鼻子，出去开了院门。门会计脸皱得像两瓣晒得半干不湿的茄子，插进一只脚就喊个哭丧调儿，"总经理，不好了。"申玉豹弹出堂屋，"又出啥事了？"门会计道："贸易商场门市吴经理，一月没照面，门市缺货，小温找到公司，我打了几个电话到柳城，都说没收到货款。八成是小吴带着四十万跑了。"申玉豹拍打着脑门叫着："我咋把这一茬给忘了！小吴是钱全中引进的人。他跑？他能往哪儿跑？还能跑出龙泉不成。报案，报案！"门会计摇摇头，"听小温说，小吴挂了一个温州女子，这女子本来在影院前街开一间发屋，小温常去做头发，昨天又去做头发，才发现温州女子不在了，一问，说是把房退了回了温州，有这四十万，到哪儿不能吃香喝辣一辈子？"

申玉豹一副有苦难言的苦相，张口骂道："李金堂，你不得好死！我日你妈，勾子真黑。老天，你咋不打个炸雷劈死他哩？"他双手伸向干燥的空气里，仰着脸诅咒着。三妞没说话，静静地看着申玉豹，目光复杂。

李金堂下午看了连锦策划拍摄的十集电视片的部分样片，决定晚上在家请连锦、夏仁、尹常青这几个年轻主创人员吃顿便饭，并指定朱新泉作陪。申玉豹咒骂他的时候，他正在家里等候客人的来临，连喷嚏也没打一个。

夏仁前不久荣升了宣传部新闻科科长，今天又蒙李金堂错爱，心情之激动简直一言难尽。他对仕途本无多的奢望，前一段又因《柳城日报》发白剑文章的事挨了朱新泉一顿好骂，本来升科长岌岌可危了，突然间又来个几喜临门，不免就收获一些不知所措。李金堂家的便饭难吃到，全城几乎尽人皆知。夏仁把有限的几件衬衣试了两遍，最终选择一件白衬衣穿上了。把儿子夏冬的晚饭作了安排，夏仁匆匆往李金堂家里赶。李金堂只在仕院时收些补养品，这在全县也是尽人皆知。夏仁觉着第一次吃李金堂的饭空手不好，可又不能带礼物，就想早些去，帮助做些闲杂，以平心中的忐忑。

李金堂见了夏仁，马上笑道："小夏呀，你以为我是王母娘娘开蟠桃宴呀！不用当成多大的事的。"夏仁讪笑道："想着春英阿姨一人忙不过来，我本想帮她打个下手。别的我都不在行，打整个鸡呀鱼呀的，我还能干。"李金堂摆摆手道："用不着。你坐下来。"端过一只果盘，"这是香艳托人带回的桂圆，尝尝。吃饭，我讲究个吃心境，心境一好，红薯稀饭也能喝出琼浆味。饭很简单，四热四凉，再吃一碗你春英姨的手工拉面。"夏仁哪里吃过这么大的桂圆，像只耗子一样夹啃着，说："那我去帮她和面吧。"李金堂道："小夏，你真实在。是不是不喜欢桂圆这味道？"夏仁紧忙吞了一个，不留神把牙硌一下，一咧嘴道："好吃好吃，我只是觉着这仙物长这么大。"李金堂道："好吃就多吃点。香艳带回不少，你回去时带些给夏冬，是叫夏冬吧，尝尝。"夏仁一听李金堂随口说出自己儿子的名字，大为感动，欠了欠屁股道："李书记真是好记性。"李金堂像是动了感情了，"夏冬上次参加全县少儿书画展不是得了二等奖吗？我一见好字就爱。你们朱部长，就是因为字好，我才把他调到县上来的。你又当爹又当妈，孩子丁点大，就能写一手漂亮的毛笔字，心血呀。你爱人调动的事，我限他们三个月办成了。我不能看着一个书法家苗子夭折了，他妈回来把家务事干了，你就有更多时间催逼小夏冬练字了。"夏仁再把屁股欠出沙发几分，身子几乎正对着李金堂，像是要说几句感谢的话，嘴翕翕，却没说出来。

又有人敲门，夏仁蹿出去开了，看见是连锦。连锦腋下夹了个塑料袋裹着的方盒走进院子。夏仁闩了门扭身看了，心里不免替连锦担心，他竟不知道李副书记的规矩？连锦把方盒取出来放在茶几上，是一瓶茅台酒。李金堂脸就拉长了，鼻子哼了一声。夏仁心里一紧，也不敢插话替连锦说。只听连锦说道："李叔，这酒不是送给您一个人喝的。"身子扭转过来，面上一副坦然。夏仁心里有诧异，只听连锦又道："李叔的规矩，我能忘？正因为没忘，我才带了这瓶酒。若是李叔没这个规矩，我带它还嫌累赘哩，拉拉您的酒柜就是。李叔要是遇到特别高兴的事，一定要喝茅台。李叔您出钱买了饭菜，小半个月工资已经花了，再让您拿钱买酒，就显得我们下边的太没眼色了。再说呢，这么大个事完工了，也该喝一次茅台，这酒带来是给大家喝的。没坏您的规矩吧，李叔。"夏仁心里叹道：原来话还可以这么说呀！只见李金堂脸上满满地爬上了笑，伸手拍拍连锦的头道："你这个鬼东西，就是鬼点子多。规矩你是没破，可你又逼我多破费了。本来呢，我准备的八个菜，正配上咱这杏花山牌黄酒，你拿了茅台来，这菜又该加了。春英——"春英应一声从厨房走出来站在门口问道:"啥事?"李金堂道:"去三碧居餐厅,叫他们做一个油焖虾仁、南京咸水鸭、水煮肉片、清炒荷兰豆,七点钟送来。"春英应了一声,解下围裙出去了。夏仁心里好生后悔:"送来的机会你都抓不住。顺口说句话,把点菜的事揽下来,花几十块钱,不也勉强和连锦平起平坐了?笨,真笨。"正这么想着,春英又折回了院子。夏仁想:"三碧居离这里两三百米,哪能这么快就回转了。说不定是回来拿钱的。"正要开口揽下这个美差,春英说话了:"出门碰上文化局的小尹,他说三碧居他熟得很,就去了。"李金堂哦了一声,春英又回厨房了,夏仁心里好生懊悔。

李金堂把剥开了的桂圆递给连锦说道:"片子总体上讲拍得不错,站得高,有气势,基本上把龙泉改革开放十几年来的方方面面变化都表现了。我个人有这么两个意见,提出来供你们参考。为啥我要先看一下呢?我怕你们有些地方分寸把握不住。第一个意见,我个人的特写镜头太多,删去一半,加补县里离休老领导的镜头,不能忘了老同志贡献的余热。另外,刘书记是第一书记,最后一集中,我的镜头比他的多六个,这不好,不合规矩。第二个意见,龙泉出干部,省、地两级领导中,有好几个是从龙泉走出去的,你们要去采访一下,让他们谈点指导性意见。"停顿了好一会儿,又补充道:"当书记虽没在龙泉干过,也要加进他的镜头。"连锦连连称是。

正说着,尹常青和朱新泉一路交谈着走进院子,走到门口,尹常青熟练地做个停顿,让朱新泉先一步进了屋。闲扯一会儿,尹常青夸张地惊叫一声,从带来的黑公文包里取出一个大牛皮纸信袋,从中抽出一张叠着的宣纸,"李书记,上次记得您谈书法,挺偏爱省里张老的字,这次去省城开创作会,朋友托朋友,为您求来一幅。"李金堂眼睛一亮,忙站起来展读,见两个斗大的"淡泊",眼就笑眯了,"好字好字!张老的字奇险而不怪异,已入化境,省内怕早一字千金了,难为你竟能求来一幅。两个字意思也好,正合我的心境,马上就到耳顺之年了,还是淡泊些好哇。"尹常青接道:"本想替您裱丁的,一看这两字和题笔可拆可合,想着您是行家,说不定您慧眼一拼,效果就锦上添花了。再说呢,送给您自裱,还能省我一笔钱哩。"朱新泉打趣道:"抠!说是有个作家,为了节省水,总是屎尿憋在一起拉撒,一月节约一吨水,后来憋出了尿毒症。"大家忍不住,都笑了。夏仁笑了一半,闸住了,似乎在参悟一个什么高深的道理。李金堂小心叠好了字,"小尹哪里是个抠人!抠人只钻一行,无暇旁骛。小尹既写戏也写小说,如今又留意书画,全面,是个文化部长的料子,生在小龙泉,有点屈才了。挪了桌子,吃饭。"

春英把凉菜端上,便饭就开了。李金堂亲自为几人都满了一盅,端起来道:"我借花献佛,为你们这些龙泉县未来的栋梁,干一杯!"大家一起干了。喝了几杯,三碧居的菜端来了,不是四个,而是六个,多了一个清蒸河蟹,一个东坡肘子。送菜的小姐说:"李书记家有喜事,能想着我们三碧居,我们程经理特送一个河蟹、一个肘子,表点心情。"李金堂很严肃地说:"回去告诉你们程经理,下不为例,要是再这样,我可不敢再去你们三碧居了。"尹常青打圆场道:"这个信儿由我去捎更好,小姐们请回吧,让你们捎为难了你们。"夏仁一看,心又灰了一层,大虾鲜蟹也吃得无滋无味的。

又喝两盅,开始划拳了。连锦和李金堂猜了六枚,竟猜个三比三平。李金堂喝了三杯歪过头对朱新泉道:"新泉,我这枚在龙泉城数一数二,今天连锦竟和我打个平手。没想连锦还有这一手。团县委小陈的调令来了没有?"朱新泉道:"听说快了。地区本来要调他,团省委中间插了一杠,有意要他去当学生处长。这一到省里,就前途无量了。"连锦挪过酒壶,自倒一杯道:"李叔承让。按龙泉规矩,平了要栽个小树娃儿,这棵树我栽了。"一仰脖喝了进去。李金堂碰碰朱新泉的胳膊道:"小陈走了,这个缺你觉得谁顶起来合适?"朱新泉哪里不知李金堂的意思,马上送连锦一个顺水人情,笑道:"还用找吗?远在天边,近在眼前。这么人的片子小连不到两个月都弄好了,团县委那点事,还不够他塞塞牙缝哩。"连锦红着脸谦虚道:"我,我怕挑不动这担子。"尹常青说道:"不是我舍不得离开文化界,我可当仁不让。李书记像你这么大,组织部长都当腻味了。你谦啥虚呀!"连锦马上说:"我怎好和李叔比哩。"李金堂笑了,"有啥不能比的。战争年代,你这么个年纪,当军长、师长的多啦!你也不要骄傲,先安心做你的事吧。"

陈远冰进来了,一只手当扇子扇着,气喘吁吁道:"白、白剑回回……"突然间发现了朱新泉,张着嘴不说话了。李金堂低垂着眼皮,"是不是白剑回龙泉了?"陈远冰不回答。李金堂火了,提高了声音道:"白剑是国家通讯社记者,在座的都是党员干部,一家人,有什么话不好说?"陈远冰像是下了很大决心,瞥了朱新泉一眼道:"白剑前天就回到龙泉了,当天晚上就去了刘书记家,昨天他又去了一趟申家营。今天有个叫张雪梅的,竟向法院递了个状子,要告公安局哩。"一屋人都静了下来。连锦心里暗自高兴,想起那天申玉豹讲的那些下流话,一肚子喜悦就喷薄出来了:"这下够申玉豹喝一壶了。这个暴发户也太猖狂了,也该他倒倒大霉。听说他漏了几十万的税,只是罚罚款就了事了,太便宜他了!"李金堂匕斜了连锦一眼,腹腔里滚出一个不高兴的低音,咳一声说道:"上次白剑在龙泉挨了一顿不明不白的打,伤没好就走了,龙泉对不住他。你明天去招待所,代表县委向他郑重道歉,再通知公安局关局长,重新调查这件事,严惩凶手。好久没见到玉豹了,听说他每天早上去公园练拳脚。老陈,你去告诉玉豹,今天晚了,让他明早在公园等我一会儿。白剑是身负重任的大记者,你们要好好照顾他的生活。"朱新泉当晚就知道白剑回来了,没和李金堂说,是想看看,一看陈远冰的脸,感到这事怕包不住,黑着脸道:"夏科长,你还是老任务,明天你还要住进招待所和白剑同吃同住。有什么重要事,马上向我汇报。一时找不到我,可直接向李副书记汇报。"李金堂招呼道:"老陈,坐下喝两盅。饭嘛,要一口一口吃,酒要一盅一盅喝。白记者这回带点气来,也很正常。出点麻烦事,也正常。礼数不能省,俗话说,伸手不打笑面人嘛。唉,小连啊,你是不是在和白剑的妹妹白虹闹恋爱呀?"

连锦心里一沉,吞吞吐吐说道:"也,也就是比一般朋友亲近些。我算是她的老师,又和她一起负责几个节目,接触多些。"似乎又觉得推得太干净了不妥,又补充道:"白虹如今在全县也是名人了,上个月地区节目评比,她的几个节目都名列前茅,加上她又有这么个哥哥,从龙泉飞走是早晚的事。我就是动了这个念头,也不敢打这个水漂。再说,她心气很高,眼早往上看了。"李金堂哦哦了两声,"是这么个道理,俊鸟飞高枝嘛。你也老大不小了,这个问题也该考虑考虑。"连锦犹豫了好一会儿,像是在痛下什么决心,咬着牙说道:"我这方面眼拙,李叔干脆帮我参谋一个吧。"李金堂朗声大笑,"还是你自己去碰吧。李叔一个老头子,哪里能懂你们年轻人的标准。不过呢,你既然信得过我,我也帮着你留意就是了。我要是忙起来,说不定就把这事给忘了。你别只指望我,当心把你耽搁成大龄青年。"

第二天一大早,李金堂带着一身的轻松,早早慢跑到公园,去等申玉豹。

申玉豹并没爽约。过了一会儿，两个被仇恨的毒液浸泡了很久的一老一少并排坐在公园假山后面一蓬刺儿梅架下的一条双人长条椅上。被刺儿梅叶子剪碎的朝霞在他们身上溅落着游动的光斑。李金堂问一声："玉豹，最近你在忙什么呢？"申玉豹道："没忙什么。"

"生意不做了？矿业公司下一步就要实行股份制了。"

"我想透了，钱已经挣够了，不想再干了。我想应该听听你的话，读读书，练练内功，然后干点别的。舍财免灾，这话真是好，出了一百二十八万的血，买到一个清白，值得。"

"这么说，你是真的准备就这么干了？"

"可不是嘛。商场小吴拿走我四十万，带个女人到哪都可以好好过一辈子。我剩下的钱，也准备带个女人好好过它一辈子。公鸡头、母鸡头，我总会占一头。"

李金堂侧了侧身子，"你不要执迷不悟。我今天来找你，不是求你干什么，还是要救你。"

申玉豹狡黠地笑了："你是为那些利息才想起我的吧？其实，你当时可以全部把它都取走的。为啥没取完，我就不知道了。我已经在银行办了挂失手续。你要想要回这笔钱，也不是不可以。不过，得有些条件。"

李金堂大笑起来，"痛快！痛快！我就是不明白，事情到了这一步，你还能提出条件。你也太不自量力了！"

申玉豹脸上露出玩世不恭的神情，"那你就用不着找我谈了。我知道你在想些啥，你在想当年在大洪水中为什么没用机枪突突了我，你后悔没想到养虎可以伤你自己。最近我才弄懂了一句话，叫做智者千虑必有一失。你取钱的手段一般人也干不来，你当时只让人给你取回一百零八万，还让人留下五十元，事后想起那几十万的利息，你才又觉得我可以用了，这才找我。你也把我看得太傻了，竟想着一压一哄，我就把这几十万乖乖地送给你。其实，送给你也没啥，这钱本来就是你提着脑袋弄来的。可是，这些钱给你不给你，你都要往死里整我，我就不想给了。我已经丢了一百二十八万，你给我补回几十万，也在理不是？人家说，杀父之仇，夺妻之恨，不共戴天。你也把我逼到河边悬崖上了，不跳也得跳。我仔细想过了，你再也拿捏不住我的什么了，我怕啥。你越逼，我就越想欧阳。"

李金堂意识到事情再没有和平解决的可能了，嘴里却追问一句："你真的决心吞我这笔钱了？"

申玉豹笑笑："我说过，给你也不是不可以，本来就是你的鸡下的蛋嘛。这钱推迟到我和欧阳的婚礼上给你怎么样？你快六十了，和欧阳保持这种关系实在不合适。你有兴趣了，想玩玩小姑娘，我出钱给你找，保证不坏你的名声。只要年龄超过十四周岁，发现了顶多免了你的官。这也是早晚的事，我老早就想用这种口气和你说说话。"

李金堂努力克制着，摸出一般情况下不抽的香烟，递给申玉豹一根，用打火机燃了，"有种！你就不怕有人告发你？现在有国际刑警组织，你在非洲作了案，欧洲的警察也会抓你，然后把你引渡到欧洲处决掉。你的那些假驼毛假羽绒，虽然卖到英国了，出了事你照样跑不掉。你不要以为你从此可以高枕无忧了！你老婆的案子，去年可以翻过去，今年就可以翻过来。"

申玉豹怪笑道："你翻吧，翻过来我也不怕。坐两三年牢也没什么大不了的。你别想再吓唬我。"

李金堂再也忍不住了，从口袋里掏出存折在申玉豹面前一晃，"看见了吧，我现在就把它送给你。"点了打火机燃了存折，"前些天补罚你的八十八万，算是赎一部分我李金堂的罪过。只要你在龙泉，这笔债我会让你申玉豹替我还给国家。你听着，你好好听着！从现在起，你我再没有瓜葛了。我是龙泉县委副书记，你是荣昌贸易公司总经理、贸易商场董事会董事。你今后每走一步，都要好好好想想，哪些事该做，哪些事不该做，哪些东西该碰，哪些东西不该碰！李金堂做事从来就坦坦荡荡。我告诉你两件事，你早作点准备。白剑已回龙泉，公安局已经决定重新调查他上次被打一案，只要他认定是打击报复，这件事就是柳城甚至H省的一件恶性案件，会从重从快处理。张雪梅已向法院递交了状子，状告公安局草菅人命，公安局可以马上复审这个案子，作为县政法委书记，我现在可以在你面前表明我的态度：重审此案。"说完，李金堂站起身，对着初升的朝阳做了一次深呼吸，微笑看看着呆若木鸡、脸上一阵青一阵白的申玉豹，慢慢抬起右手，把冒着青烟的烟头在申玉豹面前捏成了碎丝丝，硬冷地补了几句："玉豹！我两次放你，就像放两个屁！干掉你，就像干掉这个烟头！"

申玉豹看见李金堂背着手走了几步，突然间发出一阵歇斯底里的狂笑，直笑到李金堂收住脚步转过身才收住了，说道："那咱们就来个两败俱伤吧。那一百零八万是钱全中帮你取的，肯定千真万确。告诉你吧，我老婆吴玉芳就是钱全中用凳子砸死的。我妈这个老婊子，你不知道吧，玉玲不是遗腹子，是这个老婊子在我爹病重时偷汉子养的！是我妈用开水泼了玉芳，钱全中为了讨好我们全家就把玉芳做了。一审时我们都没供出钱全中，因为我告诉我妈和玉玲你会救我们的。我打了白剑，天大的事？能从重从快我多少年？钱全中死罪，我供出你存的钱是他取的，他一供出来，你也身败名裂。这样我是得不到欧阳了，你也得不到。你要觉得欧阳对你死心塌地，你就不会这样对待我。那时候你什么也没有了，我却还能有个死心塌地恋着我的三妞。你简直想不出，三妞本来就巴望我能坐两三年牢。你这就回去让他们查吧，我回细柳巷等着。"

李金堂感到头痛，两道浓眉兀自一跳。钱全中真的干了这件事？若真是这样，还真不能把他逼急了。

一大早，白剑就被公安局长关五德请到公安局询问上次挨打的详情。关五德暗示白剑可以把问题再说严重一些，白剑轻描淡写，很大度地说："不必费心了。那完全是一场误会。时隔这么久，不是你今天提说，我早忘了这件事。你看我的身体，已经提供不出任何证据了。"当事人不准备追究，又不做任何配合，这件事就无法再查。

路过刑警队的办公室，白剑看见了着了一身制服的赵春山，犹豫片刻，走了进去。赵春山笑道："我猜你会回来的，没想到你回来这么迟。"白剑也笑道："不晚，如今有了行政诉讼法，民也可以告官了。赵队长也该有点表示吧？不知为什么，我总觉得你我早晚能成忘年交。"赵春山道："硬激将不行，来软的了？法院受不受理，还说不定。你要能搬动地区中院，我倒很愿意当一回被告。眼下还不行，我想我总不会一直让你失望的。"一听赵春山的态度变了，白剑也不再纠缠，说道："我明白了，你是不见兔子不撒鹰呀！告辞。"赵春山也跟了出来，边走边说："我应该送送你。你的这股子劲让我感动。"

两人走到大门口，白剑听见有个声音有些耳熟，禁不住放慢了脚步听。"没有金刚钻，使这种下三滥手段，太不仗义了。本来我不想出山，又是请将，又是激将，我就来切磋切磋。牌桌上，脚下使绊子也好，狸猫换太子也好，咱都不怕。上水银骰子我也不怕。没想到来了这一手。抓就抓吧，偏只抓我一个，咱不服。"又一个声音道："你也别吵别闹找不自在，交不上罚款，别想走人。"赵春山问道："白记者，是不是熟人？"白剑道："认识。申家营的三绝之一，牌绝申玉全，听说他从不滥赌的。"赵春山道："进去问问。"

　　两个人进了值班室。小李子站了起来，"队长，昨晚抓了一个赌场，别的人交了罚款放了，只剩这么个大赢家，硬是不出钱，说是来比武的。"申玉全争辩道："那个叫岁铜锤的，找我三次，把他的几个朋友的牌技吹得天花乱坠，说要和我比试比试。我没说假话。"白剑有心解申玉全一难，就把申玉全的本领讲了一遍。小李子一看赵春山亲自送白剑出门，心里有了计较，抹着脸说："拿出本领让大家见识见识，算你不是来赌的，交一百罚款就放了你，也不通知你们乡来领人了。"申玉全从鞋子里抠出两个骰子，抬起头说："报个数。"小李子道："两朵梅花开。"白剑不解地问："这是什么意思？"赵春山答道："这是行话，是要他扔出两个五点。"申玉全微闭双眼，随手朝桌上一扔，果真是两个五点朝天。小李子笑了一下，"撞上的。日头月亮各出在天上。"申玉全又一扔，第一个骰子停出个二，第二个骰子再滚了一截，眼看要停在四上了，谁知那骰子刚好碰到桌上脱了漆的地方，一个翻转，竟又把一翻转了上来。小李子略带惊异地看一眼申玉全，"侥幸遇到个坑洼，来个一条花龙上青天。"申玉全一掷，两个骰子一前一后紧紧挨着停在桌面上，两个三点刚好连成一线。"城门楼上挂朵花。"扔出来果真是个四加五。小李子道："果真有两把刷子。你要能一连掷出三把小二姐进花园，一百块免交。因为你有这本领，用不着到城里来赢钱了。这罚款就由岁铜锤出。这混账竟一手策划了这场赌，为使耳目钱，实在可恶。"申玉全一手拿一个骰子，从左右两侧向中间滚。两个骰子不紧不慢，滚了几滚一碰，果真碰出个二加五。申玉全把一只骰子放在桌上，三点朝天，把另一只从一侧朝桌上的骰子滚，后一只骰子把前只骰子碰翻成个五点，自己晃了几晃，停在二点不动了。二个人不约而同地惊叹一声。申玉全又把两个骰子拿起来，从桌子上空先丢下一颗。这骰子碰到桌子只上下跳，并不翻滚，大家都看清朝上的是个一点，只见申玉全把另一枚骰子砸向尚在跳动的那个，两个骰子一撞，各翻两转，果真又是个二加五。赵春山伸手拍拍申玉全的肩膀道："小伙子，若要贪财，你怕是很快会来常住的,好自为之吧。"申玉全谢过白剑要出门,小李子叫住他道:"你把骰子带进了赌场,不交出来就走呀?"申玉全掏出骰子,恋恋不舍地看了两眼,轻轻放在桌上,转身走了。

白剑路过电影院,一个人突然出现在他面前,挡住了他的去路,定睛一看,是申玉全。申玉全抱拳道:"白大哥仗义。以后若有用得上玉全之处,尽管说。"白剑支吾几句,打发走申玉全,自己一人拐向一条小巷。进了巷口,只见一个慈眉善目、身穿紫红袈裟的胖大和尚立在巷里,兀自愣了一下。胖和尚道:"施主是否愿意让老衲观观面相?"白剑又是一怔,摇头道:"谢谢了。我不信这个。"胖和尚道:"老衲乃菩提寺晦明,平素不常到县城走动,更不是相士。只是见施主面相非凡,这才动了点恻隐之心。"白剑心念一动:面相非凡,又有大难,这不是自相矛盾吗?笑了一下道:"法师是不是觉得我有大难,才动了恻隐之心?"晦明法师目光如炬,仔细看过白剑的脸道:"奇!奇!施主两眉如刀,似泄出绵绵杀气。身后又留暗影,似追随有无数孤鬼冤魂。这股阴气似又于你无害。怪哉!若往前去,怕是要引出大劫。及早抽身,方可相安无事。"白剑听个一塌糊涂,笑道:"大师能否明示?"晦明道:"你太阳欠满,主早年别离双亲。额骨前凸,示你兄弟无靠,人行孤寂,早晚要有漂泊异乡之灾。印堂泛青紫,像是有亲人近来亡去。"

白剑把这几句和自己的经历加以对照,觉着似是而非,将信将疑,又问道:"大师能否再给个破解之法?"晦明微微一笑,吟道:"一柄龙泉出凤凰,百年恩仇结冰光,利剑出鞘难收回,认作他国是故乡。"白剑感到这四句似有玄机,忙问:"请大师解释清楚。"晦明念声佛道:"天机不可泄漏,施主保重,保重!"说罢,飘然而去。

白剑在巷口呆立良久,想不出个所以然,兀自笑了,心里道:"本来不信这个,听了心里又嘀咕,人真是个莫名其妙的东西。"

走进古堡大厅,林苟生一脸哭相拦住了白剑,大手搭在白剑肩头上轻轻拍着,"小兄弟,县委办公室陈主任来向你道歉,为上次挨打的事。"白剑问道:"人呢?"林苟生道:"走了。咱们收拾一下,回八里庙。"白剑不解地看着林苟生。

林苟生眼圈一红,垂下头道:"刚才白虹来过,爷爷今天凌晨不在了。"

白剑身子一颤,僵住了。

# 第二十四章

凤凰乡周有才乡长近来被姨表挑担高四喜日夜不分时辰的造访折磨得心力交瘁。高四喜软磨硬缠的惟一目的只是让周有才答应阻止八里庙白家的八个人入党。

白云飞当上村支书后,立即走访了白家七八位有头脑的长者,询问上台后的施政方针。在他看来,眼下最主要的任务是如何引导全寨人完成八里庙从农业、手工业到小工业的转变,尽快使八里庙经济跨上一个新台阶,争取在两年内跻身于龙泉经济十佳村的行列。八里庙现有农田四千八百亩,东临赵河,一马平川,在凤凰乡有一个寨子一块地之称。这样的条件,很适合机械化种植、收割。白云飞做过计算,如果增添大型农机十台,这四千多亩地,最多需两百人耕种。再从靠近寨子临河的地方划出五百亩地种蔬菜,三百亩地种烟草。这八百亩纯经济田,用两百人也足够。两项一加,八里庙只用四百人务农即可。而现在,全寨近两千劳力,百分之八十都成年累月在自家的小块责任田里摸爬滚打。全寨现有绸机二十余张,玉石车三十余架,拖拉机十八台,铁匠五个,鞋匠三个,搞手工业和运输业的人不足三百,八里庙经济发展的潜力很可观。白云飞把这些宏伟的蓝图在老者面前一勾画,引出一片摇头。七八个老者好像事先商量过,几乎是异口同声地说:"十八呀十八,最关紧的不是弄钱,而是发展党员。"这些长者详细给白云飞讲述了近四十年里白家因为党员人数太少所吃过的大亏小亏,最后又总结说:"你是上头安下来的支书,风头一变,兴个举手,就把你举掉了。支书都当不成了,你那些计划都成了画饼。"

白云飞暗自叹服:姜到底是老的辣!分田到户时,高四喜做了手脚,好地有百分之七十分给了高家。这四千八百亩地,又是好坏混杂,高家不同意集体使用,一切都等于零。实现这些计划,前提是取得高白两家的团结。团结这个结果又必须依靠斗争。白云飞最后采取了一明一暗的施政方略:明抓经济,暗抓组织。上任第一个月,八里庙支部上报两批党员让凤凰乡党委批准。这两批党员共有二十六人,白姓十九人,高姓七人。白云飞正准备发展第三批,乡常富申书记说:"按规定,一般情况,每年只发展两批党员。当然,如有特别突出的,也可以成熟一个发展一个。"第二个月,白云飞又分四次上报四个有特殊成绩的,全是白姓人。等高家从惨败中清醒过来,八里庙二十个新党员已获乡党委批准,高白两家党员人数的差距已缩小到四人。高四喜得知村支部刚过了六月三十号又上报了十二个党员,其中高姓人只占四席的消息,当晚就去了周有才的家。高四喜进门就哭丧个脸说:"妹夫呀妹夫,你救救高家吧。"周有才道:"前些日子见你,你不是说白云飞做事大面子上过得去,知道抓正经事吗?今儿又咋啦?"高四喜就把白云飞突击发展党员这事先说了。周有才扑哧笑将起来:"我以为天要塌了哩。白云飞抓基层组织建设,抓得有声有色,县委组织部温部长准备下一步派人到你们八里庙搞经验材料哩。白云飞脑子好用,这时候发展几个专业户入党,一下子就引起县里注意了,乡里也有了面子,有啥不好。"高四喜忙道:"这发展党员能像割韭菜吗?他又报上来一批,十二个人。"周有才笑骂道:"你算个鸡巴老党员。韭菜?党员发展得多,证明我党的事业蓬勃旺盛。你还嫌韭菜长快了不是?"高四喜一拍大腿道:"你看我急的,一搪就戳到牛屁股上了。不是韭菜该不该割,是他专割白家的韭菜卖。这两三月,白姓的韭菜熟了二十三茬,高家只熟七茬,都在一块地里长,为啥白家的就熟得快些?"周有才挠挠头道:"这个我倒没太注意。你找我干啥?我还没问你呢!"高四喜道:"白云飞又报来一批,又是白家多高家少。"周有才道:"我还不知道这件事,我先问问吧。"

  隔两天,高四喜又来了。周有才先说了:"多大的事,跑一趟又一趟的。不是我说你的,人家白家的人,就是比你们高家的素质高。志愿书和申请书我都看了。人家的,写得又长又水灵,一看就是动了感情。你们的,又短又干巴,就这四份申请书还差尿不多。"高四喜嗫嚅着:"他们是早有准备,活儿自然做得光亮些。"周有才有点不耐烦了,"那就等明年吧。明天一大早我要到县里开会哩。"高四喜只好告辞了。周有才从县里开会回来,高四喜已经在家里坐着。"还是那事?""咋不是那事。""你让我弄啥?"高四喜已经老泪汪汪了,"白十八这是有预谋哇!这一弄,白家的党员就比高家的多俩。以后他一碗水端平,啥尿痕迹也找不到了。干了几十年支书,咱懂。别看只多俩,选支书票数就能过半。白云飞没大错,就再也拉不下来他了。白十八这是反攻倒算呀!你想个法,把姓白的拉下几个,也就救了姓高的几千人。听说他下一步要重新分地。"周有才瞪了高四喜一眼,"白云飞哪里是分地,他是想把土地集中起来使用。他的想法不错,乡里已明确表示支持。人家七里营的刘庄,地没分,如今不也富得流油。咱乡的马齿树,人口跟你们八里庙差不多,这几年马呼伦暗地里拢到一堆儿过,也富成啥样了?马呼伦当了县人大代表,又当了省劳模,多风光,多给乡里长脸!哪像你们八里庙,事多!"高四喜老泪纵横了,"你不明白八里庙的人都想些啥。你就答应抠下俩吧。"周有才老婆插话了,"有才,姐夫几十几的人了,没有大难处,也不会掉眼泪豆豆。又不是啥大不了的事,抠俩就抠俩呗。"周有才说:"好,我想法抠下来俩。"高四喜揩干了眼泪,仍没走的意思。周有才气笑了,"下星期一定下开党委会,你总不能一直在这里等结果吧。"高四喜嘿嘿笑道:"妹夫,你已定了救人,救人就救彻底吧。抠俩打个平手,不如抠下来四个,高白两家都剩四个,也没让你为难。"周有才摇摇头道:"真拿你没有办法。那些年你要是一碗水不歪端,也不至结这多的仇。好了,我答应你。"

星期一早上,周有才一开院门,高四喜已在门外圪蹴着。高四喜嘻嘻笑着:"我怕你大忙人,事多给忘了,赶来给你提个醒儿。"周有才也不好再责备,说道:"吃饭没有?"高四喜说:"吃倒没吃,不过不用吃家里的饭了,来了几个人,等会儿去你们乡政府的馆子里吃点。"

党委会定在十点钟开。九点半,周有才进了常富申的办公室。这件事看来不办不行了,高四喜带几个人在街上茶馆里死等,中午还要请周有才喝几盅。周有才想先和常富申通个气,省得常富申误会了。刚把事情说清楚,王副乡长进来了。几个月前,王副乡长因在八里庙开枪逼人拆房,挨了个党内警告处分,停职反省两个月,这才刚刚官复原职,步子踩出的响动小得连兔子也惊不跑。他朝两个主官点点头说:"县委办公室陈主任刚才打了电话来,说八里庙那个白记者的爷爷今早病故了。"周有才因还没把事情谈妥,心里急,忙接道:"死了七老八十的人,与乡里有啥关系！"王副乡长讪笑道："我不就是因为白记者才背个处分吗？陈主任说，白记者正好回县办大事，要乡里派人去看看。又说李副书记已定下来明天前去吊唁，县直各单位都要派人去。"常富申站起来问："没说别的？"王副乡长道："没说别的。"常富申看着周有才道："那个事办不成了，全部通过，把消息今天就带过去，你说呢？"周有才道："还有啥说的。我看得先派个人去瞅瞅，缺啥少啥，赶紧从乡里拿。"常富申说："那就开会吧，这件事也算个议题，没多的有少的，乡里总该表示表示。小王上次得罪了人，回避一下好，老周，明大你我怕都得露露面了。"周有才说："有啥说的。"

高四喜看见周有才走出乡政府的大门，忙笑脸追了上去说："酒菜都备好了，在那边的三鲜酒家，你咋忘了。"周有才停下来，车转身子道："事没办成，咋能喝你的酒？"高四喜惊道："常书记不同意？"周有才冷笑道："哪一个我都举手了，不举不中。"高四喜脸上有了愠怒，"你答应的事，弄得我这老脸往哪儿放嘛！"周有才道："你差点让我跳了坑，八里庙死了人你咋不早对我说？还埋怨我！"高四喜问："白明德死了，关这啥事？"周有才哼了一声："亏你还是个老江湖，好了伤疤忘了疼！白明德是白记者的亲爷！白明德的死把全县都惊动了，你知道不知道？明天，我和常书记还要去吊孝哩。"扔下呆若木鸡的高四喜，独自走了。

白剑和林苟生回到八里庙，免不了在灵前哭了一场。林苟生哭声如钟，震得满寨子嗡嗡响，悲凄之状，如丧考妣。白家族人感念一个外姓人哭得赤诚，不忍久听，遂有两个汉子过去架起林苟生去厢房歇息。白剑收住哭，站起来，揭了爷爷身上的白单子，见老衣还没穿，疑惑地问："衣服还没穿？"九爷沉着脸说道："女眷先出去回避。十三，你回来了，净身之事别人就不好代劳。"有人端来一大盆热水，拧了毛巾递给白剑。白剑慢慢揭去白单子，像是睡去的老人赤条条地赫然现了出来。因久病卧床，白明德已瘦得皮包骨头，两条腿只剩一层皮包着腿骨头，粗细已和胳膊相差无几，胸部已无片肌块肉，肋骨毕现，惟那一团阳物依然茁壮，似乎凝固着生命向死亡抗争的全部悲壮。白剑不忍久视，拉了单子盖了爷爷的下体，展了毛巾给老人洗脸。

穿好内衣和中衣，九爷招呼一声，白剑的姑姑带着女眷从里屋鱼贯走出，每人手里各捧一件老衣，七手八脚、井然有序地穿着。穿羊皮夹袄时,一媳妇手脚忙乱,支老人后背的手伸迟了,老人向后一仰,面部似现一缕惊愕。九爷威严地嗯了一声,"小心!别碰醒了他。"

林苟生进了堂屋,摸出一只绿翡翠烟嘴放进老衣的口袋里,"爷爷,路上走好,到了那边记着配个白金烟锅,白金配绿翠,这就齐了。你走得太急,也没托个梦给苟生,没给你备齐。缺啥少啥,告诉苟生一声,啊。"说得情真意切。九爷听得感动,翕了翕鼻子道:"忒贵重了点。八哥一辈子俭朴,没想到死了能用翡翠这种罕物。"林苟生抹一把眼泪道:"我和小兄弟终日在外奔波,没有好好孝敬爷爷,这次再不表表心意就没机会了。"说着,把一个黑皮夹子交给九爷道:"也不知该咋称呼,喊一个大爷吧,这点钱算是苟生一点心意。天热,要用钱的地方很多。"白剑忙道:"老林,你这么干我就不高兴了。"九爷却接了皮夹子,说道:"十三呢,你京城待久了,也不要忘了乡俗。你这位异姓大哥有这心情,我代表白家近两千口人领下了。人心换人心,日后你这位大哥用得着你,你也要用心不就是了。"白剑一见这阵势,知道这葬礼要大操大办了,想了一下说:"九爷,天热,我的意思是早入土为安,爷爷也不会忍心这么多人为他的事累着了。"九爷以毋庸置疑的口吻道:"你回了八里庙,就不是北京城里的大记者,只是白家一个有出息的子弟。你有大事要干,送八哥的事你就不要太操心了,省得累倒了你,该你干的事,我会叫你的。来了贵客你出来招呼一下,闲时就陪你这位大哥喝喝茶。我和十八已有过商量,这回送八哥,一定要送得风光。入棺前你先歇着吧。"

白剑不好再争,带着无可奈何走出院子。院门外有个两三百平米的大空地,是八里庙的一个饭场。相传,高白两家经历了李闯王血洗龙泉大劫,心有余悸,吃饭不敢在家里吃,都端着碗到外面,边吃边看通往寨外的官道,一旦发现风吹草动,也好逃命。久了,就养成了在外吃饭的习惯。几个青壮汉子正在空地上栽桩子,白剑一问,才知道准备把这个大空地用帆布篷蒙成一个能防雨的大厅。白剑自言自语说:"要是像滚雪球一样,将来难以收拾。"林苟生道,"因为你,白家翻了身,他们自然要借此机会表达表达自己的心情。你要不领,反倒落个便宜怪了。"

正说着,一辆拖拉机开过来了,从上面跳下一个白云飞。十几个人围上去,拖车上的几个帆布篷。白云飞看见了白剑,跑了过来,擦着汗说道:"十三哥,早上因要去租借这些帆布篷,就只跟虹妹说了,她中午录了新闻，下午回来。"白剑一脸不高兴，"云飞，九爷他们要这么办，你也不拦一拦！这弄下来，要花多少钱！"白云飞道："钱不成什么问题。各家已主动提出拿一百，有这两三万块，大项上也就差不多了。"白剑骂道："这是谁出的主意？你这个人怎么一点脑子也不长？哪一家能有这一百元闲钱扔在丧事上？"白云飞道："完全是自发的，没谁号召。有的拿得更多，这一百元的数是九爷定下的。"白剑喝道："你是支书，就不知道这是浪费？就不知道这是胡折腾？"林苟生拦道："你们兄弟俩就别争了。这事云飞也做不了主。白支书，我刚才又给九爷一万，实在赤贫的户，钱退给他们吧。"白剑不好再责怪白云飞，伸出拳头砸砸自己脑门问道："告诉我，九爷他们还准备做些啥？"白云飞嗫嚅道："也没啥。以你的名义给八爷刻了一块碑，再买四棵雪松，墓地就这两项花钱，老屋早备下了。九爷让请五班响器，说是白、高两家本是五兄弟，后来闹生分了，该每门请一班。这些都不算啥，我从心里也赞成，现在都兴起来了。各家出了钱是出了钱，从晚上开始都要派人来做事情，也吃饭，加上每人的头巾，也花个差不多了。八爷熬过了八十四的大关口，是喜丧，九爷说这样也是热闹一番。我呢，提出请三场电影演。这都不过分。说起来，一个葬礼花三万，是有点多。可均到两三千人头上，又很俭朴了。惟一拿不准的，是九爷要请菩提寺的和尚来做法事，这事还不太兴。"

没等白剑发作，一阵鞭炮声响了。几个人朝寨门方向一看，一辆北京130小卡车缓缓驶了过来，一个人站在车上，放着鞭炮。车停了，司机房跳下一个精精干干的小伙子，捂着耳朵躲闪过去，等鞭炮声一停，大声问道："哪位是北京回来的白记者？"白剑迎了过去道："我就是。请问……"没等白剑问出来，小伙子抢上一步握住白剑的手道："我是县饮食服务公司的小王。听说你爷爷白老先生病逝，我们公司张总经理叫我送来点东西表表心意。有应急的冰，还有几箱饮料。明天张总经理要率人亲自来吊唁。"白剑听得一片茫然，挖空心思想了，也想不起什么时候和张总经理有过什么交情，只好笑着说道："谢谢了，请到家里喝杯茶吧。"小王道："茶不用喝了，下午还要用车进货。我们几个进去给老爷子磕个头表表心意就回城里。"

白云飞从车上卸下六大块冰，十二箱汽水，四箱罐装饮料，忙喊上礼单的登记下来，又去找小王问了张总经理的名字，也写在礼单上。送

383

走这批客人，白剑觉得这事有点奇，喃喃说道："我从不记得认识这么一个张道龙。"林苟生说道："世人分三六九等，有的人是让人记的，有的人是记人的。可能是你什么时候的同学，你忘了人家，人家却把你记死了。这份礼倒也阔气，像是发达了，借这个机会和你叙叙旧的。"白剑将信将疑，也没反驳。

几个人正在搭篷子，又开来一辆三轮摩托。后座上跳下一个人，装束像是一个电工，也直接呼找白剑。一问，才知是县电业局的。电工说道："我们梁局长听说白老爷子过世，怕电不顺手，派我来检修一下变压器，顺便带些导线什么的。你们想放电影想干啥，尽管安排，梁局长说了，在老爷子入土安息前，八里庙的电一分钟也不会停。"两电工扔下扁兜里带来的两大盘导线、一大盘豌豆粗铁丝、一纸箱一百五十瓦灯泡、二三十个灯头、电闸，马不停蹄去检修变压器。白云飞喜道："雪里送炭，雪里送炭。这里的电一天两头停，啥事都不好安排。我正想着去借几个小发电机放电影哩。"老江湖林苟生已经嗅到些味道，意味深长地看了白剑一眼，道："小兄弟，厉害吧，一缸又一缸人情叫你洗来叫你泡，硬的把你泡软了，软的把你泡化了，甜的把你整酸了。不够咸，加把盐；不够甜，弄包糖精倒进去。像一个风月老手侍候你，看你招安不招安。"白剑下意识地摇着头，嘴里说："没这么严重吧。"林苟生一脸自信，说道："这件事肯定是李金堂授意，你等着瞧吧，好戏连台，大头在后头呢！他要和你讲和，用人情一瓢瓢泼你，泼得你哑口无言。"

果真是好戏连台。到中午吃饭时间，又来了几批非正式吊唁的客人。县面粉厂送来二十袋共一千斤精制面粉，县粮食局中心粮店送来十袋一千斤黄河大米，县水产公司送来差不多有一千斤的赵河鲤鱼，县养殖场送来宰好的一头牛、两头猪、两只羊、五十只肉鸡，县纺织品公司送来白布八匹。这五个单位，只有养殖场和白剑有点瓜葛，因为白虹曾在那里当了五年工人。

白剑意识到局面已无法控制，也无能力控制了。吃过午饭，他躲进东厢房间坐着喝茶。林苟生抹了油嘴，晃进来道："小兄弟，到底是古风犹存的八里庙浸泡出来的，满脑子还流淌着那个礼义廉耻呀！如今兴啥？兴那个吃人家的嘴不软，拿人家的手不短。他爱干啥干啥，咱爱干啥还干啥。用句时髦的用语，叫做绝对自由选择。他搞这种苦情计，咱要良心上嘀咕，不正中他的下怀吗？唉，老爷子生前不知做了多少善事，竟积了这么大的哀荣，这一回，就给你落了个孝名。他愿打呢，你就装作不知，挨着就是了。这种温柔的抚摸，求都求不来，难得这回糊涂，就糊涂一回吧。"白剑叫林苟生说笑了，叹口气道："这是把我放在火炉上烤，疼在我心里，你自然轻松。"林苟生道："我倒真愿和你换换。情火烤出来，成了人干儿也是浑身是情。按说老爷子新丧，不该这样油腔滑调说话，大不敬。可道理不这么说又说不明白。"

白二十一跑了进来，恭恭敬敬喊了一声："十三哥。"白剑很喜欢这个堂弟，问道："还干你的团支书？"白二十一道："高村长撂了挑子不干了，我代理着哩。团支书早不干了，我当副支书，给十八哥打打下手。"白剑迟疑一下道："入党了？"林苟生插道："这不是废话，不入党能当副支书？!"白二十一问道："十八哥让我来问你，县电影公司来人了，带了十几部片子让选，你去见不去见。"白剑不假思索地说："不见。你告诉十八，送东西来的都由他接待，我心里烦得很。"

白剑正和林苟生闲话，白虹推门进来了，眼泡哭得红肿，喊了一声"哥"，又掏了帕子揩眼泪。白剑心里也难过，伸手拍拍白虹瘦削的肩头，心里一下子想到那个连锦，嘴里说道："你一个人回来了？"白虹点点头。白剑忍不住又问："那个连锦呢？"白虹说："他刚刚给县里拍了个电视片，有十集呢！前天李副书记看了样片，给了很高评价。这两天他忙得很，我就没叫他回来。"这几句话已经把她和连锦的关系讲得明明白白，再劝她慎重、小心，已毫无意义。可一想到那个小白脸，白剑就感到一种扑面而来的生理上的厌恶，换个角度说道："小虹，不要把眼光只放在龙泉小县，这样就会限制你的发展。你播的新闻我看过几次，再经过专门训练，以后瞅机会就能离开龙泉了。"白虹莞尔一笑，"哥，我是个没多大志向的人，很容易满足的。咱们家有你这根擎天柱，什么都撑起来了，用不着我的。我刚才骑车进寨，见一个人，一个人就在夸你，说你可给咱八里庙长了大脸了。"白剑冷笑一声："你以为这是多好的事？我没为他们办过任何事，为什么爷爷过世了他们这么用心？用心良苦呀。你还年轻，不懂得杀人不用刀的道理。"

"我快八十了，也不懂哩。"九爷不知什么时候已经站在屋里了，"你这些话我不爱听。不管咋说，县里待你白十三不薄，待咱白家也不薄。人家来随点人情，还不是看你白十三是个人物？九爷我看着你一天天长大的，见你这样出息，我心里那个喜呀。上次你顶着枪口上，保住了咱白家的两个寨门，一下子白家就发旺了，这份功劳，白家男女老少都记下了。我想让八哥风光，为的也是他养了你这么个孙儿。这人，要知个居安思危才能久旺。人家大老远开着车来送点心意，为的不就是见见你，让你记下，你在这儿喝茶不见，我看不好。我老眼昏花，看不出人家有什么恶意。你说说你的道道？"白剑早站了起来，感到这事无法对九爷说白了，低下头道："九爷说得对，十三考虑不周。"

姑父不知啥时候也在屋里站着了，摆出一副老于世故的面孔说道："小剑呢，听九爷的没错。如今你是尊大神，闻见香火气，要笑，这香火才会越烧越旺。你转个冷屁股过来，香客不都叫吓跑了？人家刘书记，正正经经的县大爷哩，买你那么大个面子，派了小汽车接小青去药厂上班，这事让我在村里一直风光到现在。我喜种烟，不喜种棉花，往年村里强压着头，不是还得乖乖种上棉花。刘书记的车一去，立马都变了，村长还到我烟田里看哩，没见一株棉花苗，屁都没放一个。瞧人家刘书记这事做的，那时你还在北京哩。趁着你爷爷的丧事，龙泉上下方方面面多维持一些人，你走了，我们也能跟着沾光不是？我正准备卖了家里的房，迁到八里庙当个倒插门的老女婿，小青也不姓我的齐，姓你们的白。白虹、白青喊着也赶趟。白家在八里庙窝了几十年，这口气定要出得畅快才是。"林苟生听得一脸木然，嘴角像是藏个跳动的笑面人儿。白剑的浓眉朝中间动一下又动一下，没表态。九爷咳了一声道："乡里派人送了几顶帆布篷用，又捎来消息说明天李副书记要亲自来吊孝，你去陪陪人家。乡里书记、乡长待咱白家都不错，这批党员也都批准了，以后就走顺了。高家的人连个脚尖也没来蹿一个，咱们更要把事情办得滴水不漏。"

九爷后面说的几句话，白剑根本没听进去，他在想象着李金堂出现后的情形。

八里庙高家派了不少人，一直在注意着丧事的动向。高四喜挨了表妹夫周有才乡长的一顿责骂，哪里还有吃酒吃肉的心情，饿着肚了，带一干人走小路从高家聚居的南寨门回了家。此时，白家的人正在饭场欢笑着卸大米和面粉。高四喜一碗面条吃了一半，就有三批赶来报信的人。第一个说："四爷，不知啥单位，开个面包车送来六匹上等白布，能扯几千个头巾，怕是客人不少。"第二个说："四叔，水库管理处送来一车厢的大鲤鱼，我看起码有八百条。看来白家是准备大待客哩。"第三个说："四爷，又有人送来一车牛羊猪鸡，你看咋办？"

高四喜把碗朝桌子上一摔，半碗面条撒成一摊，"咋办？凉办（拌）。眼给我把细点，耳朵给我磨尖点。看看再说。"来报信的人络绎不绝。"四爷，我让小三过去看了，电影公司拿了十部新旧电影，让白家选着放，白十八已经派人去整场子了。""四爷，百货公司送来二三十个瓷盆和两匹黑布。黑布白十八已交给几个女人拿回去做黑纱了。毛巾厂派人送来两百条白毛巾。""四叔，乡里派人送来了四顶大帆布篷。白家准备把院子都蒙起来，里里外外挂一百只大灯泡。""四爷，县糖烟酒公司送来二十箱白酒，十箱杏花山牌黄酒。"有人评价道："日鬼的，白家这次大待客，竟不用花自己一分钱了。"高四喜一直不停地在屋里抽烟，半截烟丢了一地，突然，他又掐灭一支烟道："老十，你去把六成给我叫来。"不一会儿，一个面相实诚的中年人进了高四喜的家，背靠着门一站，谦恭地哈腰说道："四叔，你有啥嘱咐的？"高四喜笑眯眯地新开一包卧龙烟，抽出一根递给高六成道："你家小五近来改口没有？"高六成打个哆嗦道："四叔，看来只能动用老族规，把她沉了河算了。"高四喜嘿嘿笑着："解放后这条规矩啥时候用过？想住班房呀？你疼小五，我知道。其实咱高家的老辈子，哪个不疼小五？小五在我孙女辈里，长相拔梢，聪明伶俐也拔梢。如果不是她鬼迷心窍，非要嫁给白云飞做填房不可，我也不会叫你管教她。"高六成一脸哭相，咕哝着："四叔，不是我下不了手，老子打小子的法子我都用了，陈刺条子抽过，跪过砖头，跪过瓦片，昏过好几回，可就是不改口呀。"高四喜说："那就算了。小五要嫁白十八，面子上是不好看。高家一个黄花大闺女，去给白家人当填房，这咋能行？不过，她要嫁，怕也拦不住。这样吧，你让小五去找白云飞，问出县里到底有啥大事要叫白剑干，再问出李副书记是不是真的要来吊孝，以前的事就既往不咎了。白云飞当了村支书，这人还不算丢到家。我等着你过来回话。"

白云飞当了村支书，一肚子打算都因高白两家不和而无法落实，整天都企盼着高白两家能团结起来。小五因为恋他挨打的事他也听说了，心里很灰，也更觉得两家和解的艰难。忙碌了差不多一天，没见一个高姓的成年人前来帮忙，心里又灰了一层。因此，当小五派人叫他去说话，心里很有点忐忑。一听小五的问话，白云飞感到喜出望外。如果这个葬礼能成为两家和好的契机，前途不是立马光明了吗？高四喜出这一招，怕是想偷看底牌的。于是白云飞就把白剑和县委主要领导的关系添油加醋地讲了一通。

高六成让小五把话重复讲了三遍，这才去高四喜家汇报。高六成道："白剑正准备为李书记写本书，这才引出这么大的动静。白十八已经派人在白八叔的院子里设置灵堂，准备学着电视的样子，来什么遗体告别仪式。听小五说，明天县直各单位都要派人来吊孝，都是国家干部，不好让人家磕头，说弄啥默哀三分钟。白剑会来事，连刘书记也拉挂着。白剑的表妹，刘书记上个月亲自带车接送到县药厂上班了。白剑口很紧，他媳妇和地区当书记的三女大学是同学，当书记三女去北京，就把白剑赶到别的屋，自己和白十三的媳妇睡一起。你让问的，小五都问了。"高四喜就让高六成回去了。

高六成一走，高四喜一屁股瘫坐在一张椅子上，口里喃喃道："看来有才乡长不是日弄吓唬我的。老十，看来你这个村长也不该辞。唉——自古都是一人得道鸡犬升天，天命难违，也怪不得你我没尽心。日他妈，日后花血本也要为高家养出像白十三这样的人五人六的出来。这么大的事，我也不好一人做主，你去把三哥、六弟、八弟、九叔、十二叔、十五叔请过来，咱们一起商量商量。"

不一会，高家主事的八个人都聚在高四喜家了。高四喜一看人到齐了，站起来对三个长辈点点头，含着热泪说道："眼下这个事是咋回事，我也不细说了。我已经把白家和县上的关系都打探清楚了。县里甭管哪帮哪派，都和白十三讲朋友，明天来吊孝的车，恐怕寨子里的几条街都盛不下。咱高家在上风头待了四十年，怕是要下来了。李副书记明天要来吊孝，刘书记怕也会有表示，白十八是个心里做事的人，三下五除二，就把党组织拿捏完了。这几十年，咱高家在上他白家在下，也是因为咱拿捏了党组织。为这事，我把腿都跑细了，有才妹夫本来答应抠下来四个的，谁知白老八死了，没抠成。白老八是个福星，是他白家的福星，用死为白家换来了印把子。如今靠选举，是选不掉他白十八了。靠上边，咱只有个有才，有才的小命还在上头手里拿捏着，能指望吗？所以，咱只能认。我日他妈，咱高家出去的人咋都只能混个肚子圆呢？"高四喜说得慷慨悲壮，听得七个人也都是一脸悲凉肃穆，没有人插话。

高四喜呷口冷茶，吐出几片茶叶子又说："从土改到现在，平心而论，咱做的事有些过火。土改镇压人，白家杀仨咱杀一个。五八年吃食堂，白家饿死的人也比我们多。评工分这些小事就不用提了。分田到户那年，为争好地，差点出了人命，上边为咱撑腰，才摆平的。这些年，同是一张绸机，白家提留二百，咱提一百三；同是一张玉石车，白家交五十，咱交二十，这仇结得不算浅。若是强撑着硬顶，肯定顶不住，弄不好就是连本带息一起还。三五年下来，高家的元气就伤尽了。我琢磨一个主意，中不中用，说出来大家合计合计。一个中心意思：和，向白家低个头，保证高家元气不伤。两个基本步骤：第一，利用这个和，要来一个副支书，一个村长，支持白十八的改革，等待机会；第二，吸取经验教训，重提那个啥子万般皆下品，惟有读书高，修整出几个好苗子。眼下正是个机会，利用白老八的死，把和的文章开个头。"

八个人议了一会儿，都觉得眼下只有这一条阳光大道可走。接着，就议和解的方式。本着隆重、实诚的原则，定下这么几件事：一、请五班响器，不多于白家，也不少于白家；二、白家请和尚做法事，高家就请四龙白云观的道士做道场；三、高家男女，凡够得着向白明德叫啥的，一律披麻戴孝，白布由高家自购；四、做一大挽帐，再写一联，把和解的意思表达出来；五、所需费用，按高家可养家人丁均摊。八个人推敲几个小时，确定挽帐上写四字：功高盖世，确定上联为：三百载纷争狼烟盖因兄弟阋于墙；确定下联为：一万年和平岁月皆由白公跨河去。

高十五早过古稀之年，年少时读过私塾，练就一笔好行草。饶是功力深厚，毕竟年岁不饶人，写完这三十个字已累得汗流浃背，气喘吁吁，跌坐在圈椅上断断续续说道："等墨干后，找俩仔细小媳妇剪了，帐子做好后钉上去描出轮廓，然后再用墨涂上。今天怪，咋没停电哩。"高老十说："十五叔，电业局专门派人来查了变压器，说这几天一分钟电也不停。"高十五叹口气道："白老八算是老年丧子，中年丧妻，少年丧父，历尽人生三大不幸，没想临了得了孙了的济，如此风光啊。咱沾沾白老八的福，看看电视。"高老十打开黑白电视机，龙泉电视台正好播到《点歌台》节目。几行大字出现在电视屏幕上："我县籍中华通讯社记者白剑、我台记者兼编辑白虹的祖父、凤凰乡八里庙村白明德先生不幸于今晨五时三十分仙逝，享年八十六岁。我台全体同仁为表示对白公之敬意，特在今晚点歌台节目播放我省著名曲剧表演艺术家欧阳洪梅领衔主演的经典哭戏《陈三两》。"一屋老者看了两遍都怔住了。过了一会，高老十说："换不换台？"高十五道："别讲究了。听说这个欧阳是绿翠玉的女儿，我看看有没有她妈唱得好。"

眼前是一片浩渺的大水，忽而浑黄，忽而蔚蓝，忽而平静，忽而湍急。白剑看见水面的远处有个黑点在漂。黑点变大变圆，竟像是一颗人的头颅。果真是一颗人头，渐渐漂到了白剑的面前。那颗头竟是父亲的头，还活着，睁着眼睛看白剑，脸上似挂着一丝怨怒。大惊之下，白剑不能动，也忘了叫喊，只是看着父亲。父亲的身体渐渐浮出了水面，他的两手托着一具女尸，女尸垂下的右手里死死地抓着一把稻穗。白剑大喊一声："妈妈——"人就醒了。

他坐了起来，想着这个梦的意义。父亲为什么不说话？你是在鼓励我吗？你是在责怪我？你为什么不表达你明确的意志？你和妈妈随着一只天鹅飞翔，就要到天国去了，这是为了和我见最后一面吗？他们一直相信我，白剑想着。蓦地，外面骤然响起一阵鞭炮声，紧接着，一声凄婉的唢呐声引出一片大哭。谁都能听出来这不是一个人在哭，不是十几个人在哭，而是成百上千人在哭。林苟生和几个男客从大通铺上爬了起来。林苟生叹道："恐怕这是我平生仅见的最悲伤的一次葬礼了。小兄弟，你们白家这些孝子贤孙看来是真伤心呀。我真羡慕爷爷，我死时，要是能听到三五个人真哭，也就死而无憾了。"白剑已叫这悲怆的哭声浸染得不能自已，鼻尖一股接一股地酸着，没有搭话。

白二十一慌慌张张撞进门来，喊着："十三哥，十二哥，高四喜、高老十率高家上千人前来吊孝，怎么办？"白剑木木地望着堂弟，脑子里一片空白。林苟生反应敏捷，爬起来喊："快叫九爷，快叫九爷，高白两家就要和好了。"白二十一退了出去。林苟生又惊叹道："小兄弟，我真服了你们八里庙。还不快穿了孝衣？把白头巾缠上。"正说着，白九爷和白云飞走了进来。九爷掩饰不住发自肺腑的喜悦，含笑说道："这可是值得族史大书特书的盛事。十八，快喊众孝子，跪出帐篷迎接。十三，你要去跪接那幅功高盖世的挽帐，取来三叩九拜送到八哥灵前。"

林苟生走出院门，吓得脚步定住了。眼前是一片耀眼的惨白，轻轻摇动着流满了一条街巷,像是要流向无尽的遥远。白剑扛着挽帐先走进院子,接着,白云飞和白二十一各扛一联进来了。一看那幅挽联,再看远处高家子孙,林苟生心中一凛:"是什么力量促使上千人都弯下了高贵的双膝?这绝不是跪给老爷子的!那又是为什么?"只见白九爷和高四喜手挽着手,穿过白家孝子留下的过道,跨进院子,慢慢走向灵堂。林苟生看见高四喜在灵前迟疑了一下,右膝跪在一只蒲团上,又是一个迟疑,左腿才慢慢屈服在蒲团上。"八哥呀——"高四喜的声音刚一放出,旋即被白家孝子雄壮的哭喊淹没了。林苟生心想:"这个高家的头人心里在想些啥?"扭身看看门外阵营分明的孝子群,他感到了一股驱散不走的寒意浸透了整个身体,不禁打个寒噤。高白两家长达三百年的仇恨,林苟生并不陌生,一个感觉越来越清晰起来:这是在演戏!小兄弟该怎么办?我老林又该怎么办?林苟生心里第一次出现了另外的声音。仇恨真的能消解吗?这个问题很不好回答。

九爷像是一下子年轻了十岁,满面红光,中气十足地看着高四喜说:"四弟,送八哥的事,还要你多费心呀。"高四喜朗声道:"分内的事,应该的。九哥肯定早有安排,该四喜做的,吩咐就是。"九爷道:"今日贵客很多,四弟在官场行走多年,多半熟人熟脸,你选几个得力人,专把贵客盯好了。"高四喜道:"九哥你说就是了。"九爷又道:"客人很可能从五个门进寨,北门直通官道,理应隆重些,这里到北门差不多一里地,高白两家各选青壮孝子五百,分两班跪迎客人可好?"高四喜道:"九哥不用客气。"九爷就挽着高四喜的手出了院门高声喊道:"高白两家孝子听着,各派五百男孝子,分两班通北门,两米一个,客人来时跪迎;其他四门,两家各派百人迎客;十班响器,北门留四班,其他四门各一班,余下两班守灵。"

九点多钟,县城的客人一批又一批地来了,带着各式各样的车辆,据礼单统计,上午共来客人二十八批计一百三十三人,收花圈十二个,挽帐十六个。最尊贵的花圈为县委书记刘清松以个人名义派人送来,已安放在灵前最注目的地方。一个上午,白剑只是想哭。哭哭停停停停哭哭,哭得林苟生害怕,把他拖到屋里卧床休息。到了吃午饭的时候,李金堂还没有出现。白剑出去给那些局长科长乡长书记敬了一圈酒,自己真想歇歇了。进了东厢房,林苟生跟了进来,像是在宣布一个重大发现,神秘兮兮地说:"你发现没有,都吃得心不在焉的,像是丢了魂。

李金堂到底卖的什么关子？要是只有刘清松一人送了花圈，他们恐怕都后悔走了这步棋。刘清松在龙泉差不多成了寓公，无事可做，在这些中层官僚眼里，已经不是他待不待在龙泉的问题，而是离开的原因体不体面了，这时候跟了刘清松一步，前景有些不妙。事情明摆着，李金堂若不露面，他说没说过要来吊孝查无实据，而刘清松的花圈已到，到底是跟李金堂呀还是跟刘清松，已经解释不清了。不像热锅上的蚂蚁才怪哩。你怎么听了无动于衷，起码要表示一点同情心嘛。"白剑冷笑道："又不是我加给他们的这种折磨。丧事出这种插曲，我感到很难过。这能说明什么问题？只能说明龙泉政治生活的畸形。大家都习以为常了，习惯了，也就麻木了。可怜他们没有用，让他们醒来，认清自己面对的现实才重要。这已经不是暴露一段历史真相的问题，不仅仅是李金堂的问题了。不管怎么样，我要做。"林苟生思路也从具体的丧事里跳了出来，现出一贯的面孔道："我差点忘了咱们的大事。前几年有句歌词唱得好：我的心永远和你在一道呀在一道。"

　　下午，来自县城的客人锐减。上午来的贵客等到三点多钟，一个个都垂头丧气钻进车里走了。这种垂头丧气的表情放在丧事的大背景下，显得十分和谐，并没引起很多人的关注。只是高四喜也变得有点心灰意懒了，心里不住地在嘀咕：这么多的人都是捕个风儿捉个影儿吗？

　　"娄阿鼠"和李玲骑着摩托驶进北门，立即引起一路的骚乱。两人都常在电视里露面，有些知名度。

　　李玲和"娄阿鼠"各在灵前磕了九个头。白虹去拉了李玲起来，躲在一边说了一会儿话，像是很熟悉的朋友多日不见似的。李玲看见白剑一人走进东厢房，放了白虹的手道："我要找你哥谈判谈判，过会儿再和你说。"

　　李玲进来就把门掩上了，冷笑一声："好大的架子！到底是京城人物，眼大，我们这种小人物，进去一骨碌，就淹死沉底了。"白剑仔细辨认，又仔细回想，才记起原是见过的，还把一封信装进胸罩测试过他的定力，很诚恳地说道："真不好意思，我把你认作白虹的同事了，欧阳团长可好？"李玲莞尔一笑，"念起你还能记着我师傅的名字，我也不计较你把我给忘了。没想到你们家还有这么大的排场，孝子跪了几里地，把我这个从来不哭的，也染得知道什么叫悲伤了。早知这么大的场面，应该让洪梅姐也来见识见识。我说你架子大，可不是为我自己的委屈。"白剑说道:"适当的机会,我一定去拜访拜访欧阳团长。"李玲道:"这还算有点良心。你知道我为啥磕九个头吗?你猜不出的,我自己三个,洪梅姐三个,剩下的三个是让你爷爷保佑我实现一个心愿。这个心愿与你有关,现在你穿着孝服,我先不说。你这个人是不是到处都要留点情啊?"白剑很不自在,也没反驳。李玲拉开门道:"你好好回忆回忆,你什么时候搅乱过一个女孩十八岁的芳心。"丢下这句让白剑莫名其妙的话,闪身出去了。

# 第二十五章

刘清松翻看几页白剑递来的一厚沓稿子，眼睛里露出一缕惊讶，叹了一口长气道："佩服，佩服！在这种情况下你还是把它写了出来。"白剑解释说："刘书记，大部分稿子我在北京已经写好了，这回回来只是加了个开头结尾，核实了一些数据。我知道你很忙，查细账的事也就没再麻烦你。"刘清松感到脸颊一阵热，忍不住追问一句："你真的查到了那些陈年细账？"白剑从公文包里掏出另一沓纸，"这是当年孔明公社救灾的一部分细账的复印件，请你过目。我先后得到了当时十六个公社的救灾细账，加起来差不多有二十公斤吧。文章中引用的数据，我都再三核实过，用不用都拿来让你看看？审读的难题，我只能依靠你解决了。"

刘清松连声说："不用不用，我还信不过你吗？稿子我看，我一定好好看看。我没别的意思，只是佩服你。你爷爷的丧事我都听说了，原以为再也看不到这篇稿子了。到底是大记者，查到这么多账目竟没闹出任何风波。他们显然也明白了你的来意，要不然不会那样看重你爷爷的葬礼。这也说明当年的问题确实不小。"白剑以为刘清松要耍滑头不管这事了，一听这番话，又有了信心，说道："补这个介绍信，是想让写这篇文章更名正言顺些。如今批评难搞，不得已才先搞了一段私访。能得到这些账目，只是运气。稿子你先看着，我再凭这次带来的介绍信正面查一查，不过，文章里涉及的不少人，现在有的还身居要职，要是征求到每个人的意见，恐怕……"

刘清松知道该表态了，把白剑的稿子锁进柜子，又把那沓账目复印件还给白剑道："这些我用不着看了。封建社会还没有享有独断特权的御史呢。虽然我现在是个闲人，可名分还在，还是龙泉县的法人，我决不会让你呕心沥血的奇文流产的。这点请你放心。"白剑还是有点不大放心，又道："刘书记，可以说这篇文章花我多年心血，没有一点自信，也不敢请你过目。这几天，我在县里也听到了不少说法，说我因为父母死在大洪水中，几个月前又在龙泉挨了打，查当年抗洪救灾的事，是故意找龙泉的麻烦。说心里话，也确实有这方面的原因。不过，要真只是这么点动机，经过这个葬礼，我也不会再做了。我是想做点事，中国该做而没做的事太多了。三年自然灾害过后，中央为救灾也投入过大量的财力，那时却没有出现多少经济问题。枪毙一个刘青山一个张子善，有没有一点震慑作用？有，而且很大。但是，那十七年经济方面的问题不多，与信仰关系更大。这次洪水发生在'文革'后期，为什么就出了这么多问题呢？我认为这里面值得反思的问题很多。你的建城计划我也听说了，这么一个切实可行的计划为什么就不能实施呢？我很想知道知道这到底是一种什么力量。这篇文章也尝试着涉及了这方面的问题。"刘清松哪里不知白剑这番表白的用意，笑道："那我更要尽快看看这篇奇文了。"白剑问道："给你十天时间够吗？《时代报告》九期已经留了版面。我想多留出点时间，结合你提的意见再作一次大改动。"刘清松伸出三个指头道："三天！有三天就够了。"

白剑第四天去找刘清松，却吃了一个闭门羹，心情一落千丈。他又一次领教了政治家的谨慎。没有是非，只有利害，更不可能成为真正的朋友。难道就这么一直等下去吗？闭门想了一天，白剑准备走一步险棋。他把自己留下的复印件用快件寄给远在北京的《时代报告》编辑部主任，并附了写有这样意思的短笺："稿子审读没问题，先寄全稿供发排，意见我随后带去。"他自信《时代报告》不会放弃这部稿子，一旦对刘清松这边彻底绝望了，那时再回京陈述真相，相信杂志社不会因缺龙泉方面的审读意见把杂志开了天窗。

这天晚上，宣传部长朱新泉来到古堡，目的只是给白剑带句话，说刘清松想约白剑去柳城谈谈。白剑问道："刘书记是不是去地委开会了？"朱新泉摇摇头道："刘书记这次是回柳城休假。"掏出一张纸条递过去，"他给你留了住处，让你晚上去找。"

白剑大感不解，迟疑了两天，抱着死马当活马医的态度，去了柳城白河小区见刘清松。一个星期没见，刘清松的精神状态让白剑吃了一惊：头发凌乱，胡子没刮，领带歪斜，一身的萎靡气息。看见屋内又没旁的人，白剑心里道：记得他有两个孩子，这种时候还没放学回家吗？刘清松给白剑倒了一杯茶，看见杯子里漂着一层茶叶，不好意思地笑笑说："这是朋友家的房子，他们夫妻都出国了。我再烧点水喝。"白剑心想：不是回来休假吗？咋会住在朋友家里？关切地问道："出啥事了？需不需要我帮忙。"刘清松轻轻一耸肩道："这忙谁也帮不了。"白剑眼珠一转，说道："社里驻H省记者站站长是我大学的同学，和省委吴书记有些私交，若是这方面的事，我还真能帮点小忙。"刘清松一拍脑门道："看我这记性！"转身去书柜里取出白剑的稿子，朝茶几上一放，"稿子我看了三遍。振聋发聩，振聋发聩。我提不出任何所谓的修改意见。你要的审读意见我已经写好，章也盖了。能成为这篇文章的第一读者，我深感兴奋。"

　　白剑早看到了稿子上盖着龙泉县委宣传部大印的审读意见，一时想不明白刘清松为啥要卖这个关子，搞出这样一个神秘的约会，怔在那里了。刘清松解释说："写完审读意见盖好章，本来准备给你送去的，谁知出了事，怕稿子留在龙泉家里耽搁了，就带了回来。当时时间紧迫，没法给你联系。等急了吧？"白剑想起前两天催稿子的事，不禁羞得满面通红，结巴着："不，不急。我原想你用十来天看出来，也来得及。这样的话，说不定能赶上八期发出。"仰起头道，"真的，有啥难处你说说，即使我真的帮不上忙，说说也痛快些。"

　　刘清松仰靠在沙发上叹道："悔不该当年选了这条路，心力交瘁，心力交瘁。要是单纯地搞我的建筑，会不会也要遇到这种事？说说就说说吧，不说也真憋得慌。如果不出现转机，你那篇文章，我恐怕无法在龙泉看到了。矿上前一段出的事又叫人抓了一次。"白剑惊道："那件事不是早处理过了吗？李金堂还真要借这件事把你挤走？上边难道就不明白？因为那个矿，你……"刘清松接道："挨了个记大过处分。这次与李金堂无关，是上边又抓了这件事。说我在龙泉栽了这个跟斗，要调我去西川。"

　　白剑一听是这种事，也没办法，只是说："这事就没转机？西川是个三四十万人的山区小县，平调你过去，也算是一次重复体罚了。得想点办法。"刘清松喃喃道："我是聪明反被聪明误，不该搞那个剪彩仪式，把自己的弱点暴露了。"白剑忽然就想起了庞秋雁，试着说："秋雁县长不是回柳城当了科委副主任了吗？你们都在柳城多年，总能商量出个对策的。"刘清松神色大变,掏出一支烟,塞了几次都没噙住,说道:"西川不能去,西川不能去。"侧脸用迷惘的目光看着白剑说:"再也没有秋雁了。看来我只能接受这个现实。要留在龙泉,我只能这样。白老弟,你说这人能不变得凶狠吗?强食弱肉,强食弱肉。算了,不说这些了。我现在没别的奢望,把一切都寄托在你这颗重磅炸弹上了。只要我能在龙泉把新城建起来,失去的一切就能重新找回来。所以,我要不惜一切代价留在龙泉等待。"

白剑听得一阵清楚一阵糊涂,又知道不能再问了,当即作出决定马上回北京,收好稿子站起来道:"老刘,我今晚就带着稿子回北京。多的话我也不说了,我尽最大努力,让这篇文章八月号面世。"四只男人的大手紧紧握在一起了。

这一天,李金堂在办公室召来了负责监视白剑行踪的夏仁。白剑能在爷爷的葬礼过后,仍把盖着中华通讯社血红大印的介绍信递到龙泉县委宣传部,李金堂感到意外,心里暗自庆幸没一时冲动前去八里庙吊孝。要是去白剑爷爷的灵前鞠了躬,事后白剑仍这样有恃无恐地拿着尚方宝剑翻旧账,那可真是栽到老家了。李金堂耷拉着眼皮问:"这两天白剑又到过哪些地方?"夏仁答道:"四天前,他拎着旅行包走了,说是去柳城办事,一直没回龙泉。我给地委和行署都挂了电话,都说没见过他。"李金堂满意地点点头,自言自语似的说:"识时务者为俊杰。龙泉人不想翻这些旧账,他能翻得动?记者又不是御史,可以直接写密折送进宫里,大不了写份内参泄泄私愤。就是他写了文章要公开发表,不是还要龙泉审查吗?你忙去吧。"

庞秋雁竟还有这样一段传奇,以前倒没听说过。刘清松不知厉害,这回八成要下西川了。又要看到一季红花谢过,李金堂品尝着几年没遇的极大满足。再品柳城政坛近来出现的这则插曲,李金堂又感到一丝得意。玉豹虽也烦人,终究不入正道,欧阳心里自然有秤来称,不能不防,却也无须处心积虑。庞秋雁对刘清松,那是真恋,刘清松又是省里挂了号的四代接班人,这出戏会是个啥结局,难料。英雄难过美人关,看来不虚。这么想着,一段悠远的往事飘入了李金堂的思绪。

在龙泉土地上流传了千年的汉光武帝刘秀的语录,实际上影响着李金堂做人的根本。这语录是:做官要做执金吾,娶妻要娶阴丽华。刘秀年少时,其志向也非高远。一次,他随朋友进京,遇上新朝帝王莽移驾。只听锣鼓大震、号角齐鸣,只见两队兵卒跑步向前,路人纷纷躲避,一官员威风凛凛立于街中,大喊一声:"皇上起——驾——啰——"刘秀看得眼热,扯了朋友衣袖问:"这是何等官员?恁威风得紧!"朋友答道:"专司给皇帝开道的执金吾。"刘秀当即发愿:"做官当做执金吾。"又一次,刘秀和朋友去新野乡间游玩,正是仲春,出外踏青者甚众,乡间小道为之阻塞。忽然,对面一群少女旁若无人,嬉笑着呼啸而来,其中一绿衣女子笑声如金铃滚地,行走若青蛇曼舞,美不胜收。刘秀早避至麦田,又扯了朋友衣袖问:"此绿衣女子何人?"朋友答道:"乃新野新出美女阴丽华。"刘秀再发一愿:"娶妻要娶阴丽华。"日后,刘秀起事登了大宝,带来汉室中兴,自己也用了个开道的执金吾,真的娶进了新野美女阴丽华。李金堂少年时第一次听到这个传说,顿时感到呼吸急促,随之对这远古之事心驰神往了。

李金堂十六岁那年,因巧遇孔先生,遂到县城跟正做着欧阳恭良龙泉账房的孔先生读书,兼为欧阳家做一些闲杂。此时,李金堂已开情窦,尚未遇入眼美女。秋天,欧阳恭良带着新婚的儿子欧阳春、儿媳慕慧娟回龙泉巡视。李金堂着着实实体味到了差不多两千年前刘秀在踏青时被新野美女阴丽华的美丽击穿了似的那种感受。慕慧娟本是省城一家著名戏班子的名旦。欧阳恭良为了庆祝欧阳家的四福居商号扬名三十周年,在省城总号举行一系列活动,其中请这家著名的戏班子到家唱了五天堂会。五天堂会一过,公子欧阳春马上成了这家戏班子的铁杆票友。过了一年,欧阳春郑重其事地对父亲说:"不给我娶亲则已,要娶一定要娶慕慧娟。"欧阳恭良与儿子斗争了一年,终于作了让步,用十二辆小汽车拥着八抬大轿,把一个戏班子的名旦娶进了家里。

回龙泉后,欧阳恭良住在东城老宅料理龙泉商务,让儿子和儿媳住在西城城隍庙街的另一处宅院。这个宅院后面盖有一个戏楼。老欧阳酷爱听戏,尤喜花旦一角,却极力反对儿子娶花旦,实在有点叶公好龙。因父子分别住在城东城西,一日三餐又要同桌共进,这传话的差事就落在小伙计李金堂头上。

李金堂第一次带着两顶轿子到城隍庙街唤少爷和少奶奶去老宅用晚饭,心里对伙计们中间传说少奶奶如何如何美丽不以为然。这几天他奉孔先生之命到石佛寺收账,回来时老宅只剩下了欧阳恭良和孔先生。刚刚走近院子，李金堂就被那金铃一般脆亮的嗓音攫住了，他转身对轿夫说："你们不要靠近大门，就在这里待着。"独自走到大门前，扬起了手，发现门没闩，蹑手蹑脚进了院子。堂屋门紧闭着，门缝里又传出一个男人的唱段。男人的声音刚落地，另外一个尖厉的声音又响了。李金堂听出这是《白蛇传》中《断桥》一折，心生好奇，凑近房门，单眼吊线从门缝朝里偷看。这一看，浑身立即打了个激灵。那扮青蛇的女子正挥着宝剑追杀许仙。许仙鼠窜一圈，扑通一声跪在扮白娘子的女子面前，颤声唤道："娘子，救命，娘子，救命——"只见白衣女子紧蹙两道柳叶长眉，扑闪着泪光点点似怒似怨似爱似恨似悲似愁的杏眼，红唇微微颤抖，慢慢抬起右手臂，一个兰花指伸出，途中倏地变成一指，朝地上跪着的许仙的脑门儿点去，眼中那份情忽地全变成了恨，许仙朝后一仰，就要跌倒，白衣女子眼神忽又变得爱怜、关切，身子向前一倾，探出双臂做了扶许仙状，中途发现许仙并没栽倒，再用一指点去，嘴里吐出一句念白："你这个冤家呀——"热泪滚落，用衣袖掩面，腰身朝后一弯，踩着小碎步离许仙而去。李金堂被这女人几个瞬间展示出的不重样的美丽惊呆了。门突然间打开了，那个扮青蛇的女子卡腰骂了起来："你是谁家的野小子？一点规矩也不懂！进大门为什么不敲？"李金堂讪讪地搓着手，嗫嚅着："门，门没有闩。"小女子朝外逼了两步，"你还蛮有理嘛！这是你的家？你鬼鬼祟祟的，是不是想偷东西呀你？"李金堂呆呆地望着屋里正在脱戏装的慕慧娟，好像并没听见小女子的话。慕慧娟走到门口，笑吟吟地看着李金堂说："你是不是有事？"小女子冷笑道："看他贼眉鼠眼的，不是个好人。"慕慧娟拉了一把小女子，"胡眉，你别把人家卟坏了。你是不是听见我们唱戏才进来的？"李金堂看见欧阳春也换好了衣服走到门口，把目光从慕慧娟身上拽下来，恭立一旁道："少爷，少奶奶，老爷盼咐我来接你们过去吃饭。老爷说，今晚县党部刘主任、保安团陈团长都要带着太太来回拜，让你们早点过去和他们亲近亲近。我早来了的，听你们唱《断桥》正在兴头上，估摸时间来得及，就没惊动你们。"欧阳春换着西服，看也没看李金堂，嘴里咕哝一句，"还是个有眼色的小厮，不让人烦。"胡眉又丢过去几个白眼，自顾说着："一双贼眼吓死人，可烦着呢！"慕慧娟正帮欧阳春正黑蝴蝶结，说道："胡眉！不许这样待老家的人。"转过身子笑吟吟地看看李金堂，"长得蛮机灵，办事说话也在板在眼的。你叫什么名字？今年多大了？来欧阳家做了多久了？"李金堂激动得心里一颤，点头弓腰答道："回少奶奶，回少爷，小的姓李名金堂，今年十七，跟孔先生差不多一年了。"慕慧娟整好了衣服，说道："阿春，这小李子看着怪顺眼的，不如把他带到省城家里去。"欧阳春迈步跨过门槛，答道："看看爹的意思再说吧。你喜欢的东西，不用和我商量的。"李金堂忙鞠个躬道："谢少奶奶、少爷栽培。"胡眉冷冷说道："这种人满街都是，还用从龙泉往省城带！你看看，一听给个甜头，连个尊卑都忘了，少爷要喊在先都不知道。少爷、少奶奶要出门，也不在前面引个路，立在堂屋作揖，人模狗样当主人哩。这点规矩都不懂，到省城也只会丢人现眼的。"李金堂听得浑身一冷，一溜小跑出院子忙把轿帘掀了起来。欧阳春、慕慧娟、胡眉主仆三人正要出院门，慕慧娟笑着问胡眉，"我看着怪顺眼的小厮，你咋一见面就这般不耐烦他。就是老爷答应他去省城，家里的活儿也还用得着富贵的，是不是为了这个？"胡眉这一阵可不是正和省城欧阳家小厮眉来眼去，一听慕慧娟有意要带李金堂回去，心里又对李金堂生出一层恶感，又听慕慧娟点破了自己的心事，忙说："少奶奶哪里知道下人们的心事，这种人我可见多了，只用看看他刚才夹在门缝里的贼眼，我就知道他是那种人在井底却整天想着吃天的人，这种人一得志，就会六亲不认的。"一看只有两顶轿，又冲李金堂说道，"我虽是个丫鬟，可我是欧阳家的丫鬟，出门也是要坐轿的。你是不懂这个理呀，还是咋的？"李金堂也不敢恼怒，赔笑道："回少奶奶，回这位胡眉姑奶奶，小的怎不知这种规矩，只是听说胡姑娘长得如一缕风，才抬了两顶轿，让胡姑娘在轿里也能侍候少奶奶哩。"慕慧娟自小在梨园里长大，一见李金堂这样聪慧，一时忘了身份，伸手拍拍李金堂的脑袋，笑道："难为你能这样说话。胡眉，咱们走吧。"

这一瞬间，李金堂在心里默许一愿：今生今世，一定要娶一个这样的女人。半个月后，欧阳一家离开龙泉回省城了。李金堂自然也讨到了欧阳恭良的欢心，去省城只是早晚了。

谁知没过多久，李金堂参加了革命，走上了另一条全新的道路。几年后，他娶了贤惠能干又颇有几分姿色的春英，十七岁发的那个愿似乎早被他遗忘了。

一九五六年深秋，刚刚荣升龙泉县县委副书记的李金堂再一次和十年前的少爷、少奶奶遭遇了。一天，秦江县长找到了李金堂。秦江说:"社会主义建设高潮来到了,让人振奋的事情很多呀。省政协欧阳恭良副主席决定把自己的全部资产公有后,最近又决定把他的宝贝儿子、儿媳和两三岁的小孙女送到咱龙泉落户,让他们成为自食其力的劳动者。这几天他们就要回来了。你看怎么安排他们?"李金堂怔了很久,才结结巴巴说:"一、一定要好好安排。"

几天后,李金堂以县委副书记的身份接见了欧阳春、慕慧娟、欧阳洪梅一家和一起来龙泉落户的胡眉和张富贵夫妇。欧阳春到县第一高级中学当语文老师,慕慧娟到县曲剧团当演员,张富贵和胡眉被安排在县政府当锅炉工和资料员,两家合住在欧阳家的老宅里,都成了龙泉县父母官李金堂的子民。这次接见给李金堂留下一个感叹:她为什么还是这样年轻、鲜嫩,女人和女人真不一样啊。

几十年后,李金堂面对办公室窗外那一片垂柳,对几十年前的这个细节仍感到百思不得其解:慧娟看我的眼神为什么那么陌生?

在以后漫长的九年里,李金堂从未放弃过十七岁所发的那个宏愿。然而,他竟在这个女人面前寸功未立。一九六五年冬天,欧阳春患肝癌去世后,李金堂正准备改变策略对付这个不进油盐的女人,还没等他行动起来,慕慧娟就吞金自杀了。在那九年里,李金堂惟一进行的谋略,只是在一九六二年把张富贵和胡眉两人送回了张富贵的老家四马桥。李金堂觉得这个难驯的丫鬟很可能会影响慕慧娟的判断力,他觉得胡眉记仇,凡事只凭感觉,易坏大事。

张富贵弓着腰推着自行车爬菩提寺中学下面的漫坡,车龙头东扭西歪不肯直着向前,后座上的胡眉喊道:"停住停住,让我下来。你以为你还是当年背着我翻墙头的富贵娃呀?"张富贵扶稳龙头,扭过脸憨笑着看胡眉。半天不见胡眉动,张富贵问:"你咋不下哩?"胡眉嗔怪一声:"人老了,眼也差迟了。我要能下,不早下来了?还不快抱我下来。"张富贵老眼左右一抢,这才腾出一只手去揽胡眉的腰。胡眉又笑骂道:"人老了胆也小了,当年,少奶奶午睡,你也敢把我按……哎哟——"张富贵又想扶车又想揽胡眉,想着胡眉搭个劲就能跳下,谁知胡眉腿早坐麻透了,伸出双臂压过来,把张富贵压个屁股蹲儿,车子朝另一边摔倒了。一对老人相视一笑,张富贵说道:"你也不是六尺高墙头一蹿就下的骚狐狸了。"胡眉做一脸媚态,伸出指头点了张富贵的额头，另一手撑着地站起来，捶着腰跺着脚，抬眼望望半空的太阳，叹一声："你我都老了。"

张富贵扶起车子，拍拍裤子上的尘土，撵了几步，扭头问道："这件事你打听确实没有哇？李金堂年纪和咱们也差不多，能和小姐有啥子不清白？"胡眉阴阴地一笑，"老牛吃嫩草，越吃越不饱，就我这早谢了的黄花，你不是也有兴致、有力气伸来拱一拱？再说，你能和李金堂的身体比？这事十成十是真的，第一次看见这个李金堂，我就看出来他是欧阳家的灾星，你不知道，他夹门缝里那只眼那个亮啊。少奶奶躲闪了十来年，总算躲出个清白。谁知道山不转路转，小姐她——我不能忍心让小姐叫这个恶人霸占。"

两人路过学校，看见几百学生正在挖山平地。几排崭新的瓦房已经竣工，围墙还没修起。两个老人从学校中间穿了出去。到了一个小村子，张富贵一屁股坐在一块大青石上不走了。胡眉道："只剩里把地了，歇啥歇。"张富贵道："我不想去，不想去见孔先生，一见他我总是有点怕。"当年，孔先生因事去省城，恰在老欧阳家撞破了张富贵和胡眉的奸情，吓得张富贵尿了一裤子。胡眉骂道："没出息的东西。孔先生要是恶人，你我还能结为夫妻，早把你我撵在门外了。孔先生是好人，我才来求他下山劝小姐的。老爷家的事，孔先生能做一半的主。如今老爷、少爷、少奶奶都不在人世了，小姐出了事，孔先生得管。"张富贵垂下头道："不知咋的，我就是怕他呀。"胡眉丢了一个白眼，沿着石子路向山上爬。

孔先生这天上午在作画，三两笔已画好一个鸟儿，再画两个鸟儿，把梅花点红，画就完成了。晦明法师本来是找孔先生下棋的，已等了一会儿，这时走过来看，看了就说："先生的画越发无了法度，隆冬梅上落画眉，想得奇。只怕俗人不解。"孔先生掂起笔，拈去一根脱了的狼毫，一口气吹过去道："我也不大解。想这画眉是春暖花开时的俊鸟，原不该飞落蜡梅枝头的，可一连三梦，都是这么个梦法，有画眉的啼鸣，醒来似还能嗅到梅花那一缕清淡的香，这就悟了个理。这鸟怕也分个雅俗，雅鸟画眉喜梅花，原是寻常事，只是俗人看不见罢了。"晦明数念珠儿的手突然停住了，转身就走。孔先生停了笔喊道："这点时间就等不得？因怕气断了，再续总有点邪，再要不了一炷香工夫。"晦明道："不是等不得，你有远客来，是出家人当回避之人，又谈出家人当避听之事,只好告辞,下午再弈。"

孔先生作完画,范光明校长和一位女教师来了。孔先生想起晦明方丈的话,心里道:不灵,这次不灵。范光明把几张宣纸放在桌上道:"舅爷,学校有点事想麻烦麻烦你。"孔先生笑道:"可别又逼我给你做大师傅,只要不是这类麻烦事,学校别的事都算不上麻烦。"范光明就说:"学校用那二十二万,修了十二间教室,原先的教室空出的就做了学生宿舍。近来,全校师生一并动手,正利用业余时间修小运动场。"孔先生做个手势道:"别急别急,不是二十五万吗?咋又变成二十二万了?"范光明道:"到手的是二十五万,能用的就这二十二万。"孔先生锐利的眼风就扫到了,接着就响了个鼻音。范光明赶紧解释说:"舅爷你可别误会了,光明虽穷,长这么大也没经了这么多钱,可绝对不会挪一分钱私用。这三万田副乡长拿去用了,不不,不是田副乡长自己用的。这三万给他,虽有口头约定在先,我还是心疼了好几天。田副乡长把这三万块给了五洼小学一万五,盖了六间新教室,前几天下雨,老教室果真塌了。剩下的一万五,作为乡里特危房维修基金存着哩,一分钱都没花到别处。"孔先生捋捋白胡子,点着头说:"该,该,这才没枉我当了一次大师傅。找我啥事,说吧。"范光明说:"学校想请你题个校名做块匾。"孔先生摇头道:"不可,不可,我已算半个化外之人了。如今这题字的事,都留给官员了,虽留下遍地的邋遢字,倒也名副其实,你们还是请个官员题吧。金堂早年的字功底不错,这些年定有精进,你们还是请他题吧。"范光明再三劝说,孔先生执意不肯。女教师笑着道:"孔先生是李副书记的老师,有老师不显学生,这匾一定要让孔先生写的。范校长,你在这儿看着孔先生,我回学校带学生来,让孔先生听听咱全体师生的心里话。钱是李副书记批的,可没有你孔先生,李副书记能一次给二十几万?"孔先生一看再无退路,只好答应了。

"菩提寺中学"几个字墨迹未干,胡眉已经走进院子。多年不见,孔先生已认她不出,疑惑地看着大摇大摆走进堂屋的胡眉。胡眉说道:"孔先生,我是胡眉呀。"孔先生忙笑道:"快坐快坐,老了,老了,我们都老了,老得都认不出来了。你从哪里来?"胡眉答道:"小姐帮我们迁回县城了,算是落实政策。富贵给一家公司守门,我呢,做个针头线脑的小生意,能糊两张嘴。"范光明一看孔先生遇上故人,和女教师抬着字起身告辞了。

胡眉见没了旁人，眼泪说下就下来了，一声哭喊："先生，你救救小姐吧——"孔先生惊跳起来："洪梅出啥事了？"胡眉道："前些日子我才弄清楚，该死的李金堂把小姐霸占十几年了，你救救她吧。如今她过的叫啥日子！人家有个大老板向小姐求婚，李金堂下黑手整了人家几百万，吓得人家连小姐的门都不敢登了。这算什么事！"孔先生慢慢落在座上，仰起身子叹道："这种事怕是旁人无法看清的。洪梅的性子，能是个忍气吞声的主儿？是对是错，让她自己去悟吧。"胡眉的心一下子凉了半截，咬牙切齿地说："若是别人，这事自然由着小姐的性子，我一个下人，有啥资格过问小姐的私事。是李金堂就不同了，这是个恶人，是天字第一号大恶人，我就不能眼睁睁看着不管。当年他第一次见少奶奶，我就看他心术不正，训斥了他几句，这可不得了，犯到他手心里，一整就整我们二十六年。这么说他，他的罪孽还浅了些。当年他把我们整下乡，是为了搬开我，好对少奶奶下手。"孔先生身子向前一倾："你说啥？"胡眉又掉了一阵眼泪，"小姐这叫什么事呀，李金堂是气死她父亲，逼死她母亲的大仇人呀！"

孔先生站了起来道："胡眉，这种事可不敢瞎说。你要有根有据。金堂是太霸道了些，还没出性情，万万不会作出这种大恶。"胡眉抹一把鼻涕眼泪，冷笑道："他是你的得意学生，你当然是要护着他。那我就一五一十给你说说你这个学生的恶事吧。孔先生，你这么大学问，难道就不知道用软刀子杀人更不是人吗？这比硬刀子还要可怕。"孔先生点点头，说道："话是在理，我想听你说说具体都有啥事。"胡眉道："吃大食堂的时候，少爷已经到你的学校当了班主任，第二年春天，他就知道了李金堂的心，从此就生出了病根。那时，他就常对少奶奶说：我就要死了，有人要我死呀。他从此患上了失眠症，大半夜大半夜地睡不着。"孔先生道："春少爷是个情绪化的人，遇事爱朝极端处想，爱做过头事，实际上胆子又极小的。我在一中待到六四年底，据我所知，春少爷只是在三年自然灾害时见过金堂几次。平日里，他一个普通教师，想见金堂也见不上。金堂批评过他三次，我记得清清楚楚。第一次，金堂去听他讲课，课堂上晕倒了两个学生。金堂问我批给学校的粮食都弄哪里去了，我说按学生人数补贴到了各个班。一问才知道，春少爷嫌麻烦，把粮按月都给了学生，学生总是前半月吃得饱，后半月要挨几天饿，这次听课恰恰又安排在月末。金堂当时说：'你以为这是你吃不尽花不完的欧阳家呀？大少爷的脾气该改一改了，饿死学生事大，不会持家，饿死了妻子女儿事更大。'这话也是平常话，不觉得多刺耳呀？"胡眉嘿嘿笑道："先生好记性！可少爷当天回去就问少奶奶，问李金堂为啥说饿死少奶奶比饿死学生事更大。少爷担心得对，李金堂这话不已经露了他的司马昭之心吗？少奶奶没解释清楚，少爷从此就患上了失眠。"孔先生蹙着两道又长又白的眉毛道："你这么一说，还真有点小道理。金堂另外两次批评少爷好像也提到过慧娟，具体说了什么我已经记不清楚了。"胡眉得意地撇嘴怪笑一下："我记得清哩！第二次事情还是发生在三年灾害时，学校动员学生挖野菜自助，少爷不小心挖了苢糊眼①，正好碰上李金堂去检查，李金堂说：'你弄瞎了学生的眼事大，苢糊眼弄瞎了慕团长的眼，看你怎么交代！'少爷这一天一夜没睡，一夜没睡呀！喊了一夜的眼睛眼睛，第二天早上趔趔趄趄又去上课了。李金堂，老爷家多得鸡毛样的小伙计，怎能不知道麦苗韭菜分不清的少爷不认识苢糊眼！别说他不认识，我这个穷人家出身的小丫鬟，也分不清苢糊眼和面条菜。这不是折磨少爷又是什么？第三次，说得更露骨！少爷那个班缺少演节目的人，李金堂到你们学校看节目，看见少爷就说：'你的班咋不培养个会唱戏的？不要把慧娟当个贤妻良母，要让她多参加些社会活动，多培养些人才。'慕团长干脆也不叫了，直呼成了慧娟！慧娟、慧娟能是你当小伙计的叫的吗？那一次，少爷和少奶奶大闹一场。后来，这病就越来越重，终于没法治了。我说李金堂逼死了少爷，屈他了吗？先生，你学问恁深，我这么说冤枉了他吗？"

孔先生捻须吟叹良久，像是自言自语地说："金堂太刚硬，春少爷又嫌脆弱，若是换成软弱，也不至会郁闷成疾的，这都是命，相生相克。若春少爷粗一点，事情也不会这样，偏他又太细。"胡眉又怨道："你还是要替他开脱！李金堂真是天底下最恶最恶的人。可惜我生成了一个女人，可惜了。你不知道他折磨少奶奶的法子多阴多毒呀！差不多十年，只要少奶奶登台，李金堂必在下面看，每次都坐在第二排的正中，眼睛眨也不眨一下。少奶奶唱到动情的地方，他还泪流满面，真难相信这样一个恶人竟还有眼泪流！可少奶奶亲口对我说的，我不得不信。

---

① 苢糊眼：一年生草本植物，形状酷似可食用野生面条菜，误食可导致视力下降，中毒深者会失明。

先生，你见多识广，这能算戏迷吗？问题是少奶奶也知道他的心，比少爷知道得要早，要早得多。一个女人，十来年里，叫一个捏着自己小命的男人这般地恋着、等着，是个啥滋味，太可怕了。这是少奶奶死前对我说的。她说了几个半夜，说得很细，可惜我只能记个大概了。少奶奶说，自从她和少爷闹了第一回，一唱戏，她就不自觉地朝台下找那个恶人李金堂。再后来，少爷心情不好，能整月整月地不碰少奶奶。一个女人，整天和自己心爱的男人睡在一张床上，却整月整月连句知心话都盼不到，那是一种多大的煎熬！少奶奶说，过了'四清'，她就发现自己身上多了什么东西，她叫这个看不见摸不着的东西吓坏了，真的吓坏了。少奶奶站在台上，要是这一晚看不见李金堂那双眼睛，就像是被抽走了精气，唱起来无精打采，要是看见李金堂，她就感觉到浑身舒坦，唱也罢，念也罢，做也罢，打也罢，都能到那个点上。你想不到吧，少奶奶在龙泉拢共唱了二百零八场戏，李金堂就看了一百八十一场。我真不明白，少奶奶为啥把这两个数目字记恁清。你猜猜，少爷死前给少奶奶交代了什么？"孔先生摇摇头，默不作声。胡眉自答着："少爷见少奶奶新婚仍是个黄花闺女，也就倍加珍惜，两人学着那《长生殿》里的李隆基和杨玉环，对天发誓要永生永世结为夫妻。少爷临死前重提了这件事，说他一生一世值得骄傲的，就是娶了大半辈子为他守身如玉的红花旦绿翠玉，他愿意在黄泉路上等少奶奶五十年，再和少奶奶结为夫妻。少奶奶答应了。少奶奶说，如果不是乱了，她完全可以平平安安把小姐带大，守着和少爷一起发的誓。可是，天下乱了。少爷死后的半年多，少奶奶吓得不敢常登台，可时间一久她又想唱，一唱，李金堂准在台下。有一次，少奶奶竟忍不住了，问了李金堂。因为李金堂要去柳城开三天会，少奶奶才决定登台的。李金堂竟说：'我久没看你的戏，想了，听说晚上你上台，我就赶回来看，看完了连夜回柳城。'你听听，多阴险呀！少奶奶果真从此就害怕起来，怕她自己！有一天，她派人把我从乡下叫到城里，一见面就搂住我哭。哭啊哭的，就对我说：'我活不下去了，我对不起他，我竟对那个人动了那个念头，动了那个念头，我知道，我知道阿春是叫他折磨死的，我知道，可我怕，我怕管不住自己，我动了那个念头呀，我差一点就要去找他。后来，你看看……你猜，少奶奶叫我看什么？你我再年轻十岁，这话我也说不出口，也不愿对你说。少奶奶脱了衣服叫我看，下身叫不知什么东西都捣烂了……啊呜呜呜——"胡眉忍不住哭出了声。

孔先生仍旧默不作声，像一尊太白金星的雕像。胡眉哭够了，又说："后来，文化革命开始了。有一天，少奶奶又叫了我去，说她查出了绝症，说这样就好了，用不着怕违了和少爷发的誓了。她说她如果病死了，让我和富贵照看小姐。又交给我一封信，特别叮嘱我，要是小姐活得好，就不要她看，要是活得不如意，就叫她看。谁知第三天，少奶奶就吞金自杀了，吞的是少爷送她的订婚戒指。你说说，我能眼睁睁看着小姐和这个大恶人不明不白吗？"

孔先生又默想良久，平静地说："这是慧娟和洪梅的劫数，怪不得谁。大势定下了，个人也抗它不过。胡眉呀，我劝你不要插手这件事。洪梅知道得越多，她的日子越过不好，听其自然吧。"胡眉跳了起来，"我早知你是这种态度，大老远跑来和你商量个屁！你不是还没出家吗？没出家六根就弄怎干净！我只问你一句话，小姐的事你到底管不管？"孔先生叹道："这事没法管。咋管？不能管！我俩去把你刚才说的一五一十给洪梅说了？说了，她要是全信，你不是要把她朝火坑里推吗？她要是不信，你我不都瞎慌张了？慧娟那封信，最好也不要让洪梅知道。就你讲的那些事，谁是谁非也不好判断。金堂对婚姻一直不很如意，怎奈春英性子如水，什么形状都能盛得下，反倒把一辈子给维持下了。你从别个角度想想看，若是少爷临死时不那么自私，嘱她可以改嫁，或许就会是另外的结果了。金堂若没非凡之处，洪梅也不会和他维持这么久。十年时间，就看那么一个人演的十来出戏，一般人能看下来吗？你不要冲动，多想想。"

胡眉窝一肚子气卜了山。仔细想想，孔先生说的也有道理。可一想到这二十几年所受的委屈，就坐不住。回城的当大晚上，胡眉从箱子底拿出慕慧娟当年留给她的信，一个人去了城隍庙街88号。路上她在想：她妈写了些啥，我管不着，她不问我也不说，问了就照实说。院门落了一把大锁。到剧团找人一问，才知道欧阳洪梅带着剧团去柳城演出了。

# 第二十六章

　　李金堂和刘清松之间争夺上层的较量，把欧阳洪梅的事业带进了辉煌的金秋。七月里，柳城地委当书记兑现了诺言，应地委宣传部的邀请，欧阳洪梅率龙泉曲剧团到柳城演出了七场，《杜十娘》《陈三两》等七出戏在柳城引起了料之不及的轰动。这件事出现在传统戏剧普遍衰微的时候，当即引起柳城传媒的极大兴趣，一时间，欧阳洪梅的名字频繁出现在柳城地区的各家报纸上，成了明星式人物。第六场演的是传统名剧《窦娥冤》，台下一个举足轻重的人物的一句话，又把欧阳洪梅引进到了省城。省委主管宣传、文化、教育工作的副书记看完《窦娥冤》，在接见演员时对欧阳洪梅说："请你们到省城把拿手的七场戏都演一遍，你有信心再次轰动吗？"

　　于是，欧阳洪梅在省城的报纸、电视上又连续出现了十多天，她成了H省的著名戏剧表演艺术家。只是因为这两次演出官方扶持色彩过浓，H省演艺圈内的专业评论人员才对欧阳洪梅带地方戏参加全国一年一度的春节联欢晚会不抱太大希望，再一点，他们普遍认为欧阳洪梅作为一位地方舞台表演艺术家，年龄偏大，送到全国舞台，缺乏竞争力。这样，欧阳洪梅才没能一鼓作气杀入中央电视台的现场直播厅。即便如此，H省四个直辖市还是邀请龙泉县曲剧团去各演了一场，从而给欧阳洪梅征服H省戏剧界画上一个完满的句号。

　　这巨大的成功，反倒激出了欧阳洪梅的急流勇退之心。在省城的七场演出，欧阳洪梅在台上已经感觉得出自己从事的这类地方戏的巨大的局限，大多数观众进场观看，只是因为可以花很低微的门票钱观看一个陌生角儿。以自己的年纪，进军全国的梦根本不能做了。如果硬撑到五十多岁再告别舞台，多收获的只能是英雄末路的酸楚。坐在从柳城开往龙泉的大交通车上，欧阳洪梅不由得想起了李金堂提出的那个从政的计划。这么一想，欧阳洪梅心里立刻涌出一股暖流，暖流里挤满了对李金堂的爱情。如果今生今世不是遇上了这样一个伟丈夫，品评往事时将会是怎样的寡淡呀！这一两个月的风光，他在龙泉会知道吗？真该给他打一些长途电话，不往家里打，也该往他办公室里打一些呀！刘清松花那么大的代价留在龙泉，难道仅仅只是为了保级？这几年，我对金堂的事业确实关心太少。我究竟是不是一个特别自私的人呢？从不从政，回去要和他好好商量商量。

车沿着313国道进入龙泉境内，车里众演员突然间发出了参差不齐的怪叫。"娄阿鼠"眉飞色舞道："欢迎横幅出迎三十里，这可是真风光。"有人说道："多少年了，都没有这样扬眉吐气过。"又有人说："干脆让马师傅再开回去，咱们全体在大横幅下合个影。这大交通是省里送的，后面的大卡车是地区送的。大获全胜，该留个纪念。"

欧阳洪梅收起思绪，扭头看着李玲说："玲儿，他们说的啥事？"李玲笑道："都是沾你的光呗！县里在公路入境横栏下缀一幅大横幅，热烈欢迎咱们凯旋龙泉，看你正在睡觉，也没喊醒你。"欧阳洪梅只感到心尖尖猛地一颤，一股热血便把双颊充得热辣辣的，心里默想着：原来他什么都清楚呀，嘴里说，"也是你们齐心协力。玲儿，这次巡回演出，为你将来的发展打了个基础，回去可不要松劲儿。"李玲做个怪相道："演了十八场，骨头都要散架了，你能给个三五天假歇歇，我真要千恩万谢了。"欧阳洪梅打了李玲一巴掌，"再给我顶三两天。看县里这阵势，庆功会要开，说不定还要安排一两场汇报演出。这种节骨眼上，千万不要松劲，一松劲，武戏准出丑。过了这几天，我给你们放十天长假。"一车人欢呼道："团长万岁！"

满车人正在喧哗，大交通车突然停了。"怎么回事？""怎么回事？省里给的新车也是假的吗？"马师傅扭头笑道："你们看看前面是什么？"

欧阳洪梅抬头一看，前面不远处的龙泉公路收费站簇拥在一片鲜花中，路两旁各摆着十来个大花篮，三幅巨幅红绸把收费站整个变成了一个凯旋门，左边巨幅红绸上写着：龙泉曲剧中华瑰宝；右边巨幅红绸上写着：十年辛苦横扫六市；收费站额上横幅上写着斗大的四个字：欧阳辛苦。演员们蜂拥而下，摆出各种姿势相互拍照。欧阳洪梅激动得浑身酥软，心里道："你有这份心，小梅梅心里能不明白？搞出这么大动静，也不怕别人说你假公济私。别的话谁也挑不出什么，这欧阳辛苦四个字不好，为什么不改成大家辛苦？刘清松会不会用这事做文章？他可是刚在这方面吃了亏的呀！见面我真要说说你了。"懵里懵懂被李玲拉下车照了几张相，欧阳洪梅看见后面已经堵了十几辆汽车，心里一紧：别得意忘形出了车祸，忙喊道："都上车，都上车吧。"心里又在叫苦：城外都弄成这样，进了城不知又要遇到多少惊喜。

谁知道进了城却十分平静了，一切都按部就班地运转着。欧阳洪梅心里又不免嘀咕：这是搞的什么名堂！车辆一路开到剧院门口，没碰到一个龙泉县党政要员。欧阳洪梅下了车，看见剧院两个守门人正在剧院顶上扯一条写着"热烈欢迎我县曲剧团凯旋"的横幅，"剧"字和"凯"字墨汁还没干透，显然是个急就章。文化局文艺干事小吕见了欧阳洪梅，忙跑过来道："辛苦了，辛苦了。"欧阳洪梅碰碰吕干事的手冷冷地说："不辛苦，你们才辛苦。"眼睛盯着草草做成的横幅看。吕干事搓着手说："欧阳团长，我，我是下午两点才知道你们下午要回来。听，听说路上县里中午已经布置了，这才……我的字不好……"欧阳洪梅淡淡一笑，"没关系，尹副局长新官上任，又加班搞创作，能派你来接，我们已经感到十二分温暖了。"吕干事揩着额头上直冒的冷汗热汗，"尹局长本来……可是，今天，今天县里开会，他来不了。"欧阳洪梅叹了一声，"艺术团体，不过是个点缀，出去演了几场戏，龙泉国民总产值不会因此增加一分钱。吕干事，我也没怪你，更没怪尹局长，这件事本来就该是这种结局。李玲，集合一下，我有话要讲。"

演员们歪七竖八站了一片。欧阳洪梅清清嗓子道："演出任务已经圆满完成，大家都很辛苦。从明天起，所有外出演出人员，一律放假十天。"演员们哪里知道欧阳洪梅为何临时改变了主意，呼喊一声"万岁"，一哄而散。

欧阳洪梅安排完后勤人员卸器材，自己进了办公室发起呆来。解释不通，实在解释不通，巨大的反差已经把欧阳洪梅弄得不知所措了。李玲推门进来，笑着说："省城咱也风光过了，县里冷清些，管它呢，犯不着。"欧阳洪梅冷笑一声，"哼！忽热忽冷的，谁受得了！好在这回县剧团也算为龙泉长了脸嘛。县领导不出面迎接事出有因，尹常青不露面也太不给面子了。运动员得了世界冠军，体委领导也要到机场送束花的。"李玲说:"横幅都贴到界碑上了,我看这回县里做得也不错。我陪你回去收拾收拾房子,一个多月没人住,不收拾可不中。"欧阳洪梅笑了,"你这个死妮子可真让人疼哩。我总琢磨着今天这事有点奇怪。"李玲道:"啥也别想了,赶紧回去睡个安稳觉才是要紧事,省城演的最后一场你扭坏了腰,后面又撑了四场,赶紧歇歇。"说着,拖着欧阳洪梅出了门。

两人走近城隍庙街88号,李玲眼细,一眼看见大门口摆了四只大花篮,一边两个,都是龙泉无法买到的鲜花,叫了一声:"团长——花都送到家了,能说人家工作不细?"欧阳洪梅心里一沉:"难道是他?"走到门口,欧阳洪梅自言自语一句:"不可能。"李玲推她一把,"还不快拿钥匙开门。"一个老者从石榴树后面闪了出来,看看欧阳洪梅,又看看李玲,"果真是剧团的欧阳团长,这几篮子花我可交给你了。"欧阳洪梅忙问道:"大爷,这是谁送的鲜花?"老汉摇摇头,"我也不知道,下午开来一辆卡车,装了这么些鲜花,我跟过来看热闹,人家给了五十元,要我在这里把这些花看到天黑。"李玲生了好奇心,问道:"大爷,送花的人长得啥样?"老头认真看看李玲,"一个司机和两个姑娘。哦,对了,对了。他们说是柳城鲜花店的,本该把鲜花送到你们手里,怕回去迟了,这才托我看哩。"欧阳洪梅更加糊涂了,打开门道:"管它谁送的,先搬进来吧。"

师徒俩收拾好屋子,吃了晚饭,李玲回家了。欧阳洪梅站在香椿树下,借助皎洁的月光,从花篮里取出一株郁金香放到鼻下嗅着。想给李金堂打个电话,又不愿坏了自己立下的规矩。十几年前,欧阳洪梅暗自给自己立下一个规矩:永不登李金堂的家门。后来装了电话,她又加了一条:永不往李金堂家打电话。这样好的月光,又刺激出欧阳洪梅另一种深深发自体内的期待。难道他真的遇到了天大的难题?他就不知道这两个月对我的一生意味着什么?他不是一个粗心的人。这些花篮是你在花店订的吧?

正这么想着,电话铃响了。欧阳洪梅拿起话筒就说:"你布置的欢迎方式我已经领教了。这么好的月光,你就不能抽出点时间来和我分享点什么吗?"李金堂那边解释说:"正在开会,我在办公室给你打的电话。不是文化局尹局长来说,我还不知道你今天回来。尹局长中午才看到地区文化局的电话通知,怠慢了你这位大英雄。等过了这个关口,我一定加倍补过。"欧阳洪梅怔怔地听着，心里很不是滋味，忍不住又问一句："演出的情况你都知道吗？"李金堂那边说道："你在省城演出那些天，我都知道。这些都在我预料之中，也是你早该得到的。后来，你去巡回演出，详情我还不清楚。等忙过这一阵，我一定给你弥补。"欧阳洪梅生气地说："你是个大忙人，又是我踏上戏剧道路的导师，我取得这一点点成绩，其实不算啥，顶不了你现在开这个会重要性的万分之一，与你的期望还相距十万八千里，用不着再补给我什么了。"李金堂那边急了，"你别生气好不好，要不我等这会开完了过去？"欧阳洪梅道："算了，你先忙着，这些日子我很累，今晚想早些歇了，改天再约时间吧。"说罢，也不等李金堂回话，把电话压了。

欧阳洪梅哪里能睡得着！先是在生李金堂的气，原来你什么都不知道！这么大的事，竟装不到你心里去！你一个自诩最懂女人的男人，竟不知我现在最需要什么？接着又顾影自怜起来，我有什么权利要求他随叫随到？你以为你是谁？他是个天生的政治家，女人只是夹在他人生盛宴满汉全席中的小小的果盘！最后又在自责：多早晚你才能改掉你这种臭小姐脾气！看了横幅标语喜上眉梢，听了掌声奉承洋洋得意，受了一点委屈上头上脸，几十几的人了，竟还有这种虚荣心！他说的哪点不在理？他说在他预料之中是在吹牛吗？真不该这样待他，为什么忘了问他开的是一个什么样的会？实在太自私了！

欧阳洪梅接连拨了几次李金堂办公室的电话，都没有人接。这时，她又在期待着李金堂能来，希望能消除误会，把这一个月夜，一个非常的月夜酿得更甜。

听到敲门声，欧阳洪梅小跑着穿过院子，甚至无暇多嗅一口满院四溢的玫瑰和郁金香的芬芳。开门一看，月光下站着一个稚气未干的小男人。

欧阳洪梅迟疑地问："你，你找谁？"

小男人有板有眼地说："我就找你。我叫小山子，是今年的高考落榜生，现在找了一份工作，正在试用期。今晚是我第一次工作，来给你送东西，顺便看看你收没收到这些鲜花。"说罢，弯腰拿起一个纸包递到欧阳洪梅手里，"这是两盒录像带，据说录的是你这次外出演出的一些情况，留给你将来用。"又弯腰拿起一个牛皮纸袋，"这里面装的是啥，我就不知道了，封着哩。"再弯腰抱起一个白色塑料箱，"这是一台日本产的电磁按摩器,你的腰在省城东方红剧院演出时扭伤了,这个东西供你疗伤。当然,平时也可以作保健器械。我要把这台按摩器搬进你家里,告诉你简单的操作方法,可以吗?"欧阳洪梅下意识地朝门边一闪,小山子抱着按摩器大步走进院子。

小山子拿出按摩器接通电源,对着自己的腰按了一下绿色按钮,"机器没损坏。这个绿按钮是常力按摩程序开关,红的是强力开关,黄的是可变开关,操作就这么简单。我今天的工作就是这些。"欧阳洪梅抱着纸包纸袋,看着这个一本正经的小男人,心里已经判断出这些都是申玉豹的杰作,又想从小山子嘴里证实这个判断,浅笑着道:"小伙子,能不能告诉我你雇主的姓名?"小山子摇摇头道:"我不能告诉你,这可能算是商业机密吧。雇主说你肯定能猜到他是谁。"欧阳洪梅骂道:"鬼鬼祟祟的,他自己为什么不来送?"小山子紧接道:"他怕你骂他,又怕你不收,这才想到……我说的已经太多。告辞了。"面对这个高考落榜生,欧阳洪梅只好咽下一肚子要说的话,看见小山子真要走,问道:"你做这么机密的事,也不问我要个收据?"小山子愣了一下,没立即回答。欧阳洪梅狡黠地一笑,"你不要这个收据,这些东西我可不敢收。"小山子为难道:"他说万万不能问你要收据。其实我会从你这儿拿收据的,我们老板一点都不傻。"说着话,朝院门口蹿几步,一弯腰,"老板让我取回一朵红玫瑰和一朵黑郁金香当收据,剩下的就是你们之间的事了。"声音还在花香中飘荡,人已经不见了。

欧阳洪梅望着满院的花篮和空荡荡的院门,嘴角慢慢绽出一个意味难辨的长笑。回房呆呆地坐了一会儿,她很干脆地撕破牛皮袋子。里面装着欧阳洪梅这次出去演出情况的见报资料,有消息,有剧照,有观众评论,有专家评论。欧阳洪梅又拿起那个纸包看了良久,终于又放下了。

又等了不知多久,仍不见李金堂来。也许是坐久的缘故,欧阳洪梅感到腰部有一阵阵的酸疼。迟疑了好一会,她拿起了按摩器靠在后背上,两只像人的拳头一样的东西蠕动起来,一股股麻酥的舒适感慢慢传遍了全身。

十几天前,《时代报告》新的一期刊出了《洪荒作证》,当即在首都新闻界文学界引起了轰动,各种沙龙式聚会,新老朋友一见面,总要重复着这些相似的话："《洪荒作证》你看了没有？""你以前读没读过白剑的文章？这篇《洪荒作证》出手不凡。""结论性的话还需要等一等再说，前车之鉴很多，这种批判锋芒太露的东西，最好不要先对它说什么，免得将来改不过来口。""这真是一个白大胆，文章涉及面这么宽，既有理性锋芒又有实例分析，马上就会有人来对号入座。""不管是什么样的结局，这个白剑都会一举成名。肯定了它，够这个地区特别是这个县喝一壶，白剑名利双收；挨了批，白剑又会臭名远扬。"

H省政界的反应也异常迅速。

H省委的几个大秘书忙着审读两天，把这样一份解剖报告和化验结果写了出来：第一，《洪荒作证》是一篇带有鲜明倾向性的报告文学作品，它试图通过对龙泉县当年上千万救灾款不知所终这一事实的剖析，找出官僚腐败的根源，针砭现实的目的显而易见；第二，该作品涉及到了当年全省的救灾工作，有些段落很容易让读者误解龙泉的问题，也是全省的问题；第三，该文章作者系中华通讯社国内部记者，五个月前曾在《柳城日报》发表《从"护商符"看商品经济》一文，省报次日转载，作者这篇文章历数官商合一之弊，很有影响，作者两篇文章都涉及龙泉个体企业；第四，在没弄清事情原委前，省委、省政府似不宜过早表明态度，以免被动；第五，鉴于目前正在开展惩治贪污腐败这一重要工作，必须尽快查清该文所反映情况的真伪，如属实，应严加查处，如与实际情况有太大出入，应尽快向上级、杂志社及作者通报，消除不良影响。

第二天，H省委指示柳城地委：尽快查清此事。

第三天，柳城地委明确指示龙泉县委：第一，当年大洪水过后，龙泉县的救灾工作做得很好，这在当时已经作过结论；第二，这是一篇严重失实的报告文学作品，文中所列事实，一半似有出处，一半仅依靠逻辑推理，很多地方显然是主观臆断，这种行文的模糊，很容易给上级领导及一般读者一种全部真实的错觉，对其失实的部分，必须引起高度注意；第三，作者借古讽今，借史刺今，提出很多耸人听闻的观点，借机攻击蓬勃发展的乡镇企业和个体企业，要一一据实加以驳斥；第四，尽快上报一份龙泉十几年发展变化的详尽材料；第五，五天内写出一份关于《洪荒作证》的详细报告上报地委。

刚刚由龙泉矿业有限公司党委书记兼四龙乡乡长职位下台，被降一职出任龙泉县委办公室副主任的郑秋风从保密室拿到地委的批示和《洪荒作证》的复印件，随手一翻，惊出一身冷汗，忙带了东西直接进了李金堂的办公室，把门反锁上，低声说道："白剑捅出大娄子了。"李金堂看见一向稳重的郑秋风惊成这样，忙接了东西翻看起来。扔了三个烟头，他抬起头说："刘书记是不是又上山了？记得你说起过，几个月前他曾打电话让你查四龙乡的救灾账。"郑秋风道："他昨天又上山了，说要把矿业公司的事理清楚后再回来。他是问过账目的事，我问他做什么用，他又说是随便问问。"李金堂阴沉着脸把批件朝抽屉里一放，说道："不用通知他了，该叫他回来的时候再叫他。白剑能做出这样长的文章，靠他上次四面碰壁的采访不行，没有内应，这篇文章也没人敢发。刘清松不服气，也不该出此下策。你马上通知各部、委、局、乡正副职，明天上午八点在小礼堂开会。"又把抽屉打开，取下地委批示，把复印件交给郑秋风，"下午你看半天，把你认为重要的都画出来，写一个五六百字的东西，安在前头，复印三百份。四龙乡暂不通知。你再通知副局以上离退休老干部明天下午在小礼堂开会。你先去复印二十份，下午召开四大家正副职会议时用。顺便把朱部长给我叫来。"

白剑能从一片汪洋般的人情中挣扎出来，一拳打出这么个大动静，李金堂感到又震惊又很佩服。要是白剑被那份人情化掉了，就证明他还不配和李金堂交手。能和一个中央级通讯社记者从小县一直斗到京城，不是很新鲜、很刺激吗？然而，他确实又不愿接受这个事实。

他请朱新泉坐下，望了一眼窗外初秋的景色，随意地说了起来，"你还记得吧，四年前也是这样一个金秋的好天气，你把副字去掉了，坐上现在的位置。我一直认为，作为政工干部，你有三大优点：原则、稳重、心细。刘书记是不是准备引进外资重新开矿啊？"朱新泉已经感觉到李金堂口气的异常，谨慎地答道："前两天记得他说过一次。近来，他很关心宣传工作，闲谈也就多些，说是庞副县长联系的，能不能成还难说。"李金堂笑了，"庞秋雁对刘清松可算是一往情深啊，这话现在可以说了。秦专员疗养前说秋雁已经在闹离婚。庞秋雁是个很有前途也很有牺牲精神的女人，刘清松福分不小哇，有这样一个帮手，前途无量。"朱新泉考虑良久答道："刘书记和我从不谈个人的事，我还不知道庞秋雁已经要离了。"

李金堂突然杀向了主题，"宣传部长可不好当！盖章的事，是不是都要通过你?"朱新泉警觉起来,"凡是常委们用章,找小夏就可以了,常委都能管嘛。"李金堂又道:"白记者找没找过你们盖过章?"朱新泉权衡过了说:"好像有个什么文章,刘书记本来说让我也看看,一忙就没看。好像后来夏仁说过刘书记在一份审读意见上盖过章,当时我到地区开会了吧,或许是下了乡,反正我不在。"李金堂把地委的批示递给了朱新泉。

李金堂说:"白剑的奇文我让秋风拿去复印了。不是龙泉容不下他们,是他们容不下龙泉。谁的裤裆里没点臭气呢?谁不想留下一个美名呢?刘清松这样干,说不过去。新泉,你觉得该不该让刘清松看看这个批示?"朱新泉脊背上已经出一回冷汗了,如果刚才没及时洗刷自己,他自己也不配看到这份批示了。其实,刘清松看了白剑的文章找他谈过,估摸着要盖章了,他在乡下泡了三天。朱新泉干干脆脆说道:"按组织原则,他该回避。"

李金堂点点头道:"你看该怎么办?你还有法和他刘清松一起工作吗?"朱新泉道:"没法共事了。"李金堂道:"白剑一篇文章闹出这么大的动静,厉害。你看这事该怎么处理?"朱新泉笑道:"李副书记,县里中层干部给你起了个外号叫李三高,看问题高瞻远瞩,想问题高屋建瓴,解决问题高山流水。你说咋弄,就咋弄吧。"李金堂盯着朱新泉看了好一会,宽厚地笑了笑,"这事还得大家一起干。人心齐,泰山移。中午开个在家常委会,把调子定下来。来而不往非礼也。咱们一起和白记者打一场笔墨官司吧。地委要的十年发展材料,我看不用写了,我们不是刚拍了一部十集电视片吗?复制几套,地区、省里都送两套,事实胜于雄辩嘛。连锦是个有发展前途的年轻人,先让他在县团委书记的位置上过渡一下,然后接你的班。中午正好把这个问题议议。几个会我已经布置了。你组织几个得力的人搞个写作班子,准备写几篇大文章。找几个当年救灾的典型事例,再拍一个备忘录式的资料片,调子等几个会开过了定。明天的会上布置开县、乡、村、自然村四级受灾群众座谈会,搞现场录音,到时整理成录音带子报上去,这些事都等拜读完白剑的文章后确定。中午你和连锦到我家吃饭,议议备忘录的事,我还欠他一笔债呢。"朱新泉不解地问:"什么债?"

李金堂笑道:"我欠他一个媳妇。政协张主席的小女不是刚刚大学毕业分回龙泉了吗?我看挺般配。"

这一天，欧阳洪梅带着剧团恰好从柳城回龙泉。

李金堂用了几乎一周时间，完成了反击刘清松和白剑的一揽子构想：第一步，在事情尚未搞到水落石出时，逼刘清松离开龙泉，使龙泉上层对白剑文章的认识达到绝对统一。为达此目的，李金堂布置撰写一封群众来信寄到柳城地委，反映庞秋雁和刘清松在近期合谋引进外资救活龙泉矿业时出现的经济问题，希望能触怒地委当书记。第二步，利用柳城地区的各种传媒对白剑的文章进行批驳，同时逐级向上反映白剑利用报告义学泄私愤的目的，希望北京有关方面迫使杂志社和白剑认输。

在这段时间里，胡眉心中郁积了几十年的对李金堂的仇恨爆发了。也是一个月夜，胡眉去了欧阳洪梅那里。

欧阳洪梅仰坐在李金堂常坐的沙发里，看着一言不发的胡眉道："胡姨，以前你几次来家，似乎都想和我说点个啥事，可一直都没说出来。我妈早没了，我又让你照顾了三年多，我也一直把你当个亲人看，洪梅有啥不是，你尽管说就是了。"一看欧阳洪梅慵懒华贵的样子，胡眉心里就有点怯，一肚子话一时间都寻不见了，嗫嚅着："小姐，其实也没什么，只是想来看看你。"欧阳洪梅会心地抿嘴一笑道："以后就别喊我小姐了，那几百年的老皇历了，现在还要翻它。你肯定有话，记得申玉豹第一次来的那天晚上，你劝过我赶紧嫁个人，还用'寡妇门前是非多'劝过我，咋能没什么呢？是不是听到了什么关于我的闲话，心里不放心？你只管说，洪梅不就是你的女儿吗？说吧。"胡眉横下一条心说："说就说。李金堂不是个好人。"欧阳洪梅微笑着问："他哪里不好？"胡眉道："他这个人记仇，四十年前，他像个小偷一样，就站在这房子外面偷看你爸、妈和我唱《断桥》，我骂了他，他就把我和富贵弄到乡下受了二十几年的罪。"欧阳洪梅低头看看地毯，捡起一片纸屑道："还有没有别的错？"胡眉口吃地答道："没，没有了。"欧阳洪梅道："胡姨，过去的事就让它过去吧。当年全国有两千万人从城市转到农村，大部分都不是自己申请的。就算是李金堂把你们弄到农村的，这回你们回城，也是他一手办成的。你们现在住的印染厂的房子，也是他给找的。我也是三十好几的人，该做什么，不该做什么，我明白。你们年纪大了，要多保重自己才是。你知道，这一条街的房子原来都是我家的，按政策，我还能把住宅之类的房子要回来。等忙过这一阵，我再要一处宅院，你们就搬进去安度晚年吧。"胡眉老泪纵横,心里想:小姐这不是中了邪吗?劝她是劝不醒的。从衣裳里摸出那封信,颤着哭声说道:"小姐,你早长大成人了,胡眉老了,不中用了。你妈临死前让我保存这封信,二十多年了,我按她的嘱咐交给你。我啥也没对你说过,我啥也不知道,我只是个下人,一个老丫鬟。好吧,李金堂是个好人,又送给我胡眉一只金饭碗的大好人呀。胡眉心都操多余了,不该操呀。小姐,你歇着吧。念起胡眉老丫鬟侍候了八年少爷、少奶奶,念起胡眉老丫鬟在你妈死后陪你三年,别把我和富贵再撵到乡下去,啊?"欧阳洪梅忙跳起来拦住就要出门的胡眉,"胡姨,你说的都是气话是不是?洪梅不会说话,让你伤心了是不是?我知道你都是为我好。你不用说了,我都知道。别生我的气,这些年我的脾气一直不大好,请你原谅。"胡眉艰难地笑笑,"小姐,我怎能生你的气呢?也没有这个道理是不是。胡眉嘴臭,看来这辈子也改不掉了。我该回去歇了。"

欧阳洪梅关上门,拿起信封看了又看,才蜷在大沙发上撕开了看。

洪梅爱女:

　　这封信算是妈留给你的临终遗言,托胡眉保存,待你成年后再看。其实,如果万一你生活得很幸福,也用不着看这些伤心的文字。

　　妈是自觉自愿随你爸去的,我和他有誓在先,不能背叛对他一如既往的忠诚。本来,我想把你抚养成人后再走这一步。现在看,我做不到了。我们家的出身,恐怕躲不过这一大劫。我自己也怕,怕我违背和你爸发过的誓。做女人很难很难,慢慢你就能体会到了。我对你爸爸的死,有不可推卸的责任,我选择这条路,是想求得他的宽恕和谅解,是想证明妈对他的忠诚。是啊,我怎么能背叛他!是他这个大资本家的少爷给了我这个女戏子在乱世不可能拥有的一切:贞节、声誉和爱情。关于你爸的死,不要相信任何别的说法。谁都无罪,只有妈是个罪人。能够带着清清白白的身子去黄泉路上见你爸爸,我感到满足。

　　爸、妈都很自私,很少考虑你的将来。我甚至想在临走前毁了你的容,毁了你的嗓子。我怕,我怕你将来再尝妈的这种痛苦。很可怕，生不如死。我没有做，是我觉得没资格这么做。我很想给你立下一个遗嘱，我很想告诉胡眉要她强行让你执行这个遗嘱。后来，我打消了这个念头，还是觉得没资格这么待你。我真怕你唱戏，怕极了。我多么希望你能嫁一个普普通通的爱你的人平平凡凡过上一生啊！那样你就能远离官场，远离诱惑，远离一切罪恶之源了。

　　妈走了，这是无法选择的选择。你要好自为之。

妈绝笔

　　欧阳洪梅没有流泪，只是感到心里一股股地作痛。她从母亲的遗书里读到了另外的东西：母亲对父亲的怨恨。多舛的命运已经使她遍尝了女人的全部幸福和苦难。在母亲和父亲之间，仿佛还存在着另外一个男人。这个判断一旦明晰，把她自己吓了一跳。这个男人和母亲之间发生过什么故事呢？似乎什么也没有。她百思不得其解。记忆里，父亲和母亲并不十分和谐。父亲总是忧郁地坐着，一坐就是几个小时，母亲总是沉默地做着家务，这种关系，母亲为什么还要为父亲殉情？

　　第二天，欧阳洪梅去了印染厂，想让胡眉揭开这个谜。她推开了胡眉和张富贵的房门，把母亲的遗书一摊，"胡姨，这封信你看过没有？"胡眉被欧阳洪梅的目光吓坏了，一下子想起了孔先生那天说的那些话，摇了摇头。欧阳洪梅把信递给胡眉道："你先看看，我有几件事要问你。"

　　胡眉看完遗书，心里暗自叫苦：少奶奶呀，你咋留下这样的糊涂账！你怕李金堂追到阴曹地府害你吗？你亲口对我说少爷是李金堂逼死的，咋不在遗书里写一句？你亲口对我说李金堂想你想了十来年，想得你怕得要死，咋不在遗书里露个缝？你露了这个恶人的狐狸尾巴也好，小姐也好看出来李金堂是她的杀父仇人，报不了这个仇，从此也能正正经经活个人。少奶奶，你真让胡眉作难呀！欧阳洪梅问道："我爸我妈两个人是不是一直都很好？"胡眉道："傻小姐，难道你没读明白？少奶奶若不是苦恋着少爷，咋会扔下你随他去呢？你可别瞎猜疑，这可是对你父母的大不敬。"欧阳洪梅冷笑道："这种话我记得李金堂也对我说过，他好像很羡慕爸妈的爱情。我怎么会觉得妈并不想死呢？这很奇怪。"胡眉小心说道："小姐，我想起一件事，少奶奶在去之前一个多月，给我说她查出来得了绝症。你想想，少爷死时，瘦得只剩下个骨架了，少奶奶也怕熬成这种样子拖累了你，这才想到了死。她当然又不想死，你想想当时你才多大一点。"说过了，又在心里骂自己：这是少奶奶骗我的话，咋又说给小姐听哩，这不是在为那个大恶人说话吗？你真是老糊涂了。欧阳洪梅轻轻点了点头，将信将疑地看着胡眉，"妈为啥那样恨官场？是不是有人逼迫他们。李金堂说他和我爸妈神交了十年，却连我家的家门都没进过，这话我有点怀疑。你说实话，李金堂是不是真的只喜欢听妈妈唱戏，我真的很想知道，很想啊！我爸的死到底为什么？胡姨，你就给我说说吧，你好像知道很多事。你别瞒我，我想把事情弄个明白。"胡眉听得心惊肉跳，目光再不敢和欧阳洪梅对视，笑一下再笑一下又笑一下道："你想到哪儿去了。那个李金堂恶是恶了点，倒还没长出犯上的大胆。他也就是敢欺负欺负我和富贵这样的下人。老爷回龙泉时，很喜欢李金堂的，本打算带他去省城，后来不知因为啥事没去。那一年正好李金堂老母亲死了，老爷还赏了他一百大洋。解放后李金堂发达了，自然也不愿到家里去。你想想，他到底是咱家的小伙计。你那时还小，记不得。少奶奶几次对我说，这个李金堂还不是个小人，能记恩情。至于看少奶奶的戏，见第一面就喜欢的。听人说，他如今也很爱看你的戏。他，他可能看戏有瘾。小姐，你别瞎猜了。胡眉心眼窄小，受过李金堂的欺压，又听信一些闲话，心里自然有点恨他。昨天你一批评，我也明白了。"伸手狠狠掐了自己的大腿：你不救小姐，谁还能救她？她已经猜到了，你为啥不顺这竿子，一股脑儿都说了？

欧阳洪梅脸色骤然变得惨白，倚在门棱上的身子倾斜了，扶了一把椅子坐下，眼泪滚落下来，嘴里喃喃着："他不是个戏迷，他看戏是有目的的。我，我明白了。他，他用了九年，逼死了父亲……母亲怕，怕他总，总也不会熄灭的激情……"猛地把头一甩，"胡姨，胡姨，洪梅猜得对不对？你说，你说，你说呀——"

胡眉哆嗦一下，口吃起来，"你，你一个弱女子，咋能斗，斗……"话没说完，一直蹲在黑影里抽烟的张富贵突然蹿起来，一巴掌把胡眉打翻在床沿前，吼骂着，"斗你妈屁斗！女人家家的，越老越不知个进退，尽放些闲屁。"转过身对欧阳洪梅道："洪梅，这个老货怕是疯了，最近说话做事一点都不照板。你爸和你妈的事，我清楚。为了能娶你妈，少爷又是动刀，又是动枪，又是绝食。少爷这样刚烈的人，咋会叫人逼出毛病？这都是命，与人家李金堂有啥关系。这老货一回到城里，早年的臭毛病又犯了。你别听她胡扯淡。"胡眉爬起来接连打自己几个耳光，"我该死，我该死，你家的事真与李金堂无关呀。"

欧阳洪梅慢慢站了起来，嘴角一扯一跳，自言自语着："没关，没关，都是命，没关。"一步步晃出了印染厂。

欧阳洪梅在城隍庙家里一连坐了两天两夜，自杀的念头才渐渐淡到了无。如果再走这条路，无异于两次踏进同一条河流。当年，如果从巫山纵身跳进长江，自然是一了百了的大解脱。可是，如今再走这条路就太感情用事了。即便最终还是避免不了这种命运，那也要死个明白。不把几十年的恩恩怨怨弄个明白，那就人对不起这些万难忍受的煎熬了。这一场大起大落的情感起伏，她的肌肤、她的神情、她的思维、她的心理，都发生了奇异的变化。肌肤表层挂上了薄薄的如水晶一样闪烁的东西，皮下时隐时现的节节青脉袒露着她神秘莫测的心迹。神情里，时不时会散射出可怕的狰狞，思维常常出现间歇性停顿，心理活动常常发生跳跃和错乱。第三天，她自动恢复了进食，中止了这种自我虐待。

恢复正常状态后，欧阳洪梅作出的第一个决定就是回避李金堂。在这种心境里，这恐怕是迫使自己冷静下来的惟一办法。她发现眼下面临的困境酷似当年那段最黑暗的日子后，无声地流了一天眼泪。一个声音渐渐清晰起来：我要好好看看他心里到底装了些什么。他为什么对我百依百顺？是要掩盖他心理阴沟里的罪恶之念吗？我还没有直接面对过他的恶呢！难道他计划留着这些恶与狠给我致命的一击吗？难道这十多年我看见的仅仅只是一张画皮？我要剥开了看看他。只有亲眼看清了，我才甘心。我要看见他愤怒，看见他歇斯底里，直到看出他的原形。如果我看清了一切，我绝不会沉默。

满院的残花把申玉豹拖进欧阳洪梅的意识里，就从这里开始吧。

申玉豹没敢奢望十几个花篮、两盒录像带、一本报纸剪贴就能赢得欧阳洪梅的心，自觉自愿做这些，只是想从此改变一下自己在这个女人眼中的形象。第一次作为客人被请进这个院子，他还有点忐忑不安。满地零乱的残花，似乎又预示着一种不祥。欧阳洪梅一身素白长裙，眼眶深陷，眼珠转到之处，处处闪烁着捉摸不定。申玉豹一下子就联想到传说中的女狐仙，心里隐隐发怵。

欧阳洪梅甜甜地一笑，"不认识了？回到龙泉我就病倒了。这么几天，你也不来看看我。"申玉豹再细看去，认定这又是一种前所未见的美丽，心里顿时坦然，说道："你连演了十八场戏，我想着不该打扰你，怕你看见我又烦了。"欧阳洪梅倒了茶水，开门见山说道："玉豹，你送的东西我都很喜欢，我准备认真考虑一下和你的关系了。不过，这件事怎么办，由我决定。我让你做什么，你能无条件做吗？"申玉豹答道："能！"欧阳洪梅突然又问："让你杀人你也杀吗？"申玉豹犹豫了一下，没有回答。

欧阳洪梅一本正经起来，"咱们不说笑了。我准备在近两年就告别舞台，必要时也准备走向婚姻。你的心思，我都明白了，用不着再说，我答应跟你建立恋爱关系。你我都算曾经沧海的人，能不能最终走到一起，难说。所以，我们这种关系又可以随时终结。你同意吗？"

申玉豹连声答应道："中，中，中。啥时我都听你的。"

申玉豹带着一个眉清目秀的小伙子回了细柳巷。三妞放下手里织了一半的毛衣，迎了出来，嗔怪道："走了几十天，连个招呼也不打，到公司问你，说你带了八万元现金出去了。吃饭了没有？"申玉豹神秘地笑笑："我出去买了几个书架和一批书。"三妞还没来得及问，只见几个人抬书架的抬书架，搬书的搬书，拥进了一院子。申玉豹说："小山子，你领他们把楼上东边的房间打扫出来，再把东西摆进去，西边的房间有床，以后你就住那儿。"三妞疑惑地看看那一捆捆自己听说过名字的和没有听说过名字的书，随手抽出一本《西游记》翻了一下，又随手扔过去，书就掉在地上了。申玉豹忙跑过去，捡宝贝一样捡起来，嘟囔着："看看，弄脏了，弄脏了。"三妞哼着鼻子冷笑道："搞什么鬼名堂！看个电视剧都能打呼噜的主儿，还用买这么多'安眠药'干吗？你能看得懂吗？"申玉豹得意地笑了，"什么事能难得住我申玉豹？那书上的字，大部分是它们认得我，我不认得它们，这是不假。不过，我有一双好耳朵和一个好记性。兴人家过目不忘，就不兴我过耳不忘。刚才那个学生叫小山子，高考得病还考得只差一分，很会讲瞎话①的，我聘他来给我当家庭教师。用他的眼和嘴，用我的耳和脑，一年下来这些书根本不在话下了。"

---

① 讲瞎话：方言，即讲故事。

三妞没再说什么，扭身进了屋。申玉豹跟了进来，把门关上了。三妞脸一红，嗔骂道："看你急的，一时半晌都等不及。"申玉豹正在墙上摸开关，随口答道："这事一定要现在做。"三妞眯着眼瞟瞟灯光，咕嘟着："出去这么久，你先洗个澡再说，我出去拎壶开水来。"申玉豹明白三妞误会了他的意思，鄙夷地睒一眼三妞："你妈——我不说脏字了，你他妈就知道弄这。从今天起，我要脱胎换骨了，需要把你我的事做个了断，又怕闲杂人听见，这才关的门。"三妞愣怔一下，问道："你要了断啥事？"

"啥事？"申玉豹掏出一张支票推放在饭桌上，"你坐下来慢慢说。咱们夏天时可是说好了的，红口白牙的，你也算个人物，不能说了不算数。虽然你夸口说不要我一分一厘，可真要这么做，又显得我太不仗义。我给你说过，除了对玉芳，我还没对哪个女人亏过心。那四个女工的事，你也知道，前些日子碰上那个嘴最甜的，硬把我当日本啥子音乐指挥家崇拜，她穿得挺时髦，人五人六真成个城里姑娘了，见了我装作不认识，我也没后悔去年把她弄进城。她们还没法跟你比。你和我是正儿八经谈恋爱，说黄就黄也不合我申玉豹的脾气。这是一张现金支票，三日内去取有效。五万块当你的青春损失费，等你结婚，我一定另送一笔厚礼，你收下吧。从今天起，我和小山子过了。"

三妞心里想："这一个多月没听说啥事，咋突然间揭说起这件事了？"心念一动，说道："我说话当然算话，只要欧阳洪梅答应了你，我马上走人。然后呢，我就等着看你被甩掉。再然后呢，我就自己回来，用不着你请我。我发过誓的，为你那几句暖心的话，我要爱你一辈子。"伸出手道："拿来呀，拿来让我看呀？"申玉豹反问道："你想看啥？"三妞咯咯咯地大笑起来，笑个满屋灯光闪，突然间刀切样把笑收住了，揉着肚子说道："信物呀！我要看看欧阳洪梅给你的信物。你送了那么多值好几万的东西，人家总该回送个啥的。值钱的不会给，带点腥气的奶罩裤头总该赏你一条吧？看了见识一下，我才知道你从此不是剃头匠的挑了，　头热了。"

"这个容易，"申玉豹打开一个精巧的黑皮包，从中拿出一只大哥大手机，拽出天线道："你以为这些天我干什么去了？我一五一十跟你说说吧。欧阳洪梅带团出去演出，我一直跟着看，看了一个多月。也是公路段的几个朋友帮忙，让我搞了个欢迎仪式。功夫到家了，石磨也能滴穿。前两天她答应和我处恋爱朋友。昨天,欧阳让我去买大哥大,她一个,我一个,她想啥时候叫我都能叫得到。"说着,拨了一串号码,拿起来凑到三妞的耳朵上,"不听个声音你不信。"三妞听了一声"喂",就像是被那脆亮的声音击中了心窝。申玉豹忙把机子扣在自己耳朵上,点头哈腰道:"我是玉豹,啥事?我是看这一万多的玩意儿到底好不好用。噢,刚才是试过的,可离得太近,我怕你要找我时又不灵了。我知道,我知道你近来心情不好。对了,我买了一些书,还请来一个家庭教师,我让他帮助我读书。你这话说得好,知识就是力量,咱有了力量,谁也不怕。好好好,我关了。"三妞的脸早青一阵、白一阵、红一阵、紫一阵,最后换上一张菜色的绿脸,抓起现金支票撕得粉碎,猛摔在申玉豹面前,扭身说道:"申玉豹,我就在酒吧的歌台上等着,等着看你吃天鹅肉!"猛地拉开门,又站住了,褪下金戒指、金项链,一手一把,硬生生扯下两个金耳坠,摔在地上,"我三妞说话算话,不带走你申玉豹一厘一毫。噢,还有这双鞋是你在北京给我买的,都给你留下。"两条腿甩出一个踢踏舞步,两只红皮鞋一个弧线跟个弧线栽两个跟斗停在申玉豹脚前,赤着脚昂着头穿过院子,两只耳垂上的血珠子像两颗上等的红宝石,在夕照的阳光里一闪一闪,一闪一闪,闪着闪着,就闪出了两扇摇荡呻吟的空门。申玉豹被三妞一气呵成的气势镇住了,久久地呆看着院子。等楼上没了响动,申玉豹默默地捡起地上散落的金首饰,拎起来两只红鞋,在屋里团团转了一会儿,看见了三妞常放些小东小西的铁皮盒子,过去倒出盒子里不值钱的小东西,把首饰塞在鞋窝里,连鞋放进盒子。看见盒里还有点空位置,就从那堆小东西中捡出一个正噘着小嘴在亲的连脚男女细瓷玩具丢了进去,然后合上盖子,把盒子放到一个沙发底下。

# 第二十七章

李金堂睁大布满血丝的眼睛，看看刚坐下的刘清松，"刘书记，常委会本该由你来主持，不过，今天的主要议题涉及到你，我就代劳了。今天的会，一共两个议题。一个是议一下龙泉个体企业的发展方向问题，一个是白剑那篇文章的问题。第一个问题，我先谈点意见。我们以前是说了几十年大河有水小河满，这种提法偏颇。不过，小河都有水了，大河不一定就满。我们经济的大动脉、主流，应该是，也必须是国营经济，个体经济只是支流。按我的理解，经济力量强大起来后，必然要影响到政治。二战后，美国只是在政治上控制了日本，经济上却让日本独立自主地发展。结果呢？大家都看到了，日本今天强大的经济已经迫使美国在政治上作出很多重大让步。这里面的经验教训，很值得吸取。我们需要纯粹意义上的资本家，而不需要那种削尖了脑袋朝政界挤的商人。现在虽然不提吃二遍苦、受二茬罪了，但不能说这种可能就消失了。龙泉县个体经济总的情况是好的，但也存在着严重的问题。前些日子，县税局查处了申玉豹荣昌贸易公司偷税漏税六十万的大案。处理的结果却不尽如人意，只用罚款或象征性罚款的手段，不能根治个体经济中靠偷税漏税进行资本积累这个毒瘤。够得着动用法律的，绝不能手软，绝不能以罚款代替法律的制裁，要双管齐下。对有些人的暴富，群众很有意见，发展下去就是怨声载道。我们掉了乌纱倒是小事，弄不好就成了千古罪人。这种毒素也是导致社会风气一天不如一天的主要原因。从前，我们常常抨击资本主义社会五毒俱全。现在我们再说，就有点不那么理直气壮了。我们还有多少值得骄傲的东西？艾滋病不是也在中国开始流行了吗？所以，我们不能把偷税漏税单纯地看成只是经济问题，它也影响到我们立国的根基。纳税人观念的建立，不是一天两天能完成的。西方发达国家，如偷漏税，那是要罚他个倾家荡产的。"

其实，这个议题是李金堂临时增加的。开完几个大会，李金堂再给欧阳洪梅去电话，听到的尽是忙音。不得已打电话问电信局，回答是：受话机子出了问题。李金堂忙于筹划这个常委会，也没细想，误以为欧阳洪梅在使性子，想等把刘清松逼出龙泉后，再去找欧阳洪梅解释。过了两天，李金堂听说了申玉豹花上万元欢迎曲剧团回县的事，深感震惊。这次开会，申玉豹也就在劫难逃了。在座的常委，除了刘清松，都知道今天的主要目的是整刘清松，为了赶紧进入主题，附和了几句，就作出了严惩偷税漏税的决定。申玉豹偷漏税数额巨大，罚二十万不足以平民愤，会议决定：由县政府派出工作组进驻税局，查处税局对处理申玉豹偷漏税一案处罚过轻的问题，一旦发现其中有行贿、受贿的行为，严惩不贷；从申玉豹偷漏税一案开始，一旦查明偷漏税金额，除补收税款，再加税款两倍的罚款，如抗拒不执行，可请公安机关强迫执行。这一决定使申玉豹又要出一百万的罚款。

李金堂站起来活动一下，问道："刘书记，白剑那篇文章是你审读、拿到宣传部盖章的吧？"刘清松冷冷地答道："是这么回事。"王县长厉声问道："刘书记，龙泉救灾的时候，请问你在哪座庙里修行？你知道多少当时的情况？"刘清松笑了一下道："白剑掌握了全县十六个乡的救灾明细账，走访了十二个乡八百多群众，文章在这个基础上写成。作为县委第一书记，对中华通讯社记者的一篇报告文学作品的真实性作个鉴定，这个权力总该有吧？我负责龙泉县全面工作，宣传部工作我总可以过问吧？"组织部长温泉道："刘书记，这么大的事，搞一言堂，不太合适吧？集体领导还要不要？"刘清松道："如果真有该我负的责任，我绝不推卸。说到底，我不过是给一篇现在毁誉不一、将来也不至是棵大毒草的报告文学签了个审读意见。谁掌握着真理，辩一辩就清楚了。这篇报告文学尚无定论，说话还是客气一点好。我向来反对人身攻击，大洪水时我没出家，我在大学读书，档案里一笔笔都写着呢！"

刘清松这番话把其他几个人给镇住了。李金堂打开文件夹，笑了笑道："言之有理。清松啊，你来龙泉快两年了吧？记得你来的那天下着大雪，我们几个常委冒着大雪接的你。你从当书记的专车里走出来，我吃了一惊，因为你的长相比你实际年龄还要年轻。我心里这个高兴啊，我在想,大家恐怕都在这样想,有这么年轻的县委书记领导大家一起干,龙泉还愁什么?你读过大学,理论水平高,很有思想,很有干劲,给我们这些已有些僵化的老家伙开了不少窍。从个人交情而言,我们和你处得都不错。上次麦饭石矿冒顶,你要求给你党内记大过处分,大家都不同意,觉得这种工作失误不应影响你的政治前程,最后改成了行政处分,我认为这也表达了大家对你的一份关心、一份爱护。秋雁副县长出了事,大家没有一个人对她落井下石。理解万岁!这话也适合我们这些人。我总在想,龙泉应该为你们这些前途远大的年轻人留些美好,而不能成为你们的伤心地。白剑这种做法,能把人的心都伤透。翻历史旧账,不该是这种翻法。你很不负责地为这种言论开了绿灯,我感到很难过。白剑该负什么责,我们依靠上级组织处理。"他把文件夹扔给朱新泉道:"请你读读报告后面咱们的几点请求,然后表决。"

朱新泉暗自叫苦,却不能不读,想着等会儿还得举手,看也没看刘清松,埋头读起来:"第一,当年洪水遍布全省四地三十余县,上级应要求作者及杂志社向全省人民公开道歉。第二,白剑文章中的观点不是孤立的,也不是认识问题,而是当前思想界错误思潮的表现,鉴于此,需要组织文章批驳白剑的错误观点,以正视听。第三,刘清松同志身为县委第一书记,独断专行,为白剑的错误言论大开方便之门,他已经失去了全县人民的信任,因县委其他八位常委都是当年龙泉救灾工作的领导者,也就无法再和刘清松同志共事,为使龙泉各项工作不受损失,请地委组成临时县委主持龙泉工作。"

刘清松站起来道:"你们不要忘了,我这个县委书记是省委组织部任命的!你们更不要忘了,地委第二次就白剑这篇文章的批示是尽快查清事情真相上报。你们口气不小,请个临时县委,要是都这么请,省委和中央的权威怎么办?"

会场又出现了长时间的死寂。

刘清松又坐了下来,继续攻击着:"这个报告中的几个请求,上级可能只对这么一句话感兴趣。有八位常委都是当年龙泉救灾工作的领导者。那么,在上级没对白剑的文章作出结论之前,该回避的不应是我,而是在座的各位。我党历来注重对历史经验教训的总结,白剑指出了当年龙泉救灾工作存在的问题,作为龙泉县当时和现在的领导,你们应该本着党性的原则立场,鼓掌欢迎。一个真正的共产党员,是不怕翻历史旧账的。面对那段历史，面对我党培养出的国家级通讯社记者的文章，如果你们真的感到坦坦荡荡、问心无愧，应该放宽心让上级派人来查呀！你们这样做，是不是心里有点发虚？如果白剑和《时代报告》真的错了，在座的各位恐怕都没要求人家向全省人民道歉的资格，大家充其量只能代表龙泉八十四万人，报告这么写，省委领导不是无事可做了吗？当前思想界有错误思潮，这种高屋建瓴式的结论性的话应该是一些县级领导说的吗？我怎么没听见、没看见中央领导和国家宣传媒体讲过、写过类似的文字？我刘清松失没失去龙泉几十万人民的信任，结论要由党来作，由人民来下。刘清松从政十几年，可以面对苍天说：我上没愧党，下没愧民。"

县长王宝林顿了一下茶杯道："你说完了吧？好一个上没愧党，下没愧民！十二个民工的尸骨未寒，亏得你能说出这种话！抗洪救灾中，李副书记、政协张主席的儿子都因公殉职了。你口口声声只讲党性，可惜我看不出你身上有一点人性。你说得对，大家都是党的人，我这个县长还是全县人代会举手选出的，说话比你更能代表龙泉人民吧？你用哪条组织原则，能讲出我们这次常委会的违法违纪性？你不要动不动用上面压人，这个白剑分明是在公报私仇，难道我们该忍气吞声不成？"

县人大石主任一拍桌子道："宝林，你别跟他扯这个咸淡了！表决吧。"政协张主席扶扶眼镜腿，慢条斯理道："刘书记是省级领导水平！摆在龙泉小庙屈才了。表决吧。上边要是认为咱们写的报告水平低，一定会把咱们这些窝囊废踢一边，腾开场子让人家唱独角戏。"

刘清松大笑起来，"表决你们表吧，我反对。怪不得龙泉这些年一潭死水，它早该变得更美好了。我相信上级领导会作出正确的选择。"

李金堂笑眯眯地看了刘清松一眼，"清松啊，你讲的这些话句句都在理。我一直认为，只要你再成熟一些，一定能当一个非常称职的县委书记，甚至市委书记。我看你还是请求免了你的职为好，免得到时候更不好看。要不然，咱们再在报告后面加上这样一句：如上级党委认为刘清松书记仍有留在龙泉的必要，我们其余八名常委一致请求免去各自的职务。"眼风抡出一个扇形，"你们有没有意见？"王宝林、张主席、石主任、钱副书记、梁副书记、温泉、朱新泉依次回答："没意见。"

李金堂做了个深呼吸，"朱部长，你把这句话加进去。票数是八比一，当然能代表龙泉县委的意见。我们现行的体制，是党委领导下的领导分工协作。清松，真希望你能尽快成熟起来。"

刘清松孤傲地一扬头，"别说这些风凉话，上面还有地委、省委、中央，谁能笑在最后，还说不定呢。"

李金堂心里想：当书记这一关你恐怕都迈不过，冷笑一声，"只怕你没这种好运气！有些东西虽好，不该你要的你要起了贪心，你这条路怕是要到终点了。"

时隔不久，H省委批准了龙泉地委的决议：暂免去刘清松龙泉县委第一书记职务，龙泉县委副书记李金堂暂代埋县委第一书记职务。两个"暂"字都为省委所加。李金堂看见这份红头文件，对着从纸上直往外跳的两个"暂"字发了一阵呆。

地委当书记倒是实现了让刘清松反省的目的，把这个不懂规矩的后辈吊了起来。他认为这两个"暂"字加得巧加得妙，体现出了省级水平，这样事情就留有余地，可以进退自如。对纯粹个人利益而言，加一个"暂"字，也就给刘清松一旦改掉老毛病后复职的便利，使刘清松不致绝望，认为他这个老前辈胸襟太窄。同理，将来一旦查出了龙泉的大问题，这种本来纯因个人冲突的处罚，就完全变成了对龙泉工作的深谋远虑。整人，确实是门高深的艺术呵！

白剑在北京很快领教了龙泉战法的厉害。《洪荒作证》没触及较大的贪污实例，成了龙泉和柳城攻讦的靶子：近千万救灾款不知去向，却没写到一个大贪污犯，这不是虚构又是什么？韩曾副社长令他速回龙泉，"你为啥不写一群苍蝇？如今，你只能再去龙泉抓一两只小老虎了。忒没经验了。要赶快去趁乱抓一只，抓一只，你的文章就基本立住了。"

林苟生没想到白剑这时会只身回来，惊叹一声，"天爷，你咋敢在这个节骨眼上露面！"白剑诧异道："有多凶险？"林苟生就把这两天听到的大概情况讲了一遍，说道："城里人都知道你是要扳倒李金堂，你应该看看风向再说。有可靠消息说，柳城方面的态度于你很不利。"白剑笑道："预料之中的事。北京方面评价不错。要是一边倒地叫好，我倒认为不正常了。我自信还没把他们惹到丧心病狂的地步，也就不会有生命危险。趁现在来摸点真实反应，等人家都布置好了，听的只能是假话。"停顿了一下，又道，"怪我写作时考虑不周，只注重了宏观把握，没能下大气力挖出几个次重量级的贪污案，局部出现了破绽影响了整体的真实感。韩副社长让我回来赶快趁乱抓一只小老虎。"林苟生面露惊诧的神情,"有道理。我也把这一茬给忘了。只怕你来晚了一步,刘清松暂时被免了职,回柳城当了寓公,这浑水摸鱼的巧宗怕已经错过了。"又觉得这样说会泄白剑的气,这个堂吉诃德要是撒手不管了,名照样能出,李金堂虚惊一场,借机登上一把手的宝座,这半年多不是白忙乎了?赶忙改口道:"嗨!我倒忘了咱是咋查的账。如法炮制,我就不信抓不住一两只小老虎!抓住小老虎,才能把大老虎咬出来。眼下,最重要的怕是你的安全,只要能防他们暗算,就不妨事了。这方面老林恰恰在行。能把不倒翁李金堂闹个鸡飞狗跳的,已经值得喝一杯小酒了。明天我再陪你到茶馆坐坐,让我的兄弟们暗中认认你这张脸,他们想用黑道整你,就没那么便当了。"白剑投去感激的一瞥,说道:"李金堂他们不至于用这种手段。"林苟生认真道:"害人之心不可有,防人之心不可无。上一次为那样一篇小文章,咱不是已经吃过亏了吗?这方面听听我这个老江湖,准没错。这次去扬州,学了句骂人话,辣块妈妈!咱们一鼓作气,赶他们到赵河喂鱼虾去。走,去好问酒吧。"

好问酒吧今晚有点反常,两人走到门口,就有一穿着西装的男人迎过来问道:"二位先生是吃饭呀是跳舞?"林苟生道:"吃饭咋讲?跳舞咋讲?"那男人说道:"吃饭请便,跳舞就请改天来,今晚我们包场了。"林苟生本想出个难题,一想今天高兴,惹了闲气划不来,就说:"我俩只吃饭。"

路过舞厅,林苟生发现座位上的男女个个衣着不俗,咕哝一句:"月二四十没见,酒吧也上了档次。七点钟开跳,乐队已到齐了,还都穿着燕尾服。"两人进了老地方八号包间。四小姐一身蓝制服,歪戴着一顶船形帽紧紧跟进去,拍打了椅子,抹了桌子,脸上的一层怪笑久也不褪。林苟生看了觉着怪异,手指弹打着桌子道:"小四,多日不见大叔,招呼也不打一个,只顾偷笑个啥?"小四一脸嫣然,扑哧笑出了声音,"我是想这事有些蹊跷,说冷清哪,冰井一样,都是生人冷面的,整日里想找个拉呱的也找不见,憋得不行。这说热闹,竟一个都没缺,还不把天闹塌了?这么一琢磨呀,就直想笑。看大叔一脸喜相,又和这位白大哥一起来,准是又要喝酒了。"林苟生道:"人逢喜事,哪有不痛痛快快喝的,上最好的菜,有真茅台给我们上一瓶。"

四小姐端了六个冷盘上来,却没拿酒。又上了两个热菜,酒还没拿来。林苟生就问道:"咋搞的嘛!没有真茅台,拿瓶真五粮液也中,总不能让大叔和白大哥干吃吧?"四小姐又抿嘴笑道:"小四是心疼大叔,想让你们先吃点菜垫垫胃,这等会儿看戏也罢,喝闷酒也罢,就不伤身体了。酒这就给你们上来。"转身闪了出去。

白剑吃了几筷子菜,说道:"这个小四今天有点神神秘秘的,话总是说一半留一半。"四小姐又端来一盆麻辣鱼,把茅台酒打开,笑着又要走。林苟生喊道:"小四!你吃的笑药要是还剩的有,给大叔留一点。你不知道大叔最爱笑!"四小姐道:"小四这笑药,送给你吃就不灵了。我还是给你说点别的吧。你猜猜今天是谁包的舞厅?我知道你也猜不出来。我呢,也只敢偷偷给你们说说。开始的时候,我也不明白为啥包了舞厅,又不对内对外说是包了。如今我才弄得半明半白。包舞厅的是申大老板申玉豹!这舞厅里的男女,吃了喝了拿了最后还可以领一份工资。"林苟生得意地笑了起来,"我以为是多大的新闻哩!申玉豹钱多了烧得慌,啥洋相不出来?我听说他死乞白赖追欧阳洪梅,白扔了几万块钱,李金堂小使手段,就折他一百多万。相比之下,今天的事又算啥。"白剑心里道:这事有点意思,申玉豹追李金堂的情妇,保护伞没了,玉芳的案子说不定马上就能翻过来,这个老林,这么大的事,咋就不早点说说。四小姐道:"大叔不出门,遍知龙泉事,好生了得!你肯定又是刚从外面回来。如今又出了新情况。这事就牵扯到白大哥了。前些天,全城都在疯传,白大哥一篇什么文章,整得全县上下都在开会。李副书记这一忙,申玉豹还不趁机朝他后院点火?这种机密事,小四不敢多说了。有句话到了嘴边,咽不回去了,不知大叔听了会喜会忧。还是说了。前些日了,三姐突然回了酒吧,像是遭人打劫了,首饰叫抒个精光,上衣都撕破了,流着血,鞋也没了。"林苟生腾地站了起来,"三姐在哪里遭的歹人?"四小姐莞尔笑道:"不是小四刚才多留了心,这菜你怕吃不下去了。你别急,三姐没遇到歹人。再问,啥也没说。人倒是显得平心静气,天天晚上登台唱歌。说来也怪,三姐久不登台,登台一唱,大家都觉得比从前唱得不知好了几成,像遇了仙人点化。说她和申玉豹分手了吧,又不大像,所以我才觉着蹊跷,所以我才说大叔你不知该喜该忧。今天申玉豹闹这一出,我猜怕是要引出一台大戏。你们慢慢喝,我今晚还得照应舞厅的客人。"

林苟生果然就无心动筷了。白剑安慰道:"三姐离开了申玉豹,你不是又有一个干女儿了吗?"林苟生苦笑一下:"这事恐怕没这么简单。不瞒你说,听说申玉豹向欧阳洪梅求婚,我见过三妞。她什么都知道,却很自信申玉豹会碰个头破血流再回去。我看她是迷上这个杂种了。这三妞,外柔内刚,弄不好就会出大事。"白剑眼珠一转,说道:"按说这个欧阳洪梅不该是这个样子,你不是说她和李金堂已经不是一天两天了吗?再说,申玉豹又是李金堂一手扶持的,申玉豹也不敢到太岁头上动土呀!"林苟生仰着脸,幽幽地望着一个壁灯,这个姿势保持了好一会儿,才说道:"人心最难揣摩,特别是欧阳这种女人,做出的事匪夷所思,事后一想,招招式式都在情理。她和李金堂这样维持了十几年,鬼知道是啥前因后果。你说的也是,照理,欧阳这种女人不该在申玉豹面前动心。啥尿货色嘛,早十年,还是养头母狗混日子的主儿。不过,遇到这样十年,人变成狗,狗变成人,都不稀罕了。老江湖遇到新问题,猜不透,实在猜不透。"

正说着,乐声起了,一个女中音唱流行的那首《跟着感觉走》,唱到"紧抓住梦的手",林苟生就把身子坐正了,唱到"轻轻挥洒自己的笑容",林苟生脸上就浮出了无限温暖的笑意。白剑看了,心中感慨道:"我到他这把年纪,怕再无一丝一缕这样的率真了。能这样爱一个女人,该会是啥滋味呢?李金堂和欧阳洪梅中间,恐怕也有这种让人心驰神往的一缕情愫吧。我呢?"一想到自己,顿时觉得气短了。和冉欣越来越陌生起来。《洪荒作证》刊出后,白剑兴致勃勃拿了一本回去,冉欣胡乱翻了两三分钟,随手把杂志扔到床头,评价道:"理想主义的一首挽歌,出出名过一把瘾也就是了。两千多元稿费,还不如倒二十吨钢材。折腾了半年多,又挨一顿打,值吗?爸爸快到年龄了,不趁机建起自己的网络,等他下来,只能等死。不过呢,出点名也好,没看那些大影星、大歌星,一下海捞的都是干货,这才是明白人。"思绪出外神游了一会,听见歌变了一支,是《走过咖啡屋》。白剑又看了林苟生一眼,"老林,你干脆出去听吧。等她歇了,邀她跳一曲,到底发生了什么事不就问出来了?"林苟生红着脸道:"不行,不行!听她的声音,心里静着呢!心里静证明人活得滋润。她活得滋润,我还能做啥?喝酒喝酒。"

三妞的平静靠一股气、一股自信撑着。唱完三曲,她到乐队后面,坐在椅子上喝矿泉水。这个时候,欧阳洪梅挽着申玉豹的胳膊,在四个随从的前呼后拥下,进了舞厅。欧阳洪梅看见前排正巧有一张桌子空着，面带微笑走过去面对乐队坐下了。四个随从看见申玉豹一个不经意的手势，都退到黑影处站下。四小姐笑吟吟地走过去，微微倾着身子问道："欧阳团长，喝点什么？"欧阳洪梅矜持地笑一下，"你认识我？"四小姐微笑道："全龙泉不认识大姐的人不多。咖啡？还是饮料？"欧阳洪梅淡淡道："咖啡，不放糖。"四小姐转过身："申总，你呢？"申玉豹模仿着男影星大老板的派头，朝上甩个指头，"随便。"四小姐刚要走，欧阳洪梅又说话了："玉豹，随便可不是上等人随便说的，小姐给你上碗大叶茶，你能喝吗？以你全县首富的身份，出入公共场合，要么要最贵重的，要么就要最单纯的，你别误会单纯就是便宜。小姐，有XO吗？"好在四小姐还知XO是什么东西，迟疑一下答道："回欧阳团长，酒吧没进洋酒。开张时曾进过两瓶'拿破仑'，没一个人说好喝，价钱又贵，后来就不卖了。"欧阳洪梅点点头，"那是因为龙泉人不会喝，当成白干牛饮，自然不好喝。洋酒要不断加冰，小口小口品，才能喝出身份，喝出滋味。玉豹，你听着没听？"申玉豹忙堆一脸笑："听着哩，听着哩。一个字都没落下，保管一辈子忘不了。"欧阳洪梅道："你这一问，就表明你的身份了。有XO，你就喝XO，没有呢，丢面子的是请客的主人和店家老板。如果谁请客，你要了他没备的东西，你就在气势上压住了他。然后，你不要一档一档往下降。有时候也可以这么降，譬如你成心刁难对方的时候。一般的情况，人家说没最好的，你一下子就要那最单纯的。你就说：那就请来一杯冰水吧。这一说，就说出你的修养了。要么你要了最丰富的，要么你就要了最单纯的，最单纯的也就是最丰富的。你只求最丰富，对方也就能感觉到你的力量。小姐，要有冰水，就请给玉豹米一杯。"四小姐掩不住一脸喜悦，"欧阳大姐随便就倒出一杯随便的学问，小四可算长了见识，咖啡、冰水这就来。"欧阳洪梅不由得赞一句："四小姐真会说话。"四小姐忙又补了一句："这都是大姐陶冶的嘛，近朱者红嘛。"

　　四小姐送了咖啡和冰水回到服务台，听见男歌手第二支歌已经唱到第二段，知道接下来又该三妞唱了，牙齿赶紧咬死了，生怕一颗心跳将出来。像是生怕这戏不够热闹，又去推开了八号包间。四小姐眼扫过一桌子菜，说道："大叔大哥，用不用把菜热了再吃？"白剑道："不用了，四小姐，我们再坐一会儿就走。"四小姐蛊惑道："你们走了恐怕会后悔的。欧阳洪梅和申玉豹已经来了，刚才还当着我的面教导申玉豹如何做个真正的上等人，教导他只能喝XO或者冰水，说这样才显教养和身份。申玉豹脸都喜烂了，像只点头虫一样，看来三姐八成是让申玉豹甩了。大叔说得很对，俏丽的斗不过风骚的，风骚的又斗不过风情万种的，一物降一物呀。林大叔，三姐马上就要唱，你看，过门已经响了，这是三姐新学的日本电影里的《草帽歌》，还是用洋文唱哩，我记得那电影很惨很惨。林大叔，申玉豹可能知道三姐的脾气，带来四个人，你们一走，三姐可就孤单了。申玉豹他妈的还像个男人吗？三姐毕竟跟他不明不白半年多，竟带着新欢来这里臊她的脸皮！这男人真他妈的不是东西！一张洗脸毛巾，有了新的，旧的还留着擦脚，擦脚擦过了还要当一阵子抹布！女人竟连条毛巾都不如，太可怕了。"林苟生坐着不动，坐着坐着就坐成一头发了怒的雄狮了。他心里忽然生出了对欧阳洪梅莫名的恨：你是大鱼大肉吃腻了，如今竟来抢苦孩子手里的烂红薯，太霸道了吧！如果李金堂没有你这么个女人，他能斗过年少气盛的刘清松？这么想着想着，突然冷笑起来。白剑道："你为啥冷笑，申玉豹追上欧阳洪梅，你干女儿从此就解脱了，你该痛痛快快笑才对。"林苟生道："我是笑我自己。多少年，我都把这个欧阳看得很高，原来也只是个风骚呀。玩男人成了瘾，玩得不重样，吃着碗里瞧锅里，下一回说不定就玩到你头上了。别用这种眼光看我，我这话没根没据吗？"白剑摇摇头："女人到这一步，也算无可救药了。这算什么事！"林苟生一听是这话，心里想：这离要当救苦救难的活菩萨已经不远了。欧阳这女人本来就对小兄弟有好感，以后的戏就好看了。瞅机会该扇扇这股风。

　　三姐唱完第一段，已经看见了申玉豹和欧阳洪梅。一边唱着，一边压着心里的怒火。申玉豹，你也太没良心了！你竟敢这样耍我！你明知道我在酒吧唱歌，还故意把个屁股朝着我！我三姐真是瞎了眼了，瞎了眼了呀！还有你，欧阳洪梅，你看看你那眼睛，你傲什么傲，噢，这怕是你的主意吧？别在这里装你的假正经了！你也是个浪货、贱货。把个有权的玩腻了，玩老了，玩得没意思了，又把眼盯上一个有钱的！她差不多快四十了吧？四十岁了，眼睛还这么亮，还这么风骚！你就是再穿红戴绿，也不会有第二个二十几，你还能风光几年，早已是秋后的蚂蚱，蹦跶不了几天了。你眼那么亮，那是欲火烧的，这个瞒不了我，李金堂老了，把你日弄不痛快了，你就扔了他，盯上了申玉豹！就是这么回事！我要不让你当场出丑，三姐也不是三姐！

唱完《草帽歌》，三妞扔下话筒，敏捷地几个跳跃，飘落在欧阳洪梅面前，费力地拉挂上一张笑脸，上下打量着欧阳洪梅，颤抖着声音道："欧阳老师，这件绿毛衣显得太俏了点，你应该穿上那件七千八百美元买的貂皮大衣，那件衣服才符合你的身份。名人嘛，大戏剧家嘛，贵夫人嘛！"欧阳洪梅紧紧地咬着嘴唇，用不锈钢小勺神经质地搅着咖啡，轻轻说道："三妞，没想到你这样爱玉豹。那件大衣用不着你操心了，天一冷，我自然会穿出来的。玉豹不是说已经和你了结了吗？"申玉豹怯生生地插一句："断了七八天了。"三妞咯咯咯地笑了起来，"断了？断了他也再不值钱了。他的人，在我的身子里搅了半年多，柴火棍也不如了。我是个啥人，你欧阳老师清楚得很。那件大衣也是我穿过的。玉豹不让你穿，他是说我还不够贱，浪得还不够。你问问他？"申玉豹目光游弋起来，喃喃道："我没说，我没说，她摸了一次，我还打了她。"

欧阳洪梅一看众人早在看戏了，心里道：李金堂，我就不信你没听到风声，我倒要看看你会怎么办！像是突然间进入角色，放肆地大笑起来，"三小姐，我还没有和哪个女人争风吃醋过，也不想尝这个味道。衣服不衣服咱们也不用说它了，你还摸过，我连碰都没碰过它。它和申玉豹送给我的所有的东西，一起放在我的废纸篓旁边。你也不用故意说那些肮脏话恶心我，也恶心你自己。你能有今天，不容易，你不珍惜，我还想替你珍惜呢！你我不就是为了这个男人？你看他如心尖宝贝。我呢，并不特别看中他。不过呢，他一再表示，愿意一辈子当我的奴隶，而我呢，正好是一个爱使唤男人的女人。正好借这个机会考验考验他，要是他口是心非，你或许就能重新得到他了。玉豹——"申玉豹答应了一声。欧阳洪梅道："你把你身上带的钱都掏出来。"申玉豹顺从地把身上带的钱全部掏出来放在小桌子上。欧阳洪梅抬头看一眼三妞，"我让他干什么，你表示反对，要是他听我的，你走，不听我的，我走。你不是认为我贪他的钱吗？玉豹，把这几千块钱烧给她看看。"申玉豹迟疑一下，掏出打火机，拿起了一沓钱。三妞喊道："你别听她的，她是个疯子！"有人喊："烧啊，申总。"有人喊："别烧，别烧，能买一两台大彩电哩！"

欧阳洪梅脸上现出了怒容，音调也变了，歇斯底里地喊："我数到三、二、一——"申玉豹颤着手把几张钱点燃了，引出一片惊呼声。欧阳洪梅脸上露出了孩子气的笑，"三妞，还用不用再试试？譬如，烧烧他的头发,让他出点血见见红什么的。玉豹说了,我让他杀人他都愿意。你说还试不试?不想试了,你就去唱你的歌,我跳我的舞。唱得好,我让他多给你点小费。"话音刚落,三妞扬起手一巴掌掴在申玉豹脸上,顺势把申玉豹扑倒了。

申玉豹的四个跟班忙过去救主,三妞已被申玉豹推开。几个跟班一见申玉豹脸上多了几道血印,用力一推,三妞就摔倒在地上了。三妞又爬起来,几个男人已经准备对她动手了,一个说:"还没见过这么不要脸的女人。"三妞哭喊着再扑过去,她又被几个男人推倒了,跌在一个男人怀里。林苟生把三妞塞给四小姐道:"抱紧她!"捋捋袖子骂道:"仗势欺人的兔崽子,识相的都给我滚一边去,要不然你们就会和你们这个臭主子一起当众出彩。我今天要好好教训教训这个狗杂种!"他的多肉而多疤的脸扭曲着,额角的长疤因为充了过多的血变得紫红,看上去显得特别地狰狞,这股逼人的气势把四条汉子逼退了几步,死死地裹住了申玉豹。林苟生咬着牙道:"申玉豹,老子今天就要剃剃你这颗刺儿头,别草鸡了,站出来呀。一个对五个,咱们啥家伙都能用,只对你一个,咱们只用这双拳头,你看着啥顺手拿啥吧。"申玉豹的脸已叫三妞抓出几条血道,硬着头皮朝前挤着,"闪开!我申玉豹怕你!你算哪把夜壶!"白剑已被刚才的一幕惊呆了,他万万想不到欧阳洪梅会用这种方式打败三妞。三妞叫四小姐抱住后,一口气憋住,晕倒在四小姐怀里。白剑掐了一会三妞的人中穴,听见三妞哭出了声,站起来一看,林苟生已经和申玉豹摆开了打斗的架势,刚想喊,只听欧阳洪梅放声大笑起来。众人这才突然间发现,这个女人刚才一直稳稳地坐在原位上。林苟生扭转身子道:"你笑什么!"欧阳洪梅嫣然一笑道:"笑你还不如那个鲁智深!套用一句戏文:来将报上姓名。"林苟生眯着眼睛朗声答道:"双木林,贱名苟生,苟且偷生。做过两年补充右派,当了几十年的现行反革命,蹲过九年半大狱,当了八年流浪汉,现在是珠宝商,将来是林亿万。这个申玉豹算是我一个挂名弟子,跟我学过生意,后来学会了坑蒙拐骗。欧阳团长是不是想替他说情啊。"

欧阳洪梅粲然一笑,慢慢站了起来,"林苟生,听说过这么个人物。今天的事与玉豹无关,事情由我引起,你打抱不平,也该讲个冤有头债有主吧。欧阳洪梅今晚有什么不是,说出个一二三呀。申玉豹和我谈恋爱,不犯法吧?你说不出不是,那就是你管得宽了。玉豹,咱们走。"

林苟生上不去，下不来，干住了，横了横心道："申玉豹得留下。"欧阳洪梅走过去拉住申玉豹道："这不是土匪窝子，不是黑社会的巢穴，我看谁敢拦！"扯住申玉豹就走。林苟生双臂一展，"慢着！若是从前，我林苟生看在你艺术家的名分上，可以放他一马。现在不行了，你成了我挂名徒弟的女朋友，你的话也就不值钱了。"白剑大叫一声："老林，你冷静点，别冲动！"

欧阳洪梅怔住了，下意识地放开了申玉豹。白剑挤过来推开了林苟生，像是很厌烦地摆摆手道："你们走吧！"欧阳洪梅的嘴角抽动几下，冷冷地笑道："白记者，大功还没告成，先学会了贵人多忘事！一般个熟人，见了面总该打个招呼吧？我们总算……"咬咬嘴唇道，"在一起吃过饭，洪梅还替过你十六杯酒。"嘴唇抖着，"你爷爷病故，洪梅总还亲手剪了白花表示过心意吧？人说你是千古第一个冷面杀手，我多么希望这不是真的呀！现在看，真是这么回事。"白剑的脸色青青白白，双手绞着，吞吞吐吐嗫嚅着："我，我没想到……你，这太出乎我的意料了，好像是在一场噩梦里。你，你像……好了，改日我一定登门道歉。这是申总经理，我都记着呢。"欧阳洪梅又吃吃笑了起来，"白剑，我有这个资格直呼这个名字吗？你不要当真，有时候我喜欢开玩笑，把玩笑开成跟真的一样，连我自己都分辨不清楚。我有点神经质，请你原谅。今天，今天的事太刺激人了。天呢，看我说这么多干吗？谢谢你今晚阻止了一场流血事件，使，使这个丑闻长成了一个侏儒。你看看，这个词用得太不恰当了，一个侏儒一样的丑闻，哈哈哈哈，真逗，实在太恰当不过了。不是吗？你说，你意料中的我是个啥样子？别把我想得太糟，白然，也别把我想得太好。我就是这样，就是这个样子。好了，我一见你，话就多得不得了。你看，你看，把这么多人都干着了，多不好。别的人倒好，玉豹可是我要当未婚夫培养的人，和你说多了，他怕是要吃你的醋。已经有人吃过你的醋了，可我和你到底有什么？总共只见过三面，能有什么？哎呀，真好，你说要到我那里登门道歉，还记得我告诉你的地址吗？"

白剑脱口答道："城隍庙街88号，我记着呢！"

欧阳洪梅眨眨长长的睫毛，咬着指甲，狡黠地一笑，"我现在有两个电话，来历都不平凡。我只说一遍号码，你要能记住，日后……算了，我说一遍，记不记得住都在你，睡一觉忘了都中。"很快说了两个号码，转身走出好问酒吧。

白剑站在舞厅里，脑子一片空白。不知过了多久，林苟生走过来把他走失了的魂唤了回来，"小兄弟，她刚才说的一番话不像胡言乱语。你要当心，这个欧阳洪梅似乎……似乎对你格外……格外什么呢？你的幸和不幸怕是要结伴降临了。"白剑心里一沉：这个女人一系列的表现确实很反常，我只见过她三回，细节却记了不少，奇怪。笑了一下，问道："三妞呢？"林苟生道："小四在劝哩，估计不碍事，苦水里泡大的孩子，撒撒气也就算了。"

钱全中一路小跑从好问酒吧赶到李金堂家，春英打开院门，他七八个跨越就进了堂屋，压低了嗓音说："李叔，是这么回事，今晚她和申玉豹公开露面了，在好问酒吧喝了一杯咖啡。"突然停了下来，扭头嬉笑着看随后进屋的春英。李金堂面部肌肉扭曲不堪，把手中的紫砂壶朝紫檀木方茶桌上砸了一下说："讲！"春英知趣地撩门帘进了里屋。钱全中俯在李金堂耳边低语着："她还和三妞闹起来了，三妞又打了玉豹，玉豹的几个保镖要打三妞，一个叫林苟生的壮汉子要和玉豹打架，北京的那个白记者不知从哪里冒了出来，劝住了林苟生。"李金堂猛地把身子坐直了，"你可看清楚了？真是白剑？"钱全中声音高了许多，"没错，确实是他。欧阳团长还和他说了好一会儿话。"

李金堂站了起来，"白剑又回来做什么？他确实又和那个林苟生待在一起吗？"钱全中答道："是的，看样子是在哪个包间里喝酒。"李金堂的脸色变得越发阴森，两腿一软跌坐在沙发里。钱全中狠巴巴地说："李叔，越罚他越上竿子，不如用点别的办法。"李金堂厉声喝道："胡闹！不是你去年失手，也不至这么被动，正在风头上，藏你都藏不及，你又要干什么？！你还是这么不长进，我算白疼你了。好了，你回去吧，这段时间你更要夹住尾巴做人。"钱全中哭丧着脸说："李叔，您别考虑我，我愿意蹲十年八年，也不愿看他申玉豹这样猖狂。"李金堂淡淡一笑，"又说傻话了。刘备有句话，叫作兄弟如手足，妻子如衣服。为了玉豹那点事，我不能把你搭进去。几十年了，金堂就靠一个信字、一个义字治龙泉。后来他们去了哪儿？"钱全中答道："她好像身体很不好，脸色煞白，玉豹扶她坐个三轮走了。我急着来这里，没跟过去。"李金堂挥挥手道："你回吧。"

钱全中出了门，李金堂便在心里骂道：这笔害死人的钱呀，你真要把老子的一切都挤个净光吗?！难道是我真的老了吗？小梅梅，你这是在气我对吗？可你为什么要用这种方式？你要真的觉得我老了，要离开我，你说句话呀！你这么冷不丁地跟了申玉豹，这不是存心丢我的人吗？是啊，我真的老了，眼睁睁看着申玉豹臊我的脸皮，我却没有办法了。钱又能通神了，玉豹如今又学会了用钱，我实在没办法了。是的，我可以抓了申玉豹和钱全中，也可以否认有这笔钱，可是，眼下我不能这么办呀！白剑又回来了，这笔钱要是让他知道了，我就要输光了。也怪我一辈子太争强斗狠了，树了太多的强敌。可是，你也不能在这个节骨眼上给我唱这一出呀！李金堂借助茶桌黑漆的油亮，瞥了一眼自己，两颗泪珠无声地滚落下来。

如今怎么尽出些斩尽杀绝的狠角儿！刘清松也没有服输，一旦再给他机会，他还会这么温和，还会像个知识分子吗？他绝不会再是个秀才，肯定也会变成个杀手。白剑这次来龙泉，存的是打落水狗之心呀！玉豹是只猫，这些年竟也从猫变成虎了。还有那个林苟生，也是冲我来的。变了，变了，人都变了。这种狠和革命时的狠不一样，真的不一样。如今八成都是为了自己。那种东西，那种遥远的美丽究竟是什么时候破碎的呢？难道在我和林苟生争斗时就碎了吗？是的，我也是从那个时候开始变的。我可以苦苦等待慧娟九年，那时候我多有自信啊！后来呢，过了那场大革命，我就变成了啥样？对付十八岁的小梅梅，我就开始动了脑筋。自从开始拿那笔钱，我就彻底变了。为什么没娶了她？不就是心里怕失去既得的权力？

可是，难道就这么认了？

李金堂断定身后再无退路后，中止了这种反思。他从紫砂壶里倒出残茶叶子，放进嘴里嚼着，果断地拨通了王宝林家的电话。"宝林，"李金堂很干脆地说，"这个关口只有你我扶在一起过。刘清松不服，已经把咱们往省里告了。白剑又在龙泉露面了，我们不能不作些准备。我看应该再开一个村一级干部会，统一一下思想，再给有的人打打预防针。这两天你又想出啥新招了？说说看。"王宝林那边道："可惜大洪水十三周年已经过了。我想是不是借助庆祝龙泉建县两千年，做点文章，修个大洪水殉难者纪念碑？"李金堂神情为之一振，"是个好主意。抽个时间我们再好好商量商量。"放下电话，李金堂又拨通了公安局长关五德的电话："关局长，明后天，你们派出全部人员，全副武装，分头去白剑文章涉及的十六个乡，协助财政局清查账目保管情况。发现有丢失的，抓几个人，审两天再放掉。"

  天空中飘下来细细的冷雨。一路上，欧阳洪梅心里只是重复三个字：我完了。我在他眼里已经无可救药！往事如烟。往事若真能如烟就好了。不管它们多么惨烈凄苦，只用一缕和煦的春风吹过，都会化入那晴朗的蔚蓝里。往事不是烟！再也不能回到十八岁了。欧阳洪梅想起梨花刚谢桃花正盛时和李玲的谈话，身子兀自一抖。难道玲儿那句大白话恰恰说透了我的心事吗？难道真有那另一个深藏在心里的我等这个白剑一起圆那个十八岁就破了的残梦吗？玲儿说：要是她她就会不顾一切强奸了他！我还有玲儿这种胆量吗？我还有力量来追寻这早已是绝唱的余韵吗？苍天呢，苍天，为什么就不能留给我一件完美呢？为什么就不能成就我一段完美，让我在白发苍苍的时候也好有个玫瑰色的咀嚼呢？是洪梅前生前世作了什么弥天大恶了吗？如果不是，你为什么总让我孔雀的羞处暴露给他呢？你就不能用你的大手把我转一转，让他看看我那些依旧美丽的羽毛开屏的瞬间？难道你把他送到我的生活里，接通我的记忆，目的只是再一次折磨我吗？我的磨难难道还不够多？我只要这么一点点，你就这么吝啬地不给呀！

  申玉豹大大方方地揽住了她的腰，关切地问："你身子在发抖，是不是冷？"

  欧阳洪梅没有回答，却也再不敢诘问苍天了。是的，我只配有这样一处破烂的居所。上天很公正，用这破烂的居所盛一颗千疮百孔、破碎不堪的心，很门当户对！上天安排他来，就是让他亲自揉碎我心中幻化出的风景的。像我这样一个人，不配拥有这种美丽，甚至不配想象这种美丽了。所以才要惩罚我。所以就安排一个做过妓女的小姑娘和我竞争一个有杀妻嫌疑的男人让他看，让他看出我其实一点也不比三姐高贵、干净。我是一个十九岁起就甘愿做有妇之夫情人的贱女人，我是一个被人强暴过而不敢抗争的懦弱的女人！我是一个为着满足可怜巴巴的情欲和登台演出那点虚荣心而心安理得被一个很可能是气死父亲逼死母亲的权贵养起的醉生梦死的坏女人。事实不正是这样吗？

  欧阳洪梅思想了一路，突然对申玉豹生出了前所未有的一种情愫。

这个时候，她完全被申玉豹长达半年之久的狂热的追逐感动了。我还配再希冀更美好的吗？或许上帝把他送到我这里已经是破例的恩赐。申玉豹扶她进了屋，她才发现申玉豹的西服不见了，两只胳膊只穿着一件单薄的白衬衣，嘴唇冻得青紫，低头一看，灰西服正在自己身上披着。这一细节顷刻间把她那双美丽的眼睛变得泪光点点。她低头去穿申玉豹弯腰递给她的棉拖鞋的时候，看见了那堆申玉豹送来的礼物，把揭掉的灰西服重新披上，说道："玉豹，我现在想穿穿那件貂皮大衣了。"

申玉豹大喜过望，又不敢喜形于色，连一声答应都不敢，像是生怕某个不恰当的字词蹦出后让这个女人又改变主意，麻利地搬开空调，搬开唱片和微波炉，小心捡起那二十朵早干透了的红玫瑰，打开纸盒，从塑料袋里取出那件黑色的貂皮大衣，走过去帮欧阳洪梅穿上了。欧阳洪梅像一个训练有素的模特，在地毯上来回走两趟，一个扭腰、甩臂、挺胸的姿势固定了，仰脸嫣然笑道："漂亮吗？"申玉豹早看得两眼变成了探照灯，结结巴巴说着："你，你比得上一个总统太太。"欧阳洪梅走近申玉豹笑着纠正道："太太和夫人虽然都是老婆，但不能乱用，总统是一国之主，他的老婆只能称夫人，第一夫人，一般不能用太太。"申玉豹壮着胆子说："那以后我只称你夫人。"欧阳洪梅一脸桃红，伸出手轻轻抚摸着申玉豹脸上的血印，柔声细语地问道："疼吗？"申玉豹如同吃了仙桃仙丹人参果，颤着声答道："不疼，不疼。"欧阳洪梅感到周身疲惫，这一番自虐仿佛耗尽了精神，只感到心里很累，她轻拉一下申玉豹，小声说道："我累了，你扶我进去。"

申玉豹扶欧阳洪梅进了卧室，侍奉欧阳洪梅躺下。跪在床头的地毯上，申玉豹心里尚在怀疑：这是真的吗？可是，眼见一伸手就可触摸到的、丝毫没有设防的女人，呼吸急促起来，又怕前功尽弃，压迫住越来越强烈的冲动，整个身子憋得就要炸裂了。欧阳洪梅眨眨眼睛，为了我，他又丢了一百万了，可是他竟不知道怕！难道，难道你只是想看看李金堂一步步把他逼成个穷光蛋吗？玉豹不怕，就不值……她看着申玉豹，幽幽地轻吐一句："你，你想亲我就亲吧。"申玉豹像是在确认是否听错了这句话，怔了片刻，然后伸出抖动不止的双手，捧住那张狂放的脸，胆怯地用嘴唇挨挨欧阳洪梅的额头。欧阳洪梅轻轻地吟唤一声，一只手下意识地搭在申玉豹的肩上。申玉豹这才确信这不是梦，就是梦也是个结结实实不易碰碎的梦，头熟练地朝下一缩，轻轻地咬住了女人的粉红而透明的嘴唇。又不敢发起进一步的攻击，只是轻轻地把那嘴唇吸呀吮的。突然间，他感到本来紧咬着的牙缝洞开了，像一条小花蛇张开了嘴，蛇信一样的舌尖伸了一下，又伸一下。他捕捉到了这个信息，毫不犹豫地咬住了这个信使，像抓住一个价值连城的人质一样，紧紧地看住它，同时又开始扩大战果。剥女人的衣服对他早是轻车熟路，几乎没费气力，他就把一个火炭样的女人拥在怀里了。这一瞬间，他脑子里闪过了和三妞一起那些极度默契的销魂时分，迅速地筛选着可以在这个难驯的女人身上复制的手法。不能太显得猴急，这是一个一口一个教养、风度的女人。不能显出占有和强暴，这是一个随时都想占上风的强女人。她是要情趣，日他妈情趣这个字摸不透，对，她是要舒服。我要让她知道我的心，我要让她永生永世都不后悔选了我申玉豹。申玉豹定下这个方针，手段、技法如雨后春笋一般冒出，用起来得心应手。他从欧阳洪梅按捺不住的呻吟中，获得了极大的自信，有条不紊地、步步为营地进攻着。他要把这个想了多年的女人摸化了、揉成粉、搓成条，然后做成馍馍擀成面条，仔仔细细去品，他感到只有这样才能弥合喷薄了多年的激情留下的巨大的心灵的空缺。欧阳洪梅自从离开白剑，思维就偏斜到了一个不能倒车掉头的狭窄的单行道里。在这个迷宫一样难得走出的羊肠小巷里，在罪恶的层面上获取了和申玉豹烧香拜把子都是奴儿的共鸣。情欲完全变成了油料，忠实地为这个单行而去的失控的车提供燃料。如果申玉豹强暴她，不把她当人看，进行一手交钱一手交人的那种占有，这辆车就要永动下去。她只是想用一个事实作为一个例证，论证出她确实是个罪孽深重、毫无羞耻之心、该下十八层地狱的女人。她要说服另外一个自己：你不要为我羞愧难当，我实际上什么也不是，只是一团欲望，只是为金钱、权力、虚荣进行的一次燃烧。我只是一个做了十几年的五彩的梦，我和堕落了的三妞没什么区别。你看呀，我就这样和申玉豹滚在一张床上了。申玉豹的既定方针，却引导着另一个她苏醒了。这种手法娴熟、充满着尊重和爱怜的抚摸，像一颗子弹，一下击穿了在单行道上那辆快车的油箱。你两次放弃了自杀，难道只是为了做一个跳来跳去的风流女人？这才是堕落！难道你真的认为你该下地狱？你做错了什么？难道你忘了你红口白牙责骂申玉豹的那些话了吗？你就是再这么生活十年，完全可以在上帝的审判厅上傲然说：你们谁能比我干净！我总得给自己留那么一点点，一点点。即便金堂对母亲产生过爱情，难道他就错了吗？这十几年的美好难道都是假的？申玉豹像当年李金堂一样，把她寸寸吻遍后，也要到那片遮天蔽日的林子里乘凉了。那一段生活已经变成欧阳洪梅绝无仅有的、没被污染破坏的风景了。她只有全身心回到那个春光明媚的春天，才能体味到纯而又纯的幸福。欧阳洪梅清醒了。自己不愿接受眼前的事实，并不是为李金堂守节，而是对自己不幸的最后抗争。可是，肉体却在继续进行着它的背叛，两个来月积累的情欲仍在燃烧着，眼看着就要把她拖入一望不见底的枯井里。情急之下，她扬起手，猛抽了申玉豹一个耳光，一脚把这个男人踹到床下边，一个翻滚坐起来，用力撕扯着头发，声嘶力竭地喊着："不！不——不能这样，不，不——"她死死地揪着自己的大腿，下意识地想让尖锐的疼痛覆盖住已在全身运动着的情欲的洪流，直到把两条大腿掐得片片青紫，人才安定了一些，睁开泪眼看见申玉豹，又伸出指头骂道："你有什么资格碰我？是谁给你的这种权力？你，你……"一头扑在被子上号啕大哭起来。

申玉豹被这突如其来的变故惊傻了，颓唐地坐在地毯上一动也不动。他像一截正在炉膛里燃烧的木头，突然间被密封起了，窒息了。那像是断电后漫无边际的黑暗过后，申玉豹觉得心里的一扇窗子被打开了，借助这片崭新的明亮，他从欧阳洪梅身上看到了让他心疼、让他感到纯净的东西……正在这时放在床头柜的墨绿色的电话传出了铃声。欧阳洪梅止在抽泣。申玉豹伴着这一声声铃响，渐渐地变成了一截木炭，重新燃烧起来。是谁这么晚了还打电话来？不是李金堂又会是哪个？申玉豹跃起来，伸手拿起了听筒，却不说话，耐着性子倾听。

果真是李金堂的声音。李金堂把一切都安排妥当后，便在心里又开始诅咒这个多事的秋天！斗斗斗！这难道是生命的全部意义？就这么眼睁睁看着她把这个游戏玩得走火入魔吗？她身上难以把握的东西实在太多，她能把握住不会弄假成真吗？我得劝劝她，劝劝她，必要的话，我今晚就过去。他看了一眼像是熟睡了的老伴，看了看床头柜上的电话机，披了衣服静悄悄地走出了卧室，掩上门用另一分机电话拨了欧阳洪梅的号码。春英睁开眼睛，望着天花板。她想听听，想听听，哪怕听了流上半夜的老泪，也要听！这也是她多年的习惯，像吃鸦片一样上了瘾。她喜欢欧阳洪梅脆亮脆亮的声音刺穿她的那种尖锐的疼，她已经成功地把这种疼像变魔术一样变成了一种快感。多年前她就知道，如果不把这种疼痛变成一种愉快、一种享受，她就得离开。她不想离开，所以她就学会了这种魔术。她熟练地拿起话筒，却听到一个男人的声音："我是玉豹，我是申玉豹。洪梅睡了。你要想让她接，我叫她把衣服穿了起来。"春英轻轻地放下电话，再睡成原来的姿势，一个微笑从她已经松弛的嘴角绽开了，绽开了，把她绽开出一身遭了雷击一般不堪消受的战栗。

申玉豹继续说："花一百万弄明白啥叫女人，值了。你别挂，你别挂……"

欧阳洪梅从床上扑过来，抢过申玉豹手中的电话，听到里面只剩下忙音了。她呆呆地坐了一会，忽然间歇斯底里地发作起来，手脚并用踢打着申玉豹，嘴里骂着："卑鄙！卑鄙！你毁了我，你把我毁了！滚，滚，你给我滚！"说着，一扭身子从床头柜里拿出一把剪刀，抓住那件貂皮大衣剪着，"什么臭婊子穿过的东西，你也敢拿来恶心我……"

申玉豹夺下欧阳洪梅手中的剪刀，就势跪了下来，仰着一张泪脸道："玉豹是真喜欢你呀，你该明白玉豹的心。我只是一心一意想让你过好，让你过好。我追着看你演十几场戏是为了啥？我不怕他，我真的不怕。他又仗势欺人罚了我一百万，我多说了吗？"

欧阳洪梅怔了一下，冷笑了好一会，把心一横喃喃说道："一百万，我该记住的。如今好了，他什么都知道了，都知道了。命里该我欠你们，这就还了你们。一百万，我的身价不算低。你不就是要我的身子吗？要了你就平衡了。反正已经是这么回事了。给你，给你。你长进了，也该给你。你想咋看我就咋看，圣女、婊子都在你……你，你上来吧……"

申玉豹慢慢从地上站起来，摇摇头，穿着衣服，"你太小瞧俺申玉豹了。今晚俺才知道你受的苦叫啥苦。你还恋着他李金堂，俺看得出。他要立马娶了你，我服。可要还是这样不明不白，俺还要和他斗。你咋硬是不明白俺的心呢！你歇着吧，我走了。"说罢，扭头冲了出去。

欧阳洪梅双手掩面，失声痛哭。

# 第二十八章

这一日，老七带着高徒小三去了丰源茶馆见林苟生。三姐在好问酒吧四小姐处住了三天，突然不辞而别。开始，四小姐以为三姐回了家，没在意。过了三天，小四觉着事情不妙，去跟林苟生说了，又判断说："该不会三姐那天给了申玉豹和欧阳洪梅难看，申玉豹怀恨在心，把三姐害了吧?!他可是连老婆都敢动手杀的恶人呀！"林苟生说："不大可能。"嘴上虽这么说，心里却七上八下的，就托了老七查找三姐。

老七上次用匕首穿了左掌，食指和中指落下残疾，伸不直了，两手一摊，左手就显得有点怪，说道："林爷，老七无用，派人把龙泉翻了个个儿，硬是没把你干女儿找出来。我的手下，别说看三姐这种大美人，就是个蠓虫在眼前一飞，立马都能辨出个公母，半年前见过一个有钱人，灯影里也能认出他的形儿。回忆来回忆去，都不记得这些天看见过三小姐。"林苟生背着手踱着步子，停下来，神经质地摸着怀表的表链，嘴里咕哝道："日怪！一个大活人，总不能活不见人死不见尸吧！难道真是他下的黑手？老七，我让你查申玉豹的行踪，你摸清没有？"老七恭恭敬敬答道："回林爷，摸得清清楚楚。自从申玉豹抢了李金堂的欧阳洪梅，这小子出门十分谨慎，常带三五个人。前两天他又遭李金堂算计了，前一段偷税漏税案又给他续了个尾巴，补交一百万罚款，要不交就抓他进去，这不乖乖地交了。"林苟生忍不住，扑哧一声笑道："睡上没睡上，还不清楚，已经栽进去两百万了。这个欧阳洪梅真是创纪录了。"老七也笑道："谁让他的鸡巴不老实，再放几枪，他又成一个穷光蛋了。不过呢，挨了这一大口，申玉豹更谨慎了，几个保镖都住在家里了。到公司去上班，现在有辆皇冠车接送他。"林苟生道："什么时候他买车了?"老七道:"买倒是买了一两个月了,还没见他咋用过,他恐怕是喜欢坐三轮吧。林爷在酒吧发威的那天晚上,我看见他和欧阳团长一起坐的三轮。我猜林爷肯定不是仅仅让我们打听一下他的作息行踪,怕是想请他说说话吧?"林苟生默默点点头,"不动点干戈,恐怕请他不动。动大了,又怕惹出麻烦。可不动呢,又问不出三妞的下落,这可如何是好。"小三眨巴眨巴黑眼睛道:"林爷,师父,想请申玉豹也不难。"老七瞪他一眼:"林爷的事,可不是说着好玩,你小小年纪可别夸这海口。"小三得意地笑了,"那天师父安排下来,我就多个心眼。你们都撤了,我又在细柳巷转了好一会。十一二点的样子,申玉豹又出门了,一个人也没带。我一直跟着他走到城隍庙街。到那里,啥也不做,只是在一棵石榴树下傻站着,看样子又不像是犯了夜游。我想着挺好玩的,第二天又去了。不瞒师父说,小三入了师门还没干成一件大事,上次因为那个记者证,还把师父的手整残了,我想把申玉豹的那枚大戒指弄过来孝敬你,那颗宝石,林爷拿出去怕能卖个两万三万的。这两天我正在想办法。本来不想跟你们说,一看林爷急成这样,想想还是说了。"

林苟生拍一下巴掌,"这就对了。申玉豹已经尝过仙桃,就把一百万的疼忘了。你们就在城隍庙街等他。"从怀里摸出一沓百元大钞拍在桌上,"拿去兄弟们喝几壶酒。记住:不要打他,也不要捋走他的戒指。弄到一个僻静的地方,然后到古堡找我。我那个兄弟,最近遇到很多麻烦,平日里我就陪他开开心。"老七推辞道:"这点小事,林爷给这么多,实在太抬举老七了。"林苟生正色道:"我林苟生讲究个朋友亲,明算账。你们也是在刀刃上滚日月的,老林能有别的法子,也不会让兄弟们弄险。收下吧,要是找到我干女儿的下落,我一定请你们喝酒。"

林苟生等老七、小三拿了钱出去,又喝了一盏茶,想着今天不可能抓住申玉豹了,盘算着做个啥事让白剑开开心。掐指一算,明天已是白剑爷爷百日忌辰,急急忙忙走出雅座,想去办一些上坟的礼品。撩了门帘,就有声"八里庙"飘进耳朵里,只见一个长须老者正在摆谈,几桌子茶客都支着耳朵听,显然是在讲一件大事、趣事,林苟生不由得停了脚步。只听老者说道:"高白两家的事情,只能是个没完没了,风光的只是一个白明德。白老哥和我熟识,四十岁就长了三根长长的白眉毛,命硬得很,克子离孙。果不其然,七十岁时丧了独子。一次,我和白老哥下青化贩丝绸,遇到一老和尚,老和尚说他前世曾有封王封侯的大富贵。他过世时的排场，你们都听说了吧，几千孝子相送，这不是王者风光吗？更稀罕的是高白两家竟为他的死又兄弟相称了，这是二三百年没有的事，哀荣之隆是老夫平生仅见。这就过了。一过大麻烦就来了。白支书叫人砸断了腿，只怕是大劫的开始。"

　　林苟生听得毛骨悚然，赶紧走过去问道："老板，你说八里庙白十八遭打是啥时候的事？"老者道："我正要说哩。高家是露了败象，出了个女子叫小五，竟看下了丧妻三年的白十八。高家想尽办法，这小五硬是不肯改口，非要嫁这白十八不可。这白十八也是得意忘形，竟忘了高白两家三百年的仇，竟忘了高白两家本是出自一门。三百年大仇，能是一朝一夕化解得开的？这白十八也是，没行大礼，怎么就把人家黄花大闺女的名节不当回事，坏了小五的身子。这口气高家自然咽不下，来个捉奸捉双，白十八的一条腿就折了进去。按族规，这小五本该沉潭的，只是现在有了国法，不行了。不过呢，小五远嫁只是迟早，而且永远不准回八里庙了，高家丢不起这个人。白十八断了腿事小，支书也让乡里给免了。如今，高家的老四喜又上台了。听说是白家的一个子弟得罪了当今县上。前两天，公安局出动几十人，抓了几个丢了账本的乡会计，不知道又要出啥大事……"

　　林苟生已经知道公安局抓人的事，忙撂下茶碗直奔古堡见白剑。红道、黑道都没法走了，小兄弟抓不住小老虎娃，可真要坐蜡了。林苟生急出了一头汗。

　　两天前，白剑接待了《柳城日报》来的两个记者。男的自我介绍叫郝天来，女的自我介绍叫常小云。都是干这一行的，兔死狐悲，言语间自然显得惺惺相惜。把关于文章的话题聊得差不多了，就天南海北扯起来。郝天来说："白老兄如果不是龙泉人，屁股一拍，走人就是，问题肯定有，他们还能到北京闹？你照样出你的大名。龙泉人难缠，你又是土著，这就弄成兔子吃窝边草了。"白剑只能以苦笑相对。常小云笑道："龙泉人是厉害，半年挤走上派一公一母俩县太爷。刘清松这一败，庞秋雁也蔫了，下一步乌纱能不能戴，难说。一个女人家，混到副县级还不知足尽，那就叫自不量力了。"白剑听个莫名其妙，郝天来听个会心一笑，常小云来个意识流，一下子把白剑问个措手不及，"白剑，下面的谈话保证不登报。其实，我和天来都是你的铁杆同情兄妹。上次如不是咱哥们拉大旗唬住了总编，你那篇谈护商符的奇文还出不了笼呢！老兄你是不是在大学就有个九段情种的雅号？"白剑想不起来有这么回事，只好说："我听不明白。"常小云掩嘴一笑，"其实我只是想证实有一篇文章究竟有多少谎言。你有个妻子在北京，背景不清楚，可是你和她感情不合，她现在经商了，共同语言缺乏，你对她很不满意。在报社的时候，我就打听过你的长相，因为我为了发你那篇文章，冒充是你的老朋友，没想到你比龙泉宣传部一个什么干事介绍的要更帅三分，怪不得有那么多女人、女孩子喜欢你。当知青的时候你就很风流了。"白剑大惊，忙问道："你这些真真假假的东西从哪里打听来的？"常小云道："小地方打笔墨官司，搞人身攻击，档次也不高，你完全可以一笑了之。我们报纸明天就要发一篇《白剑其人》，里面提到了你和四个女人的关系，你老婆算一个。第二个是一个单恋你十多年，青梅竹马的朋友，如今已绿叶如荫子满枝了，可你一见到她，还为她不幸的命运扼腕叹息。你的评价很文学，你说：十几年的生活竟把前拥后凸的少女榨成一块搓板了。第三个女人，现在还是个姑娘，你认识她的时候，她只有十三四岁，是你教她学会刷牙的。这姑娘马上三十了，还没嫁人，你自己也承认她现在恐怕还在恋着你。这个姑娘对你的爱情，被这篇奇文作者认为是你写作《洪荒作证》的动机之一，因为县里把她姐姐的死确认为自杀。这第四个女人我也认识，叫欧阳洪梅，前一段去柳城唱戏，倾倒数万老戏迷。你一见这个女人的照片，就评价说这种美可以拯救世界也可以毁灭地球。欧阳洪梅替你喝过一回酒，事后你说和这个女人发生个玫瑰色的故事可能是一场灾难。我这么说，只挑了我认为美好的，别的话我都忘了。凭这，也该来结识结识。"白剑的脸色早铁青了，装作若无其事，耸肩笑道："定是夏仁之流的手笔，'文革'遗风，有点风儿影儿就无限上了纲。"常小云吃吃笑道："尊夫人要是个醋缸醋海的，读这样的文章恐怕不受用。你们男人呀，都有个臭毛病，谈起女人，嘴上就安了一只放大镜。你认为这算不算是男人的一种虚荣？我早声明过的，我觉得这些很美。"郝天来笑道："小云，你是不是想当白兄的第五朵金花呀！女人也不是没这种虚荣，你们是心里装架显微镜，躲起来自己一个人细品，品着品着就害起了相思。男人们不过是口淫口淫而已，说说也就罢了。"常小云娇嗔地一斜眼睛，捣了郝天来一拳，"好没有档次，女人意淫总比男人们这种什么的耐读。"白剑忍不住，也笑了。郝天来又道：“白兄的祖父是不是三个月前过世了？”白剑又是一惊，"这事你也知道？"郝天来道："我对丧葬婚嫁民俗方面很有兴趣。这篇文章写到了你祖父的葬礼，指责你请和尚念经、道士超度，指责你广收财礼，我都是从民俗文化方面看的。这些东西在民间总也不死，肯定有它的合理之处。要不，中国人的灵魂不是都满旷野地游荡了？该找一个灵魂的居处。我对文章中提到的三四千孝子跪送棺木的壮观场面心仪得紧。白兄是否留有照片？"白剑只觉得脑袋里嗡一声嗡一声地响。

林苟生赶回古堡，白剑已经从新送来的《柳城日报》上看完了前两天郝天来和常小云谈到的《白剑其人》，恶心得对着痰盂干呕。

林苟生拿起报纸匆匆浏览了，吐了吐舌头，"这真是地道的龙泉打法，'文革'遗风熏人。这些捕风捉影儿的话，怕是你那个老同学夏科长供的原始材料。"白剑苦笑着："难道他们还要逼我再为名誉权打场官司？老林，前几天我去了三个乡，都不配合。看来，还得动用动用你的朋友了。"

林苟生面露难色，两手一摊，"这条线用不成了。前天，公安局以三个乡的账目不齐为理由，抓了六个人，谁还敢再给你提供线索？李金堂要是穷追不舍，要不了一星期，就会查到我头上。"白剑咧下嘴，伸手拍了一下林苟生的肩头，"我还是低估了他们。"林苟生哭丧着脸说："明日爷爷的忌辰恐怕不好大动作了。八里庙高家和白家又干上了，白十八文书囚桃色事件，叫高家的人打断了腿，如今高四喜又上台了。"白剑惊叫一声："这是真的？"林苟生道："八成是真的。你如今又成了白家的叛徒了，回八里庙上坟，九爷能放过你？可是，爷爷百日，不去坟上看看，也不合适。我看明天雇个车，你我去给老人家磕个头，一看不对，上车就溜。"白剑默默坐在沙发上，一言不发。

林苟生心里又在盘算：这样下去，这事怕不了了之啦。李金堂还是这样老辣，如今再怎么闹，谅无性命之忧，可这口恶气今生今世怕无法出了。三妞失踪，恐怕凶多吉少，也该出去找找她。小兄弟是个面皮薄的人，再接几瓢这种污水，部长家的千金再一逼他，不是把我晾在龙泉晒这老太阳了？管他娘的阳道阴道，得把小兄弟留下逮老虎才是正道。心念一邪，恶从胆边生出，林苟生嘿嘿一笑，"小兄弟，正面进攻，眼见山重水复了。山人有一奇袭之计，因我自觉太阴，一直憋着，不知当讲不当讲。"

白剑黯淡的眼睛里闪亮了一下，叹口气道："开弓没有回头箭。社里还在等我拿证据，杂志社口气也强硬，也准备打一场御前官司。如果不是遇上你，没有那些账目，这篇文章我也写不出来。有啥法子，你尽管说。"林苟生听了这番话，大受感动，眨巴眨巴眼睛道："有你这话，赔了这一两百斤也值当。老林献这一计叫美男计。当年的抗洪救灾，李金堂是总指挥。如今他一看你的文章暴跳如雷，证明他勾子里确实有屎。他这个人我了解，如不涉及他的切身利益，他不会弄险。我已经查过了，李金堂在大洪水前就和欧阳洪梅有染，为了欧阳恢复了剧团，大洪水前他们差不多同居了一年。救灾的时候，李金堂也没少找欧阳。一二十年的床头生涯，欧阳对李金堂当年的事，肯定了如指掌。"白剑插道："她即便知道，又能怎么样？"林苟生嘻嘻一笑，"这就说到咱的美男计了。欧阳在这个当口和申玉豹好了，咱们的机会也就来了。你想，这十几年来，李金堂经历了多少次惊涛骇浪？欧阳不都是和他同舟共济吗？欧阳和李金堂之间，近来一定出现了无法弥补的裂痕。欧阳找申玉豹，我猜想，一是看重申玉豹的钱，二是也知道申玉豹可能抓有李金堂的什么致命把柄。以我这个老江湖来看，欧阳恨这个李金堂已经很深了。管它里面还有啥曲曲弯弯，凭着欧阳几次对你表现出的那份情，你这个第四者，一脚准能插进去。抓住了李金堂这只大老虎，咱们就大功告成了。"

白剑冷笑道："亏你能想出这一招！是有点损。可惜呀，我判断欧阳是找后半生依靠的，我就是想使你的美男计，怕也不灵。"林苟生一看白剑没一口回绝，紧追一句："来个假求婚不就得了？北京龙泉，远隔几千里，你说你又转成个大龄青年，她还能去北京调查？"白剑笑骂道："这不是骗人吗？不能做，不能做。"林苟生站起来道："使不使这计，再说，我去联系明早的车。你呀，连骗人都不敢，竟敢捅龙泉的马蜂窝！既然是计，哪有不骗人的。我看呢，你是舍不得家里的部长千金，怕弄假成真吧？"

白剑独自坐了一会儿，觉得身子冷，忙从旅行包里翻出皮夹克披上。清鼻涕已经流出，下意识伸进皮夹克口袋摸出一方手绢，不禁呆住了：手里拿的竟是欧阳洪梅遗在洗漱间门框上的真丝手帕。

第二天一早，林苟生订下的机动三轮就到楼下等了。两人刚刚把上坟用的鞭炮、烟酒和火纸收拾停当，小三在门口堵住了他俩。小三说:"林爷,事儿昨夜黑办妥了,人在西三里河东离国道不远的一间草房里,你现在见不见?"

林苟生掏出怀表看看,对白剑说:"小兄弟,你我的生意都来了。让爷爷等会儿再喝酒吸烟使钱,咱先把这一宗了了再说。小三,带路。"白剑问道:"老林,你这是弄啥?"林苟生神秘地一笑:"带你去见个人。""见谁?"林苟生说:"到了你就知道了,一个老熟人。"

远远地看见那间草房,林苟生说道:"你俩到时都不要言声,听我说就是。今天咱只是问个信儿,露了咱的底可就亏了。"

三人进了草房,白剑差点惊叫起来:这个人竟是申玉豹!

申玉豹已经在这间阴冷的草屋里待了七八个小时了。在欧阳洪梅家门口石榴树下被人塞了嘴蒙了眼的一瞬间,他就认定了这次必死无疑。李金堂终于下毒手了,防都防不住。想想那天晚上逞英雄,想既得欧阳洪梅的人,又得欧阳洪梅的心,没能睡了龙泉第一美女,心里觉得十分懊悔。日他妈这才冤得慌!想想再也没有补救的机会,也只好认命。迷迷糊糊睡了醒醒了睡,感觉上像是天已经亮了。申玉豹闻到了一股浓浓的机油味,心里道:这味道很像机井房里的,怕是要把我填井了。

听到有人的脚步声,申玉豹浑身打个寒噤。又一想,咋弄他也不会让我活了,怕个屁!挣扎着想站起来,一用劲又摔倒了。林苟生刚掏出申玉豹嘴里的两只烂手套,申玉豹随即就大骂起来:"要杀要剐干脆点,省得老子多受罪。杀了我,我也把你们的女人睡过了。不是老子大意,我还要娶了她,气死那个老东西!"林苟生上去照申玉豹屁股上踢一脚,用假嗓子道:"叫唤个屁,老子知道你睡过。我是三姐哥哥一位下山[①]的朋友,问你要人,要是问不出个实话,我只用割你一只耳朵,也不会要你的命。"申玉豹一听是为三姐的事,顿时浑身出了一身虚汗,又听只是问个话,连忙说:"玉豹不敢说半句假话。"林苟生又踢了申玉豹一脚:"你他妈的骨头贱!你是不是贪恋欧阳洪梅的美貌,把三姐甩了?"申玉豹说:"是的。不过,三姐离开我也是自觉自愿。我给她五万元,她把支票撕了。大半年,我没动过她一指头。"林苟生冷笑道:"谅你也没这个胆!听说这个欧阳洪梅不想再见三姐,她果真就不见了,是不是你派人逼三姐离开了龙泉?好汉做事好汉当,你就是害死了三姐,现在

---

[①] 下山:行话,指刑满释放。

我也不会动手杀你。"申玉豹仰着脸,"大哥大哥,一日夫妻百日恩哩,三妞和我过了恁些日子,我咋能做这种伤天害理的事?三妞她妈带一个弟一个姐远嫁了,可她还有个敢杀人的哥哩。玉豹再咋着,也不会干这种事。那天在酒吧见她一面,以后就再也没见过她。她当众抓伤了我,我也没还手。"林苟生又是一脚踢过去,"放屁!你没还手?你手下的人没打死她吧。那你知不知道三妞去了哪儿?"申玉豹摇着头道:"不知道,我真的不知道。"林苟生急得抓耳挠腮,催促着,"快想快想,快想想她说过要去哪儿没有?譬如你们分手的时候她都说过些啥?想不起来我可要割耳朵了。"申玉豹连声说:"我想我想,分手那天她没说什么,只是把我给她的东西都取了摔给了我。其他的……"林苟生呵斥道:"你心里先想着,我再问你点别的事。"扭头朝白剑挤挤眼,转过去突然问道:"你和李金堂到底是啥关系,他为啥连你杀了人都敢包庇你?"

问起李金堂,申玉豹立刻就把牙咬上了。他肯定给欧阳洪梅施加了什么压力!如果不是……也不会遭人暗算。新仇旧恨一齐涌上心头,冷笑几声,"你问这,我一字不漏都给你说。我爹和他是朋友,我和他啥尿情谊也扯不上。两三个月前,他还说后悔当年没崩了我。他包庇我是他误以为我杀了人。为啥要包庇?为钱!他有一百零八万存在我的名下,包庇我是为他的钱!"白剑惊叫一声,忙用手捂住了嘴。林苟生对白剑会心一笑,继续用假嗓子说道:"他从哪儿弄来这么多钱,你知道吗?"申玉豹道:"肯定是贪污的呗!他在县里搞什么礼品曝光,弄得好像他最清廉,是个大清官。屁!他是早吃肥了。这笔钱存在我账上都有五六年了。"林苟生眼珠子一转一亮,弯下腰道:"你手里有没有他存这笔巨款的证据?"申玉豹摇摇头道:"什么凭据也没有。"林苟生的目光黯然了。申玉豹接着道:"这笔钱他已经背着我取走了。要不然,他也不敢黑着勾子把我朝死里整,抢了他的女人也是白抢。"林苟生心想:无意间看见了李金堂的狐狸尾巴,也算这王八蛋立了功,以后小兄弟翻身说不定还得找他帮忙,不宜太为难他了。这个申玉豹不是怕割耳朵,恐怕也不敢吐露这个秘密。遂解了申玉豹脚上的绳子,"门小锁了,等我们离开一支烟工夫,你摸着出来向左,走上半里路就是国道,遇到人,他会帮你揭眼罩的。别想着报案。"申玉豹忙谢道:"大哥也是受人之托,不杀玉豹,玉豹已经感激不尽。大哥,我想着三妞怕是去了北京。"林苟生直起身问道:"这话咋讲?"申玉豹活动活动麻酸的双腿,"记得第一次说起分手的事,三妞发一顿脾气,数落我一顿。对了,她是这样说的:'你别小瞧我三妞,我要是浪起来,也能红遍北京城。'怕是赌气真的去了北京。"林苟生一听,一拳把申玉豹打栽在墙角上,"你妈——你又逼她走上老路了。要是她真又干上这一行,老子骟了你!"又要去打,白剑拉住他,摆了摆手,耳语道:"你打死他也没用,赶紧想法去找。"林苟生点点头,一眼瞥见了申玉豹那只在暗影里闪着光的钻石戒指,走过去取了下来,"申玉豹,死罪免了你,这枚戒指兄弟想拿去换两壶酒喝,中不中?"申玉豹舌头打着颤,连声说:"中,中,中。"林苟生站起来道:"你开始数数,数到一千,你再摸出来。"

三个人上了机动三轮,林苟生把小二的手抓过来,放进戒指道:"告诉你师父,这东西是老林送给你的,你拿去孝敬他吧。"又指着白剑道:"小三,认识不认识他?"小三笑着说:"大名鼎鼎的白爷,咋能不认识。上次小三有眼不识真佛,冒犯了白爷,真不好意思。"白剑听个丈二和尚摸不着头脑。林苟生大笑一阵,拉了小三的左手道:"小兄弟,你的记者证,小三没按规矩,扔到茅坑了。刑警队的小李子看记者证没法交给你了,就让他师父给个说法。小三要断这两指,被小李子拦住了,他师父就把手整残了。小三过意不去,想用申玉豹这枚戒指孝敬孝敬师父,这才发现了申玉豹的秘密,这才捉住了申玉豹,这才知道了李金堂那笔钱。"白剑心中一凛,"闹半天这一切不都是为了我吗?"林苟生叹口气道:"你刚才一摇头,我就知道你又瞧不上咱了。不过呢,这也算是黑猫抓老鼠,看着不美,管用。你想想看,要是不拿走申玉豹值几万块的戒指,会是啥结果?他就会猜出这事的主谋不是三妞她哥的朋友,就不会怕,再一想就想到我老林,又一想就想到你小白。妈妈的,他要再给李金堂下个软蛋,前一壶已快把咱喝背过气了,又灌咱一壶,可不就昏睡百年,任人宰割了。给咱爷上完坟,我就去北京找三妞,尽尽心,一周内准回。我就不信扳不回这一局!"说着话,两只眼睛蹿出了火苗,在阴冷潮湿的秋天的空气里一闪一闪的。

龙泉给白剑摆下的苦酒席还刚刚开宴,前一杯苦酒刚刚下肚,接着就给端上一个什锦苦菜盘。

一个阴冷的早晨,白剑刚从外面跑步回来,妙清迎过来递给他一封信说:"这是宣传部朱部长拿来的,他让我给你解释一下,信皮是写给他们收的，里面的信封上写有一句话：你爱人叫你回去离婚。"扭头回了值班室。

白剑坚持走回自己的房间，才把信打开。信很短，没有称谓："很感谢《柳城日报》的文章，它让我及时认清了你的真面目。你接到这封信的时候，你的妻子已经砸碎了多年来一直存在的贞节牌。这不是对你的报复，而是一种自然选择。我不会像你那样四面出击，饥不择食。前些日子我去做了全面检查，很感激你没把已泛滥成灾的脏病送给我，作为你最后的礼物。念起我们曾经有过的一段寡淡无味的幸福，就不要到法庭丢人现眼了。我以轻松、平静、愉快的心情开始你我之间的最后一次等待，希望你不要把这次等待拖得太长，变成一曲折磨人的挽歌。早几年走出这一步，我会高呼万岁的。我毕竟又老了几岁，只能说句庆幸，庆幸自己在还没有人老珠黄时就认清了现实。我不分你的名，你也不用分我的利。房子归你，我不缺这个。你参与的几宗生意所得，自然有你的一半。很愿意以一个不忠诚、不合格的妻子的身份对你真诚地说一声：等你早日回家。"

白剑没有感到太多的意外，冉欣红杏出墙，在他看来只是个早迟，现在有了丈夫不忠的旁证，翻过墙头时自然又多了一份坦然。然而，他又无法漠然。悲哀，悲哀呀！这就是你同床共枕近十年的妻！她在你最艰难困苦的日子里，没有送来一缕哪怕是虚假的温暖。三千多个日子，你到底是怎样度过的？你的判断力、你的知解力难道一直处在阳痿的病态中吗？你选择的只是一块可以弥盖井口、至少可以致你终身残疾的冰冷的巨石。悲哀呀，悲哀！

快到中午的时候，白剑正在制造上午的第二十七颗烟头，县剧团的李玲来了。白剑一下子就联想到了那个谜一般的女人欧阳洪梅，马上就生出了找这个女人倾诉倾诉的冲动。李玲的嘴角一直挂着冷笑，似铁了心要白剑先开口，把脸仰了招惹。白剑莫名地感到心慌，遂笑道："李小姐来了也不说话，敢情是我又爽了欧阳团长的约，你吃了点夹板气？"李玲就喷薄一屋亮亮脆脆的冷笑，"啥时候了，还想那孟光接了梁鸿案的美事！呆木一截，顽石一块的，也配笑话我这丫鬟角色！多早晚非要等我说明白不可，可见悟性不咋高！不高就不高吧，偏又是晒干的大葱心不死。再晾些日子，黄花菜早凉了、馊了，吃了不长脂肪不长肉，只会让你拉肚子。我看那八段情种、十段情种的，都是虚头，自古吹牛不上税，实际上是一段没一段。"李玲见欧阳洪梅倒向申玉豹，深感痛心，早就觉得白剑能入眼，心里一直存着助欧阳洪梅圆了十八岁残梦的念想，见了白剑，又有一点恨铁不成钢的责怪。白剑哪里明白这里面有几多的沟壑，只是觉得这番话有锋有刺、暗藏玄机，遂说道："我不大懂小姐说的什么事。"李玲不依不饶："懂就是懂，不懂就是不懂，什么叫不大懂？这件事料你也悟不出，你运气呢，本小姐或许有机会帮你捅破这层窗户纸。我告诉你，木师傅最近一段谁都不见了，包括那个申玉豹。你嘛，可能是个例外。眼下这些都不关紧，关紧的是你这个冷血杀手已经把你妹妹白虹伤了。"

　　白剑退了几步，一屁股蹲坐在沙发里。爷爷百日忌辰，白虹没有回去。难道李金堂真的连白虹也不放过吗？白剑感到一股彻骨的寒意，喃喃道："是不是又让她回到了养殖场？她由工人转成干部只有半年多。"

　　"这个倒没听说，"李玲坐在床上，目光一点也没变得湿热，"事情要比重新当工人严重得多。曾几何时，我李玲还十分艳羡白虹有你这么一个好哥哥哩！原来你并不是个童话作家，你嫌这不过瘾，要搞那些血流成河的悲剧。这件事中间是怎么回事，白虹也不愿意讲，我猜是因为你，白虹和连锦分手了。"

　　白剑淡淡说道："就是那个趾高气扬、一脸奸臣相的白脸小记者吗？吹就吹了，我本来就对他没什么好感。"

　　李玲腾地站了起来，"你站着说话不腰疼，是你和连锦谈恋爱吗？什么都从你自己的利益出发，还是个哥！他们很相爱很相爱。连锦已经不是记者了，如今是龙泉团县委书记。要不了多久，他恐怕就成了县政协主席的驸马了。连锦不愿为白虹断送自己的政治前途，自然不像个男人。可是，他们相爱过，分手时还凄凄惨惨哭过一场。"

　　白剑冷笑道："我就知道他是这样一个人。"

　　"问题不在连锦，难处理的是白虹！"李玲喘了几口长气道："白虹怀孕了！问题也不在怀孕不怀孕。干吗用这样的眼神看我？更可怕的你还没听哩！白虹是一个为感情活着的人。她说这是她的初恋，她说她的心已经死了，她说这孩子是爱情的结晶，她说她这辈子绝不会再爱上别人了，她一定要把这个孩子生出来。这下你该明白了吧？白虹执意要做个未婚妈妈！我怎么劝都劝不醒她。这世界上，她就剩下你这一个亲人了。你看咋办吧！"

白剑神经质地抓着头发，一下一下扯着。李玲急了，跺了一下脚说道："你想个办法呀！我嫂子在县医院妇产科，只要你把她说服了，剩下的事由我来办。好在白虹刚刚开始反应，没几个人知道。"白剑慢慢站起来道："白虹在哪儿，你带我去。"

两个人进了剧团后院李玲的宿舍，白虹倔强地看了白剑一眼，轻轻地喊了一声"哥"。白剑走过去，把手搭在白虹的肩头，头一垂，眼泪先掉下来了，"小虹，哥对不起你。"白虹扑在白剑身上，失声痛哭起来。白剑一手拍打着白虹的后背，一面思想着该怎么劝她。等白虹哭声变成了呜咽，白剑轻轻地推开白虹，伸出抖动着的手揩揩白虹满脸的泪水，艰难地说道："小虹，哥不得不这么做，我想你能理解。你不是还做过作家梦吗？你说爸妈在天之灵会阻拦我吗？哥写的东西你看过了吗？"白虹点点头。李玲擦了一把泪道："白大哥，白虹读你的文章还流过泪呢！她最听你的话。"白剑道："小虹，我不想批评你，因为我知道你一定会明白过来的。人不是荆棘鸟，一辈子只能唱出一首美丽的歌，只要他的心没死，八十岁还能吟唱爱情的绝唱。我也不想指责连锦，他这么做也有他的道理。听哥哥一次，跟李玲去吧，我相信你会重新振作起来。"李玲赶忙插道："白虹，你别傻了。龙泉以外的世界很大很大。白大哥准备过一段把你调到北京去，你犯不着为这样一个政治小学徒折腾自己。"白剑只好顺着这思路说着："这几年哥对你的照顾太少了，哥很自私很自私。哥一直认为你是个坚强的姑娘，没有你走不出来的路。你不是靠自学拿到了大专文凭吗？用两年把外语学出来，我联系送你出去留学。"白虹又哭了一会儿，点了点头。白剑认认真真端详着妹妹，已经瘦得只剩一个衣裳架子了，双颊苍白，从前那种稚气和纯洁一去不复返了，白剑心里腾地升起了一股怒火。

他很想会会这个连书记。一连三天，他吃不下，睡不着，脑子里转的只是这一个念头。第四天上午，白剑问总机要了团县委的电话号码。白剑说："我想和你谈谈，就在房间里等你，希望你能来。"连锦回答得很爽快，"处理完手上这份文件就去。"白剑放下电话，在屋里漫无目的地走动着。走了一会儿，他忽然间发现自己手里握着一把五六寸长的大水果刀，呆立了好久，摇摇头，把水果刀扔进抽屉里。默默坐了一会儿，又拉开抽屉，把水果刀压在几本书下边，然后坐在沙发上喝茶。敲门声一响，白剑跳了起来，变了调喊道："进来！"

李玲扶着白虹走了进来。白剑皱了一下眉。李玲道:"白大哥,你是不是病了,一脸青色,声音像打炸雷。"白剑为了赶紧打发她们走,顺水推舟说道:"是有点不舒服,白虹,你怎么不好好休息,刚刚四天。"白虹苦笑一下,没有说话。李玲骂了起来,"小鬼坏起来比阎王还可怕。休息,休息个屁!台长今天找她谈话了,四龙乡电视转播台和广播站缺个播音员,要她去深入深入生活,又说每个调来的人都要下去锻炼一年。太他妈的明目张胆了。有种的冲你白剑来呀,拿一个弱女子撒什么气。白虹傻乎乎的,已经答应了。"白虹淡淡地说:"我无所谓,到哪儿都是个活。"

白剑一拍桌子:"不许你再说这种话。身体要紧,先不要理睬他们。我就不信他们能开除你球籍!这个鬼地方,你不能再待下去了。你们先回去歇着,等我办完这件事,再去找你们商量商量。"李玲疑惑地问:"你不是病了吗?"白剑支吾一句:"我是说去看病。"白虹笑笑道:"哥,你要保重身体,晚上不要出门,别又叫人打了。这几天我总是做噩梦,有好几次你都变成个血人了。"白剑拍着白虹的头,顺势推她出门,嘴里说:"梦都是反的,你梦见我挨打,恐怕我就要打人了。快回去歇着吧,我自己会小心的。"

他把门虚掩着,又坐下小口小口喝凉茶。一直喝到只剩了茶叶,忽然间想:这王八蛋该不会骗我吧?正这么想着,敲门声响了。

连锦推门进来,堆出一脸笑容道:"白大哥好,你有啥事?"白剑掩上门,冷冷地道:"承蒙各位照顾,能不好吗?找你来纯属私事。三日不见,真该刮目相看了,高升到正科级了。你能来,还算有点骨气,我还有点佩服。过来坐吧,过来呀!"

连锦向前跨了一步,后面的腿正准备再朝前面迈,突然感到一股冷风扑向面门,本能地抬起手臂去挡,没来得及挡住,倒下去的时候,眼前开出一簇放射状的金花,接着变成一片漆黑,嘴里灌满了腥咸。

"这一拳是白虹的,"白剑向右跨了一步,占领了有利地形,"你应该知道为什么。"

连锦摇摇晃晃站起来,一手扶墙,向前一个趔趄,再站直时,正好把胸部暴露给了白剑。这一拳力量太大,连锦在席梦思床上一个后滚翻,栽倒在床里面的写字台前。白剑跳了两步,在里面墙角放的一个紫檀木衣帽架前猛转过身,"这一拳为你根本不像个男人,丧失了起码的人性。"

白虹猛地推开门,看见连锦鼻血长淌,喊了一声:"哥,你怎么能打人!"

白剑毫不客气,又一个勾拳把连锦打翻在床上,连锦朝前一滚,恰好滚在白虹和李玲脚前。白剑咬着嘴唇,一个字一个字吐着:"这一拳为了另一个无辜的姑娘,因为你一点也不爱她,你爱的是她爸。"

林苟生在门口出现,放下一个旅行包,堵在门口上龇着牙道:"功夫不错,刚才那个勾拳力量应朝上挑一下,对手就趴下了。"

白虹扶住连锦,要擦连锦的鼻血。连锦猛地推开白虹,粗暴地吼一声:"让他打!"抹了一把脸,狰狞地看着白剑。

白剑没有动,说了一声:"你有没有理由都可以还手。"

连锦突然间大笑起来,笑得浑身颤抖着,"不,我应该挨这几拳。你打了人,你一点也不轻松!我卑鄙,你比我更卑鄙!你更会隐藏你的目的,不可告人的目的,所以你比我卑鄙。你更卑鄙是因为你极端自私。你成功了,我和白虹,还有其他许多人都成了你的牺牲品。"白虹又拉住连锦,央求道:"连锦,你别说了!"连锦把白虹推开,抖擞一头长发,"我要说!"伸出沾满血污的手指着白剑,"凭什么只能牺牲我来成全你?我想了想,你也不配!我爱虚荣,你更爱虚荣,你爱虚荣爱到了疯狂,你不过是戴了一个神圣的面具。我看不起你,看不起。你不知道这两个月我过的是什么日子,我恨你!白虹也该恨你!我有资格恨你,因为我比你光明磊落,我比你名副其实!"

白剑下意识地拉开抽屉,心跳立刻加快了,右手按住压在水果刀上的几本书,用一种可怕而怪异的声音说:"狗杂种,你给我住口!在,在我转过身之前,你,你马上给我滚出去!"

林苟生扯了一把连锦,"识相点,小白脸!现在包公不在了,要是在,狗头铡一支,嚓,铡了你个小陈世美。"连锦仰天笑着,"这下咱们谁也不欠谁了!"晃着身子走了。李玲嘻嘻笑道:"真过瘾!这才像个冷血杀手。"白虹哭喊一声:"连锦,你听我说——"掩着脸追了出去。李玲收住笑,嘟囔一句:"疯了,疯了,都疯了!"撒腿去追白虹。

林苟生扫一眼床头柜上冉欣的来信,惊叫一声:"后院起火了?我日他妈,惨!"白剑问道:"老林,没找到人?"林苟生无可奈何地一摊手,"茫茫京城,找个三妞谈何容易。北京太大了,一泡大粪显不出臭,一束鲜花显不出香。别说一个三妞,就是三百五百三妞闹京城,也冒不出看得见的水泡泡。我还是回来助你一臂之力吧。"

白剑怪怪地一笑,"我准备启动你那个计划。"

当天晚上,白剑出现在欧阳洪梅的家里。

欧阳洪梅接到白剑的电话,多少感到有点意外。自从申玉豹那晚走后,再也没有男人来打搅她了,白剑突然要来拜访,自然引起她很多联想。白剑来后,她显得殷勤周到,却不见多少热情和激动,静静地听着白剑对往事的回忆。听够一个段落,欧阳洪梅仰起脸,一副曾经沧海的平静道:"从我初省男女的区别,我从来都是男人们注目的焦点。我对自己能给你留下这么深刻的印象,一点也不感到吃惊。再说呢,你的感受已不再是秘密,那篇《白剑其人》文字虽极其卑俗,不堪入目,但披露的基本情况我倒相信有八分真实。有一个感觉,那篇文章的作者体会不到,能看出我可能是灾难之源,非你的眼力不行。我一直为你留着插话的空隙,你怎么不说呀?我明白了,你能走进我这个家,心情的复杂简直一言难尽?是你自己说呢,还是要我猜一猜?你已经说出你心里的部分真实了,剩下的还是让我猜一些吧。嘻嘻,我有猜男人心事的业余爱好。实际上你并不反对堕入我给你带来的苦难中。正因为我判断出了这一点,才引起了我的一言难尽的情愫,才让我把你当个老朋友接待。可惜呀,你来得太迟了,太迟了。要是早来个十年十五年该有多好啊!你现在来我这里,动机一点也不单纯,这让我有点恼你。算了,我还是不猜了,郑板桥说得好,难得糊涂,我很愿意和你在一起的时候变得糊涂一些。你妹妹刚刚叫人甩了,你们白家的支书叫人打了,你查出了一千万的大案却弄不清楚到底是谁干的。虎落平阳被犬欺,你的日子很不好过。我真的想帮你做点啥,真的。"白剑很难为情地笑笑,"什么都瞒不了你。听李玲说你整天一个人在家,没想啥事你都知道。"

欧阳洪梅莞尔一笑,"一语双关。是你的心事瞒不了我呀,还是你的处境瞒不了我?你没有说。你上午动拳头的事,我也知道了。当年,我要有你这样一个哥哥该有多好哇!真可惜,那一天竟没有问你的姓名,这可能是我平生最后悔的一件事。都过去了,也不用再提了。你是来让我陪你说说话、解解闷呀,还是想和我结成一个联盟?我真的弄不明白,真真假假的我搞不懂。你是个有妇之夫,再加入进来可就热闹了,或许是我自作多情吧。当然,我是自由的人,选择权在我。我身上的是是非非已经太多了！多的让我不堪重负。只是有些事尚未了结……不过，我真的很希望你能常来坐坐。不是有句俗话叫虱子多了不痒吗？说笑了。其实，和你坐在这座房子里，感觉好极了，好极了。我总是有一种幻觉，感到自己倒着朝十八岁疯长，或许有一天我真的能为了你烧成灰尘。这个前景有点可怕。你终于来了，我很高兴。"白剑不懂这些颠三倒四的话，知道暂时还不能问，站了起来道："既然你不讨厌我，以后我会常来的。"从口袋里掏出冉欣的来信和欧阳洪梅的手绢，"我必须马上回北京，处理一件私事。如果我没猜错的话，我的妻子——现在还是——她很快会成为别人的妻子或者什么人了，现在她可能和一个我不认识或许也认识的男人躺在一张床上。这方手绢是第一次见你时，你留下的，那一刻你把我当成了一个管道修理工。我不大明白我为什么会收起你的这方手绢，而且一直珍藏这么久。现在奉还给你。"

欧阳洪梅脸上闪出一片愕然，眼睁睁看着白剑拉开门出去，竟毫无反应。

# 第二十九章

李金堂翻出自己亲手绘制的改造旧城草图纯属偶然。

那个雨天的中午，他想听一段《说岳全传》，拧收录机的旋钮时，不经意听到一段交响乐。这首交响乐他十分熟悉，是贝多芬的《命运交响曲》。十年前，欧阳洪梅从省戏校进修回来，带回了好几盒磁带，听来听去，李金堂最迷的就是这首《命运》。他记得欧阳洪梅说过，这首曲子晚上听，一个人静静躺在一间黑暗空旷的大屋子里听，效果更是震撼人心。所以，要是白天听到这首乐曲，李金堂总是要闭上眼睛。不知什么时候，播音员已经在播新闻了："据曼彻斯特电，一位名叫马克西姆的防寒服制造商，最近因阿尔卑斯山滑雪区上月发生冻死冻伤十八人恶性事故，被警方监视居住。马克西姆用来制作防寒服的驼毛和羽绒，经化验纯度只有百分之三。马克西姆称这批驼毛、羽绒是从中国中部地区的荣昌贸易公司购得，他准备向当地政府递交一份诉讼状，请求通过外交途径解决这一纠纷。下面为各位播放几首钢琴曲。"

李金堂关掉收音机，脸上浮出了最近一个时期难得一见的笑容。他马上拿起话筒，拨了欧阳洪梅家里的电话号码。通了之后，他又改变了主意，把电话压了。何必急在一时呢？这种涉外的经济案，中国不管，谁也拿申玉豹没有办法。如果这么早就喜形于色地给欧阳洪梅打电话，结果却是个不了了之，不是让人笑自己沉不住气吗？又怕日后忘了这条新闻的细节，想找个笔、纸记下来。翻动茶几下面那些纸时，那张草图被翻了出来。

摊开草图一看，李金堂坐不住了。眼下，必须在龙泉闹出一个大动静，以有形的东西告诉上上下下：龙泉的一切工作都在正常运转。现在启动刘清松提出的改造旧城的计划,可真是千载难逢的好机会。大城市愈演愈烈的抢购风,无疑能刺激龙泉人投资建房的欲望。买地建房,这要比买持久性消费品更加诱人。如今,主持龙泉工作的又是他李金堂,成立领导小组,组长非他莫属。难道命里注定要我李金堂为龙泉留下一座完整的新城吗?

李金堂十分兴奋,当即拿起电话拨通了县长王宝林的家。"我是金堂。"李金堂感叹道,"你怕是十五六个星期天都没在家过了吧?我也一样。这个星期天你在家里过一半,来我这里过一半,晚上咱老哥儿俩喝几杯。"王宝林那边说:"是不是又想出妙招了?我这就去听听。"

王宝林来后,李金堂先把草图拿给他看,自己在一旁喝茶。王宝林仔细看完草图,惊叹道:"这一段,咱们叫白剑这条狗逼得连屙尿的工夫都没有,你啥时候竟挤时间整出这样一个计划?两次到干校,你我都住一起,活儿也做得一样,你养牛我也养牛,你种菜我也种菜,我养牛也没你养得壮,菜也没你种得好,就这,你还常常分给我牛饲料和化肥。我一直心里犯嘀咕,你是不是得了啥子秘方?"李金堂大笑起来,"我哪里有秘方!干校管后勤的副校长小秦,他父母三年自然灾害时得到过我的一点照顾,他自己上高中时,又得孔先生偏爱,他见我落了井,自然不会扔石头。咱俩养的牛一样多,种的菜也一样多,可我总是得到两倍于你的饲料和化肥,就是送你一些,留下的还是比你的多些,这可能是干校生活的惟一慰藉了。"王宝林恍然大悟道:"我咋说'文革'后小秦上那么快,恐怕秦专员也得他不少照顾吧?"李金堂道:"一个秦专员,也无法把他在六年间送到省委组织部副部长的位置上。你记不记得当时干校来一个讲湖南话的老头,名字叫江杉?"王宝林道:"咋不记得,听说是五九年就开始倒霉了,别的我也不清楚。"李金堂道:"当时我也不清楚,只是觉得江杉不是他的真名。前年中顾委开会,我才从电视上认出了他,还是常委!当时,我让小秦也去关照了他。"王宝林嗟叹道:"眼光,眼光!只是这个小秦不尽如人意,到北京当司长后,把龙泉忘个一干二净。"李金堂解释说:"上任后给我写过一封短信。太儿女情长的人,到上面就不好混了。小秦是个明白人。"

又闲扯几句,李金堂用手指敲敲草图道:"这是小半年前被刘清松逼出来的,那时候,他咄咄逼人,差一点就要颠倒乾坤了。我搞这个东西,只不过想在刘清松的大制作边上打上一个我的小印。惭愧,真是惭愧。修大洪水殉难者纪念碑的事定下来后，我心里还是不踏实呀。这不踏实的原因有三：第一，刘清松把咱们告到省里的事，久无下文；第二，《时代报告》杂志社复函态度强硬，中华通讯社干脆不理不睬，白剑又久留龙泉不走；第三，省委对白剑文章的事一直没有表态。这几天，我都在想，在处理这件事上，我们是不是失了分寸？如果我们适度一点，相互都有个可下的台阶，是不是要从容些？可是，已经这么做了，再不好突然转向。要是不在县里进行个大工程，咱县在上头会留下一个什么印象？告状、匿名信、窝里斗。要是龙泉又有引起上下关注的重大改革举措，我们和白剑及《时代报告》的官司，就成了为捍卫全县八十四万人民荣誉而进行的不得已的战争，真理就会无形中朝我们这方倾斜。你看有没有道理？"王宝林道："如果能运转起来，这当然算是条一石三鸟的妙计。有两个问题怕得重点突破，一是如何得到上级的肯定，一是如何调动群众的投资热情。这两点一解决，剩下的就好办了。"

李金堂胸有成竹地说："这两个问题是关键，解决起来也并不难。对上，做好文章。建一座极富龙泉文化特色的新城，是龙泉改革事业的深化和继续，还可以借此机会向世界展示龙泉经历大洪水自然灾害十几年后的功绩，还能排除内外干扰，增强全县人民的凝聚力，使全县人民更加团结。我看报告应该这样写，省、地都乐意开绿灯。对下，投其所好。抢购风已开始波及到县一级，家电之类产品的价格已控制不住，群众的心理已经有很大波动。建房，在百姓眼里，本来就是千秋大事，积极性不会低。凡涉及建城的一切收费，都逆涨价风而行。户口敞开卖，当然也可以搞一搞限量促销技巧，每一个户口由一万减为六千，增加为适龄知识青年安排工作附带条件。两台十八英寸彩电，能改变一个人一生的生存环境，这个账群众能算清。我估计，仅靠这一项收入，新城公共设施都可以修建起来。"王宝林早听得心中叹服，接着说道："我看新城还要体现咱龙泉手工业县的特点，应建几个手工业产品贸易区。最优先的一批应该建这么几个：一个全国最大的玉雕工艺品交易市场，一个丝绸交易中心，一个手编工艺品交易中心，一个百货小商品交易市场。这几个贸易区镶在你绘的相应街区里，新城的特点就更浓了。刘清松万万也想不到，他送来的炸药包会炸毁他的前程。只要这工程动起来，省、地都会觉得他这根搅屎棍烦人了。"

李金堂一看王宝林是这种态度，信心倍增，"具体的事，你召集城建、国土、环保、文化几个口的局长协商。我想,应该马上成立一个龙泉旧城改造委员会,主任由你来当,我挂名当个名誉主任。副主任设几个由你定,我给你先推荐两个。一个是县办陈主任,他年龄快到线了,也该让他明春当个一届人大副主任。一个是连城锁。"王宝林道:"也该!上回逼走庞秋雁,他出了大力,又受了大委屈。"

两人定下来一个大战役的部署,都异常兴奋。春英端上酒菜,一个代理县委书记一个县长豪饮起来,谈的都是些陈年旧事,说到可笑处,都是涕泪齐流。

正喝着,宣传部长朱新泉来了。

李金堂一见朱新泉腋下夹着牛皮纸信封,又带一脸喜气,破例站起身迎到门口,伸出手说:"你辛苦了。"

王宝林一扭头,朱新泉就把手伸了过去,"大星期天,你们两位还在煮酒谈工作呀。你们才辛苦。"春英拿了一副碗筷,朱新泉也坐了下来。李金堂亲自为朱新泉斟了一杯酒,问道:"省里程书记有啥指示?"朱新泉饮了酒接道:"程书记很赞成修这个纪念碑。他说这是一个很好的形式,他说这样能使世世代代的龙泉人记住这场大浩劫,他还特别强调不能眼睁睁看着那段历史成为一本糊涂账。"

李金堂又给朱新泉斟满一杯,连声说:"新泉此去省城,劳苦功高,劳苦功高,我敬你一杯。"王宝林取过信袋,从中掏出叠好的纸,"咱先看看程书记魏碑的风采。"站起身垂下了题辞,嘴里啧啧道:"好字好字。"却又说不出个咋好。李金堂看了一眼,也没再细品,又把信袋拿起来,一看是空的,忙问道:"你没去柳城找当书记写碑文?"

朱新泉慢条斯理说道:"柳城我去了,不但找了当书记,还见了秦专员。不过,我没提写碑文的事。我只是向他们汇报了立碑的打算,请他们二位领导届时前来揭碑。他们都很高兴地答应了。这一回,我来了个将在外君命有所不受,请两位领导批评。我是这么考虑的,当书记和秦专员,一个写一个不写,不合适。再说呢,当时常委会定下这事,却忘了撰写好碑文,这贸然前去请领导写,恐怕让领导为难。等吧,咱一等不起,二又怕秘书写出的不合龙泉当时实际,不等吧……嗨,反正就这么做了一次主。"

李金堂默默点着头,嘴里说:"周全是周全,可石头都采好运来了,这碑文又找谁去写哩。"朱新泉笑着看李金堂道:"您写呀!全龙泉也只有您那字可以配得上程书记的字。"李金堂连忙推辞,"不中不中,这事还得再商量。"

王宝林道:"金堂,你就别推辞了,耽误了就是大事。你是当年抗洪救灾总指挥,这碑文只有你写最合适。"李金堂看一眼朱新泉,"你就不怕我作难?立碑的事,常委分工可是由你来抓的,也不怕我拖你的后腿?"朱新泉笑道:"我当过您小一年的秘书,这事能难倒您!"王宝林接道:"做完一事了一事。我看你就趁着酒劲写吧。你的水平我还不清楚?当年在干校写大批判文章,你包了几个难友的任务,还获得个'立等可取'的绰号。"

这番话说得李金堂豪气直冲天灵盖,捋捋袖子道:"这么说,非得我今晚献丑不可了。春英,撤了酒菜,拿笔墨纸砚来。"

王宝林、朱新泉、春英三人,两人摊纸,一人磨墨,分三面侍候。只见李金堂凝神屏气,一个马步站好,像一个雕像一样站了好一会儿,突然蘸了墨,泼下两行草书:"公元××××年×月×日,天怒龙泉,凡七日,大雨如注如诉不停,昏天黑地沟满河平。"李金堂停了下来,做了几个深呼吸。王宝林又叫一声:"好字!"朱新泉点头道:"简洁明了,有气势,很有诔文神韵。"李金堂微微一笑,活动一下手腕道:"两位暂歇一会,李某可不敢比酒醉下蛮书的唐朝本家,你们一说话,气就泄了。"三人便都张了嘴哈气。只见李金堂一脸肃穆,又是突然动笔写了起来:"七日夜十时许,境内七座水库先后决堤,泱泱龙泉沃土,顿成一片汪洋。耕男织女、土工学商、老弱幼病残皆在梦乡。数日内,两万六千四百余生灵跨河西去,灾难之深重,非笔墨言语所能罄述。特立此碑,以寄哀思。政府未能及时组织群众疏散撤离,其失职也,存此碑为镜,监察后世官员之言行。"写毕,李金堂掷了笔,大口喘着气。春英忙取了毛巾去揩李金堂额上的汗珠儿。朱新泉鼓掌叫着:"好字好文章!"王宝林啧啧有声:"一气贯下来,意思都到了。"

李金堂擦了擦手,"这'梦'字,这'难'字写得不好,整个还马虎,将就着用吧,再写怕更不尽如人意。"朱新泉又拿张宣纸,仔细蘸着墨汁过饱的字。李金堂道:"你现在又急了。"朱新泉笑道:"我怕迟了到时屁股上挨板子。我已经找来了全县最好的石匠,让他们把这些字的气也凿出来。"

王宝林打趣道:"你是怕挨老婆的板子吧?"李金堂接道:"你出去五

六天,也该早些回去看看。立碑的事,你看还有什么困难?"朱新泉直起身子答道:"仅靠财政拨的十万,恐怕不够。你们看能不能向全县搞一次募捐补贴一下不足?"王宝林紧接道:"好主意,到底是宣传部长,点子稠,还可以借此搞个宣传战。"李金堂道:"新泉,这事由你一手来办。下一步县里还将有大动作,我和王县长都要陷进去。"

朱新泉在回家的路上,思维完成了女儿、钢琴、募捐这三级跳。女儿朱小聪自幼便显音乐天赋,如今上了初一,还只弹一架电子琴,吵要钢琴已经半年了。平日里,烟酒等物倒也常有进口,怎奈这长流细水,日进日用日出,聚不起能漂起一架钢琴的深潭大泽,久之,妻女就多有怨辞。朱新泉又知仕途走近一个关口,不敢用架钢琴儿戏前程,就严令女儿先穷过渡。这样,妻怨女悲就成了家庭里的保留节目,隔三差五定要上演。一听李金堂把募捐的事交给自己办理,心里顿时有了主意。

第二天上午,朱新泉安排夏仁起草个募捐细则准备晚上通过电视台向全县播放,自己骑了自行车直奔细柳巷。

申玉豹的院门大开着,申玉豹背对着院门,躺在一张竹躺椅上,一边晒着太阳,一边听小山子讲书。朱新泉对申玉豹潜心读书的事早有耳闻,不过只是当成听了一个公鸡下蛋的笑话,今日一见这种读法,心生好奇,立在一棵桐树下细察。

申玉豹把一本书打开罩在自己脸上,叹口气道:"小山子呀!这个事现在成了头等大事了。我也不瞒你,欧阳家两代大商人都是饱读几车书的人,娶不娶得成她,就看咱这书读得咋样。我已当够了龙泉第一富人,眼下要努力娶到龙泉第一美人。你刚才讲得挺好。小山子,我问你,你说这个聂赫留朵夫为了啥心甘情愿陪那个玛丝洛什么娃流放呢?这时候,这老聂是个货真价实的爵爷,玛丝洛娃已经是个犯了罪的妓女呀!"小山子摇头晃脑一会儿,"可能是因为农奴制。不对,俄国一八六一年就废除了农奴制,这回总算记住了。高考考这个题,我竟没想起来。"申玉豹扬手在小山子头上打了个响栗,笑骂道:"你还不如一个女人!前两年我有个相好,讲起什么高仓健、小泽征尔的一套一套很唬人,弄得我以为她是天底下最有学问的女人。你也别再做那个考大学的梦了,干脆跟我当个小伙计吧。"小山子认真说:"总经理,我是靠智慧劳动挣你的工资,你我的关系仅仅是雇用和被雇用的关系,你无权决定我读不读大学。我不读大学,将来也这样补课多遭罪呀!"申玉豹哈哈一阵大笑，竹躺椅吱吱乱响，"好了好了，算我的不是，按古时的算法，你也算个小秀才了。你再想想。"小山子挠了一会头，突然说："我懂了，是因为玛丝洛娃太漂亮，眼里边流出的都是苦难，聂赫留朵夫……"申玉豹拿起书拍打一下小山子，"胡扯淡！那天问你窦娥死了为啥会大旱三年、血溅丈八长练、下六月雪，你也说不出个道道。你想想，玛丝洛娃还是个黄花闺女，聂赫留朵夫就把她睡了，老聂甩她连眉头都没皱，如今千人摸过万人骑过了，倒更值钱了？理上也说不通。"

朱新泉走过去插一句："聂赫留朵夫良心发现了。"

申玉豹一拍脑门坐了起来，"是这个理！俄国毛子也是人，也长有良心，我咋就忘了这一茬！玛丝洛娃当妓女，就是因为聂赫留朵夫当年甩了她嘛，中国人管这叫做始乱终弃。欧阳演的《杜十娘》和这个俄国毛子的事有点像，不过呢，中国人救人没救到底，好端端的杜十娘才抱着百宝箱投了江。哎呀，朱部长，是什么风把你吹来了。小山子，快沏茶。"

朱新泉也不拐弯抹角，直接说了募捐的事。

申玉豹听了，一脸的不痛快，"李金堂整得我鸡飞狗跳的，这事是朝他脸上贴金，这个我知道。照说呢，我一个子儿也不想出。如今中央都三令五申反对摊派，我也不怵他。不过呢，你这么大个部长开了口，我不出点血，就是不给你面子了。李金堂早晚要下，这龙泉早晚是你的，我不依靠你翻身，我依靠谁去。我捐三千。"

朱新泉不动声色盘算一会儿，笑着道："玉豹老弟眼神不差。按说呢，捐三千也不算少。不过，捐款人的姓名可是要刻在纪念碑的底座上，不按姓氏笔画排，而是按捐款多少排，这一排，谁要是压了你一头，过后一想，你怕是觉得吃了个苍蝇吧？人过留名，雁过留声。这是大节，你自己掂量。"申玉豹听了，马上说："再加七千，凑够一万，申玉豹不弄个第一，太掉面子了。"

朱新泉拿到申玉豹的一万元，没有造册登记。夏仁把私人捐款的名单造好后，朱新泉拿着去见李金堂，说道："李书记，原先定下来要刻私人捐款者的名字，可这名字也太多了，一时刻不完。再说呢，有些人的钱不知该不该收，玉豹也表示不了点。"李金堂很干脆地说："个人的名字就不要刻了。这是政府出面办的事，刻一大堆人名，喧宾夺主。落成典礼上讲几句，表示政府对他们的感谢足够了。捐款者的心情十分复杂，有些人在大洪水中可能有罪，刻了他们的名字，日后有人揭发出来，怎么向全县人民解释、交代？中国人不相信这是忏悔，只会说这是黄鼠狼给鸡拜年。申玉豹的钱要退回，下一步可能要重新审吴玉芳一案，免得将来被动。"

朱新泉心里有了底，回到办公室从名单上找出个空位置，用行草字体把申玉豹的名字加了进去，"玉豹"看上去很像个"王貌"。又过几天，朱新泉对夏仁说："李副书记不让收申玉豹的捐款，我去退掉他这几千块。"犹豫了两天，朱新泉又去了细柳巷，交给申玉豹三千元道："捐款人太多，又不搞刻字了。第二名只捐六千，我做主给你省了三千。咱只要个第一就行了。"

北方寒冷的冬天来临了。

白剑和冉欣在北京办完离婚手续返回龙泉县城时，正是一个雨夹雪的黄昏。北风瑟瑟，寒气逼人。闯进林苟生的房间，白剑走起来仍僵得像个机器人。珠宝商指着地上的一只小电炉说："西伯利亚寒流来了，说冷就冷成这样，还没到供暖气的时间。你先不要烤，免得寒气逼进去，踩会脚，我去去就来。"走了两步，似又不放心，拔掉了电炉插头，这才做个鬼脸出去了。这个细节温暖得白剑心里生出了诧异：这个老林，有时心细得比女人还女人。

过了好一会儿，门开了，胖师傅端了一条盘热菜凉菜进来了。林苟生哼着小曲，一手拎个粗瓷茶壶，口袋里塞了两瓶黄酒，腋下又夹了两瓶黄酒跟了进来，一见胖师傅正在摆盘子，笑道："胖老哥六十开外了，手脚还是这样麻利。"胖师傅直起腰，撩起围裙揩拭着油腻的手道："你一说是白大侄子回来了，这腰也不疼，腿也不酸了，唉，你别说，通条一捅，火也争气。唉，那年大洪水，一家六口，就剩我这么个孤老头子了。你说这大侄子是专为大洪水死的人招魂的，我没啥大能耐，也只能做个热菜热汤尽尽我的心。"林苟生已把两瓶黄酒倒进茶壶，放在电炉上热上了，搓搓手道："老哥别忙走，喝两口热乎热乎。"胖师傅拎了条盘边走边说："不了不了，还有两个客人等着吃小炒哩。"

林苟生给白剑倒了半茶杯热黄酒道："这东西也算咱龙泉的一大名产，不知上次在火车上给你提说过没有。受了风寒，喝上半斤，比吃仙丹还管用。我在鸡公山落下个寒气腿，折磨我十几年，在新疆那几年，一到冬天,我就觉得要死了要死了,用了不知多少法子,都没治好,回来喝了两年黄酒,竟除了根儿。你别只听我说,快喝呀,等一会儿又凉了。"白剑喝了几大口,顿时觉得浑身燥热,脱了皮夹克,又灌进去半杯。

林苟生眨巴眨巴牛眼,"咋样?"白剑道:"啥子咋样?是问酒吗?"林苟生道:"酒?酒我还不知道咋样。我是问事咋样。""离了。""我知道离了,我是问上边咋看这件事?有没有大转机?"

白剑叹口气:"不咋样。柳城和龙泉一口咬定文章严重失实,又上纲又上线,要求我和杂志社登报声明歪曲了历史,要不然就和我们对簿公堂。龙泉和柳城都给我们社里去了公函,历数我的过错,譬如入操大办祖父的葬礼、要求给白虹转干、插手八里庙基层组织的选举、安插自己亲戚进城工作、鼓动群众搞无理取闹的上访,除了没提男女关系,能抓的小辫,不管是他们编的还是自己长成的都紧紧抓住了,说我已丧失人民记者的所有道德和良知,强烈要求把我从记者队伍里清理出去。"林苟生也叹口气,"要是药厂把你姑父的宝贝女儿炒了鱿鱼,乖乖的,可不得了,你这个姑父非要把你家的房产强占了。眼下的事也顾不了恁多了。白虹已经让他们逼上山了,那一天我送她去的四龙乡,好在那里还有我个老搭档在当副乡长,我已托他代为照看一下。过了春节,你干脆把她弄到北京读书去,学费我来出。专读外语,然后出国。"

白剑苦笑一下,没有说话。林苟生又给两人各倒了一杯黄酒道:"你进城晚些,看不太清楚,县城已经变成个大工地了。再过年儿半载,一座新龙泉城就和李金堂分不开了。县里又在修一个大洪水遇难者纪念碑,底座已经整好了。难道真是天不灭他?奸雄,真是奸雄,竟无人可以治住他。"白剑端起茶杯,"老林,来,咱们碰一杯。太好的消息暂时没有,不过,这篇文章除了在H省,别的地方一片叫好声,南方有两三个省把它列为反贪清腐的必读辅助材料,杂志社的读者来信已经够装三四麻袋了。所以,社里也真没把柳城和龙泉的意见当成一回事。如果叫好声再多一些,这边又要对簿公堂,上边很可能要过问这件事。我这次回来还是老任务。"

林苟生一扬脖子,把酒喝了道:"我在四洼村住了几年,人缘还不错。当年我的邻居家的小伙子叫董天柱的,在'文革'期间斗死了老支书,自己上台当了十一二年支书。我见他时,他还不到二十,看不出他有多恶。谁知他原来也是个五毒俱全的人,欺男霸女的事做过不少,救灾时他是支书,贪污万把块是少不了的。我敢保证四洼全村八千多人会有七千愿意作证董天柱贪污了救灾款。虽然他只是一只小苍蝇,但查出一只苍蝇,龙泉也就不能再说它洁白如玉了。可惜董天柱死了,早死了。四洼村的群众反映,董天柱是叫李金堂吓疯的,后来跳河淹死了。"白剑感激道:"为这件事耽误你多少生意呀,真是过意不去。"林苟生又不高兴了,"一点没耳性,又说这种生分话。钱啥时候能挣得完?你听我把话说完。你知道李金堂为啥整董天柱吗?是为欧阳洪梅!"白剑惊叫一声:"她!"

林苟生怪怪地笑笑,"小兄弟,你的心事咱明白,怕是有点摇荡春心了吧。这种事情你不用瞒我,咱老林也算是性情泡过的男人,懂!摸摸路、观观风的事,咱称职。对付好女人嘛,咱经验不多,可看得不少,或许能帮你参谋参谋。咱这参谋不带长,能不能放个响屁难说。咱们书归正传。欧阳洪梅在四洼当过三年知青,应该说是三年半,李金堂第二次倒台,欧阳又回四洼小半年。这四洼应该是李金堂和欧阳洪梅遭遇激情的源头。这次我去四洼,找到个大概原因。这董天柱当年曾起过娶欧阳的心,后来欧阳进文化馆,又是董天柱联系的。我揣摸这里面可能有个故事。所以,李金堂就容不得这个董天柱了。这是第一桩事情。欧阳结过一次婚,丈夫叫桂雁生。当时也算一对患难的苦人儿,照理应该有点感情。可这个桂雁生,一进伏牛山,就回不来了,副乡长一干干了八年。李金堂也容不下这个桂雁生了。你走的这一阵子,我又打听到了一件事。当年欧阳春带着绿翠玉来龙泉落户,还带来一对夫妻,男的是老欧阳的小伙计,女的是绿翠玉的小丫鬟。住得好好的,突然间六二年就叫他俩下乡当了农民。绿翠玉我当年见过一两次,看看今日的欧阳洪梅,就可以想见绿翠玉当年的风光。今年,欧阳洪梅又把小伙计和小丫鬟弄回城里来了,老两口暂时在剧团住。我揣摸李金堂不会到了四十出头才动了色心,不可能见了绿翠玉心如止水。前些天,通过些关系,我和小伙计张富贵 起喝了几次茶,由头呢,是问他们有没有古玩要出手。说到李金堂和绿翠玉两口子的关系,小伙计张富贵守口如瓶,小丫鬟胡眉口也紧,只露了这么一件事:李金堂爱看绿翠玉的戏,九年间看了一百多场。欧阳接受申玉豹,恰好是这老两口回来之后的事。这一系列事,可以看出欧阳如今在躲李金堂,是有原因的。绿翠玉在丈夫死后一年吞金自杀，十有八成是李金堂逼的；欧阳洪梅进城工作，是董天柱鼎力联系保举的，可董天柱也让李金堂逼死了。杀母之仇怕也不共戴天吧？再加上搅散欧阳一场婚姻，欧阳知道了真相，能沉默？以我这个老江湖看，欧阳复仇，只是个时间问题。咱们要打倒李金堂这只大老虎，恐怕只能求欧阳小姐帮帮忙了。"

白剑沉默了很久，突然问道："三姐近来有没有消息？"林苟生垂头丧气地摇摇头。

在这同一个雨夹雪的夜晚，欧阳洪梅以团长兼师父的身份，请李玲和"娄阿鼠"吃了一顿火锅。吃到夜晚九点多，欧阳洪梅对"娄阿鼠"说："我想和玲儿单独待一晚，你自己先回去吧。"

李玲猜想着欧阳洪梅一定有心里话急着吐给她这个心腹听，收了碗筷杯子朝洗碗池里一堆，也不去洗，只净了手马上转回来，坐在欧阳洪梅身边等待着。欧阳洪梅素喜李玲机灵，抿嘴一笑："说从前有个懒婆娘，最怕洗碗，原自定十天洗一次，把积蓄全买成了碗筷。十天要到了，心想着天要热了，罩袍又该脱洗收藏，不如再换成碗筷，省下两件事。一件一件衣服脱了去当，到了秋天……"李玲嬉笑着插道："冬天的时候，懒婆娘赤身裸体冻死在一屋瓷碗里。你别说，我还真怕洗碗。不过呢，今天我不是怕洗，我是珍惜时间，想多听你说说。"

欧阳洪梅伸手指着门道："你听，你听听这冷雨声。我喜欢听这冷雨，这冷雨声能砸出多少尘土掩埋的往事。春天里，我最喜那桃红梨白的纷飞，深秋里我就喜这冷雨。总有一天，我会伴着这冷雨长眠不醒。"她直了直身子，"玲儿，你是不是觉得我这些想法有点怪？我不问你这个了。我真不明白我竟会有心情在这个时候谈这冷雨。"李玲支着下巴道："它会淋得你心底又长出一片白蘑菇。"

"白蘑菇真好，"欧阳洪梅眼睛刺的一亮，"我已经老了，恐怕再也长不出蘑菇了。我是不是老了，玲儿？"李玲笑道："老了，要是真老了，你就不会问我了。洪梅姐，我真的羡慕你。"欧阳洪梅蓦地变了一张脸，"不要羡慕我！我不值得你效仿，一点也不！我留你陪我，是想听听你到底怎样看待我这个人。我知道你会对我说实话的。你是否觉得我这个人特别地淫荡？你别吃惊，咱们换个好听的词，就叫风流吧。"李玲没想到话题一下子这样尖锐了，试着答道："我想你每做一件事，总有你做它的道理。"

欧阳洪梅叹口气道:"你不要有什么顾虑,我是把你当做个亲姐妹说心里话的。有人说寂寞使我如此美丽,寂寞使我如此丰富,这话有点道理。不过,要是这份寂寞太多太浓,人就无法消受了。所以,我想找你倾诉倾诉。玲儿,你听到外面传的我和申玉豹的事吗?"李玲默默点点头。欧阳洪梅又道:"那你肯定早听说了我和李金堂的事。"李玲没有回答。

欧阳洪梅仰起脸道:"玲儿,如果姐对你说这些事都是真的,你会不会另眼看我?"李玲摇摇头。欧阳洪梅脸上现出了小姑娘的神情,"谢谢你!可怕的是我自己,是我自己。我不想这么生活,真的不想。可是,可是我的生活就是这种样子,一时一刻也无法安静。我只是想让你听听,让你听听。以你的年纪和你的阅历,你帮不了姐什么忙,帮不了。你能不能完全理解,我不知道,我只想让你听听。你能听听,我就感到很满意了。我似乎总是没有选择的余地,没有。我不甘心,真的不甘心。这一段我的心里很乱,很乱。"她走进卧室,再回来时,手里多了一方真丝白手帕,"玲儿,你记不记得春天里我让你带桃花梨花去看白剑的事?"李玲道:"咋会不记得呢,那一次,你讲了你的单相思,多迷人的单相思。"

欧阳洪梅把手帕放在矮茶桌上,凝神看了一会儿,"我第二次见他,误认为他是县直招待所的管道工,狠巴巴训了他一顿,丢下了这方手帕。时隔半年多,这方手帕竟完好无损地回来了。太可怕,太可怕了。"李玲掩嘴一笑,"这不是很好的现象吗?原来一个巴掌拍不响,弄成单相思,现在不是可以击掌为盟了吗?有两回我还说他木,原来也是老奸巨猾呀!这也太便宜他了,把一个帕子收藏半年,就有……哎,又有好久不见他了。"欧阳洪梅叹一句:"他回北京离婚去了。"

李玲拍了一下巴掌,"我这个红娘已经多余了。"欧阳洪梅怅然道:"我不知道还该不该接待他。已经乱成这种样子了,不能再这样下去,再乱起来这算什么事。"李玲道:"我看你是当局者迷。你和李副书记是咋回事,我不敢乱说。这个申玉豹,可不怎么样。要是我遇到你这种情况,拿起快刀,咔嚓一砍,这俩都断了他。白剑如今离了婚,又有这么个意思,起码也算个破镜重圆。这个男人为妹妹的事差点动刀子,可见是个可以托付终生的人。为什么不接待他?谁都不该接待,只能接待他一个。我就是这个意见。"

欧阳洪梅红了一会脸道:"你真的这么想?可惜已经迟了,太迟了。我配不上他,我怎么能配得上他!"她站起来冷笑道:"他能干什么?他也不是为了我才来的。算了,都让他们见鬼去吧。咱们睡觉。"

…………

第二天晚上,白剑怀着必胜的信心,踏进了欧阳洪梅的家门,他实在不想再浪费精力和时间了。刚一坐下,白剑就把离婚证朝茶几上一放,开门见山说道:"都了结了。我想,我……"欧阳洪梅伸出两个手指打断道:"先别说。"低头绞了好一阵指头,猛地抬起一张狂放的脸喊道:"我真不明白,你怎么敢动这种念头。你不觉得这对你也是一种侮辱吗?你把欧阳洪梅看成什么人了!竟敢用这种美男计对待我!你太让我失望了,太让我小瞧了。"

白剑只感到轰的一声,积蓄了一昼夜的力量一瞬间都顺着十万八千个汗毛孔泄尽了,支吾道:"你,你太厉害了,太聪明了。这绝不是我来这里的全部动机。"

欧阳洪梅放肆地大笑起来,"你很诚实,这点诚实很让我感动。为了你这点诚实,我很想听听你的其他动机。"

白剑恢复了一点自信,仰着头看着欧阳洪梅道:"爱!"

"太一般了,"欧阳洪梅摇摇头道,"我听到的最多的字,恐怕就是这个爱了。还有没有别的?"

白剑歪了一下头,"这就是全部。"

欧阳洪梅朝沙发上一仰,"十八岁那年,如果我听到这样热烈的表白,我一定会喜得晕过去,看来你确实不是这方面的行家。我以为你会这样说:离开龙泉吧,我带你到京城发展去,远离这个地狱般煎熬你的龙泉,凭你的阅历,凭你的自身条件,你完全可以变成一个大红大紫的影星或歌星,我北京有很多哥们儿,可以把你包装成一个看上去只有十七八岁的小妞,你我女才郎貌郎才女貌,很般配,去京城讨一种高尚的、单纯的、远离尘嚣的文化人的生活吧。你连这种求爱的程序也不懂。即便你这么说了,我也不敢相信你。我和李金堂,我和申玉豹的事情你知不知道?"

白剑答道:"略知一二。"

欧阳洪梅狡黠地眨眨眼睛,"你太谦虚了吧?你应该说是熟知八九,要不然,你就不会把我纳入你的阳谋中去。我实在不愿用阴谋这个词亵渎你高尚的动机。你既然知道了这么多,说不定还进行了研究,我就把我剥个一丝不挂给你看看。我实际上是个很贪婪的女人。你给我的诱惑虽然虚无缥缈一些,但还算美丽。如果你现在放弃这个狗屁案子,和我一起远走高飞,我连换洗的东西都不会带,马上会像个尾巴一样黏上你。你做不到!所以,咱们就该谈点条件了。先说说李金堂吧,以前他给予我的不用说了,现在我只要同意,他会很快通过合法的途径,像变魔术一样把我变成一个女副县长,然后我就可以当女副专员、女副省长……一点也不比你给我的诱惑小吧?李金堂认为,用二十年时间,我至少可以主管一个省的文化、教育、科技、卫生。完成这个三级跳,我的历史就可以修订得一个污点都没有。再说说申玉豹。你先看看门左边堆放的那堆礼物,那件貂皮大衣叫我剪烂了,要不我就会穿给你看看效果。你的薪水,五年,应该是八年不吃不喝,才能买这么一件礼物。他说只要我嫁给他,他的一千多万任我花。你认为,凭我的美貌,凭我的嗓音,带三百万去任何一个剧组求角色,女一号不会让我演吗?所以,我才这么朝三暮四,才这么朝秦暮楚地犹豫。我为了你的空头支票,扔掉手中的现金,不容易。太不容易了,你该让我好好想想,好好想想。"

白剑觉得再没什么话可说了,站起来笑笑道:"如果你只是为权力欲和金钱欲而生的女人,我也不会生出这样奇怪的感觉。我总觉得这只是你身上很小很小的一部分,像个阑尾,或者盲肠,只要它不发炎,有它不多无它不少。我们本来有很多话题可谈,等你自己动手割了它再说吧。在说再见前,我想告诉你两件事:第一,李金堂曾在申玉豹名下存过一百零八万,后来他又设法取走了,剩下的利息,申玉豹挂了失。这件事或许我没能力查出来,我想总会有人查出来的。从时间上分析,这笔款只能是救灾款。侵吞一百零八万救灾款,可不是个可以化了的小事。我相信你对这件事一无所知。第二,一个多月前,阿尔卑斯山滑雪区冻死冻伤了十几个人,还有两个儿童。他们都穿着一个叫马克西姆的防寒服制造商的产品,马克西姆用的驼毛和羽绒全是假的,这些东西从中国一个叫荣昌贸易公司的个体企业进口。这起涉外假冒伪劣商品案,眼下在北京正在争吵,受不受理还难说。一旦受理,申玉豹恐怕就要倾家荡产了。你可以继续保持你这种与世无争的态度,不过,我很愿意以一个不值你一提的朋友的身份给你提个忠告：远离这两个人。"说罢，拉开门昂着头走了。

欧阳洪梅用两只拳头捶着太阳穴，无声地哭了。她很后悔今天说的话，后悔极了。

白剑回到古堡，马上敲开了林苟生的房门，大声喊道："给我点酒，给我点白酒。"林苟生打开床头柜找酒，嘴也不闲着："哪里出了故障？"白剑伸手夺过一个酒瓶，见是个空的，低头凑过去看，看见床头柜里还有四五个空五粮液酒瓶，问道："你留这些空酒瓶干吗？"林苟生拿出半瓶五粮液，不好意思地挠头笑道："这也不瞒你，有人收购，一个八块钱。"白剑接过来仰脖子灌了一大口，摇摇头，"不可思议，不可思议。她这么清醒，为什么还要这么生活？再不刹车，就开到悬崖上去了。"握着酒瓶子一路干喝着回房间去了。林苟生一看白剑的脸色，也不敢多问，自己像头黑瞎子一样在屋里乱撞一会儿，四脚朝天仰在床上嘟囔着："看走眼了？欧阳不帮这个忙，谁能扳倒他？"

第二天一大早，有人敲响了白剑的房门。白剑四个指头按着额骨，大拇指用力顶着一跳一跳正疼的太阳穴，一手扭开了房门。一看是赵春山，白剑不由得愣住了。赵春山龇出两颗熏黄了的大板牙，说道："不错，不错，闷了还能喝起五粮液，看来还没到山穷水尽的地步。我原以为你已经掏不起这样贵的房租，搬到个体旅馆里去了呢。"白剑不知赵春山的来意，干巴巴地说："所幸我还交了个有钱的朋友，沾他的光撑着哩。"赵春山两道又短又淡的眉毛一挑，说道："连屋也不让进了？"白剑闪在一旁，做了个请进的手势。

赵春山坐下来道："光喝闷酒也不行，得动起来。"白剑还没有说话，寻找着赵春山的目光对视，似乎想通过这两扇窗户瞥一眼里面的风景，然后再决定动还是不动。赵春山拉开手里的公文包，"咱俩的嘴仗已经打得够多了，我今天是来押注的。你总该记得我几个月前给你说过的话吧？我看时候到了。"拿出一只档案袋道："这是吴玉芳一案的一审材料。接住呀！"又从里面掏出一只小铁盒子，打开了，"你看这是什么？"白剑看了一眼，"骨头。什么骨头？"

赵春山合上盖子道："这个也交给你。这是吴玉芳的一截小脚趾骨，你告诉吴天六，这截骨头是在中玉豹老宅东间大立柜右下角找到的，那一片木头上有吴玉芳血肉渗入的痕迹。我就是你第二次见我时提说的那个贼,这卷宗我怕人毁掉,就监守自盗了。"白剑鼻尖一酸,放下手里的东西,紧紧抓住了赵春山的手,动情地喊一声:"老赵——"赵春山推开白剑道:"爷们儿家,不来这一套。为这两件东西,我老赵差点把小命都搭上了,中药喝了十六服,膏药用了八贴,你要把它们用在刀刃上。你复印一份,原件由你保存,复印件也交给吴天六。我估摸着,吴天六现在拿着新发现的脚趾骨,再拿上一审的复印件,告到地区中院,他们不敢不受理了。只用吴天六说这一审材料是你白大记者给他们的,谁也不敢大意,你要一搞就能通天,特别在这正较劲的时候。现在大概也没人来问你这些材料的来源,将来呢,你可以说,也可以不说。外面可是老林林苟生?我已经听出你的脚步声了。"林苟生扭门进来腆着肚子道:"佩服,佩服,二十几年不见,赵队长竟还能听出我的脚步声。"赵春山笑道:"那样说就太神了。刚才白剑说他结识个有钱的朋友又帮他付房费,又给他五粮液喝,我一想龙泉的有钱人除了你林苟生现在还敢跟白剑结交外,谁也没这个动机,也没这个胆。你刚才出来一下,我听着脚步不太像,有条腿好像有过毛病。你再出来,我才听出来的。"林苟生忙摸出香烟递给赵春山,又恭恭敬敬地点上,"苟生把你押送路上那一顿饭记了二十几年呢!为啥没去看你?我是个越狱的人,县里的档案又毁了,一想见你,我这心里还有点别扭,总觉得头上还有个能抓的小辫儿。你的耳朵真好,我这左腿在鸡公山落了寒气,疼了十五六年。"他忽然间僵住了,发现赵春山抽烟和喝茶都是用右手,脑海里就浮现出当年赵春山押送他去鸡公山监狱途中吃饭的往事,"赵队长,你,你不是左撇子吗?"赵春山疑惑地看了林苟生一眼,"我啥时候也不是左撇子,打枪,打人,使筷子,一律用右手。"话音未落,林苟生已是老泪长淌,抱拳对赵春山作了一个长揖,撇着嘴说一句:"苟生该死,竟只记了那几片肥肉,没察你故意说是左撇子这份情啊!"赵春山道:"你这是咋啦?"林苟生一五一十讲了当年吃饭的情形,补了一句:"我咋就没留意你把我右手放开了呢?"赵春山朗声大笑道:"就是有这件事,还不是敬重你林苟生是条硬汉子?没想到你还有这么婆婆妈妈的时候。白剑,有件事我一直想找机会跟你说说。赵春山在吴玉芳案上,确实下了软蛋。读了你的文章,我觉得不说憋得慌。永亮去年是犯了强奸案,他们一压,我就退了一步,永亮自然也没事了。我不是一个缺乏大义灭亲勇气的软蛋。可永亮不是我的儿子,他是老局长的遗孤啊!这又拖这几个月，我还是存了点私心。永亮这孩子容易偏激，我怕他一时想不开，在监狱待几年给毁了。这几个月，我一直在做他的工作。好了，我不打搅了，事情还是要抓紧点办。"

赵春山走了好久，白剑还没明白过来，喃喃道："永亮的事不是了结了吗？"林苟生问："老赵前面给你说过些啥？"白剑把卷宗和铁盒一指，"送证据，让我交给吴天六带着去地区中院告状。"林苟生道："你这还不明白？一复查吴玉芳的案子，他们一煽乎，永亮的案子不也得查。"白剑恍然大悟，一屁股蹲在椅子上，张着大嘴却说不出话了。林苟生用拳头砸着手掌，原地转了几圈道："打头，太打头。咋能想个法儿既能翻了玉芳的案子又能保住永亮呢？"白剑冷笑一声："只要他们知道老赵监守自盗，永亮就保不住。眼下已经是熊掌和鱼不能兼得了。我不能踩着老赵滴血的心找到突破口。看来，这东西还不能过早交给吴大叔。"林苟生急得抓耳挠腮，"可也不能这样僵着呀？只有翻了玉芳的案子，才可能传讯申玉豹，把申玉豹逼急了，他才可能咬出李金堂，这样你才能转为主动。"白剑恼了，"我说现在不能这么办，就不能这么办。"林苟生也急了，"那总该想个办法吧？"

两个人关在古堡想了大半个上午，一个下午，仍是一筹莫展。正在大眼瞪小眼看，李玲推门进来了，扇着烟雾说："我以为着火了呢！本人奉师父之命，来请白公子前去赴家宴。"林苟生嘴一咧，朝白剑做个鬼脸道："咱没这个口福，听了直流口水，告辞，告辞。"

看见白剑无动于衷，李玲撇撇嘴，"我也不知你们是怎么搞的，那边一个哭出两个桃子，这边一个嘴噘得能拴两头驴，可别让本姑娘受这种夹板气。逼急了，我可也会撂挑子使坏的。"

白剑冷笑道："欧阳团长是天底下最幸福的人，竟还有眼泪流，真是怪事。"

李玲说："你这是正话反说呀，还是反话正说？连我师父的语言风格都领会不到，你珍藏她的手帕不是白藏了？"

白剑微微征了一下，嘴又硬了些许，"我怕你师父，嘴比手术刀子还快，不但喜欢割别人，还喜欢割自己，割得像凌迟处死，血肉模糊。你回去告诉她，就说我怕死，这鸿门宴我不敢去吃。"

李玲柳眉一竖，"去不去在你，本姑娘话要说完的。用你们的行话说，这可是你的一次历史性机遇。我先亮一张底牌，在我师父心里，天底下所有男人捆绑成一座山，也没有你的一根小拇指重。你既然已经知道她喜欢割自己，难道你就不想去救救她？你要真撒手不管，我可真会恨你一辈子，下辈子也放不过你。因为只有你才能救她，至于什么原因，你自己猜吧。"

就这么半推半就，又去了欧阳洪梅的家。

饭吃得很简单，又有李玲和"娄阿鼠"做陪，吃得风平浪静的。剩下两个人，都又感到别扭起来。

白剑又喝了几杯，按捺不住，说道："我只问你一句，你对你的生活感到幸福吗？"

欧阳洪梅浑身一颤，禁不住泪如雨下。过了良久，她抬起一张泪脸，期期艾艾地说："你真的就这一句话吗？你不是说我只认识到我自己身上很小很小的一部分吗？就把你看到的、想到的都给我说说吧！我已经麻木了，没有一点力气。我总是想啊想啊想，我想不明白。有时候我想明白了，又一直犹豫，一犹豫我就又糊涂了。很多时候，我不知道我是谁。我不知道生活为什么一下子就变成了现在这个样子了。我怕我自己，真的怕。"

白剑已经多次领教过这个女人让人猜谜一样的谈话，心里想：就这一个机会了，说不服她，她也就彻底完了。借了一点酒兴笑道："我是你请来的客人，话不周到的地方，请你不要打断我。说实话，我也很怕你。我很难复述我第一次见到你时那种感觉。我现在才明白，人原来真的可以一见钟情。我承认，我虽然有近十年的婚史，但我没有过爱情。是的，我是想让你帮助我，你一眼就看出了这一点。我能理解你昨天的话，能理解。你觉得我在利用你，你受不了，所以你才那么糟践自己。你们戏称我是冷血杀手，这很有一点片面的深刻。可惜到现在为止，我都在杀我自己。小家破了，老家有家难回，妹妹去了深山，这就是我这个杀手的全部伟绩。可是我真的错了吗？没有！我没有错。我只有把这件事做到底。难道我这个时候向你求爱就那么卑鄙吗？难道……好，我就说说我对你的现实的认识。我不知道从何说起。我知道我没有资格评判你的感情生活。没有资格。我只是觉得你不能这么下去了。四洼村的董天柱……"

欧阳洪梅突然间神色大变，挪着双膝，伸出手捂住了白剑的嘴，"你不用说了，不用了。我早想结束这种生活，这种可怕的生活。谢谢你今天又来看我。洪梅不会让你失望的,绝不会。我真的很恨,很恨的,恨死了。请你给我一点时间,我现在一点气力也没有。我看见的,我并不想毁掉它们。我真的需要时间。我要想想,好好想想。"她突然间灿烂地笑了,笑出一身的清纯,"白剑,我请你再给我背一遍普希金的那首诗吧。背吧——"

白剑伸出两只颤抖的手,慢慢捧住了欧阳洪梅的脸,低声吟诵起来:"假如生活欺骗了你,不要悲伤,不要心急。抑郁的日子需要冷静,相信吧,那快乐的时刻即将来临。一切都是瞬息,一切都会过去,而那过去了的,将会变成亲切的怀念。"

欧阳洪梅突然捉住了白剑的手,疯狂地亲吻起来,喃喃着一个清晰颤抖的声音:"你只想我只有十八岁,你只想着我是一个纯真的处女,就这样要我一次吧,要我一次……不要问为什么,不要……你纵有一万条理由拒绝,今晚不要对我说,不要说……"

…………

# 第三十章

这是一个凄冷而多雾的黄昏。

一里沟东河岸那片棚子房已被拆得七零八落,没有了鼎沸的人声,没有了卖豆腐的、卖豆芽的、卖凉粉的、卖菠菜萝卜的小贩高一声、低一声长短不齐、粗细不一的叫卖,死寂一片,间或有一只花的、黄的、黑的野狗出入于没顶没门的棚子房。三妞长出了一口气,取下口罩,慢慢地踩进一条她十分熟悉的砂石路。她在自己家先前住过的小院前停了片刻,匆匆忙忙走了。走过一个拐角,她看见了二嫂子当年开旅店的那幢大房子,身不由己地走了进去。她站在当年的三号房里的一堆瓦砾上,抬头望望浑灰的天空,睫毛上闪出了泪花。她就是在这间房子里失去童贞并走上这条路的。她称那个男人顾先生。多少年来她一直忘不了那个顾先生,忘不了一派斯文的顾先生在床上那一瞬间露出的凶相。顾先生捉住自己胯下的东西就像捉住一把锋利的刀,一下子就把她捅死了,三妞常常这样想着。想着想着,就认为自己早就死了,剩下的只是一架骨头挂的一堆肉,任那些握着大把钱小把钱的男人来挑来买。

她终于在这条路上走到尽头了。她认为只能是这样,已经别无选择。中巴车路过一里沟路口,三妞再也抑制不住想来这里看一看的冲动,提前下了车。为什么要来看看这个地方,她说不清楚,只是觉着想。开始的时候,她有点怕遇到熟人,用一个大口罩捂住了脸。虽然七八年没来这里了,但她还是怕遇到熟人。怕什么呢?她也不清楚,只是怕。现在,她再一次清晰地想起了顾先生,想起顾先生一派文明的做派,她甚至觉得依稀能听到二嫂子能把女人也勾得火烧火燎的脆香脆香的浪笑。能回忆起来的,也就是这些了,剩下的都化作一片混沌了。

踱出眼看着就要从这片土地上消失的房屋，三妞一扭头，送去一言难尽的一瞥，样子很像是在说一声永别。然后，她走过一里沟的漫水桥，沿着一条斜巷，回建在城西北角的自己的家。一个瘦小的黑影一直追随着她，看着她仔仔细细察看这幢罩在暮霭里的、用她的血汗浇铸成的红砖小院，黑影看见三妞用钥匙费了很大劲打开院门后，自己撒腿往南跑去。

　　三妞在布满尘埃的堂屋里整理出一个能坐的沙发，取下水獭皮制作的精美的黑帽坐了下去。她没有开灯，心里想着：这灯也不知还会不会亮。她想喝点热茶，却又知道暖水壶都是空的，有心想起来烧壶开水，又一想：煤气罐不知还有没有气，歇一会儿再说吧。她走累了。她觉得在这一片黑暗里盘算今后有限的这段日子该怎么过很有意思。

　　就在这个时候，小三已经气喘吁吁爬上了古堡的二楼，没到门前就喊了起来，"林爷——林爷——"林苟生的圆胖脑袋刚从门缝里完整地现出来，小三喘着接了一句："你，你干女儿回来了。"林苟生伸出一只大手，像拎一只小鸡一样把小三拎进房间，"你说什么？是不是三妞回来了？"白剑笑道："老林，等会儿脖领子就把小三勒死了。"

　　小三从空中落下来，扯扯领子扭扭脖子喘着气，"林爷真有劲，顶个俄国大力士，不是霍元甲可降你不住。今天手不顺，转了一天，没找到一个可以下手的。晃到了国道一里沟口上的招呼站，冷飕飕的，哪里还有等车的人。正要走，只听喳一声，一辆中巴停了，眼一看，把我吓蒙了，公路对面竟多出一只黑熊，一身黑亮的毛。再一看，是个人，沿着河边小路朝北走了。紧跑两步跟过去，看出是个女人，穿着高筒红马靴，那件黑大衣也不知是不是貂皮，起码也值这个数。"小三伸出三个指头一比，"头上的帽子咱也没见过，那个黑那个亮，两个金耳坠上面还镶着什么放光的东西。我一想，无论摸她哪个口袋，抓出来就够咱吃喝它月儿四十的。可惜人太少，不好浑水摸鱼。我只好跟着她走。走到要盖成封闭式贵族学校的地方，她东瞅瞅，西瞧瞧，进了一个没顶没门的大房壳廊里，老半天不出来。我以为是找不到厕所了，自己蹲在一个避风处抽烟。烟刚燃着，一想，怕是她原先的家在这里，发达了回来探亲的，一时半晌怕也问不见个亲人，不是要住旅馆吗，一住进去咱就有机会。谁知跟着跟着，她竟去了你干女儿的家。等她拿出钥匙开了院门，我才敢认她就是你干女儿，才忙忙慌慌来报信。"林苟生摸出两百块钱拍给小三,"去吃顿热饭吧。"小三只留了一张,"林爷给多了,以后就不好给你干事了。"说完,冲出了房间。

林苟生坐卧不宁,表情姿势都变了形。白剑笑道:"看你,魂儿都要掉了。还在这儿呆着干吗?快去见你的干女儿呀!再出啥差池,我可要怨你了。"林苟生却说:"不急不急。听小三说的样子,像是混阔了的。我还没听你说清楚欧阳到底是啥态度呢,大事小事要分个先后。"白剑推他一把,"我不是说了吗?今天下午我和韩副社长通了电话,中央要派工作组来龙泉,让我多找一些证人。今晚我就去找欧阳,把这个消息告诉她。快柳暗花明了,你干女儿的事比这事要紧。"林苟生满脸通红,嘿嘿笑着,取了外套、帽子和围脖,倒退着边穿边出门。

林苟生在那个院门前迟疑良久,又仔细凑过老眼看看门,确实见没有锁,想要敲,离门太近,手还没落下,衣服已经把门顶开了。林苟生顺势进了院子,正准备闩门,只听三妞说道:"是干爹吧。你把门闩上。"

林苟生摸索着迈过门槛,说道:"咋不开灯哩。"身子一扭,打开了灯,眨眨眼睛,"你咋知道是我。"

"也只有干爹你还想着三妞的死活。我一去两三个月,城里也只有这一个窝,隔三差五你还不来瞧瞧?"

林苟生看见灯下坐的三妞,惊得一时说不出话来。貂皮大衣倒没怎么刺激他,大方而不俗的发型也没让他感到刺眼,那张脸上流动的东西确实让他感到陌生了,华贵妩媚,眉宇间还藏着过满而溢出的清淡的忧愁,原来很扎人的风骚的双眼,如今只流着一股静静的哀怨,哀怨上分明跳动着串串风流的音符。三妞站了起来,淡淡地笑出一口白牙,轻轻地喊了一声:"干爹,你是咋啦?像是认不得三妞了。"饶是林苟生见多识广,一时也不敢对三妞身上发生的变化品头论足,嘴角一扯一扯地笑着,"你还没吃饭吧?你歇着,我去厨房给你煮碗面接风。"

三妞甜甜地一笑,"我有一年多没在这个家做过饭了,你想想还有啥东西能吃?我还不饿哩。"林苟生搓着手说:"那我陪你上街上吃点啥。"三妞猛地拉了一下林苟生的衣襟,"不,不到街上吃。"又讪讪地缩回了手,"我,我有点累,也不想在街上抛头露面了。"林苟生没留意三妞表情的变化,边往外走边说:"我也没吃饭,我出去买点东西回来吃。"

林苟生买了几塑料袋生食、熟食、鸡蛋、方便面回来，三妞已把厨房打扫干净，洗完了碗筷盘碟，试过了煤气。林苟生过去拍了一下三妞的肩，"你坐了一路车，先过去歇着吧，这点活我一个人能干。"三妞身子一颤，转过脸去，红着眼圈出了厨房。

　　不一会儿，林苟生端来了一碟火腿肠、一碟松花蛋、一碟川味麻辣肚丝、一碟猪耳丝，再端来两碗热腾腾的鸡蛋面。看见三妞已脱了貂皮大衣，火红的紧身高领毛衣把一个妙龄青春女体绷个原形毕露的，林苟生心里怦然一动，赞叹一句："我干闺女可是越出落越迷人了。"三妞噘起嘴，娇嗔地翻了林苟生一眼，"你又笑话我了，快吃饭吧。"林苟生放好面碗，心里就蒙上了一片狐疑。三妞把四个菜都分成两份，各又装成两盘，一盘俩菜。看样子她是又走到老路上去了，说不定真红遍京城一时，要不然这两个月也不会挣出这么多的衣服首饰，那小皮箱里面肯定也是满满的金的银的。怪的是性子也变得这样柔顺，照理这次负气而出，回来也会露些火暴的，对我这个真干爹假干爹也不该是这般一味地疼爱、孝顺。莫非是吃了一堑，明白了我老林的心？那为啥要把菜分开？这不是生分了吗？莫非是在北京那种大城市西餐吃多了，一时改不过来？林苟生闷头吃了一会儿，一筷子就去夹三妞那边盘子里的肚丝，没等挨近，筷子被三妞抓住了。林苟生问一句："咋啦？"三妞干脆夺去林苟生的筷子笑着说："谁让你偷吃我的东西，你快去换了一双吃你自己的。"林苟生关切地问一句："妞啊，到底出了啥事？你就不能给我说说。"三妞放下林苟生的筷子，强笑一下，"干爹，三妞啥事也不想瞒你。你要把饭吃饱了，要不，我就不对你说。"

　　林苟生没有办法，换了一双筷子，没滋没味又吃了一碗。三妞低头拍拍自己的脑门，霍地站了起来，"干爹，以后你千万不要碰我用过的东西。"说着眼泪就掉了下来。林苟生大骇，闪过去拉住了三妞的胳膊。三妞惊叫一声，朝后跳了一步，"别碰我！别碰我！"林苟生甩着手央求着："快说说，快说说，到底是咋回事！"

　　"我染上了脏病。"三妞苦笑一下，瘫坐在沙发上，"我不想瞒你，更不想害了你。干爹，我知道你对三妞的心，可惜知道得晚了。我本来已经不想回来了，后来我想起了哥哥，又想起了你，才回来的。我想死。"

　　林苟生呆了片刻，"别说傻话，三妞。告诉干爹，你的病是啥病？

咱们治，总能治好的。"三妞动情地喊了一声，"干爹，我知道你会这么说，你不知道我听了这话心里多高兴。三妞辜负了你呀。我这病没法治，没法治。"林苟生生气了，"难道会是艾滋病？不是艾滋病，淋病、菜花、杨梅疮，没有不能治的。我明天就带你出去治病。"

"我在北京看过两个医院，"三妞摇着头道，"我再不去医院看了，就是死也比去医院看病好受。想想我也只能是这个结果了。我并不怕死，我怕那些刀子一样的眼睛。医生说他们没见过这种病，打了几针不管用，我就回来了。干爹，你别费心了，北京都没法治，看来是真没法治了。你看看，看看你就知道了。"说着就脱了衣服让林苟生看，"你说的病我都知道，哪里会像这种样子，在这里长出一个小灯泡？我一点感觉都没有，它却一天一天长着。"

林苟生流了两行老泪，喃喃道："苦命的妞啊，你咋会染上了这种病哩。"三妞整好衣服，反倒安慰林苟生起来，"这是命。日他妈，可能是那个高高大大的外国人给我染的，就那么一次就染上了。可能是老天罚我的吧。干爹，你也别为我难过。我三妞生成个女的，也太嫌轻狂了，该有这个结果。你放心，我现在还不想死。我哥明年春上就该出狱了，我想把这房子，把这些钱亲手交给他，看着他成个家。他刚十八就进去了，一天福都没享呀。明年夏天，等赵河发水了，我再走。我喜欢这条河，真的喜欢……"林苟生看着三妞说着，眼睛里就射出一片怪异的光泽，突然间，他抱住三妞亲吻起来。三妞大骇，又撕又打，把林苟生推坐在地上，泪流满面道："你再这样我现在就死！得了病我才知道这世上只有你疼我，我真的很想，可我不能，我不能害了你呀。"林苟生爬了两步，央求着，"你染给我吧，染给我我去治——"三妞哄道："你咋会有这种奇怪的想法，那要是真的没法治呢？"林苟生答道："那就一起死了算了。你心疼我我知道，要不我明天就陪你到上海、到广州去治。"

三妞突然间就把茶几上放的一把生锈的西瓜刀握在手里，"我不想再丢这个人了。干爹，你要想让三妞多活几个月，你就别再提看病的事。你要是请了大夫来，我立马死给你看。"林苟生不敢再劝，后退一步，颤着嗓音说："干爹不逼你，干爹不逼你。这病咱不看，咱不看还不中？听话，快把刀放下，快放下。"

三妞扔了刀，像一摊泥一样溜着墙瘫坐在地上。林苟生忙捡了刀扔到院里，也不敢靠近三妞，探着脑袋说："咱把病忘了，吃饭中不中？等赵河涨水了，干爹送你走。"

这天下午，李金堂接了秦江专员的电话，情绪一下子坏透了。秦江告诉他，H省委近几天突然间对白剑的文章有了倾向性意见，欢迎新闻出版单位批评H省的工作，提醒他说："树一杆旗，用过就用过了。那个申玉豹，你还保他干啥？该杀该剐，由法律部门处理去。你上次托我打听申玉豹的涉外经济案，听说北京已经认了，香港问题事大，不能让英国方面再做文章，这也是对的。这样，就更不该保他了。县里不好立马翻这个案，我可以让地区中院接了复查，你有时候对下也太仁慈了点。刘清松在省里怕是找到了同情者。为啥？老当昨晚打了电话来，问了庞秋雁离婚的事，说庞秋雁的婚姻状况他清楚，要我开绿灯放行。这一两月没老当这句话，庞秋雁可把我折腾够了。老当能让这一步，可见刘清松在省里是得了势的。你要有个思想准备呀。"李金堂忙问道："下周的揭碑典礼，你们还能不能来？"秦江那边说："为啥不能去？就是真查出龙泉当年有不少经济问题，你只不过负个领导责任，没啥大不了的。有的包袱，能尽早扔就尽早扔掉。"李金堂答应着，放了几次才把电话放稳了。

县委大院的柳叶早落尽了，只剩些垂下的细条，在寒冷里瑟瑟地抖着。李金堂朝窗外看了几眼，像是禁不住这种肃杀一样，头一摆，空洞的两眼盯在天花板上，久久地没有离开。难道命里注定真有这个劫数？难道"文革"之后根本不该退隐或者还是退隐得不够？难道当年拿那笔钱真的是无形的魔鬼代劳的吗？难道真的无法避免任人宰割的绝境？难道当初满怀信心参加革命从此踏上仕途压根就是个错误？李金堂问不出一个答案。

可以看清的是，一旦这一百零八万暴露，一生一世惨淡经营的一切都要付诸东流。眼前真的就没别的路可走？

正在这么想着，朱新泉推门走了进来。"下周的揭碑仪式，我拟了一个全县各界名流应邀人员名单，您看看还有没有遗漏。"李金堂看到名单上已列出了龙泉千年名刹菩提寺的晦明方丈、白云观的一清道长、慈云庵的无心师太等宗教界名流，一下子就想起了孔先生，心里道：还是先生看得明白，拿起笔把孔先生的名字补在宗教界的名单中。朱新泉一拍脑袋道:"我把孔老师给忘了,不该。按说该把他列入教育界。"李金堂道:"先生一生散淡,老年做了居士才得个名副其实,他当几年校长,非他所愿。同在龙泉小县,二十余年没见先生,一封普通请柬请他不妥。"沉思片刻,取了软笔拿了信纸写道:"吾师孔先生惠鉴:恰逢龙泉建县两千年,兹订于下周二举行龙泉大洪水殉难者纪念碑揭碑典礼。堂特请先生移驾,为盛事增辉。一别二十又四年,堂为俗务所缠,少听先生教诲,每感遗憾,堂恭请吾师责罚。顺颂冬安。金堂上。"李金堂把信默读一遍,写了信封装好,"下周一下午,你带上我这封信和晦明方丈的请柬,带上我的车去接他们。他们年事都高,歇一夜养养精神才好。"

朱新泉低头想了一会儿道:"配合这次活动各个口主管参加的会,我已通知下去了,明天下午三点开。剧团巡回演出回来,欧阳团长的腰伤一直没好,不知还用不用请她来参加这个会。"李金堂对请出欧阳洪梅无多少把握,又希望尽快找欧阳谈谈,三个来月没见,还得费神寻个台阶才好,也想借机来个投石问路,说道:"这事请文化局尹局长去办。欧阳即使登不了台,这戏也不能少。原想给剧团开个庆功会,这一忙,就忘了,说不定欧阳还有点小意见哩。借助年底这个机会,给剧团发笔奖金,补一补。"朱新泉连忙答应,趁机说道:"我看新城还少规划个大剧院,是不是开个会议议?"李金堂说:"等一等再说吧。"

朱新泉走到门口,又扭转身子问道:"李书记,白剑离了婚回来已有些天了,您看该不该给他也发个请柬?我想,发一个更好,也好让他看看咱们的风度。"李金堂狐疑地盯了朱新泉一眼,"你消息很灵通,他离婚的私事你是从哪里知道的?"朱新泉解释说:"离没离我不大清楚,上个月宣传部忽然收到他妻子写来要转他的信,信皮背后明写了要他回去离婚。这次回来,他、他还常到剧团去。我也是才听说的。您看发不发这个请柬?"

李金堂脸色铁青着,"发!谅他也没脸参加。"

吃了晚饭看完新闻联播,李金堂再也坐不住了。已经不是讲面子遵老规矩的形势了,再不找她解解这个疙瘩,恐怕就来不及了。如果白剑最终把欧阳洪梅从龙泉娶走,这将是李金堂无法承受的大败。来不及多想,李金堂匆忙朝城隍庙街走去。

远远地看见从一个路灯下闪过的白剑,李金堂怔在老墙根下了。看见白剑立在石榴树下敲门，李金堂急走几步，隐在石榴树边的刺梅丛中，只听两扇门吱的一声开了。欧阳洪梅说："也不先打个电话来。"白剑道："我有重要情况给你说哩。"接着是关门和闩门声。欧阳洪梅道："我要是不感兴趣呢？"白剑说："那我就没办法了，只有尽力说服你。"再听，什么都听不见了。

李金堂举起的拳头慢慢贴着红门放下了，懵里懵懂沿着昏暗的小街走了一段，他脑子里滚出第一句成形的话：为什么不娶了她呢？寒冷的晚风很快让他清醒起来。白剑找欧阳真的是为了求婚？他会不会还有别的图谋？突然严峻起来的形势已经让李金堂草木皆兵了。

这不是细柳巷吗？

李金堂在巷口伫立片刻，顿时有了主意。

申玉豹没想到李金堂会在晚上一个人出现在他家里。李金堂看申玉豹正在愣怔，反客为主道："玉豹，不欢迎我来坐坐？"申玉豹认定李金堂只有一个人后，指着李金堂道："小山子，这是县里李书记，快倒茶呀！"

李金堂坐了下来，耷拉着眼皮说："听说你这一段一直在家读书，我很高兴。"申玉豹觉得也该以礼相待，笑了笑说："谢谢李叔牵挂，玉豹这半个来月都没出门了。"李金堂抬眼看看申玉豹，"怪不得。我今天来，是想叙叙旧。前一段呢，咱们算打个平手。"抬头看看站在一旁的小山子，咂咂嘴又不说了。申玉豹摆摆手道："山子，你上楼去吧。"

李金堂呷口茶水，"我让你栽进去两百万，你也让我无可奈何，要不怎么说英雄难过美人关哩。老秦县长说我太念旧，我就是改不了。这不，我又要替你考虑了。这死读书没有多少用，十几天不出门，欧阳就能答应你了？"申玉豹误以为李金堂再没别的招了，笑道："试试看吧，前一段效果不错，你怕也能猜到。"李金堂大笑起来，"玉豹，不就是为个女人？我今天来，是为你好。眼睁睁看你白丢了两百万，也不是我的心。白剑刚刚离了婚，最近几天常往欧阳家里跑。跑吧，跑吧，欧阳早晚都要嫁人的，这话还是你提醒我的。她跟你也好，跟白剑也好，我都放心。你们都算有血性的年轻人。白剑为他妹妹，竟把连锦的鼻梁骨都打断了。你呢，为一篇文章，也敢打人打个半死。李叔年轻时，也没少做这种痛快事。好啦，不扯这些闲事了。我今天来，是帮你拿大主意的。你就要大难临头了。你别笑，我知道你早信不过我了。信不过，我还要说。地区中院准备复查你老婆的案子。我知道你又会说事是全中做的。可是，你妈你妹子总是动了手，把人打个半死，给你透个信，你们好做点准备。明说了，在这件事上，我再也帮不了你们了。你妈当年也算是我李某的大功臣。我是想帮帮不上。这第二件事，才是你的大难。差不多一两个月前，我听不知道是英国还是美国的广播，说英国曼彻斯特一个叫马克西姆的商人做的防寒服冻死冻伤十几个人，他用的原料就是你卖给他的。今天，我的一个老上级打电话说中国方面已经认了这事，准备按规矩负这个责。英国如今不好惹，中间有个香港问题。不扯这么多了。这事要查下来，十有八九要把你赔个精光。我估摸着，最近几天，这两个电台还会广播这件事，你可以注意听听。你要不相信，也可以等等看。玉豹，你聚这些钱，不容易。李叔给你出个三十六计：走为上！"

说罢，迈开大步走了。出院门的时候，李金堂多少感到一丝轻松。玉豹只要带巨款出逃，全中就可以藏起来，也就没辫子给人抓了，谁都知道玉豹杀妻嫌疑最大。

申玉豹坐了一会儿，擦了额头上的汗，大叫一声："小山子，你快下来。"小山子一进门，申玉豹就说："家里这台音响能不能听英、美电台？"小山子道："一万多的机器，啥台都能听。"申玉豹说："你就守住这机器，只要讲中国话，外国人讲中国话，你都支着耳朵听。要是听到啥子假驼毛羽绒的事，你快点记下来告诉我。"小山子嘟囔道："签的合同是只来陪你读书。上次你让我做十几个小炸药包准备带欧阳团长到水库炸鱼玩，我没提过增加工资的事，没提是因为做小炸药包能复习复习化学。如今听英、美广播，对我一点好处也没有。"申玉豹听上火了，"你他妈的也敢落井下石！老子这种心情，还读个屁书！不读书，不听广播，我花钱雇你弄啥？不想干，你就滚蛋！"小山子一点也不软，头像公鸡头一样昂起，"你别骂人！不管哪国的劳资法，都不允许你这样随便炒人。我提的是正当要求。我的陪读工作你一直都很满意，你要辞我，按合同你要赔偿我的经济损失。"申玉豹扑哧一声笑了，"乖乖的，还一套一套的，是个大学生坯子。工人闹事咱也经见几次，可就没人提啥劳资法。这法咱惹不起，工资给你加一倍，同意呢，你就把机器搬到楼上听。"小山子道："这还差不多。"

接下来，申玉豹想到了存在银行的钱，忙拿出大哥大要通了门会计,大声喊着:"从明天起,你专管到银行取现金,能取多少取多少,我有急用。你告诉老周,让他开车陪你去,取完就送来。"

要真有这一天,欧阳洪梅咋办?日他妈,本来这些天不上门找她,是想吊吊她的胃口,谁知道让白剑捡了个空门头。他不是正黑着屁眼在整李金堂吗?"哎呀!"申玉豹一拍大腿叫出声了,"差点上了老家伙的当!阴!这一招阴。我一时糊涂找人灭了白剑,老家伙顺手又灭了我。"

可又坐不住,穿了大衣出了细柳巷。

看见是白剑开门,申玉豹愣了片刻。白剑道:"洪梅听出是你敲门,不想见你。我想都是老熟人,也正好在一起谈谈。"申玉豹傲然说道:"这话说大了吧?谈谈就谈谈。"

两个人并着肩走进了屋子。欧阳洪梅默默地看了他们两个一眼,眉头蹙了蹙,低头说道:"你们只能用嘴。"

白剑笑道:"打架我怕不是申总经理的对手,免了吧。我只是想和申总玉豹兄谈谈。"申玉豹嘿嘿笑道:"我也不想打架,你的拳头硬,三拳打得连书记小白脸吐了三天血,咱可不敢和你过招。谈啥哩?谈你整李金堂呀还是谈李金堂整你?"欧阳洪梅脸黑下来,冷冷的眼风扫扫申玉豹,"玉豹,好汉做事好汉当。上次白剑挨打,恐怕也有你的份吧?这事我还没问过你呢!"申玉豹憋得脸红脖子粗。白剑解围道:"欧阳你可别冤枉申总,我上次挨打是因为我多管闲事,对公安局我都是这样说的,我今天是准备向申总学习的。"申玉豹疑惑地看了白剑一眼,面对对手的突然示弱,心里莫名地慌乱起来。白剑继续说:"我很佩服申兄,佩服他很多方面。譬如说,他用十年时间,能从申家营一个不名一文的穷光蛋,摇身变成龙泉县首富。我实际上和玉豹兄很像,正像夏仁那篇义章分析的那样:我也在一心一意向上爬。我披露一个你们俩都不知道的情况,刚刚和我离婚的妻子,是个部长家千金。看看我今天的惨相,就知道我想向申总学点啥了。"申玉豹听得莫名其妙,只好赔着笑脸,因为他还没听出丝毫的恶意。白剑突然问道:"玉豹兄,你夜里睡觉盗不盗汗,做不做噩梦?"申玉豹摇摇头道:"我不明白你是什么意思。"白剑道:"随便聊聊。我常常做噩梦,总是梦见青面獠牙的恶鬼。我很怕他们,常常在梦中惊出一身身冷汗。前天晚上,我做了个怪梦,有七八个恶鬼把我撕着吃了,他们叫着说我连妹妹的死活都不顾,一心一意只想着出大名。"申玉豹的目光开始散乱,口吃地说:"我,我不明白你东拉西扯想说些啥。"白剑笑道:"我这个人有毛病,说话总是先弯弯绕一下。欧阳,请你把大灯关掉。我很想向玉豹兄袒露我身上最见不得人的弱点,让他帮我诊断诊断。这样好多了。我总觉得自己不能欠别人什么,哪怕借人十块八块钱,我这心里总是惦记得不行,我这人真成不了大事。玉豹,不知你忘没忘记张雪梅。我在太阳村插队的时候,她还是个扎着羊角小辫的小姑娘,天天早上陪我到赵河岸上的槐树林里看书。她的眼睛就像枯水时的赵河水一样清澈,清得一点杂质都没有。槐花开放的时候,她总是调皮地爬上古槐树,捋一把把洁白的槐花从我头顶撒下,淋得我满身清香。我一直把她当个小妹妹看待。我看着她长了三年,由童年长出少女的模样。她一直是我在插队岁月里难得一遇的一片风景。玉豹,你知道我为什么这么动情,这么伤感地谈起她吗?你们不知道。今天上午我才知道,她已经是血癌晚期了。"欧阳洪梅问道:"不是可以做骨髓移植术吗?"白剑盯了一眼显得焦躁不安的申玉豹,"她是个孤儿,六岁那年跟父亲要饭来到太阳村,她父亲得急病死了,天六叔,也就是玉豹兄的岳父大人看她可怜,把她收为养女,无法给她做骨髓移植术。换血也不行,天六叔为告状已经倾家荡产了。玉豹,你听了有什么感觉?好,你不想谈,不想谈你就再听一个故事。我还是想用来证明我懦弱,配不上你们封我的冷血杀手的称号。就我现在掌握的证据,翻了吴玉芳的案子易如反掌。可是,我没有把这些证据交给天六叔。你们知道为什么吗?二十二年前,公安局老赵局长被郑党干斗死了。郑党干这个人你们熟悉吗?"欧阳洪梅身子兀自抖了一下,痛苦地勾下了头。白剑注意力一直在申玉豹身上,也想不到一个人名会勾起欧阳洪梅不堪回首的一段往事,眼睛再聚了聚光,"我也不熟悉他,据说他的三审卷宗里有这样一句群众证言,说郑党干称:我日过的女人,把尿割下来穿起,能从六楼吊到地上,可见是个罪不容赦的大恶人。公安局长留下一个孤儿,赵春山把他抚养了。二十一年后,小伙子把持不住,犯了强奸案。县里一言九鼎的某人,通过关五德,为了保玉豹兄全家,和赵春山做交易,让他退出吴玉芳一案。我相信你们也是第一次知道这件事的内幕,现在我也不想隐瞒什么了。赵春山不惜把养子送进监狱,也要为吴玉芳翻案。我想请教一下玉豹兄,我是该交了这些证据呢,还是该毁了它们?好,你不说。那么我换一个说法。玉豹,我一向佩服你的铁石心肠。现在我想检验一下,你用眼睛看着我,说出这几个字：吴玉芳是自杀的！"

申玉豹把头埋在双膝间，一动也不动，房间里出现一片死寂。欧阳洪梅低垂着头，黑头发像密不透风的帘子挡住了她的脸，只有她那十个死死抠着地毯的手指向外传递着她内心的消息。申玉豹突然抬起了头，神经质地摇动一下、又摆动一下，扯着嗓子喊道："你有什么资格审问我？你是法官？你是律师？你他妈狗屁不是！我，我凭什么回答你？你，你这是叫李金堂逼急了，狗急跳墙！姓白的，你别吓唬我，你别想着能吓住我！蹲十年监狱咋了？按现在八年银行定期利率计算，我的存款在我出狱的时候能增长百分之八十！到那个时候，中国的千万富翁还不会很多。"

白剑的脸抽搐了几下，怪异地笑笑，"你别生这么大的气。我真服了你了，真该好好向你学习学习。我不行，我总是狠不下心来。我要好好向你学习，才能天天向上。我拿这微薄的薪水，拿到胡子白，在钱上我还得向你叫一声爷。你那些出口的驼毛，有百分之九十七是烂棉絮。这些东西让欧洲十几个滑雪爱好者信以为真，穿着用它们做成的防寒服登上了阿尔卑斯山顶，暴风雪来了，他们被困在山上，营救他们出来时，已经有五个人长眠在欧洲那座美丽的山上了，其中有一个七岁的小男孩。或许再过十年，小男孩会成为世界滑雪冠军。你怎么听了一点反应也没有？我再一次对你的冷酷要五体投地。我一下子弄明白了，你们为什么要杀掉玉芳了，她肯定知道了你制造驼毛、羽绒的配方了。那时候，你已经具备现在这股狠劲儿了。你贪财吝啬，是石佛寺一带最肥最大的一只铁公鸡！你不知在什么时候染上了好色的毛病，我能肯定你至少和三位女工发生过肉体关系。前年发生了一件事，恰能表现你贪财吝啬兼好色的主要个性。申家营河东石大伯，为了给儿子娶媳妇，问你借了四千块高利贷。一个偶然的机会，你看见过石大伯没过门的儿媳。我刚刚去见过这个已经做了母亲的女人，长得娇小动人。你在石大伯儿子大婚的前一天晚上去要债了。目的我真不想当着欧阳的面讲出来，可又怕你忘掉了，你暗示你想得到初夜权。石大伯没答应，你把利息又提高了一分。这一分的利，让你刮走了石大伯全家半年的劳动所得。你有慈善家的名头，只是最近一年的事。上一次你替医院三十五岁以下的女人、六十岁以上的老人付过医疗费，拿钱买了个好名声。你的动机，一半是为了支撑你已经倾斜的心，一半是为了讨好李金堂。那时候，李金堂想借助我整垮刘清松,想用这种人情转移我对你劣迹的注意。好了,我们不说这些了。我们还说吴玉芳。吴玉芳早就对你在外面拈花惹草有了耳闻,她只是想拿捏住你的经营秘密让你回心转意,重新回到她的身边。她的这种想法太单纯、太幼稚了!她不清楚自己的丈夫已经变成了可以伤人的猛兽。她是不是你亲手杀死的,这无关紧要。关键是你一听她说要告发你,你就动了杀机!一审时你承认你打了她一拳,这一拳已经不同于一般夫妻的打架,你想杀死她!"

申玉豹大口大口喘着气,喃喃道:"你胡说,你他妈的胡说!你咋会知道,你不可能知道。为什么不开灯,为什么不开灯!"

白剑过去开了一个大灯,"你终于开始想这件事了。你慢慢回忆你们当时是怎么殴打她的。我不想猜这一段具体的细节。只用记住两个细节,就知道你们并不只是想教训教训她:有人用了钝器猛击了她的头,这是致命的一击;在这致命的一击前,有人用滚烫的开水或是面汤泼了她一脸,她的尖叫就在这个时候。你记起来了吧?伪造自杀的主意,应该是你母亲曹改焕出的。她对毒药有一种天生的喜好,四十多年前,她当申宝天家的丫鬟的时候,就曾想毒死太太。你们撬开了吴玉芳的嘴,把半瓶农药朝里面灌。然后,你们用东西把她裹了裹,塞进大立柜里。那几天十分闷热,尸体第二天就开始发臭了。在一个雨夜里,你冒雨把尸体转移到了玉米田,你妈和你妹妹没这么大力气。你们想得很周到,顺便带上了那个空农药瓶子。可是,你们万万没有想到,大立柜的角落里留下一截吴玉芳的小脚趾骨。申玉豹,你再补充点细节呀!"

欧阳洪梅突然间抬起头,歇斯底里地叫喊着:"够了,够了,够了!"

"不!"白剑像打雷一样吼一声,"申玉豹,我最后再告诉你一个事实。吴玉芳当时已有两个月的身孕,她怀着你申玉豹的孩子!我相信你不是主犯,可我不相信你真的就能够安宁。假驼毛案已经东窗事发了,按照国际间惯例,你赔不出该赔的几千万美金!自首吧,玉豹!你什么都没有了,就用这个行动求得良心上的安宁吧。自首吧,把你知道的、有过的罪恶都坦白出来吧,包括李命堂存在你名下的一百零八万。自首吧,我相信不致会判你死刑。忏悔二十年,你的灵魂就可以安息了。你还有热情追逐爱情,可见你还不是个十恶不赦的人。"

申玉豹仰天大笑,摇摇晃晃拉开门冲了出去。

欧阳洪梅站了起来,捋捋头发,"白剑,你怎么能这样干!这不公平!这太可怕了,太可怕了。你也在杀人,杀人!这,这才像一个冷血杀手。你知道,你什么都知道。你是故意的,蓄谋已久的。这么做太自私了。你让我看、不、起!原来你真是醉翁之意不在酒。"

白剑垂头丧气地摊开手,"我没有办法。申玉豹恐怕只有走这条路。也只有他的口供能抓住李金堂,抓住像影子一样飘忽不定的李金堂。只有抓住这一百零八万……这样你才可以得救。你太苦了,太苦了。你父亲死了,你母亲自杀了,这都是为了什么?胡眉为什么要守口如瓶?董天柱为什么自杀了?桂雁生为什么心甘情愿自我流放?我想拯救你,彻底结束你现在的生活……"

"住口!"欧阳洪梅气急败坏地打断道,"原来你什么都知道!可你什么也不知道。你自以为是,正义果真是你的影子吗?"欧阳洪梅死死抓住自己的头发,咬牙切齿泪如雨下。白剑忙过去扶住了欧阳洪梅的腰。欧阳洪梅猛地推开白剑,嘿嘿冷笑着,"你真是要把我当枪使呀!一条还不够,还要把申玉豹也变成杀人武器。我真是瞎了眼,你别再碰我,永生永世都别再碰我,我嫌脏!心中那个你早就死了,可我偏偏不信。你算什么?你现在在我心里还不如他一个脚指头!我自己知道该怎么了结,也该了结了。这个世界狠了心不给我留下一点希望,我这才明白了。你知道我的灾难还不够多,还不够细!我十八岁就当了别人的情妇,这是我自愿的,我不后悔。十九岁我让董天柱强奸过。桂雁生像个男人吗?把我晾在家里晾一个月,郑党干把他吓破胆了。你听清了吧?你能救我?你把我的心都撕碎了。你走吧,你走!你走,你走,我再也不想见到你了……你走——"

白剑呆呆地望着像疯子一样的欧阳洪梅,取了自己的皮夹克出去了。

欧阳洪梅推开半掩着的房门,看见李金堂像一头苍老的猛虎伏在办公桌上酣睡,断断续续的鼾声表明着显而易见的老态,军大衣滑落在右肩的下方,露出的肩头微微地起伏着。几个月没见面了,欧阳洪梅的心情一言难尽。上午,尹常青添油加醋地表达了李金堂对曲剧团的负疚心情。昨天晚上白剑咄咄逼人的谈话,已经让欧阳洪梅感受到了李金堂眼下面临的困境。在这种时候,该不该和李金堂仔细翻阅一下几十年里写下来的这部书呢?欧阳洪梅犹豫起来。很多时候,欧阳洪梅都在仔细盘算着如何对付李金堂的庞大计划,她把李金堂当成一生苦难之源,在此前提下，她甚至考虑过如何消灭李金堂的生命。是的，她不能再等待了，如果李金堂真的是逼死自己父母、霸占了自己十几年的仇人，每一秒钟的等待都是新的耻辱。可仍然有很多时间，她又这样想这个男人：他无疑是个举手投足便可以征服一群人的伟丈夫，母亲和自己的选择都是面对这个男人无处逃遁的必然结果，在漫长的三十几年里，十几个政治对手都怀着无可奈何的心情在龙泉这个小小的竞技场上落败了，李金堂从此也完成了自己铁腕人物的形象，多早晚能看见一次他惨败的风景呢？带着这种心理，欧阳洪梅和李金堂的政敌们有一种共同的特征：对常胜将军由衷的和不得已的钦佩，和生发于本能的嫉妒。

然而，真正面对活生生的李金堂时，特别是处境艰难的李金堂时，欧阳洪梅本能地又放弃了前两种立场，十多年来两人相依着走出的深深浅浅的脚印，又牢牢地攫住了她的目光。潜意识里，她清楚地看见了如果不顾一切置李金堂于孤立无靠的境遇，便是对自己不可饶恕的背叛。

原来我是要来帮他的呀！我是来帮他找回自信的呀。这个时候我不帮他还有谁来帮他？欧阳洪梅走过去，轻轻地提起了大衣的领子。

李金堂猛地睁开了眼睛，久久地看着欧阳洪梅，忘情地伸出手拉住了她，"你咋知道我在这里？"又关切地嗔怪道，"想着你会来参加这个会，才把时间由两点改到三点，你不睡午觉，偏头疼犯了可咋办？"欧阳洪梅轻轻地挣脱了，慢慢走到对面的椅子前，转身说道："这么大的会，开会前你准在办公室，几十年的老习惯，一两个月也改不掉。"李金堂一见欧阳洪梅仍然清晰地铭记着自己小小的习惯，心情为之一振，"你来了，我就有劲了。要是请你不动，这台戏该有多乏味呀！"欧阳洪梅甩过去一个白眼，"眼不小，总是看扁人！凡全局大事，我哪一次不是不请自到？洪水前，洪水后，我都可以当一个你李金堂历史的重要见证人，别人怎么评价，我总要表明我的态度。"李金堂眼睛里顿时漫出满足的神色，"能上场吗？你的腰病有整整八年了。"欧阳洪梅感到心里一颤，"你看呢？上午我已经布置了，上最强的阵容，演三场哭戏，选的是《窦娥冤》《王宝钏》《杜十娘》。"李金堂动了情，盯着欧阳洪梅道："小梅梅，知金堂者，只有你呀。这三场戏选得好，选得好！"

欧阳洪梅莞尔一笑，"你坏了规矩，正谈工作，能这么叫我吗？"李金堂仰了仰身子道："我想叫，想这么叫你。"欧阳洪梅脱口答道："不是有了上弦月了吗？"像是马上后悔了这句话，眉头不经意地一蹙，孩子气地问道："你就不想问点别的，譬如……外面传我要红杏出墙的事。"李金堂看着天花板叹道："我知道我真的老了，纵有杀人之心，怕无提刀之力。你还能记得看看月缺月圆，金堂知足了。江山代有才人出，自然规律。我每日想的，只是怕无法了那个助你从政的心愿。如今已是风霜刀剑严相逼了，能不能安然度过这个冬季，我全无信心。你能好，我都好。快二十年了，我还不知你的脾气？"欧阳洪梅只觉得心里发慌，忙插道："你快别这么说了，洪梅上头上脸惯了。不是月亮就要圆了吗？在这种神圣之地谈这些，恐怕隔墙有耳。说说这戏吧，这回选这三场戏，不知合不合适。我听李玲说，前一次唱了《陈三两》，唱垮了一个矿业公司，这次就不敢唱了，怕这个戏有点邪。"

正说着，尹常青推门进来了。听见欧阳洪梅的声音，本想回避，又怕走廊猛然见了熟人，传成偷听私房话，见门只虚掩着，干脆闯了进来，玩笑道："只听见最后两句。恐怕不是戏邪。我听的说法更邪，说欧阳只要在台上忘情一哭，准有人要死。说西关棺材林家，有一小伙计专管抄剧院预告，见有欧阳你的哭戏，这店就要比平日多备一两口棺材。你唱《陈三两》，唱得分外动情，四品大员当书记听得泪流满面，矿上当然要死十几个人。"

欧阳洪梅大惊失色，猛地站起来，"真有这种说法？要是这样，我从此绝不敢再唱哭戏了。"尹常青看见李金堂面露不悦，心里大急，急出一副嬉皮笑脸，"看看，吓着了吧。本人的本行是搞杜撰，精心写的，人都喊假，没想胡诌一个棺材铺，竟能让大艺术家信以为真了。看来我以后只能搞歪打正着了。"李金堂紧跟着道："龙泉近楚地，自古巫风就盛，难免有好事者穿凿附会一些巧合，耸人听闻。洪梅，这次是招魂，你尽管忘情哭，有两万多亡灵呢！入冬天干无雨雪，你要真唱得大降大雪，我就信这说法，主张你从此不再登台。"欧阳洪梅略感释然，慢慢坐下道："要是真有大雪，洪梅就出家为尼，忏悔这些年我唱戏唱出的罪恶。"

揭碑那天，龙泉万人空巷，好端端的晴天突然间布满了乌云。

欧阳洪梅根本无暇注意到天气的变化。她一见孔先生，顿时喜得万般烦恼都散尽了。短暂的揭碑仪式结束后，欧阳洪梅就没离开过孔先生左右。欧阳洪梅十岁后，孔先生就在她的视野里消逝了。二十多年来，孔先生在欧阳心目中完成了不好接近的世外高人的形象，一见孔先生虽满头银白，颇有仙风，记忆里慈祥老爷爷的形象却也没减分毫，欧阳洪梅口里孩子气的提问便层出不穷了。李金堂想瞅个机会和孔先生亲近亲近，一时又插不上嘴，站在一旁笑着听。孔先生想起胡眉上山的事，就想拐弯儿提醒一下李金堂，走到纪念碑后面，捻须看见了李金堂的字，点头说道："字很圆熟，略嫌多些霸气。金堂你治龙泉功绩甚大，有一件事却做得不好。"李金堂听孔先生口气中有见责之意，忙恭恭敬敬问道："请先生明言。"孔先生笑道："你为一方父母官，就没看到洪梅快长成个老姑娘了吗？"李金堂听得心里一紧，一想孔先生已久不理俗事，不大可能知道他和欧阳的关系，叹口气道："小姐的婚事，岂是我能做主的？"孔先生又对欧阳洪梅说："要抓紧，再迟几年恐怕就真迟了。"

没等欧阳洪梅回答，晦明法师突然插了进来，取着脖子上的佛珠说："你可是恭良先生的孙女？老衲方外之人，初次见面，没别的礼物可送，请收下这串陪我六十几年的佛珠。"欧阳洪梅推辞道："大师，这样贵重的佛门宝物，洪梅怕承受不起。"晦明念声佛道："小姐有慧根慧眼，比我更配得上这珠子。令祖父民国二十四年出资给菩提寺修过藏经楼，这礼物你一定要收下。"欧阳洪梅接过珠子，爱惜地摸了摸，挂在脖子上，闭目数珠，口中念声佛，孩子气地笑着道："我演《玉簪记》中的陈妙常，也在舞台上当过尼姑，不知学得可像？"晦明也念声佛道："极好极好极好。"李金堂听这三个极好很不受用。欧阳洪梅道："先生和大师久不下山，洪梅这几场戏，你们一定要看看再走。"

白剑没参加揭碑典礼。晚上，又叫了林苟生过来喝酒。几天来，白剑天天要喝酒，弄得林苟生莫名其妙。喝了好一会儿，林苟生忍不住问："到底咋了？这工作组也快来了，你也不早作点准备。"白剑抬起头，电视画面正在放揭碑仪式新闻，欧阳洪梅挨着当书记和李金堂坐着，一脸的春风得意，看着看着，把酒杯一摔道："无可救药。"

林苟生笑出鸭叫一样一串亮响，"船原来在这儿弯着。这我就放心了。唱戏的，台上台下你不好分。再有呢，这女人的心最难揣度，得动脑子。譬如我干闺女三妞，一提看病就拿刀动棍，我就得想点别的办法。实际上我知道她说的想死是怕死，主要是怕丢人。受点气也没关系。你还没看过她唱的戏，看看她演得有多逼真，你就又有信心了。"白剑摇摇头，"各人都有各人难念的经呵！"

正说着话,有人敲门。九指吴玉林垂着头站在门口说道:"雪梅怕是熬不过今晚了,一会儿昏迷一会儿醒,一醒就喊你的名字……六叔想请你去送送她。"白剑噙着泪,拿出赵春山拿来的一审卷宗和吴玉芳的脚趾骨,自言自语说:"她应该带个希望走,带个希望走。"

几个人默默走上大街,天空突然落下了雪花。林苟生叹一句,"真是弥天大冤啊!"

路过剧院,只听里面传出窦娥一声揪心揪肺的呼喊:"大老爷,我冤啊——"

雪越下越大了。

# 第三十一章

　　林苟生发现一道手电筒的光柱射在自己右脸上，侧身一看，光柱倏地缩了回去，照亮了过道里一张机灵、稚嫩的脸，小三正朝他挤着眼睛。台上，杜十娘右腋下夹着百宝箱，左手正指着李甲在唱。林苟生碰碰白剑的胳膊，白剑入了神，没有反应。林苟生把嘴凑过去耳语说："我去给三妞看病，失陪了。"白剑动也没动，简短地说："好，好，早该去了。"

　　林苟生跟着小三深一脚、浅一脚踩着积雪进了车站后面的一条巷子。大雪在这个时候突然住了。林苟生估摸着时间，正是欧阳洪梅唱的《杜十娘》散场的时候，心里道：这雪不知是为雪梅姑娘的死下的呀，还是叫欧阳哭下的，真是神了。小三扯他一把："林爷，就到了。"

　　老七干着在刀口上行走的营生，留了一条后路，在这里盖了上六下六的小楼，外加两间平房，围墙、楼门一围一开俨然是个家。平日里，楼上开成了旅馆，打出的是"大众旅店"的招牌。老七把姘了多年的喜燕安排这里做老板娘兼家庭主妇。生意好坏不论，要的是将来金盆洗手后，大笔的财产有个合法来源，后半辈子图个安逸、清静。因这是最后一条退路，老七不敢弄险，一直搞合法经营，扫黄打黑十几次，大众旅馆没黄过、黑过一回，次次评比都是先进。喜燕是个多情而小心的人，有这么一处房产、有六位数的一张存折，就常劝老七和她扯了结婚证，回来安分守己做旅馆老板。这次老七为了林苟生弄险，喜燕一肚子的惊怕，一肚子的不高兴。遭小三去叫林苟生，喜燕就在楼下里屋里数落起来："规矩可是你定下的，你不在家，一见不顺眼的男女，我马上就说没床位，为的不就是安安生生。这回可好，这六个女人，左看右看都是那条道上的,还一人包一间,这要是出了事,可不是个小事。那个嘴角长痣的,前一年在东边春风旅店卖了仨月,搅得店里执照吊销,又罚了五千。"老七闷着头抽烟,翻个白眼道:"你说说个啥?一个男人没有,谁来查能查出啥事?"喜燕想想也是,这几个女人虽然都包了房,吃了晚饭都呆在屋内,没一个出去走动。又一想,该不会都约好了吧?又说道:"你不是让小三去叫人了吗?虽然是大雪天,可如今的治安队,啥天气都可能出动。六号房那个长黑痣的犯事那天,就是下着瓢泼大雨,听说抓她时房间里有俩男人。我以为她早劳教去了,啥时候又放了出来。怪不得人家说有钱能使鬼推磨。老七呀,锁了院门睡吧,楼上早跟冰井一样了,混过今夜黑,明早扯个谎把她们都撵走就清静了,我这左眼皮老跳个不停。"老七笑了,伸出伤了的左手拍打拍打喜燕绯红的脸蛋,"你胡屎叨叨!左眼是跳财!我也没说让她们长住,明早不用撵,她们自己就滚蛋了。这是为朋友帮忙,老天会开眼的。"喜燕还是放不下心,"六个房间一起弄,还不日塌叫塌一幢楼?后面来的仨,一听说话一听笑,就知男人一挨身就要变成下蛋的母鸡,咯咯咯叫个不停。不用人家来抓,明天一大早,一条街都知道咱们大众旅店出了哪档子事。"老七听烦了,"你再唧唧喳喳,是欠揍了吧?只有一个朋友。这些女人,倒找钱也没人去日,都是烂货。"喜燕呆住了,听到了敲门声,喃喃道:"那你这位朋友想干啥?"老七起身出去开院门,扭头丢一句,"我咋知道。你听着,这是我敬重的人,见面了别哭丧着脸,要笑着喊他林爷,记住了。"

喜燕一见林苟生进屋,真的笑着喊了一声"林爷",偷瞟了林苟生几眼,心里偷笑:"年纪也不小了,身子能强壮到哪儿?还挺怪的,专找烂货。"林苟生淡淡一笑,"这是喜燕姑娘吧?苟生给你添麻烦了。事情急,一时又想不出别的法子。老七仗义,提供了这个方便,让你担惊受怕了。"喜燕见果真只有林苟生一人,又上了年纪,心里一块石头落了地,心里想:"一个人好办,楼下有空房,等他上去了,整成个有人住的样子,就说他是远房的舅爷,"嘴里道:"麻烦啥子,老七常说林爷的大恩大德的,俺们能替林爷担待点啥,也是俺的福分。"林苟生笑道:"小嘴真够甜的,也知道心疼人,也知道大义小礼的。老七呀,合适的时候见好就收吧。"老七也笑了,"林爷关怀,老七心领了。等小三独立门户,我也就不干了。林爷这事我也不敢多问,用不用我帮帮你呀?该说的我都说了。"林苟生就说:"把房门钥匙给我。小三,把电筒给我。要不了多长时间,一会儿就完了。"喜燕就把串在一个竹板上的六把钥匙递给了林苟生。

林苟生把积雪踩得一阵吱吱响,上楼去了。喜燕忍不住扑哧笑了出来,"这林爷也真怪得很,也不问哪个俊哪个丑哪个住哪个房,就摸上去了。年纪怕也有五十多了,劲头还恁大,一夜黑他真要来个一扫光呀?"老七道:"他让找这些有病的,恐怕也不是做那事。这林爷有时做事邪得不在路数。"喜燕吃吃笑了,"不做那事,又能是啥事?嘻嘻。"

小三刚刚长到骚动青春期的边缘地带,对男女之事似懂非懂。一听师父师娘谈得热乎,心里蓦地痒酥起来,溜出屋子,借着雪光摸住了楼梯栏杆,一脚踩下,像是踩住个老鼠,惊得停住了。爬上这一二十级外楼梯,累得满头是汗。拐进二楼前走廊,便看见一个黑影从第一间房闪了出来。忙贴了墙站了,屏住呼吸。林苟生出门向右,根本没有看他,走两步开了第二间房。小三高提足轻落脚,蹭着墙贴到窗户下,半直了身子只露了上半个脑袋贴着窗玻璃朝里面看。里面黑咕隆咚的。大了胆子把耳朵挨在冰凉的玻璃上。只听一个女人笑一声:"人家都睡了一觉,你现在才来呀。你把灯打开嘛。""不用了,这样就挺好。""你掀被子干吗,天怪冷的。我也没啥大病,又洗过的。"林苟生在里面叹了口气,"你睡吧,这五十块钱你拿着。"女人又笑了,"你要是嫌弃下边,摸摸上边也中,前年遇个斯文人,说我这胸脯子比得上啥子大明星梦露。""你睡吧。"女人又叫一声:"那俺可太沾光了。"小三忙像小猫一样蹿跳到走廊口上。

林苟生在第三间房待了很久。小三听得脖梗子直疼。"治过吗?""治过的。""治好过吗?""治好过,后来又染上了。""都有啥感觉?""总想尿,又只一股,尿了又觉得不净,又想尿,里头没啥,不痒不疼,要紧处也能箍得紧。"

小三再听不出任何乐趣,垂头丧气回了师父师娘的正屋。喜燕道:"小三,你去了哪儿?看把脸冻的。"小三笑道:"我听林爷给女人诊病哩。"老七脸一黑,一巴掌搧过去,"你还没到十五哩,不学好!"小三含着眼泪说:"林爷确实在诊病嘛。我不诳你。他问人家治过没有,问完了就给人五十块钱。"喜燕拉过小三,轻轻揉着小三的左脸,嗔怪一声:"看你的手,没轻老重的,打成这样。这林爷才奇怪,花了钱替人家看病。这年头,真是啥怪事都出。"老七脸上就露出了狐疑的神情,"这林爷能治花柳病,真是怪。小三,你带我去瞧瞧。"喜燕嚷着也要去,老七别过头说:"女人家家的,瞎掺和个啥,小心把你也染上了。明天等人走了,把这六床被罩床单都扔了,别染给别的客人。"

师徒两人隔着窗玻璃看着,也不见林苟生有什么奇怪的诊法,用个手电筒把六号房的女人上下照照,问些痒啊疼的,如此而已。因怕林苟生出来撞上不好看,师徒俩赶紧下了楼。刚一坐定,林苟生一脸沮丧进了屋,摇着头道:"怪病,怪病,一点也不一样。这龙泉还真找不到那种病,这可咋办哩。"老七道:"林爷,龙泉塘子就这么大,盛不了几只乌鳖杂鱼,访到这几个这路货,已是大海捞针了。说不定城里也有良家妇女患了你要找的那种病,只是人家节妇贞女地在大街上行走,咱也辨不出来。林爷是不是在钻研医术,找治你那种花柳病的方子呀?要是这样,你找北门老中医'一帖除'切磋切磋,或许就找到了。"林苟生听这样误解正好,说道:"我已经和他切磋了,也不管用,怕只是担个虚名。已经让你们费不少心了,我再想想别的办法。天不早了,我该回去了。"

"想溜?可没这么便宜的事!"

四个人一扭头,看见一个二十七八岁的女子只裹一件灰色毛呢大衣,脚穿一双黑色长筒皮靴,裸着一片白里透着咖啡色的酥胸,似笑非笑、似恼非恼背靠着门站着。老七厉声说一句:"巧克力,你究竟想干啥?"那女子风骚地一笑,"你既然知道本姑娘的外号,想必也知道本姑娘的脾气,这事不能这么就完事了,那叫我来住这家店的苏大哥谈的条件可不是这五十块。"老七嘿嘿冷笑了,"我可是第一次碰上女人敲竹杠,你划个道道出来,我奉陪。""巧克力"嘻嘻笑道:"本姑娘也是几进宫的人了,你打听打听,哪一次咱不是站着进去,竖着出来?凭你也想把我摆平了。姑奶奶早不踩龙泉这块地了,染了点小病,回来诊治,维护个职业道德。苏大哥一请二请三请,还诳我说这治法叫啥子以毒攻毒,我才动了心。你想想看,你这家模范旅馆,一次容留六个暗娼卖淫,你这门今后还能不能开。识相的,按本姑娘的话做,今后你走你的阳关道,俺上俺的独木桥,各自平安无事。要想动粗,我只用把她们几个喊下来,我想哪一盏灯都不省你的油,看咱谁怕谁。"老七又是一串冷笑,"巧克力,你也打听打听,我田老七是不是个属乌龟的人。我撑着你闹，看你能吃天！"喜燕拽一把老七的后襟，老七挥手打了喜燕一掌，"娘们家插什么手？巧克力，你叫喊吧，叫喊吧。我信你能砸了我的店。可是你听着，只要田老七还有三寸气在，把我关进鸡公山监狱，说句话，保证半个月让你脑袋搬家。""巧克力"仍无惧色，紧了紧毛呢大衣，"这种话我听过不下一百遍了，这脑袋还不是在我肩膀上长着吗？我只是辩辩这个理！"

林苟生笑将起来，"姑娘，你说说你的理，要真不歪，咱们认。我就是不明白，看看你的病，没碰着没摸着，这五十块钱咋就把你亏得要拼命了？""巧克力"走了过来，坐在一把椅子上，扯了盖沙发的毛毯披在背上，"你打听打听，前些年我是啥价钱。从上到下，一寸寸算哩。为啥？每一寸有每一寸的好处，每一寸有每一寸的妙处。当年，身上来的时候，看一看也得二三十。物价这几年又长了多少，你算算吧。"林苟生说："这理不正不歪。我就是看看，给了五十也不算就地还钱。""巧克力"抿抿嘴唇，"不是一个人看，是三个男人看。录像厅看个黄片子，也要花十块八块，他们俩看个活的，就不该表示表示？你用手电筒在我下身照得我热一股麻一股的，扑通扔下我就走，大半夜我就睡不着觉了，损失费总该给吧？大城市夜总会的包间，你看这么仔细，没个三五百下不来。我回来休假治病，你们又是三个人看，一人一张不多吧。这位小兄弟看来还没打过鸣，减他一半，先生你年龄大了，该长一半，合下来还是三张。再补个二百五，我就上去睡觉。这一冻肯定要感冒，药钱我就不问你们要了。"林苟生大眼珠子转几转，问道："姑娘，你在哪里混日子？听你的口音已经变了不少嘛。"

"巧克力"狡黠地眨眨媚惑人的眼睛，"你可别想着说几句温热话泡软我的心。香港客人最会来这一套。南韩人最抠门又最骚。……你这个大叔差点让我上你的当。我给你谈这些干啥。"林苟生一脸兴奋，摸出五张老人家塞给"巧克力"，"大叔诳你干啥，说不定你能帮助大叔解决个大难题。外国男人，我咋忘了这件事呢。一定是个外国人种下的祸根。龙泉不是个开放性城市，自然没这种病。""巧克力"又掏出来两百元放在桌子上，"你给多了。不是想着坐吃山空，我也不会为难你们。你们忙吧。"林苟生忙又把钱递回去，"姑娘别走，大叔还有事要问你呢，这两百元算是啥子采访费吧。""巧克力"接了钱，站起来道："我上去穿了衣服再下来。"

老七、喜燕、小三都不知林苟生的葫芦里装的是什么药，也都不问，看着像是吃了啥激素的林苟生在屋里踱来踱去，一见他背过身，相互间看着偷笑。等了好一阵儿，还不见"巧克力"下来，林苟生停了脚步道："小三，你上去催催小姐去，咱可是付了订金的。"小三正准备出门，"巧克力"推门进来了。"巧克力"化了浓妆，戴了全套首饰，右肩挂着小坤包，左手弯着，臂弯里搭着刚才的毛呢大衣，一扫刚才的无赖、萎靡，显得典雅、庄重又微露风情，嘴角含笑，不亢不卑小步迎着林苟生走来。四个人都吃了一惊。

　　没等林苟生询问，"巧克力"坐在椅子上微启红红的唇，轻轻说道："先生，在广州一两年了养成了习惯，化点妆，打扮一下，也是对你对自己的尊重。一看先生的气象、风度、出手，我就知道不是在龙泉小潭子里窝了上千年一点世面也没见过的土鳖，敷衍了你就不好。"林苟生大笑起来，"我老林对广州可算熟透了，哪一年也要到广州扑腾一两趟，那可是咱的风水宝地呀。这一回，广州怕是要送我一生的幸福了。多久没在广州这个行里鬼混，想不到已经有了这种讲究，把你这个龙泉的土凤凰竟变成白天鹅了。说说，说说，你说说吧。""巧克力"笑道："先生常去广州，我能说广州点啥哩？你选个题目，咱们咋谈都行，广州的七十二行，荤的素的咱都能对答几句。"林苟生一拍脑门，"你看看我这个人，都啥时间了，不乱扯了。就谈谈你在广州的辛苦，辛苦你刚才已经说过了一些，想也想得到，哪一行想活得滋润都不易。哎，广州医疗条件恁好，你有了病咋不在那儿治，偏要回了龙泉治？""巧克力"神色黯然了，扑闪林苟生一眼道："是艰难哩。大医院看这种病要身份证，每月要登记上报，姐妹们得了病根本不敢到那里诊治。私人诊所看准了这个弱点，要起价来吓死人。花钱多能治病也就算了，病好后辛苦一点就是了。可这些私人诊所条件太差不说，还不保险。一个姐妹得了一般的淋病，花了五千多，把淋病治好了，到医院一查，又查出染上了梅毒。那一两个月，她可是守身如玉，连眼风都不敢胡乱丢出一个。为啥？客人也让病奔怕了，查验得很仔细，查健康证明，用放大镜查尿，看你的身子比医生还要把细，有的财大气粗，干脆带着几百元一支的淋必治、梅必治，事先一人打上一支。那个地方港台东南亚的客人多，讲究个喜新不厌旧，常有些老主顾。有病不治，染给他们一个，一张费了劲经营的网就算破了。所以，我感觉有了病，到医院一查，就回来了。"

林苟生接着问一句："有病的姐妹多吗？特别是你认识的。"

"巧克力"眼睛里闪着泪光，"咋不多，我性子开朗，交的朋友也多，认识的就有好几个。有一个运气不好，竟染上了该死的艾滋病，两个月前跳珠江口自杀了。这条路不好走，踩着刀棱过油锅呀。"林苟生一看谈到火候上了，就把三姐的病状给"巧克力"详细叙说了一遍，问道："你姐妹们中间，有没有得这种病的？""巧克力"没有马上答话。林苟生急了，"到底有没有哇？""巧克力"羞红了脸，"你这个大叔呀，我又不是同性恋，平常里就是再好的姐妹，没事看人家那个地方干吗？"林苟生眼睛里的火苗倏地暗下去，眼看着就要熄了。"巧克力"继续像是自言自语似的说着，"不过，那是平常，要是有了病，要好的姐妹还是要相互诉说的，有时也相互看看。你说的这种样子，噢，对了，想起来了，想起来了，叫啥子崩溃型尖锐湿疣。"林苟生一把抓住了"巧克力"的手，"能不能治？""巧克力"轻轻抽出了自己的手，"除了艾滋病，五花八门的病都能治，特别在广州这个地方。我想清楚了，晓华得的就是这种病。我想起来了，她说她已经找到了能治她的病的地方，说是有一种刚刚研制出的新药，对艾滋病都有一定的抑制作用，治其他的病小菜一碟。只是怕用多了又产生啥子抗体，一般的病不用这种药。"

林苟生老眼闪着泪光，"天不绝我林苟生呀！闺女，明天大叔陪你去广州，把你和你这个好朋友的病一起治了。""巧克力"惊诧道："你不是说笑吧，大叔，治俺俩的病，要花几万元呢！世上竟有这种事？！"林苟生笑道："只要你们答应治好后别再走老路，十万八万大叔也给你们出。"伸手在贴身衣服里掏出一沓存折，从中翻拣着，"叫我看看咱们在广州有多少钱。哇——五十三万八千，足够用的了。"喜燕惊叫一声，老七眼睛里就生出了钦佩，"巧克力"已成个泪人儿，哭着说："明珠答应大叔，再也不碰男人了。"林苟生笑道："这就不对了，后半辈子还长着哩，还要成家当妈，不碰男人咋中？明上午你在这里等大叔，带上你的身份证，能坐飞机咱就坐飞机，我还要赶紧回来看场大戏哩。老七，我干女儿得了风泪眼，怕光，我走后你让小三帮她买点东东西西。"老七道："林爷，你就放心去吧，要是饿着了你干女儿，我打断小三的腿。"林苟生戴好帽子，转身对小三道："你三姐要问我，可要说我去广州卖货了。"小三眨眨眼说："这个事你就不用交代了，我可不想看你几个干女儿打架。"林苟生刮小三一个鼻子，笑着拉门出去了。

第二天上午，林苟生和"巧克力"在车站等车，一辆皇冠车从他们面前一闪而过。林苟生目光疑惑地盯着枣红皇冠的屁股追了一阵，自语说："小兄弟咋会和申玉豹坐一辆车？是不是眼花了？"

夜里十一点多，卸了妆的欧阳洪梅等到了顶着明月踩雪而来的李金堂。此时，两人的心情都有点异样。李金堂新刮了脸，乌亮的头发表明他刚刚在理发店接受了正在龙泉悄然流行的焗油术。紫砂壶这回被仔细擦拭过，申玉豹送的那堆礼物也不知被放到了何处。李金堂猜想着这些东西的去处，下意识拿了紫砂壶吸了一口，立即烫得吸溜连声。欧阳洪梅关切地看过去一眼，浅笑道："我的记忆里，你很少出现这种失误。"李金堂摸一张餐巾纸揩了下巴，说道："近来事太忙，不乱方寸就成了神了。我这年纪，已不敢再让浮躁、劳心了，所以近来抽空还读了一些禅学。听说这东西在大学生中也很热门，这不好，我还是主张年轻时要积极入世。"欧阳洪梅轻轻一笑，"你不至于参禅参得乱了方寸，你一向不是这样，这怕是个幌子。"李金堂把玩着紫砂壶，"我是孟浪太多，读读禅有好处。"欧阳洪梅狡黠地瞥了李金堂一眼，吃吃笑道："一个一贯容不得别人拿他一根头发的人，哪怕这头发是自己脱落的，如今念禅，有点不可思议。放下屠刀，立地成佛？你能变成一个禅宗大师，我表示怀疑。"李金堂执意不先切入实质问题，说道，"评价一出戏，要等闭幕散场后才能进行。杜十娘本来已经跟着李甲从良了，到这刹住，也是一出戏，小团圆的结尾，是标准的道德剧。如今的《杜十娘》，从这里续上一笔，急转直下，变成了让人目瞪口呆的大悲剧了。政治斗争也是一样。"欧阳洪梅咯咯咯地笑一阵，"那就谈谈政治？不过，我一向只能敷衍它，没法在这个层面跟你对话。说实在的，这方面我不能算你的好学生。很久很久，我都想找你好好谈谈，我想这都快要想得得相思病了。谈谈我们俩，谈谈我和你个人的事。你对我肯定有很多疑问，我呢，对你也有很多疑问。你和我，不是一向合作得很好吗？你知道，我是一个向来追求完全的人。你有疑问，我一定用心来解答，我呢，自然也希望你能这样回报我。如果不是我自作多情，你最近多半的苦恼是因我而生。所以，我觉得这要比禅和政治都重要得多。我迟迟对你对我后半生绝妙的安排不作反应，多半是因为这些疑问。"

李金堂眨眨很有光泽的亮眼，"你坐下来谈吧，坐近一些。这样就好多了，伸手就可以够得着你。"把大手搭在欧阳洪梅的肩上，轻轻捏捏，"我总觉得你离我越来越远了。近来，我常常发现我的不中用，看上去像是新出的毛病，仔细一想都是旧得要朽了的病根病灶。小梅梅，近来我才开始考虑我这辈子最大的失误，这个失误就是没有娶了你！"欧阳洪梅的身子触电一般抖了一下，转给李金堂的脸却是冷冰冰的，咬着指头笑了一下，"我很感动很感动，要是再加上不惜和我一起卖酒，就更动人了。"一甩头发，"不过，我敢肯定，如果时光可以倒流，你仍不会娶我！因为我们中间永远都会相互隐瞒一些很真实的东西。"李金堂神色黯然了，手却没从欧阳洪梅的肩头上松开。欧阳洪梅脸上的复杂神情渐渐放肆起来，伴着一串冰柱断裂一样的笑说道："你是个政治家，需要的营养太多，我对于你，只是负责提供一种自信心。我从来没有奢望过能赢得你那颗完整的心。这些话你完全可以照搬说给我听。我一直想着能和你都剥个精光，只用心相互说说。你在我的生活里，太重要了。越是觉着你重要，我越是想把一些疑点弄明白。越是重要，这疑点如果没看清，它们就会慢慢长大。我想仇恨就紧紧地跟在这些疑点的身后。你回答我：我是不是你大半辈子惟一的情妇。我很不愿意用这个俗不可耐的字眼。"

李金堂怔了一下，没有说话。

欧阳洪梅怅然叹了一口气，"你不要以为我在套问你什么隐私。我只是觉得男人和女人的立体的契合太难，总想试着这么做一做。我们还能这样坐着说话，证明你我有这种契合的基础。我要给你坦白，先给你坦白。我曾经在巫山西边一个平台上和一个武汉的演员野合过，那时我已经决定要自杀了，他发现了我的这个企图，一直陪我。有时候我甚至把那个美丽而凄婉的月夜看成我生命的复活。我甚至也自觉自愿想和申玉豹同居，为他的那份持久不衰为我燃烧的热情。我和白剑也有过……因为他是我幻化出的初恋的对象。我总是怀疑你，怀疑什么我又说不清楚。我总是担心你和我的关系会在某一天戛然而止，总想抓住一个新的企盼。"说完这番话，她已经泪流满面了。

李金堂也听得老泪纵横，抖着手揩去欧阳洪梅的眼泪，喃喃道："小梅梅，也只有你有这种自己撕碎自己的坦荡和勇气。金堂不如你，不如你呀。你不是惟一的，可你又是惟一的。男人和女人不一样，有时根本没有动机。跟我有过一夜之欢的女人到底有几个？十个？二十个？

我确实记不清了。但那都是跟你认识前的事。那些女人中，包括申玉豹的娘。那时，你还没出生。她是地主家的丫鬟，为土改工作组服务，端个茶倒个水的。正因有这层关系，才有我对玉豹的疼爱。我知道你还有很多很多疑点，也该给你说说了。"

欧阳洪梅在地毯上爬了几步远，摸住一个白色插头插进转插板，扭头说道："我听着呢。我开了几个小灯，再把大灯关掉更好。你讲吧，灯一黑我就有点怕，你讲大声一点。"站起来去关掉大灯。回来依偎在李金堂怀里，像刚刚唱完一台大戏，瘫在李金堂胸前。

"三年清知府，十万雪花银。小梅梅，小梅梅，古今皆然。"李金堂捋着欧阳洪梅的头发，开始他的讲述，"解放后的二十多年，我是只靠工资生活的清官。血雨腥风的政治斗争，让人无暇去想清苦不清苦。后来，我遇到了你，才开始觉得还应该有点自己的生活，这当然包括金钱。大洪水过后，银行倒塌了一半，救济款就放在我办公室的保险柜里。第一回，我记得是因为发现一个公社谎报了受灾人数，我严厉批评了那个公社的负责人，按实数发了，多出的部分随便扔在我的公文包里，就这么简单。这种机会很多，积来积去就积了不少。数目你已经从玉豹那里知道了，用不着我多说。不过，当时我也没数，到现在为止，我还没用过一分。差不多六年前，我让玉豹拿去存了。"欧阳洪梅仰着脸笑道："看来你是真的爱我。听说中央和省里要来工作组调查了，你就不怕我背叛你，把你告了。"李金堂大笑起来，带着沉重的胸音，"要是你小梅梅背叛了我，我就认下了。最珍贵的都背叛了，那就是最大的失败，再要别的东西就没有意义了，包括生命。"欧阳洪梅把头再靠紧了些，轻轻说道："我不想听这些钱呀钱的，听着心烦，我已经叫申玉豹满口的钱折磨够了，我们还是谈点爱情吧。我一直没明白当年你怎么会迷上了我这个大资本家的孙女，当然我也迷上了你。你一步一个脚印坐上了一县父母官的椅子，就不怕因为我毁了你的前程？这件事我一直有点迷惑。"

李金堂轻轻摇摇头，轻笑一声："我什么都不想瞒你。十七八岁的时候，我就立志要做高官，要娶美人。你不知道你有多美呀！官，做到多大才是个头？我在龙泉不就到了头吗？官，除了要为民做主做事，剩下的就是实现自己的各种愿望。能和你有这么十几年，金堂知足了。"

欧阳洪梅慢慢挣脱出来，挪到方矮桌前，猛地扭转身子，又笑又止的样子看着李金堂，嘴角一跳一跳，"你看着我的眼睛，你看呀？它会告诉你，你漏掉了非常非常重要的过程。"李金堂看见了欧阳洪梅眼睛里放射着叫他骇然的冷光，微垂下眼皮，用弯曲的右手食指一下一下蹭着自己挺拔的鼻子。欧阳洪梅怪谲地、打闪一样笑了几声，"金堂呀金堂，你的小梅梅已经不是十五六年前的小梅梅了。我刚才是咋对你说我的？我不过是要个平等对话。难道我真的会相信你到了四十出头才学会怎样爱一个女人？你记不记得，我十九岁那年冬天你是怎样教我学戏的？我那时不是还吃过我妈的醋吗？我现在很想知道在那九年多里，你心里到底都想了些啥！我记得你说你是个戏迷，我妈唱的每一出戏你都看过十遍以上，所以才记住了旦角的全部唱段。你一百多次走进同一个剧院，看同一个人唱的戏，到底是爱乌及屋还是爱屋及乌，我很想知道。这并不是一个很难回答的问题，现在还用得着回避吗？"

李金堂抬起迷茫的眼睛，尝试着轻松地笑一下，却又没笑出来，看上去苍老了一截，吃力地说着："我很喜欢你母亲。第一次从门缝里看见她扮白素珍，我心里就想：今生若能娶到这样一个女子，足矣。没想到时隔八年多，小伙计和少奶奶，变成了县委副书记和县剧团的副团长。我就……我很喜欢她。这也瞒不过你……快十年，我总共和她握过十一次手，都是领导接见演员的时候。那十年我没去过你们家，甚至，我也没有单独以任何名义去过剧团，我只是去看戏。那十年中，我和没有上妆的你母亲只见过不到十次，没记错的话应该是八次。就这些了，再没有别的了……"

欧阳洪梅早成了无声的泪人儿，嘴里喃喃道："凶手，可怕的凶手。你用这种叫人发憷的爱情杀死了她，这是你对我母亲做的。那么，你对那个可怜的资本家少爷、手无缚鸡之力的中学教师又是怎么做的呢？"

李金堂的脸被痛苦撕扯得变了形，"我曾经不止一次地动过念头，挪开他这个障碍……我没有这么做，我觉得不能伤害你母亲，再说，他毕竟是恭良先生的独子。那些年我很少见到他，我有点怕见他，就是怕，我怕我忍不住就做出点什么事来。我和他见面的次数不会超过五次。记得在三年自然灾害时，我批评过他，因为有毒的野菜……"

欧阳洪梅抽噎着："那么，他是叫你吓死的了。以我母亲的悟性，不可能不明白你的良苦用心。用心良苦啊！我记事时的父亲和我想象中的父亲，相差太大了！我总是见到他佝偻着身子坐在一张小凳子上抽烟抽烟抽烟，一言不发，从不过问我的任何事情，一点也没有大资本家少爷的风度，一点也不像个父亲。多少年来，我都恨他，恨他没给我一点父爱。现在我能理解他了。"

李金堂费力地站了起来，颤着声说道："小梅梅，我对令尊、令堂的死，负有不可推卸的责任。很早我就意识到了这一点，我就想为你多做点多做点，多做点我心里就遗忘点，轻松点。我怕失去你，才一直不愿让你知道这些。这都是金堂的错。今晚你什么都知道了，不，应该说你从我这里得到了证实，你该咋办就咋办吧。"说罢，取下衣帽架上的军大衣，慢慢走向门口。

欧阳洪梅跪在地毯上，脑子里千头万绪，那一声拉门响，又使她和李金堂这十几年的历史浮出了水面，她情不自禁地喊了一声："金堂——"

李金堂身子一怔，慢慢扭过头。

欧阳洪梅仰着一张泪脸，喃喃道："你就这样走了？你不能走！这不是结局，不是的。我还有很多话，很多话。你不想听听吗？……"

李金堂慢慢转过老泪纵横的国字脸，颤巍巍地转过身子，一截一截矮了下去，眼看就要跪到地毯上了，身体重心突然向后一移，就势坐下来，"金堂也不愿意走，不愿意呀，小梅梅——你听我说说，我要说说，说说。金堂一点也不想推卸责任。几十年的风风雨雨，想要我死的人很多很多。你知道了这些事，你咋待我，我都不会怪你。金堂对春少爷和慧娟没存过一点歹心。还在你家当小伙计那时候，我就参加了共产党。我觉得这种为千万万人解放、过上好日子的道路，比成就一个大资本家要崇高得多。在将近十年的时间里，我全身心地投进了这个事业，再没想过个人的得与失。在这一段时间里，我甚至亲手枪毙过人，但我从没觉得这是一个人和另一个人之间的事。在那九年里，我对春少爷只是嫉妒。我总是这么自问：我一个为着几十万将来可能为着更多的人谋幸福的人，为什么就不能把慧娟吸引到我这边来？春少爷不过是个破落了的资本家的后代，我常这么想。后来，一切都变了。春少爷和慧娟都死了，我还没有来得及想这是为什么，一夜之间，我又回到了十四岁就发誓要彻底改变的那种生活状态中，我成了一个被人管制的牛倌。我沮丧极了，觉得被骗了那么多年。再出来之后，我才学会了珍惜自己，我开始怕失去既得的东西，怕得要死。我第一次为了自己整人，是派人去鸡公山监狱,希望林苟生永远不要从那里走出来。以后我就学会了冷酷无情。我不想再表白我对你的珍惜,这已经多余。我拿了那么多钱又是为了啥?还是一个怕字。后来,果真又在田里种了一年菜。我只想重复一点,我确实没想过对慧娟和春少爷动过别的念头。后来这十几年你都清楚了。现在我面临的危险你也感觉得到,那笔钱很可能会把我送上断头台。我并不后悔这些年所做的一切,我只是觉得遗憾,没有安排好你的后半生。如果我能侥幸过了这一关,我一定要再送你一程。"

欧阳洪梅痛苦地闭上眼睛,连声说:"别说了,别说了,这都是命。这种时候你还能替我着想,我真高兴。我也不后悔……我很想很想再帮帮你,可我不能帮了。不,小梅梅还能为你做点什么?"睁开眼睛,看见李金堂又站了起来要走,忙喊了一句:"你真的要走?"

李金堂泪眼婆婆地说:"你恨我吗?"

欧阳洪梅走过来打开房门,指指地上的积雪和天空的一轮明月道:"应验了,应验了。我不能再唱戏了。今晚你就留下陪陪我吧。你看,多好的月亮。"

…………

小山子不辱使命,终于录下了沾着驼毛羽绒的新闻。新闻说中国方面最近就这个问题达成一致意见,准备通知这家公司法人代表,很可能会等英方来人后组成一个调查小组前往中国的H省解决这个问题。观察家认为:中国方面在这个问题上的态度表明了这个经济正在快速发展的大国对加入世界经济大循环的诚意。申玉豹把录音反复听了十几遍,确确实实感受到了巨大的压力。这个马克西姆真是太阴险了,事先竟没有发来一只言片语!他是想打我个措手不及呀!想到这件事竟是李金堂和白剑这两个敌人先后以威逼的方式提醒,申玉豹感到一丝得意。银行里只剩下几百万人民币和三十几万美元了。手里已经拿到了这么多现金,可走的路就有很多条。申玉豹判断出那个决定命运的时刻尚为遥远,心里就多了一份从容。等到法院的朋友透出要重新受理吴玉芳一案了,一切都还来得及。

在这个大雪纷飞的夜晚,申玉豹想起了岳父吴天六对自己的大恩大德,想起他一直不喜欢的母亲和妹妹,想起了吴玉芳惨死的那个夜晚,想起了白剑那天字字见血的谈话。当天晚上,他开出三张各十万元的现金支票，准备了却这笔心债。第二天吃了早饭，申玉豹带着皇冠车去了古堡。

白剑万万想不到申玉豹竟是来要他做保去太阳村见吴天六，摇摇头说："我不相信你会去向吴大叔认罪，太阳怕是要从西边出来了。"申玉豹认真地说："你不是劝我自首吗？自首后就被押起来了，行动再没自由，那滋味我尝过。我不是去认罪，是去认错。玉芳是我老婆，我不过打了她一拳，有啥罪？全龙泉的男人，有几个不打老婆？那几年，我老丈人真是把我当亲儿子看哩。你帮他打赢了官司，太阳村的人还不把你当神来敬？只有你陪我，他们才信我真的是去赔不是的。"白剑将信将疑，一想申玉豹是侵吞救济款一案的关键证人，跟着申玉豹上了车。

车过了太阳村东边赵河上的漫水桥，爬上岸，申玉豹喊了一声："停车，快停车！"白剑扭过头问："还有一里地，你是不是变卦了？"申玉豹按一下车门上一个按钮，把头探出车外，看了一眼雪野里灰黑一团的太阳村，缩回脖子道："我没后悔。不过，我有几个叔伯丈人哥，脾气可不好拿捏，特别是那个吴玉林，听说为玉芳打官司，硬是把手指断了一个，你怕也对付不了。我现在还不想死！你不是还要用我吗？你当然也不想让我死。奶奶的，要是一不留神叫这帮混球给打成了一团肉泥，那可不美气。麻烦你跑一趟，把我爹请到河堤上说说，我是准备给他下跪磕头的。雪梅妹子也死了，我不管我爹，谁管？"白剑一想起吴玉林的凶悍，心里也没有底，推开车门，"你可别耍我。你耍了我就等于耍了天六叔，我可饶不了你，回去我就让赵队长拘留你。"申玉豹冷笑道："你他妈别处处显得高高在上，我最看不惯的就是你这一点。什么我都知道，你可别想着吓唬我。你看我像个怕吓唬的人吗？兔子急了还咬人哩，何况我堂堂申玉豹？弄好了，咱们就配合配合，弄不好，咱们就一起玩完。你只管去叫，我一定等。"白剑没再说什么，下了车徒步去了太阳村。

白剑走出村子没多远，看见皇冠已经掉转了头。又和吴天六并肩走几步，看见站在那儿的申玉豹拉升车门钻了进去，车屁股突然冒出一股白烟。白剑心里腾地升出了怒火，奔跑着喊道："申玉豹，你这个小人！说好了，你不等。"

申玉豹把半截上身探出车窗，"这时候谁也不能当君子，你朝后面看看，再迟半分钟，我这一百多斤就扔这儿了。爹，玉豹对你不住，没照顾好玉芳啊,你大人不记小人过,原谅我一回吧。"白剑一扭头,只见后面几十个人都操着家伙朝这边奔跑,为首的吴玉林手里像是握了一柄杀猪刀,眼看就要撵上落在后面的吴天六了,一看这阵势,不由得放慢了脚步。申玉豹掏出两张现金支票,扬着大喊:"白剑,你他妈的快跑几步。爹,这二十万块钱,算是玉豹报答你的。白剑,你一定要帮助我爹把钱取出来。等冻结了我的账,日他妈交给外国人多不美气。啥尿银行,老子存的钱,想取了每天只给取十万块……"几块石头飞了过来,有一块小鹅卵石砸在申玉豹的脑门上,申玉豹喊一声:"接住!"扔出两张支票,缩回了身子。枣红色皇冠冲上漫水桥,冒着一路白烟逃走了,甩下一大群喘着粗气的人伫立在赵河的埠口处望车谩骂。

申玉豹摸摸头上的血包,闭着眼睛靠在后座上,长出一口气道:"老周,找个饭点儿喂喂肚子,晚上回申家营家里。"

傍晚的时候,皇冠车沿着313国道驶上了赵河大桥,往前三四百米向南一拐,就是贴着申家营西边南去临县的三级公路。申玉豹让老周把车停在桥头上,看了一眼这条被冰封雪埋的美丽大河,说了一句:"我就是喝这条河里的水长大的呀,真不知道还有没有机会再喝这水了。小时候我在这河坡里背着篮子割猪草,渴了,捧着河水就喝,没有一回闹坏肚子的。好水呀。"老周扭过头憨实地一笑,"总经理说玩笑的,你要想喝这水,我天天开车跑一趟,拎回城里烧了喝。"申玉豹看着就要在暮霭里沉睡的大河,喃喃道:"书真是个好东西。你已经看见我今天的凶险了,这个世界想整死我的人还有不少哇。日他妈英国人也准备把我朝死里整啊。这水我怕真喝不成了,真喝不成了。"扭开门跳下车。老周喊道:"总经理,你想弄啥哩?"申玉豹看着蜿蜒东南的大河,踩着斑驳的积雪,一步步朝河坡里走,嘴里咕哝着,"书真是个好东西,这条河真是看着美气。"倾听着脚下咯吱咯吱的响声,申玉豹不由自主地哼起来,"小呀嘛小镰刀呀,割呀嘛割猪草呀,清格滢滢的水呀,绿格棱棱的草呀,红彤彤的老爷儿唉——照我割猪草呀……"他伫立在两边结着一层层晶莹透明薄冰、闪着粼粼冷光的河水旁,只觉得两行温热沿着脸颊无声地滚落下来。他弯下身子,用手轻轻拍打着水边的冰碴子,捧起一捧冰凉的河水捂在一张泪脸上,再捧一捧,喝下一口,咂了咂嘴,干脆趴在水边的积雪里,探出头伸向河水……

　　…………

申玉豹的新宅院远离申家营，孤零零甩在一块麦田的边缘，门朝着那条三级公路开着。申玉豹和老周站下敲门的时候，天已经黑透，借助满地白雪，两三百米外申家营的轮廓依稀可辨。申玉玲开了院门，叫了一声"哥"，眼睛立刻就在长得像座黑塔的老周身上粘了好一会儿。申玉豹看着黑漆漆的房间，怨道："啥事非得等我不可，架个电线，多大的事，上次回来都跟你们说了，过了两个多月，还是没架起来。"玉玲丢给老周一个依稀能辨的笑脸，转过身噘着嘴说道："架了，架了两回哩，不知哪个天杀挨刀的专给咱家过不去，第一回偷了线，第二回干脆连三根电线杆也给偷走了。"申玉豹暗自咬咬牙，"妈呢？"玉玲答道："舅舅病了，她回娘家去了。"申玉豹说："老周，你把车发动了。玉玲，来，帮我把门槛卸下来，把车开进院子，三十来万，别日他妈现在就丢了。"玉玲抬起来活动门槛，没问车，却说："老周是你的司机吧？打架肯定能行。"申玉豹没回答，指挥老周把车开进院子。申玉玲忙跟了进去，摸了摸车身子，笑着道："周大哥，开这么漂亮的车威风吧？你晚上不回去，嫂子肯定牵挂的呀，嘻嘻。"老周打开车门，"哪里有嫂子呀！还指望你哥发工资娶哩。开皇冠当然美气，县里只李副书记有一辆，你哥这还是新型。除了春上庞副县长坐过的白林肯，这就是咱县最好的车了。"申玉玲道："以后顺路，可别忘了到屋里喝碗茶，我好久都没去城里了。"老周ま出来，"这还不简单，你也进城到公司去，天天能坐你哥的车。"申玉玲幽幽地说："我哥不让，他让我和妈给他守老堆哩。"

申玉豹看着门下边的空隙，喊着："叨叨个屁！老周，你把车掉个头，玉玲，过来，把门槛安上。"又打开了门，"别只顾长一张嘴，我和老周还没吃饭哩，你等会儿给我们煮碗煎蛋面。"

申玉玲进厨房煎了四个鸡蛋，又拿了一个，咬咬嘴唇打进锅里。申玉全成亲的消息把这个丑姑娘折磨有十几天了。巨大的悲怆、绝望已经快把她烧焦了，她准备用这个鸡蛋试一试刚刚见面的黑大汉是否愿意同她一起再栽一棵爱情树。捞好了面，她用筷子把一个煎蛋藏在一只碗的下面，又在两碗面上各放两只，端了过去。申玉玲回里屋脱了臃肿的棉夹克，换上一件大红高领毛衣，一手举着蜡烛对着镶在大立柜上的穿衣镜上下看看自己，又翻出一条牛仔裤，脱掉毛裤套上了牛仔裤，再对着镜子涂涂口红，朝脸上扑了点胭脂，打了一个寒噤，举着蜡烛出了里屋。申玉豹和老周已将面条吃掉了大半碗。申玉玲放好蜡烛,弯下腰,笑问一声:"周大哥,也不知你的口味,不知面条好不好吃。"老周停了咀嚼,抬起头看着申玉玲,微微一愣。他发现了申玉玲换衣服的细节,觉得这个成熟而饱满的身子煞是诱人,那张脸在烛光下显得也不难看,发现申玉豹要抬头了,忙说道:"好吃好吃,你的手艺真不赖。"申玉玲直了身子一抿嘴,"那你快吃吧。"老周再伸下筷子,把碗底的煎蛋挑出来一抹金黄,下意识地歪头看申玉玲,就发现女人的笑有点含情脉脉、意味深长了,一扭头瞥见桌对面申玉豹伸起胳膊擦汗,赶紧用面条把蛋埋了,挑起一两根面小口抿着。申玉玲嘴角上就起了几丝满意的笑。申玉豹扒下去最后一口面,揩揩嘴巴,摸出一支烟道:"你的饭量一向比我大,是不是嫌面条不好吃呀?"摸了一下口袋,站起身就着烛火点烟。老周夹起煎蛋,一口吞进口中,急嚼了三两下,就往下吞,噎得脖子一伸一伸。申玉玲扑哧一声,笑弯了腰。申玉豹扭过身子,看见老周的窘相,笑骂一句:"憨子,饭要一口一口吃。"申玉玲端过茶杯笑吟吟递给老周道:"周大哥,喝口水冲冲。玉玲第一顿饭就整了你,以后该不会不来吃了吧?"老周忙道:"好吃好吃,比我自己煮的不知好到哪儿了。"三两口就吞下剩下的面条。申玉玲收碗时,又丢了一串眼风过去,老周感到周身不自在起来。

申玉豹跟到厨房,掩了门说道:"别洗了,说点急事。你嫂子的事怕要翻过来了,咬出钱全中,我们一家还是跑不脱。我又犯了别的事,日他妈中国怕都待不下去了,咱一家三口总不能全完了。妈泼了玉芳一壶开水,钱全中知道,估计他要咬出来,妈是保不住了。"申玉玲惊得睁大了眼睛,张着嘴半响说不出话。申玉豹一想到灰暗的前景,心里酸过一股,伸出手理理申玉玲的头发,"一定要想法保住你!你是不是就踢了你嫂子一脚?"申玉玲点点头。申玉豹道:"等妈回来你对她说,一口咬定你没动手,打死都不要改口。"掏出剩下那张十万元的支票,"这张支票我写的是后天的日期,你去城里取出来,我这几天事多,顾不上。哥一直对你不咋疼不咋爱的,这一去不知啥时候能见,就不要记恨我了,哥也有哥的道理。爹坟前柳树后面两步远,我埋了点金子和钱,这件事你谁都不要说。不到万不得已,你也不要动。都记下了吧?"申玉玲含着眼泪点着头道:"记下了,打死我也不会说。哥,你真的要走很远很远?"申玉豹叹了一口气,"恐怕没办法了。日他妈,申家营的人都混账透了，啥事都跟那个白剑说。你要是把这十万取到了，拿三千送给河东石老头。我不能让人为这事戳我一辈子脊梁骨。玉全呢？还和你来往不？"申玉玲盯着案板上的菜刀，气鼓鼓地说道："龙抓的玉全，说过的话全放了屁，十六那天他成亲了。"申玉豹续了一支烟，吐着一个一个烟圈。申玉玲禁不住寒冷，打了一个响亮的喷嚏。申玉豹这才注意到妹妹换了衣服，又化了妆，一下子想到了老周。想着老周的为人，申玉豹刹那间作出一个决定：把玉玲托给老周。他问道："你看老周这人咋样？"申玉玲没想到哥哥会突然间问这个问题，支吾道："只见一面，看不出个啥。"又惶惶地补了一句："哥看下的人，肯定不错。"申玉豹干脆地说："老周实诚，把你托给他我也放心。"申玉玲扭了一下身子，"我听你的，就是不知人家愿不愿意。"申玉豹笑了，"家里穷个叮咚，不是在部队上学了这门手艺，找碗饭都难，要是一块香饽饽，能等到三十出头没人吃吗？日他妈，这老周命好，能捡这种巧宗。你先洗碗，我去跟他说。"

申玉豹去堂屋把这个意思一说，老周惊得目瞪口呆，生怕申玉豹是发现他刚才把玉玲看多了，试探他，忙道："总经理能给我一碗饭，每月千把块，已经是天大的恩了，我可不敢存这个妄想。"申玉豹说："你是看不上玉玲吧？我不是给你说笑的。中不中，你说个利落话。"老周嗫嚅着："玉玲妥按过去的说法，是富家大小姐，我看着是天上的星星哩。人家玉玲怕是看不上我的。"申玉豹笑了，"恁老实的人，也会说几句溜须中听的话呀。可千万别动花花肠，将来当了陈世美。"

申玉玲进来后，三个人面对面就把事情商定了。

申玉豹躺在床上左思右想，觉得这样安顿妹妹还不能放心。要是老周当了墙头草，下一步一看势头不对，躲了，不又把玉铃耽搁了？时间已经来不及了，得赶紧用个绳子把他们拴牢了。主意一定，伸出一条腿，一脚踹在老周的屁股上，"起来起来。你带身份证没有？"老周说："带着哩。"申玉豹穿着衣服，"带着就好，我要看你们成亲才能放心。今天你们圆房，明天我陪你们到石佛寺镇登记。快穿快穿，叫玉玲起来商量商量。"老周迟疑地说："这怕使不得。"申玉豹厉声道："你是不是想跟我耍奸呢？"老周急忙辩解："能娶玉玲，我是一千一万个愿意。玉玲一个姑娘家……"申玉豹道："这不是要找她商量吗？玉玲，你起来。"

申玉玲是早尝了男欢女爱好处的，申玉全成亲这半个月，夜夜心焦火燎，难以入眠。今晚说定了婚事，上床后更是合不上眼，一闭眼满世界都成了老周粗粗壮壮的身子，翻十几个身，已燥热难耐，自己揉搓一阵身子，眼看把持不住，忽听南间里屋传出了申玉豹的声音。心想：一定是说我的事，该听听这老周背后咋说我。穿了件内衣披了那件棉夹克裸着双腿出了脚屋门偷听，竟听得喘气不止，身子一片片地软酥了。听到申玉豹叫她，一声答应要溜将出来，忙用手捂进去，赤脚闪进北里屋，忙慌着反穿了一条衬裤，答应一声，撩帘出来了。

申玉豹低着头，以毋庸辩驳的口吻说："你们俩，一个是我的职员，一个是我的妹妹，我说的话都该算数。今晚你们就成亲，明天去扯结婚证。玉玲，你有没有意见？"玉玲用门帘掩着身子，勾头道："老话说，在家从父，父死从兄，咱爹早死了，我听哥的。"申玉豹站起来伸手拍拍老周的后脑勺，说道："好好待玉玲，对她好一辈子。"转身进了南里屋。

这一边，棉花遇了火，很快燃了起来。那申玉玲本是个外粗内细之人，一见申玉豹这样草率处理她的婚事，便猜出哥哥这回遇到了大灾大难，怕凶多吉少。自己后半生眼见只能托给这个黑塔一样的男人了，一个处理不小心，惹得这个男人起了疑，恐要种下除不掉的病根。和申玉全已厮混几年，风声不一定就能传到老周耳朵里，一定要装作第一回才好。心里想到了，就在烛光里做出万般娇羞之态，惹得老周进退不得，内火越烧越旺，三两把扯碎了她的内衣内裤，掀了被子压了上去。申玉玲做惊愕迷离神情，一手忙挡了过去捉了老周的根本，另一手摸了自己早湿得不成样子的地方，捡了一不关紧处死死用指甲掐一把。老周再拉她手时，她也就顺势停了抵抗，恰到好处地蹙眉"哎哟"了一声。老周放慢了问："咋啦？"申玉玲伸手着着实实揞一把，嘴里叫着"疼"，眼却斜着偷看自己从被子里伸出的手指，一见到上有鲜血，举在老周眼前，噘嘴道："你看，流血了。"老周原以为玉玲早畅了口子，本想含糊过去自己蒙骗自己，拼着蛮力想撞出一点红，没想玉玲还是个处女，一针见了血，自是一番惊喜，又装作不懂，问道："弄这事还要流血？"玉玲娇嗔道："傻样！女人第一回，都要流血，流血才叫金贵。原来你连这也不懂！"嬉笑一声，摸了老周一个花脸。老周经此挑逗，哪里还经得住，逐渐露了技术。申玉玲一见拿到了一辈子的理直气壮，也放宽了心放纵起来。

# 第三十二章

李金堂在柳城和秦江谈了一夜,第二天清晨乘皇冠轿车返回龙泉。一路上,李金堂没说一句话,只是默默看着龙泉冰雪覆盖的沃野。小金从倒车镜中看见李金堂紧紧锁着的眉头,便猜到一场政治风暴就要降临龙泉了。

中央和H省两级联合调查组拟定于下周一到柳城,周二或周三进驻龙泉。中英贸易纠纷工作小组将在本周五到达龙泉。出乎李金堂预料的是,H省委在这个节骨眼上倾向于恢复刘清松中共龙泉县委第一书记职务,理由是可以更好地配合调查组进行工作。柳城地委的答复是:我们相信龙泉现领导班子也能有力地配合调查组工作,刘清松同志与龙泉现任常委间矛盾颇深,复职后恐更不利调查组开展工作,此建议妥否,请省委定。眼下省委尚未作最后答复。

李金堂预感到柳城地委已经无法阻止刘清松复职了,因为从H省的全局工作考虑,已经到了非弃掉龙泉不可的地步。这样,所有的准备工作的前提必须建立在刘清松复职上。车进龙泉城区,李金堂突然说道:"直接去钱全中家。"

小金把皇冠稳稳停在钱全中的小院门前,李金堂又交代说:"等会儿你把任娜和小钱玉接到家里,你再帮你春英姨买点菜。今天春英要认任娜做干女儿。"

小金在车里等了一会儿,看见任娜和女儿都穿着节日的盛装,欢天喜地奔皇冠而来。

屋里,两个男人间的谈话已经开始了。

李金堂开门见山地说:"中央和省联合调查组下周就要来了,吴玉芳的案子马上要重新立案。你跟我做了十来年的事了，我不能一甩手不管你的事。眼下硬包是包不住了，可也得想点办法。你准备怎么办？"关于李金堂这几十年里那些传奇，钱全中十分熟悉，为了一个女人，李金堂硬是让申玉豹折进去两百多万，钱全中看得心里有点怵，春英突然间要认任娜当干女儿，李金堂大清早又带车来接人，他就知道李金堂对他有点不放心了。申玉豹送给李金堂一百零八万，这事如今只剩自己一个知情者，不表明自己的态度，恐怕难过这一关。钱全中马上表态说："李叔，全中做的事，走不掉的也就这一件。具体该咋办，我听你的。"

李金堂满意地点点头，用拳头很随意地捣捣钱全中的肩头，"李叔没看错你，是一条汉子。玉豹做假驼毛羽绒的事也犯了，中英联合小组就要来龙泉调查处理这件事。要在从前，帮帮他，这一关也不是过不去。如今，就是吴玉芳的事，你能推的也要推。曹改焕先用开水把吴玉芳烫得半死了，你才打她一板凳嘛。出去躲躲，也不是不能考虑，李叔也愿意帮你找个地方，给够你的盘缠。不过，既然死罪可以躲过，这么做就没必要了。便是全是你的事，无期不敢保证，判个死缓没问题。过了这个风头，事情就好办了。你到了鸡公山监狱，也就快有出头之日了。香艳家阿林在省公安厅三处当副处长，正好管着鸡公山监狱。如果你信李叔，过个七八年，你又能在龙泉场面上行走了。我的意思是趁这案子还没查，你去自首。"钱全中沉默着，没有马上回答。李金堂又道："李全死了，李叔膝下无子，早把你……还有玉豹，当亲儿看哩。可惜玉豹心太野了。你自首了，任娜和钱玉由我和你春英姨照看。小钱玉如今上三年级，十年后，我交给你一个大学生。你这些年的积蓄不太多，都拿回老家孝敬二老吧。我既然认了任娜当干闺女，她们娘俩就是我的亲人。你也知道，我还是有点积蓄，在她们娘俩身上花十万二十万，也花不穷我。你说呢？"

钱全中看眼下无路可走，只好硬着头皮说："这事我听李叔你的。"又一想，这种空口无凭的事只凭个良心，又补充道："这两天我得把家里安置安置，不瞒李叔你，这些年存的三几万块钱都在任娜手里，家里老四要盖房娶媳妇的钱还没着落。"李金堂眉头蹙了蹙，旋即笑道："好说，乡里盖个房娶个媳妇，一两万撑死了，李叔帮你解决这个后顾之忧。"钱全中无奈地点点头，"让李叔破费了。这件事我一直瞒着任娜，自首前得跟她解释清楚。我俩感情一直不错，说清楚了她肯定能等我的。"李金堂沉着脸说:"你考虑得仔细。夫妻本是同林鸟,大难来时各自飞。这个工作等你自首后,我也会替你做。不过,这女人的嘴碎,不当讲的话一定不要讲。你再考虑考虑,是走是自首,这两天也该定下来了。上午还有个会,中午在家里吃饭,咱们再合计合计。"钱全中答道:"中。"

李金堂迈出钱全中的家门,心里骂道:事情到了这一步,还敢跟我讨价还价!你们要不仁,也别怪我不义。这钱他交给我没人知道,凭他一张嘴,又奈何了我?

沿着大街漫无目的地走着,街两边的工地上有不少人和他打招呼,李金堂嘴里支应着:"你们忙,你们忙,我随便看看。"心里一直在想:刘清松回来,事情又该咋办?

走过两个街区,他拐进了细柳巷。他很想见见申玉豹。如果能把申玉豹逼走,还可以帮钱全中把杀人的事朝玉豹身上推,事情就可以两全。申玉豹的院门落了锁。李金堂怅然若失,慢慢按后路返回。走到一个街口,竟和申玉豹不期而遇了。申玉豹带着四五个人迎面走了过来,一个白净的小伙子手里提了一个密码箱。李金堂心里道:"真是一个不知死活的倔种,哪里像是申宝栓的儿子!难道他真是……"

申玉豹抢先招呼起来:"李副书记,这般时候了,你还有闲心逛街呀!听说工作组过两天就要到了。"李金堂微笑着道,"还要来个专案组。我今天主要是想看看各街区工程进展情况。天太冷了,水泥不好浇铸,耽误事呀。能不能单独和你说几句?"申玉豹转身说道:"小山子,你们几个先回去,我和李副书记说件事。"

两人走进一片砖石废墟里,李金堂压低了嗓了道:"玉豹,都火烧眉毛了,你还在龙泉待着干吗?哪里的黄土不埋人,哪里的小鬼不认钱?带上你的钱,远走高飞吧。"申玉豹一听李金堂说中了自己的心思,一时间没有反应。李金堂继续说:"你还等什么?等赵春山带人拘留你吗?吴玉芳是全中一板凳砸死的,你就是打了一拳,移了尸,没啥大不了的,走了也就走了。你的公司是个体,没挂靠任何单位,账上留点钱,英国人来了,找不到你,这事也就过去了。避过这个风头,你回来认了移尸的罪,顶多住一两年就出来了,出来你还是个人物。"李金堂想:不管玉豹是谁的儿子,把他逼走才是上策。申玉豹放肆地笑了一阵子,"要翻大家一起翻了吧,我本来就是申家营一个穷光蛋,大洪水时你饶了我，我已经赚了十几年阳寿，我怕个屁！"

李金堂仍不死心，"读了几个月的书，没见你有多大长进。你总提从前干啥？从前，从前刘备卖过草鞋，从前朱元璋还当过小和尚，后来一个建了蜀汉，一个建了大明。风风雨雨我见多了，你要是赶上这个风头，数罪并罚，最少判你十五年，钱也要赔个精光。你自己掂量掂量。"

申玉豹伸出脑袋小声道："哎呀李叔，你对玉豹可真是那个亲呢！你是亲你那一百零八万吧？你怕我把你这件事抖出来，对吧？我不走，判十五年。你呢？你算算，一百零八万能判几次死刑。再说，全中进去了，也要招出来的。那钱肯定是他帮你取的。我准备留下来会会英国佬，要是免不了进局子，我可要说实话的。李叔，想想你自己吧！"

李金堂心里一沉，脸色变得铁青，刀一样的眼光在申玉豹脸上割来割去，一字一字说着："不识抬举的东西！凭你无根无据的几句话，能伤了我的毫毛？你太幼稚了！你不懂政治，你什么都不懂！如果救灾账上能查出我的这一百多万，李金堂能在龙泉稳稳当当待三十多年？我扶持你，是因为我主管经济。你供出我在你名下存一百多万，就是你蓄意中伤，查不出证据，你又多一条诬陷罪。你有诬陷我的动机！因为处理你偷漏税的事是我决定的，为此你付出了近两百万的代价。你该明白，这两百万是上缴了国库，不是流进了我李金堂的腰包。法律会很快认定你是诬陷。安你这个罪，证据确凿。我就说你当时送给我二十万元的存折，被我拒绝了，硬是坚持加倍罚你。全县八十四万人，会有八十万站在我的一边。你大概不会忘记我搞过一次礼品曝光，上过省报头版。你可以说我是因为洪梅整你，不过这件事同样能成为你诬陷的理由。欧阳会在法庭上承认和你的恋爱关系，只会说和我仅仅是上下级的关系，因为我还主管文化、教育。所以，你赢不了，你不可能会赢！有一个叫林苟生的人，不知你认不认识，现在他是个合法的珠宝商。他从五六年开始，和我斗了三十多年。最近我才弄清楚，白剑是通过他查到了当年十六个公社的部分救灾账目的。白剑文章中提出一千多万救灾款不知所终，就是根据林苟生提供的账目得出的结论。实际上，没有这么多，顶多有五百万。那样大的一笔救灾款，差错五百万，算多大个事？所以，白剑弄来工作组，他也赢不了。如果你不离开龙泉，你会在看守所听到我现在就能告诉你的结局：查出一两个原公社书记侵吞三两万救灾款的事，查出十几二十个大队支书私吞几千元甚至一万元救灾款的事，然后都把他们抓起来，判上一到十年。白剑因此也有了面子，也会收场了。不收场他还能怎么着？所以他也不能算赢了，他没有伤我一根毫毛。我为什么要给你说这么多呢？因为我已经下决心要除掉你！你应该问问林苟生，他会告诉你我当年是怎样把他从石佛寺镇镇长一步步送到鸡公山监狱的。当时我没准备取他性命，只是准备让他在监狱住一辈子。后来他越狱逃走了。再后来呢，'文革'结束了，反右扩大化被纠正了，他这才找到了报复我的机会。你不会有他这么好的运气。上面这番话你都可以当成耳旁风，最后这几句你一定要牢牢记住，用刀子刻在你心尖尖上：判你五年也好，判你二十年也罢，我只会让你再过这最后一个年，明年春天、夏天、秋天或是冬天，你会在监狱里病死！"李金堂裹裹大衣，迈着坚实的步子走向大街。申玉豹现在的身份只有一个：李金堂的死敌。

冷风吹乱了申玉豹的头发，他伫立在一堆碎砖上，目光渐渐散乱起来。他喘了一会儿气，疯子一样张牙舞爪朝细柳巷跑去。进了家门，申玉豹显出了分外的冷静，把四个保镖叫到跟前说："你们都给我回公司去，把公司的两个大保险柜给我看好，三天后我要带着那四百万到广州做一笔大生意。你们去告诉门会计，让他带了钱到柳城预订五张飞机票，我和你们四个一起去。"

保镖们走后，申玉豹叫过小山子道："你把那些小炸药包都捆在一起，剩下的雷管也绑进去。"小山子发现申玉豹今天有点古怪，怯怯地说："总经理，你要弄啥？绑在一起要顶七八个手榴弹哩。"申玉豹舞着双臂喊着："问，问，问个屁！总经理要做的事，能是你问的吗？一点都不懂规矩！下啥？你忘了吗？炸鱼！水面上有冰，水凉得很。草鱼鲤鱼乌龟王八虾米，轰一声，漂上来一片。做你该做的事。把我的指纹打火机灌满气，在家里等着我。"小山子听个将信将疑，又问一句："总经理，该吃饭了。"申玉豹在门口一扭头，"你先吃吧。"

十五分钟后，申玉豹出现在赵春山家里。

赵春山正在教永亮修手表，右眼窝里夹着一个微型放大镜，看见两个申玉豹，一大一小。

申玉豹恼了，"你不能这样看我！像牛经纪相牛。你为什么不抓我呀？你不是什么都明白了吗？"赵春山取下放大镜，微笑道："一呢，还没到时候，二呢，我和白剑都相信你会自首。政策你都知道了，坦白从宽，自首从宽。我相信你一定能重新做人。"申玉豹冷笑道："我没有罪，自首干啥？我老婆的骨头都要沤烂了，这案还翻个屁。这是你的宝贝儿子永亮吧？狗日的，你真是个铁面无私的赵青天，连儿子也敢铡！"赵永亮鼻子哼一声，"好汉做事好汉当，有啥了不起的。"申玉豹眼睛刺的一亮，"嗨！有种！老子英雄儿好汉。好汉个狗屁。糊涂虫一个，我是个大糊涂虫，你是个小糊涂虫，咱俩一对糊涂虫。"赵春山仍笑着，"知道自己糊涂就好。自首是要从宽处理的。"

申玉豹机警地后退一步，突然间神经质地笑起来，直笑得泪囊上挂上两颗晶莹的珠子，"监狱？我到监狱还不把我朝死里整，你那监狱咱可不敢住。"赵春山严肃地说："你怎么能这样看我们的监狱？你是听谁胡说八道了？现在是法制社会，天王老子也不敢胡来。你放心，我们的监狱只能把犯人改造好，给他们提供重新做人的机会。我用人格向你担保，到了监狱一点危险都没有。"申玉豹道："林苟生的事你知不知道？"赵春山愣了一下，"那是非常时期，公检法都叫砸烂了。你的担心丝毫道理也没有。以后法律只能越来越健全，再也不可能出现林苟生那种事了。"申玉豹神情恍惚了一会儿，狞笑一声道："我有啥罪要我自首？打了一次老婆也犯罪吗？做生意嘛，一个愿打一个愿挨，马克西姆能不知道国际市场上驼毛和羽绒的价格？我是做了假，可我卖给他的价钱，只是真货价钱的三分之一。我这咋说也该叫人造驼毛、人造羽绒，我发明了配方嘛。人造肉、人造鸡蛋不都在卖吗？日他妈是他马克西姆勾子黑，他明知道是人造的，偏要当真的卖，到联合国法庭也是他输理！我有啥罪？他要标个人造驼毛，能冻死人？我还要好好活！我还想出国风光风光哩。外国真好，发生过恁多鲜事。一个贵妇人被姘头甩了，她就卧轨自杀了；一个爵爷像扔破抹布一样扔了一个姑娘，后来竟跟着当了妓女的这个姑娘一起流放了；一个良家妇女找个神甫做野男人，最后竟被别的女人当雷锋一样学哩；一个大学生想做拿破仑，把一个放高利贷的老太太当臭虫一样杀了，抢了一袋子钱，一个子儿也没花过；一个小木匠也想当拿破仑，和市长夫人轧姘头，后来又开枪杀了这个女人，记起来了，没杀死，小木匠被杀后她还抱着血脖子脑袋亲哩，错了错了，亲脑袋的是个千金小姐。我还想看看这些地方哩。"赵春山拍了一下巴掌，"不简单，不简单！一年没见面，连拿破仑都知道了。不过我提醒你，现在你走不成，你走了就是逃犯。自首吧，白剑也相信你会自首的，他说他陪你去太阳村给你岳父认过错。自首吧，只有这条路可走。监狱只是改造人的地方，现在的条件越来越好了，可以读书、看报、看电视。你还年轻，以后的路还长，相信我老赵一回。你自首了，至少能减你一年刑，剩的时间已经不多了。"

申玉豹嘿嘿笑着，转身出了屋，在院子里扭头道："白剑算啥尿东西？也配管我的事？我要是有兴趣，我可以雇十个白剑黑剑王八剑给我抬轿吹喇叭。你说我想逃？没罪我跑啥跑？再过三天我还要到广州做生意哩。就是有罪，监狱能关得住我申玉豹？点上一捆钱，这一把火就把监狱的铁栅栏门烧化了。"赵春山道："那样只会烧了你的手。如今法制越来越健全了。工作组就要来了，十几年前谁犯了罪，现在也要负法律责任。法网恢恢，疏而不漏。犯了罪该受惩罚，自古都是这个理。自首吧，玉豹。"申玉豹从怀里掏出一个信封道："这个东西你保存着，将来能治住李金堂。你连儿子都敢铡，咱信得过你。"

申玉豹出了赵春山的家，漫无目的地在城里游荡。不知过了多少时间，他出现在旧城墙外的一截护城河岸上。一个小男孩爬上河堤，被一根裸在外面的老柳树根绊了一下，扑倒在申玉豹跟前。申玉豹下意识地弯下腰。小男孩自己爬了起来，惊疑而又亲热的目光射向申玉豹，仿佛和申玉豹早已熟识，因有一段时间没见了，需要辨认。申玉豹显然感受到了这种温暖的情愫，爱怜地用手拍拍小男孩的脸蛋，"你爸爸呢？你咋敢一个人出来玩？你为啥不怕我？你是不是见过我？"

"他爸爸早死了。"一个年轻的、却像城隍庙庙门一样黯淡无光的女人走过来，拉了男孩的手说着。申玉豹莫名其妙地丢出一句："我很喜欢这孩子。"女人侧过身，惊怒地瞪着申玉豹，"男人开始都这样说，可要不了三天就够了。嫌生过孩子，嫌干那事像穿了大两码的旧鞋，嫌工作是大集体，挣不来钱，嫌手粗糙得像锯齿，都滚他娘的蛋！老娘离了男人也能过。你走你的路！想看笑话？想去通风报信让那臭婊子笑话我？"申玉豹一直看着孩子，突然说："你是真喜欢我。你想让我抱抱？你爸爸没死，他和一个阿姨住一起了。你过来，好儿子。"小男孩突然挣脱了少妇的手，扑进申玉豹张开的怀抱，亲热地用小脏手摸着申玉豹苍白阴沉的脸，"你不是爸爸，我知道。"

申玉豹心里一热，"你说叔叔是个好叔叔？"小男孩学说着："叔叔是个好叔叔。""你说申玉豹是个好叔叔。"小男孩又说："申玉豹是个好叔叔。"

申玉豹放下男孩，从怀里摸出准备交给门会计买飞机票的一沓钱塞到小男孩手里，转身就走。少妇呆愣一会儿，喊着，"你回来，你为啥给俺孩子恁多钱？"

申玉豹扭头答道："他说申玉豹是个好叔叔。"

回到细柳巷呆坐一会儿，申玉豹猛然醒了似的，一拍大腿站起来。哎呀！赵春山要是把我的证言贪污了，我一拍屁股走了，谁还能咬出他李金堂？最好也把钱全中煽起来。

下午四点多钟，申玉豹出现在钱全中家里。

钱全中刚从李金堂家里吃完午饭回来，任娜和钱玉去学校给钱玉请假去了。这顿饭吃得他心惊肉跳。李金堂脸色很不好看，眉宇间已露隐隐的杀机。饭后，李金堂打发春英和任娜带着孩子去商场买玩具和衣服，一再重复说："养虎伤人，当年真该下狠心除了玉豹这个祸害！这回再不除掉他，就太对不起他死去的爹了。"两人谈了一两个小时，李金堂大都在回忆土改时的旧事，根本没再提说钱全中的事。钱全中知道李金堂已不再信他了，临走时表态说："李叔，后天我就去吧。"李金堂却又说："这大事还要靠你自己拿主意，李叔只能帮你参谋参谋。任娜已认在我和春英膝下，她的事我还管。"

钱全中没想到申玉豹会来，惊问一句："你咋来了？"

申玉豹大咧咧地坐下来道："我咋不能来？咱们不是还合作干过不少事吗？还合作杀了我老婆，眼下都在公安局的门口晃。我来找你谈谈心。"钱全中冷笑一声，"有啥好谈的！"

申玉豹笑作一团，"咋没啥谈的？同一案的兄弟，可谈的很多。我已经决定自首了。我那点事，加在一起，顶多住十年，我不自首我弄啥？你要不自首，小命恐怕要丢掉的。我今天来是给你指出路的。"钱全中瞪了申玉豹一眼，没说话。申玉豹道："如今，咱俩的敌人都是李金堂。上午他去找过我，劝我跑。我才不跑哩。我说我要自首，你猜他咋说？他说要整死我，一年内整不死我，他的李字倒着写。为啥要整死我？怕我揭出他贪污的 一百来万。他有个女婿记得是管监狱的，证明李金堂也没说大话。有个叫林苟生的，当年在监里就叫李金堂整个死去活来。这么一说，你我自首了，还是难逃这一劫。为啥他也要整死你？因为你帮他取走了那一百零八万。书上管这叫：狡兔死，走狗烹。你敢说你没替他取了这一百多万？"

钱全中黑着脸,没有说话。

申玉豹自倒了一杯开水继续说:"李金堂这人是啥人,我也不多说了,牵扯这笔钱,你指天发毒誓,他也要整死你!书上管这号人叫奸雄,曹操和他有点像。我呀,还不想死,不想死就得整死他李金堂。中央的调查组就要来龙泉查账了,李金堂那些钱,有八十八万是贪污的救灾款,揭发出来够毙他十回。提早揭发,肯定要奖励的。明人不说暗话,我刚从赵春山家里来,已经把李金堂贪污钱的事写了一份证言留在这个黑包公手里了。他说我立这个功,起码能减刑两年。你咋不说话呢?我这份证言里也提到了你。"钱全中忍不住说了一句:"你写我啥?"申玉豹喝了几口开水,抹了嘴笑道:"没说别的。我的钱被人取走,银行有数不清的证人。我写了这事,并且十分肯定这钱是你帮李金堂取的。你走不走这条路我不管,反正这事早晚要查到你头上。趁工作组在,你我一联手,就能整死他。这就是我给你指的路。这一蹲大狱,欧阳是得不到了,我得去给三妞留个话,她说她巴不得我蹲几年才嫁我哩。"

夜幕降临了。好问酒吧像往常一样,显出一片灯红酒绿。申玉豹独自走进第一次来坐过的六号包间,四小姐紧忙跟了进来。

"申总经理,好久好久没见你了。"

"没有好久,以后才叫好久。"

"吃点喝点啥?"

"啥也不喝,啥也不吃。"

"那你来做啥?"

"啥也不做,就是想来坐坐。"

"嘻嘻。"四小姐眨眨美丽的眼睛,"我明白了,申总经理一定是叫那些姐呀妹呀的吵吵得心烦,来这躲清闲的。"申玉豹笑了,"你的小嘴真会说话呀!哪儿还有啥姐呀妹的?都走了,都走了,就剩你这个小四了。过来,过来陪大哥说说话吧。"

四小姐只是倚着门框笑,没有动。

申玉豹掏了掏口袋,没有一分钱,从一个皮夹子里拣出一张存折,敲敲桌子问道:"咋没有人唱歌哩?哦,三妞不在了,就没有人唱歌了。三妞走了,也不知去了哪儿,她哥的朋友还找我要过人哩。想想我也对不住她,说不定真把她逼到老路上去了。再想想呢,还是三妞真疼我。

她在哪儿呢？再也听不到她唱的歌了。"

四小姐轻轻走到申玉豹的对面坐了下来，伤感地说："三姐命真好，这么多男人都疼着她。要是她能听到你这番话，我是说直接听到，不，看不见你人却听到了你这话，肯定会幸福得晕过去的。三姐是刀子嘴，心柔得很哩。"

申玉豹摇摇头，"她再也听不到了，再也听不到了。没准儿她正在哪个地方受苦受难呢！红遍京城？不管哪一行，想红遍京城都不容易。"

四小姐笑了，"三姐好着呢！不知什么时候她已经回龙泉了。"

"真的？"申玉豹忙说，"你能不能带我去看看她？"

四小姐抿嘴一笑，"我可不想看见两男人打架。林大叔平日里是个笑面虎，发起怒来可真吓人哩。她干爹前两天从广州回来了。要是我没猜错的话，林大叔肯定和她在一起。林大叔对三姐那份爱，可真没说的。"

申玉豹笑了，"三姐没出事，我这心里也少一份牵挂。林老板是个人物，经过八十一难没死，可见有后福，三姐跟着他，比跟着我强。小四，把你的笔借我用用。"接过四小姐递过来的圆珠笔，在存折背面写下一行数字，连存折一起交给四小姐，"三姐和我分手，没带走我一针一线，想想真对不住她。这十一万八千块钱，是我做正经生意挣来的，原是为应急用的，存了四五年了，这是活期，密码我写在折子后面。你把这折子交给她，让她十天内一定去把钱取了，迟了就来不及了。那八千块钱零头算是我给你的跑腿费，她会信的。我还有急事要办，走了。"四小姐道："折子我一定送到，跑腿费就免了吧。"

申玉豹走到酒吧门口，听见录音机里一个男人在唱：

　　前方的路虽然太凄迷
　　我在笑容里为你祝福

他叹了一句，"好歌呀！"然后大步冲进夜幕。

回到家，申玉豹再也撑不住，朝沙发上一歪，大口喘着气。小山子打开一听"健力宝"递了过去。申玉豹喝了几口，看了看茶几上捆好的土制炸药包，"很好，小山子，你很听话。我怎么一点气力也没有了，这种时候可不能松劲儿。"小山子过去端来一个电饭锅，揭开盖子说："怕是饿了,我给你买的炒面,一直热着呢。"申玉豹闻到香气,就流了一嘴的口水。小山子一看没拿筷子,去一趟厨房转来,申玉豹已把一大盘子炒面抓吃个干净。申玉豹翻出几张餐巾纸,揩揩手擦擦嘴说道:"小山子,你到院门外给我放个哨,从外面锁了门。要是有可疑的人来,你给我报个信儿。领头的是个五十多岁的男人,长得比我还难看,一笑露两颗板牙,眼睛像狼眼,亮起来像三节手电。办完了事我叫你,中间不准进来。"

小山子出去后,申玉豹去开保险柜。谁知忽然间忘了密码,又踢又拍,急得一头大汗。总算看见了那里面堆放的花花绿绿的外币,他自言自语一声:"天不绝我!"把外币装了大半密码皮箱,他又去作贮藏室用的小屋里拎过来一只破麻袋,又装了近一百扎百元大钞。这时,麻袋里还剩几十扎钱,箱子已经满了。他提提皮箱,又骂一句:"狗日的,到底是钱,还不轻哩。"然后,他把麻袋拎过去,扔进了保险柜。他掏出皮夹子,看看所有必带证件都在,走出屋子喊了一声"小山子"。

申玉豹穿上灰毛呢大衣,戴上礼帽,拎上密码箱,站着对小山子说:"你去到巷子拐角等我。十二点后,我还没有回来,你也不要着急,不要声张,安安生生回来睡你的觉。以后呢,你就一个人在这里住下去。你到街上买饭,要买两个人吃的。晚上要把所有的灯都打开,电视机、收音机、录音机,凡是能响的都叫响起来。等上三五天,要是有人来找我,你就说我到北京和外商做生意了。"他盯着茶几下边的那把镶着银鞘的藏刀看了一会儿,弯腰取了,贴着西服内口袋放进去。小山子问道:"你出门带刀干啥?"

"杀人!"申玉豹支吾一声,"外、外出做事,防身。你他妈的啥事都要问,该你问吗?管好你自己的事,千万不能往家带女人。你小小年纪,不懂好坏,弄不好就毁了一辈子。你可要记着时间。我走了。"

天空正有一轮黄月亮高悬着。申玉豹一路走,一路不时地看那黄月亮。黄月亮在申玉豹眼中变化着,变着变着就变成了轮盘赌的大赌盘。桂花树、桂花酒、玉兔和吴刚,是黑白单双,押中顶多一赔五,嫦娥就是那个最大的数,押上就是一赔三十六,要么上天堂,要么下地狱。申玉豹要押这个三十六了。

申玉豹到了城隍庙街88号门前,毫不迟疑地敲响了门。敲了七八下,没见动静,申玉豹急了,看着楼门两边的墙虽不低,但可借助石榴树攀上去。刚准备把密码箱先扔进去,门突然开了。欧阳洪梅冷笑道:"还想破门而入吗?"

申玉豹忙闪进院子,压低嗓音说:"我有急事找你,这儿不好说,到屋里说。"

欧阳洪梅穿着雪青色睡袍,冷冰冰地上下打量着申玉豹,"看样子是准备走了。走就走吧,又来找我干什么?"

申玉豹不说话,把密码箱朝矮茶桌上一放,取下礼帽。欧阳洪梅的目光变得傲慢、阴郁起来,"你把帽子戴上,拎上你这一箱钱走吧。"申玉豹身子一紧,"你咋知道是钱?"欧阳洪梅道:"我太了解你了!你是来准备挟持我一起走的。"

申玉豹笑了,弯着腰开密码箱,"你真能,啥事都瞒不过你。有了你,啥都有了,啥都不愁了。我是来约你一起走的。我们去香港,这些钱足够我俩用一辈子了。有两天工夫,我们就到深圳。到深圳我就有办法弄到假护照,一个星期后,咱们就能住进香港的公寓了。那假护照我见过的,和真的一模一样,像双胞胎,不是亲爹娘,谁一眼也辨不出来。龙泉有啥好的,你吃的苦还不够多吗?工作组马上就到了,李金堂就要完蛋了!大贪污犯,够枪毙两三回的。中午,我把一份证词留给了赵春山。他是个铁面无私的黑包公,六亲不认。白剑也靠不住,像个拼命三郎,凶险得紧。今天他在龙泉侥幸打赢了,明天到什么虎泉遇上个王金堂,说不定会丢掉小命。跟我走吧。"

欧阳洪梅笑了笑,"玉豹,谢谢你为我考虑这么多。你带的土制炸药包呢?"申玉豹一愣怔,"啥炸药包?"欧阳洪梅道:"很早很早了,你说过要带我去水库炸什么鱼,说是做了几个炸药包。"一丝阴毒的狞笑在申玉豹脸上打着哆嗦闪了过去,申玉豹说:"是有这么回事,后来你总是不接电话不开门,也没去成。都传疯了,你还不知道?说是赵河上游水库里出现一种鱼,长有两条尾巴。当年刘秀在龙泉落了难,这种鱼救过他。说是刘秀被追杀得没奈何,扳倒一口井解了渴,跑呀跑的,跑到了赵河边。后面追兵又来了,河里又没船。刘秀没办法,又不会水,这时就想死,眼一闭,就跳到河里去了。他没有淹死,这种两条尾巴的鱼渡他过了赵河。骑鱼过河也不新鲜,记不得是哪个皇帝,还是只泥马渡他过的江哩。这鱼的贵处在后头。说是刘秀过了河,已经饿得头晕眼花了。连年战乱,人都跑光了,哪里能找到吃的!刘秀走着走着就晕倒了。大约过了一个时辰，刘秀被一种从来没有闻到过的香气弄醒了。你猜猜是啥子香？鱼香！一条长着俩大尾巴的大白鱼冒着热气躺在刘秀的鼻子尖下。没有旁人，没有火，也没有锅，只能是这鱼自己蒸熟了自己给刘秀吃的。你说奇不奇。"

欧阳洪梅有气无力地说："玉豹，我再次谢谢你，在我临终之前给我讲了这个美丽的传说。炸药包你是没带，那就把你带的枪拿出来吧。你对准了开，别一下子打不死我叫我受罪。"她突然间抖了一下身子，人一下子有了精神，一副无所畏惧的样子朝申玉豹走近一步，右手扯开睡袍的领子，按着乳沟靠左的地方说："这就是心脏的部位，有枪就从这打进去。没有枪，就把你带的刀拿出来吧，把刀刃横着，贴着这骨头扎进去。要不了多深，有三四厘米就足够了，这样就能导致内出血。你扎呀，你快扎呀！"

申玉豹向后退了两步，口吃地说着，"我，我，我没有没有，你，你别靠近我……"

欧阳洪梅再逼一步，"你知道我为什么明知道你会来杀我，还要给你开门吗？你猜不出来！你心里想什么，我都知道，都知道。你知道我肯定不会跟你走，所以你就动了杀机。你不能让任何人得到我，这就是你的动机。你敢看着我的眼睛，说你没带任何凶器，说你根本没动过要杀死我的念头吗？你看着，看着说呀！把东西拿出来吧。"

申玉豹满头是汗，一直朝后墙退着，最后跌坐在沙发上，抖着手从怀里摸出了藏刀，捧着看看，看着看着，突然间把带鞘的刀扔在地毯上，大口大口喘着气。欧阳洪梅泪流满面，晃动着身子走几步，跪下一条腿，过了好久又跪下一条腿，拿起藏刀，两手一分，藏刀出了鞘，闪着冰冷的光芒。她脸上泛起了异样美丽的红晕，一个悠长的笑在这片红晕上开放了，"真是一把好刀，好刀呀！我不明白你真敢起了这个心！真好，你起这个心真好！一下子什么都结束了，都结束了。你杀了我，你心里就安宁了。你就可以放心大胆去深圳，到香港去。你就不能想到个别的地方？香港，香港现在是英国人当总督，你做生意恰好骗的是英国人，正好去送上门。你就想不到去泰国？去越南？真不该提醒你，你是来杀我的呀！"她刀尖对准自己的乳沟仰着脸看着申玉豹，"你是不是胆量不够？我帮帮你，你往前一送，我往前一扑，你就……"

申玉豹猛地夺回了藏刀，一笑一笑地站起来，"我，我是拿着防身的。我,我来给你送钱。我,我哪里也不想去了。你,你别怕,别怕。我说过这些钱都是你的。不要说我来过了,不要说!"他握着藏刀,拉开门冲进一片月光。

欧阳洪梅身子一歪,晕倒在地毯上。

小山子看见申玉豹手里握着一把刀狂奔过来,又没了手提箱,又没了礼帽,惊叫一声迎过去,"总经理,歹徒在哪儿,我和你一起去追。"申玉豹扶着小山子喘喘气,说道:"扶我回去吧。"小山子扶着申玉豹折向细柳巷,嘴里安慰着:"总经理,丢了一只箱子,你也别往心里去,只要人好好的,就是大幸。"

两人进了院子,申玉豹推开小山子道:"上楼把你的东西收拾收拾,那台音响也送给你,留着学洋文吧。抓紧一点,已经后半夜了。"小山子不解地问:"总经理,这是啥意思?"

"啥意思?"申玉豹厉声喝道,"啥意思你都不知道?从现在起,你被解雇了。明白没有?就是你被我炒了鱿鱼!"

小山子咕哝一句:"好好的,咋就把我辞了?"

申玉豹大喝一声:"我遇到了仇家,把我打劫了,公司破了产,你跟着我等死呀!"

小山子收拾好自己的东西拎下来,说道:"总经理,录音机给你留下,你要再想听听外国广播,就不用花这笔钱了。"申玉豹挤出一个笑,"老子要不是垮了,把你送大学读两年,回来真是好帮手。"小山子又说:"总经理,天这么晚了,我能不能再住一晚明早走。"申玉豹吼道:"你等死呀。今晚说不定会出事的。"小山子道:"那我就更不能走了,留下来还能帮帮你。"申玉豹惊奇地看看小山子,"平日里你老是和我顶嘴,想不到你还是个忠臣。不会出啥大事的,你放心吧。"他看了看表,顺手取了下来,递给小山子,"这只表送给你吧。瑞士镶钻石名牌,五千八买的。上次遭人绑架,只拿走了我的金戒指。先放着,等上大学时戴上,压压穷酸气,压压土腥气,不定还能帮你勾搭一个漂亮的老婆。"小山子推辞说:"怎贵重的东西,还是你留着用吧。"申玉豹白眼马上扔过去,"娘们儿一样,没一点干脆劲儿。你走吧。"

小山子走进院子,申玉豹一转身看见了保险柜,又喊了一声:"回来。"过去打开保险柜,从麻袋里摸出几沓钱,"这些钱送给你,复学读书吧。"小山子一看那一扎扎百元大钞,惊得直往后缩,连声说:"小山子没为你做啥，可不敢要这些钱。"申玉豹强行拉住小山子，把钱塞到小山子的背包里，"叫你拿着就拿着，留着也是给外国人留着。你走吧，走得越远越好。以后不要对任何人说我申玉豹雇过你！一旦躲不过，今天送你的东西，一件也不要说。你马上给我走！"

小山子噙着眼泪，依依不舍的样子，一步一回头地挪出了院子。

申玉豹关了院门，进了屋里抽烟，一支接一支地抽。走？往哪里走？香港是去不成了。泰国？泰国从哪儿入境呢？往北走？去苏联？钱都送给欧阳了，哪里也不能去了。这个女人日他妈真是个人精，真是个疯子。我真的想到要杀死她吗？我没有想过？我带藏刀就是为了要防身用吗？难道我真想杀死她？杀杀杀，都该杀！偏偏欧阳不该杀。该杀的是李金堂！对，应该杀了他。

申玉豹盯住茶几上的炸药包不动了。看着看着，他惊得后退一步，仿佛已经看到了李金堂血肉横飞的惨状。他要整死我，他说过要整死我，他说过要整死我就一定会整死我。谁也斗不过他，我也斗不过。林苟生败了，七八个县委书记都败了，刘清松也败了。都败了。不能自首，不能自首，自首他就要整死我。申玉豹眼睛里蹿出了幽蓝幽蓝的火苗，扑过去抱住了捆绑在一起的土炸药包。我不杀他，他就要杀我。杀了他！

"他会不会不在家呢？"申玉豹又犹豫起来。他要是睡在另一个姘头家里，就只能炸死春英姨了。我和她无冤无仇的。炸了他，炸了他！他看见了保险柜，放下炸药包，跌跌撞撞拎出了破麻袋。我还有钱，炸了他出去逍遥。他本来是劝我走的，我说要告他，他才说要除掉我。我抢了他的女人，我真的抢了他的女人。那可是人精一样的女人！上了床就像鸽子一样咕咕叫，人都要叫酥麻了。炸了他！炸了他！要是炸不死他呢？赵春山说监狱里还能看电视，李金堂要是吓唬人呢？申玉豹脑子里乱极了。他看见一个炸药包已经破了，露出了碎铁块和火药。小山子做的东西能管用吗？试都没有试过哩！我拿着不会响的炸药包去炸李金堂，这个年就过不去了。他下意识地摸出了打火机，脑子里现出一片空白。他悲哀地叹一句："她为啥宁可让我杀死也不跟我走呢？"我完了，我什么也不是，什么也不是呀！

他的精神彻底崩溃了。看着燃起的导火索，脸上露出了怪异的笑，眼睛直勾勾地盯着像节日焰火一样美丽的火花。他抱出几沓钱，叹了一口气,脑子忽然间清晰起来:"你已经风光够了。你当过龙泉首富。你睡过龙泉第一美人。你惊动了中央调查组……"

多年来,他一直有早起的习惯。那一声震布全城的爆炸响,惊得他从床上坐了起来。他感到一阵莫名的心悸,呆呆地望着蒙蒙发亮的窗户。春英窸窸窣窣穿衣服的时候,发现丈夫愣怔得竟不知披衣服,忙停下来,取了压在被子上的军大衣仔细给李金堂披上。春英出去洗漱了再回里屋,发现李金堂仍是那个姿势没动,不禁感到诧异。确实太反常了,多年来,李金堂一直把全城、全县都当成自己的家,哪里出现了异常和娄子,他马上就会坐不住,今天这是怎么了?春英走到床边,小声问道:"咋啦?是不是不美了①?哪里不美了?"李金堂神色张皇,声音变了调地说:"你,你先不要做饭,出去,出去问问哪里出了事。听声音在西北方向,你快去打听,快点。"

春英便成了最早赶到现场的一群人之一。问了听了一些情况后,匆匆忙忙赶到家,李金堂仍一动不动坐着。春英有些怕了,吞吐着:"玉、玉豹的房子不知叫什么东、东西炸塌了,也不知屋里有没有人。"

李金堂肩膀一抖,身子朝后一仰,头把墙撞出很大一个响动,喃喃一声:"玉豹死了。"过了好一阵儿,他又接着说:"侥幸,侥幸。"春英听不明白,一看男人没病,出了屋做早饭去了。

李金堂心里想:是我把他逼死的,不会因为别的。再看了一会儿天花板,低低地咕哝一句:"他应该有杀我的胆量了,侥幸。"基于这个判断,李金堂有些后悔了。抖掉大衣穿衣服的时候,他发现自己的汗水已将衬衣全部浸透。我不该昨天对他说那番话,过分了,过分了就把握不住。他再次说一句:"侥幸。"他想起了三十几年来和申宝栓、申玉豹父子交往的许许多多的细节。想起了镇压申宝天,想起了放卫星,想起了大洪水,想起了在申玉豹名下存了几年的那笔钱,想起了这近一年来和申玉豹之间的磕碰。他再一次后悔昨天给申玉豹说的那番话。确实,在很长一段时间,李金堂真的把申玉豹当成儿子来看待过。

万一玉豹真是自己的儿子呢?真该早一点问问那个女人。心里有了悔意,他就开始想为申玉豹身后事做点什么尽尽心了。申玉豹一死,那

---

① 不美了:方言,指有小病。

532

笔钱就少了一个重要的见证人，那一股无形的压力也随即减了几分。

早上八点多钟，李金堂带着县委主要领导来到细柳巷查看出事现场。李金堂披着军大衣伫立在一块倾斜的楼板前，一言不发。朱新泉围着废墟看一圈，走过来小声咕哝道："畏罪自杀。"李金堂猛地一甩头，狠狠地盯了朱新泉一眼，用斩钉截铁的口吻说道："可不要下这种结论！致死吴玉芳的主犯已经自首，申玉豹至于怕得要自杀吗？那件涉外的经济纠纷案，只是个经济纠纷，大不了是个赔款，用得着自杀？玉豹肯定是不小心点着了什么，不是自杀。"他低头捡起半张百元钞票，对着阳光看看里面的水印，"玉豹的荣昌贸易公司，是全县个休企业中每年上缴利税最多、创汇最多的一家。对他经营中的经验和教训，要给一个正确的评估。这个问题关系着龙泉个体企业的形象问题，万万不可马虎。玉豹死了，龙泉的个体企业还是要发展壮大的。他闹出的涉外经济案，应由县政府出面解决。玉豹做最后一笔生意，回来和我说过，他的货是运到澳大利亚，不是运到英国。如今出了事情，怎么能一口咬定是荣昌公司的错？下午开个常委会议议这件事。问问银行，看看接到没接到冻结荣昌贸易公司资金的通知，要是没有，那就是上边对这件事也没认下来，要等调查完才能定论。下午的常委会要让银行行长列席，另外，请荣昌公司主管经营的人到会上汇报一下上次出口货物的详细情况。让城建局派个吊车来，还是早一点把玉豹弄出来。让电视台来把整个过程录下来。"

荣昌公司的门会计哭成个泪人儿，一听李金堂这番话，忙挤过来说道："李书记，俺们总经理绝对不会自杀。昨天上午他还让我今天去柳城订五张到广州的飞机票，后天要到广州做几百万的大生意哩。"这时，几个保镖也都过来作证，都证实了申玉豹要去广州的事。其中一个一拍脑袋补充道："我想起来了，总经理做了十几个小炸药包，准备到水库里去炸鱼，肯定是他抽烟不小心把炸药包点着了。"

至此，申玉豹自杀已不能成立。

白剑听了李金堂那番话，心里油然生出了钦佩之情。这种处惊不乱的定力，匪夷所思的应变能力，普通的政客很难具备。经此变故，白剑有点惶惑了。

林苟生带着三妞赶到出事现场时，被炸成七八大块几十小块的申玉豹已经被送到殡仪馆做整容去了。堂屋的地面已经裸露出来一些，满地都是烧烂的钱。几个建筑工人在搬炸烂的电视机，电视台的记者正在一丝不苟地拍摄。

三妞倚在林苟生的胸前抽泣不止，一双泪眼一直没有离开过这个她十分熟悉的房间。两个工人抬起炸烂烧焦的沙发，三妞看见了下面的圆饼干盒。看了一会儿，不顾一切地冲进去，把那铁盒子死死抱住了。刑警小李子挡了过去说："你怎么拿东西呢？"三妞只是重复说："我的，我的，我的。"小李子说："里边有什么东西你还记得吗？"三妞只是说："我的我的我的……"林苟生走过来很不自然地说："她，她和玉豹谈过半、半年……"小李子再看看三妞，惊奇道："原来是三妞呀，漂亮得我都认不出了。"三妞强笑一下道："李哥——"打开盒子一看，里面放着一双红皮鞋和一个小男孩小女孩撅着屁股亲嘴的细瓷玩具。三妞抓住玩具，抱住皮鞋哇的一声哭喊出来："玉豹——"林苟生紧紧地搂着三妞的肩膀，无声地流了两行老泪。

四小姐早看到了三妞和林苟生，心里矛盾着，斗争着，已经把衣袋里的存折捏得水淋淋的。她咬咬牙，退出了人群，坐上一辆三轮车去车站，她要去取钱。

钱全中也在这个时候悄悄退出了人群。他从李金堂变戏法一样的谈话和刀一样犀利的眼光里，很自然地得出这样一个结论：申玉豹是他杀！

被赵春山带人抓走是死，自首后到了监狱也难免一死。供出李金堂那巨款，真能给李金堂定罪吗？钱全中摇了摇头。坐在家里冥思苦想好一会儿，他认定自己必死无疑。万念俱焚后，钱全中悲哀地想：就剩下我这一个知情者了，我就让他彻底放心吧。

钱全中拿了笔和纸，匆忙写了一封信，看见春英刚给女儿买来的猪八戒模样的扑满，他把信叠成一个小方块，塞进扑满，又拉开抽屉找出十几枚硬币丢了进去。随后，他又在一张纸上写道："任娜，我要出趟远门，什么时候回来无法确定。生活上遇到困难，请找李叔和春英姨帮助。这只扑满似是李叔家的那只，昨天你可能拿错了，请你到时候一定把这只扑满还给李叔。"

写罢，他用扑满压住纸条，无奈地瞥一眼全家福，急匆匆出了家门。

外面，寒风正紧。

# 第三十三章

欧阳洪梅睁开眼睛，看见房门洞开着。外面天已经大亮。穿着睡袍在地毯上昏睡大半夜，浑身已冻得冰凉，有心想站起来，手脚已僵硬得不听使唤。这时候，她听到了一个熟悉的声音在喊她，轻轻地应了一声，有气无力，吐字不清，接着又昏过去了。

李玲跨进院门，惊叫道："咋不见师父答应，怕是出事了，"又喊了一声，"洪梅姐——""娄阿鼠"小眼睛滴溜溜一转，"不好！师父的闺房也大开着。快进去看看。"

两人一见欧阳洪梅的样子，一齐惊叫一声，跪在地上喊叫起来："师父，师父，快醒醒，你这是咋啦？"欧阳洪梅勉强抬抬手，吐出一个字："冷！"

李玲早惊吓得四肢无力，看见茶桌上那顶男人戴的礼帽，一屁股瘫坐在地上，又惊叫一声跳起来，盯着地上金灿灿的藏刀刀鞘看着，看着看着，突然间把欧阳洪梅翻了个身，喜见欧阳洪梅身上没有刀伤，这才揩一把冷汗道："你还愣着干什么，快把师父抱到床上。""娄阿鼠"把欧阳洪梅抱到床上，李玲又叫他："你快去把街口上康复诊所卢阿姨请来。"说罢，自己脱得赤条条的，揭了被子，紧紧搂着欧阳洪梅躺下了，又吼道："看啥看，没见过！你还不快去。""娄阿鼠"口吃道，"人，人中穴，掐掐。"李玲骂道："你快去叫卢阿姨，就说师父晕过去了，心脏还在跳呢！"

卢大夫赶来时，欧阳洪梅已经醒过来了。卢大夫把了脉，听了内脏，拿出一支大号针管说道："受了强刺激，又冻得太久，血糖太低了，打一针会好一些。你们再熬点姜汤红糖水让她喝点，看样子不要紧。"

折腾了一个多小时,欧阳洪梅终于能坐起来了。李玲穿好衣服吐着舌头道:"谢天谢地,这梦总算没应。"欧阳洪梅幽幽问道:"啥梦?"李玲就势坐在床边上,"如今说说也无妨了。昨夜黑我做个太凶险的梦,梦见你赤身裸体被一个蒙面人提着牛耳尖刀追杀。只听一声巨响,把这梦也给震没了。起来后,想着这梦都是反的,没在意,跑步去公园练功,路上听人说申玉豹自杀了,炸塌了一幢楼。又想起这个梦,就拉小娄子一起来了。"欧阳洪梅惊叫道:"你说啥?申玉豹自杀了?不可能,不可能。"

　　"现在又不是自杀了。""娄阿鼠"拎着几服中药走进来,"刚才抓药,顺路去看了一眼,真叫那个惨,胳膊、腿都炸成了几截,已经运殡仪馆整容了。李书记发了话,说这是意外事故。他的手下也有人作证说他准备去广州谈大生意。李书记还说下午要专门为申玉豹的事开常委会研究研究如何对付外国人哩。"欧阳洪梅登时泪如雨下,喊一句:"是我害了你呀——"两眼一翻,身子朝一边歪过去。

　　李玲喊了两声不见答应,一脚踢在"娄阿鼠"屁股上,"一点眼色没有。洪梅姐,你醒醒——""娄阿鼠"恍然大悟道:"师父拒绝了他,这申玉豹就殉情了,这出戏没想到也弄成了大悲剧。"李玲哭骂道:"放什么闲屁,快去叫医生。""娄阿鼠"捋捋袖道:"这种情况是哭背过气了,来,你掐人中穴,我掐合谷穴,我见人这样试过。"

　　两人分工掐了一会儿,欧阳洪梅打个嗝,又哭喊一声:"是我把你害死的呀——""娄阿鼠"松了欧阳洪梅的手说道:"哭他一声也就是了,再哭就太抬举他了。"李玲也说道:"你身体这样,自己不怜惜,也要怜惜怜惜我,你再哭昏两回,还不把我的心脏病吓出来了。"欧阳洪梅抹一把眼泪,叹口气道:"要是再给他几年时间,他就真能成就一个人物了。你们扶我去看看他。"李玲噘着嘴嗔怪道:"人家遇到这事,躲都躲不及哩。"欧阳洪梅叹道:"玉豹对咱剧团是有功的,上次那样别致的欢迎,也只有他这种热情的人才能想得出来。""娄阿鼠"道:"师父团长,等你好点了,咱们带个特大号的花圈去殡仪馆尽尽心就是了,这也算没枉他热烈持久地追你一场。"

　　欧阳洪梅强撑着下地走两步,又回到床上躺下说:"小娄子,下午县里为玉豹开会可是真的?""娄阿鼠"说:"没假的,电视台一直在录像哩,为的就是给外国人看。"欧阳洪梅咬了咬嘴唇,喊道:"玲儿,你把写字台下面柜子里的貂皮大衣给我拿过来。"李玲在屏风那边应一声,"我把药煎上就拿来。"

过了一会儿,李玲拎着大衣走了进来,摆弄着下摆道:"这就是闹出不少传说的那件衣服呀?唉,咋就烂了两个口子哩。"欧阳洪梅也不回避,说道:"那一天,和他吵架,剪的。他送过来,我只试一次,今天我倒想穿穿了。小娄子,你去把胡姨从印染厂请过来,也只有她的女红才敢补这种衣服。"

四个人,忙煎药的忙煎药,忙做饭的忙做饭,下午两点多钟,老胡眉才把大衣递给欧阳洪梅,取下老花镜说:"好了。早个十年,我真能补他个天衣无缝。"欧阳洪梅穿上走了几步,李玲盯着看看,又讨去摸摸,惊奇道:"这世上还真有胡姨这种巧手!"胡眉得意地笑道:"全龙泉你再找不出第二双。龙泉不也只有一个欧阳家吗?民国三十四……"欧阳洪梅忙打断说:"胡姨,等我们回来再听你讲古。你先在家里歇会儿,我们要去办件要紧事。小娄子,把大沙发边的密码箱拎上。是时候了。""娄阿鼠"一提箱子,叫一句:"啥好东西,死沉。"

欧阳洪梅淡淡地说:"全是钱。"

下午两点半,李金堂准时出现在党委会议室。银行行长汇报了申玉豹的存款情况。现在,申玉豹在银行开有两个账号,一个账号存人民币,一个账号存美元,现仍有人民币四百三十二万八千元,美元三十六万四千元。另外,申玉豹有个存折上尚留有三十八万七千三百二十一元六角四分的利息。荣昌贸易公司的业务经理向常委会报告了这几年驼毛、羽绒的经营情况,没有一宗货发往英国,在跟马克西姆做这两大笔生意时,马克西姆都拼命压价,最后的成交价只是国际市场价的三分之一。

李金堂讲了他的意见:"这些情况都很重要。这些驼毛和羽绒,只卖了真驼毛和羽绒价钱的三分之一,这就证明我们没有挂羊头卖狗肉,对阿尔卑斯山的几条人命,我们没有任何责任。两次交易,他们都抽查过样品,还因为我们的货只有百分之八十五至九十的纯度而大压其价。即便他们能从英国带回样品,带回我们的包装,又能说明什么问题呢?合同上明文规定,货物出了上海港,一切都与我们无关了。这个官司可以跟他们打。不过,这件事情,我们又不能推得太干净,我们可以负部分责任。如今玉豹已经死于意外事故,作为个体企业,不理他这个茬儿，神仙也没有办法。不过呢，这件事惊动了外贸部，总该对上面有个交代。赔偿是一定要赔的，赔多赔少，效果都一样，只能表达一种诚意。你们有什么意见可以谈谈。我想呢，为了国家利益，为了龙泉利益，为了荣昌公司的利益，账上留这么多钱让他们的全权代表知道了，可不好。玉豹出事故时，烧毁的钱谁能数得清楚？"

听李金堂这么一说，大家都觉得有道理，七嘴八舌议了一阵，都同意账上留一百五十万人民币、十五万美元比较合适，到时经讨价还价，赔他们十万美元，这事也算说得过去了，要是留得太少，又不合荣昌公司的身份。转移出的钱要是归申玉豹的继承人所有，大家似乎又用不着绞尽脑汁，挖空心思谋划这件事。这么做总是违反了金融和财经制度，只有为了至高无上的国家利益，才值得这么做。可是，申玉豹突然死于意外事故，没有留下只言片语，把他的一笔巨款据为国有，似乎也不大合适，一时都没想出好主意，大家都闷着不说话了。

刚刚改任党委秘书的夏仁走进来，和李金堂耳语几句，李金堂忙站起身，把会议室的两扇门都打开了。

李金堂看见欧阳洪梅身上的貂皮大衣，怔了一下，忙闪在一边，让欧阳洪梅先走了进去。

欧阳洪梅微微朝在座的各位点点头，从"娄阿鼠"手中接过密码箱，费力地移到一个茶几上，打开箱子道："各位县领导，这是申玉豹很早以前存放在我家里的一笔钱。玉豹常感叹他爹死后家境变坏，没读多少书，很想为县里的教育事业尽尽力，跟我商量出钱为县里办一所中学。当然，他想用他的名字做校名。可能是他觉得钱还不够，近来没听他再提这事。如今他出了意外去了，再也无法找他商量，我决定遵照他的意愿，不是遗愿，把这笔钱捐给政府办学。"

会场变得鸦雀无声。李金堂突然间拍起了巴掌，大家这才一起跟着鼓起掌来。鼓了好一会儿掌，李金堂说道："这下难题解决了。我提议用这两笔钱为龙泉再建一座中学。至于校名，直接用玉豹不合适，我看就用荣昌二字，意思不错，又算是对玉豹的一种纪念。你们看怎么样？"县长王宝林说："我完全同意。只是这个决定要等英国人走后再宣布，这两天不能对任何人讲，算一条纪律。"李金堂接道："宝林说得对，眼下有几个关口要过，特别是对付外国人，一定要统一口径，免得鸡飞蛋打。大家还有没有其他不同意见？"政协张主席推推眼镜道："玉豹最后这个相亮得有水平，做了一件功德无量的大好事。龙泉不能对不住他，他的丧事应放在英国人离境之后，隆重操办。"大家都纷纷表示说这样最好。

欧阳洪梅突然说："我还有点意见。作为申玉豹捐款的经手人，我希望能以政府的名义给我一个文字依据，也好在将来我能有个监督权，不致使这笔钱流到不该去的地方……不知所终了。"

大家都说有道理，接下来，就开始数钱。数了足足一个多小时，总数目出来了，共有：人民币三百七十万元，美元一百零七点三万元，港币七万八千元，英镑十一万九千，日元四千万元。

李金堂把盖了县委血红大印的收据递给欧阳洪梅，谁知欧阳洪梅又说："哪位在上面再签个大名吧，别弄得到时候我找不到监督的对象。"李金堂掏出笔写了自己的名字。王宝林看出点两人间的矛盾，笑呵呵走过来道："欧阳团长，我这个县长负责抓落实，也签个名。"

马克西姆的全权代表奥威尔先生在外贸部、省外贸厅、柳城外贸局三名工作人员和一名翻译的陪同下，提前一天来到龙泉。李金堂给他安排的第一个节目就是给他播放了申玉豹遇难现场清理过程的录像。吃过午饭，李金堂和奥威尔进行了简短的会谈。李金堂反复强调：荣昌贸易公司的货都运到了澳大利亚，阿尔卑斯山的不幸事件应由荣昌公司总经理和马克西姆先生共同负责。等奥威尔先生认同了这一点后，李金堂又说："自从接到上级关于这场经济纠纷的公函后，龙泉政府积极配合，当天就冻结了荣昌贸易公司的全部流动资金，很愿意承担应负的那部分责任。"奥威尔亲自去银行查看了申玉豹的存款，对偌大的一个公司只剩这么一点点钱表示不可理解。李金堂又把奥威尔请到电视机前，选了一个满地是烧焦钞票的镜头暂停下来道："都化为灰烬了。"奥威尔表示不可思议，说："难道他不懂得钱存在银行才会变成下蛋的母鸡吗？"李金堂笑着解释说："中国的商人，宁愿把钱当成不下蛋的公鸡养在家里，因为他们怕母鸡放在银行收不到蛋又把母鸡累瘦了。另外，还有民航售票人员可以作证，申先生已预订五张第三天飞广州的机票。此行他带三个保镖，可见这次他准备做现款交易的大宗生意。"奥威尔无可奈何地点点头，又说："李先生的意思呢？"李金堂说道："按国际惯例解决。贵公司也无法提出申先生账上的美元全是贵公司支付的有效证据，赔偿这部分美金的百分之七十如何？配方作为商业机密，恐怕只有申先生一人知道，如今他已作古，这件事弄出个谁是谁非难度太大。中国有很多资源，有很大的市场，奥威尔先生难道不想翻过这不愉快的一页，揭开新的篇章看看吗？"奥威尔先生只好伸出了手，"好，我拿走八万四千美元，咱们还是朋友。"

奥威尔在龙泉住了一夜，第二天就离开了。行前，他再次表示："李先生是个坦诚、机智、幽默、可以合作的朋友。"

申玉豹假驼毛案出现戏剧性的变化，为李金堂在龙泉赢得了新的声誉。

英国客人前脚一走，龙泉城里马上风传一则消息：申玉豹生前捐一笔折合人民币近千万的巨款准备建一座荣昌中学，为回报申玉豹的美意，县里将为申玉豹举行隆重的葬礼。

星期六晚间，龙泉新闻节目播发了这样一条消息：我县著名农民企业家申玉豹同志遗体告别仪式将于明早八点钟在县殡仪馆举行。遵照申玉豹同志生前意愿，龙泉县人民政府近日作出决定：用申玉豹捐赠的约一千万元人民币建立一所荣昌中学。

星期天上午九点多，白剑去了殡仪馆。此时，遗体告别仪式的高潮已经过去，殡仪馆门前看热闹的群众仍在乐此不疲地议论着。"活这样一辈子，也算风光。""可不是吗，县里四大家正副职都来鞠了躬。""没这一千万，死了也就死了。""我数了数，共有八个女人都掉了眼泪。欧阳团长手里捧的也不知是真玫瑰、假玫瑰，就她一个女人没掉眼泪。官方不出面，有这几个女人送送，也算没枉活几十年。""最可怜的女人是他妈，儿子没了，钱捐了，自己疯了。""他这个守灵的亲妹子可不咋样，眼泪豆没掉下几个。""一千万没有了，心里有气呗！这些女人八成都是他养着的。哭的不是人，是哭钱哩。""话虽有理，可不能这么说。我听说那个三妞可是撕过一张五万块的现金支票，如今不也哭得泪人儿一样？这人说不清，真说不清。酒吧那个小四，跟我家住邻居，天天都回家睡，说她也跟这申玉豹有一腿，我可不信，可就她哭得最动情。""谁说这风流事非得晚上干不中？你看那个抱个娃的，模样可不咋着，这不是把私生子都抱来了？钱，就是钱，没别的。"

白剑正在犹豫该不该挤进去看申玉豹一眼，突然有人拉住了他的衣袖。扭头一看，一个包裹很严的中年妇女露出两只眼睛朝他眨着，似乎是个熟人，一时又辨不出是谁，疑惑地问一句："你是——"中年妇女拉弯了他的腰,轻声说道:"庞秋雁。有事找你商量,咱们各坐一辆三轮到北关国道十字路口,我的车在那里。"说罢,转身便离去了。

"庞秋雁,她来干什么?"白剑疑惑着,"刘清松久无音讯,难道他们又到一起了?工作组就要来了,莫非她来求我做什么事?见见再说。"

上了庞秋雁的车,白剑笑道:"咋弄成地下党接头了。"庞秋雁说:"没办法,认识我这张脸的人太多。龙泉又大祸临头,传出去说我密谋造反、公报私仇,可不美气。"变戏法似的把一把糖放进白剑掌中,又打开一盒红塔山烟,递给白剑一支,掏出一个打火机道:"抽吧,我给你点火。"白剑照着做了,对这个把戏还是不明不白。庞秋雁笑道:"按柳城的规矩,该用火柴点,你还得百般刁难刁难我这个新娘子,才叫有趣。"

白剑心里道:果真要杀回马枪了,装作恍然大悟的样子,"愚笨愚笨,恭喜恭喜,新郎官清松兄没来吗?"庞秋雁道:"执照领了,还没拜堂哩,新郎远在省城,够不着。我呢,今天是打个前站,他回龙泉后,要正正规规请你喝顿喜酒。"

白剑心里又想:听说柳城上下对刘清松拼命整龙泉都有怨辞,哪来这么大的喜气,笑笑道:"我惹的事端,殃及池鱼,弄得清松兄好端端地丢了官,这几个月都在拼全力补救,若是扳不回来,今生今世都不敢再见清松兄了。如今人局未定,清松兄如此美意,不是在打我脸吗?"庞秋雁嫣然笑道:"福兮祸所伏,祸兮福所倚。如果不是白兄你在前冲杀,清松没丢官,我和他也不可能这么快走到一起。仅这做大媒的功劳,喝杯喜酒不该吗?这种事搞地下活动,心惊肉跳、提心吊胆的,磨死人。"

白剑开玩笑道:"我咋听行家们说偷吃更甜呢?"庞秋雁捅了白剑一肘子,笑骂道:"没想你也是一肚子坏水。我和清松都在这条道上,偷吃更甜?这半年可把偷吃的苦酒喝够了。你们文人偷吃叫风流,像我们,就是丑闻。这下能吃家常便饭了,你说这喜糖不该给你送吗?"

白剑剥一颗大白兔糖嚼着,狡黠地看看梅开二度的庞秋雁,"你这次来,仅仅只是为了给我送喜烟喜糖?"庞秋雁仰着身子叹一声:"我也不打算瞒你。我和清松走在一起,是付出了惨重代价的,也可以说是押上全部政治前程进行的一场豪赌,要是输了,恐怕还得把一生一世的幸福都搭进去。"白剑问道:"有这么严重吗?"庞秋雁眼里浸出了泪光,"这件事在柳城政界也不是什么秘密。秋雁步入政界,一有机缘,二呢,也有隐私。这段历史三言两语难以说清,也无法说清。遇到清松后,我认为才找到了什么是真正的爱情。这半年多,我这个强女人也不知度过了多少个以泪洗面的夜晚。你可能也知道,清松被挂起来,与我那段历史有关。我是铁了心只向前看了,这才不计后果地与清松走到一起了。可是,我也清楚,这么做也就押上了后半生的一切。凭我这个自认为智商不低的女人的直觉,清松如今面临的是今生今世不可能再重复出现的机会,只能大胜,小胜就会把我后半生的幸福搭进去。只有大胜了,我的那段难堪的历史才会对我的今天保持沉默。就是小胜,清松和我也只能远离柳城了。我这样不回避你,是我觉得你是个可信赖的朋友,只有你能帮助我了。"

白剑对刘清松、庞秋雁、当书记间的情感纠纷也有些耳闻,见庞秋雁能这样不回避地讲出隐痛,大受震动,坦诚地说:"秋雁,谢谢你这样看重白剑,能为你做的,同时也为我自己,我能不尽力吗?"庞秋雁又笑了,"春上,我请你吃灌汤包子,曾给你大诉政治女人之苦。过这小一年,再看那时候讲的苦,又能算啥苦!你能这样理解大姐,我很高兴。如果我今天仅仅只是来为你送喜糖喜烟该有多好啊!那咱俩都是这世界上最幸福的人。这种寻常人轻易就能享受到的纯美纯真的东西,对我们就成了打牙祭了。你呢,怀着一腔热血,一颗拳拳赤子之心,要为人民鼓与呼,陷进这片沼泽地里,弄得破了家,弄得骨肉分离,弄得六亲不认。所以,你也好,清松也好,我也好,咱们都没有退路了。我们只能密切配合,度过这个艰难的时期。"白剑听了这番话,深受感动,也说道:"弄成自古华山一条路,根本无法退。调查组是要来了,可是,我对最终的结局,仍不敢乐观。"

庞秋雁笑道:"听说申玉豹死前留下过一份证言,提出李金堂曾在他名下存一百多万的事。只要把这件事查个水落石出,咱们不就大功告成了吗?"白剑惊诧地看了庞秋雁一眼,"你的消息真灵通!这份证言,全龙泉,除了我和赵春山,恐怕只有县里七八个核心人物知道,你竟这么快地得到了消息?"庞秋雁冷冷一笑,"龙泉并非铁板一块。你对这件事也没信心吗?"

白剑摇摇头,"我何尝不想尽快查出这件事。早在一个多月前,我就知道有这笔钱,托人到银行打听,知道这钱四个多月前已通过合理合法的手续取走了。取钱的两个人是冒名的,我已按那两个身份证号码进行查证,身份证是伪造的。如今只留下两个号码,这条线没法查了。申玉豹的证言里一口咬定这钱是钱全中帮李金堂取的,前天我一个姓林的朋友已经托人打听了,钱全中在申玉豹死那天出了远门。钱全中还是致死吴玉芳的凶犯,这回只怕是难以找到他了。吴玉芳一案已经重新立案侦查,确定钱全中是凶犯后,才能发全国通缉令。这事也不好确定,申玉豹死了,就缺少一个有力的证人。我已听到这样的说法,说申玉豹这是有意诬陷。舆论如今又在美化李金堂,说如果不是李金堂把英国人镇住,申玉豹捐的钱都得赔给人家。三折腾两折腾,竟把申玉豹也折腾成大英雄了,实在有点不可思议。龙泉这几个月一手抓建设 一手向上要说法,这沿街的工地,到时都成了有利于李金堂的证据了。"庞秋雁把牙咬上了,"这本来是清松提的方案,改头换面一下,却成了他李金堂自卫的武器了!巧取豪夺,强食弱肉,你不吃他,他就吃你,这就是龙泉!白剑,中央调查组是你惊动的,他们自然要看重你的意见。你汇报时,要认定这一百零八万是李金堂当年贪污的救灾款。"白剑苦笑一下道:"钱全中跑了,即便没跑,他一口咬定没取这笔钱,还是没办法查下去。从当年那些账目中找证据,跟大海捞针差不多。"

庞秋雁笑了起来,"你真是太书生气了。中国这片土地连莫须有这样的词汇都能生产,还怕抓不住他李金堂?!他肯定贪污了这笔钱。只要能立案,到时的证人还不是多得如过江之鲫?贪污这么一大笔钱,能做得天衣无缝吗?李金堂在龙泉政界近四十年,还怕他没有仇家?我告诉你个好消息。H省委已被你的文章搞得焦头烂额,已经下了丢卒保车之决心。下周你就能见到清松了。如果龙泉县委不配合,处处设置障碍,当然没把握扳倒他。现在不同了,只要你和清松配合默契,李金堂这只老虎这次死定了。"白剑将信将疑地看着庞秋雁道:"你不知道龙泉的水有多深,李金堂还是龙泉县代书记,柳城还在全力保他。在这种情况下,八十四万龙泉人,都会缄默不语。"

庞秋雁得意地说:"你说的是上一周的形势。昨天下午,情况发生了根本的变化。清松现在的身份是:龙泉县委第一书记兼调查组成员。龙泉不管出了多大问题,不过是龙泉一个县的问题,H省没必要因这个棋子搞得全盘被动。清松官复原职了,你们俩肯定能在龙泉刮起一场风搅雪。我今天来,就是想告诉你这个好消息,把你的主攻目标定在这一百零八万上面。"

白剑听得周身寒彻,久久没有回答。

刘清松随两级调查组返回龙泉复职后,一场大翻抗洪救灾旧账的风搅雪在龙泉三千二百平方公里的土地上刮了起来。

开始的几天里,风刮得很大,却一个雪花也没落下,刘清松不由得急躁起来。调查组已经调来了龙泉二十几个乡镇尘封多年的救灾账,日以继夜地查对着。第五天,调查组查账工作取得突破性进展,当年十月十五日至十月二十二日六个重灾乡的账目和同时期县里下拨账目出现了六十多万元的差额。刘清松通过朱新泉迅速找到了当时的财会人员,连夜进行调查。结果却使他大失所望,因为这段时间,李金堂患胃出血在住院治疗。第二天,一个让人振奋的消息在调查组下榻的松鹤宾馆传了出来:可以初步确认,前龙泉县革委会副主任王世允在龙泉抗洪救灾工作中有重大经济问题。

白剑听到这个消息,心里悬着的一块石头落了地,心里道:这回总可以向社里韩副社长交差了。下午,他去三姐家里看望了林苟生。半个多月来,林苟生每天下午都在三姐家陪在家里打点滴的三姐。白剑刚讲了调查组查出了大问题,林苟生忙使眼色制止了白剑,扯着白剑出了堂屋。白剑问道:"这种病是不是怕刺激?"林苟生道:"三姐常说李金堂是她的再生父母,你当她面一说咱们整住了李金堂,她一翻脸,治病的事就前功尽弃了。是不是抓住了李金堂的小辫了?那咱们可要好好喝一壶。"白剑道:"不是李金堂的问题,是王世允的问题。调查组的黄统计告诉我,这王世允贪污的数额不会少于六十万。六十万可算只大老虎了。"林苟生眼里的火苗渐渐熄灭了,喃喃道:"就没他一点问题?"白剑摇摇头,"眼下还没有。不过,这算是一个重大突破。"

白剑回到古堡,刘清松已经在那里等待多时了。

几天下来,刘清松已经熬得精精瘦瘦,深陷的两眼布满了血丝,一见白剑,开门见山指责说:"老兄,啥时候你才能使出你的杀手锏呀!难道非要等到把钱全中通缉到了你才肯开这个口吗?这个赵春山也真是的,还不愿意把申玉豹的证言交到调查组。他说他相信你的判断,难道你认为当年李金堂会两袖清风吗?"白剑笑道:"清松兄,查账工作不是很顺利吗?不管怎么说,龙泉当年有严重的经济问题这种论点已经站住。查出一个六十万的王世允，难道你不认为是一个重大突破？"刘清松冷笑起来，"白剑！这话你说得太早了！王世允的身份是抗洪救灾副总指挥，账上出问题的部分，大都与他有关。我已经派人去医院查了病历，四个账目混乱的时间段，李金堂确实都在住院。我又查了当时的党委会记录，常委会明确决定，李金堂全权负责全县的抗洪救灾工作，李金堂不在时，由王世允代理。所以，该对这些问题负责的，是王世允，而不是李金堂。"白剑又笑了，"这不是好现象？王世允作为副总指挥，又是领导小组副组长，又是龙泉县革委副主任，难道就不能证明咱们的观点是正确的？"刘清松感到他和白剑这个临时联盟已经发生了颠覆性的危机，不得已又直白地逼进一步，"整不垮李金堂，你就是白忙乎了一年，百年之后，仍入不了你们八里庙的祖坟。我知道，对你而言，或许抓住个王世允也算达到目的了。你听听王世允的这十来年你就明白该怎么办了。王世允八一年从龙泉调柳城地区任劳动局局长，八四年因受贿受到撤职处理，任正处级调研员，八五年办提前病退手续，在柳城工业路开了一家电器商店，前年十月间，因做投机生意赔本跳楼自杀了。调查组如今查到的六十几万，最终恐怕很难定性。"

　　白剑沉默了好一会儿，眉头又皱了起来："请你相信我不是个优柔寡断的人。申玉豹和李金堂近半年多的冲突，在龙泉路人皆知，舆论对申玉豹的指控已颇有微辞，如果在没有旁证的情况下贸然提出这一百零八万，弄不好，局面就无法收拾了。公平地说，舆论支持李金堂是有道理的，毕竟在他的努力下，为龙泉留下了建一所学校所需的一千万。"刘清松再也控制不住了，"你以为申玉豹真的是死于意外事故？我不这么看。我认为申玉豹的死，不能排除他杀的可能。因为有人有杀他灭口的动机！把申玉豹突然间捧成一位英雄，不过是一个政治小魔术。申玉豹涉嫌致死吴玉芳一案，申玉豹的假驼毛、羽绒案也早暴露了，这样一个特殊人物死了，为什么没有进行现场勘察？为什么要把现场破坏掉？有的人提出是自杀，李金堂为什么一下子把大家的思路误导到意外事故方面？你不要觉得我是异想天开。我已经取得了一些证据。曾经当过申玉豹保镖的两个人证实，申玉豹本来没有要到广州做生意的打算，他是在和李金堂单独交谈后，才突然间改变主意的。他们回忆说，申玉豹和李金堂交谈后，神情紧张，把几个保镖都撵到公司，让他们看守空空如也的两个保险柜。我不排除他杀，还有一个证据：两三个月前，申玉豹家突然间住进了一个来路不明的年轻人，这个年轻人名义上是伴申玉豹读书的，两个保镖都证实这个年轻人在申玉豹出事当天仍留在申玉豹家，结果死的只是申玉豹一个人。你不觉得这个意外事故出的有点怪吗？"白剑额头上渗出了一层汗珠儿，弄不清是刘清松的仔细还是他描绘的李金堂的阴毒吓的，不由得跟着刘清松的思路说："你是说这个年轻人就是凶手？背后的主使就是李金堂？"

刘清松点点头说："等抓到这个年轻人就水落石出了。白剑，你别再犹豫了。你应该把赵春山手里申玉豹的证言拿过来，附上你的调查报告，一起交给调查组王组长，这样，就可以停止他的职务，立案侦查了。"

白剑下意识地朝后面挪了一下，这一瞬间，他对残酷一词的认识无疑又精进了一层，很不自然地笑笑，莫名其妙地说道："清松，你变得我、我感到陌生。"摸出烟平静了一下又说："只要李金堂真的有事，我不会手软的。"

刘清松万分无奈地摇摇头，叹气一样丢下一句："逼上梁山，咱们都凭良心对历史负责吧。"拖着疲惫的身子出去了。

第二天，刘清松又以龙泉县委第一书记兼钦差大臣的身份，在李金堂、政协张主席、人大石主任三人缺席的常委会上强行作出决定：在全县二十四个乡镇设置举报箱，号召全县八十四万人民，本着对历史负责的态度，摸着自己的良心，通过举报箱向中央和省两级调查组反映当年龙泉抗洪救灾中出现的问题，配合调查组澄清龙泉这一段历史。

龙泉的上上下下都乱了起来。

马德五站在马齿树新村村北口街心花园的石阶上，回头看一看镶在一块巨大理石上面的"马齿树村"四个大字，再看了一眼街两旁整整齐齐排列着的白色小楼，咬咬牙，扛起镢头，顶着刺骨的寒风出了村向北走去。

他此行的目的，是要借助调查组和举报箱了结和村支书马呼伦之间绵延长达半个世纪的恩怨情仇。紧紧把两个男人纠缠在一起的是一个叫秋菊的女人。这个女人用小女孩、大姑娘、小媳妇、中年妇人、半老太婆连结成的一条人生锁链，把两个男人拴了五十多年。如今，秋菊已经告别了这个世界，长眠在马齿树村北面的黄土岗上。

从马齿村到夹在马齿树和救王滩中间的白龙潭，必然要经过这个黄土岗，马德五放下镢头，又一次跪在秋菊的坟头前。马德五看见坟头上稀稀疏疏在寒风里瑟瑟发抖的枯草，禁不住老泪横流，哭喊一声："秋菊呀——他骗了你呀！你尸骨未寒，他又娶了新欢啊！"

秋菊死后还不到一周年，马呼伦和儿子马中朝商定在秋菊周年立的那块碑还正在石匠家凿制。这样，秋菊这座没经添土的坟在马家坟地中就显得分外的弱小、破败和荒凉。这种感受无疑又加重了马德五的仇恨，他又拉着哭丧调喊道："秋菊，他娶的是一个三十一岁的老姑娘啊，他心里啥时候也没装着你呀——"

马呼伦当了省劳模，当了县人大代表，觉得功成名就，小老年丧妻，身子板仍壮得像头盛年的牛，也没打算为亡妻守节，常遇人提亲，儿子儿媳又都大力支持，于是就在上个月娶了一个比儿子马中朝还小两年零八个月的新妻子雪霰。雪霰仰慕马呼伦在马齿树创造出的丰功伟绩，眼睛里的丈夫自然还是生机勃勃的汉子，婚前又长谈多次，又投机又投缘，爱情之树竟穿破了二三十年的时空长了出来。新婚的酒宴上，雪霰挽着马呼伦的臂膀，四处敬酒，把个真欢喜真幸福碰得四处飞溅。这在马德五看来，恰恰是马呼伦对秋菊一贯不忠的明证。如果不是常常偷吃嫩草，一截六十岁的枯树哪儿能这么快就开出花了？马德五又喊了一句："秋菊呀——他在你面前装了三四十年呀！你错嫁了一个一肚子男盗女娼的恶人呀。"

其实，在这漫长的几十年里，马呼伦和妻子要算是相当和谐、美满。婚后的二十几年，秋菊除了给马呼伦生了一男三女，还可以算得上马呼伦事业的贤内助。马齿树秘密搞二次集体化经营，就是秋菊帮马呼伦下的决心。秋菊在成功扮演了贤妻良母的对外形象之外，在和丈夫独处时，又可以随意流露出百般风情，这种农村妇女身上不多见的风景，竟把马呼伦牢牢地吸引了几十年，使这位在基层做了几十年头人的马呼伦自觉自愿地放弃了很多时候简直是唾手可得的放纵良机。同时，这种风光的戛然而止，又给马呼伦增加了比寻常人遇到这种境遇时几倍的凄惶和孤寂，与其说他和新妻子雪霰的契合是二度青春的怒放，倒不如说是他幸运地再次走进了以往的梦境。或许在马呼伦看来，这两个女人在很多时候影子几乎完全可以相重。马德五这一生恰恰不乏对秋菊和雪霰这种可称风景的女人的鉴赏能力，他的哭诉渐渐表露出了他真实的心迹。他不再流泪了,声音还称得上是哭诉:"秋菊,如今我才明白,你当年嫁给他并不是自愿,你对我说你愿意,你是怕我对你一生一世都牵肠挂肚呀!我咋就没明白你的心呢?是这该死的划成分拆散了你和我呀!"

马德五这番话并不全是历史的真相。半个世纪之前,他们三个是青梅竹马的玩伴。家庭背景却存在着巨大的差异:马德五家是富甲全村的大户,马呼伦家赤贫,秋菊家可以算作小康。情窦初开的时代,马呼伦除帮父亲种自家的几亩薄地,农忙时就去马德五家打短工,两人几乎同时把秋菊看成了自己的心上人。马德五送过香坠给秋菊,马呼伦送的是用芦苇编的精制的鸟笼和鹌鹑,这些礼物都给秋菊带来无限的欣喜。革命的时代和他们骚动的青春期重合了。没几年,马呼伦成了革命的骨干,光荣地入了党,马德五成了被镇压的恶霸地主的遗孤。上中农的父母自然想把女儿秋菊嫁给马呼伦,秋菊嫁过去时也是一番欢天喜地。马呼伦当上了高级社社长,秋菊就说:"德五自小娇惯了的,留下来单干怪可怜,你就帮他一把。"马呼伦就帮了他一把。马呼伦当上大队支书后,马德五就成了大队会计。倏然间几年过去,秋菊才发现马德五仍是单身一人,张罗几回给他提亲,马德五都回绝了。秋菊这才在心里暗自叫苦,亲近了德五怕马呼伦生疑出事端,疏远了又觉得马德五太无依无靠孤苦可怜,不知如何是好。马德五就说话了:"你别怕,这样就很好,跟呼伦当会计,几乎能天天看见你。"久了,秋菊见没啥麻达,也就放任自流。这样一过就是好多年。马德五想着这些往事,嘴里又说:"秋菊,这几十年的委屈不知结了多深的仇,难为你这么撑了过来。如今他原形毕露娶了新欢,这仇我不给你报谁给你报哩。"

这些话才真的酷似了马德五的心声。不知从何时起,马德五心里有了取马呼伦而代之的念想,巴不得马呼伦倒了大霉,甚至巴不得马呼伦暴病死去,只是没想过自己帮马呼伦中止生命。等了若干年,甚至等到了"文化大革命",马齿树也没有人起来造马呼伦的反。马德五等得就要绝望了,马呼伦送给了马德五一个机会。大洪水过后,劫后余生的马呼伦有一回从公社领回了一笔救济款,交给马德五后说:"想法留下一些,说不定我哪天一蹬腿,中朝打不打光棍也保不准,大队还从来没见过这多钱,留一点给中朝盖座房吧。"留来留去,就给马呼伦家留出一座红砖的院子和一片房屋,也给马德五留了一本明细账。马中朝娶妻的鞭炮声，打消了马德五揭发马呼伦的念头，他想：秋菊好不容易使上了儿媳妇，住进了亮瓦房，这一抖出去，她不也跟着受罪吗？就照着父亲解放前夕埋银元的办法，把账本用塑料纸包好，放进一个瓦罐，在一个月夜里埋在白龙潭边上的一棵柳树下。想起这些往事，马德五又说："秋菊呀，怪德五没主见，早十几年揭了这盖子，你也不会多受这些年罪。"

积了几十年对马呼伦的仇恨终于可以有渠道释放了。马德五拍拍膝上的黄土，扛着镢头继续向北。

白龙潭其实只是一个四五亩地大小的水塘子。早两年救王滩有人承包了白龙潭养鱼，惹出一村红眼病，隔一年又变成了一个荒凉、破败的蓄水池。只有在炎热的夏日，才有救王滩和马齿树的半大孩子常来光顾，打猪草或者是游泳。钱全中回救王滩看望了年迈的双亲，留下几千块钱现金，也说他要出远门了。钱家的祖坟离白龙潭不远，钱全中给祖先们磕头的时候，心里说着：快见面了。他在水边转了很久，回忆着孩提时在这个潭里游水的情景，掏出准备好的氰化钾喝了进去。又走了十几步，他身子一斜砸碎了一片冰，像鱼一样游进了深水里。

马德五用镢头把瓦罐挖出来，看见埋了八九年的账本完好无损，对着阳光仰面大笑起来，笑着笑着，禁不住喊道："你该倒倒霉了，该倒倒血霉了。你房无三间，地无三亩，你连私塾都上不起，只是在窗外偷学了几百个字，你凭什么一压就压我一辈子！"想起三四十年里，无数次在夜里被迫离开伸手就可以触到秋菊时那些揪心裂肺的痛苦，马德五的五官都扭曲得变了形。他从地上抱起瓦罐，高高举过头顶，用力朝冰面摔去，嘴里喊道："杀死你——杀死你——"

他看见瓦罐的碎片迅速沉了下去，一个人从破碎的冰块中浮了出来。

# 第三十四章

李金堂病倒住院了。

参加完欢迎两级调查组仪式后回家,刚跨进堂屋门槛,李金堂身子一顿,一口鲜血喷将出来。春英记得李金堂胃出血的病有十几年没犯了,惊得神色大变,扶李金堂坐下,慌忙抓起电话,拨出来总机喊道:"接医院。"李金堂一伸手,粗暴地夺下话筒,砸在机座上。春英不敢吱声,取了一沓餐巾纸揩着李金堂下巴上的血。李金堂做了两个深呼吸,慢慢说道:"你去让小金把车带过来去医院。对谁都不要说我吐血的事,只能说我老毛病又犯了。"

小金在医院陪李金堂几天,发现李金堂这次犯病有点奇怪。登记前来探视人员及礼品的工作提前了,也详细了。住院的第二天晚上,李金堂就十分严肃地对小金和春英说:"无论谁来看我,你们都要问清人家的姓名、单位、家庭住址,造个册。"从第三天开始,李金堂每晚必把这一天的登记表仔细看一遍。

这一天晚上,李金堂走出了住的房间,仔仔细细看看另一间房里归类摆放的物品。包装精致、价格昂贵的补养品数量很少,被一箱箱鸡蛋挤在一个小角落里。李金堂感慨万端,不知该怎样表达,说了一句小金不大听得明白的话:"真朋友还是农民多呀。"小金道:"你这次住院没露什么风,城里的朋友大都不知道。"李金堂大笑起来,"有进步,有进步,知道拐弯安慰人了。要真是这样,少的应该是这些鸡蛋。"背着手踱了几步,又意味深长地说:"小金,这种机会不会太多了,很可能是最后一次。所以,我才让你们记这么细。等我出院了,你把这单子复印两份,附个说明,给香红、香艳寄一份。一旦我真的一病不起,她们做女儿的,也该记住这些情,雪里送炭才叫真情。"小金嘻嘻笑道:"李叔,这种话俺还没从你嘴里听到哩,这点小病,这点老毛病,能把你撂倒了?你可别吓我。"李金堂又想笑,可没笑出来,低着头问道:"你说这次我还能挺过去?"小金很干脆地说:"一点问题没有。"

　　李金堂弯腰捡起一只鸡蛋,对着灯光照照,自言自语说:"鸡鸡二十一,鸭鸭二十八,想把一个蛋变成小鸡小鸭都不容易。小金,住了一个来星期,除了王县长、张主席、石主任来看过,一个局以上领导还没来呢,你不觉得这有点怪吗?"小金道:"这不是你自己订的规矩?以往你住院,都不接待客人嘛。局以上领导都是等你出院后才去问安。我跟你四五年,遇到你病两回,不都是这样吗?"李金堂的目光倏然间暗了许多,声音也低了,"山雨欲来风满楼,黑云压城城欲摧。世界上的傻子不多呀。小金,春英,从明天起,城里科股级以上干部自己或是家属来看我,你们都要喊我出来见见。想一下子把我弄垮掉,没那么容易!我倒要看看他们能翻腾出什么宝贝!王世允的事我早清楚了,不是看他膝下一群孩子,我早就治他了。我看他们还能闹出什么名堂。"

　　春英侍候李金堂睡下,李金堂仰看着天花板自语道:"你的干女儿咋也不来看看我。"钱全中去向不明,如今成了李金堂惟一的心病。申玉豹的证言他听说了,自信舆论会阻止刘清松和白剑用这个证言做出漂亮文章。如果钱全中也说取了这笔钱,事情就不好把握了。李金堂决定等一等再出去和刘清松、白剑正面交手,是希望事情能有什么好的转机。几十年政治斗争的经验,让他本能地选择了以静制动的策略。调查组查出的问题让他感到满意。当年,只要他主持救灾款的发放,竟没发生一处数目超过五百元的差错,这个事实让他自己都感到震惊。在他聚积那八十八万的后期,受一种莫名其妙心理的支配,他对又发放的几笔款子根本没仔细过问,心全操在如何把钱拿得天衣无缝上了,而这些时候竟没出大事!这实在有点出乎意料。仔细想了,李金堂又明白了:他们从土改看到大洪水,知道我是个什么人,我已经可以不言自威了。

　　仅仅隔了两天,形势就急转直下了。

　　王宝林在一个深夜,带着一脸哭相的马中朝走进了李金堂的病房。马中朝跑两步,跪在床边哭喊着:"李叔,李叔,你救救我爹吧!"

　　李金堂披上大衣,跳下床,系着腰带,斜看王宝林一眼,问道:"又出啥鲜事了?"王宝林哼哼鼻子,"我看这刘清松是疯了,逼着在各乡都设了举报箱,两天工夫,到处都搞得鸡飞狗跳。已经抓了十六个人,两个退了休的公社副书记,两个现任乡长,十二个大队支书或村支书。老马叫跟他二十多年的会计参了一本,下午已经叫抓进城了。"

李金堂咕哝一句,"来得好猛呵——"

王宝林叹口气,"你出院吧,再不挡一挡,积小成大,咋弄都是个事了。"李金堂看看马中朝,"起来吧,你爹叫揭出来多少钱?"马中朝比了一个指头,"满打满算不足一万块。我爹这个直性子,已经大包大揽认下了。"李金堂又问王宝林:"其他的都是些啥人?数额大不大?"

"都是啥人?"王宝林取下帽子朝椅子靠背上一摔,"我熟悉的七个,有五个都是这几年致富的领头雁。就说老马吧,别说当年他只挪用了万把块,就是挪用一百万,这些年他也还够了。做事怎么能这样不计后果!'文革'结束后,好不容易形成的局面,他一锤子就全砸散架了。抓了老马,瘫个马齿树,抓了吴白驹,散个玉石王。再这么持续几天,龙泉的人心又要回到'文革'了。老李,个人得失咱都不要再计较了,明早咱们去找工作组王组长。龙泉到底妨碍没妨碍调查组工作,要不要把握个分寸,该不该具体问题具体分析,得问他要个说法。调查组把龙泉砸个稀烂,拍拍屁股走了,龙泉的损失由谁来补?"李金堂黑丧着脸冷笑道:"我这个最大的贪污嫌疑犯还没有叫网进去,他们能停下来?"扭头说道:"中朝,你爹的事牵扯到龙泉的全局,我和王县长都不会不管的。这个风头上,只好先委屈他几天。你回去把你爹的那点事一五一十都给马齿树几千号人说说清楚,看看他们的意见是啥。控制住马齿树后,你常来探探情况。"

马中朝走后,李金堂叹道:"刘清松为了扳倒我,这回是不惜血本,'文革'那一套竟也敢改头换面地用。宝林,我不是在医院躲风头,躲也躲不过。前几天调查组派人到医院查病历,也是冲我来的呀!他敢这么闹,一怕是王组长默许,二怕是有必胜把握。我想还是再看看,再等等。程咬金三斧头能吓住第一条好汉李元霸。眼下还不知道调查组是不是真的要砸烂龙泉,也需要等。"王宝林急得团团转,央求道:"老李,全县谁不知道你李金堂是个啥官?申玉豹这一口真能咬住你?我知道你是想等刘清松和白剑抓这个证言后,你再出手,我也知道这样能玩他们一个大难堪。可是,这两根搅屎棍再搅几天,到时可不好收拾这个摊子了。这个刘清松,真不知是咋想的,上午开常委会,他竟异想天开地说不能排除申玉豹是他杀。中午又接到报案，说钱全中死在他老家的白龙潭里。"

李金堂惊得张着嘴，哆哆嗦嗦的声音响着："全——中——死了——"突然抓住王宝林的肩膀使劲一摇，"消息可靠不可靠？"王宝林道："发现他的尸体后，听说救王滩一村人都去看了。这种冷天，人死月儿四十的，也能辨得出。你这是咋啦？"李金堂打着寒噤，冷汗直冒。王宝林忙把他扶上床，喊春英进来，"嫂子，你快叫医生来。"

李金堂骤然听见钱全中的死讯，紧张了十来天的神经系统彻底放松了，出现了奇怪的生理反应。他眯缝着眼，抬了抬手道："不用，也是老毛病了。宝林，我想了想，去见王组长有点唐突。你不是说折进去的都是些领头雁吗？想想这些人当年出点小事也在情在理，没有那个胆，没有那一笔笔小钱的刺激，就不可能生出日后的大胆识，就富不起来。我忽然想起来马呼伦说过的一句话，大概意思是说马齿树几千号人都愿意为他拼命。出了个犹大，说不定更能激起人们对耶稣的爱心。我看，可以让人民说说话，或许比咱们去说管用。"

两个人还没把扭转被动局面的具体办法想出来，便看见了公安局长关五德那张苦菜花一样的瘦脸闪了进来。

关五德闪闪布满血丝的眼睛，结结巴巴说："咋、咋看看，这种整法不对味儿。"

李金堂脸上已经挂上了几丝淡淡的笑容，接着道："是不是看守所盛不下了？清松书记叫你抓你就抓，看守所住不下，就让隔壁的学校停课。最后呢，怎么抓的，还得怎么放。只是白白劳累了你关五德。公安局不是有权批准全县范围的游行、静坐、请愿申请吗？宝林，你看咱们是不是也给他们端盘刺猬尝尝？"王宝林拍拍大腿，"这法子绝！一物降一物。我明天就布置这件事。龙泉手工业十小龙全游进县城，看看他们有没有降龙术。五德，这可是关乎龙泉兴衰的大事，该顶的你一定要顶住。我看这申请到了你手里，你就照批，也不用向上请示了。要力保这件事的突发性。"李金堂接道："事后上边追查，你关五德恐怕要担个独断专行、无组织原则、欺君罔上的罪名了。"

关五德一脸苦笑，仰着头说道："杀个头不过碗大的疤，五德愿为龙泉赴汤蹈火。只怕咱们这边还没摆好阵势，人家就把你这个主帅给擒了。"

李金堂笑道："真有这么凶险吗？那你就详细说说。"

关五德道："前几天，刘清松让我集中全力在全县搜捕一个叫小山子的年轻人,我弄不清他的用意,就派了得力人找这个给申玉豹当过几天陪读的小伙子。小山子叫李小山,今年高考落榜后,在县城找点活儿做,后来就进了申玉豹的公司。我原以为这小山子多难找,是多么重要的人物。原来小山子又回学校复读了。刘清松前天听说找到了小山子,又对我说:他有重大杀人嫌疑,如果我的判断没错的话,申玉豹就是他杀的,探视这个嫌疑犯的任何人,你都要向县委和调查组报告。我问他的根据,刘清松说:他有作案时间,又有作案动机。昨天早上,沉默了一天的小山子终于说话了。出事那天晚上,他确实和申玉豹在一起。他还说那天晚上申玉豹遭人打劫了,回家后立逼他回家,送给他一台高级音响一块手表还有两万块钱。他还承认炸塌那幢楼的土炸药包是他制作的。我一听就知道难办了,指控他个图财害命,他可真有口难辩。可是,这样一个还没完全长开的小山子绝对不可能杀人呀,干了大半辈子公安,跟谁我都敢打这个赌。小山子当然一口咬定他没有杀人。出事的时候,这小山子又在回家的路上,没人能证明他案发时不在现场,我就暗暗替这个小山子捏了一把汗。刘清松和白剑今天上午专程到看守所见了小山子。你们猜刘清松又作了啥暗示?他肯定地说:你们不要误认为这是一般的谋财害命,这显而易见是蓄谋已久的谋杀,这个小山子只是个杀手,背后还有主使人!他严令我们在五天内把这个所谓的谋杀案审个水落石出。这时候,我还不太清楚刘清松要干啥。下午,钱全中的尸体运回了局里。解剖的结果是服剧毒氰化钾致死。死者身上没明显的搏斗痕迹,法医作出了自杀的结论。钱全中是杀害吴玉芳的主犯,通缉令已发出去一周了,他的自杀有动机。晚上,刘清松和白剑又去了局里,看完验尸报告后他又说:现场你们查仔细没有?白龙潭是第一现场的依据是什么?你们依照什么排除了他杀的可能?他说的确实又有点道理。我只好派老赵带两个人连夜又去了白龙潭。差不多一个小时前,我才把这两件事和申玉豹留下的证言放在一起考虑。这一想,就吓得尿了一裤子,推个自行车就来了。"

过了很久,屋里还是静得出奇。

李金堂变得空洞无物的眼睛直直地盯住天花板上。又过了好一会儿,他喃喃道:"姓刘的这回既要罢我的官,又要要我这条命。"

一向稳重的王宝林也乱了方寸,拉住关五德道:"你干了几十年的公安,就不能想点法?"关五德道:"这两个人肯定是自杀,公安部来人查,也是这个结论。刘清松是在做别的文章。小山子已经洗不清自己,要是钱全中的事稍存点疑点,譬如说他被逼自杀,调查组就可以责成县局甚至省厅立案查查申玉豹证言提的一百零八万。"王宝林骂道:"又阴又损!查就让他查,莫须有的一百零八万,还怕他查吗?"

李金堂没有说话,闭着眼睛坐着,像是铁了心要坐化去另一个世界似的,一动不动。

小李子和闻香兰并肩走进了审讯室。闻香兰低声说道:"他还是个孩子,你用这种车轮战对付他,也太残忍点。"小李子道:"除了这个,就得用刑。这种特殊人物,没有上峰明确指示,动他一指头,咱们吃不了兜着走。还是开始吧。"闻香兰没再反对,摊开了笔录本。

小李子把睡着的小山子抱到椅子上,大喊一声:"李小山——"小山子睁开眼睛,开口就说:"我没杀人,也没人让我杀人,你们审十年八年,我还是这句话。"小李子笑道:"骨头怪硬。你不说,这一关怕过不去。你有作案时间,又有音响、手表和钱这些物证,一直硬下去,罪也减不了,还要多受罪。"

正在问着,刘清松和白剑一起走进了审讯室。刘清松问道:"有没有突破?"小李子把审讯笔录递过去答道:"已经连续审问二十小时,每句话都记下来了,请刘书记过目。"刘清松翻了几页,脸色就黯了,"还挺顽固的。你们应该开动脑筋,想想办法。"小李子站得笔直,"办法都想尽了,他就是不承认。"刘清松冷冰冰道:"这点办法都想不出来,还能叫刑警。"把审讯笔录交给白剑道:"他承认替申玉豹给欧阳洪梅送过东西,我看这是个新线索。上一次他说申玉豹遭人打劫后,也是从城隍庙街方向跑过来。你看咱们是不是去那里问问情况?"白剑没有回答,看看耷拉着头睡着的小山子,转身朝门外走。

小李子眼珠子一转,"刘书记,您给的期限眼看就要到了。没想到这小山子会这样难攻。对这种非常的人,寻常的审法不管用,你看能不能……"刘清松铁了心要利用小山子的口供,扔下"坦白从宽,抗拒从严"八个字,也出了审讯室。

白剑一直沉默着。刘清松叹着气说:"钱全中也用不着通缉了,即便他是自杀,恐怕也是有人逼他。按验厂报告提供的死亡时间推算,钱全中自杀前四十八小时内,他和李金堂有过单独接触,我这么说不是推理。"白剑早就对刘清松的推理将信将疑,扭头问道:"我想听听你得到的证据。"刘清松在黑暗中笑出了白牙,"今晚我让你亲耳听到这个证据。申玉豹死的前一天,春英把钱全中的妻子任娜认成了干闺女,这天早上,李金堂亲自坐皇冠去接钱全中全家。李金堂有两个女儿,为什么还要认个干女儿?"白剑不由得停了脚步,"清松,这件事你咋知道得这样仔细?"刘清松道:"朱新泉的妻子是钱全中女儿钱玉的班主任。钱全中全家被请到李金堂家很突然,钱玉旷了半天课。下午,任娜带着女儿去学校补假,就把这一天的事炫耀出去了。听说白兄前一段还去争取过欧阳小姐,是不是欧阳小姐有什么顾虑?"

白剑这一段时间一直在考虑是不是应该再见见欧阳洪梅。一听刘清松讲出李金堂的反常举动,心里也就把钱全中的死和李金堂联系起来考虑了。这么一想,又替欧阳洪梅担心起来:这一百零八万会不会和她也有关呢?笑笑道:"你这个县太爷这一回算是当到家了,啥事都瞒不过你的眼睛。欧阳小姐要比那个小山子难对付几百倍,今天我倒想见识见识你的公关能力。"

欧阳洪梅正在家里听《命运交响曲》,领着两位不速之客进屋后,她把闭了的灯都打开了,盘腿坐在地毯上,低着眼皮说道:"我也不敢问是什么风吹来了两位钦差。如果是开堂审案,派个衙役传一声,民女也不敢不去。如果是微服私访,我是不是可以有个挑肥拣瘦的说话自由?"刘清松面部肌肉倏地一紧,说道:"随便聊聊,都是老熟人,随便聊聊。"欧阳洪梅猛地一睁眼睛,似笑非笑望着刘清松道:"说句犯上的话,刘大人此说言不由衷。刘书记审清了两个命案,得了刘青天的美称,那时功德圆满,或许能有那么点来找民女随便聊聊的雅兴。如今你们尚方宝剑在手,民女不敢找不自在。要是有什么话问洪梅,讲就是了。"刘清松暗自咬着牙,嘴里却笑着说:"痛快,痛快!我们登门拜访,是想请欧阳团长印证几个细节。"欧阳洪梅一抬手,"慢!这位白钦差是不是对我的衣帽架特别感兴趣呀?哦,不对,你不是个健忘的人,这个衣帽架你早熟悉了的。有那么一段你也曾是这里面的常客。你研究的怕是那顶礼帽和刀鞘吧。那是玉豹的遗物,不是打劫他的战利品,更不是谋杀他的凶器。我和玉豹恋爱在龙泉尽人皆知,玉豹可以在我这里存放一千万,留下一顶礼帽也用得着立案侦查?"白剑讪讪地收回了目光。刘清松看欧阳洪梅堵住了自己的嘴,一时没合适的话题,随口说着:"欧阳团长消息真灵通。"

欧阳洪梅紧接道："千万不要审问我这些消息的来源。龙泉县三岁小孩都知道申玉豹叫一个嘴上还没长毛的高考落榜生杀死了，他小小年纪起的杀人胆是从某个人那里借来的。昨天又有一个人死了，怕还是被人害的，眼下我还不知道这个杀人的人有几岁。有人讲是个八岁的男孩把他推进潭里淹死了，我不大信。说不大信还是有一点信，小山子十七岁，有力气炸塌一座楼，八岁的孩子推人落水的气力总是有的吧。只可惜了一个小山子，咋就不知进退，卷进这样一桩大案要案中呢！多好一个小伙子，就这么给毁掉了。你们看看，我这个人话有多多，你们要印证什么细节，尽管说吧。"

白剑忍不住了，痛心疾首地说道："我和刘书记是来帮助你的。你冷言冷语说这些干什么。"欧阳洪梅咯咯咯地笑将起来，捂着肚子揉揉，看着刘清松道："刘书记，正好你这个千载难逢的大清官在这里，民女就请你断断，到底是我是神经病啊，还是他是神经病。我作为国家一级演员，几个月前又在H省昙花一现地风光过，自认为生活得很充实。自从见了这位悲天悯人的白菩萨，我的生存状况在他的照妖镜里一下子变得惨不忍睹了。我的生活不但惨不忍睹，我这个人还罪孽深重。他一见面就说要拯救我于水深火热，吓得我总做噩梦，后来再也不敢见他了。这不，白大人一开口就是帮助、拯救的。你说说，我是不是已经被苦水泡成了一个白痴？我真的就退化成了一个婴儿，自己的事情自己解决不了吗？"

没等刘清松回答，白剑猛地站起身，嘟囔一句："不可理喻。"拉开门独自走了。刘清松跟着站了起来，笑着道："告辞，告辞。"

拐进城隍庙街，刘清松心里暗自庆幸：亏得申玉豹搅散了这对搭档，要不然，对付这个女人都要花一半精力。紧走几步追上白剑说："听口气，她对白兄还有一肚子意见哩。"白剑咬牙切齿说："她是不见棺材不掉泪。想看我败走龙泉的笑话，能那么容易！下意识都在为李金堂洗刷，可真是无可救药了。"刘清松心中暗喜：他终于下决心了。走到一个路灯下，刘清松抬腕看看表，夸张地惊叫一声："糟了，我派人请了钱全中的爱人到松鹤宾馆谈话，时间已经到了。"白剑长吁一口气道："清松兄，见不见这个任娜，都一样。这两条人命都和他有关，明天我专门为这一百零八万写个材料，附上申玉豹的证言交给王组长。"刘清松追了一步说："李金堂单独会见钱全中的事，最好用任娜的嘴说出来。你的报告附上这次谈话录音，更有说服力。这件事必须尽快。最近几天，去医院看李金堂的人骤然多起来。白天的情况还可以掌握,晚上发生的事就不清楚了。今天,就有三十多个骑摩托的人带着东西去医院,这些人都不是城里的。总之,我觉得要尽快立案,李金堂并没睡大觉。"

　　任娜面对着桌子上的全家福呆呆地坐了一夜,泪水把一双依然漂亮的丹凤眼流得干枯而空洞。她怎么也不相信平日里总是一团和气、从未发过脾气的丈夫会杀人。她一遍又一遍地自语着:他是个连鸡都杀不死的人呀!前几天,有好心人告诉她钱全中已被通缉的消息,她还破口大骂,说钱全中肯定是遭人诬陷。前天下午,她看到了丈夫泡得像吹进几升气的尸体,才相信自己平静而幸福的生活真的结束了。她也不相信钱全中会自杀。因此,当刘清松提出钱全中不是畏罪自杀后,任娜马上说:"他肯定是被人害死的,他肯定没杀过人。"谈话结束时,任娜已经明白刘清松的意思,要她说出钱全中的死与李金堂有关之类的话。她几乎不假思索地回答:"全中是被人害死的,不可能与李叔有关。李叔是接我们过去吃饭,他俩一直说说笑笑。不可能,不可能。"刘清松最后说道:"你认认真真回忆回忆,钱全中在离家前留没留下什么话,想明白了你再来找调查组。任娜同志,你要冷静地面对现实,钱全中杀不死一只鸡,并不能证明他不会杀人。钱全中最少是杀死吴玉芳的重大嫌疑人,已有同案人指证当时他在现场,申玉豹出事前曾交给公安部门一份证言,明确指出吴玉芳是钱全中一板凳砸死的。同时,钱全中可能是龙泉县有史以来最大一起贪污案的知情人。法律绝对不会冤枉一个好人。你要冷静下来,积极配合调查组的工作,只有这样才能查清楚钱全中的问题。"

　　连鸡都杀不死的人,怎么可能会杀人。任娜在这个推论里思想,就对刘清松产生了极度的不信任。任娜反复看着钱全中留下的条子,又一次摇了摇头:李叔不会害他,李叔就要提拔他当外贸局的副局长了,要是李叔要害他,他留的条子为啥还叫我遇事去找李叔呢?

　　朝霞挤进窗棂,把任娜的影子印在桌面上,阴影渐渐爬上了桌子里边的扑满。任娜下意识地伸手拿起了扑满,几户清脆的叮当,惊得任娜身子抖了一下。他不可能自杀,拿错李叔家一个扑满,他还特别留句话要我还上,怎么可能去自杀?她想起了李金堂十几年来对他们家施予的种种恩情。如果不是李叔,我能从一个乡村的民办教师一步步变成国家工商管理干部吗?

任娜带上扑满和钱全中留的纸条,出了家门,她要去医院找李金堂。

李金堂已经一天两夜没合眼了。在这几十个小时寂静无望的等待中,他仿佛能听到死亡之神的呼唤声。天又亮了,天又亮了。他眯缝着双眼看看窗外,一只麻雀正在对面的房檐上一步步朝下滑落。他悲哀地想:看样子它也过不了这个冬季了。这个冬天为什么这样寒冷?他们立了案,我该怎样面对?把一切都讲了吗?讲讲我的英英武武,讲讲我的怕,讲讲我的心里话,讲完了也就该结束了。讲完了,这一生一世就成了一场虚幻的梦。沉默是金。沉默果真能变黄金吗?墙倒众人推,何况这并不是莫须有。冷啊,真冷!

关五德一大早又来了,像是很能体谅李金堂此时的心境,不愿对自己追随了多年的老人来个雪上加霜,默默地坐着抽烟。李金堂突然说了一句粗话:"该死尿朝上,有啥话你尽管说吧。"关五德擤擤鼻子、眨巴眨巴眼睛,"昨晚刘清松和白剑又去了,暗示要对小山子行刑。小李子不敢做主,问我该怎么办。这种非常手段,龙泉多年都没用了,小山子那小胳膊嫩腿,能受得住?"李金堂勉强笑笑,"五德,你顶到这个时候,我还能怪你吗?如果没有大的转机,这小山子免不了一死。等撤了你的职,他受的罪只会更多,没想到刘清松也会针针见血呀!"关五德又说:"那些申请我已经批了,你就别再拦住了。闹一闹,拖一拖,也让他们焦焦心。这样伸着脖子挨刀,也太窝囊了。"李金堂叹口气道:"你和宝林的好意,我早心领了。这种整法,只能在必胜的前提下才能用。且不说能不能控制住局面,我们败了,秋后一算账,这七八个村可就彻底垮掉了。弄得不好,我们就是千古罪人。这件事就不要再提了,刘清松为的只是我。再为我捅出大乱子,我死不瞑目。"

任娜一进门,跪在地上就大哭起来,"李叔,干妈,你们要给我做主呀——"李金堂一见任娜来了,又喊着让他做主,精神为之一振,把身子坐直了说:"快起来,快起来坐下说。真是个苦命的孩子。李叔只要有一口气在,就不能看你作难。"任娜放声哭了一阵,又说道:"这好好的日子,咋就变成了这样!全中怎么会杀人?他咋能会自杀。李叔,你一定要找到那个害死全中的人呀——"

李金堂心里一紧,干咽几下嘴说:"全中走之前,没给你留下什么?"任娜从椅子上站起来,"昨晚刘书记也问了,他留啥,他啥也没留……"李金堂欠了欠身子打断道:"刘清松找过你?全中果真啥话也没留?"任娜掏出纸条和扑满说:"昨晚他把我叫到调查组问情况,问我全中出事前都接触了啥人,留没留下什么文字东西。听话音,好像全中的死跟你到我家还有关系。这不是胡扯吗?留啥,就留这么个纸条,说要出趟远门,说家里有啥难处要我找你。还心细得很,要我把小玉拿错的扑满还给干妈。"春英说:"你记错了吧,小玉在家吃饭,看见扑满稀奇,你李叔还和她讲了小孩用扑满攒零钱的好处。咱们出去买东西,他们爷儿俩在家说话。这个扑满是我顺路在杂货店买的送了小玉。你忘了,当时有做成佛爷的和这种猪八戒的,小玉就要了和我家一样的这个猪八戒。"

李金堂这时已把条子仔细看了几遍,拿着扑满看看,嘴里说:"全中是个仔细的人,让你还这个扑满,肯定有他的用意。"摇了摇,只听见几个硬币的叮当,抬头又问道:"任娜,你再朝前想想,全中跟你说没说过啥话?"任娜道:"话咋没说,都是些家里的平常话。若说是话,也只有这么个话,记得一两个月前,他在你家吃饭回来,说你准备提拔他,别的就没有了。"李金堂又把心放宽了一寸,"有这回事,城锁离开外贸局,这个位置一直空着,全中又是外贸口的人,资历、水平也不差,我原打算明年春天把他提拔起来。"又摇了摇扑满,心里道:他让把这个东西还我,可见没起叛我之心,难道他真给我留有什么东西?又把扑满放到耳边摇摇,发现声音有些异样。心里又想:他在这里面藏着什么呢?他要给我,定不是害我的东西。他又举着扑满看看,嘴里说:"李全死那年我认识的全中,一直把他当个儿看。他这么走了,能不给我留句话?一句话没留,我留这扑满何用。"顺手把扑满摔在地板上。

关五德看见那个四方的白纸在地板上打几个滚,停在自己脚前,弯腰捡起来,拆开一看,惊叫道:"是一封信,写给你和我的。"李金堂闭着眼睛一咬牙,"念!"

关五德念道:"李副书记并关局长:玉豹早上死了,给我触动很大,吴玉芳是我一板凳砸死的。她先挨了打,又让开水烫了,不死也残,也受罪。想着玉豹的前途,我干了这件傻事。李书记李叔介绍我跟玉豹经商,是为我好,我却做了这种伤天害埋的事。后来,玉豹对我很信任。夏天里,我又做了一件对不起李叔和玉豹的事。玉豹进京做生意时,我从保险柜里看见了玉豹的一张存折,起了贪心,想法取了这笔钱。从玉豹公司出来后,我带着这一百零七万去广州,碰见一个熟人,就把这些钱拿给他入了伙。一个月前,我去广州找他分红,满世界都找不到他了。杀人偿命，这我知道。我去做生意，是想用这钱再生点钱，然后设法逃出去，没想到又叫人骗了。我不想进监狱，也觉得没脸再见你们了，我的死与任何人无关。李叔这些年待我像亲生儿子，我几辈子也不会忘。我对不起任娜、小玉。这些就不提了。希望李叔看全中的面子，照看照看她们母女，帮任娜再选个老实本分的丈夫。全中绝笔。"

任娜尖叫一声，哭昏了过去。关五德和春英慌忙抱起任娜掐着喊着。李金堂擦了一把眼泪，穿了衣服下了床，走过去双手捧住刚刚醒过来的任娜的脸道："闺女，别哭了，别哭伤了身子。香艳香红嫁得远，我和你干妈也显孤寂，往后，你就是俺们的亲闺女。"任娜又哭一声："全中啥时候变成这样个人了——"

李金堂拿过来钱全中的遗书又看了看，心里道：虽然编得有漏洞，也还能经得起推敲，一个自杀者的绝命书，谁还能怀疑？有了这个东西，差不多也就把我洗干净了。刘清松和白剑都是聪明人，眼下就让他们看见这个东西，不是有点此地无银三百两？全中有这份替我开脱的心，也算他知道我是个啥人。有了这个东西，不好好用一用，也太辜负了全中的良苦用心。任娜已经讲了点什么？不管她讲不讲，刘清松都不会再等了。这个东西应该在最有用的时候拿出去。他弯腰把散落在地面上的硬币一个个捡起来，又把钱全中的遗书照原样叠好，弯着腰说道："任娜，全中这样走了也好，你要节哀，多想想今后的日子该咋过。你和他结婚十多年了，还不知道他？做这事都是一时糊涂。个人的事要从长计议，要紧的是不能影响小钱玉。爸爸没了，也要让她享尽家庭亲情的温暖。既然全中也说我把他当儿子看，我也该有个当父亲当爷爷的样子。小钱玉这孩子我早就喜欢，今后她上学的费用就由我和你干妈包了，咱们一起努力，把钱玉培养成有用之才。"任娜感激地看了李金堂一眼，又掉了几颗眼泪。李金堂又道："你可不要推辞。"任娜抽咽着点头说道："我听干爹的。没有你们，我真不知道以后的日子该咋办。"

李金堂如释重负地长吁了一口气，"任娜，今天的事，你谁也不要说。我不说你也知道，干爹最近遇到点麻烦，还得仰仗大家一齐努力才能迈过这个槛儿。"任娜也是聪明人，一见钱全中真的杀了人，一听李金堂说这样的话，忙说："我知道有人要整干爹，只可惜我一个女人帮不了你啥忙。"李金堂拍拍任娜的头说："你能有这个心，干爹就高兴。等会儿，你和你干妈回家，顺路再买个这样的扑满，把这封信和钢镚儿再装进去。你呢,就装作啥也不知道,对谁都一口咬定全中不会杀人,更不会自杀。刘清松再找你,你昨晚咋说还咋说。不找你,你就在家等着。是时候了,你就拿着这个扑满和这个纸条去找调查组的王组长。"

春英和任娜刚刚离开,王宝林坐着马中朝的摩托赶来了。王宝林一进门就喊起来:"金堂,你要再犹豫,我就要单干了。这不是欺负龙泉没人吗?闹得鸡飞狗跳,到底想干什么?"李金堂伸了个懒腰,大笑起来,"你要扔下我不管,咱们不成了伸出两只拳头打人了?宝林,我想你这一路拳准备打出啥精彩的套路。"王宝林没细察李金堂精神状态的变化,气鼓鼓地道:"你出了个好主意,这几天却又不管不问了。管他哩,先闹一闹再说。人家连匿名信、严刑逼供这种法子都敢用,咱怕啥。砍他几板斧,大不了是个两败俱伤。"

李金堂这时亮出了底牌,"我准备马上出院。宝林,这回就用两只拳头打吧。不能只砍他几板斧,要一鼓作气把他们砍出龙泉。我看下一步分兵两路,我明你暗,一仗也能定输赢了。"王宝林一听李金堂改了口,大为诧异,疑问道:"你到底想出了啥高招?有没有恁大把握?你说说,我心里也好有个底。"李金堂抖掉身上的大衣,眼睛凝视着窗外,"破釜沉舟,置之死地而后生,只能下这种决心。四十年来,我自觉无愧龙泉,就让龙泉八十几万父老乡亲评价评价我吧。如不走这步险棋,根本没有反败为胜的希望。稍作退让,他们的指控就变成裤裆里的黄泥巴,不是屎也是屎,后半辈子也没脸在龙泉行走了。"慢慢转过身子,把手搭在王宝林的肩上,"从干校养牛算起,你我合作二十多年了,应该奏出一段华彩乐章,哪怕是挽歌绝唱,也在所不惜。闹,要有明确的目的和章法。我看要亮出这样的口号:不能重演'文革'的悲剧,不能动摇经济建设这个中心;翻历史旧账,是为了更坚定不移地走有中国特色的社会主义道路。把这些意思换成农民的话讲出来。"王宝林道:"显得太有组织性也不好,还应该在形式上表现出群众的情绪。中朝想个点子,我觉得可用。呼伦最近一两个月内有要到武汉、广州等地洽谈马齿树苇编工艺品销往国外的事,中朝准备替父亲坐牢。老马当年挪用的钱,满打满算只有一万零七八百,抓了老马,马齿树很可能要损失一百万。中朝这么做,正好给他们出个难题。玉石王的王家全当年用的钱,也只有一万来块,他们准备了五十万现金,要把家全买出来。"李金堂笑了,"这种点子好哇,搭的经济台,唱的人情戏,也合农民的朴素情感。

不过，只让些出了事的地方闹，舆论上的文章怕不好做。十佳经济村和手工业十小龙，带头人出了事的并不多嘛，让这二十个地方都动起来。另外，刘清松下令停了旧城改造工作，也与深化改革、搞活经济的方针相抵触，城里也应该有响应才好。中朝，抓你爹时，手续齐备不齐备？"

马中朝被问得一愣，"啥手续？让我爹看了那本账和德五叔写的揭发信，就把人带走了。"李金堂冷笑几声，"刘清松也太粗心了！他这一粗心，马齿树的文章就更好做了。呼伦是省劳动模范、县人大代表，刘清松咋就忘了这一茬？不开人大会罢免呼伦人大代表资格就抓了他，至少可说他们个不合法律程序吧？马齿树可以明确要求释放他们被非法抓走的人大代表马呼伦。"王宝林舞着拳头，跺着脚："服了，你是比咱王宝林高。这些事你就不用操心了。你这一彪军又要从哪里杀出去呢？"李金堂没正面回答，笑着说道："还没想好。十来天没在外面行走，不知你管辖的电视台咱们还能不能玩得转。"王宝林拍着胸口道："一点没问题。小汪已经压了六条于咱们不利的新闻，刘清松刚才在会上已经准备撤他。对了，忘了告诉你，今天上午的常委会，刘清松又比从前强硬了许多，看来要动真的了。咱们也要快。"

李金堂自语着："恐怕要立案了，我也只能这样成全他。宝林，时间紧迫，你赶紧回去安排，明天能动起来最好。你顺便去告诉小汪，让他坐镇电视台，晚上我要在那里亮个相。晚上六点钟，再设法通知全县，组织收看今晚的电视。"

王宝林又坐上马中朝的摩托走了。

李金堂沉默了好久，长叹了一声："唉——这步棋走出去，结果就难以预料了。五德，这个小山子怕躲不过皮肉之苦了。刘清松不是说过抗拒从严吗？不要伤他筋骨，多弄一些看得见的伤，晚上我要带他去电视台。"关五德下意识地朝后仰了一下，没说话。李金堂道："这也是不得已而为之。你回去想点办法，最好不要让你手下的人自己出面，他们受的委屈已经够多了。下午你带一个中队的人去把电视台控制起来，免得生出别的枝节。另外，你让汪局长调集所有力量，确保今晚能搞现场直播。晚上七点，你带辆警车来接我。"

关五德正要出门，李金堂又喊住了他，"你马上派几个便衣来医院。刘清松要是下午就突然下手，全盘计划都会落空。事到如今，可不能再出岔子了。"

# 第三十五章

黄昏的时候，林苟生走进了白剑的房间。他是来给白剑报喜的，还没说话，已经泪涕横流了，抖着手里一沓黄黄绿绿的纸，颤着声音道："得救了，得救了，三妞得救了，我也得救了！这是全身CT检查报告，这是核磁共振检查报告，这是肝功能检查报告，这是尿样检查报告，这是妇科检查报告，这是血常规检查报告，一律正常，一律正常，能做的都做了，一律正常。三妞的一切都正常！苍天待我林苟生不薄呀。"白剑笑道："看你喜成啥样了！她答应没答应嫁给你呀？我可最关心这个大问题。"

林苟生揩揩眼泪鼻涕，孩子气地笑着，"我不大好意思再提这件事。三妞倒是表了一个小态，在广州看了这些化验、检查报告，哭了大半天，说这回可以给我生个儿子了。"白剑捣了林苟生一拳，"你做的包子，皮还是太厚。老林，你就要几喜临门了。我卖包子，连皮都不要。李金堂就要完蛋了，调查组这两天就会针对申玉豹的指证和钱全中妻子的旁证，对他的问题立案调查。你窝了几十年的这口恶气，眼看着就能吐出来了。"林苟生呆呆地看着白剑，半天不说话。白剑没想到林苟生听了这个大喜讯会是这种表现，不解地问："老林，你这是咋啦？不高兴？"林苟生抹了一把眼泪，又仰着脸道："苍天真待我林苟生不薄，能在有生之年看到李金堂也能有今天呀！我高兴，我高兴得不知该咋说。我咋突然间笨嘴笨舌了呢？我，我，小兄弟，咱跟你商量个事中不中？"白剑道："你说吧。"

林苟生踌躇了一会，说道："照理，苟生得到这个大喜讯，该大醉三天。再照人之常情，苟生也想借此机会扬扬名，让龙泉人也知道知道俺也是扳倒李金堂的大功臣，出出憋了三十多年的鸟气。再照理呢，钦差前来办案，办完了案，总要将办案中枝枝节节都晓谕天下。这也是我出气的好机会。小兄弟，我想跟你商量的，就是想让你帮俺掩盖住这一层。为了三妞，我不愿借机出这个名。如果她要知道是我提供了那么多账目才开动了整倒李金堂的大工程，后果很难设想。李金堂是三妞的救命恩人呀！你要向上写折子，就把我帮你查账的事轻轻一笔抹了算了。我，我实在不敢冒这个险。"白剑没想到林苟生会说出这样一番话，沉思很久才道："我可以这么做。可是，要是把你的大功抹去，不是我朝自己脸上贴金吗？本来是明明白白的事情，写成含含糊糊的，实在不合我的个性。"林苟生作个揖道："你就答应了吧，答应了吧。"白剑耸耸肩，两手一摊道："这要一查出来，可是个大案。你错过这个扬眉吐气的机会，以后再也没有了。实际上，瞒过三妞一时，也就对了，没必要把你一笔抹杀。"林苟生忙又央求着："我心甘情愿当这个无名英雄。这口鸟气咱偷偷地出，这好心情咱偷偷地享受。你就满足老哥这个小小的愿望吧。实际上，走到大街上，我就估摸着你们已经要动李金堂了，要不，为啥要求组织收看重要新闻。"

白剑忙问道："中央最近没啥大事情，为啥要组织看新闻？"林苟生收起那沓纸，"三妞还在家等我吃饭哩，我先回了。不是中央台的新闻，是组织看龙泉县的新闻，要不然，我也想不到李金堂倒霉这件事。"

林苟生离开一会儿，刘清松和庞秋雁拎着一包东西敲开了白剑的房门。白剑看见一脸春风的庞秋雁，开玩笑道："今晚用不用我在门口放哨，你们好好庆祝庆祝。"庞秋雁锁上房门笑道："我们领了执照的，睡在天安门广场，也合法，只是不想张扬罢了。"刘清松坐下说道："白兄，第一个战役已经打下来了，不喝一杯，这喜气也憋得心里难受。动静闹大了，人家又会传成我们喝庆功酒。正巧秋雁来，咱们先小范围消受消受。"庞秋雁从包里拿出了酒和凉菜，笑道："没有热菜，先委屈你们一回。等你们凯旋柳城，咱们去海鲜大酒楼吃生猛海味。"

三个人开了茅台酒，用茶杯分了喝着，说着，笑着。中央台的新闻联播过后，电视屏幕上现了一行字：现场直播李金堂副书记电视讲话。白剑惊叫一声："他不是还躲在医院吗？"刘清松扭头怔了一会儿，走过去动动音量开关。

画面上出现了李金堂的上半身，披着人们熟悉的那件半旧军大衣，一脸胡碴儿，一脸倦容，可双眼炯炯有神。李金堂轻轻咳了一声，作了个开场白："全县八十四万父老乡亲，你们好！我刚从医院的病房赶到这里，想借这个机会，摸着心窝子，给你们说说心里话。"话锋一转，切进了主题："大洪水过去十几个年头了。几个月前，中华通讯社一个叫白剑的记者，写了一篇《洪荒作证》的文章，帮咱们翻开了这本旧账。由于他翻账的方法有问题，又没有全面反映出当年龙泉大洪水前后的事实，县委、县政府、县人大、县政协，代表你们，要求杂志社和这位记者就他们伤害全县人民感情的事给个说法。这场官司打到了中央，十天前，中央和省里派了联合调查组已经进驻龙泉，调查这件事情。谁是谁非，我相信，你们也相信调查组最后会得出一个正确的结论。

"按说，有中央和省两级调查组在龙泉，也用不着我用这种方式讲这个话了。你们都知道，龙泉当年的救灾工作，已经惊动中央派来了钦差大臣，本用不着我们再多嘴多舌了。我用钦差大臣这个词，是想让全县哪怕是目不识丁的人也能明白，调查组像钦差大臣一样，不会冤枉一个好人，也不会放过一个坏人。我们全县八十四万人，都是无条件地信任这些钦差大臣的。为什么还要讲这个话呢？这要牵扯到刘清松同志。在你们眼里，刘清松同志是官复原职，重新当了咱们县的第一书记。同时，我还要告诉你们，他也是两级联合调查组的一员。刘清松前一段是为了什么丢的官呢？我必须给你们说说清楚，哪怕我因此受到党纪处分。按规定，是不能公开真正原因的。刘清松同志被暂时免职，是因为他没经县委常委讨论，擅自做主给白剑的文章盖了公章，并签了情况属实的意见。大家大概还没有忘记县麦饭石矿冒顶砸死砸伤二十几个人的重大恶性事故，你们也不可能忘记，因为那些不幸的矿工还尸骨未寒哩。因为这件事，刘清松同志受到行政记大过处分。总而言之，刘清松在咱龙泉是翻了船、栽了跟斗的。我这么说也是为了通俗易懂。如今搞经济，出了娄子，行话叫交学费。刘清松同志这两笔学费数目多大，大家心里可以掂量，无形的一笔，是严重伤害了全县人民的感情，有形的一笔是十四条人命。当然，他只负领导责任。

"有刘清松这样的同志在调查组，今天这个话，我就不能不讲。当然，我这么说，丝毫也没有埋怨上级把刘清松吸收进调查组的意思。几十年来，龙泉上上下下都没有犯上的毛病。我以人格和党性作保证，负责地讲出下面的判断：刘清松同志近来策划布置的事，大半调查组的主要人员并不清楚。"

刘清松呆呆地坐在那里,脸色变得苍白起来。庞秋雁指着电视屏幕骂道:"真他娘的奸!这也不过是回光返照,立了案,把你监视居住了,看你还咋蹦咋跳!"白剑托着腮,目不转睛盯着屏幕道:"他究竟想干什么?是想把水搅浑,转移调查组的视线吗?可惜已经迟了。"刘清松一脸沮丧,一拳砸在沙发上道:"真不该存妇人之仁!抓了他,就是亲手毙了他,事实也会证明没抓错,没杀错。不该再给他提供这个机会呀!"

这个时候,欧阳洪梅也正在家里和两个徒弟一起看电视。"娄阿鼠"叫着:"乖乖,不得了,竟把政治斗争搬到台上演了,过瘾,过瘾,往后就有得看了。"李玲瞪了"娄阿鼠"一眼:"你懂个屁,瞎评价!"欧阳洪梅冷笑道:"这是他的拿手好戏,精彩的还在后头呢!斗成啥样且不管,小山子怕能活下去了。"

李金堂接着说道:"最近龙泉地面上发生的事情,上了年纪的人都不陌生。'文化大革命'中,龙泉就是这种乱法,告密、匿名信、严刑逼供。你们也都听说了,最近几天里,举报材料已有上万份。可与大洪水有关的有多少呢?刚才有同志告诉我:只有一百二十多份。剩下的都是些什么?我也不大清楚。就这一百二十多份材料中,已经有两份是蓄意陷害。这种整人的方法,也不是刘清松同志发明的。举报箱,在唐朝武则天时已经发明了,千百年来,盛世明君用这种法子的很少。为啥?它能把本来可以在心中化解的仇恨引逗出来,坏人性情。我在龙泉县为官四十来年,深知我们这方水土能养什么人。它可能养出江洋大盗,可它自己不会生出蝇营狗苟的告密者和诬陷者。我看见这种败坏民风的事,感到非常痛心。

"有的人明知这种后果,为什么还要用这种歹毒的办法,不惜代价搞这种举报呢?经过那场大洪水的龙泉人,都知道我当年是龙泉抗洪救灾总指挥。他们的目的是为了搞出一个能轰动全国的大贪污案。他们认为我这个总指挥当年曾侵吞了一大笔救灾款。所以,我今天就必须讲这个话了。父老乡亲们,金堂是个什么样的人,你们心里最清楚。正因为我百分之百地相信你们的眼力,我才决定借这个机会,把这件事的来龙去脉讲清楚。

"申玉豹这个人,你们有的人知道,有的人不知道。他是全县个体企业家中的风云人物,半个多月前死于意外事故。生前,他决定把自己的全部资产，捐给龙泉建一所学校。让我感到幸运和慰藉的是，在刘清松同志复职前，县里已经决定用申玉豹捐赠的近一千万，办一所荣昌中学。这个学校的建成，意味着我县中学普及率将会提高三个百分点。前一段传说是我和英国人谈判的成功，才为龙泉留下了这一千万，这种说法实在太抬举了我。我认为能留下这座学校，是全县人民努力的结果。不扯这么远了。我向全县父老乡亲公布一件事：申玉豹死前，曾留下一份证言，讲我曾在他名下存过一百零八万巨款，后来钱全中取了这笔钱给了我。我的工资每月不足四百，不吃不喝不穿不用，积一百零八万，最少需要两百年。如果我真有这笔钱，不是贪污，就是受贿。要是说我这些钱是受贿得来，有点站不住脚。为啥？前年我曾搞过一次收礼、受贿曝光，十五天里，我收到的财物，价值人民币两万四千元。我在这里还想公布我和申玉豹的一点私人交往。我和他爹算同时代人，有过一些素朴的友谊，因为这个原因，在玉豹的事业中前期，我曾给过他一些力所能及的支持。玉豹偷税漏税的事情被揭出来后，为了全县人民的利益，我力主对他重罚。前后两次，共罚他一百二十万。这一百二十万作为县财政收入的一部分，已经作为工资发下去了。

"刘清松同志随调查组来后，突然间提出不能排除申玉豹是他杀。意思呢，我也明白，怀疑是我杀他灭口。钱全中曾经我引荐，当过申玉豹的副总经理。经公安机关复查，确认钱全中是去年秋天杀害吴玉芳的凶手。正在通缉钱全中，他的尸体在他老家的白龙潭里被发现了，法医的解剖报告作的结论是自杀。刘清松同志却认为可能是他杀，最少也是个被逼自杀。意思呢，我也明白：还是怀疑是我杀他灭口。刘清松认为的那个杀害申玉豹的凶手前几天已经被抓到了，他的名字叫李小山，曾经是申玉豹的伴读。我今天把他也带来了，让全县父老乡亲见见刘清松同志眼里的杀人犯。请摄像师把镜头对准李小山。"

屏幕上出现了睡在担架上的小山子，嘴脸都肿了，额头上有两处红伤，一个输液架放在担架旁边。李金堂走过去，揭开了白色的被子，小山子浑身上下都是青紫，在低低地呻吟着。李金堂又道："请摄像师让父老乡亲们看看前些日子李小山刚刚返校读书时的照片。"画面上出现了欧阳洪梅见过的那个小山子，一脸清纯，嘴角微微上翘，身体还没长出来成熟男人的线条。"娄阿鼠"又叫着，"乖乖隆咚的，这又是唱的哪一出？杀申玉豹？申玉豹做个鬼脸能吓掉他的魂儿！"李玲拉了一下欧阳洪梅,"洪梅姐,你说这小山子还有救吗?他有作案时间,又有钱和物这些证据。他怎么会杀人?政治实在太可怕。"欧阳洪梅死死盯着电视屏幕,没有马上回答。

李金堂蹲在小山子身边,"父老乡亲们,这位学生像不像个杀人犯呀?"低头问道:"现在是现场直播,你说说,你认不认识我李金堂,是不是有人逼你杀了申玉豹,你是不是贪财害死了申玉豹?"小山子微睁着双眼,艰难地说:"我只在电视上看见过你……没人要我杀申玉豹,东西和钱是申总经理送、送的……音响是让我学洋文……钱是帮我复读……表是让我压压土气……上大学找老婆……打死我……也是这些话。"李金堂又低头问:"小山子,刘书记和白记者昨晚去审讯室,刘书记都作了啥重要指示?"小山子道:"坦……白从……宽,抗拒从……严……让警察……动脑筋……想……办……法。"

李金堂大口大口喘着气,再说话时已伴着手势,"父老乡亲们,尽管有人逼我们的刑警违犯纪律对小山子行刑,可他们自始至终没人动小山子一指头。他们已经联名写了辞职报告,准备让刘清松大人批准。可是这样一个重要的嫌疑人,出了差错,刘大人不是要诛灭他们九族吗?今天上午,他们把李小山送进了东大监,这些伤是同监狱的犯人打的。如今,钱全中的尸体还在解剖室放着,因为有的人还要从尸体上找出他杀的蛛丝马迹。"

欧阳洪梅突然摇头冷笑道:"左右逢源,八面玲珑,刘清松和白剑怎么能……你就不会败一次,你也该尝尝失败的滋味。这太可怕了,太可怕了!他撑住了你刘清松,你又能怎样?同归于尽的打法,白剑你敢用吗?你也该败一次了。"李玲看着激动得浑身发抖的欧阳洪梅,不敢说话。

李金堂有力地把手一挥,声音骤然间变得高亢激越起来,"龙泉八十四万父老乡亲,金堂与你们荣辱与共四十来年了,有人这样别有用心想搅乱龙泉,我一千个不答应,你们一万个不答应!"突然间,他左手按住胸口,身子节律性地抖动着,嘴一张一闭,张着张着,一口鲜血喷了出来。

三妞惊叫一声,跳下床,把脸贴近电视看,嘴里叫着:"镜头往左一点,往左一点,他朝左边倒的。"扭头指着林苟生说:"刚才你不是说这都是演的戏吗?李书记咋会吐了一口鲜血?"林苟生皮笑肉不笑地解释说:"我也是听人说的,说李金堂这些时是在医院装病,闹了半天他是真有病。你看,你看,他又站起来了嘛。"

李金堂用力推开身边的护士,很吃力地笑了一下,"父老乡亲们,这是老毛病了,不要为我担心。说起来,这个胃出血的病根还是大洪水时落下的。那一年,我住了七次医院。这些咱们今天就不说了。我是当年龙泉县抗洪救灾总指挥,应该对那时候龙泉发生的一切事情负责。事隔十几年,金堂还是可以面对你们,说一声:我问心无愧!金堂今天抱病出来跟大家见见面,目的只有一个:希望龙泉能回到正常的生活轨道中去。既然那笔账已经翻开了,那就应该由我这个当家的总指挥给人家个说法。为了龙泉能够沿着中国特色的社会主义道路走下去,我个人不计荣辱,也不虑生死。如果龙泉就这么被搞乱了,我死不瞑目。既然白记者翻出的是经济问题,既然调查组来查的是经济问题,既然已经有人也提出了我的经济问题,那么,我也只能面对这个经济问题。我在龙泉县县委副书记的位置上,已经干了三十二年三个月零六天了,我深知这种乱法对龙泉有百害而无一益。当年的大洪水也好,改革开放这十几年也罢,官员们的工作、政府的工作难免有不尽如人意的地方。白记者白剑的父母是咱县的育种专家,当年也死在大洪水中。对这样的有功之臣,政府事后给予的哀荣实在太少了。这是政府的失职,也是我李金堂的失职。现在,两级调查组还在龙泉,刘书记力主设置的举报箱仍在各个乡镇挂着,我请求当年受过委屈的父老乡亲不要再搜肠刮肚去寻当年张三、李四的不是了,都把主要精力放在回忆我李金堂当年的过失上来,谁要看见或者听说我李金堂拿了一分钱私用,你们就往钦差大臣那里反映。一百零八万,这可是能撑满一只麻袋的巨款呀!如果你们害怕这些举报箱也会堵塞言路,我恳请调查组就这一百零八万进行公开调查,痛痛快快说个小葱拌豆腐,尽快把这一页翻过去。不能再乱了,上苍赐给咱们八十四万人这三千二百平方公里的土地,咱们就有责任也有信心在这里建出一片太平盛世。我的话完了,谢谢大家。"

林苟生心里暗自叹服,这才是人玩家,大玩家呀!三妞嘴里哼着歌,走过去把电视关了。林苟生心里在想:小兄弟,这个电视你看了没有?人家大包大揽让你们搞公开调查,苟生实在没法再帮你什么了。难道这一百零八万真是申玉豹裁出来的?三妞笑着问道:"苟生,你在想啥心事?我早说过,李副书记是个好官。你没听人说,龙泉都是他的龙泉?他自己的龙泉,他再贪污,理上也说不通。"林苟生心里一颤:八十多万人都这么想吗?三妞蜷在床上,翻看着那些检查报告,看了一会儿,红着脸喊道:"苟生,你说这些结果不会写错吧?"

林苟生惊喜得朝后退了两步,瞪着眼睛张口问道:"三妞,你,你喊我啥?你喊我苟生?你在广州说的话不是玩笑?你,你不再管我喊干爹啦?这是真的?"三妞跪在床上,自言自语道:"我知道这些结果没写错,可就是不敢信。苟生,你不知道我心里在想些啥。咱们这一对苦人儿,竟也能熬出头。"林苟生试了几试,捉住了三妞的手。三妞仰着俏丽红润的脸,颤巍巍地说:"没在广州给你更好,又等这几天,等到期上了。苟生,走了这么多弯路,我现在真的很想很想当妈了。今晚,你今晚就要了我吧,把我当个新娘子要要吧……"

林苟生跪在三妞对面,呜咽起来。

白剑和刘清松抽了一夜香烟,天快亮时还没有找出应对这种局面的良策。庞秋雁急了,站起来道:"用不着这样惊慌,如今进攻的一方还是我们嘛。凭李金堂一场苦肉计,就能改变他落水狗的身份?他败坏你的,只是一点点声誉,你要赢了,能开除他球籍!设举报箱的事,事先你也请示过王组长,和'文化大革命'扯得上吗?小山子的事,你一点责任也没有,出问题也该由公安局长负责,你不过是命令他尽快审问而已。如今他自己提出来要公开调查,立案只能更快些。到时候,他最多能落个认罪态度较好。他在龙泉四十年,还愁没人揭发他?"

刘清松不耐烦地打断道:"娘们儿家,瞎说个啥!上次为林肯车,吃的亏还小吗?"庞秋雁怔了一下眼圈就红了,忍了几忍,才委屈地说:"不是看你们作难吗?狗咬吕洞宾,不识好人心!"刘清松也站了起来,"你以为公开调查对咱们有利吗?错到家了你!如果没有杀父之仇,夺妻之恨,谁会去上台提供有力的证据?他这样害怕举报箱,证明我的判断是对的。不看见抓些小鱼小虾,那些掌握李金堂贪污罪证的人能放心把证据放进举报箱里吗?没想到他会来这一手。"白剑叹道:"秋雁,清松的分析很有道理,看来,是我前些日子犹豫不决,才导致了今天的不利局面。这是一个可怕的对手,把人心都揣摸透了。没想到一个县级干部,也能这么漂亮地运用败中求胜的策略。他在电视上一露面,又给那些掌握证据的人增加了无形的心理压力。"庞秋雁道:"那,那是不是一点办法也没有了?"白剑摇摇头,"弄得不好,这种公开调查,会被他利用,把他又涂一层金光。"

刘清松冷冷地说:"没那么容易!省里为了向中央有个交代,早下决心扔掉龙泉这个包袱了,这个前提我们不能忘了。白兄应尽快和你们社领导取得联系,让他们再想法给调查组和H省委施加点影响。要让调查组完全站在我们的立场上,先去了他的合法身份,这样就能驱散掌握证据那些人心理上的阴影。在龙泉一年多快两年了,我自信能把握住龙泉中层干部对李金堂的心理,顺从惯了,也就敢怒不敢言了。必须先设法把他拘留起来。白剑,咱们还得咬紧牙关,一鼓作气干下去。"

李金堂表现出来的极端自信,泄了白剑大半的气,他长吁一口气道:"谈何容易!这种现场直播他能不露声色地搞起来,拘留他,谁去执行呢?"刘清松忙道:"指望龙泉公安局抓他,无异于痴人说梦。只要调查组认定了申玉豹的指证,完全可以调动省厅甚至公安部直接派人抓走他。"庞秋雁敲着边鼓道,"白剑,清松进这个调查组,不容易,说话对王组长的影响力,他十句顶不了你一句。你把龙泉封建土围子的现状给王组长好好描述描述,他肯定会信的。"

三个人正在说着,有人来敲门。妙清和调查组的黄统计站在门口。黄统计一脸肃穆,看着白剑道:"老白,王组长让你到龙泉街上四处走走。他说你们韩副社长交代过,你还兼调查组随组记者。龙泉又出了新鲜事,王组长想让你写篇稿子发回去。"白剑问道:"出了啥事了?"黄统计没回答,看看刘清松和庞秋雁道:"昨晚的电视,我们都看了。王组长要我当时就找你。我以为你们燕尔新婚,会找个安静地方住一夜,早知你在老白这里,我就过来喊你了。"刘清松赶紧追问:"王组长起床了吗?"

黄统计道:"他上没上床,我不敢说,他最多只睡了一个半小时。三点半,我们的宾馆已经叫马齿树的两千静坐群众包围了。你听,外面也有了喧闹声,要是我没猜错的话,这又是一队人马。"庞秋雁说道:"他们怎么敢聚众闹事?"黄统计淡淡一笑,"这不叫闹事,他们在正常行使自己的民主权利。宪法对此有明文规定。我们已经在王组长的带领下,去了三个地方,一个是我们住的松鹤宾馆的四周,一个是县委大门外广场,另一个是县政府大门外马路上。他们进行的静坐、绝食、游行示威,事先都写了申请,并得到了公安局的批准。"刘清松摸出手帕擦了擦额头。黄统计用略带埋怨的口气说道:"刘书记,你怎么没告诉王组长,那个马呼伦是人大代表呢?这件事已经弄得调查组十分被动了。眼下这种局面,你要尽快想办法控制住。"他转身要走,又扭头补充道:"这是王组长的意思。眼下只有两条路可走,一是无条件释放马呼伦,这条路万不得已时,也只能走;一是尽快通过正常程序罢免马呼伦龙泉县人大代表资格,走了这条路,日后龙泉公安机关恐怕该给上级人大机关一个说法。"刘清松又擦了擦冷汗,赶忙说道:"我今天就办这事。"黄统计笑了一下,"这也是王组长的意思,王组长说他搞了十几年纪检,还没遇到过相似的情况。上午十点,要开个碰头会。老白,你要带个长焦和变焦镜头。咱俩一起去看看吧。"

天已经大亮。

四个人走出县直招待所,白剑不由得倒吸一口凉气。黑压压几千人塞满了门前的街道,一条巨大的横幅上写着五个大字:王家全无罪。横幅下面摆着一张长条桌,桌上整齐地码着十几沓百元大钞,桌子两边各垂一条幅,左边条幅写:集体发家无罪;右边条幅写:坐等当代青天。白剑弯腰拍了一张照片,正在调整焦距,准备再把这张桌子拍个特写,只见一个五花大绑的中年汉子直朝镜头扑来。白剑向后一闪,汉子扑通跪在地上,大喊一声:"我有罪呀——"

刘清松向前走了两步,强作镇静,板着脸说道:"有问题通过正常渠道向上反映,谁给你们私自绑人的权力?"一个长髯老者站起来道:"人是我绑的,我是他爹。家元诬陷家全,国法能容,家法不能容。请刘书记明察,放了王家全,抓了这个孽种。"一个青脸汉子从桌子后面走过来,拉过老者,"五叔,家全哥是刘书记下令抓的,找他没用,咱们等中央来的钦差来处理这件事,不扯这个咸淡。"

黄统计拉住刘清松道:"马齿树的事要紧,你快去办那件事。"刘清松咂咂嘴,没说话,悻悻地沿着显然是专门留下来的人行通道,大步走了。庞秋雁略略迟疑,快步跟了过去。

黄统计走过去拿了一沓钱看看,笑着说道:"不用问,你们玉石工组织的静坐示威也是得到批准的,位置被安排在这里了。我姓黄,是北京来的,也是联合调查组成员,不知有没有资格跟你们对话。"青脸汉子从口袋里摸出一个本子,"这个账本俺就交给你了。家元诬陷家全哥的事,你们一看这本账就明白了。当年,家全哥为了能为玉石王多要来点救灾款，私分了一万五千元，这本子上贴的是当时各个户主的领条。家元不知这件事，就当家全哥贪污了这一万五。玉石王不能没有家全哥。要是你们信我们，放了家全哥，我们立马走人。要是需要查查清楚，俺们玉石王愿意拿这三十万现金做保，先把家全支书接回去。玉雕节快到了，那些外商只认家全。"黄统计接过账本道："这本收条我尽快转给王组长处理，处理结果我会以最快速度转达给你们。你们这次请愿，是经过批准的，我也不说什么了。我看你们来的老人不少，你们要把他们照顾好，免得出现意外。"人群里有人喊了一句："谢谢黄青天。"几千人跟着喊着："谢谢黄青天。"黄统计忙说："青天白天，日久才能看出来。我现在就去交这本账，你们多保重。"

绕到一个僻静处，黄统计摇头晃脑笑道："老白，你的家乡人可真难对付。昨天那个李金堂，可不是个等闲之辈。这个系列拳，打得王老头都皱眉头了。你看看这个账本，肯定是个杰作。"白剑走着翻了几页，发现纸张虽不一样，却都白净，合了说道："这显然是近期伪造的，你们准备怎么办？"黄统计冷笑着，"确切地说，这是昨晚看完电视后才造出来的。几年来，我这个查账专业户，常遇到这种事，农民兄弟用这种方式上这道菜，还是第一次见到。咋处理？再看几个地方你就知道了。其实，只用看看王组长那张脸，就知这是个难局。别的都好说，非法，也不叫非法，不合手续拘禁人大代表马呼伦，一时半晌怕脱不了手。老白，我看你也见好就收吧。你的文章估计是一千万不知所终，查出来四百三十几万，你也没算夸大其辞。一两亿的总数目，有四百万差错，司空见惯。再说，又打了一只王世允这只死老虎，上上下下也都能交代了。"白剑皱了眉问道："这是否也是王组长的意思。"黄统计笑道："老白，王组长久经沙场，肠子自然是九曲十八弯，不像我，一根管子上下接两张嘴。你能写出那样漂亮的文章，把时间耗在这种事情里，你不觉着可惜，我还替你可惜呢！人家李金堂敢搞公开调查，你还能说什么？这种情况以往我也没有碰到过。常见的情况是两种，一种是调查组一到，势如破竹，一周时间就能打道回府；一种是阻力很大，需要蚂蚁啃骨头，用三五个月磨出来。李金堂根本不回避你提出的问题，还号召全县人民把火力集中到他一个人身上，还用立案吗？要么，李金堂真的是一分钱没拿，要么，他自信只有上帝才能出卖他。老白，你我都在京城行走，更应该知道穷寇莫追。今天这种阵势，弄不好就会出大乱子。到现在为止，已有四个村，一万多农民兄弟上街，估计这个数目还会增加，饿晕两个，再背时一点，死个一两个老人，这事恐怕要上新闻联播了。新闻由头很好找：非法拘禁人大代表引起龙泉大骚乱，死伤若干。钦差也有钦差的难处，眼下只能找系铃人来处理这个难题。李金堂顷刻间能鼓动几万人上街，可见不是个罪在不赦的恶人，昨晚那一口鲜血，可不是拍电影。人家递个梯子，大家都下来算了。"白剑只感到脑袋在一下一下膨胀，没有答话。黄统计边走边说："这只是我的分析。这些年，我走了不少地方，也遇到不少事情，估计错不了。我也知道这时候搞公开调查，对他李金堂有益无害。可你能说他递的这把梯子有危险吗？人家把危险都揽了去。刘清松嘛，谁也帮不了他了。如今闹成这样，有十天半月，他也无法罢免马呼伦人大代表的资格。结果呢，只能是放人。放人恐怕也不容易了，刘清松只能当个出气筒。"

白剑追了几步，还有点不甘心，扭头说道："马齿树和玉石王都有问题，说他们聚众闹事也没亏他们。"黄统计冷笑几声，"你是不是觉得还可以用武力驱散呀？那你就太低估龙泉县了！县政府、县委门前坐的那些人，历史上可没有任何污点。他们质问用这种方式翻旧账是何居心。你猜猜县委门前的横幅写的啥？誓死捍卫改革开放的正确道路！破坏改革开放这顶大帽子，谁也不敢戴。"

马齿树村的请愿队伍，阵容更大，排列也更整齐。松鹤宾馆门口，跪着几十个青壮汉子，马中朝背上挂着一块白布，上写着：愿代父受罚。白剑不敢多看，跟着黄统计上了楼。

王组长正仰在一个大沙发里养神，看白剑进了屋，欠欠身子道："感觉如何？怕是一言难尽吧！"白剑嘴角抽搐了几下，没说话。王组长把一沓材料交给白剑，"李金堂要求就那一百零八万搞公开调查，也就用不着你这份报告了。刚才我和韩曾老弟通了话，他也是这个意思。你也用不着这样愁眉苦脸，韩副社长对你的工作有评价：圆满完成了任务，附带还圆了一个作家梦。从今天起，你只是本工作组的专职记者了。"白剑知道已无力回天，收了材料弯下腰问道："王组长，我现在该做点啥？"

王组长道："先委屈你做我几天秘书。我让你早点出去看看，是怕你晚出去了有危险。你是始作俑者，我得把你保护起来。我要放马呼伦出去，想解决一件事，谁知马呼伦不走，连声说他自己有罪，还要求从重从快处理他的问题。你我现在啥也不做,在这里等候。刘清松已经失去了控制力,李金堂胃出血住了院,人大石主任发高烧在打点滴,王宝林县长到四龙乡蹲点去了,龙泉县剩下的几个常委都在为静坐的群众服务。我只好向柳城地委和行署求救。这场公开调查,搞一搞也好。要是查出一个两袖清风的好书记,也算不虚此行了。"

白剑心里感慨万千,却啥话也没说,捏着报告的右手汗渍渍的,心里叹道:清松不知能不能过这一关。

刘清松忙碌了一个多小时,只找到两个县人大副主任,开人大常委会议罢免马呼伦的代表资格已不可能,这时他才认清败局已定这个现实。他一个人在办公室里不知坐了多久,包裹得严严实实的庞秋雁走了进来,说了一句:"他们还组织了游行示威……"扑进刘清松怀里失声痛哭。

上午十一点多钟,刘清松看见了前来召开紧急会议的当书记和秦专员。当书记极度厌恶地看了刘清松一眼,丢下一句:"看你们干的好事!"急匆匆走进会议室。《柳城日报》记者常小云用长镜头在楼梯口拍下了这个决定性的瞬间。常小云咬咬嘴唇,心里说道:"你总算彻底完了。"转身下楼,看热闹去了。

下午三点,秦江专员从医院请出了李金堂。李金堂躺在担架上,跟着调查组王组长、地委当书记、行署秦专员前往全城十一个群众请愿地点劝说人们回去。第一站,他们来到公安局。李金堂最后一个说:"老马,我限你三天,把你挪用马齿树村乡亲们的救灾款,连本带息挨家挨户送去。你这个人也太霸道了点,自己盖房,钱不凑手,借乡亲们的钱,连个招呼也不打。你要觉得你罪孽太大,需要住几年,也先回去,等把你人大代表抹了,再来住。"倒数第二站,他们去了县直招待所。李金堂又是最后一个说:"王家全胆子也太大了!当年一再找我哭你们玉石王可怜,我住院前,他已经领走了一万五,我一住院他竟敢再向王世允伸手要走一万五!发就发了吧,还整个秘密账本。不是王家元心细,向上面反映了这个情况,县里还不知道他当年多领一笔救灾款的事。这件事虽然过去十几年了,但他还是该对这件事负责。家全回去后,你们支部要先研究个处理意见,我看起码要给他个党内严重警告处分。"最后一站是松鹤宾馆。李金堂第一个发言了,"调查组王组长、地委当书记、行署秦专员,对龙泉今天发生的事都很重视。现在,经过他们苦口婆心的劝阻,大部分群众都回去了。你们采取这种过激的方法,表明你们对县里前一段工作的不满,用意是好的,方法是不对的。你们希望安安生生搞经济,出发点也不错。你们这次行动虽然有不少教训值得总结,但也为政府各级领导敲响了警钟,使他们认识到基本路线一百年不动摇是通向太平盛世的惟一道路。马呼伦曾经挪用你们一万多元救灾款,你们今天却又冒着严寒来为他求情,忠厚善良有点过头了。你们这么做,并不是对马呼伦同志的爱护。如今,他每年掌握你们村上百万的资金,不给他个处罚,他可能会栽更大的跟斗。马呼伦眼下还是县人大代表,今天先让他回去,把当年欠你们的钱连本带息还给你们。至于如何处罚他,你们村先研究个意见报上来。在此期间,他的支书职务暂免。下面,请上级领导讲话。"

公开调查果真成了展示李金堂为龙泉所作贡献的舞台。第一天,任娜的出现为调查增添了无限的悬念和跌宕,也为白剑带来峰回路转的惟一的希望。当王组长当着剧场一千多人的面摔碎扑满,读完钱全中的遗书后,白剑才真正尝到了绝望的滋味。第二天,白剑九点多钟才赶到剧场。听完一个当年的囚犯讲述李金堂的儿子李全为救他们牺牲的往事,白剑听到了满场响着的压抑着的呜咽。

这时,白剑看见了正朝舞台上走去的欧阳洪梅。他不由得站起了身子,心里道:她来干什么?还用得着她来锦上添花吗?再细看时,欧阳洪梅已经拿起了麦克风,只见她浑身颤抖着,从大衣口袋里掏出一只袖珍录音机,神经质地·笑一笑道:"真是一个千古第一的县太爷!四十来年,把龙泉经营得固若金汤。他从没败过,除了蹲两次牛棚外,他说他从没败过。他前些天当着八十四万父老乡亲的面,说他对龙泉问心无愧。这真是个好官呀!一个人怎么会没有失败呢?一个人怎么能在几十年里没做一点亏心事呢?我,我,……我们来听听他自己是咋说的吧……听听他的心里话,听一听,就更能看清楚他了。听听吧,听听吧,听听吧……"白剑只觉得热血上涌,禁不住喃喃出声了:"天哪!这是……她真的要自己解决呀!"

李金堂的声音满剧场响了起来:"三年清知府,十万雪花银。小梅梅、小梅梅,古今皆然。"欧阳洪梅看了一眼已经老泪纵横的李金堂,在舞台上打了个趔趄。"解放后的二十多年,我是个只靠工资生活的清官……"欧阳洪梅大叫一声,"不——"扔掉了手里像眼镜蛇一样恐怖的话筒,倒退了两步,抠出磁带,纵身跳下舞台,哭喊一声,"天啊——天——"尖细的声音划破了满场的静穆,从人行道上飞快地向入口处飘去,磁带扯着一条长线跟着她游出了剧院。李金堂在台上摇了两下,一口鲜血像一股喷泉,在凝固了似的空气里,开出一朵鸡冠花,跌落在慕慧娟和欧阳洪梅母女两代名旦踩了几千遍的暗红的舞台上。

白剑身不由己地冲了出去,看见欧阳洪梅一边奔跑,一边把磁带扯成一截一截。寒风带着这一截截磁带,慢慢飘向了不可知的天际。白剑又追了一段,看见一个白眉白发的老者电闪一样从身边飘然而过,留下一片散淡、平和如同天籁一样的呼喊声:"洪梅——洪梅——"

是孔先生。

白剑收住脚步,像一尊雕像,僵立在青松路的中央。

欧阳洪梅闹出的这则插曲,丝毫没有影响公开调查的主旋律。王组长指挥工作组成员抬起了昏过去的李金堂,由衷地叹道:"他太劳累了——"

当天晚上,白剑整好行李,带着一片破碎不堪的心境出现在林苟生和三妞面前。林苟生看见像是身患大病的白剑,惊叫道:"天爷,累成这样,你还准备到哪里去?"白剑木然答道:"回北京。请你告诉白虹,从速办好停薪留职手续去北京。"

林苟生张着嘴,怔了半天才说:"你不等吃老哥的喜糖了?没有你的婚礼,真不知道会怎样的寂寞呀!"白剑苦笑了一下,"以后有机会再补吧。这个鬼地方,我一分钟也不愿意多待了。"

回到北京的第二天,白剑去找韩曾副社长,没汇报工作,而是递交了一份申请调到国际部的报告。韩曾看看报告,慈爱地看着白剑道:"你不愿说,我也不用问了。以你现在的心境,怕是想彻底换个文化环境吧。"白剑苦笑道:"非洲,拉美,随便哪里都可以。"韩曾笑道:"你差不多做了一年农民,没增加编制,却为本社平添了一位作家,这些地方就免了吧。国际部驻法的小董在外待久了,执意要回来,我看你俩换换算了。文化也像座围城,浸淫久了想出去,出去久了呢,又想回来。"

过了春节,小董突然提前一个月回到北京,白剑的行期也必须提前。想起在龙泉和林苟生待在一起的日日夜夜,想起林苟生和三妞这一对苦命人走到一起的艰难，白剑马上给林苟生发了一封加急电报：外派法国，相见无期，五日内带喜糖来京一会，到时请拨电话。

林苟生和三妞第四天才看见辗转几天的电报，慌忙赶到北京，已是第六天中午。看见只有白虹一人在家，林苟生顿足摇头，呼天喊地："邮电局坑人，没有赶上呀！小兄弟此去法兰西，何时是归程！坑死人的中国通讯！"

白虹看看表笑道："你俩也真算有缘。罗大哥要为我哥送行，中午就拉他走了。哥让我等到三点钟，不见你们再打的去机场。"

林苟生拎了旅行包扭头就走，"咱们快去机场。到底是语言学院的学生，刚来北京一个多月，连打的也会说了。"白虹锁好防盗门笑道："林大哥又取笑我了。"三妞也说："人家白虹这次是赌一生一世，一个月还学不会说打的，她敢做这个留洋的梦？"

三人赶到机场，白剑已经换好登机牌，正和罗一卿在候机厅门口张望。

林苟生扔下旅行包，扑过去拥抱住白剑，"去法兰西吃西餐了，这种礼节该能接受了吧？"

白剑顺手捣了林苟生一拳，"五天时间你才赶来呀！喜糖没忘了吧？"罗一卿在一旁笑道："这林大叔也真福气，带着令爱送喜糖。整一年没见大叔，你是越活越滋润了。"

白剑扑哧笑了一声，"令爱？这是林夫人，你该叫她林大婶哩。"林苟生捧出一捧麻片道："喊大哥喊大哥。这是龙泉灶爷庙的麻片，算上喜糖吧。"罗一卿瞪了眼睛，咂着嘴说："啧啧，龙泉可真神奇，小小地方，竟也美女如云。"三妞也是场面上行走的人，自然不怯场，笑道："喊嫂子不是把我喊老了吗？还是喊三妞吧。说白虹是美女，是真话，说我就叫奉承了。我这算啥档次，一小碟家常菜，凑合着能用。"罗一卿摇头笑道："龙泉男女，都长有伶牙俐齿。"

林苟生一听广播员喊去法国巴黎的旅客登机，忙说道："小兄弟，咱们忙乎了一年，你去巴黎前，总该听个结果吧。李金堂时代结束了，当然，这是他自己主动隐退的。如今，他只是养养花草，打打太极拳，四处在县城走走看看。这一页总算翻过去了。当然，没有欧阳的最后背叛，李金堂也不会两个月就变得老态龙钟。"白剑叹道："真是个神奇的女人！"

罗一卿拎着旅行包，扭头对白剑说道："我明白了，你不讲你在龙泉的事，原来是怕勾起一段伤心罗曼史呀?!"林苟生伤感地说："可不是，都怪咱们没长火眼金睛，错看了欧阳小姐，小兄弟也错过了一桩好姻缘。如今，这样一个奇女子竟不知所终了。有人说她自杀了，有人说她当了尼姑，有人说她当了道姑，沸沸扬扬传了一个多月了。"白剑回头看了一眼天空的白云，喃喃道："她绝不会自杀。一桩好姻缘？你也太抬举我了。来如春梦不多时，去似朝云无觅处。欧阳怕是要化入某一片天，某一朵云，与这天地共存了。"

林苟生跟着朝里面走着，叹息一样说道："小兄弟这话说得好，也只有欧阳配得上这种结局，剩下的人都俗。听说刘清松和庞秋雁双双含泪别了柳城，调到大别山深处了。龙泉如今又来了个钱书记。钱书记没来多久，就和县长王宝林较上劲了。你们八里庙，白十八借选举又把高家整下台了。"一看白剑已经走进安检通道，忙伸出手一扬，"小兄弟，你这次去法兰西要待多久呀？可别弄个黄鹤一去不复返！"

白剑心里一紧，脑子里忽然间清晰地显出了晦明方丈送的四句话："一柄龙泉出凤凰，百年恩仇结冰光。利剑出鞘难收回，认作他国是故乡。"难道这就是我的命运？

罗一卿笑道："在巴黎定居是好事，千万不要娶法国女人做老婆，她们有给丈夫做绿帽子的光荣传统。"林苟生叹道："走吧，走吧，放眼一看，都是伤心地，有啥眷恋头。娶个洋老婆，只要没狐臭，也算入了一片新风景。"

白剑忘情地奔跑回来，和四个送行人一一拥抱过，转身走了。走进安检门，又慢慢扭过头道："我得走！斗斗斗，一切都在继续。恐怖！恐怖！"悲苦无奈之情溢于言表。

1995年8—11月

一稿于北京、成都

1996年1—3月

二稿于河南镇平

2006年8—9月

修订于北京

图书在版编目（CIP）数据

北方城郭 / 柳建伟著. -- 北京：作家出版社，2022.8
（共和国作家文库）
ISBN 978-7-5212-1926-5

Ⅰ.①北… Ⅱ.①柳… Ⅲ.①长篇小说-中国-当代 Ⅳ.①I247.5

中国版本图书馆CIP数据核字（2022）第102224号

## 北方城郭

作　　者：柳建伟
责任编辑：姬小琴
装帧设计：棱角视觉
出版发行：作家出版社有限公司
社　　址：北京农展馆南里10号　　邮　编：100125
电话传真：86-10-65067186（发行中心及邮购部）
　　　　　86-10-65004079（总编室）
E-mail:zuojia@zuojia.net.cn
http://www.zuojiachubanshe.com
印　　刷：北京盛通印刷股份有限公司
成品尺寸：152×230
字　　数：500千
印　　张：36.75
印　　数：1—6000
版　　次：2022年8月第1版
印　　次：2022年8月第1次印刷
ISBN 978-7-5212-1926-5
定　　价：48.00元

作家版图书，版权所有，侵权必究。
作家版图书，印装错误可随时退换。